Est-ce ainsi que les hommes vivent ?

Patrick Besson

# Est-ce ainsi que les hommes vivent ?

Albin Michel

*À S. L.*

## Ouverture de maison close

Les séries télé, je préfère en regarder tous les épisodes d'un coup sur mon lecteur DVD. J'ai horreur d'attendre un plat pendant dix minutes : alors une semaine. Acheté à la Fnac-Italie – ça y est, la Fnac m'a donné la carte One, réservée aux livrophiles et aux dévédéphages qui lui laissent chaque mois un quart de leur salaire – le coffret de *Maison close*, huit épisodes écrits par Jean-Baptiste Delafon avec Anne Viau, Clara Bourreau et Éric Benzékri. Réalisation : Mabrouk El Mechri, Jacques Ouaniche et Carlos Da Fonseca Parsotam. Ils étaient donc sept. Les réunions de travail, ça devait être le bordel.

N'étant plus, depuis 2009, critique de télévision pour l'un des trois suppléments hebdomadaires d'un grand quotidien du matin, j'éviterai de donner mon avis artistique sur une œuvre du reste agréable, surtout les scènes pornographiques (lesbianisme, sodomie, fellation, SM). Il aura fallu trente ans à Canal+, la chaîne productrice de *Maison close*, pour comprendre qu'elle devait avancer l'heure du porno hebdomadaire, de façon que nos enfants puissent le voir sans qu'on ait trop de peine, le lendemain matin, à les sortir du lit afin qu'ils aillent à l'école. Mais examinons l'idéologie. Dans *Maison close*, toutes les femmes sont des salopes malgré elles et tous les hommes sont des salauds, malgré elles aussi. La série est une lente montée chromatique vers la destruction de notre sexe. Le masculin, donc. Le monde, c'est les femmes ; l'immonde, les hommes. Hortense (Valérie Karsenti), par exemple. Hortense Gaillac, la directrice du Paradis, le bordel en question. Mais le propriétaire, le porc qui palpe le pognon du vice, c'est son frère, donc un homme : Pierre Gaillac (Nicolas Briançon). Hortense est homosexuelle, ce qui n'est plus un défaut depuis le VII<sup>e</sup> siècle avant Jésus-Christ : naissance de la poétesse lesbienne Sappho, dont les poèmes d'amour sont quasi les seuls de la poésie grecque ancienne. Les scénaristes éprouvent néanmoins le besoin d'excuser le goût fort naturel – la plupart des hommes ont le même – d'Hortense pour les femmes : elle a été abusée sexuellement par son frère quand elle était adolescente.

C'est un homme, un artiste peintre de surcroît, car ce n'est pas parce qu'un homme est un artiste qu'il n'est pas un salaud comme les autres salauds d'hommes, qui piège Rose (Jemima West) dans le bordel, et un homme, son fiancé paysan veule et coincé, qui ne réussit pas à l'en sortir. Les autres hommes sont soit des politiciens pédophiles, soit des policiers véreux et voyeurs, soit des businessmen impuissants, soit des ex-communards assassins, soit des voyous sadiques. La première réaction de l'adolescent impressionnable en voyant la série sera de prendre un billet de Thai Airways pour Bangkok afin de changer de sexe, ce qui est la grande spécialité chirurgicale locale, et devenir une de ces femmes compréhensives, tendres, rusées, secourables, équilibrées, sensibles, sincères et spirituelles dont le monde, selon les créateurs de *Maison close*, est rempli. À la fin, elles se mettent à quatre (Rose, Hortense, Vera – Anne Charrier – et Marguerite – Catherine Hosmalin) pour enchaîner, torturer, tuer et enterrer un homme, Pierre, sur une musique allègre et entraînante annonçant en fanfare le génocide de tous les autres hommes. Aux habitués du Paradis, Rose, la nouvelle proprio, déclare : « Que les tordus et les pervers s'en aillent ! » Ils sortent tous, évidemment.

## *Reading John Burdett*

*Bangkok 8*, de John Burdett, découvert par hasard en solde (8 €) dans la librairie niçoise d'extrême droite Le Paillon. J'achète tous les livres et tous les films qui ont le mot Bangkok dans le titre. Il y a beaucoup de choses à dire contre l'extrême droite – son anticommunisme, notamment –, mais c'est encore là qu'on trouve des livres. Et des lecteurs. Comme à l'extrême gauche. Lire, c'est extrême. Au centre, on ne lit rien. Parce que c'est mou. Et les livres, c'est dur.

Depuis ce séjour niçois, John Burdett est mon nouvel écrivain vivant préféré. J'ai lu l'un après l'autre ses cinq chefs-d'œuvre traduits en français (les trois volumes de la saga Sonchaï Jitpleecheep, *Typhon sur Hongkong* et *La Nuit des voleurs*). Né à Londres en 1951, Burdett a d'abord été avocat. Il a travaillé à Hong Kong pour la Couronne britannique à l'époque où celle-ci était posée sur le Territoire aujourd'hui chinois. Il partage son temps de travail et ses heures de loisir entre Paris et Bangkok. Dans la capitale du royaume de Thaïlande, dont le nom thaï – Krung Thep – signifie « la cité des anges », il a situé les aventures extraordinaires de Sonchaï Jitpleecheep. Sonchaï est le fils métis d'une ex-prostituée et d'un ex-GI rentré aux États-Unis entre la fin de la guerre du Vietnam et le début de celle des sexes. Sonchaï a été moine pendant plusieurs mois comme beaucoup de jeunes hommes thaïs. C'est leur service spirituel, version bouddhiste de notre ancien service militaire. Sonchaï a gardé de cette expérience de forts sentiments religieux qui lui tiennent compagnie dans les bas-fonds de Bangkok. Il est policier. Il est le seul policier non corrompu du pays. Bien que sa mère soit la tenancière d'un bar à putes. Et que son supérieur et protecteur dans la police royale soit le plus grand chef mafieux de Thaïlande. Comment Burdett désintègre la société thaïe, décortique les Blancs – les *farangs* – qui viennent y perdre leur innocence ou la retrouver avec des jeunes femmes plus adultes qu'ils ne le seront jamais, démonte les filières de la drogue et du crime organisé, expose la magie bouddhiste, nous plonge dans l'épaisseur du mystère asiatique. Et dans quel style. C'est magistral avec humour, réaliste avec folie.

Le nouveau roman de Burdett – *The Godfather of Kathmandu* – paraîtra en mai 2011. C'était trop long pour moi : je suis allé acheter l'édition anglaise chez Smith, rue de Rivoli. Encore Sonchaï. C'est le meilleur de la série. Le plus sombre, le mieux organisé. Acide comme du LSD : « The wife who would have died for me on day one was starting to think about having me bumped off by day one thousand » ; « The unpalatable truth is that promiscuity makes me happy, and quite a few women, too, especially when they get paid » ; « If I know I'm crazy, does that mean I'm not ? » ; « … as if he was looking for a wife but got addicted to the search » ; « That's who she was, that perfect, good, clean-living, non-nonsense, mainstream, somewhat red-neck librarian from Arkansas. For any pariah, especially an artist, she was the opposition. »

## L'interview selon Robert Ménard

Avec Éric Naulleau et Jean-Jacques Bourdin, Robert Ménard est un adepte de l'interview cassage de gueule, dite aussi pétage de tronche, où l'intervieweur parle plus fort, plus longtemps et plus méchamment que l'interviewé. Ce dernier ne semble être là que pour mettre en valeur l'étendue des connaissances, la profondeur de jugement, la finesse d'analyse, la délicatesse de cœur ainsi que la moralité au-dessus de tout soupçon du journaliste. L'invité sait, avant même de s'asseoir en face de son juge impavide, qu'il va en prendre pour son grade. À peine le jingle terminé, Éric, Jean-Jacques, Robert ou un autre l'assaille de questions pièges, de jugements sournois, de sous-entendus perfides, de condamnations amères et d'analyses accablantes sous lesquels le malheureux invité semble noyé. Il tente d'articuler quelques mots maladroits pour sa défense mais est aussitôt interrompu par son implacable vis-à-vis. Du reste, ce journaliste en forme de procureur, ou ce procureur en forme de journaliste, semble choqué par les velléités de se défendre que montre l'accusé. Il n'est pas là pour ça, tout de même. Il rêve, le pauvre. Son rôle, pendant l'interview, devra se limiter à sourire d'un air résigné et honteux, à se tortiller avec modestie sur son siège, à pousser de temps à autre un soupir de réprobation coupable. À la fin de l'entretien, que l'intervieweur ne manque pas de souligner d'un bon mot assassin mettant en cause la probité et l'intelligence de son invité déjà bien affaibli, l'opinion du téléspectateur ou de l'auditeur sera faite : c'est le journaliste qu'il aurait fallu nommer au gouvernement. À la tête de l'opposition. Aux commandes d'Areva. De Total. Du *Monde*. Dans tous les jurys littéraires. À la direction du Festival de Cannes. Des Francofolies. De Lapérouse. De l'armée. De la police. Comme entraîneur de l'équipe de France de football. De volley-ball. De water-polo. Ne savent-ils pas, ainsi que le montre la pertinence tous azimuts de leurs innombrables questions, tout et tout faire ? C'est trop dommage de se priver de tant de talents rassemblés dans quelques personnes[1].

La dernière fois que j'ai aperçu Ménard, il déchiquetait le seul spécialiste de la Chine qu'il avait pu trouver, un pauvre garçon ignorant la passion du journaliste pour le Tibet. C'était à l'occasion de la visite en France du président chinois, qui nous a acheté cent avions et a dîné à La Petite Maison. L'invité, d'une voix blanche de peur devant le grondant Ménard, tentait d'expliquer les progrès que la Chine avait faits dans tous les domaines, notamment celui des droits de l'homme, qui obsèdent Ménard alors qu'il les bafoue chaque matin dans son émission en humiliant et en insultant ses hommes invités, même quand ce sont des

1. Ménard est devenu ensuite maire FN de Béziers. (*N.d.A.*)

femmes. L'interviewé a fini par se taire sous le poids des camions de dissidents chinois convoqués par Ménard. Un autre matin, Robert engueulait une jolie brune écolo parce qu'on empêchait des déchets radioactifs d'entrer en Allemagne. Faut bien les mettre quelque part, non ?

## Cœur Vailland

Retour de Bourg-en-Bresse (Ain) avec le poète Francis Combes, directeur du Temps des cerises, maison d'édition indépendante qui fêtera, en 2013, ses vingt ans d'existence. Nous venons de participer aux journées Roger Vailland (1907-1965). J'aurai bientôt l'âge où est mort Vailland. Je dépasse en longévité, année après année, tous les écrivains que j'aime : Nerval, Baudelaire, Verlaine, Fitzgerald, Lowry, Nimier, Pouchkine, Maïakovski, Boulgakov, Iessenine. D'où cette impression d'avoir été abandonné sur un quai de gare par mes meilleurs amis ? Lors de cet hommage à l'auteur de *La Loi* (prix Goncourt 1957), il y a eu deux grands moments : le dîner de vendredi au Français et le déjeuner du samedi au Français aussi, le Lipp local où Vailland, après avoir réussi dans le cinéma, invitait Roger Vadim et Brigitte Bardot. Depuis quand n'avais-je pas mangé une vraie blanquette de veau ? Tous les gens qui font un régime en Bresse devraient être décorés. Le vin, c'était du bugey. Il est net et frais comme une course en montagne. Le Jura, bien sûr. Avant le dîner du vendredi, Francis et moi, on a bu le marc des *Mauvais coups* au Scarron, où la serveuse s'appelle Allison. Américaine en exil ou parents téléspectateurs ? Ne pas oublier notre visite à Meillonnas, où Vailland s'est reposé en 56 avant de reposer en 65. Il est enterré à 100 mètres de sa maison, ce qui est un bon résumé de la condition humaine. Un cimetière sous la neige, a remarqué Francis, a moins l'air d'un cimetière. On a cherché en vain la tombe de Roger, jusqu'à ce qu'une habitante de Meillonnas nous renseigne : la dernière demeure de l'écrivain est cachée derrière une abondante végétation bien entretenue par la mairie. Une tombe verte, en quelque sorte, pour ce passionné de botanique.

Parmi les dernières parutions du Temps des cerises, il y a le recueil de Maram al-Masri : *Les Âmes aux pieds nus*, traduit de l'arabe par l'auteur. Al-Masri fut célèbre à Damas dès l'âge de 17 ans, ainsi que dans tout le Moyen-Orient. Puis elle cessa d'écrire ou du moins de publier, mariage et enfants désobligent. Plus tard, installée en France, elle a repris le chemin des éditeurs : Seghers en 2008 (*Je te menace d'une colombe blanche*) et le Temps des cerises aujourd'hui. Elle écrit une poésie claire et tendue, où les femmes sont sur le devant de la scène de crime : battues, insultées, violées, séquestrées, abandonnées. Ces poèmes sont le résultat de témoignages recueillis par Maram dans son travail social en banlieue parisienne. Elle y ajoute sa grâce, sa délicatesse, son humour, sa finesse, pour en faire de doux bijoux orientaux où la souffrance a enfin du style. « Pourquoi mon père/bat ma mère ?/Elle ne sait pas bien repasser/ses chemises./ Moi, quand je serai grande/je repasserai les chemises/très bien. » Ou : « Premier mariage à 16 ans, 8 enfants à 27 ans/Premier divorce à la trentaine. »

## Résultats des primaires du Parti socialiste en vue de l'élection présidentielle de 2012

Patrick Allemand 1,2 %
Fadela Amara 0,7 %
Martine Aubry 1,9 %
Clémentine Autain 4,4 %
Josiane Balasko 0,1 %

Emmanuelle Béart 0,2 %
Georges-Marc Benamou 0,0 %
Pierre Bergé 1,2 %
Éric Besson 0,1 %
Jean-Louis Borloo 1,2 %
Francis Cabrel 5,4 %
Jean-Christophe Cambadélis 0,0 %
Michel Charasse 0,2 %
Edmonde Charles-Roux 1,0 %
Jean Daniel 3,1 %
Bertrand Delanoë 2,7 %
Harlem Désir 1,3 %
Julien Dray 0,3 %
Sophie Duez 1,1 %
Laurent Fabius 3,6 %
Charles-Henri Filippi 0,1 %
Élisabeth Guigou 3,9 %
François Hollande 9,1 %
Pierre Joxe 0,0 %
Bernard Kouchner 0,1 %
Pierre Mauroy 4,1 %
Frédéric Mitterrand 0,2 %
Arnaud Montebourg 0,3 %
Patrick Mottard 0,9 %
Yannick Noah 3,5 %
Denis Olivennes 3,1 %
Stéphane Pocrain 0,0 %
Renaud 0,2 %
Ségolène Royal 3,0 %
Fabienne Servan-Schreiber 0,3 %
Yves Simon 0,0 %
Laurence Soudet 1,1 %
Olivier Spithakis 0,5 %
Dominique Strauss-Kahn 6,6 %
Manuel Valls 0,1 %

Michel Vauzelle 1,5 %
Henri Weber 0,2 %
Blancs, nuls ou autres candidats : 31,5 %

## Le métier de l'armée

Encore un Noël en famille pour Oussama ben Laden[1]. Le dixième depuis le 11 septembre 2001. J'avais d'abord écrit neuvième, mais je me suis souvenu de mes cours d'école primaire sur les intervalles. Ça sert aussi à ça, les fêtes de fin d'année : se replonger en enfance. Je me demande dans quel grand magasin, cette année, Oussama a acheté ou fait acheter ses cadeaux. Harrods ? Bergdorf Goodman ? Le Bon Marché ? Je l'imagine en train de disposer les paquets sous le sapin. Soudain, la voix de sa sœur, ou de sa femme, ou de son chef d'état-major : « Oussama, à table ! » L'homme le plus recherché du monde depuis une décennie se dirige alors, du pas élastique qu'il a adopté lors de sa formation militaire par la CIA au début des années 80, vers la salle à manger. Quand il pense que les Américains et certains de leurs alliés occidentaux ont mis deux pays – l'Irak et l'Afghanistan – à feu et à sang, provoquant des dizaines de milliers de morts parmi des civils et des militaires, sans parler de leurs propres soldats décédés ou mutilés, et qu'il est là en train de déjeuner tranquillement, s'apprêtant à fêter le Noël 2010 avec toute sa famille. Et la bamboula qu'ils feront le 31. Il s'est passé quoi, au juste, concernant Ben Laden ? On a une piste ou on a abandonné l'idée ? On aimerait être tenus au courant. On commence à ne plus rien y comprendre. Comme si on prenait en marche la saison 9 de *Prison Break* sans avoir vu les huit précédentes. On le traque toujours ? Où ? Qui ?

---

1. Exécuté par les Navy SEALs six mois plus tard (2 mai 2011). (*N.d.A.*)

Une pensée, en cette fin 2010, pour les soldats français qui, les 24 et 31 décembre, seront en Afghanistan à la recherche du chef d'Al-Qaeda. Quand les Américains libéraient Paris, Rome ou encore Berlin, ils pouvaient sortir le soir, ce qui leur permettait d'avoir des échanges culturels ou sentimentaux avec la population locale. Même au Vietnam, où ils ont fait 3 millions de morts, ils étaient bien accueillis dans les bordels. En Irak et en Afghanistan, les soldats de l'Otan ne se montrent que la journée, en groupe et en voiture blindée (VAB). Le reste du temps, ils sont bouclés dans leurs casernes. C'est la première fois dans l'Histoire qu'une armée de libération est obligée de s'enfermer. Ça limite les rencontres avec les autochtones à quelques jets de bonbons en direction d'enfants plus ou moins rieurs. Niveau gonzesses, ça se passe comment ? Il est bête, Obama : l'homosexualité devrait être non seulement acceptée dans l'armée américaine, mais rendue obligatoire. Du coup, les Américains pourraient envahir le monde entier – Iran, Syrie, Corée, Russie, Chine – avec des soldats à qui ça ne poserait aucun problème d'être privés de sorties et donc de filles.

Je dédie cette dernière chronique de l'année – moi aussi, comme Ben Laden, je vais réveillonner en famille – au caporal-chef Nicolas Belda, du 27e BCA, abattu en Afghanistan le 14 mars 2009. Depuis que nos soldats ne sont plus des appelés mais des engagés, on a tendance à penser que leur mort au combat est accidentelle, alors qu'elle est notre faute.

## Informations

Il fait froid. La neige tombe. Il a fait froid. La neige est tombée. Les températures sont négatives. La neige va tomber. Les routes sont bloquées par la neige. Les températures sont descendues au-dessous de zéro. Les vols sont supprimés à Moscou. Les vols ont été supprimés à New York. Les vols seront supprimés à Varsovie.

La neige est tombée en grande quantité. Il a fait froid cette nuit. Il fera froid la nuit prochaine. Il fait froid aujourd'hui. Il n'a pas fait aussi froid depuis 1985 à Paris et depuis 1937 à Mulhouse. Le froid empêche la neige qui est tombée de fondre. Il y a un village en Seine-et-Marne bloqué par la neige. Les températures sont descendues au-dessous de zéro. Malgré le froid, des gens se sont baignés à Hyde Park. L'eau de la Manche était à 5 degrés, pourtant des gens y ont nagé. À Moscou, il a fait si froid que la ville a été transformée en patinoire. Les enfants glissent. Témoignages recueillis par notre reporter : « Il ne faut pas marcher vite, sinon on tombe », « On a froid, mais on se couvre et ça va mieux », « Il y a longtemps qu'on n'a pas vu autant de neige chez nous ». Il fait froid aussi en Italie, où beaucoup de neige est tombée. Le pape Benoît XVI a bravé la température glaciale pour la traditionnelle bénédiction de Noël. La neige a entièrement recouvert les villes d'Auvergne et de Savoie. Dans ces régions, les commerçants ne peuvent plus faire leurs tournées dans les villages isolés rendus inaccessibles par la neige et le verglas. Témoignage de l'un d'eux, recueilli par notre reporter : « On ne peut pas faire nos tournées dans les villages isolés. Ils sont inaccessibles à cause de la neige et du verglas. » Les températures restent négatives dans toute l'Europe du Nord. On n'a jamais eu aussi froid en Suède et au Danemark. Dans certaines régions de la Norvège, on a même renoncé à déblayer la neige : il y en a trop. Les gens restent chez eux et regardent la télé, où les nouvelles ne sont pas bonnes : le froid va continuer et peut-être s'aggraver. À Paris, la Seine monte à cause de toute la neige tombée pendant qu'il faisait froid, mais on est encore loin de la crue historique de 1910. Le froid attaque les personnes sans logis, qui sont les plus vulnérables au froid. Témoignage recueilli par un de nos reporters auprès des volontaires de la Croix-Rouge : « Les personnes sans logis sont les plus vulnérables au froid du fait qu'elles sont dans les rues qui sont froides. » Les TGV doivent ralentir à cause des conditions climatiques, du coup ils ont un retard moyen qui va de 40 minutes à 1 heure 30. Les voyageurs attendent dans le froid. Des poursuites seront engagées contre toutes les entreprises ou institutions qui ont été imprévoyantes et n'ont pas su protéger les citoyens du froid qui s'est abattu sur notre pays. Espérons que l'hiver prochain il fera moins froid, car deux hivers aussi froids de suite, ce serait trop de froid.

## Le bon vieux

Fonder une famille : se fabriquer ses juges impitoyables du tribunal révolutionnaire de la jeunesse. Chaque prévenu aura la tête tranchée par les dents de ses enfants devenus grands. Peut-être que les célibataires sans descendance ne meurent jamais, que c'est réservé aux parents. Les autres, trop contents, profitent d'un non-lieu dû à l'absence de magistrat, personnage sombre et obtus qu'ils ont eu l'intelligence de ne pas concevoir.

Les vieux sont des adolescents qui attendent d'être des gamins qu'on surveille, puis des bébés qu'on change, puis des fœtus qu'on enterre. Je les regarde passer d'une salle de cinéma à l'autre, comme s'ils séchaient un lycée ou une fac où ils ne sont plus inscrits depuis des dizaines d'années. Ils s'observent avec stupéfaction dans le miroir de la dégradation physique de leur voisin de rangée. Le mystère des salles de cinéma, où les gens ont toujours le même âge que vous : vingt ans quand vous en avez vingt, quarante quand vous en avez quarante, soixante quand vous en avez soixante. Etc.

L'enfer, c'est le temps. Tant qu'il n'existe pas, on est au paradis. Il se présente d'abord sous la forme anodine, presque agréable, de la nostalgie du passé. Vient le moment, après qu'on en a bien profité avec vieilles photos et vieux films à l'appui, sans oublier la relecture des classiques, où elle disparaît et où s'installe, à sa place, la peur abominable de mourir, jumelée avec celle d'avoir raté sa vie. Si on l'avait réussie, n'échapperait-on pas à la peine capitale ? Chacun se sent coupable de mourir alors que personne n'y est pour rien. C'est l'un des grands mystères de la condition humaine : la honte de ne pas être immortel.

Choisir d'être un bon ou un mauvais vieux. Le bon vieux est à l'écoute, le mauvais vous envoie chier. La jeunesse charme, épate, envoûte le bon vieux. Il ouvre devant un jeune, quand l'autre l'interviewe ou qu'il l'invite à dîner, de grands yeux éblouis, surtout si c'est une fille. Le bon vieux n'a pas renoncé à plaire aux femmes. Du coup, il les attendrit. Il leur rappelle leur père – ou leur grand-père –, à qui elles n'ont pas su dire combien elles l'aimaient. Le bon vieux se tient au courant des innovations techniques. Il a lu votre dernier livre ou votre récent article sur iPad. Il nage. Les piscines sont pleines de bons vieux et de futurs bons vieux : ils se regardent, dans les vestiaires et autour du bassin, avec la satisfaction âpre de ceux qui ne se laisseront jamais aller mal.

Le mauvais vieux passe ses journées et ses nuits dans l'aigre stupéfaction de ne plus être jeune. La jeunesse : cette gloire imméritée que, pour cette raison, tout le monde perd. Dans la défaite quotidienne de son mal de dos et de sa vue basse, le mauvais vieux se revoit triomphant comme un Romain. Autrefois, Jules César, aujourd'hui Vercingétorix. Pieds et poings liés par le temps devant toute une société étrangère qui rit de lui, y compris le bon vieux qui salue la foule et lui dit merci comme si de rien n'était. Le bon vieux fait semblant d'être bon, le mauvais vieux semblant d'être vieux. Ni l'un ni l'autre n'est plus vrai.

## Polémiques du moment

La principale spécialité culinaire française n'est ni la poule au pot ni le pot-au-feu, mais la polémique : on se vomit dessus. Déjà, Rutebeuf se servait des vers pour planter des clous dans le cercueil des ordres mendiants. Et Abélard était un casse-couilles. Bernard de Clairvaux engueulait tout le monde qui n'était pas d'accord avec lui. Discuter, au Moyen Âge, ne se disait-il pas disputer ? De Thaïlande, où je suis venu rencontrer le romancier britannique John Burdett – britanno-asiatique, aime à souligner ce résident thaï qui ne paie pas d'impôts depuis dix ans, avantage qui lui donne ce petit air épanoui, presque moqueur, que j'ai souvent vu aux écrivains défiscalisés –, je constate, le Shangri-La de Bangkok étant bien fourni en presse française, que notre génie national de l'argumentation, du libelle et de l'épigramme bat son plein.

D'abord, Battisti. L'Italie nous envoie désormais ses intellectuels, comprenant enfin que le poids moral de Silvio Berlusconi ne suffira pas à faire changer d'avis les défenseurs français de Cesare. Antonio Tabucchi et Simonetta Greggio sont montés à l'assaut, dans *Le Monde*, pour défendre la justice italienne. Ils ont été aussitôt taclés par Fred Vargas chercheuse de noises au CNRS. Ma théorie sur la question est qu'il y a tellement d'innocents en prison que, lorsqu'un coupable s'en sort, ça rétablit une sorte d'équilibre divin.

Céline privé de célébrations nationales pour cause d'antisémitisme. Sollers scandalisé, Klarsfeld aux anges, Gibault hilare, Lanzmann soulagé, Nabe caustique. Je suis d'accord avec Marc-Édouard : les gens qui traitent Céline de salaud ont tort, car un grand écrivain ne saurait être un salaud. Il n'y a aucun empêchement, en revanche, à ce qu'il soit un con.

La Côte d'Ivoire. Ouattara connaît bien les palaces : en tant que haut fonctionnaire international, il les a beaucoup fréquentés. Il doit quand même en avoir assez de l'Hôtel du Golf, depuis des mois qu'il y attend que les avions et les chars de l'ONU délogent du palais présidentiel d'Abidjan le locataire abusif et récalcitrant Laurent Gbagbo. Pour ses prochaines vacances, Alassane louera plutôt dans un gîte rural. Pourquoi pas un bungalow au camping des Flots bleus ? À Paris, on se chicane entre pro-Ouattara et anti-Gbagbo, ce qui laisse peu de place à la polémique, dans laquelle ont néanmoins réussi à se faufiler Roland Dumas, Jacques Vergès et Calixthe Beyala. Les élections en Afrique ont fait, depuis 1990, plusieurs millions de morts. Qu'il n'y a nul besoin de recompter.

Stéphane Hessel, l'indigné qui indigne. C'est ça, le problème de l'indignation : elle est sans fin. On trouve toujours plus indigné que soi. Entre Hessel et les défenseurs de l'État israélien, c'est la guerre de l'indignation avec boycott à la clé. Tu ne veux pas de mes oranges de Jaffa ? Je ferai interdire ton colloque à l'École normale supérieure. Il y a dans presque tout sur terre un côté comique, c'est le cadeau que Dieu nous a fait avant de rentrer chez lui. Pour pleurer.

## *Le Sperme bleu*, roman

Toute sa vie, il fait semblant, par charité, d'aimer une femme qu'il n'aime pas. Les enfants et les amis du couple finissent par se rendre compte de la supercherie. L'épouse, non. Il lui dira la vérité avant de mourir, afin qu'elle n'ait pas le chagrin de le regretter.

•

Il remue ciel et terre pour séduire une prostituée de luxe qui sort de prison parce qu'elle a tué, par jalousie, l'amant de son épouse.

•

Il avait perdu une quinzaine de kilos à la suite d'un régime alimentaire draconien mais il a regrossi par gentillesse envers sa sœur aînée qui se trouve, à juste titre, énorme.

•

Une amie romancière lui raconte comment, adolescente enceinte d'un routier, elle s'est fait recoudre l'hymen dans une clinique marocaine spécialisée, puis a persuadé son fiancé italien ultra-catholique, avec qui elle n'avait jamais fait l'amour, qu'elle était la Vierge Marie réincarnée et portait un second Jésus. Il voit l'enfant en cachette et comprend – à quoi ? – que c'est bien le nouveau Christ.

•

Un de ses amis est persuadé que, dans une vie antérieure, son épouse était un homosexuel, qu'il couchait avec lui, qu'il a fini par le tuer et que l'autre est revenu dans cette vie sous une forme féminine afin de se venger et de le tuer à son tour. Il traite cet ami de fou, celui-ci finit néanmoins assassiné par l'épouse. Au tribunal, elle ne donne aucune explication à son acte. Au moment du verdict – enfermement dans un asile –, un rire guttural.

•

Par maladresse, à la terrasse d'un café-restaurant de la place du Colonel-Fabien, il touche le ventre d'une serveuse enceinte. Il la retrouve au même endroit sept ans plus tard et lui rappelle l'incident. Elle dit, radieuse, que son fils est un surdoué. Il pense que c'est grâce à lui et se met à toucher le ventre de toutes les femmes enceintes qu'il rencontre.

•

Il dit aux filles qu'il est un extraterrestre et que son sperme est bleu. Elles ne le croient pas. Il leur propose de vérifier. Titre : *Le Sperme bleu*.

## Nous deux

*Couples*, c'est le titre d'un roman de l'écrivain américain John Updike (né en 1932) et ce sera celui de la prochaine élection présidentielle française. En 2007, nos compatriotes désiraient une femme, c'est pourquoi ils ont élu Nicolas Sarkozy, Ségolène Royal s'étant obstinée à faire l'homme pendant toute la campagne électorale : grosse voix, menaces à la presse et discours martiaux sur la discipline scolaire. Elle craignait qu'on ne la prenne pour une femme alors que c'était une femme qu'on voulait prendre, ce qui a été senti et mis en pratique par Sarko. Tandis que son adversaire socialiste se cabrait comme un étalon rétif au dressage et se cambrait tel un officier de la Garde républicaine pendant le défilé du 14-Juillet, Nicolas avançait vers les électeurs d'une démarche câline et leur faisait des yeux doux d'odalisque magyare. Après la frénésie sexuelle du scrutin, les Français se sont rendu compte qu'ils avaient été joués : la femme élue était un homme qui ne parlait que de réformes et de sanctions alors qu'on espérait de lui baisers fiscaux et caresses sociales, et l'homme battu était une femme étourdie et blessée qui changea de coiffure comme beaucoup d'entre elles le font après une déception amoureuse. Ils ont du coup tourné le dos à l'élu qui n'était pas l'élue dont ils avaient rêvé, celui-ci poussant la trahison jusqu'à épouser une femme, ce qui acheva de le déconsidérer aux yeux des Français qui avaient cru qu'il en était une.

Pour 2012, j'ai l'impression que notre peuple a envie d'un couple, ayant enfin compris, à l'instar des Américains du Nord, que président d'un État est une position trop absorbante pour être occupée par une seule personne. L'engouement national[1] pour Dominique Strauss-Kahn vient peut-être de ce qu'il est le seul candidat potentiel, avec Nicolas Sarkozy, qui se présente comme un homme marié à quelqu'un qu'on connaît. À force de ne plus la voir à la télévision, on a oublié qu'Anne Sinclair était une femme politique. Le shopping n'empêche pas de penser au pouvoir de l'argent. Les Strauss-Kahn sont deux alors que Jean-Luc Mélenchon a l'air tout seul. Que Marine Le Pen ne prend la main de personne sur les photos, sauf celle de son papa. La popularité de la candidate du Front national ne tient-elle d'ailleurs pas à ce que Marine forme, avec son père, une espèce de couple ? Ségolène Royal n'est toujours pas mariée, François Hollande non plus. Arnaud Montebourg n'a pas épousé la journaliste de télévision à qui il a pourtant fait perdre son travail sur France 3. M. Aubry est plus que discret : connaît-il au moins la

1. Passager. (*N.d.A.*)

profession de foi de son épouse ? Il faudrait que Mme Bayrou sorte de l'écurie et Mme de Villepin du Racing si elles veulent loger un jour à l'Élysée. L'hôtel est tarte mais le jardin est sympa.

De quoi un homme marié ou une femme mariée apporte-t-il la preuve ? Qu'au moins une personne sur terre tolère sa présence. Les Français veulent un président supportable. On verra qui, dans l'action dangereuse, aura le plus de résistance : l'ex-top-modèle chanteuse ou l'ex-journaliste acheteuse. C'est par elles, en tout cas, que passera la victoire ou la défaite de leur intelligent joint.

## Hommages d'hiver

Ces derniers mois, ils sont tombés l'un après l'autre, les écrivains de mon enfance, comme les soldats d'un peloton perdu dans la jungle et pris dans une embuscade : Bernard Clavel, Jean Dutourd, Jean Lartéguy, François Nourissier. Les poids lourds de la bibliothèque de nos pères. À la maison, au milieu du siècle dernier, c'était papa qui lisait. Maman n'avait pas le temps, prise entre les commissions et la vaisselle. Depuis, grâce au congélateur et au lave-vaisselle, elle a rattrapé son retard. Je me souviens d'avoir dévoré *La Maison des autres* sous les draps, jusqu'à l'heure où Julien, l'apprenti pâtissier, était réveillé par son chat pour aller faire les gâteaux de son patron. La couverture de l'édition de poche d'*Une tête de chien* était-elle illustrée par Siné ou Chaval ? Le personnage naissait avec une tête de cocker qu'il gardait toute sa vie. Ne serait-ce pas mon histoire après avoir été celle de Jean Dutourd ? Notre histoire à tous ? Dans *Enquête sur un crucifié*, le chef-d'œuvre de Lartéguy avec *Les Chimères noires*, le plus beau roman français de guerre jamais écrit sur l'Afrique, je me demandais ce que, dans la vie, je préférerais être : l'enquêteur suisse ou le crucifié américain ? Combien de fois suis-je entré dans l'*Allemande* de Nourissier ? Le narrateur ado, c'était moi sous l'occupation de Georges Pompidou, puis de Valéry Giscard d'Estaing.

Clavel, Dutourd, Lartéguy, Nourissier : les best-sellers de nos parents, qui avaient meilleur goût que nous. Ces auteurs avaient étudié le latin et, pour certains, le grec, qui préparent mieux à faire des phrases que les masters de marketing, les diplômes de journalisme, les licences de philosophie ou les CAP d'architecte d'intérieur. Ils n'avaient pris aucune précaution avec les femmes ni avec leur foie. Ils étaient aux aguets de la vie et du peuple, qu'ils fussent fumeurs de cigares mondains ou ermites à pipe. Grands claqueurs de portes : Clavel celle du jury Goncourt, Lartéguy celle de l'armée, Dutourd celle de la bien-pensance et Nourissier celle de sa banlieue. J'aimais l'émotion carrée du premier, la science politique et militaire du deuxième (ainsi que son parfum d'Extrême-Orient), la culture ironique du troisième et la prose féline du dernier. C'étaient des mercenaires délicats, qui connaissaient tout de la vie et tous les livres.

Selon Éric Neuhoff, qui m'a fait l'autre jour découvrir le foie gras et la cervelle d'agneau de Ribouldingue, rue Saint-Julien-le-Pauvre, il n'y avait pas grand monde à l'enterrement de François Nourissier. Normal : en plein pendant les vacances de février. De plus, c'était au Père-Lachaise. Aller aux funérailles de quelqu'un, c'est bizarre : lui-même n'y est pas. Cette satisfaction sombre de se retrouver entre vivants, moins ce gêneur d'écrivain. Laissez les mots enterrer les morts. Sous le grand soleil qui suit toujours un bon chinon, on a regardé Notre-Dame, plus blanche que jamais, puis on est retournés lire.

## Un hurlement

*À Stéphane Hessel*

Aujourd'hui, je reçois l'auteur du livre qui fait événement : 861 000 exemplaires vendus…

– 862.

– 862, pardon, en trois semaines.

– Deux et demie.

– Une vingtaine de jours, donc. L'auteur, Jean-Christian Lopez, a cent trente-trois ans.

– Cent trente-deux.

– Décidément, moi, aujourd'hui, les chiffres. Ce livre, corrigez-moi si je me trompe, est un cri.

– Un hurlement. D'ailleurs, c'est le titre.

– Oui : un hurlement contre…

– Les abus de tous ordres.

– Il semble avoir été entendu par nos compatriotes, qui ont acquis l'ouvrage en masse, faisant de vous leur nouveau maître à penser, ce qui prouve qu'on peut avoir cent trente-deux ans et passionner encore ses contemporains. Monsieur Jean-Christian Lopez, vous avez commencé à faire parler de vous au moment de l'affaire Dreyfus.

– Ce pauvre capitaine.

– Vous aviez alors à peine vingt ans.

– J'ai hurlé. C'était mon premier hurlement.

– En 1914, on vous trouve en Suisse, aux côtés de Romain Rolland, dans le combat pacifiste.

– Cette boucherie. J'ai encore hurlé. En vain. On ne peut pas être entendu à tous les coups.

– En 1917, vous vous précipitez dans la Russie des Soviets, impatient de voir un homme nouveau naître dans une société nouvelle.

– Ce n'était pas ça. J'ai hurlé. Ils m'ont retiré mon visa. J'ai hurlé plus fort. En 1989, à la chute du mur de Berlin, j'ai compris que j'avais été entendu. Parfois, il faut hurler longtemps.

– Dans les années 30, vous combattez le fascisme.

– Hurlement sur hurlement.

– De 40 à 44, la Résistance.

– Hurlé à la radio de Londres.

– Vous vous détachez du général De Gaulle au moment de la guerre d'Algérie.
– Je lui ai hurlé dessus : il n'a pas aimé.
– Vient Mai 68.
– Je hurle avec les étudiants, mais à mon balcon, car j'ai déjà quatre-vingt-dix ans.
– Avec Georges Pompidou ?
– Je hurle.
– Sous Giscard d'Estaing ?
– Je hurle deux fois plus.
– Arrive François Mitterrand.
– J'ai d'abord un espoir, il est vite déçu, alors…
– Vous hurlez.
– Oui.
– Chirac ?
– Sa fracture sociale, j'y crois, mais le temps passe et elle n'est pas réduite : je pousse donc mon hurlement.
– Sarkozy ?
– Lui, je n'y ai jamais cru, il n'y a pas la déception, juste la colère, mon hurlement est moins fort, mais l'âge se fait sentir – en 2007, j'ai cent vingt-neuf ans, ça me paraît jeune aujourd'hui, mais sur le moment ça me fait peur, je hurle même un peu contre l'âge –, je me dis qu'il est temps de faire le point sur ma vie de hurlements.
– Ce qui nous donne ce merveilleux livre de 21 pages.
– 21 et demie.
– Vendu déjà à 862 000 exemplaires. Une conclusion, Jean-Christian Lopez ?
– Oui : hurlez !

## Déclaration d'amour à Julian Assange

Te voilà en prison, Julian. Au moins, pour quelques jours[1]. Ton vieux rêve de lecteur de Mark Twain enfin réalisé : une baraque pour toi tout seul où tu pourras lire tranquillement. Mark Twain. Le nouvel auteur américain à la mode. Parce que les autres – Roth, Ellis, Auster… – sont trop nases ? Tu aurais commis des violences sexuelles sur deux admiratrices suédoises, dont l'une t'accuse d'avoir enlevé ton préservatif pendant l'acte. Ce qui démontre une certaine dextérité. Acquise à force de surfer sur Internet ? L'agilité du hacker. Bientôt, avoir des rapports sexuels non protégés sera un délit, comme fumer au restaurant. Qui sait si, en l'an 2500, on aura encore le droit d'ouvrir la bouche quand on embrassera quelqu'un sur les lèvres ?

Les commentaires, à ton sujet, sont nombreux. Ce besoin que tout le monde a, tout le temps, d'avoir un avis sur tout. Qu'est-ce que ça alourdit les conversations. Et les émissions de radio. On ne peut pas monter dans un taxi sans entendre aussitôt un journaliste haranguer la foule des auditeurs. Je préfère encore les accordéonistes sans papiers du métro. De toute façon, à force de ralentir aux feux verts et de piler aux feux orange après avoir roulé moins vite que les Velib', les taxis parisiens finiront par perdre tous leurs clients, sauf peut-être certaines jolies filles non motorisées dont la seule ambition dans l'existence semble être d'arriver en retard à tous leurs rendez-vous.

Les intellectuels et hommes politiques de droite proaméricains ne supportent pas qu'à travers les révélations de WikiLeaks tu portes atteinte à l'image idyllique qu'ils ont des États-Unis, patrie du blue-jean, de la libre entreprise, du rock'n'roll, de la démocratie, d'Elvis Presley, de la conquête spatiale, de Coca-Cola, du 6 juin 1944. Il y a quelque chose d'émouvant dans le fait de

1. Beaucoup plus. (*N.d.A.*)

refuser de voir les défauts des gens qu'on aime. C'est peut-être la définition de l'amour. Les intellectuels et hommes politiques de gauche antiaméricains se délectent de tes révélations mais se demandent si, en te défendant, ils ne se placeraient pas en dehors des lois, ce dont leurs lecteurs et leurs électeurs leur tiendraient sans doute rigueur. Les journalistes professionnels ont, à ton égard, un mélange de fascination et de jalousie. Ils ne seraient pas fâchés que tu sois puni de ta témérité, ça les consolerait de ne pas avoir connu ta gloire. Je ne vois, dans ta récente et magnifique opération de déstabilisation du monde occidental, que l'énoncé d'un principe simple, presque enfantin : le mal est secret, le secret est le mal. Quand on ne peut pas dire ce qu'on fait, il faut arrêter de le faire. Voir tant de dirigeants politiques chrétiens avoir peur de WikiLeaks : Dieu, qui sait tout, ne sera-t-il pas plus sévère avec eux, pendant plus longtemps ?

## Comme un Guéant

On ne s'improvise pas homme de l'ombre. Les coulisses sont une longue patience. Il y a un art de rester derrière : c'est le contraire de celui de se mettre en avant. Parler aux masses s'apprend comme une langue étrangère. Guéant a oublié que les mots sont d'autant plus lourds qu'ils tombent dans des millions d'oreilles. Le drame de Claude Guéant : celui d'avoir dû jouer les premiers après être devenu un second. Il a perdu la tête qu'il n'avait plus sur les épaules solides de Nicolas Sarkozy. Il a voulu se faire aussi gros que le beauf. C'est le pot-au-Hortefeu.

On ne se doute pas du nombre de micros, d'appareils photo et de caméras qui suivent les moindres faits et gestes de nos hommes politiques. C'est Natalie Portman sur le tapis rouge des Oscars, sauf que c'est tous les jours. Le moindre des propos, des sourires ou des soupirs d'un homme politique est reproduit à l'infini. Il habite à l'intérieur d'une caisse de résonance. Ce ne sont plus ses enfants qui ne l'écoutent pas, c'est le peuple entier qui l'entend. Griserie de voir le monde nous accorder autant d'attention que nous en avons pour nous-mêmes depuis que nous sommes au monde. L'injustice que nous avons subie – ne pas être reconnus comme le centre de l'univers – est enfin réparée : nous sommes au centre de l'univers, aussi appelé poste de télévision. La tentation est alors trop forte de dire la vérité qui nous offrira le rôle final de prophète. Et la vérité, pour Guéant, c'est qu'on n'est plus chez nous.

Le pays a changé, certes, depuis notre lointaine enfance blanche, et il y a sans doute en chacun de nous – nous, les Français de plus de cinquante ans, comme Claude Guéant – le désir de retourner dans cet univers idyllique où les mamans étaient décolorées et non teintes, où les papas avaient une situation et non un emploi, où la télé était en noir et blanc et non à la carte et où les banlieues étaient rouges et non noires. À l'école primaire, il y avait des maîtres, pas des instits ; au lycée, des professeurs, pas des enseignants. On sent bien dans l'entourage quinquagénaire et sexagénaire du président, et chez le président lui-même, cette nostalgie d'une société où les jeunes parlaient bien et s'habillaient mal, alors qu'aujourd'hui c'est l'inverse. Ces grands premiers de la classe des années 70 et 80 semblent vouloir refuser la planète telle qu'elle erre désormais entre guerres civiles et désastres financiers, massacres religieux et brutalités politiques, exodes et génocides, catastrophes et famines, fabriquant expulsés et réfugiés à tire-larigot. Jaurès avait bien dit que le capitalisme, c'était la guerre, mais on ne l'a pas laissé finir son croissant au café. Je me souviens d'une visite de Poto-Poto, quartier de Brazzaville, en 2006, et du commentaire de mon chauffeur : « C'est le quartier des immigrés d'Afrique de l'Ouest. » Comment les aurais-je reconnus ? Guéant se décidera-t-il à admettre que ces masses de jeunes Français ni blancs, ni chrétiens, ni très bons à l'école, sauf exception, sont chez eux chez nous ?

# Résurrections

Ils n'étaient pas trop bien, ces dernières années, Lawrence Durrell (1912-1990) et Pierre Benoit (1886-1962), les deux grands écrivains vagabonds du XXe siècle, l'Anglais élevé en Inde et le Français en Tunisie – je veux dire : pas trop vivants. Les colonies, ça permettait à plein de petits garçons et de petites filles de passer leur enfance à l'étranger, où toute leur existence ils se sentiraient plus chez eux que chez nous. Ça en faisait des adultes voyageurs, voire, dans le cas de Durrell, des expatriés. Benoit a fait plusieurs fois le tour du monde et Durrell plusieurs fois le tour de la Méditerranée, parce que, pour lui, la Méditerranée, c'était le monde. Tous deux enchantèrent leur public, souffrirent de la critique et ont une postérité de merde. Il vaut mieux avoir une postérité de merde que pas de postérité du tout, car parfois la merde se change en or (voir *Peau d'âne*, de Charles Perrault). Ils se sont fait beaucoup traiter d'ânes, du reste, Benoit et Durrell. Avant et après leur mort. Par un tas de types et de bonnes femmes bas du bonnet.

Les éditions Buchet-Chastel font une opération Durrell et les éditions Albin Michel une opération Benoit, parce que c'est le centenaire de la naissance de Durrell et le cinquantenaire de la mort de Benoit. C'est bizarre de fêter l'anniversaire des gens après leur décès, y compris celui de leur décès. Buchet édite le premier roman de Durrell (*Petite musique pour amoureux*), réédite *Le Quatuor d'Alexandrie* et remet en circulation l'introuvable *Citrons acides* dans sa collection de poche Libretto. Albin propose une biographie de Benoit par Gérard de Cortanze (*Pierre Benoit, le romancier paradoxal*), réédite trois romans de l'auteur (*Mademoiselle de la Ferté*, avec une préface d'Éric-Emmanuel Schmitt, *Axelle*, avec une préface de Frédéric Vitoux, et *La Châtelaine du Liban*, avec une préface d'Amélie Nothomb), tandis que Le Livre de Poche, dont Francis Esménard, patron d'Albin Michel et filleul de Pierre Benoit, est partie prenante, remet en circulation, sous de nouvelles couvertures que j'adore et que Gisela déteste, *L'Atlantide*, *Koenigsmark* et *Le Roi lépreux*.

La critique anglaise reprochait à Durrell d'être de droite et la critique française reprochait la même chose à Benoit, mais il faut croire, vu leur succès mondial énorme, à peine imaginable aujourd'hui pour des auteurs de littérature, que leurs lecteurs étaient de droite aussi, y compris ceux de gauche. Lawrence et Pierre se présentent à nous aujourd'hui délivrés de leurs chaînes, c'est-à-dire de leurs idées, avec leurs livres droits comme le i du mot génie, dans l'incandescence de leur imagination et la richesse de leur style. Quand, dans la critique littéraire, a-t-on remplacé le mot « style » par celui d'« écriture » ? C'est peut-être ce jour-là que la critique littéraire est morte, d'où l'importance de retrouver la date, afin de rédiger l'avis de décès. Les cinquante livres de Durrell et les cinquante livres de Benoit – tous les écrivains écrivent une cinquantaine de livres, du moins ceux qui réussissent à dépasser la cinquantaine – nous ont attendus avec la patience des anges qu'ils sont, et bien chanceux sont ceux d'entre nous qui ne les ont pas encore lus, aussi chanceux que ceux d'entre nous qui les ont déjà lus.

## Liberté pour Agnelet

C'est un charmant petit livre bien écrit par un bandit né le 31 mai 1935 : Jean-Pierre Hernandez. Un bandit Gémeaux n'est jamais complètement un bandit. C'est comme un honnête homme Gémeaux.

Dans *Confessions d'un caïd*, que François Mattei, ancien directeur de la rédaction de *France-Soir*, journal quotidien où c'est un poste fort volatil, a écrit pour lui en partie, Hernandez se confesse comme Rousseau. Quel vilain mot, quand on le décortique : confesse. Comme quoi il faut le faire le moins souvent possible. Sauf si c'est pour réparer une injustice. Rousseau : l'image qu'on avait de lui. Elle était trop bonne. L'injustice qu'Hernandez entend réparer, c'est celle que la cour d'appel d'Aix-en-Provence fit à Maurice Agnelet, au printemps 2007, en le condamnant à vingt ans de réclusion pour l'assassinat d'Agnès Le Roux qu'il n'a pas commis. Puisqu'on sait aujourd'hui, grâce à Hernandez, qui est l'auteur du crime : Jeannot Lucchesi. C'est un vieil ami de Jean-Pierre, rencontré au moment de la French Connection, dont ils étaient tous deux membres actifs. Ils se retrouvent au milieu des années 80, alors que Lucchesi se cache dans un village du Vaucluse. Pas de la police, de Francis le Belge, qui « le cherche pour l'abattre depuis qu'il a réglé son compte à Bébert F... ». Lucchesi « a souffert de problèmes cardiaques toute sa vie et il se sent au bout du rouleau ». Il est aux aguets. « Dans la cheminée, l'écorce d'une châtaigne a explosé, et nous avons tous sursauté, tellement ça ressemblait à un coup de calibre. Après nous avons beaucoup ri. »

Voilà ce que dit Lucchesi – « seul, traqué, malade. Je sais qu'il n'a pas menti » – à Hernandez au sujet de l'affaire Le Roux, quelques mois avant sa mort après une opération du cœur, le 11 février 1987 : « La fille du Palais de la Méditerranée, à Nice, tu sais, la fille Le Roux. Il me dit, c'est pas le nave [l'avocat], c'est nous. C'est moi qui suis monté à Nice pour les lui filer. Ça ne m'a pas plu, j'étais dégoûté, mais on m'a demandé de le faire, et je l'ai fait. Quand ça a été fait on l'a amenée aux Goudes [quartier du sud de Marseille, connu pour ses calanques sauvages] et on a jeté le corps à la mer, avec toutes ses affaires. Pour la voiture, on l'a amenée à Marseille. J'ai toujours été inquiet. Les petits cons à qui on l'a confiée, j'espère qu'ils l'ont bien menée où on leur a dit pour la faire écraser. » Hernandez se rendra dans le garage indiqué par Lucchesi et le garagiste « se souvenait très bien du Range Rover, et m'a confirmé que le nécessaire avait été fait, comme convenu avec Jeannot ».

Hernandez n'a pas plus de raisons de nous mentir que

Lucchesi n'en avait de ne pas lui dire la vérité. S'il se décide aujourd'hui à faire cette révélation, en dépit d'une discrétion innée qui lui a permis de traverser la guerre des gangs (1970-1990) sans prendre une bastos et en faisant un minimum de placard, c'est à cause de la condamnation qu'il sait inique, en 2007, d'Agnelet. Ce dernier, à soixante-treize ans, prépare, à la prison de Marzac, en Dordogne, une licence de philosophie. Comme mon fils aîné de vingt-trois ans à la Sorbonne. Moi qui le trouvais un peu en retard.

## La prison de la santé publique

La première fois que j'ai vu des paquets de cigarettes avec des cancers dessus, c'était en janvier 2011 à l'aéroport de Bangkok. Je voulais rapporter quelques cartouches – ma mère, grande fumeuse, achetait toujours ses « Françaises » par cartouches, ce qui lui donnait un petit air guerrier – à mon fils cadet (seize ans) afin qu'il les revende en classe avec un fort bénéfice, préparant ainsi son accès à la société capitaliste, où il s'agit d'acheter le moins cher possible des choses inutiles, voire nuisibles, qu'on revendra le plus cher possible. Ça me paraissait une bonne économie et une bonne leçon d'économie. Dans l'un des magasins duty-free de cet immense centre commercial (*sounkankha*) où les touristes sexuels occidentaux, moyen-orientaux et américains déambulent en attendant le départ de l'avion qui les renverra au désert affectif de leur pays d'origine, je cherchai l'élégant sigle rouge et noir des Marlboro, le dromadaire tranquille des Camel, la grâce désuète des Dunhill. Et ne trouvai, trônant avec une impudence veule sur tout le tabac, que chancres abominables et tumeurs atroces. Je suis, du coup, retourné aux livres. Il y a deux catégories d'ouvrages en vente dans l'unique librairie de l'aéroport de Bangkok : les récits de voyageurs qui, en Thaïlande, soit sont allés aux putes, soit sont allés en prison. Il y en a aussi qui ont fait les deux.

Je témoigne donc ici de l'efficacité, du moins pour ce qui concerne les âmes sensibles et les cœurs délicats comme les miens, de cette nouvelle et spectaculaire campagne antitabac. Je m'étonne que les présidents et les membres des innombrables ligues de vertu, dont l'Europe semble être devenue la tête de pont pour une reconquête morale et sanitaire du monde entier, se contentent de limiter à la consommation de cigarettes leur nouvelle méthode de dissuasion. Pourquoi ne pas, sur les bouteilles de bons whiskys ou d'excellents bordeaux, afficher de flamboyantes cirrhoses du foie ? Un cancer de l'estomac en phase terminale ferait aussi l'affaire. Voilà qui modérerait notre consommation d'alcool et de vin. Sur chaque paquet de beurre, pourquoi ne pas coller la reproduction en couleur d'une aorte bouchée ? Une aorte, déjà, c'est moche. Une aorte bouchée, c'est infâme. Tout le monde se mettrait à la margarine, comme sous l'Occupation. Sur les plaques de chocolat, la photo d'un obèse. Ou, mieux, d'une obèse. Les boîtes de choucroute et de cassoulet seraient ornées d'un pied de goutteux en pleine crise. Le mien. Ou celui, plus populaire et en même temps plus aristocratique, de Jean d'Ormesson. Sur une douzaine d'œufs, la photo d'un homme décédé d'un accident cardiaque à la suite d'un trop fort taux de cholestérol. Tout blanc, la langue sortie. On ne mangerait plus qu'un œuf par mois, pour se souvenir de comment était la vie quand elle n'était pas encore un problème de santé publique.

Pourquoi, d'ailleurs, s'en tenir aux denrées alimentaires ? Le danger est partout. On incrusterait, sur le réservoir de toutes les motos, le dessin d'un corps déchiqueté et d'un visage défiguré après un accident. L'avantage des avions est qu'ils offrent une large surface sur laquelle il serait souhaitable de peindre des fresques représentant divers crashs aériens afin de mettre les voyageurs en garde contre ce moyen de locomotion qui a déjà pris tant de vies humaines à notre planète. Sur les Vélib' : fractures du crâne.

## Notre émir

Emir Kusturica : l'un des grands blessés de la guerre de sept ans (1992-1999) en ex-Yougoslavie. Aujourd'hui, rétabli après une longue convalescence musicale avec son groupe No Smoking Orchestra. La palme d'or (pour *Underground* en 1995) la plus inouïe de tous les festivals de Cannes. Dit-on les festivals ou les festifs veaux ? La présidente du jury, Jeanne Moreau, avait pris Emir pour ce qu'il est, un Bosniaque, mais n'avait pas compris que c'était un mauvais Bosniaque, un Bosniaque opposé à l'indépendance de la Bosnie. Il n'y a pas un mot, dans *Où suis-je dans cette histoire ?*, sur les quelques philosophes qui se déchaînèrent alors contre le film. L'un d'eux, qui ne l'avait pas vu, écrivit dans *Le Monde* un article pour que les Français n'aillent pas le voir non plus. La censure, cette vieille passion intellectuelle française.

Initié par Laurent Laffont, de JC Lattès, qui possède les droits mondiaux de l'ouvrage vendu dans de nombreux pays, *Où suis-je dans cette histoire ?* – le titre serbe est meilleur : *La mort est une rumeur non fondée* – a déclenché une émeute à la Foire du livre de Belgrade lors de sa parution l'an dernier en Serbie. Depuis son premier film, *Te souviens-tu de Dolly Bell ?* (1980), Kusturica est une sorte de représentant itinérant de la Yougoslavie. D'où ses valises diplomatiques sous les yeux. Pourtant, il a donné, dans ses films truculents inspirés de Rabelais et de Fellini, une image fausse du peuple serbe, qui déteste la trompette et l'accordéon, est d'une frugalité maniaque et dont les principales passions sont le droit, les mathématiques et le tennis. Les spectateurs occidentaux ont cru, en 1999, que l'Otan bombardait des ivrognes incultes alors que les missiles Tomahawk à l'uranium appauvri tombaient sur des sportifs diplômés. Le nombre de jeunes Serbes qui renoncèrent alors à faire leurs études à Paris parce que le niveau des facs était trop bas par rapport à Belgrade ou même Novi Sad et Nis. Ils préféraient encore étudier sous les bombes.

*Où suis-je dans cette histoire ?* n'est pas une autobiographie exhaustive. L'auteur ne raconte le tournage d'aucun de ses films. Celui d'*Undergound* aurait pourtant mérité un chapitre. Emir s'attarde en revanche, comme Tolstoï et Pagnol, sur son enfance, son adolescence et sa jeunesse. La gloire de son père, le deux-pièces de sa mère et le temps des secrets amoureux. Les seuls moments où il se passe quelque chose dans la vie. Et si un adulte était quelqu'un à qui il n'arrive rien ? Rien d'important. L'échec plat ou le succès indolore. *Où suis-je dans cette histoire ?* est la première chose que Kusturica a écrite seul, ayant invité les meilleurs écrivains bosniaques et serbes vivants – Abdulah Sidran, Gordan Mihic, Dusan Kovacevic – à rédiger les scénarios de ses films avec lui. Cela donne à l'ouvrage un côté inédit, imprévu, neuf, qui en fait une des lectures les plus savoureuses du moment pour les amoureux du cinéma et de la liberté de penser à la Serbie.

## Maïakovskisme-léninisme

Henri Deluy, octogénaire révolutionnaire, catégorie actuellement très aimée des libraires et des lecteurs (Edgar Morin, Stéphane Hessel), propose un recueil des poèmes les plus politiques de Vladimir Maïakovski (1893-1930), traduits par ses soins et précédés, pour chaque texte, d'un envoi au poète. Il lui demande notamment : « Que faire de toi, aujourd'hui, après les échecs, les délabrements, les crimes, après le stalinisme, après la faillite ? ». Maïakovski a été le poète du communisme russe comme Gorki a été son romancier et Ehrenbourg son journaliste.

Ces trois énergumènes ont été les pylônes sur lesquels s'est élevée la défunte littérature soviétique. J'allais oublier Cholokhov, le grand auteur paysan. Quatre pylônes au lieu de trois, ça facilite la construction. Mais n'a pas empêché l'effondrement. Le seul livre dédicacé par Aragon que je possède est son *Littératures soviétiques*. Quand je pense que le fou d'Elsa était assez puissant dans les années 60 pour imposer aux Gallimard une collection réservée aux écrivains russes non dissidents. Te souviens-tu de Constantin Paoustovski ? Les écrivains français non dissidents devraient en prendre de la graine : la postérité n'aime que les cassants.

Lire Maïakovski : « Où aller, avec cet enfer en moi ? », « Pas un cri ne sortira de mes lèvres mordues jusqu'au sang », « Moi, depuis mon enfance, j'ai appris à détester les gros, toujours à se vendre pour un repas », « Le col ouvert, le cœur presque à l'air ». En 1924, alors que sa disgrâce commence au sein de plus en plus stalinien du comité central du PCUS, Maïakovski entame la rédaction d'un poème à la gloire de Lénine : *Vladimir Ilitch Lénine*. Il s'interrompt, puis, après les funérailles du leader révolutionnaire, s'y remet. Deluy indique : « Il présente ce poème (particulièrement long) au cours de plusieurs lectures devant des personnalités (au Kremlin et aussi devant Lounatcharski et d'autres) [...]. La tension monte autour des interventions de Maïakovski, des réticences, des oppositions de plus en plus répétées et de plus en plus ouvertes se manifestent... »

En perdant Lénine, Maïakovski perd l'espoir. Il lui reste à chanter un éloge funèbre qui est aussi le sien : « J'ai peur qu'on cache le véritable, le sage, l'humain, l'immense front de Lénine. » Commentaire prémonitoire : « Le patron, diable chauve, brandit son boulier et grommelle “la crise” ! » Éloge du rassemblement, et donc du Parti : « Un homme solitaire ! À qui est-il utile ? La voix d'un solitaire, plus frêle qu'un piaulement. Qui l'entendra ? Juste sa femme ! »

La seule chose qui reste d'un écrivain, c'est la façon qu'il avait de mettre les mots ensemble avec parfois la colle un peu trop collante des idées. Maïakovski a été le premier poète russe cubiste. Il a mis Mallarmé sur la barricade d'Hugo. Il est mort d'une balle dans le cœur qu'il a tirée lui-même avec la grâce un peu fragile de qui n'est plus assez aimé après l'avoir été trop. C'était un violent doux aux prises avec une histoire unique au monde : l'arrivée des pauvres au pouvoir. Il a fait ce qu'il a pu écrire. Son nom est presque un crime. C'était le titre de sa première pièce. Une tragédie.

## L'été pas de Camus

L'été, comme le concours de l'Eurovision de la chanson ou chacun de nos anniversaires, nous rappelle qu'une année a passé. Ce n'est pas une saison, c'est un gong. Il annonce, claironne notre vieillissement. Ne nous oblige-t-il pas à nous mettre torse nu devant lui comme s'il était un médecin ? Tous les jours, en plus. Il nous ausculte à la lumière éclatante du soleil afin de constater les dégâts qui se sont produits sur notre personne depuis douze mois. On sait bien ce qu'il y aura sur une ordonnance absurde : régime crétois et sport, ainsi que détente dans les boîtes de nuit avec champagne à gogo et filles trop jeunes pour nounours. L'été est un coup de cymbales dans notre existence immobile. C'est le moment où le temps coule comme un nez. On avait bien serré le robinet pendant l'automne, l'hiver et le printemps, semblables à tous les automnes, hivers et printemps déjà vécus par nous (tiers professionnels et infos télé). Les jours s'empilaient avec indifférence comme des plaintes sur le comptoir d'un commissariat de quartier trop sensible. Voici qu'ils nous glissent sous les pieds. Du coup, nous tombons sur le sable avec cette question lourde : qu'ai-je fait de ma vie depuis l'été dernier ? L'été est philosophique, ça doit être pour ça qu'Albert Camus a écrit dessus en 1954. Et donc moi maintenant en 2011.

Il y a aussi Ingmar Bergman en 1951 : *Jeux d'été*. Mais c'était un film.

Ces départs en vacances, en voiture et en famille : toujours pensé que ma génération, ainsi que celle qui l'a précédée et celle qui l'a suivie les aboliraient. L'œuf dur et le poulet rôti mangés sur l'aire d'autoroute, les chansons fredonnées par toute la famille pour que papa ne s'endorme pas au volant, le réveil au milieu de la nuit pour éviter les embouteillages à l'entrée de Lyon ou à la sortie de Bordeaux, le plein à refaire : j'étais persuadé que tout cela resterait cantonné aux années 60, 70 et 80 du siècle dernier, que c'étaient des images figées dans le temps comme les cartes postales de la grande inondation parisienne de 1910. Je m'aperçois que non. Je me souviens de Yann Blanc, mon jeune beau-frère décédé en 2003, ancien PDG de Warner Music France, expliquant à ses deux sœurs, avec son beau sourire suédo-provençal, que son rêve de vacances était de partir le 1er août dans le Sud par l'autoroute, avec sa femme, son fils et son chien dans sa grosse voiture. Réalisé par sa génération, si j'en crois les reportages de télévision. On fait des enfants et on se rend compte qu'on a fait des parents. Les nôtres, par surcroît.

En été, il y a toujours un mort. Ça devrait nous éclairer sur la véritable signification de cette saison : crise de nerfs de Dieu au cours de laquelle l'un de nous laisse sa peau. On l'appelle le mort de l'été. Parfois, c'est une mort. Quand elle est spectaculaire : Diana Spencer, Gianni Versace, Marie Trintignant, Pauline Laffont, Michel Berger. Pour savoir quel été c'était, celui où on a appris à faire de la planche à voile à La Baule ou celui où on a lu Malcolm Lowry à Combloux, on se repère aux morts. À qui le tour cette année ? J'ai décidé : je mourrai en été. C'est mieux. Il n'y a pas beaucoup de nouvelles et les gens ont le temps de lire les journaux. D'ailleurs, ces gros malins qu'étaient Louis-Ferdinand Céline et Ernest Hemingway sont morts tous deux le 1er juillet 1961, sachant bien ce qu'ils faisaient : la une. 1961 est le meilleur cru de toutes les cuvées de morts de l'été. En été, il y a aussi des naissances. Mais alors, les vacances sont gâchées.

## Accord préalable

Le présent document a pour but d'inscrire dans un cadre juridique strict la rencontre ayant eu lieu la nuit dernière à 2 h 17 au VIP Room entre Monsieur A, vingt-huit ans, fonctionnaire de l'Éducation nationale domicilié à Champs-sur-Marne (77), et Mademoiselle B, vingt-quatre ans, étudiante en droit des affaires, domiciliée à Neuilly-sur-Seine (92). Les deux parties s'étant adressé la parole d'un commun accord, la légalité de leur rapprochement physique consécutif ne pourra être contestée par aucune d'entre elles, quelle que soit la nature des procédures qui seront engagées dans le couple lors des dix prochaines années, délai au-delà duquel un dépôt de plainte de quelque nature que ce soit n'est plus recevable dans une relation amoureuse consentie et protégée entre adultes.

Par ledit document, Monsieur A et Mademoiselle B s'engagent l'un envers l'autre à ne pas contester le fait que leur premier baiser, intervenu à 6 h 14 le jour même dans un taxi traversant la Seine sur le pont Alexandre-III, n'a donné lieu, par aucune des deux parties, à une quelconque résistance. Ce fait a été confirmé par Monsieur C, quarante et un ans, chauffeur de taxi domicilié à Bagnolet (93), qui a déposé le couple à Neuilly. Par un réflexe citoyen, Monsieur C a pu constater, en demeurant quelques minutes devant le domicile de Mademoiselle B, que celle-ci est rentrée seule chez elle, Monsieur A prenant à pied la direction de la station de métro la plus proche. Souhaitant s'assurer que le jeune homme ne reviendrait pas subrepticement au domicile de ce qu'il ne semblait pas à Monsieur C devoir encore être appelé sa compagne, le taxi l'a suivi à bord de son véhicule.

Monsieur A et Mademoiselle B, souhaitant donner suite à leur rencontre, se sont présentés ce jour devant notaire afin d'établir un accord préalable qui leur permettra, en cas de litige, de pouvoir se retourner l'un contre l'autre en toute légalité. Il est convenu entre les deux parties que leur premier rapport sexuel aura lieu dans un délai de 21 (vingt et un) jours, soit trois semaines à partir de la signature du contrat. Il se déroulera dans un hôtel parisien de catégorie luxe ou grand luxe. Monsieur A s'engage à régler la chambre, Mademoiselle B se chargeant des dépenses annexes (room service, blanchisserie, minibar, location de films pour adultes, etc.). Le rapport sexuel en lui-même ne devra pas excéder deux heures trente et ne pourra inclure la sodomie que si Mademoiselle B en fait la demande écrite sur un papier daté et signé à en-tête de l'hôtel. Monsieur A s'engage à inviter Mademoiselle B à déjeuner dans un délai de 7 (sept) jours, soit une semaine, afin de faire avec elle le bilan de leurs sentiments respectifs après leur nuit ou après-midi d'amour. Cette rencontre aura lieu devant deux témoins, l'un choisi par Monsieur A et l'autre par Mademoiselle B. Ces témoins ne pourront en aucun cas être des membres de la famille A ou de la famille B. Lors de ce déjeuner, dont les frais seront partagés entre Monsieur A et Mademoiselle B, sauf en cas de demande expresse de payer ou de ne pas payer de l'un ou l'autre des futurs plaignants, il sera décidé par un vote à main levée si une suite doit être donnée à la relation, auquel cas un nouvel accord préalable devra être signé devant notaire dans un délai de 3 1/2 (trois et demi) jours, soit une moitié de semaine.

Fait à Paris, le 4 août 2011.

## Soljenitsyne et lui

En Russie, c'est un écrivain qui a fait tomber le tsarisme : Léon Tolstoï. Et un autre qui l'a rétabli : Alexandre Soljenitsyne. C'est souvent ce qui arrive avec les peuples de lecteurs. C'est ce qui s'est passé en France au XVIII^e^ siècle ; Voltaire abat la monarchie, Chateaubriand la restaure. Maintenant, le pouvoir politique est tranquille : on ne lit plus. Ou moins. Et seulement des auteurs gentils, qui ne veulent rien changer à rien, sauf qu'on ait un peu plus de gentillesse les uns envers les autres. Tout à fait d'accord. La gentillesse, on en a bien besoin, surtout avec ce temps. Cette phrase de D. H. Lawrence qui me trotte dans la tête depuis le début du mois de juillet : « C'est merveilleux d'être tout seul, surtout quand le soleil brille. » Il ne l'a pas écrite, juste dite. Dans les dernières semaines de sa courte et prodigieuse existence (quarante-quatre ans). De l'avantage d'avoir un biographe. Rappel : le roman de Lawrence *L'Amant de lady Chatterley* n'a pu paraître en Angleterre, dans une édition normale, qu'en 1960, soit trente et un ans après avoir été écrit et trente après la mort de l'auteur. Qui a aussitôt eu un procès.

Soljenitsyne et moi, on a plusieurs points communs. Mon premier roman (*Les Petits Maux d'amour*) est sorti la même année que le premier tome de *L'Archipel du goulag* : 1974. Et chez le même éditeur : Le Seuil. Puis Alexandre est allé chez Fayard, où je l'ai suivi pour rééditer tous mes livres. Sous la houlette du même homme : Claude Durand. Qui publie, dans quelques semaines, ses souvenirs sur le grand écrivain russe : *Agent de Soljenitsyne*. Claude doit être, avec Soljenitsyne, l'une des deux seules personnes sur terre à avoir lu entièrement *La Roue rouge* (« 16 000 pages de tapuscrit, trois ou quatre fois *Guerre et paix* »). Maintenant que l'ancien *zek* est mort, il est la seule. J'y songe souvent quand je déjeune avec lui à La Branche d'olivier, le charmant et délicat restaurant de poissons de la rue de Naples.

Bernard Frank, à qui cette dernière phrase est dédiée et dont j'ai lu récemment les articles éblouissants que Jean Grouet et l'écrivain ont rassemblés et fait paraître en 1993 (*Mon siècle*), puis en 1996 (*En soixantaine*), se serait précipité sur *Agent de Soljenitsyne*, vision crue, détaillée, sarcastique et passionnée de l'édition nationale et internationale. On dirait que Claude a écrit ce livre pour consoler les écrivains qui ne se vendent pas, ça a l'air d'être un tel calvaire d'être acheté. Quand Soljenitsyne quitte l'URSS en 1974, il ne se doute pas du bagne qui l'attend :

agents félons, éditeurs filous, traducteurs aberrants, banquiers inertes. Il confiera à un jeune homme dévoué des éditions du Seuil, Claude Durand, qui dirige alors la collection Combats – celle qui placera la gauche au pouvoir en 1981 –, le soin de mettre de l'ordre dans ce bordel capitaliste. *Agent de Soljenitsyne* raconte cette singulière aventure littéraire et commerciale. Mélange de polar et d'expédition polaire. Ça flingue à tout-va et on se gèle les neurones. Il y a aussi du roman maritime : on traque les éditions pirates. L'URSS remue ses agents qui ne sont pas de Soljenitsyne. Claude se bat contre les articles calomnieux et les bios bidon. C'est un travail à plein temps libre.

Soljenitsyne est mort en été, comme Amy Winehouse et la Bourse mondiale. Ce fut le mort de l'été 2008. Claude Durand est « étranglé » de chagrin. Du coup, il se remet, après trente ans de silence, à écrire. Dans le but modeste de respirer.

## Amoureux de Roger Peyrefitte

Ils sont aussi punis l'un que l'autre, les deux Peyrefitte : Alain et Roger. Le ministre et le cynique. L'un avait pourtant prévu que la Chine s'éveillerait et l'autre était l'un des premiers militants de la cause homosexuelle (création de la revue *Arcadie* en novembre 1953). Alain était respectable, Roger irrespectueux. Le premier était craint, le second vomi. Alain était reçu par tout le monde, Roger déçu par le monde. Il y avait le normalien et l'anormal. C'étaient les cousins de fort Chabrol. Tous deux se sont énormément agités pour De Gaulle (Alain) ou contre lui (Roger). Pour un résultat identique : l'oubli. N'empêche, c'est Roger, le Peyrefitte pas de l'Académie française (mais prix Renaudot), qui a eu le premier sa biographie, parue au mois de mai dernier : *Roger Peyrefitte, le sulfureux*. L'auteur, Antoine Deléry, est né en 1968. Il est tombé amoureux de Roger

Peyrefitte en 1984 : « D'abord séduit par l'élégance de son style classique, j'ai été définitivement conquis par une œuvre tout entière dédiée à la jeunesse, à la beauté et à l'amour. »

Quand Roger est entré dans la carrière diplomatique, au début des années 30 du siècle dernier, il y avait deux noms pour les gays : pédéraste et homophile. Le pédéraste, c'était celui qui aimait les jeunes garçons ; l'homophile, celui qui préférait les hommes en nage. Pas de chance : pour son premier poste à l'étranger, Roger fut envoyé en Grèce. Ça ne pouvait que mal se terminer. Contraint à la démission après avoir giflé un groom qui refusait de coucher avec lui, il se consacra à la rédaction de son premier roman, *Les Amitiés particulières*. Il profita de l'Occupation pour se faire réintégrer dans la diplomatie, d'où il fut aussitôt révoqué à la Libération. Devenu entre-temps auteur de best-sellers, il entama un destin heureux d'écrivain à scandales, le principal d'entre eux étant qu'il n'eût pas caché son homosexualité. C'est plutôt son homosexualité qui l'a caché.

L'émission « Les dossiers de l'écran » du 21 janvier 1975 – je me demande si je l'ai vue et surtout si je l'ai vue avec mes parents – consacrée à l'homosexualité a été regardée par 19 millions de téléspectateurs, soit la moitié de la population française de l'époque. Roger Peyrefitte y participait aux côtés de Jean-Louis Bory et d'Yves Navarre. Le débat avait été remis à deux reprises, par Georges Pompidou en 1972 et par Arthur Conte en 1974, le président de l'ORTF craignant que « la présence provocante de Roger Peyrefitte et de Jean-Louis Bory au débat ne lui fasse prendre l'allure d'une croisade en faveur de l'homosexualité ». Rires dans les nombreux bars du Marais où on lit *Le Point*.

L'histoire de Roger Peyrefitte est celle d'une longue dégringolade aux yeux de la critique et du public, ce qui est presque toujours le cas pour les écrivains, qu'ils soient bons ou mauvais. Peyrefitte a vendu des millions de livres à des lecteurs qui sont morts avant lui, du coup il s'est retrouvé tout seul à se lire. On commence auteur le plus doué de sa génération, on finit raseur le plus roué de sa circonscription. Et un jour, quelqu'un retombe amoureux de vous.

## La rentrée listéraire

Il est rentré de vacances un peu avant le 15 août, laissant sa femme et sa fille sur la plage de Locquirec pour retrouver, sur la banquette de Lipp ou au zinc d'un bar du Marais, son éditeur : en effet, il publie un livre à l'automne. Un roman. Où il a mis beaucoup de lui-même. Et pas mal de son époque. Il en a fait trois versions. Il allait commencer la quatrième quand son éditeur lui a dit : « Là, c'est bon. » L'écrivain a demandé : « Tu es sûr ? Sûr, sûr ? » Il n'est pas du genre, en effet, à laisser paraître un texte imparfait. Ce qu'il hait le plus au monde : les scories. C'est l'école Flaubert. Il n'est pas normand, contrairement à l'auteur de *Madame Bovary*, mais il a fait des études de botanique et d'informatique à Rouen. La ville l'a marqué, surtout du point de vue du style. La rigueur. L'économie. Mais aussi un certain baroque. Et surtout une sensibilité à fleur de peau. *À fleur de peau*, c'était le titre de son premier roman, publié en 1996. Depuis, il a fait du chemin. S'est implanté dans le paysage littéraire. Malgré les jalousies, les médisances, les complots. Il est allé dans toute la France, ainsi qu'en Suisse et en Belgique – le Canada, c'est programmé pour l'année prochaine –, à la rencontre de ses lecteurs. N'a pas hésité, pour eux, à s'expliquer, à se commenter, à s'analyser. Longuement. Souvent. Les choses se sont encore accélérées pour lui quand il a créé son site Internet. Il a ainsi élargi son public, touché des couches de population qui étaient, il y a encore quelques mois, étrangères à son talent, à ses émotions, à ses interrogations, à ses révoltes, à ses tourments, à son alimentation. C'est la première chose qu'il fait chaque matin, tout en préparant son thé vert : allumer son ordinateur. Vérifier qui lui a écrit. Répondre. Parfois, il en a pour jusqu'à midi. Sa femme, qui est sa première lectrice, pense que c'est autant de pris sur son œuvre, mais il rétorque, agacé : « Sans lecteurs, à quoi servirait mon œuvre ? ».

Aujourd'hui, son problème, ainsi que celui de son éditeur, ce sont les listes. Pas celles des best-sellers, celles de septembre. Ce n'est pas le tout de publier un livre à la rentrée littéraire, encore faut-il que celui-ci soit sur les listes. Celles-ci indiquent les choix et préférences, dans la jungle de la production automnale, des libraires et des critiques. D'abord, la liste de la FNAC. Elle privilégie les découvertes, les petits éditeurs, les auteurs inconnus. C'est tout à son honneur. Mais du coup notre auteur, qui a un grand éditeur et un petit nom, est de la baise. La liste Virgin [1] est plus grand public, féminine, Champs-Élysées. Mais lui, il n'a qu'un public modeste, c'est un homme et il ne fout jamais les pieds aux Champs. Exit la liste Virgin. Aura-t-il plus de chances avec les listes *Technikart*, *Les Inrockuptibles*, *Lire* ? Viendront ensuite les premières listes des grands prix littéraires : Goncourt, Renaudot, Décembre, Femina, Flore, Interallié, Académie française, Wepler. Désormais, en septembre, la question que les écrivains se posent quand ils se croisent dans les fêtes du livre ou sur les plateaux de télévision n'est plus : « Comment marche ton livre ? », mais : « T'es sur quelle liste ? » Je cherche à savoir quels auteurs cette année ne seront sur aucune des listes de la rentrée littéraire. Ils doivent passer un sale quart d'heure. Tout juste si leur attachée de presse leur adressera encore la parole, et plus question pour eux d'être invités à déjeuner par leur éditeur. Ce qui s'appelle être badlisté.

1. Disparue. (*N.d.A.*)

## Le retournement

Résurrection d'Édouard Limonov – sous la plume d'Emmanuel Carrère, qui a volé mon titre du *Point* (nº 1587 du 14 février 2003) : *Limonov* – et décès de son dernier éditeur en France : Jean-Paul Bertrand. Édouard avait publié en effet, aux éditions du Rocher, *Mort des héros modernes*, avant de retourner faire le zouave du pont de l'Alma sur la Moskova. Bertrand était le P-DG du Rocher. Philippe Delerm lui a rendu hommage dans *Le Figaro littéraire* au cours de l'été. Comme auteur du Rocher, période Bertrand, Delerm citait, outre lui-même, Michel Houellebecq et Charles Dantzig. Qu'on me permette de compléter ici cette courte liste : Frédéric Berthet, Éric Neuhoff, Marc-Édouard Nabe, Frédéric Fajardie, Christian Authier, Jean-Michel Gravier, Philippe Delannoy, Jérôme Leroy, Martine Le Coz, Jean-Edern Hallier, Jean-Claude Lebrun, Mohamed Boudjedra, Michel Bulteau, Christian Giudicelli – qui y dirigeait la collection La Fantaisie du voyageur, reprise aujourd'hui par Gallimard sous le titre de Michel Chaillou, Le Sentiment géographique –, Michel Déon, Jean-Marc Parisis, Jean-Christophe Buisson, Philippe Lacoche, Olivier Frébourg, Sylvie Germain, Christine Jordis, Olivier Germain-Thomas, Salim Bachi, Gabriel Matzneff. Ainsi que Christian Jacq, Nostradamus et moi. Bertrand était un homme rond tranquille qui se lissait la barbe en signe de patience. Il avait toujours l'air de penser à autre chose et on sait maintenant, quand on regarde son catalogue, ce que c'était : la lecture.

Limonov n'a jamais été la coqueluche de Saint-Germain-des-Prés dans les années 80, au contraire de ce qui a été écrit sur lui dans la presse depuis la parution du livre d'Emmanuel Carrère. Comme dissident russe non anticommuniste, demi-gay, journaliste de *L'Idiot international*, pro-serbe et rouge-brun, Édouard avait le plus grand mal à publier ses livres, rencontrait une certaine difficulté à en faire parler dans les médias et souffrait d'une incapacité totale à les vendre. *Mort des héros modernes* a été une boucherie commerciale. Même pas sûr qu'on en ait écoulé 500 exemplaires. Limonov avait Daeninckx sur le dos, Plenel sur le rable et Polac sur les dents. La gauche le trouvait facho, la droite le jugeait gaucho. Il avait tout le monde des lettres contre lui. Au Salon du livre dont la Russie était l'invitée, il ne le fut pas, invité. Ça ne s'est pas bousculé à Paris VIe pour signer la pétition pour sa libération quand il a été emprisonné par Poutine, en 2001. Je me demande même si Carrère l'a signée, cette pétition[1]. Aussi quelle joie est-ce pour moi aujourd'hui de voir Édouard trôner en une de *Télérama* avec sa casquette de prolo, occuper quatre colonnes de *L'Express* avec son drapeau rouge-brun, squatter *Libération*, parasiter *Le Monde des livres*, hanter *Marianne*, camper au *Nouvel Obs.* Jusqu'à Jack Lang qui, sur iTélé, quand on lui demande ce qu'il faut lire, répond : « Limonov ! » On en oublierait presque Emmanuel Carrère, qui a dîné avec ce diable de Limonov avec un stylo pas assez long : du coup, il est devenu l'objet de son sujet. Limonov prix Goncourt[2] ?

## Défense de la frite

J'ai des souvenirs de frites comme on a des souvenirs d'amour. D'abord, celles que mon père, né à Bruxelles en 1908 d'une mère belge, préparait chaque week-end quand il travaillait et chaque soir quand il était à la retraite. Il disait que c'était le plat le plus simple à faire : il suffisait de découper des pommes de terre, le reste allait tout seul dans l'huile. Les frites de Mykonos avec F. au printemps 1991, celles de mon anniversaire au Dva Jelena de Belgrade pendant les bombardements de 1999, les

1. Non. (*N.d.A.*)
2. Renaudot. (*N.d.A.*)

frites de mon repas de noces au Quick des Champs-Élysées en janvier 1994, celles de Tokyo mangées avec la comtesse de Roquemaurel à Shibuya en mai 2005, les frites du McDo d'Ayia Napa (Chypre) partagées avec mon fils cadet et Gisela en automne 2002, sans oublier celles de Bangkok – encore au McDo, il n'y a que là qu'on en trouve dans la ville – grignotées dans la touffeur de la nuit, au printemps dernier, car après 11 heures du soir les McDo restent ouverts mais coupent la climatisation. Les frites qui ont laissé la marque la plus profonde dans ma mémoire sont celles de l'école, puis celles du lycée. La rumeur commençait à circuler pendant la récréation du matin : « Il paraît qu'il y aura des frites à la cantine. » On se repassait l'info en gloussant. L'agitation gagnait garçons et filles, surtout les garçons. Les filles étaient déjà un peu au régime. Se demandaient, mal fagotées dans leur pull shetland et leur blue-jean à pattes d'éléphant, leurs vilains cheveux à fourches retenus par une barrette – elles sont plus mignonnes aujourd'hui, nos fils ont de la chance –, si elles allaient, comme nous, se ruer sur les plats ou profiter de l'enthousiasme général pour, au contraire, ne pas se presser et arriver aux tables de la cantoche une fois que toutes les sacro-saintes frites seraient distribuées et pour la plupart avalées, et ainsi ne pas prendre de poids.

Il faut avoir un esprit bien cruel pour enlever à nos enfants la seule chose qui adoucit leurs dures journées d'étude. S'il n'y a plus l'espoir de la frite, comment avaler la physique-chimie et digérer les sciences naturelles ? Enlevez les merveilleuses frites dorées et craquantes de la cantine de Poudlard à Harry Potter, il ne vaincra jamais ce méchant sorcier dont j'ai déjà oublié le nom. Rien de plus éphémère que les grands succès internationaux. Ce qui dure, ce sont les petits échecs nationaux, voire régionaux. La frite est la voile à l'horizon qui apprend à Robinson Crusoé qu'après vingt-huit ans de solitude, à peine adoucie par un Vendredi qui ne sait pas faire les frites, il va retrouver les siens, c'est-à-dire les frites.

Imagine-t-on le degré de stress atteint par les enfants et les adolescents de 2011 ? Ce qu'on leur promet chaque jour dans les médias qu'ils consultent toutes les demi-heures sur leur iPhone : le chômage, le sida, l'Alzheimer, le réchauffement de la planète, le crime sadique, le racisme, la rue, l'overdose. Et, par surcroît, on leur supprime les frites de midi, celles qu'ils mangeaient entre eux, sans les profs, sans les parents, sans les hommes politiques, sans les journalistes, sans les casse-couilles. Et pour les remplacer par quoi ? L'inepte haricot vert, le stupide poireau, l'atroce brocoli, l'infect navet, le ridicule petit pois. Les légumes : la nourriture, au Moyen Âge, réservée aux serfs, aux manants, aux gueux. On voit bien que les moins de dix-huit ans n'ont pas le droit de vote. Mais attention, il y a beaucoup d'électeurs qui se souviennent de leur enfance et de leur adolescence et savent ce qu'ils doivent à la frite, aujourd'hui bafouée et calomniée par un ministre inconscient[1] : leur survie. De gauche ou de droite, ils voteront pour la frite.

## Les deux poètes

Je me suis plaint qu'il n'y eût dans *Le Point* ni rubrique sexe ni rubrique poésie, les deux choses les plus importantes de la vie, loin devant l'économie, la politique, le sport ou la gastronomie. On peut faire l'amour ruiné, sous une dictature, sans aller au stade et après un McDo. Et il y a dans la poésie la seule chose dont, avec le sexe, on ait besoin : les mots justes.

Bernard Delvaille et Francis Combes : un mort et un vivant. Mais nous vivons tous si peu de temps que nous pouvons dès le début de notre existence nous considérer comme morts, ça nous permettra de nous consacrer sans gêne à ce pour quoi tout être humain a été créé : le sexe et la poésie. Aimer et chanter, dirait un

1. Qui avait voulu supprimer les frites des repas scolaires. (*N.d.A.*)

poète. En janvier 2006 paraît l'*Œuvre poétique* de Bernard Delvaille, qui rassemble tous les recueils de poèmes publiés par Delvaille depuis 1951, ainsi que de nombreux textes inédits. Le dernier mot de l'ouvrage est « Venise ». Et c'est à Venise que le poète mourra, âgé de soixante-quinze ans, quelques semaines plus tard : le 18 avril. D'une hémorragie digestive. « On meurt quand on a fini, soulagé » (Patrick Besson, *Encore que*, 2004). Delvaille est mort seul comme il a vécu, bien qu'il eût beaucoup aimé. Les garçons et les livres. En 1963, il donne chez Seghers un essai sur Valery Larbaud. Puis il a essayé d'être Valery Larbaud. Ainsi que de l'écrire : « Avec ta cravate achetée dans Burlington Arcade… », « Et voici Londres je vous l'offre ses jardins et ses nuits… », « J'ai laissé tant d'amour dans les villes d'Europe… », « Le Casino ressemble à une danseuse dans ses voiles. » Je parle aujourd'hui de Delvaille parce que je viens de le lire. Par hasard, comme on rencontre l'amour. On devrait parler de livres quand on les lit, pas quand ils paraissent. Les rubriques littéraires voyageraient dans le temps.

Francis Combes serait un Delvaille de gauche et hétéro. Encore que : « Car dans tout homme il y a une femme en puissance » (sonnet 20). Dans *L'Aubépine*, sous-titre *Cent un sonnets pour un amour frondeur*, Combes a numéroté ses poèmes. Mes préférés sont les 30 (*Autrefois, disaient-ils, le ciel était plus bleu*), 38 (*Le plus ancien des thèmes a toujours son secret*), 39 (*Tu es allongée et me tournes le dos*), 43 (*Viens, là, tiens, prends ça, douce*), 49 (*À table ! Tout ici nous invite à l'amour*), 55 (*Dans une chambre de la maison des parents*), 57 (*Ma belle, tu aurais dû en épouser un autre*), 77 (*Malgré les années, l'oubli, le calendrier*). L'auteur fait son autoportrait dans le 59 : « Je vais, je cours, je vole, j'écris, je téléphone/je lis et je corrige, je rédige et j'envoie. » Les poètes travaillent car ils sont pauvres. Francis est éditeur comme l'était Bernard Delvaille. Et grand voyageur, lui aussi. L'avion amuse les poètes. La carte postale : idéal support pour le texte court. Tous deux adeptes d'une poésie avec paroles et musique. Amoureux du vers blanc et du verre de blanc (Francis est vigneron). Verlainiens en diable, rimbaldiens pour sourire, cornéliens au lit, raciniens profonds. *L'Aubépine* est un chant d'amour à une femme : celle de l'auteur (« La femme que j'aime a pour prénom Patricia »). Les poètes communistes ont le syndrome conjugal, c'est l'héritage Aragon. Il y a une seule chose supérieure à faire l'amour ensemble, c'est vieillir ensemble. « Chaque nuit par la grâce d'une caresse/Les vieux amants l'un l'autre se recomposent/Reformant leur couple… Et leurs corps déformés/Comme des habits que l'on a trop portés/Par enchantement reprennent une forme/Faite pour aimer et digne d'être aimée. »

## La fortune de Nabe

Il a frôlé le prix Renaudot en 2010 avec *L'homme qui arrêta d'écrire*, pavé délicat – tout ou presque, chez Marc-Édouard Nabe, relève de la délicatesse – lancé avec une élégance voluptueuse dans la vitrine de l'édition et de la librairie françaises. C'était un gros roman célinien (686 pages) dont l'action se déroulait en une nuit de Joyce. L'ouvrage, imprimé et broché en bonne et due forme, au contraire de ce que croyaient certains jurés récalcitrants du Renaudot, n'était en vente que sur Internet et dans quelques boutiques parisiennes : une boucherie, un coiffeur, etc. Je l'ai moi-même acquis dans un magasin de vêtements pour dames, à l'entrée de la rue Monsieur-le-Prince (VIe arrondissement). Auteur renvoyé des éditions du Rocher au moment de la vente de l'entreprise aux laboratoires Fabre et par ailleurs souvent boudé des libraires pour ses prises de position non consensuelles, Marc-Édouard Nabe a décidé de devenir son propre éditeur et son propre libraire, ce qui lui laisse sur chaque ouvrage écoulé un bénéfice supérieur à 50 % : la part auteur + la part éditeur + la part diffuseur + la part libraire. Il a vendu 6500 exemplaires de *L'homme qui arrêta d'écrire* et son nouveau roman – *L'Enculé*, titre qui n'est pas sans rappeler celui d'un livre paru il y a quelques mois, *Enculée* – connaît un succès encore supérieur : plusieurs centaines d'exemplaires de *L'Enculé* sont réclamées chaque jour par les internautes. Nabe était industrieux, il est devenu industriel. Par décision de justice – car il est également procédurier –, il a récupéré les stocks de vingt de ses œuvres précédentes et les vend pour son propre compte et avec grand profit, toujours sur Internet. Réjouissant succès de la révolte d'un talent, d'un courage et d'une intelligence. N'est-ce pas ainsi que se sont toujours bâties les fortunes, celle de Steve Jobs comme celle de Richard Branson ?

*L'Enculé* est à ce jour la synthèse la plus pertinente et la plus joviale de tout ce qu'on a pu lire, voir et entendre sur l'affaire DSK au cours de l'été dernier. À cette occasion, les médias mondiaux, et notamment anglo-saxons, se sont affichés, avec une autosatisfaction abjecte, comme des monstres de bêtise et de vulgarité dont Nafissatou Diallo et Dominique Strauss-Kahn ont été, tour à tour, les victimes sacrificielles. Cette bêtise et cette vulgarité, Nabe, dans son titre et dans son texte, les reprend à son compte. Pour les retourner. C'est un grand retourneur. DSK parle comme Meursault dans *L'Étranger*. L'étranger est un enculé, l'enculé est un étranger. C'est l'histoire d'un homme seul face à ses besoins, ses rêves, ses obsessions, ses souvenirs. Son innocence et sa culpabilité. Son rire. Très vite, il cesse d'être DSK pour devenir Nabe, c'est-à-dire le lecteur, donc tous les hommes, et peut-être toutes les femmes. Violeurs et violés, violées et violeuses. C'est l'être universel qui habite toutes les grandes œuvres d'art : un cœur face à la mort, un sexe dans le mur. Il y a bien sûr, dans *L'Enculé*, un aspect pamphlet obscène contre Louis XVI et Marie-Antoinette, comme il y en eut tant dans les années 80 du XVIII$^{e}$ siècle, et qui devrait valoir à l'auteur un million de procès. Ou provoquer une révolution ?

# Bob le fraudeur

Dès qu'il se réveille – tard, car aujourd'hui encore il n'ira pas travailler, ayant une fois de plus fraudé la Sécu avec un certificat médical signé par un médecin complaisant –, il ne pense qu'à une chose : frauder. Bob est comme ça : il faut qu'il fraude. L'honnêteté qu'on était en droit d'attendre d'un citoyen responsable lui est inconnue. Depuis combien de temps n'a-t-il pas acheté un ticket de métro ? Un DVD ? Un CD ? Il a longtemps cru que les journaux gratuits étaient payants, c'est pourquoi il filait à toutes jambes après en avoir pris un dans une pile à l'entrée du métro. Il a toujours fait semblant de chercher du travail, ça doit être pour ça qu'il en a trouvé si peu souvent. Il ne se souvient plus de la dernière fois où il a payé le loyer de son HLM, mais il sait que c'était avec un chèque en bois. Il prend l'électricité chez son voisin du dessus, le Wi-Fi chez son voisin du dessous. À ses enfants – moins nombreux qu'on ne le croit, car Bob fraude aussi les allocations familiales –, il a inculqué l'art de la fraude. Quand il y en a un qui ne triche pas à l'école, il a droit à sa baffe. Du coup, il n'est pas près de recommencer.

Mais attention, Bob : c'est fini. Le président Sarkozy l'a dit à Bordeaux. La France a enfin compris : son ennemi, c'est toi. Ce n'est pas le communiste qui n'a plus qu'une ombre de parti et même pas de candidat à la prochaine élection présidentielle, ce n'est pas Ben Laden, récemment décédé au Pakistan avec une rapidité presque souriante, ce n'est pas la femme la plus fortunée de France Liliane Bettencourt qui a été mise sous tutelle par la justice, ce n'est pas la Chine puisqu'elle paie nos dettes, ce ne sont pas les industriels français qui délocalisent en Chine, puisqu'ils permettent à celle-ci de payer nos dettes, ce n'est pas l'euro qui nous empêche pourtant de faire la dévaluation qui a sauvé l'Argentine de la faillite, ce ne sont pas les centaines de riches familles françaises qui ne paient pas leurs impôts en France sous le prétexte qu'elles passent six mois sur douze dans leur appartement new-yorkais donnant sur Central Park ou leur appartement londonien donnant sur Regent's Park, ce ne sont pas les spéculateurs qui respectent la liberté d'acheter et de vendre sur laquelle est fondé notre système économique et j'irai même jusqu'à dire notre civilisation, ce ne sont pas les mafieux et les dealers qui fournissent 75 % des sujets à nos productions ciné et télé (et qui gagnent assez bien leur vie pour ne pas avoir recours à cette satanée fraude qui ruine notre pays).

Non, désormais la France a un unique adversaire – *The player on the other side*, pour reprendre le titre célèbre d'Ellery Queen : toi, Bob. Bob le fraudeur. La police est sur le qui-vive, l'armée sur le pied de guerre, le fisc en alerte. Crois-tu pouvoir échapper à la vigilance nationale ? Un conseil : arrête de frauder. Le ticket de métro, glisse-le dans la machine mise à ta disposition par la RATP. Cesse de piquer des Velib'. Paie ton eau. Si tu as un peu mal à la tête le matin en te réveillant, lève-toi et marche quand même. Du coup, la France pourra équilibrer son budget, puisque tu ne nous piqueras plus notre flouze. Le chômage baissera, car y aura un fraudeur au chômage de moins. On sortira de la crise, puisque la crise, c'est la fraude. La fraude à Voltaire, la fraude à Rousseau. Comme chantait Gavroche.

## Inconvenances

Le maréchal Staline a gagné tout seul ou presque la Seconde Guerre mondiale.

•

Vu le nombre d'aristocrates qu'il y a encore aux commandes de la société française, je me demande si la guillotine a existé.

•

Les auteurs préférés d'Adolf Hitler étaient Friedrich Nietzche, Arthur Schopenhauer et Fiodor Dostoïevski.

•

La comptabilité de Mme Ouattara, à l'époque où elle s'occupait des biens immobiliers de MM. Félix Houphouët-Boigny et Omar Bongo mériterait une étude approfondie.

•

Jonathan Littell a t-il terminé la suite de son prix Goncourt *Les Bienveillantes* ?

•

Pourquoi des milliers d'Arabes fuient-ils des pays dont les dictateurs ont été chassés ?

•

*Des hommes et des dieux* est un film de propagande en faveur de l'irrédentisme catholique dans nos anciennes colonies.

•

Le seul tourisme non sexuel que je connaisse est celui des soldats de l'Otan en Irak et en Afghanistan.

•

Les innombrables prix qu'on remet semaine après semaine aux artistes pour qu'ils restent des enfants.

•

Je me demande si Radovan Karadzic est en train d'écrire à Scheveningen ses *Mémoires de guerre* en trois volumes comme jadis, à La Boisserie, son idole Charles De Gaulle.

•

Le spectacle comique dont je rêve : lecture publique, par Dany Boon, du dernier roman de Christine Angot.

•

Aucune dépression nerveuse ne résiste à deux pains au chocolat après une journée de jeûne.

•

Le mariage, c'est être inséparables ; l'amour, c'est être séparés.

•

Je voterai François Hollande à la prochaine élection présidentielle.

•

Les deux plus belles femmes du monde sont Zhang Ziyi dans *2046* (Wong Kar-wai, 2004) et Singto au restaurant Zanzibar, Soi 11 Sukhumvit Road, Bangkok, en janvier 2011, ainsi qu'au Climax, le même soir. Singto (« lion », en thaï) a d'autant plus de mérite que c'est un garçon.

•

Je préfère avoir raison avec Alain Badiou que tort avec Alain Minc.

•

Il ne fallait pas détruire le PCF : il maintenait l'ordre dans les banlieues.

•

Plus la France est triste, plus il y a d'humoristes. Plus il y a d'humoristes, plus la France est triste

## Le Nobel des lycéens

Après une sélection sévère parmi les écrivains du monde entier, le comité Nobel a choisi huit auteurs – Milan Kundera, Ismail Kadaré, Philip Roth, Michel Tournier, Amos Oz, David Albahari, Peter Handke et Umberto Eco – pour concourir au prix Nobel des lycéens. Réunis à Stockholm, les romanciers sont ensuite partis à la conquête des jeunes Suédois. Ils se sont expliqués devant eux à Uppsala, Sundsvall, Umea (prononcer Umeo), Lulea (prononcer Luleo), ainsi que, plus au nord, Kiruna et Gallivare. Dans chacune de ces aimables cités les attendaient des salles entières de lycéens passionnés encore qu'un peu turbulents. À l'appel de leur nom, les auteurs montaient sur scène, la manifestation se déroulant, par souci de commodité, dans le théâtre municipal. À l'applaudimètre, et avant toute exposition de leurs thèses et de leurs choix esthétiques, les écrivains qui semblaient rassembler le plus de suffrages étaient Milan Kundera et Umberto Eco, peut-être parce que la télévision suédoise, bien inspirée, venait de rediffuser *L'Insoutenable Légèreté de l'être* de Philip Kaufman, 1988, et *Le Nom de la rose* de Jean-Jacques Annaud, 1986. Le degré de popularité de l'Albanie étant assez élevé dans les pays du Nord, beaucoup d'Albanais du Kosovo ayant trouvé refuge en Scandinavie pendant la guerre de 1999, Ismail Kadaré ne laissait pas indifférents, lui non plus, les jeunes garçons blonds et les jeunes filles blondes avides d'en savoir plus sur les mystérieux et parfois un peu terrifiants Balkans.

Les débats, dans chaque ville, furent animés et de bonne tenue. Professeurs et documentalistes des établissements participant au prix Nobel des lycéens secondaient les élèves. Philip Roth n'échappa évidemment pas aux questions sur la masturbation masculine, auxquelles il répondit avec son humour habituel, mais aussi une bien compréhensible lassitude : « Le meilleur moyen d'abandonner cette pratique : devenir auteur de best-sellers. » Peter Handke désarçonna souvent l'auditoire par de longs développements sur les champignons, dont il avait plusieurs spécimens dans sa poche, ramassés dans les bois de Chaville avant de prendre l'avion pour la Suède. Michel Tournier démontra avec brio qu'une seule littérature était supérieure à la littérature pour adolescents : la littérature pour enfants. Les lycéens demandèrent à Milan Kundera pourquoi il ne retournait jamais à Prague, à David Albahari pourquoi il continuait de vivre au Canada, à Amos Oz pourquoi il restait habiter en Israël. Il y eut une foule d'autres questions passionnantes : pourquoi les uns et les autres avaient décidé de devenir écrivains, combien d'heures ils travaillaient par jour, à qui ils faisaient lire leurs manuscrits en premier, etc. Les candidats au prix Nobel des lycéens répondaient longuement et systématiquement. Il faut bien dire qu'à l'oral Umberto Eco supplanta ses concurrents. Les Vikings ados furent-ils charmés par son accent italien, synonyme pour beaucoup d'entre eux de *dolce vita*, de crèmes glacées et de baignades ?

Chaque jour, un car spécialement affrété par le comité Nobel ramenait les écrivains à Stockholm. Au fil des jours, des liens s'étaient tissés entre eux et il régnait presque là-dedans une ambiance de colonie de vacances. Bientôt, il n'en irait plus de même : le jour de la remise du prix Nobel des lycéens, quand ces garçons et ces filles entre douze et dix-sept ans auraient fait leur choix. Celui-ci serait annoncé à la télévision par une jeune fille émue, qu'on devinerait heureuse de faire un heureux et malheureuse de faire sept malheureux. Les perdants retourneraient dans leurs pays respectifs avec une déception vite chassée par le désir de se remettre au travail afin d'obtenir bientôt, eux aussi, le prix Nobel des lycéens.

## Le 190e roman de Gérard de Villiers

Malko à Ciudad Juárez (4 503 meurtres en 2010) : c'est donc que Gérard y est allé avant lui. Je demande à l'écrivain, chez Lipp, où il n'a que des lecteurs, quelle était sa sécurité. Il sourit sous ses sourcils et ses cheveux blancs : « Mon déambulateur. » Précise, avec le sourire carnassier des irréductibles Bretons : « Pourquoi un cartel tirerait-il sur un vieil homme malade ? Au Mexique, on est civilisé : on ne tue que les jeunes gens en bonne santé. » Depuis Juárez, l'auteur des 190 *SAS* est allé en Libye pour son 191e livre, à paraître en janvier, puis en Russie pour le 192e. Toujours avec ce déambulateur, plus efficace qu'un gilet pare-balles.

Les villes qui ont une sœur jumelle, pour ne pas dire siamoise : Belgrade et Zemun, Brazzaville et Kinshasa, Tanger et Gibraltar, et donc El Paso et Juárez. Souvent ennemies, jamais réconciliées, sauf Berlin-Ouest et Berlin-Est. Encore que. Malko quitte El Paso et, après dix minutes de marche sur le pont Santa-Fe (« Il éprouvait une sensation étrange de claustrophobie, due aux grillages encadrant le passage et à la longue bâche protégeant des intempéries. Une sorte de tunnel en plein air»), pénètre au Mexique. «On y entrait comme dans une poubelle : sans le moindre contrôle.» Il ne manquerait plus que ça, qu'il y ait un contrôle à l'entrée des poubelles. D'ailleurs, qui a jamais eu l'idée d'entrer dans une poubelle ? De son plein gré, je veux dire.

Gérard a publié naguère une *Anthologie érotique de SAS*. Sous-titre : *Les pages les plus brûlantes du prince Malko*. Je lui proposerais plutôt d'éditer ses romans sans les scènes de sexe, on verrait mieux à quel point sa documentation est solide et exclusive et combien est classique, vigoureuse et limpide sa façon de dérouler un récit. L'intrigue de *Ciudad Juárez* tourne autour des cartels qui, du Mexique, transportent la cocaïne colombienne aux États-Unis, gros consommateurs de cet anti-dépresseur chic dont Hollywood a fait récemment l'éloge ému dans le film *Limitless* de Neil Burger. À quoi ça sert que la DEA elle se décarcasse ? Villiers nous apprend que la Drug Enforcement Administration n'a plus un seul agent à Ciudad Juárez. Trop dangereux. Ses hommes ont même l'interdiction de franchir la frontière, sous peine d'être radiés de l'agence.

Il y a un malaise entre la France et le Mexique, dû notamment à la malheureuse affaire Cassez, et ce 190e *SAS* ne va rien arranger. Après avoir été, dans l'imaginaire mondial, une espèce de paradis (Elvis Presley à Acapulco, Malcolm Lowry à Cuernavaca, John Huston à Puerto Vallarta), le pays est désormais présenté, dans les médias, comme un des derniers cercles de l'enfer. Le rêve mexicain de Le Clézio s'est transformé en cauchemar élyséen de Nicolas Sarkozy. C'est le moment de vérifier sur place que les moyens d'information sont toujours des moyens de déformation. J'hésite, à Cancún, entre le Club Med qui a accueilli les miss de France et l'hôtel Temptation interdit aux moins de vingt et un ans. Ou alors en ville, le Suites El Patio, où les chambres sont, selon le guide *Ulysse Cancún et la Riviera Maya*, « sécuritaires ».

# Jacques Laurent, hussard puni

Des hussards qui étaient quatre comme les trois mousquetaires, Jacques Laurent reste le moins bien considéré. C'est le hussard puni. Roger Nimier est une icône, Antoine Blondin une idole, Michel Déon – l'unique survivant de cette fameuse troupe, prouesse qu'il doit à de longues marches sur les plages grecques et dans les pubs irlandais – un patriarche. Laurent, lui, fait grise mine au bal de la postérité. Paie-t-il un prix Goncourt qu'il est le seul hussard à avoir jamais obtenu (*Les Bêtises*, 1971) ? Ou son amitié avec François Mitterrand, qui lui valut, dans les années 80 et 90, à une époque où les journaux appelaient le président socialiste « Tonton » comme *Les Tontons flingueurs* (Georges Lautner, 1963) ou *Dieu* comme le poème de Victor Hugo, une indulgence contrainte de la critique ? Expie-t-il la fortune et la gloire qui, sous le pseudonyme de Cécil Saint-Laurent et les tirages de *Caroline chérie*, en firent, à la fin des années 40 du siècle dernier, la cible des jalousies qui peuvent enfin s'exprimer aujourd'hui dans un silence de plomb ? Ou faut-il mettre l'actuelle désaffection envers Laurent sur le compte de la biographie que Bertrand de Saint Vincent consacra naguère à l'écrivain, ouvrage d'excellente tenue équestre mais qui mit au jour, avec une précision meurtrière, les activités de Laurent en faveur du gouvernement de Vichy sous l'Occupation ? Sur une œuvre comptant au bas mot une centaine d'ouvrages, il n'y en a que deux ou trois disponibles, encore faut-il les chercher avec obstination dans les plus grandes librairies de France. Absent des programmes scolaires, recalé à l'université, non réédité en livre de poche, Jacques Laurent reste assis sur sa chaise quand les autres – Perec, Duras, Vian, Camus, Sartre, Gary et Sarraute – dansent dans les bras de leurs jeunes lecteurs et lectrices, ceux-ci étant encouragés à se frotter contre leur prose par les profs de lycée ou de fac.

Pendant la trêve des confiseurs, j'ai mangé des confiseries : les quatre volumes de la série des *Clotilde*. Je n'indique pas l'éditeur, car il n'édite plus cette tétralogie peu wagnérienne qui raconte, avec une exquise alacrité, la vie voluptueuse et chahutée d'une jeune intellectuelle sexy de province entre 1940 et 1962. Déguisé en fille, Jacques Laurent, qui signe ici Cécil Saint-Laurent comme pour la plupart de ses romans majeurs de la même époque – *Caroline chérie*, donc, mais aussi *Lucrèce Borgia* et surtout la prodigieuse série des *Hortense* –, a les jambes plus libres pour courir le monde et la langue plus déliée pour raconter ce qu'il a de gros sur la patate. Les textes sont meilleurs quand ils ont un prétexte. Ça les durcit comme un poing. Après la Libération, les écrivains de gauche ont eu des postes, ceux de droite des pertes. Celles de l'Indochine, de l'Algérie. Il y en a même eu un – Déon – pour se soucier de l'Angola. Un chagrin d'amour, ça cicatrise; un chagrin politique, ça purule. Pendant des années. Des décennies. Les femmes s'oublient plus vite que les déroutes, même quand on n'a pas été brillant avec elles.

L'ouverture de *Prénom Clotilde* (1957) : la grâce pure d'une marche de Mozart. L'intensité, la fièvre, la lucidité, l'humour. Un français ample, précis, familier. La fraîcheur de Clotilde. Son teint de rose non socialiste mais très sociable. Je n'ai rien trouvé, parmi les nouveautés romanesques de 2011, qui arrive à la cheville de ce roman. Je l'avais lu à Villers-sur-Mer, l'été de 1973, pendant mon hépatite virale, dans la collection Presses Pocket, où il est aujourd'hui introuvable. C'est encore plus beau quand c'est introuvable.

## L'Israélien malgré lui

C'est un petit livre sur un petit garçon : le fils de l'auteur. Qui, sauf pour son père, a cessé d'être un petit garçon : seize ans. Les ados n'ont plus de boutons mais un ordinateur sur lequel ils appuient pour faire sortir leur pus. Dans Facebook, il y a face : le site a remplacé l'acné. Le jeune Parisien, qui vit seul avec son père depuis une décennie, veut passer un an en Israël, dans une pension orthodoxe non loin de Gaza. Le père est un juif non pratiquant et la mère divorcée a la cuisse goy légère. Ils cèdent. Naguère, les parents aidaient. Maintenant, ils cèdent. L'ouvrage – *Mon cœur de père* – est le journal intime du papa : Marco Koskas. L'un des rares écrivains français (avec Patrick Modiano, Chloé Delaume, Éric Neuhoff, Ann Scott, Jean Echenoz, Emily King, Tierno Monénembo, Éric Holder et quelques autres) dont je lis les œuvres à l'instant où je les trouve dans mon courrier ou en librairie. La merveilleuse *Position tango* (1990), le stupéfiant *Love and stress* (2002), le terrifiant *Avoue d'abord* (2007). Koskas est un combattant styliste. Il est resté cru comme un guerrier tartare. En trente ans d'exercice littéraire patient, il n'a pas cédé une fois au mauvais goût du jour. Le jour a mauvais goût, c'est pour ça qu'il faut lire la nuit, quand les imbéciles sont couchés. Je retrouve, dans *Mon cœur de père*, la brutalité vague et l'âcreté certaine de Koskas. Il sait être intime sans être intimiste, important sans être importun, charmant sans être charmeur. C'est un très bon écrivain français vivant.

Ce père plutôt athée et encore jouisseur, qui multiplie les rencontres paillardes sur Internet avec des juives de France, le voici face à la foi de son fils qui est le contraire de lui, mais qui est lui aussi, surtout quand cette tête en l'air se perd dans les aéroports Charles-De-Gaulle ou Ben-Gourion. C'est le sujet du livre, bientôt dépassé par son thème : la vision quotidienne, anodine, presque détachée, d'Israël aujourd'hui. L'information cache le fait et les nouvelles sont anciennes. Pour comprendre quelque chose à quoi que ce soit, on doit commencer par arrêter d'écouter tout le monde. À Tel-Aviv (TLV) puis à Jaffa (Yafo), lors de séjours de plus en plus longs et de plus en plus abandonnés auprès de son fils religieux ronchon, les choses de la vie israélienne se précisent pour Marco, et donc pour son lecteur. Société du raffinement, de l'inquiétude, de la gourmandise, de la culpabilité. L'énergie solaire du désabusement gai. Koskas rencontre des artistes, des militaires, des chauffeurs de taxi. Il est séduit par leur patriotisme modeste qui consiste à accepter de vivre mal pour rester dans un pays dont ils se demandent s'il est à eux. Monde du remords et de l'interrogation. Ces journaux où il n'y a que des éditorialistes, comme si on ne pouvait jamais s'arrêter de réfléchir à tout. L'auteur, fatigué de toute une vie à Paris, émigrera-t-il ?[1] « Je suis bien à Tel-Aviv en bras de chemise, même au mois de décembre. » C'est l'Israélien malgré lui. Sa neurasthénie s'est évaporée chez Mersand, son café préféré à l'angle de Frishman et de Ben-Yehuda. Ce sceptique a trouvé l'endroit sur terre où on le laissera douter de tout en paix chèrement acquise.

## Michel Crépu, Prix des Deux-Magots

Dans le dossier de presse du prix des Deux-Magots fourni par Brigitte de Roquemaurel, la grande dame de cœur et de piques de la vie littéraire parisienne, la liste des lauréats : Raymond Queneau (le premier gagnant, en 1933), Pierre-Jean Launay (hélas pas pour *Aux portes de Trézène*, l'un des livres cultes de mon oisive jeunesse à toute lecture asservie), Olivier Séchan (le papa de Renaud et de Thierry), Antoine Blondin (pour son premier et meilleur livre : *L'Europe buissonnière*), Albert Simonin (à qui Michel Audiard doit tant de gloire et de droits d'auteur), Michel Cournot (le plus grand critique cinématographique de tous les tons), Loys Masson (découvert récemment par moi grâce à JMG Le Clézio, dans un livre de poche ayant appartenu à sa tante mauricienne), Clément Lépidis (délicieux auteur grec d'expression fruitée bellevilloise), Fernand Pouillon (architecte en fuite pour toujours), Solange Fasquelle (notre ancienne voisine à Mézinville, hameau du Gâtinais que je suis toujours triste

1. Oui (*N.d.A.*)

de quitter le dimanche soir), Bernard Frank (notre idole, à Éric Neuhoff et moi, retournée dans la bibliothèque éternelle où il y a un bon restaurant et où elle nous attend pour nous passer les plats du Bon Dieu), Michel del Castillo (qui a trouvé l'un des plus beaux titres de roman du XXe siècle : *Les cyprès meurent en Italie*), Geneviève Dormann (la hussarde bleue de colère contre la gauche, les prix littéraires et moi), Sébastien Japrisot (l'indépassable), Roger Garaudy (avant sa conversion à l'antisémitisme), François Weyergans (l'académicien franchouillard), Marc Lambron (assis en face de moi au restaurant Allard et qui, à force d'écrire comme lui, ressemble de plus en plus à Paul Morand décoiffé descendu de sa Bugatti), Daniel Rondeau (ambassadeur de flanc à l'Unescroc), Marc Dugain (Staline et Hoover ne lui disent pas merci), Jean-Luc Coatalem (grand prosateur français du voyage), Michka Assayas (ami sans papiers de Bono), Adrien Goetz (la délicatesse l'aime), Bruno de Cessole (qui a un boulevard niçois pour les grands prix de l'automne), Bernard Chapuis (ce capricieux a quitté le cocktail des Deux-Magots parce qu'on refusait de lui servir un verre de vin blanc) et Anthony Palou, encore un ancien de *L'Idiot international*, école plus buissonnière que celle de Blondin en 1950 et d'où sont sortis, sans diplôme et sans mention, quelques monstres charmants parmi lesquels Édouard Limonov, prix Renaudot 2011 pour son roman moqueur sur Emmanuel Carrère.

Les 7 700 euros du prix, dotation de M. Mathivat, propriétaire de l'établissement, sont allés cette année à Michel Crépu pour son livre sur Chateaubriand *Le Souvenir du monde*.

## Justice pour Christian Clavier

Revoir, en VOD, *On ne choisit pas sa famille*, le film de Christian Clavier massacré par la critique cinématographique l'année dernière. Clavier a payé au prix fort son amitié – et sa ressemblance physique ? – avec Nicolas Sarkozy. C'est pourtant une adorable comédie franco-thaïlandaise qui alla naguère tout droit à mon cœur de Français pro-Thaïlandaises. Bangkok est bien filmée dans sa laideur émouvante et sa mauvaise chaleur. J'ai évidemment reconnu mon hôtel, le Shangri-La, que le docteur Luis – prononcer Loiche, car il est basque – qualifie de piège à touristes. J'aime les pièges à touristes, surtout dans les pays tropicaux. Ils ont une bonne climatisation. Du reste, je ne comprends pas cette haine, partout affichée, du touriste. N'est-ce pas un homme ou une femme qui a eu le courage de partir loin de chez lui ou de chez elle ? Le plus souvent, il ou elle ne parle pas la langue du pays. C'est un aventurier ou une aventurière en short et chemise à fleurs. Ma préférence va au ou à la touriste du troisième âge. Avec émotion, je le ou la regarde descendre non sans mal de son car, essayer de déchiffrer un menu dans les restaurants, s'expliquer manuellement avec les serveurs, examiner l'addition avec un soin et une attention qui lui ont permis de vivre assez longtemps pour se risquer au bout du monde alors qu'il ou elle est au bord de la tombe.

Dans *On ne choisit pas sa famille*, Clavier tourne à la piscine du Shangri-La. D'où Luis emmène Clavier et Muriel Robin vers la Sawadee Guest House, hôtel typique. En voyage, s'éloigner de tout ce qui est typique. La scène du restaurant, je m'élève contre, bien qu'elle soit fort drôle : jamais les Thaïlandais ne servent de grosses limaces ni de têtes de poisson. Il n'y en a du reste pas sur la carte de la Villa Thaï, boulevard de La Tour-Maubourg. Ça faisait trop longtemps que je n'avais pas mis de faucilles et marteaux dans cette chronique. Avec la gauche bientôt au pouvoir, le signe n'en est que mieux venu.

Helena Noguerra n'est plus la sœur de Lio, c'est Lio qui est devenue sa sœur. Elle joue à merveille physique une avocate gay qui porte son couple avec Muriel Robin et sa famille avec Christian Clavier sur ses belles épaules. Jean Reno est le bourru à lunettes rondes et à gros impôts. Clavier reste le visiteur râleur et affolé qui ne fait pas assez de marche à pied, d'où ses kilos superflus qui encombrent un peu l'écran. Muriel Robin est toujours dans son très bon sketch de puissance féminine réprobatrice. Après Bangkok, le film se dirige cahin-caha vers un orphelinat enchanté. Où les deux femmes gays trouvent leur bonheur en la personne d'une petite fille qui deviendra ingénieur du son comme maman ou avocate comme maman.

Qu'est-ce qui, en dehors du sarkozysme du réalisateur, a tellement déplu dans *On choisit pas sa famille*, en 2011 ? Le naturel avec lequel les deux femmes s'embrassent sur la bouche dans un aéroport ? Le léger ridicule du médecin humanitaire ? Le franc-parler des dialogues ? C'est pourtant un fort bon spectacle familial, bien filmé et bien écrit, avec des acteurs sensibles et musicaux. Ce qu'il faudrait, c'est voir un film avant d'avoir lu les critiques. N'est-ce pas ce que font les critiques ?

## Heureux qui comme Gouraud

On dit une œuvre maîtresse, pas une œuvre épouse. Pourquoi ? *Le Pérégrin émerveillé* est de ces œuvres épouses avec qui on vit longtemps. Elle raconte le beau voyage que, de mai à juillet 1990, Jean-Louis Gouraud fit en Europe avec Prince-de-la-Meuse et Robin, deux hongres. Y a-t-il un rapport avec la Hongrie, qu'un cheval castré s'appelle un hongre ? Suis sûr que Jean-Louis saura répondre à cette question lors d'un de nos dîners africains à La Gazelle[1].

En 1990, le mur de Berlin est tombé, mais le communisme est encore vivant, quoique couché. Alité. Sur le point de rendre son âme à Dieu et ses armes à l'Otan. En deux mois et demi, avec une moyenne de 45 kilomètres par jour, Gouraud traversera à cheval

1. Fermé depuis après incendie. (*N.d.A.*)

l'est de la France, la RFA, la RDA, la Pologne et une partie de la Russie. Il me rappelle Jacques Lacarrière, qui fit, au début des années 70, le tour de France à pied, dormant et se restaurant au hasard des rencontres et des chemins, odyssée pédestre dont il tira un récit : *Chemin faisant*. Ça a été ma première descente, dans les pages littéraires du *Quotidien de Paris*. Je l'ai relu depuis : c'est un bon livre. Et tout Lacarrière : un merveilleux écrivain. Je ne peux plus lui présenter mes excuses, car il est mort, mais peut-être que les morts nous lisent, puisque nous lisons les morts.

En France, l'accueil fait à Gouraud et à ses chevaux est assez bon ; en RFA, il est bon ; en RDA, il est excellent ; en Pologne, il est enchanteur. Le cheval n'est pas un animal, c'est un univers, et l'univers est grand. Les cavaliers parlent tous la même langue, car ils ne parlent pas. Gouraud arrive confiant en URSS, où il vit, comme les Russes, un cauchemar : nourriture sommaire, logement infect et tracasseries policières. Mais, dès son entrée dans Moscou avec Prince-de-la-Meuse et Robin, on le photographie, on le filme, on le décore. Avalanche d'interviews. On exposera même sa selle dans un musée, où on peut toujours l'admirer. Gouraud devient le symbole équestre de la perestroïka en marche ou plutôt au trot. Ça l'agace un peu. La modestie est une maladie incurable mais non mortelle, au contraire de la vanité : Gouraud en souffre moyennement. Il a un gros problème : ayant promis de donner ses chevaux à Mikhaïl Gorbatchev, qui a facilité son périple et dont il admire la politique d'ouverture, il découvre qu'il est tombé amoureux d'eux. Il doit néanmoins s'exécuter, c'est le cas de le dire. Il les récupérera quelques mois plus tard dans des circonstances cavalières que je laisse à mon lecteur le soin de découvrir. En 2001, Gouraud revient sur ses pas, mais en voiture. L'Est a changé : il est passé à l'Ouest. Les jolies Russes font du joli et Mercedes a envahi la Prusse-Orientale. En 2011, quand Jean-Louis entreprend son ouvrage, le monde est encore différent. *Le Pérégrin émerveillé* navigue entre ces trois époques à grands coups de nostalgie pensive.

L'équitation est une bonne école d'écriture, car elle demande les deux mêmes qualités : le naturel de la discipline et la discipline du naturel. Un récit se conduit. Il y a des obstacles à franchir. Quand on se trompe de chemin de traverse, il faut faire demi-tour. Le style s'étrille. Il y a enfin, dans *Le Pérégrin émerveillé*, une subtile bienveillance envers tout le monde à cheval et même un peu d'indulgence pour les lecteurs à pied.

## Guitry démasqué

Sacha Guitry a été caché par sa gloire, son œuvre a été masquée par son succès, et son travail a été éclipsé par sa célébrité. Ses pièces ont été effacées par ses films, qui ont été détruits par ses superproductions : *Si Versailles m'était conté...* (1953), *Napoléon* (1955), *Si Paris nous était conté...* (1955). Jamais un artiste n'aura été autant desservi par son heureux destin. Son style de vie a occulté son style. On a oublié, à force de l'avoir vu en smoking, qu'il écrivait en pyjama, entouré de fumée de cigarette, dans le bordel monstre de son bureau et de son génie. On est tellement habitué à ce qu'il soit drôle qu'on rit avant de le lire, mais il n'était pas toujours drôle et il mérite d'être lu sans rire. Il a trop aimé jouer les rois alors qu'il était fou. Lui dont toutes les phrases marchaient droit et tombaient juste s'agite mollement dans nos mémoires sous le déguisement poussif de ce diable boiteux de Talleyrand. Il fait aussi Alain Decaux avec des cheveux. Pour un peu, on le confondrait avec Gonzague Saint Bris, autre visiteur des prisons de l'Histoire. Sa diction traînante, tellement années 30, corrompt le naturel de ses dialogues. Même ses bons mots lui jouent des tours : ils font oublier sa tendresse hyperactive, presque hystérique pour les êtres. C'était un obsédé de l'amour et c'est du reste l'unique sujet de son œuvre. La critique sociale acerbe ne sera jamais aussi forte, chez Guitry, que l'enchantement des sentiments. A-t-on jamais lu autant de lucidité noyée dans autant de passion, le plus souvent conjugale ?

La collection Omnibus réédite les deux volumes du théâtre de Guitry, parus pour la première fois en 1996. Ce n'est pas un théâtre complet, car éditer le théâtre complet de Guitry est impossible. Il y a cent vingt-quatre pièces. La liste en est donnée à la fin du tome I. « Omnibus » n'en a conservé que quarante-trois. Les préfaces – l'une de Jean-Claude Brialy, l'autre de Daniel Toscan du Plantier, tous deux aujourd'hui décédés – ne sont pas à la hauteur, mais comment le pourraient-elles ? Sacha est impréfaçable. Le seul commentaire digne de lui est l'adoration, c'est-à-dire le silence, toujours difficile à écrire.

Je n'aime pas faire de citations, mais avec Guitry comment faire autrement ? Il a inventé le mot d'auteur, qui est la forme sensible du mot d'esprit. C'est le mot d'esprit avec quelqu'un dedans. Dans *La Pèlerine écossaise* (1914) : « Vous comptez vous présenter à la mairie ? – Oui, à cause des mariages ! – Qu'est-ce que vous direz aux fiancés ? – Je leur dirai: "Avez-vous bien réfléchi ?" » Dans *Jean de La Fontaine* (1916) : « Vous lisez beaucoup ? – Non, mais je lis beaucoup ceux que je lis. » Dans *Debureau* (1918) : « Souviens-toi que les professeurs sont tous mauvais/Et quand on est doué, qu'ils sont des criminels. Car ils n'enseignent jamais/Hélas ! que leurs défauts. » Dans *Désiré* (1927) : « Vous ne remarquez pas que, chaque fois que vous dites d'une femme qu'elle est jolie, c'est toujours d'une femme extrêmement mince que vous parlez ? »

Le grand style, c'est le style parlé qu'on ne parle pas, puisqu'on l'écrit. L'écriture de Sacha fait un bruit régulier de fontaine de village. Le lire, c'est le boire. Il est toujours frais. Il mériterait une édition dans la « Pléiade », bien que celle-ci soit de haute qualité et me convienne tout à fait. Mais j'en ai assez de donner des ordres à Antoine Gallimard : il ne m'obéit jamais. Enfin, ce n'est déjà pas mal d'avoir exhumé Drieu. Parce que l'auteur de *Rêveuse bourgeoisie* a été, avec l'argent de sa femme juive Colette Jeramec, l'un des premiers actionnaires de *La NRF* ? C'est la reconnaissance des ventes.

## Carlos Fuentes n'est pas mort

Carlos Fuentes n'est pas mort puisque, quelques jours après son décès, il m'a raconté à voix basse, dans une maisonnée endormie, l'histoire du Mexique et des Mexicains à travers son premier roman, *La Plus Limpide Région*, paru à Mexico – *La region mas transparente* – en 1958 et à Paris en 1964. Le livre m'attendait depuis une quarantaine d'années. Je l'ai rencontré en 1968 à la bibliothèque municipale de Montreuil, qui ne s'appelait pas encore Paul-Éluard. On ne donnait pas, alors, de nom aux bibliothèques. J'avais douze ans. Je fus frappé par le mot *limpide* dans le titre. Accolé à *région*. Comment une région pouvait-elle être limpide ? Et surtout *la plus* limpide. Ça signifiait qu'il y avait plusieurs régions limpides, et peut-être même que toutes l'étaient. Je ne me doutais pas, à cette époque, que le traducteur de Fuentes, Robert Marrast, avait pris la liberté de transformer « transparente » – transparent – en « limpide » – limpido. Une région limpide est-elle une région transparente ? Oui : « Limpide : se dit de ce qui est d'une parfaite transparence » (Larousse de la langue française). J'ai compris aujourd'hui que ce roman fabuleux s'annonce, dès le titre, comme l'explication d'un pays compliqué devenu, sous la plume de Fuentes, *transparente*, et donc limpide. Combien de fois, depuis 1968, avais-je échoué à lire *La Plus Limpide Région* ? Au moins autant de fois que je n'ai pas réussi à commencer mon prochain roman se passant au Mexique. Une dizaine, mettons. Puis, le livre s'est ouvert à moi sur toutes ses richesses : l'or de Tenochtitlan. Peut-être attendait-il, dandy capricieux et funèbre, que son auteur soit mort. Pour m'asséner la preuve du contraire.

Le roman, à l'instar de *Marelle*, de l'Argentin Julio Cortazar (1963), se présente sous l'aspect d'un jeu difficile, comme les échecs. Ou le bridge. Dans les années 60, les écrivains du monde entier aimaient les jeux de société littéraires, surtout ceux qui avaient fait un séjour dans les librairies parisiennes où ils avaient trouvé les bouquins de Queneau, Perec, Vian et Robbe-Grillet. Il faut d'abord assimiler – je dis bien assimiler, comme à l'école – six pages d'histoire mexicaine proposées par Fuentes à l'entrée de l'ouvrage. On apprendra ensuite par cœur la liste des personnages du roman, également fournie par l'auteur : il y en a 82. C'est un bon exercice de mémoire, plus rigolo que de réciter des pages entières du Bottin, comme le faisait Alain Peyrefitte (1925-1999), ministre de l'Éducation nationale du général De Gaulle, pour combattre la sénilité. On pourra ensuite entrer dans *La Plus Limpide Région* comme dans une jungle dont on aurait la carte d'état-major. Le texte est une merveille merveilleusement traduite. D'une prostituée en maraude : « La nuit s'ouvrait, sa nuit, la nuit que lui réservaient les anges et le vide… » D'un marxiste mondain : « … il vient pour observer l'ennemi de près, pour le rencontrer sur son terrain, pour servir de témoin oculaire à l'écroulement de la classe capitaliste, et, par la même occasion, prendre part à ses plaisirs. » D'un lendemain de fête : « Bobo finissait la dernière bouteille de cognac avec l'air d'absolue mélancolie d'un Wisigoth en déroute… » D'un journal du matin : « Grand sperme d'encre noire ».

## Roméo et Léa

Florent Gonçalves vient d'être condamné à deux ans d'emprisonnement, dont un ferme, pour être tombé amoureux, sur son lieu de travail, d'une femme beaucoup plus jeune que lui : Léa B., le fameux appât du « gang des barbares ». Le lieu de travail, c'était la maison d'arrêt de Versailles. Il en était le directeur, elle en était une détenue top-modèle. Il était d'origine portugaise, elle était une Iranienne originale. Il avait fait l'Enap, ne pas confondre avec l'Ena. Enap : École nationale d'administration pénitentiaire. Elle n'avait pas fait grand-chose. Elle adorait la mode et *Plus belle la vie*. Il la trouvait belle et l'adorait. Elle était perdue, coléreuse, tendre, angoissée, sentimentale. Il était poli, cultivé, généreux, attentionné, passionné. Elle était célibataire et emprisonnée. Il était marié et libre. Chacun était en prison, mais ce n'était pas la même, sauf lorsqu'ils couchaient ensemble, en prison. Ils se sont aimés pendant plusieurs mois sur Facebook et dans des bureaux. Ça fera sans doute bientôt un film français à succès écrit par Dan Franck et produit par Thomas Langmann. Florent Gonçalves sera interprété par Gilles Lellouche ou Pascal Elbé. Jean Dujardin aurait été bien aussi, mais il est devenu trop cher après le succès mondial inexplicable du navet de Michel Hazanavicius (*The Artist*). Léa B. : Astrid Bergès-Frisbey ou Marine Vacth. Réalisation : Guillaume Canet. Le remake américain sera encore plus glamour.

Florent Gonçalves a écrit un livre. Quand il n'y a plus rien à faire, on écrit un livre. Nous, les écrivains, on sait qu'il n'y a jamais rien eu à faire, alors on écrit des livres. Même Christophe Rocancourt va en écrire un. *Défense d'aimer* – excellent titre sans doute inspiré de *Mourir d'aimer*, d'André Cayatte (1971), film novellisé sous pseudo par Jean-Patrick Manchette – raconte la mésaventure amoureuse de Gonçalves, suivie de ses démêlés avec la justice. Le texte a été fort bien relu par Catherine Siguret. C'est une plongée passionnante dans le monde pénitentiaire. J'ai acheté l'ouvrage à l'aéroport de Nice et, quand j'ai relevé les yeux, je me trouvais à celui d'Orly. Les romans d'amour sont plus intéressants quand ils sont vrais, les romans policiers aussi.

Dans *Défense d'aimer*, les deux personnages principaux passent leur temps à correspondre par mails ou par textos. C'est le meilleur moyen pour s'embrouiller, qui s'écrira bientôt s'emmailer ou se détexter. Florent et Léa rompent, se réconcilient, s'insultent, se boudent. La communication permanente est une source de malentendus incessants. Tout écrit est un peu un jugement. Quand on parle à quelqu'un, on fait attention à ce qu'il entend ; quand on lui écrit, on fait attention à ce qu'on écrit. On ne parle pas tout seul, mais on écrit pour soi. Il faut beaucoup de travail pour qu'un mot écrit soit aussi léger qu'un mot prononcé. Laisser l'écriture aux gens qui n'ont pas appris à s'en servir, c'est comme donner un AK-47 à une vendeuse de lingerie fine. Elle risque de blesser beaucoup de monde, elle en premier. C'est ce qu'ils font, Florent et Léa : se blesser.

Le grand moment du livre est la chute du personnage principal, qui est aussi l'auteur. On lui enlève tout, comme à un mort : son travail, sa maison, sa famille. Il est seul. Il est nu. Il est quand même le premier directeur de maison d'arrêt à être devenu célèbre. Il est la honte de la société, dont il comprend peu à peu qu'il faut l'emmerder puisqu'on ne peut pas la changer. Le courage consiste à s'avouer vaincu : c'est une bonne préparation au jour de notre décès. Gonçalves perd l'amour qui l'a perdu. La morale de cette histoire est qu'il ne faut pas s'attacher à une fille qui n'a pas les mains libres.

## Burdett is back

Sonchai Jitpleecheep, policier de père GI américain et de mère thaïe ancienne prostituée aujourd'hui patronne de beer bar sur Soi Cowboy, à Bangkok, est de retour dans *Vulture Peak*, le nouveau roman de John Burdett paru en janvier à New York. Je passais l'autre jour rue de Rivoli et je me suis dit : tiens, allons voir si le nouveau Burdett est en vente. Il y a beaucoup de polars chez Smith. Il y aura bientôt un rayon *No crime* pour les rares romans anglo-saxons où on n'assassine personne. J'ai trouvé *Vulture Peak* et je l'ai acheté. Je ne l'ai pas lu tout de suite. J'ai attendu le jour de la Pentecôte. Dieu sait pourquoi. Les fêtes religieuses sont tristes quand on ne va pas à la messe. Après une longue promenade dans la banlieue est et une visite exhaustive des puces de Montreuil – trouvé pour 2 euros, non loin d'un stand salafiste, le DVD ultrarare de Karole Rocher sur les chanteuses françaises de R&B du début du siècle (Assia, Leslie, Diam's Jalane) –, j'ai déjeuné au Saigon Express, rue Planchat (XXe). La patronne, la cuisinière et la serveuse vietnamiennes jouaient aux cartes. Ce n'était pas une belote. Peut-être du gin-rummy, comme chez Sagan. Dans le taxi qui me ramenait place d'Italie, j'ai écouté une émission de radio sur le trafic d'organes. Un jeune Chinois, afin de régler une dette de jeu, avait vendu un de ses reins 3 500 dollars. J'ai compris que c'était le jour ou jamais de lire le nouveau Burdett, et j'y ai passé l'après-midi, puis la soirée, puis la nuit. Burdett, c'est comme les gâteaux chinois à la noix de coco : impossible d'arrêter d'en manger avant de les avoir finis. Il est le seul auteur que je lise en anglais, parce que je suis incapable d'attendre la traduction française. Lire dans une langue étrangère, c'est comme conduire la nuit : on fait beaucoup plus attention. D'ailleurs, j'ai coché plein de phrases : « The answer to the world economic crisis was obvious : legalize prostitution and tax it. At 15 percent per bang, deficits would shrink overnight », « He's a cop and a pimp, he's multitasks », « She turned to me with a smile out of Vogue, Shanghai edition », « All human beings are cannibals when it comes to brute survival », « On the plane Lilly took the window seat, Polly took the aisle, and I was the meat in the sandwich », et pour finir : « The trouble is : so many bars and so little time. »

*Vulture Peak* traite donc, à la manière – romantique déréglée, humoristique, baroque, colorée, incendiaire, poétique, bouddhiste et shakespearienne – de Burdett, du trafic d'organes, nouvelle industrie criminelle facilitée par Internet comme la plupart d'entre elles (contrefaçon, prostitution, terrorisme, pédophilie). L'intrigue policière, bien que menée avec une efficacité *british*, est néanmoins secondaire dans ce vaste tableau que, de livre en livre, brosse Burdett : celui de l'Asie, de sa spiritualité et de lui-même à l'intérieur de ce paysage bouleversé et pourtant d'un ordre parfait. Jolies esquisses de *katoeys*, les célèbres transsexuels thaïs. La dernière fois, au Lonesome Cowboy de Bangkok, haut lieu des *katoeys*, John m'a dit : « Là, Patrick, tu ne dois jamais entrer. » Bien sûr, j'y suis retourné sans lui et, vu l'exactitude de la description qu'il fait de l'endroit dans *Vulture Peak*, il y est retourné sans moi.

## Le dernier antivoyage de Muriel Cerf

Mort d'une Gémeaux (née le 4 juin 1950). Je faisais de l'autostop en Suisse – après cinq heures d'attente à la sortie de Brig, me suis résigné à monter dans un train pour Paris – lorsque je lus dans *Le Monde des livres* l'article de Bertrand Poirot-Delpech sur *L'antivoyage*, le premier livre de Muriel Cerf. C'était la fin de l'été 1974 et j'étais moi aussi au terme d'un antivoyage (Italie, Grèce, Yougoslavie, Autriche et donc Suisse). Je me souviens que mon sac à dos était plus petit que les autres sacs à dos. J'ai même dormi sur un banc public grec.

L'autre jour, je venais de commander la première édition de *L'Antivoyage* (réédité depuis par Actes Sud dans la collection Babel) à la librairie La Rose de Java tenue, rue Campagne-Première, par Hubert Bouccara, quand j'ai appris le décès de l'auteur (19 mai 2012). Je reste persuadé que, chez les artistes, l'espérance de vie est inférieure d'une dizaine d'années en moyenne à celle des non-artistes. Comme chez les gauchers. Les artistes sont les gauchers de l'existence. Ils arrivent les premiers au paradis, ayant vécu l'enfer dans leurs œuvres.

Élevée par sa grand-mère qu'elle adorait – souvent, les grands-parents sont grands –, Muriel part pour l'Inde avec une amie de son âge et de son milieu, Rita, bourgeoise de vingt ans. On est en 1970. Philippe Gloaguen, le fondateur du *Guide du routard*, est encore à Sup de Co. Les routards et les routardes doivent se débrouiller seuls pour trouver le bar pas cher, le resto bon marché et l'hôtel modeste. Les fameux bons plans. Le routard et la routarde de 70 se vautraient sur la plage de Pattaya sans se douter qu'en 2011 le *Guide du routard Thaïlande* écrirait : « On le dit tout net : Pattaya, on n'aime pas. » Explication : « C'est avant toute chose le Sodome et Gomorrhe de l'Orient. » Sanction : aucune adresse, nul téléphone. Ça nous fait remonter loin en arrière, comme ces films de 1990 où personne ne parle dans un téléphone portable ni ne consulte Internet.

Muriel et son amie font escale au Caire. Tout de suite, la future romancière tombe amoureuse d'une autre nana : Coulino. Ces filles Gémeaux. Coulino est une Anglaise rousse dont les nerfs craquent quand elle se rend compte, à Bombay, que son fiancé ne l'a pas attendue pour aller se baigner à Goa. Les trois filles seront séparées par des hommes. Muriel sera notamment aimée par un prince népalais charmant. C'est la vie légère d'une moins de quarante et un kilos. Elle a une façon bien à elle d'enrouler sa maigreur dans un sari jaune. Elle fascine les hommes, leurs épouses, leurs enfants. C'est une toute petite femme fatale. On s'attendait à un roman d'aventures, mais en voyage il y a surtout des emmerdements. C'est le mot littéraire pour aventures. Muriel sillonne l'Asie des pauvres et des palaces, jetant sur tous ces bazars un regard fou de curiosité qui est 50 % du talent. La photo de couverture, signée Jacques Robert, était une explosion de désinvolture et d'arrogance, toutes deux justifiées par ce texte qu'aimèrent Roger Caillois, Roger Grenier et André Malraux.

## Lettre ouverte aux scientifiques

En quelques décennies, vous avez changé le monde et pourtant vous avez échoué dans ce qui était votre plus grand challenge : arrêter le temps. Vous avez inventé la fusée et le SMS, le surgelé et le faux sein, l'euro et Eurodisney, le DVD et le jus d'abricot, l'appareil photo numérique et le talon de 17 centimètres, le conteneur et la carte de crédit, l'ordinateur portable et le portable, la crème antirides pour hommes et le drone, la voiture électrique et le brushing, la bombe atomique et la bombe humaine, l'énergie nucléaire et l'éolienne, le vélomoteur et l'ascenseur, l'avion supersonique et le charter, la clé USB et la tablette de chocolat. Vous avez oublié la chose la plus importante : les heures. Elles passent, indifférentes à votre agitation intellectuelle. Vous et nous conduisent à la vieillesse et à la mort. Aurait-ce été trop vous demander que de produire quelque chose contre le temps ? Sans doute que oui, puisque personne ne l'avait encore fait.

Scientifiques du monde entier, je m'adresse à vous aujourd'hui pour vous donner un ordre ferme et précis : faire cesser le scandale du temps. Il ne doit plus être autorisé à fuir on ne sait où. Ce prisonnier évadé ne se rattrape jamais. On s'amuse sur une plage bretonne avec une amie de notre âge : deux ans et demi. Une minute plus tard, on se fait poser un dentier par un dentiste de notre âge : soixante-dix ans. Il faut mettre un terme, par tous les moyens, aux phénomènes de ce genre. Cet enfant que je tiens dans mes bras pour qu'il ne pleure plus, pourquoi est-ce qu'il se présente, tout de suite après, à la porte de mon appartement avec ses propres enfants bien plus âgés qu'il ne l'était lui-même une seconde plus tôt ? Je sors de la brasserie Rozes, place d'Italie, le jour où je reçois le prix Renaudot et je me retourne : c'est mon fils cadet qui sort du magasin Zara ayant remplacé la brasserie Rozes et où personne probablement ne sait ce qu'est le prix Renaudot. Il y a pire : ces filles qu'on a aimées dans les lits grecs il y a un instant et qu'on retrouve dans un resto grec de la Contrescarpe trente ans après, ayant doublé de volume comme nous. Non seulement le temps a l'audace de passer sans nous demander notre avis, se doutant bien qu'il serait négatif, mais il a l'inconvenance de le faire sans prévenir ; du coup, on se retrouve penaud, avec quelque chose qui était dans nos mains et qui ne l'est plus : notre vie.

Mes amis bons en maths, excellents en physique-chimie et prodigieux en SVT, il est temps – c'est le cas de le dire – que vous abandonniez toutes vos autres recherches et que vous vous concentriez sur le souci majeur des hommes et des femmes de cette planète infortunée où les dates changent tout le temps : le caractère irréel, angoissant, aberrant et désespérant de l'existence du fait que les soixante-dix ou quatre-vingts ans qu'elle dure se résument à un ou deux battements de paupières. Il s'agira donc pour vous, Mesdames et Messieurs les scientifiques, de trouver le moyen de stopper ce processus infernal et de faire en sorte que, grâce à vos calculs innovants, le petit garçon amusé et sa jolie maman amoureuse – beaucoup de lui et un peu de moi – restent à jamais immobiles et vivants, dans les belles lumières de son enfance et de notre jeunesse. Cette invention sera saluée par l'humanité tout entière comme un événement aussi important que la résurrection du Christ. De surcroît, il n'y en aura aucune autre après elle, puisque le temps se sera arrêté.

## Une Syrienne à Paris

Maram al-Masri, poétesse syrienne en exil à Paris, ne les appelle pas les rebelles, comme le font les journalistes occidentaux, mais les révolutionnaires. Je me récite quelques vers de son nouveau recueil *La Robe froissée* : « Regardez ce missile comme il est beau/sans salir vos mains/en une seconde il anéantit/un village/en deux secondes une ville. » Sur la banquette rouge de cette brasserie de Montparnasse où on ne sait pas si les clients sont des touristes du Sud en train de déjeuner tard ou des touristes du Nord en train de dîner tôt, elle a du mal à retenir ses larmes quand on parle de son pays, dont on a du mal à ne pas parler. En Syrie, insiste-t-elle, ce n'est pas une guerre, c'est une révolution. La classe dominante est un clan : celui de la famille Assad. La classe dominée, ce sont tous les autres Syriens, raison pour laquelle, depuis dix-sept mois, il y en a eu tellement dans les rues. Et dans les cimetières. Dans cette lutte pour la liberté, tout le peuple est engagé. Pas seulement des ouvriers ou des paysans : des ingénieurs, des médecins, des professeurs, des fonctionnaires. Des poètes. La Syrie, me dit Maram aux yeux bleus qui n'arriveront jamais à sécher complètement pendant notre déjeuner, regorge de créateurs, de constructeurs, d'entrepreneurs qui se battent pour une chose : être délivrés de la chape de plomb que la famille Assad fait peser sur eux depuis le coup d'État de Hafez le 13 novembre 1970. Ce ne sont pas les alaouites et les chrétiens contre les sunnites, car, parmi les révolutionnaires, il y a des alaouites et des chrétiens. C'est une population excédée par quarante-deux ans de dictature et qui, toutes confessions confondues, aspire à vivre dans un monde sans corruption, sans extorsions, sans exécutions. Le danger salafiste ? Maram me regarde, sourit. Cette qualité de sourire qu'on ne trouve que chez les poètes. Les poètes publiés. « Le principal danger, aujourd'hui, ce sont les tueurs d'Assad. Les salafistes, c'est une minorité dans l'ASL. Les Syriens sauront les tenir à l'écart du nouveau pouvoir démocratique. »

De quoi, selon Maram al-Masri, les Syriens auraient-ils besoin ? La fermeture de l'espace aérien et l'ouverture des couloirs humanitaires. Zut, c'est ce que dit BHL ? Je ne vais quand même pas être d'accord avec lui, ça ferait trop de peine à mes lecteurs. Maram me parle encore de la Syrie de ses parents et de ses grands-parents, la Syrie délivrée des Ottomans, puis des Français, qui marchait à grands pas élégants – hommes en costume et fez, femmes en tailleur voilées tels qu'on peut les voir sur les photographies du *Livre de la Syrie*, d'Amer Bader Hassoun – vers la modernité, la laïcité, le progrès, après quoi il lui fallut rebrousser chemin sous les coups de l'État militaire.

À la sortie de La Rotonde, croisé l'écrivain Jean-Marc Parisis, l'un des auteurs de septembre, qui sera bientôt sous les bombes de la rentrée littéraire française.

## Kouamouo accuse

Dîner chez Moussa l'Africain, avenue Corentin-Cariou (Paris XIX^e^), avec Grégory Protche, directeur du *Gri-Gri international*, journal satirique panafricain fondé par Michel Ongoundou Loundah, et auteur de *On a gagné les élections mais on a perdu la guerre*. Avant d'examiner la crise ivoirienne, un mot sur la crise des restaurants africains de Paris. La Gazelle, 9, rue Rennequin (XVII^e^), ne mérite plus son nom, il faut l'appeler L'Hippopotame, vu la lenteur du service. C'est plutôt une bonne chose quand un mauvais plat n'arrive pas vite, le problème, c'est qu'on finit malgré tout par l'attendre avec impatience, ce qui décuple notre déception quand il nous est servi. Je ne dirai rien sur Moussa : j'y ai été trop heureux en 2006, 2007, 2008. Je regardais, l'autre soir, mon fantôme rassasié sur les banquettes vides. Fatou Biramah, chroniqueuse de Radio Africa, me conseille chaudement Africasa, 59, rue du Cardinal-Lemoine (V^e^). Ne jamais désespérer de l'Afrique ; quand ça craque d'un côté, c'est craquant de l'autre.

Grégory Protche, je l'ai rencontré il y a une dizaine d'années, pendant un concert de Marcel Zanini au Petit Journal, 71, boulevard Saint-Michel (V^e^). Je l'ai retrouvé un soir à la Bastille, entouré d'Ivoiriennes en colère mais pas contre lui : contre Alassane Ouattara. Nous nous sommes installés à une terrasse de café – c'est l'un des grands plaisirs de la vie, inconnu des racistes : être à une terrasse de café avec des intellectuels africains, surtout quand elles sont ultramignonnes –, et ils m'ont expliqué la situation ivoirienne vue de leur côté, qui est celui de Laurent Gbagbo, actuellement détenu à La Haye. Ça aura été la grande nouveauté juridique des XX^e^ et XXI^e^ siècles : faire juger des Africains aux

Pays-Bas par les fils procureurs et les filles juges de tous les peuples qui les ont colonisés (Anglais, Français, Allemands, Néerlandais, Italiens…).

Les Éditions du Gri-Gri font paraître *J'accuse Ouattara* de Théophile Kouamouo, journaliste ayant naguère travaillé comme correspondant en Afrique pour *L'Humanité*, *Le Monde* et *Le Point*. Il a fondé, en Côte d'Ivoire, *Le Nouveau Courrier*. *J'accuse Ouattara* est une charge contre l'actuel président de la Côte d'Ivoire, « chef politique des Forces républicaines de Côte d'Ivoire, soupçonnées d'avoir commis des crimes contre l'humanité – et les plus graves massacres de l'histoire du pays, à Duékoué, dans l'Ouest ». Pourquoi Ouattara – et avec lui la France, l'Union européenne, les États-Unis, l'Onu – a-t-il refusé le recomptage des voix que proposait le président sortant socialiste Laurent Gbagbo après l'élection du 26 novembre 2010 ? C'est une pratique courante, à laquelle même M. Peña Nieto, le nouveau président du Mexique, a consenti. Que craignaient le RDR et ses nombreux alliés occidentaux, parmi lesquels Nicolas Sarkozy, qui a jeté toutes ses forces spéciales dans la bataille postélectorale au terme de laquelle M. Ouattara a conquis le pouvoir ? Kouamouo revient sur les personnalités socialistes ivoiriennes maltraitées, voire torturées, dans l'Hôtel du Golf après la chute de leurs chefs : Désiré Tagro, Jean-Jacques Béchio, Geneviève Bro-Grébé, d'autres. Il explore la filière dite du « cacao du sang ». Celle-ci permit aux rebelles de financer l'interminable guerre civile qui a plongé, depuis dix ans, la Côte d'Ivoire dans un chaos dont, selon Kouamouo, le pays n'est pas près de sortir. L'auteur s'attarde enfin sur le fameux meeting d'Odienné, en 1995, au cours duquel Lamine Diabaté, époux d'Henriette Dagri-Diabaté, future secrétaire générale du RDR, annoncera la sécession du Nord : « Nous avons les mêmes armes qu'eux. Nous avons aussi nos hommes dans l'armée. Nous ne voulons d'eux ni aujourd'hui ni demain. »

*J'accuse Ouatara* est en vente à L'Harmattan et à Présence

africaine, 25 bis, rue des Écoles, à Paris (5e), ainsi que sur Internet. C'est toujours bien de se renseigner.

## Saint-Germain-des-Prés, zone urbaine sensible

C'est Richard qu'a commencé. À la Cité Gallimard, tout était pourtant tranquille. La dope circulait doucement sous la surveillance d'Antoine, qui palpait les biftons. Et voilà l'autre Millet qui se met à vanner un car de Norvégiens qui s'étaient perdus, ils cherchaient la tour Eiffel. Il les a traités de couilles molles et les Norvégiens ça leur a pas plu, d'autant qu'à Oslo ils se les gèlent, les couilles, alors c'est pas sympa de dire qu'elles sont molles. Elles sont froides et puis c'est tout. La sortie de Richard, aussi appelé Riri la Castagne vu les torgnoles qu'il a balancées naguère à des Palestiniens dans la Cité Liban, ça a énervé un tas de mecs de la Cité Gallimard, notamment le Sollers, un semi-grossiste d'Antoine, un ancien de la Cité Mao qu'a rappliqué chez Gallimard quand Mao a brûlé. Il a dit qu'il voulait plus s'asseoir dans les cages d'escalier de Gallimard à côté de Millet, mais Antoine a dit que c'était lui le chef de Gallimard et que c'était à lui de décider qui s'asseyait à côté de qui dans la cité. Il a un autre souci, Antoine : un de ses chouchous, le petit Zeller, que tout le monde appelle le petit Suisse sans que personne sache pourquoi, se fait régulièrement démonter la tronche parce que la Cité Flammarion où il créchait avant de venir à Gallimard, où il y a plus de confort dans les caves, fait courir le bruit que sa came est un mélange dégueu de sucre et de farine, du coup les clients se font rares, d'autant que le nez cassé et les arcades sourcilières éclatées du petit Suisse inspirent de moins en moins confiance aux camés de la zone. Un dealer qui se fait tabasser, c'est un dealer qui a arnaqué soit son client soit son fournisseur, et dans les deux cas c'est pas rassurant. Il est arrivé la même chose l'an dernier à Foenkinos, dit le Sandwich grec à cause de son nom et qu'il est pas épais.

Il y a aussi une fille qu'a foutu un peu le boxon dans la ZUS – « Zus-moi », comme dit toujours Virginie Despentes, une poulette bien roulée de la Cité Grasset –, c'est la fille Herzog. Elle a un vieux qu'a plus de doigts parce qu'il est resté coincé plusieurs semaines dans un congélateur tout en haut de la tour Himalaya où il avait planqué sa dope. Dans la ZUS, on est pas des tendres, mais y a quand même deux trucs sacrés pour nous, c'est les parents et les handicapés. Le dab de Félicité – on l'appelle Fesses de la Cité, vu comment elle aussi elle est canon, à la Cité Grasset y en a des super-mignonnes, ça doit être à cause du proprio Nora, il a une grosse moto et en plus il est beau mec –, il se tartinait un tas de gonzesses selon sa fille, et alors où est le mal ? Le blème, c'est que Herzog, surnommé Momo l'alpiniste à cause de sa malheureuse histoire sur Himalaya, faisait ses cochonneries au domicile familial. Il y a des moments où il faut arrêter, comme disait Julie Lescaut.

Maintenant on se demande tous quelle cité va réussir le gros braquage qu'on fait toujours avant Noël histoire de ramasser du cash pour les cadeaux. L'agence Goncourt se trouve entre les Cités Gallimard, Grasset et Seuil. Il y a un max de flouze dedans, mais c'est gardé par une bande de vieux vigiles qui connaissent leur affaire : avant de se laisser dépouiller, ils se défendent bien. Les gars de l'agence Renaudot, un peu plus excentrée mais lourdement lestée de pognon elle aussi, a une tripotée de petits flingueurs qui peuvent faire mal. Le coup facile, c'est l'Académie : tout le monde dort, et il y a même des fois où la porte du coffre reste ouverte. La petite caisse du café Interallié a du bon : on récupère plein de tickets de Solitaire, Astro, Millionnaire, Monopoly, Banco. Mais après, il faut gratter.

# Interrogations écrites

– Avec qui sort Aung San Suu Kyi depuis qu'elle est sortie ?

– Pourquoi le président normal François Hollande ne rend-il pas la propriété de la Lanterne que le président pas normal Nicolas Sarkozy avait prise à son Premier ministre ?

– Où les athlètes allaient-ils faire pipi pendant la cérémonie de clôture des JO de Londres ?

– Pourquoi, à la fin de l'été, les ministres se présentent-ils bronzés pour parler de la crise aux Français qui ne sont pas partis en vacances ?

– Pourquoi a-t-on le droit d'entrer à l'Académie française et pas celui d'en sortir ?

– Qui dégradera Mood'ys, Fitch et Standard & Poor's ?

– Pourquoi Yingluck Shinawatra est-elle encore célibataire alors qu'Angela Merkel s'est mariée deux fois ?

– N'est-il pas inquiétant que, lors d'une grève des pilotes d'easyJet, tous les vols de la compagnie soient maintenus ?

– Où est trépassée Eva Joly ?

– Pourquoi les Jamaïquains courent-ils si vite alors que les colons britanniques ne sont plus derrière eux ?

– Quelle absence de surprise nous réserve la rentrée littéraire ?

– Quand Thierry Ardisson cessera-t-il de poser des questions et commencera-t-il à s'en poser ?

– Pourquoi est-ce que je pleure chaque fois que je regarde *The Alamo* de John Wayne et *Rambo* avec Sylvester Stallone ?

– Pourquoi les dieux et les restaurants mexicains ont-ils des noms imprononçables ?

– Pourquoi l'art contemporain est-il si drôle alors que la littérature contemporaine est si triste ?

– Pourquoi Jean-François Copé et Dominique Strauss-Kahn ont-ils refusé de jouer aux échecs avec moi ?

– Que fait Estelle Skornik ?[1]
– Pourquoi critiquer un film ?
– Où a-t-on rangé les guillotines ?
– Comment Jean-Luc Godard a-t-il pu passer toute une vie sans jamais dire, écrire ou filmer une chose banale ?
– Dieu éructe-t-il ?

## La morte de l'été

Jean-Luc Delarue sera donc le mort de l'été 2012. Il en faut toujours un, parmi d'autres qui, pour diverses raisons, nous touchent autant. Tony Scott a ému quelques amateurs de cinéma, dont moi, en sautant d'un pont à San Pedro (Californie). Raoul Mille prenait la culture trop à cœur et celui-ci, du coup, a lâché. Je ne terminerai pas ce paragraphe funèbre sans citer le nom du critique littéraire et coureur cycliste Guy Pesucci, rencontré en février 1986 à la fête du journal communiste *Le Patriote*, au palais des congrès à Nice. Il est enterré à Saint-Raphaël, ce qui me fait penser à Patrick Ricard. Lui aussi, je l'aimais beaucoup, sans le connaître. Le nombre de gens qui, chaque jour, prononçaient son nom avec bonheur : « Garçon, un Ricard ! » J'aurais dû inventer une boisson alcoolisée, du coup les gens diraient : « Un Besson, vite ! »

La morte de l'été 2012 est toujours vivante, c'est Kristen Stewart. Son crime, pour lequel elle a été condamnée à la peine de mort médiatique ? Coucher avec un homme. Kristen est-elle une Afghane ? Non : une Américaine. La coucherie eut-elle lieu à Islamabad ? Non : à Hollywood. La jeune actrice la plus douée de sa génération (il faut l'avoir vue dans *In the Land of Women*, de Jonathan Kasdan, *Des gens impitoyables*, de Griffin

1. A joué Bernadette Chirac en 2013 dans un biopic télé (*N.d.A.*)

Dunne, et, bien sûr, *Blanche-Neige et le chasseur*, de Rupert Sanders) risque, après cet événement banal, de ne plus avoir de travail. Elle est aussi quelque chose dans un petit truc de vampires qu'ont vu des dizaines de millions d'ados sur toute la planète, mais les gens qui boivent son sang aujourd'hui sont beaucoup plus goulus.

Je résume. Kristen est fiancée, depuis plusieurs années, avec le jeune acteur Robert Pattinson. Ils n'ont pas d'enfant, mais un chien : Bear. C'est même un chiot, détail qui a son importance. Sur le tournage de *Blanche-Neige et le chasseur*, l'actrice, qui joue Blanche-Neige, a eu une aventure avec le metteur en scène du film, quarante et un ans, lui-même marié et père de deux enfants. Tremblement de presse à Hollywood, cyclone de *gossips* à Los Angeles. L'Amérique entière s'étouffe de médias. Les réseaux sociaux se déchaînent. Les réseaux sociaux se déchaînent vite, car ils n'ont pas de chaînes. On devrait les appeler les réseaux asociaux, les messages de haine y étant plus nombreux que les déclarations d'amour. Kristen est effondrée. Elle ne sort plus de chez elle. De plus, Robert – Rob, pour ses millions d'amis intimes – a emporté Bear. Priver une fille seule de son chien, c'est grave, mais la priver de son chiot, c'est criminel. Cela dit, la comédienne honnie et vilipendée par tous les États-Unis ne mettant plus le nez dehors, l'animal aurait eu le plus grand mal à faire ses besoins. Ou alors il les aurait faits sur elle, à l'instar de la presse people américaine. Bien sûr, le crétin de 40 balais n'a plus qu'une idée : se faire pardonner par sa femme. Personne ne lui a donc dit que c'est impossible ?

## Dans son QI

Diffusé sur Orange à l'automne dernier, *QI*, série produite, écrite (avec Violaine Bellet et Géraldine Bert) et réalisée par

Olivier de Plas, vient de sortir en DVD. Je l'ai acheté (20 €) dans l'un de mes magasins préférés : le MK2-Bibliothèque, avenue de France, Paris XIII^e^. Il y a tout ce dont un homme de goût a besoin : des livres de poche, des films asiatiques, le vin de Francis Coppola, des bonbons suédois et treize salles où on peut aller au cinéma avant ou après ses achats. *QI* – avec *H*, *Un gars, une fille*, *Kaamelott* ou *Off Prime* – est une des meilleures séries télé comiques de ces dernières années. Elle n'est pas comique : elle est à crever de rire. Pourquoi dit-on crever de rire alors que c'est de chagrin qu'on meurt ? Le rire a des vertus médicinales, à condition de ne pas être gras. Il faut qu'il soit léger. Light, comme le yaourt. Ou les Marlboro. C'est ce rire-là qui nous soigne du premier au huitième épisode de *QI*. Chaque scène est une merveille de finesse, de poésie, d'ironie. C'est le DVD à regarder tout l'été, en cas de mauvais temps ou de gens lourds.

Karine, alias Candice Doll, est une actrice de films pornographiques, jouée avec le charme acidulé de Clara Morgane et la ferme distanciation de Bertolt Brecht par Alysson Paradis. Une boule de geisha oubliée dans son vagin par une partenaire hongroise négligente lui fait croire à un cancer et donc prendre conscience de la fragilité et de la brièveté de l'existence. Lui vient, du coup, l'envie de faire des études de philosophie. À l'aide de faux diplômes fournis par un collègue de tournage au fort accent slave (admirable Sébastien Barrio), elle entre directement en licence à la Sorbonne. Elle adore : « C'est un peu chaud au niveau du vocabulaire, va falloir que je me mette à niveau et tout, mais franchement, je suis super-excitée… »

Il sera long et bousculé, le parcours de Karine vers son diplôme. Elle a contre elle son petit ami réalisateur porno qui l'a « découverte », sa mère libertine et partouzarde, son beau-père inquiet, les étudiants qui ont vu tous ses films sur Internet et les profs qui remarquent surtout ses fautes d'orthographe. Elle est aidée par le plaisir physique que lui procurent Kant et Descartes et qu'elle n'a jamais connu auparavant. La connaissance, c'est le plaisir et le plaisir, c'est le bonheur : morale simple développée avec une grâce moqueuse par les auteurs de *QI*. Chambrée et découragée par ses condisciples en qui elle voulait tellement se reconnaître, Karine sera remise sur la voie philosophique par le professeur Cohen, joué par Philippe Vieux dans une fort jolie lumière métaphysique. Ils marchent côte à côte le long de la Seine et du savoir. La fin réserve une surprise religieuse. Le curé de Saint-Étienne-du-Mont, où Karine vient chercher une extase supérieure : « … J'ai l'impression de vous avoir déjà vue… » Karine, philosophe : « Je sais, oui. »

## Femmes disparues

- Macha Méril dans *Le Signe du lion* (Éric Rohmer, 1962)
- Claudia Cardinale dans *La Viaccia* (Mauro Bolognini, 1960)
- Ava Gardner dans *Mogambo* (John Ford, 1953)
- Sydne Rome dans *What* (Roman Polanski, 1973)
- Faye Dunaway dans *Chinatown* (Roman Polanski, 1974)
- Mireille Darc dans *La Grande Sauterelle* (Georges Lautner, 1967)
- Mariel Hemingway dans *Manhattan* (Woody Allen, 1979)
- Marie-Hélène Breillat dans *La Mandarine* (Édouard Molinaro, 1972)
- Pia Degermark dans *Elvira Madigan* (Bo Widerberg, 1967)
- Joanna Shimkus dans *Tante Zita* (Robert Enrico, 1968)
- Sonia Petrovna dans *Le Professeur* (Valerio Zurlini, 1972)
- Claude Jade dans *Mon oncle Benjamin* (Édouard Molinaro, 1969)
- Daria Halprin dans *Zabriskie Point* (Michelangelo Antonioni, 1970)
- Claudia Cardinale dans *Le Pigeon* (Mario Monicelli, 1958)

- Ingrid Thulin dans *La guerre est finie* (Alain Resnais, 1966)
- Jacqueline Sassard dans *Accident* (Joseph Losey, 1967)
- Christine Pascal dans *Des enfants gâtés* (Bertrand Tavernier, 1977)
- Marlène Jobert dans *La Poudre d'escampette* (Philippe de Broca, 1971)
- Sean Young dans *Blade Runner* (Ridley Scott, 1982)
- Sari Chang dans *China Girl* (Abel Ferrara, 1987)
- Joanna Cassidy dans *Under Fire* (Roger Spottiswoode, 1983)
- Lea Massari dans *Le Colosse de Rhodes* (Sergio Leone, 1961)
- Gina Lollobrigida dans *Salomon et la reine de Saba* (King Vidor, 1959)
- Claudia Cardinale dans *Sandra* (Luchino Visconti, 1965)
- Sharon Farrell dans *Reivers* (Mark Rydell, 1969)
- Ali MacGraw dans *Love Story* (Arthur Hiller, 1970)
- Jennifer O'Neill dans *Un été 42* (Robert Mulligan, 1972)
- Laurence de Monaghan dans *Le Genou de Claire* (Éric Rohmer, 1970)
- Julie Christie dans *Le Docteur Jivago* (David Lean, 1965)
- Cindy Crawford dans *Fair Game* (Andrew Sipes, 1995)
- Greta Scacchi dans *Sur la route de Nairobi* (Michael Radford, 1987)
- Et surtout les jumelles More (Camilla et Carey) dans *Le Jumeau* (Yves Robert, 1984)

## Conseils de relecture pour l'été

*La Joie-souffrance*, de Zoé Oldenbourg (Gallimard, 1980)
*Un détour par la vie*, de Henri Thomas (Gallimard, 1988)

*La Pompéi*, de René-Victor Pilhes (Albin Michel, 1985)
*Le Testament amoureux*, de Serge Rezvani (Stock, 1981)
*Le Marin de Lesbos*, de Clément Lepidis (Seuil, 1972)
*Le Zoizeau ivre*, de José André Lacour (Laffont, 1972)
*L'Île Atlantique*, de Tony Duvert (Minuit, 1979)
*Pierre*, de Christiane Teurlay (Grasset, 1984)
*Brouillard d'automne*, de Frédéric H. Fajardie (Mazarine, 1985)
*Juan Maldonne,* de Michel Dard (Seuil, 1973)
*Raoul Lévy*, de Jean-Dominique Bauby (Lattès, 1995)
*La Maison dans l'arbre*, de Karine Berriot (Seuil, 1977)
*Sacco et Vanzetti*, de Pierre Duchesne (J.-P. Manchette) (PDC, 1971)
*Si belles et fraîches étaient les roses*, de Nella Bielski (Mercure, 1980)
*Un arbre voyageur*, de Claire Etcherelli (Gallimard, 1978)
*Barbès Palace*, de Mohamed Boudjedra (Le Rocher, 1993)
*Le Bénéfice du doute*, de Claude Fessaguet (Gallimard, 1965)
*L'homme que l'on croyait*, de Paul Pavlowitch (Fayard, 1981)
*Château-des-Rentiers*, d'Alain Demouzon (Flammarion, 1982)
*Une Légende de Bangkok*, de Jean-Marc Moura (Albin Michel, 1987)
*L'Orange de Malte*, de Jérôme Leroy (Le Rocher, 1989)
*L'Ordinaire Mésaventure d'Archibald Rapoport*, de Pierre Goldman (Julliard, 1977)
*Vaulascar*, de Michel Braudeau (Seuil, 1977)
*Sphinx*, d'Anne Garreta (Grasset, 1986)
*Berlin mercredi*, de François Weyergans (Balland, 1979)
*La Fille à l'oursin*, de Luc Estang (Seuil, 1977)
*Ceux qui vont s'aimer*, de Didier Decoin (Seuil, 1973)
*Landru*, de Françoise Sagan et Claude Chabrol (Julliard, 1963)
*Poèmes et vents lisses*, de Sony Labou Tansi (Le Bruit des autres, 1995)

*Littératures soviétiques*, d'Aragon (Denoël, 1955)
*La Vie d'Adrian Putney, poète*, de P.-J. Rémy (La Table ronde, 1973)
*La Constellation des lévriers*, de Camille Bourniquel (Seuil, 1975)
*L'Atelier du photographe*, de Jacques Brenner (Julliard, 1954)
*La Mosaïque de Balsamo*, d'Yves Dartois (Denoël, 1967)
*Chemins d'écriture*, de Jacques Lacarrière (Plon, 1988)
*Lettre de l'intérieur du parti,* de M. A. Macciocchi (Maspero, 1970)
*La Mort d'Eros*, de Maurice Pons (Julliard, 1953)
*Doriot*, de Pierre Drieu la Rochelle (Éditions populaires françaises, 1936)
*Les Questions du léninisme*, de Joseph Staline (Éditions sociales, 1946)
*Quelques baies de genièvre*, de Robert Fabre (Lattès, 1976)
*Penser les révolutions*, d'Arnaud Spire et Jean-Paul Jouary (Messidor, 1981)
*Œuvres complètes de Parny* (Auguste Wahler et compagnie, 1824)
*Hommage à Michèle Firk* (Positif hors série, 1970)
*À pied en Birmanie*, de Gaëtan Fouquet (Éditions Susse, 1943)

## Contrôle antidopage des écrivains

**Jean-Paul Sartre** : benzédrine, whisky, tabac. Le comité antidopage des écrivains est dans l'impossibilité de retirer à M. Sartre son prix Nobel de 1964, l'écrivain l'ayant lui-même refusé « pour des raisons (…) personnelles et pour d'autres, plus objectives » (lettre au secrétaire du prix).

**Charles Baudelaire** : haschisch. Le comité suggère, le coupable n'ayant reçu aucun prix littéraire de son vivant pour la raison qu'il n'y en avait pas, le retrait immédiat des œuvres de Baudelaire du catalogue de la Pléiade.

**Paul Verlaine** : absinthe. L'absinthe étant une boisson interdite, elle peut être considérée comme un produit stupéfiant, grâce auquel le poète eut accès à des régions inconnues de sa conscience et du coup produisit les poèmes que l'on sait. Le comité suggère la suppression de ses œuvres des programmes scolaires, ainsi que celles de son acolyte, M. Rimbaud, consommateur de la même substance.

**William Faulkner** : bourbon. Le grand écrivain américain ayant passé la plus grande partie de sa vie ivre mort, on peut considérer que ses romans ont davantage pour auteur l'alcool que son esprit. Le prix Nobel de littérature, qu'il n'a, au contraire de M. Sartre, pas refusé, doit lui être confisqué et être attribué pour moitié à M. Jack Daniel et pour moitié à M. Four Roses.

**Frédéric Beigbeder** : haschisch, ecstasy, cocaïne, vodka. Le comité antidopage des écrivains tient à souligner l'extrême gravité du cas de l'écrivain français, par surcroît membre du jury Renaudot, où il ne pourra, du fait de sa toxicomanie multiforme, qu'accumuler les erreurs de jugement. Ses prix Interallié et Renaudot lui seront repris, bien qu'il en ait déjà dilapidé le profit en drogues de toutes sortes.

**Charles Bukowski** : whisky, bière, tabac. Héros de millions de lecteurs dont il a de ce fait encouragé l'alcoolisme et le tabagisme, l'auteur américain disparu n'a, de son vivant, obtenu ni prix ni décorations. De ce fait, on limitera les sanctions contre lui à un simple avertissement imprimé sur la couverture de chacun de ses livres : « Écrit sous l'effet de produits dopants ».

**Nicolas Rey** : Tranxène, Prozac, vin rouge, cannabis, etc. Le cas de M. Rey présente certaines similitudes avec celui de M. Beigbeder, dont il est proche. Ce sont deux personnes susceptibles d'échanger divers produits dopants et donc que le comité devra garder sous surveillance pendant toute leur carrière sportive, dite aussi littéraire.

**Françoise Sagan** : morphine, whisky, cocaïne, tabac. Le prix des Critiques, aujourd'hui disparu, étant la seule récompense jamais obtenue par la grande dame des lettres françaises du XXe siècle, le comité veut bien le lui laisser, eu égard au peu de publicité qu'elle a fait, dans son œuvre, à sa consommation de produits illicites.

Les cas de MM. et Mmes Styron, Duras, Nerval, Sarrazin, Nourissier, Nimier, Blondin, Burroughs, Fitzgerald, Pouchkine, McCullers, Highsmith… seront étudiés lors des prochaines sessions du comité antidopage des écrivains.

## La loi du retour en France

Je rentre en France au moment où Gérard Depardieu la quitte. Pour aller en Russie, le pays qui nous aime et que nous détestons. Il faudrait se pencher sur ce mystère : le goût que les Russes ont pour nous et le dégoût que nous avons d'eux. Pourquoi tant de francophiles chez eux et tant de russophobes chez nous ? Au XIXe siècle, Pouchkine envoyait des lettres en français à sa fiancée Nathalie Gontcharova alors que Victor Hugo n'écrivait rien en russe à sa maîtresse Juliette Drouet. Dans toute leur histoire, les Russes ne nous ont jamais attaqués. C'est nous qui sommes allés, sous les deux Napoléon, leur chercher noise. Sans compter les quelques Français perdus dans la LVF. Les Russes ont occupé les Champs-Élysées moins longtemps que les Allemands, avec qui nos liens d'amitié sont pourtant plus étroits. Après la chute du régime communiste à Moscou, j'ai compris que l'antisoviétisme était en fait un anti-russisme, car notre hostilité envers le pays est restée intacte, ainsi que le montrent, depuis vingt ans, la plupart des commentaires sur la Russie, ses dirigeants et sa population. Quel plaisir, en dehors de tout jugement moral et politique, de voir le plus grand acteur français manifester son amour pour la Russie au point d'en adopter la nationalité. C'est une moquerie radieuse, explosive et planétaire de l'anti-russisme français. D'un grand coup de chapeau de Cyrano, Depardieu balaie trois siècles d'insultes et de calomnies. Il le fait dans le désordre de son grand rire et la majesté de son surpoids rabelaisien, prêt à avaler les critiques comme il a mangé le cinéma français.

Être contre le mariage pour tous, c'est considérer que les homosexuels n'ont pas les mêmes droits que les hétérosexuels et donc qu'ils leur sont inférieurs. Il est impossible, pour un esprit éclairé, d'avoir cette position. Mais comment être pour ? Autant la fornication entre personnes du même sexe semble aussi normale, esthétique et satisfaisante, sinon davantage, qu'entre personnes de sexes différents, autant le mariage entre homosexuels hommes ou femmes a quelque chose de gênant, même pour beaucoup d'homosexuels. Mon cher Jean-Louis Curtis aurait sauté au plafond et l'ami Brenner se serait étouffé dans sa pipe. Françoise Sagan aurait ricané et Jacques Chazot pissé de rire. Le mariage gay est-il une victoire du mariage ou une victoire des gays ? N'est-ce pas la famille qui se montre, dans cette situation, plus puissante que la sexualité ? Au Mexique, d'où je viens, le mariage gay est autorisé, pas l'adoption. On a le droit de léguer ses biens à sa compagne ou à son compagnon, pas de faire sciemment un orphelin de père ou de mère.

J'ai une dent contre Internet, système d'auto-surveillance du monde entier, mais je ne lui pardonne pas les difficultés qu'à cause de lui connaissent les grands magasins culturels – Virgin, Fnac, Gibert, etc. – qui ont fait ma joie depuis la fin des années 70. Ce sont des musées où on peut acheter pour pas trop cher toutes les œuvres exposées. Le seul endroit sur terre, avec les cafés d'échecs, où les jolies filles sont tranquilles : incapables de rivaliser avec la richesse des rayons. Le Virgin des Champs-Élysées : un dôme de plaisir au milieu d'un océan de fringues.

## Sauver Loïk

Je suis d'accord pour qu'on sorte des coupables de prison – Florence Cassez, Omar Raddad, Cesare Battisti –, mais j'aimerais aussi qu'on pense aux innocents : Jean-Maurice Agnelet, Loïk Le Floch-Prigent. La France a été condamnée par la Cour européenne des droits de l'homme (CEDH), après les aberrations du jugement rendu contre Agnelet par la cour d'appel d'Aix-en-Provence en 2007. Je rappelle que le Monégasque a été reconnu coupable d'un meurtre où il n'y a ni corps de la victime, ni arme du crime, ni aveu de l'agression, ni témoin du forfait. Un septuagénaire se trouve aujourd'hui en prison à cause des suppositions de la partie civile et des impressions du jury, absurdité judiciaire qui a fait bondir à juste titre les magistrats de Strasbourg.

Loïk Le Floch-Prigent est détenu depuis plusieurs mois à la gendarmerie de Lomé dans le bureau du capitaine adjoint du service de recherche et d'investigation. Il dort par terre, sur un matelas. À côté d'une photocopieuse qui fonctionne jour et nuit. On connaît ses problèmes de santé. Au moment de l'affaire Elf, ils n'ont guère troublé la juge Eva Joly, désormais chargée de la lutte contre la corruption en Afghanistan – on ne rit pas –, mais je pensais que les Africains, dont je connais la grande humanité sous une mince couche de rudesse, y seraient plus sensibles. C'est du reste le cas des personnes qui entourent Loïk à la gendarmerie : « Il est clair que ma présence est une gêne et une contrainte pour ces jeunes gens. Ils ne s'en plaignent jamais et me traitent très bien, avec respect à la fois pour mon âge et pour mes fonctions antérieures. »

Arrêté à l'aéroport d'Abidjan le 15 septembre 2012, l'ancien PDG de Rhône-Poulenc, d'Elf et de la SNCF a été remis en toute illégalité à la police togolaise, sans intervention officielle d'un magistrat et sans que le fait ait été signifié à l'ambassadeur de France ni au consul. En cinq mois, ni Le Floch ni son avocat n'ont pu avoir accès à un dossier pourtant vide. La caution demandée par la justice togolaise est de plusieurs millions d'euros qu'Elf ne pourra pas payer sur ses fonds secrets, puisque l'entreprise n'existe plus. Qu'André Tarallo est à la retraite. Et Alfred Sirven, mort. Les juges de Lomé ont peut-être confondu Loïk avec DSK. C'est vrai qu'ils ont un air de famille. Deux anciens proches de Mitterrand. Avec, chacun à sa manière, des problèmes de peau. J'ai rencontré Mme Le Floch-Prigent à Paris : elle ne dispose, hélas ! pas de la fortune d'Anne Sinclair. C'est une femme blessée mais non brisée, qui se bat pour l'homme qu'elle aime, ce dernier risquant de mourir dans cet imbroglio où il n'y a rien contre lui, sauf une machination abominable à laquelle le Togo, pays de tant d'écrivains que j'aime (Dogbé, Anissoh, Mamah), doit mettre fin.

## Manger chinois

De par leurs prix modiques, la plupart des restaurants chinois sont fréquentés par des lycéens, des étudiants ou des artistes débutants. Le goût du pâté impérial et du poulet au curry est celui de la jeunesse, raison pour laquelle nous lui gardons, pendant toute notre vie, une place particulière sur notre palais. C'est facile de revenir en 1970 ou en 1980 : il suffit de pousser la porte des officines sino-vietnamo-thaïes de l'avenue de Choisy ou de l'avenue d'Ivry. Dont mon cher Lotus. Pour moi, c'est pratique : j'habite à côté. Nous aimons tous voyager dans le temps, car il nous pèse.

Yu Zhou est professeur de chinois à Paris. Il donne des conférences sur la cuisine et la civilisation chinoises. Il vient de faire paraître un livre au titre sino-français : *La Baguette et la Fourchette*. Il rappelle que, sous Mao, il y avait en Chine un repas dit « révolutionnaire » : « On devait se forcer à ingurgiter des nourritures à la limite du consommable, en souvenir des "atrocités de l'ancien régime". » Quelle poésie dans la rancune, et quel comique aussi. Un jour, il faudra écrire l'histoire du communisme sous l'angle de l'humour. On aura des surprises. Aller contre toutes les lois de la nature et de la raison, n'est-ce pas la source même de la plaisanterie ? Le rire communiste a essayé de s'installer sur terre au XX^e^ siècle et en a été chassé par l'esprit capitaliste de sérieux, qui occupe aujourd'hui toute la place dans les têtes tondues comme des pelouses.

Ce que je préfère dans la cuisine chinoise, ce sont les baguettes. J'ai une dent contre la fourchette et mes sens sont aiguisés contre le couteau. La cuillère est hostile : il faut la prendre de la main droite et je suis gaucher. La baguette est légère, elle demande à peine d'être saisie, alors que son homologue française la lourde fourchette ne tolère pas la moindre faiblesse, sinon elle tombe sur l'assiette dans un grand bruit malpoli. La force de la baguette est dans les doigts qui la manipulent, alors que c'est le couteau qui commande, par son exigence de fermeté, les doigts du mangeur français. La baguette est de l'art en ce qu'elle est l'union de la beauté, de la simplicité et de l'utilité. Lao-tseu : « Quand la simplicité parfaite s'est répandue, elle a engendré toute chose. »

À la place du « bon appétit » que les Français disent alors qu'il ne faut pas le dire, les Chinois disent : « Mangez lentement », « Man man chi ». On a le temps. Cette phrase du philosophe Zhuangzi (369-286 av. J.-C.), que j'ai découverte dans le livre de Yu Zhou et qui va, je le sens, changer ma vie et celle de Jacques Attali : « La vie humaine est limitée, le savoir est illimité. Qui subordonne sa vie limitée à la poursuite du savoir illimité va à l'épuisement. »

## Littré ratures

L'argot devenu langue morte comme le latin. Sauf qu'on ne l'apprend pas en hypokhâgne. Et que personne ne dit la messe en argot. Bientôt, les romans d'Albert Simonin devront être traduits en français. Et il y aura des sous-titres dans les films écrits par Audiard. L'argot était parlé par les voyous dans les bars à putes où ils ne vont plus : ils commandent des filles de chez eux, par Internet. Mais tant qu'il y aura des rues, il y aura une langue des rues. Dont le dictionnaire vient de sortir aux Éditions de l'Œuvre, fondées par l'ancien journaliste Victor Loupan : *Grodico 2013*. Sous la direction de Bertrand Ferrier, c'est un recueil de mots nouveaux pour dire des choses anciennes (« clu » : postérieur mal rangé) ou de mots anciens pour dire des choses nouvelles (« grec » : sandwich gras qui se déguste avec des frites. – syn. : kebab).

J'aime quand les auteurs des citations sont cités. La plupart d'entre eux travaillent dans la presse. Ne vend-on pas les journaux dans la rue ? Le verbe « nocer » – se marier – est utilisé par une rédactrice de *Be* le 7 juin 2012. Pour le rappeur Booba, une femme est une « racli ». Et pourquoi ça ? Le même appelle l'argent du « caramel ». C'est plus joli. L'artiste préfère peut-être l'argent aux femmes. Un ou une nomenklaturiste n'est plus un ou une Soviétique mais une vedette des médias (*Libération* du 23 juillet 2012 : « Audrey Pulvar, nomenklaturiste sympa ». Un pote se dit un « soce ». Référence aux socialistes ? En revanche, un « socialite » est une « personne dont la profession consiste à faire partie du gratin et à ne rien glander ». Merde se dit aussi « mercredi » et enculer « accoler ». Thierry Meyssan : l'un des rares écrivains français vivants à être devenu un substantif (*Libération* du 30 décembre 2011 : « Les meyssans de tout poil auront beau jeu... »). Enfin découvert la source de « MILF » : femme mûre suscitant un intérêt sexuel (« Mother I'd Like to Fuck »). On ne demande plus son numéro de téléphone à quelqu'un mais son « 06 ».

Ne plus dire à la mode mais « trending ». Un ado est un « teen ». On n'aime plus : on « like », « overkiffe ». Un épicier arabe est un « dépanneur ». Pour le con, les nouveaux mots de la rue ne manquent pas : « apôtre, arbre, donk, gland ». Dans le

*Grodico*, il y a un mot pour éditeur (« book maker »), mais il n'y en a pas pour écrivain. Les écrivains seront toujours des écrivains. Une belle aux yeux bleus s'appelle une « Isabelle ». Il faut qu'Isabelle Giordano change de prénom. Après le substantif « meyssan », le verbe intransitif « se karlifier » : « imiter Karl Lagerfeld ». Le « botulisme », invention d'un groupe d'intellectuels farceurs pour le compte des éditions Mille et Une Nuits, a également sa place dans le *Grodico*.

J'ai voulu offrir le *Grodico* à mes fils (vingt-six et dix-huit ans), mais ils m'ont dit que tous deux avaient dépassé ce stade ; désormais, ils apprenaient le français. Je suis donc resté sur mon canapé à me délecter de ce reportage sur un continent disparu : la jeunesse. La poésie du nouveau doute : « avoir des vers dans la tête ». Un vieux est un « inusable ». Définition ultraréactionnaire du mot vulgaire : « peuple ». Un homme très soûl est « plein ». Regretter ? « Pleurer sur le lait renversé ». Mourir ? « Entrer dans la légende ».

## Frédéric Taddeï a changé de chaîne

Un taxi G7 stoppe devant l'entrée B de la Maison de la radio, le jeudi 7 mars 2013. On dirait le début d'un roman d'anticipation publié en J'ai lu dans les années 80. Je me demande si le passager est Laurent Joffrin, invité à s'expliquer sur France Inter, ou Alexandre Adler, venu analyser sur France Culture. C'est Frédéric Taddeï, mon vieux copain de *L'Idiot international*, qui va raconter, au journal de France Info, son récent passage de France 3 à France 2. Tout un tralala pour entrer dans le bâtiment : hôtesse qui ne retrouve pas le nom de Frédéric et portes qui ne s'ouvrent pas. Le terrorisme a installé un terrorisme plus grand : la sécurité. Après avoir enregistré l'émission littéraire de Philippe Vallet, je retrouve par hasard Frédéric à l'entrée B, devenue pour l'occasion la sortie B.

Depuis combien de temps n'avons-nous pas eu une vraie conversation ? Sur Europe 1, entre l'interview et la contemplation de sa sœur, nous n'échangeons que des piques légères destinées à nous prouver que nous sommes français et en bonne santé, lui le Toscan mégalomane et moi le Balkanique schizophrène. On s'installe aux Ondes, le café où ont pris un café tous les gens qui sont passés à la radio ou à la télé depuis cinquante ans. Reporters de guerre et journalistes de paresse. Éditeurs flamboyants, romanciers flambés. Professeurs chagrins, députés hagards. Intellectuels aux ordres du pouvoir économique pour cause de besoin d'argent, bien décrits par Charles Maurras dans *L'Avenir de l'intelligence*. « Je ne lis pas Maurras », dit Frédéric.

On s'assoit en terrasse, malgré le froid. La pneumonie sera bientôt la première cause de mortalité chez les fumeurs, loin devant le cancer. Le Zebra a l'air fermé. J'y avais interviewé Beigbeder en août 2000 pour *Voici*. Un autre ancien de *L'Idiot*. Le monde est plein d'anciens de *L'Idiot*. C'est peut-être pour ça qu'il est idiot. Je dis à Frédéric que je viens de lire *Le Poète russe préfère les grands nègres*, réédité par Flammarion, et *Le Petit Salaud*, reparu chez Albin Michel, de l'ex-*Idiot* Limonov. « Je ne lis pas Limonov. » Ni Maurras ni Limonov. Que lit-il ? Pas mon dernier roman, puisqu'il n'a pas l'air au courant de sa parution. Après réflexion : « Ah oui, je crois que je l'ai reçu. *Puta madre*, c'est ça ? » Mais moi, je pardonne tout aux anciens de *L'Idiot*. Comme aux anciens spahis. Il y en a certes moins.

Ce que Frédéric aime dans la télévision, c'est l'impact. Toucher plein de gens. Il reçoit des centaines de réactions sur Internet après chacune de ses émissions alors que nul ne lui parle de ses interviews-fleuves dans le mensuel masculin *GQ*. Je lui dis que je ne sais pas à quoi ressemble une personne qui réagit sur Internet : je n'en connais pas. J'ai quelques copines qui tweetent mais aucune n'admettrait qu'elle follow. « Bernard Pivot tweete sans arrêt », dit Frédéric, avant d'ajouter, rêveur : « Je suis désormais sur la même chaîne et le même créneau horaire qu'*Apostrophes.* » Garcin qui rêvait d'être Bastide et Taddeï, Pivot : ont réussi tous les deux. Ça doit être ce qui leur donne cet air reposé, eux qui bossent sans arrêt. Autres sujets abordés : la nouvelle Maserati de Frédéric, Marc-Édouard Nabe installé à Aix-en-Provence pour écrire son prochain livre qui sera en vente sur Internet, Claire Nebout aux sports d'hiver, Stéphane Hessel révélé au public dans *Ce soir (ou jamais !)* bien avant son best-seller *Indignez-vous !*, les vêtements chers qui s'usent plus vite qu'avant, la crise économique des civilisations.

## Pape d'un jour

Qui se souvient encore de François, le nouveau pape ? Il a été éclipsé par la démission de M. Cahuzac. L'actualité est de plus en plus quotidienne. Quand ces lignes paraîtront, un autre détenteur de compte en Suisse aura fait, pendant vingt-quatre heures, la une des journaux, des flashs radio, des chaînes d'info et des réseaux sociaux. C'est chacun son jour. Moi-même, l'an dernier à cette époque, j'ai eu le mien, que j'ai partagé avec la juge Eva Joly : quand j'ai imité son accent dans *Le Point*. Désormais, nous sommes oubliés tous les deux, comme le pape. Ou Stéphane Hessel, l'indigné qui ne reposera pas au Panthéon, car il a commis l'erreur de ne mourir qu'un seul jour.

Il y a eu la journée où Gérard Depardieu est devenu russe. On l'a vu un million de fois essayer d'enfiler une chemise traditionnelle trop petite pour lui. Même en Russie, ils n'ont pas sa taille. Il y a eu la journée où une essayiste de talent a publié un livre sur un cochon, l'ancien patron du Fonds monétaire international. Au lieu de juger DSK sur ses mœurs, on ferait mieux d'enquêter sur celles du FMI. Il y a eu le jour où un écrivain a perdu, cas unique dans l'histoire de la littérature, des centaines de millions d'euros : François-Marie Banier, quand il a dû rendre de l'argent à la femme la plus riche du monde. Je revois François-Marie au tribunal faire des dessins comme un enfant chez le dentiste. Il savait bien, lui, qu'il suffisait d'attendre le lendemain pour que les micros et les caméras se tournent vers quelqu'un d'autre.

Sait-on encore que Bernard Tapie a racheté au groupe Hersant les quotidiens les plus importants du sud de la France ? Bernard espérait sans doute, par cet acte courageux (investir dans la presse) et généreux (sauver quelques centaines d'emplois), tenir le haut du pavé pendant plusieurs semaines, comme avant, sous Mitterrand, quand il était ministre de la Ville, président de l'OM ou allait en prison. Mais il n'aura eu qu'un jour, lui aussi. Comme les autres. Un jour qui lui aura coûté 50 millions d'euros. Dix fois moins que ce qu'a payé Banier. Bernard, son métier, c'est la négociation. On ne se refait pas.

J'allais oublier le président Chavez. Comme quoi. Exception notoire, le Vénézuélien a eu deux jours : celui où il a été un saint pour tous les moyens d'information, puis celui où il a été un salaud pour tout le monde. Il me semble que Jérôme Savary, au contraire, n'a eu qu'une demi-journée. La neige a été récemment commentée, analysée, critiquée, décrite pendant trois ou quatre jours : c'est la championne de l'année. La Française Florence Cassez, après sept ans d'attente dans une prison mexicaine, a eu son jour, elle aussi : celui de son retour chez nous dans la first d'Air France et de sa première nuit de liberté au Bristol. Pour avoir un deuxième jour, j'ai un conseil à lui donner : sortir avec Alain Delon, l'un de ses soutiens les plus actifs. Il y a peut-être aussi un truc à faire avec les cheveux. Le couple, c'est certain, aurait son jour : le jeudi, celui de la sortie de *Paris Match*. Que devient Benoît XVI, après avoir été mondialement célébré le jour de sa démission ? Alors qu'il n'avait même pas d'argent à l'étranger. Impossible de revenir sur sa décision ou d'être embauché ailleurs. Du coup, aucun espoir d'avoir de nouveau son jour. La mort de l'avocat Metzner aura fait un jour. Comme celle, à New York, du directeur de Sciences Po dont j'ai oublié le nom.

# Le chouchou de l'Empereur

On l'a beaucoup vu sur les photos de classe de la promotion Voltaire : c'est l'élégant monsieur brun assis au premier rang, entouré de Ségolène Royal, François Hollande, Dominique de Villepin, et de quelques autres élèves de l'Éna devenus anciens ministres. Il dirigeait alors l'école comme, aux repas de famille à Ménerbes, il découpe aujourd'hui le pain : avec sérieux, délicatesse, calme. Je suis sorti avec sa fille aînée en mai 1980, mais il n'est devenu mon beau-père qu'en janvier 1994. Il m'a fallu quatorze ans, en effet, avant de me décider à épouser Gisela. Elle avait l'air tellement heureuse sans moi. Et puis, nous avons considéré qu'il y avait une chose plus importante que le bonheur : le destin. C'est-à-dire les dieux. Grecs, bien sûr. Chers à Pierre-Louis Blanc, ancien ambassadeur de France à Athènes.

*Arille, compagnon de Napoléon* est l'épopée tranquille d'un chouchou de l'Empereur. Blanc fut longtemps un proche collaborateur du général De Gaulle, à l'Élysée pour la presse et à la Boisserie pour les *Mémoires d'espoir*. On ne peut s'empêcher de retrouver De Gaulle dans son Napoléon : le génie militaire doublé du génie politique, le tout enveloppé d'une excellente communication. Même ton mélancolique avec brûlures d'estomac. Le roman est impérialement correct : pour Arille, les campagnes de Napoléon sont des promenades de bonne santé. C'est Philippe Delerm savourant la première bouchée de bœuf marengo. Tout le monde aime Arille, même le tsar Alexandre Ier. Arille aime tout le monde, même le général Koutouzov.

Napoléon a réinventé, des siècles après les croisades, le tourisme de masse. Ça devait être assez marrant de se balader, à plusieurs centaines de milliers de jeunes gens, d'un pays européen à l'autre. Entre deux castagnes à la campagne, on frimait en ville. Autre chose que l'existence lamentable de soldats de l'Otan à Kaboul ou à Bagdad. Les grognards ne sautaient pas sur les mines d'Al-Qaeda, mais sur les nanas locales. L'Empire a été une fête de tous les diables. C'est peut-être la raison pour laquelle les Français en ont toujours, deux siècles après, la nostalgie.

La plupart des destins ne sont pas dramatiques, c'est pourquoi on n'en fait pas un drame. Pierre-Louis Blanc a choisi de mettre au jour ces vies obscurcies par le bonheur. Il rend hommage aux bons gars et aux gentilles filles qui pullulent sur la planète, mais qu'on ne trouve ni dans les romans ni dans les films parce qu'il n'y a rien à dire sur eux. Lui, il trouve des choses à dire quand il n'y a rien à dire. Normal : un énarque. Ses personnages rivalisent de finesse, de gentillesse, de perspicacité. Sous la belle lumière du Luberon, où il s'est aujourd'hui retiré, Pierre-Louis Blanc nous décrit avec gourmandise le bon temps impérial. Son roman est lumineux et paisible comme une conversation à la terrasse d'un café d'Apt ou de Gordes, au début d'un après-midi d'été, comme nous en avons eu trop peu.

## De la transparence

La transparence est d'abord érotique. Appliquée à une jupe, elle découvre les jambes. À un chemisier, les seins. Elle montre, ou plutôt laisse deviner, ce qui est censé, pour des raisons de décence, rester caché. Les hommes, dans notre société sexiste, n'ont pas accès aux vêtements transparents. Même leurs sous-vêtements sont opaques. La transparence est réservée aux dames, qui en font un usage spécifique : rendez-vous d'affaires galantes ou soirées arrosées. Dans la transparence, il y a une idée de libertinage, de déviance, de plaisir. On montre un peu ce qui est sur le point de ne plus se dissimuler. Le nu vêtu et dévêtu, comme disait Jacques Laurent, Cécil Saint-Laurent, dont un éditeur – L'Archipel – s'est enfin décidé à remettre sur le marché son best-seller de l'après-guerre : *Caroline chérie*. Dans le film de Richard Pottier (1950), Martine Carol montrait ses seins magnifiques en transparence. C'était la première fois dans l'histoire du cinéma français. Elle serait imitée, deux ans plus tard, dans *Le Fruit défendu*, d'Henri Verneuil, par Françoise Arnoul. Qui les montrerait, tout simplement.

En 2013, la jolie transparence, associée depuis l'Antiquité aux plaisirs de la chair, a perdu toute connotation amoureuse. La voici installée sur les bancs de l'Assemblée nationale maintenant qu'on ordonne aux députés de déshabiller leurs finances. Les attachées parlementaires n'ont plus le temps de songer aux froufrous : il faut mettre au jour, non les cuisses, mais les biens des députés. Être riche et être pauvre ne sont jamais que deux manières d'être mortel et attacher de l'importance à la fortune ou à l'infortune d'autrui est une bonne façon de perdre son temps. François Hollande met les députés riches dans l'embarras et les élus pauvres dans la gêne. Il est, en fait, plus facile d'avouer qu'on a de l'argent que d'admettre qu'on n'en a pas. Sans parler du trouble que cela créera dans les clivages politiques. Un riche député de gauche se demandera pourquoi un député pauvre est de droite, et un riche député de droite soupirera avec une compassion amusée devant un pauvre député de gauche : « Forcément. » Quant aux ministres, il est évident que leur argent diminuera leur autorité, surtout s'ils sont de gauche, et la sapera quand ils seront de droite. Dévoiler son patrimoine, c'est-à-dire ce qui vient de nos pères et ira à nos enfants : qu'est-ce d'autre sinon nous montrer tout nu en public ? Et c'est ainsi que je rejoins mon premier paragraphe : ce qui est proposé aux hommes politiques français n'est rien d'autre qu'un strip-tease destiné à calmer le peuple, alors qu'au contraire il l'excitera. À mort ?

Il y a eu la télé qui est entrée dans la vie des gens, puis la téléréalité qui est entrée dans leur vie privée. Facebook – qu'on devrait écrire, en français, Fesses Book – a exposé tout le monde. Nous sommes passés de la liberté d'expression à la contrainte de l'indiscrétion. La foule devenue psy d'elle-même : se raconter, se montrer. Jamais plus qu'aujourd'hui le récit du regretté Christopher Frank *Mortelle* (1968) ne mériterait d'être lu et donc réédité, lui aussi : une société où les maisons sont en verre et où on opère des lèvres les gens qui ne sourient pas afin qu'ils sourient en permanence. Les dirigeants de la collection « Points » seraient avisés d'y remettre le nez. Il y avait une préface de Jean-Louis Curtis (1917-1995), mon cher maître dont la discrétion était le maître mot. Après un XX^e^ siècle en isme (communisme, fascisme, libéralisme, gaullisme, péronisme), nous acheminons-nous vers un XXI^e^ siècle en in : indiscrétion, indécence, incompétence, incurie, imbécillité ?

## Jury sans auteur

Je feuillette *Le Festival remonte le temps*, album officiel, paru en 2012, du 65^e^ anniversaire du Festival de Cannes. En 1958, un écrivain français est président du jury : Marcel Achard. Il rempile en 1959, ce qui lui permet d'engager un autre auteur : Pierre Daninos. L'année suivante, Achard est remplacé par Georges Simenon, qui entraîne Henry Miller dans l'aventure. En 1961, le président du jury est Jean Giono qui convie à Cannes ses confrères Claude Mauriac et Jean Paulhan. En 1962, on trouve dans le jury les romanciers Jean Dutourd et Romain Gary. 1963 : présidence d'Armand Salacrou, auteur dramatique. 1964 : Jean-Jacques Gautier juré à Cannes. C'est un critique théâtral, mais c'est aussi un prix Goncourt. En 1965 : André Maurois, président d'honneur, et Alain Robbe-Grillet. 1966 : Genevoix, Pagnol et de nouveau Salacrou et Maurois. 1967 : Bory, autre prix Goncourt. En mai 1968, le romancier André Chamson, ami du couple Fitzgerald dans les années 30, est le président d'un jury qui comprend l'écrivain Claude Aveline. 1969 : le romancier soviétique Aïtmatov, que Frédéric Vidal orthographie Aïtnatov, et le critique littéraire français Robert Kanters sont jurés. En 1970, le prix Nobel guatémaltèque Miguel Angel Asturias s'adjoint

Félicien Marceau. Jusqu'en 1999, le jury du Festival de Cannes comptera les écrivains suivants : Erskine Caldwell, Irwin Shaw, Anthony Burgess, Mario Vargas Llosa, Carlos Fuentes, Françoise Sagan, Gabriel Garcia Marquez, William Styron, Jorge Semprun, Norman Mailer, Peter Handke, Kazuo Ishiguro, Nadine Gordimer, Paul Auster, François Nourissier, Maurice Rheims.

En 2000, Luc Besson, avec ce bon goût propre à la plupart des Besson, prie Patrick Modiano de siéger sous sa présidence éclairée (palme d'or à *Dancer in the Dark*). Il faudra attendre 2005 pour qu'un autre écrivain soit juré à Cannes, sous la présidence d'Emir Kusturica : Toni Morrison. Encore deux ans avant de trouver un autre auteur : Orhan Pamuk. En 2010, Emmanuel Carrère siège sous Tim Burton. Il y aura donc eu quatre écrivains jurés à Cannes de 2000 à 2010, alors qu'il y en a eu vingt-deux de 1960 à 1970, soit 5,5 fois plus. De 1950 à 1980, le Festival a été présidé seize fois par un écrivain. Et de 1980 à 2010 ? Zéro fois.

La littérature, en quelques décennies, a perdu beaucoup de terrain sur la Croisette. Gilles Jacob n'aimerait-il pas lire ? Il écrit, pourtant. Les auteurs, qui s'exhibaient naguère sur les marches du Palais et aux terrasses des cafés, se faufilent désormais par l'escalier de service des projections du matin. Les derniers écrivains admis à Cannes sont ceux qui acceptent de se déguiser en critiques. Avant, ils jugeaient ; aujourd'hui, ils commentent. Après avoir siégé aux assises, ils se retrouvent en correctionnelle. Ils étaient écoutés, ils ne sont plus que lus. Après la suite au Carlton, la coloc vers la gare. Flûte, plus de champagne. Ils ont cet air gêné et sarcastique des détectives privés chassés naguère injustement de la police. Ils se retrouvent le soir dans les coins les plus obscurs de la ville, se rappelant l'époque où ils avaient encore leurs galons. Il est temps, Gilles, de les réintégrer. Pour 2013, c'est trop tard, toutes les bêtises antilittéraires ont été faites, mais voici mes suggestions pour 2014, année si proche de nous qu'elle en est déjà presque derrière. Président : Jean d'Ormesson (France). Jurés : Alessandro Baricco (Italie), John Burdett (Grande-Bretagne), Jim Harrison (États-Unis), Dusan

Kovacevic (Serbie), Haruki Murakami (Japon), Amélie Nothomb (Belgique), Patrick Süskind (Allemagne) et Florian Zeller (France). Le palmarès aurait une autre tenue, même en soirée.[1]

## Jean-Marc Roberts, écrivain

En 2006, Points, la collection de poche des Éditions du Seuil, alors dirigée par Emmanuelle Vial, réédite en deux volumes les quatre premiers romans de Jean-Marc Roberts : *Samedi, dimanche et fêtes* (1972), *Les Petits Verlaine* (1973), *La Partie belle* (1974) et *La Comédie légère* (1975), sous les titres génériques de *Texte de jeunesse 1* et *Textes de jeunesse 2*. Au moment de leur rédaction, l'auteur avait entre dix-huit et vingt et un ans. Ce n'était pas qu'un surdoué, c'était aussi une brute. Il y a, dans ces courts récits électriques, une révolte, une fureur, une rage que Jean-Marc, après son entrée dans l'édition, garde pour lui. C'est comme si Maïakovski avait pris un emploi, comme si Rimbaud s'était marié, comme si Crevel avait fait cinq enfants, comme si Jarry avait magouillé les prix littéraires. À vingt et un ans, Roberts décide de devenir humain. Il sera un employé modèle, un mari attentif, un excellent papa et un éditeur hors pair. Il renonce à son mauvais caractère de grand écrivain pour une bonne humeur d'excellent patron qu'il ne tardera pas à devenir. Cette métamorphose lui laissera quand même le temps de rédiger encore trois romans extraordinaires : *Le Sommeil agité* (1977), *Les Enfants de fortune* (1978) et *Affaires étrangères* (1979).

« On a toujours assez écrit pour passer à la postérité – ou pour passer à côté », annonçais-je naguère ici même au sujet de Frédéric Berthet (1954-2003), dont *La Petite Vermillon* vient de ressortir *Paris-Berry*, *Daimler s'en va* et *Felicitad*. Les quatre

1. Conseil non suivi (*N.d.A.*)

premiers romans de Jean-Marc ont de quoi fasciner le jeune lecteur pendant longtemps, car ces ouvrages auront toujours le même âge que lui. Ils sont de l'inspiration pure et du délire organisé. La richesse de leur prose est permanente. Bizarrement, dans chacun d'eux, l'auteur annonce son retrait, son abandon. Il trépigne au seuil d'une existence qu'il souhaite la plus abondante possible, ça ne pourra donc pas être celle d'un écrivain. Il écrit comme on se tue, mais il va faire le contraire : vivre. Au milieu des manuscrits, des auteurs, des libraires, des critiques. Dans la fête permanente de l'imprimé.

*Samedi, dimanche et fêtes* est un thriller familial : un adolescent assassine sa petite sœur et fait porter le chapeau au fiancé de celle-ci. *Les Petits Verlaine* racontent la relation amoureuse entre un père et son fils, sexe compris : « Je me suis rangé. Je couche avec mon père. Les gens ne disent rien. Ils ne savent pas que c'est mon père. » *La Partie belle* décrit une ambition : la sienne. Lucien Lubitsch est un des seigneurs de l'après-guerre, comme Jean-Marc Roberts fut un des lions de notre petite guerre : à qui le Goncourt ? Dans *La Comédie légère*, le plus fascinant peut-être de ces quatre chefs-d'œuvre d'audace et de jeunesse, on retrouve Lubitsch atteint d'une maladie mortelle et contagieuse qu'il veut transmettre au monde entier afin que celui-ci disparaisse en même temps que lui. Métaphore parfaite de cette vie d'écrivain que Jean-Marc a refusé d'avoir afin de se sentir moins coupable, et donc plus heureux ?

## Hommage de l'auteur

Un jardin où quelqu'un est enterré s'appelle un cimetière. Au moulin de Saint-Arnoult, où ils ont passé tant de week-ends laborieux, Aragon et Elsa Triolet reposent. C'est une espèce de panthéon pour deux à ciel ouvert. Rostropovitch, mort lui aussi mais enterré ailleurs, leur joue du Bach toute la journée, comme s'il n'avait jamais quitté le mur de Berlin. Ça ne semble avoir frappé aucun de tous ces matérialistes dialectiques que les squelettes n'ont pas d'oreilles.

Aragon a légué la propriété à l'État français, car, d'une part, Elsa et lui n'avaient pas d'enfant et, d'autre part, c'est difficile de vendre, comme d'acheter, un domaine où est inhumé un grand poète français. En contrepartie, Louis demandait que la France fît du moulin un lieu de culture. Cette tâche, une association – le Centre de recherche Elsa Triolet-Aragon – l'assume entièrement : accueil des visiteurs, concerts, lectures, représentations théâtrales, expositions, librairie. Les chercheurs ont accès à la bibliothèque du couple, où j'ai trouvé mon deuxième roman – *Je sais des histoires* (1974) –, orné de la dédicace la plus bête du monde : « À Louis Aragon, en hommage de l'auteur ». Ma seule excuse : je ne l'avais pas lu. Dans les années 70, les jeunes ne lisaient pas Aragon parce qu'il était vieux et communiste.

La subvention accordée à l'association n'a pas changé depuis 1998, alors que le nombre de visiteurs accueillis sur le site a quadruplé : 5 000 personnes en 1998, 20 000 en 2012 (dont 7 000 scolaires). La dotation de l'État a même, en 2012, diminué de 6 % (10 000 euros). Depuis 2002, l'association paie un loyer au ministère de l'Économie et des Finances. De 18 000 euros en 2011 il est passé à 28 000 euros en 2012, soit une hausse de 48,6 %, et devrait s'élever à 30 000 euros en 2013. Se doutaient-ils, Louis et Elsa, dans leur chambre d'hôtel de la rue Campagne-Première, qu'un jour ils logeraient dans le cimetière le plus cher d'Europe et peut-être du monde ? L'existence du moulin de Saint-Arnoult, qui a pourtant reçu en 2011 le label « Maison des illustres » attribué par le ministère de la Culture, est menacée. Ce sera bientôt maison à vendre des illustres.

Inquiète de cette situation dramatique, Edmonde Charles-Roux, présidente de l'association, a écrit une lettre à Aurélie Filippetti. La ministre ne lui a pas répondu et son cabinet n'a même pas accusé réception du courrier de la jurée Goncourt. Ce n'est pas malin, Aurélie. On est ministre quelques mois, mais on reste écrivain toute sa vie. Les mails de détresse envoyés par le moulin n'ont pas davantage attiré l'attention de Mme Filippetti. Le ministère de l'Économie et des Finances reste lui aussi muet. Un gouvernement de gauche aurait-il choisi d'abandonner à son sort funeste ce qui est désormais un des hauts lieux de l'histoire littéraire française ? Mitterrand avait décoré Aragon de la Légion d'honneur. Hollande se contentera-t-il d'un arrêté d'expulsion ?

## *Our precious*

Me suis rendu compte l'autre soir, en observant les clients et clientes du Frog and British Library, que l'usage que nous faisons de l'iPhone est le même que celui que fait Gollum de l'anneau dans *Le Seigneur des anneaux* (J.R.R. Tolkien, 1892-1973). Nous avons toujours notre iPhone sur nous, comme Gollum et, plus tard, Bilbo et Frodon. Nous le touchons sans cesse, à la fois parce que nous le désirons et par peur de le perdre. Le moindre soupçon – une question en l'air dans une conversation anodine, comme : quel âge a Sharon Stone ? ou : Grace Park de *Hawaii 5.0* est-elle mariée ? – suffit pour qu'aussitôt surgissent, autour de la table, cinq ou six anneaux, je veux dire iPhone. L'iPhone contient toute la mémoire du monde, tel l'anneau. Dès que nous l'allumons, la société nous surveille comme Sauron regarde, de son œil unique et vertical, le porteur de l'anneau. L'iPhone a conquis les restaurants mais aussi les dîners de famille : chaque convive garde le sien auprès de son assiette. On ne pouvait plus laisser cet objet magique dans sa poche, on a besoin de le voir à côté de ce qu'on mange, de ce qu'on boit, des gens qu'on aime. L'iPhone s'est installé au milieu des couples d'amoureux comme des couples de retraités. Il nous relie au monde entier et, du coup, nous fait nous sentir petit, car le monde entier est immense.

Gollum n'est-il pas, à force de tripoter son anneau, devenu minuscule ? Prononçant, du fond de sa solitude, les deux seuls mots qui importent : « My precious ».

Comment résister à un objet qui nous apprend tout, tout le temps, sur tout et tout le monde ? L'iPhone est un mouchard collé au cul de l'Univers. La CIA, le FSB et le Mossad sont à notre service dans ce petit carnet de notes qui contient des milliards de notes. C'est un cadeau et un jouet, deux choses dont un adulte doit se méfier. À cause de lui, notre vie se transforme, comme celle du porteur de l'anneau, en une quête contradictoire : notre fascination pour lui et notre envie de nous en délivrer. Si chacun de nous, grâce à l'iPhone, possède le monde, c'est que chacun de nous, par sa faute, est possédé par le monde. À l'instar de l'anneau, l'iPhone nous emprisonne dans la puissance qu'il nous procure.

Faudra-t-il créer une compagnie de l'iPhone comme le seigneur Elrond, à Rivendell, crée, dans le roman de Tolkien, la compagnie de l'Anneau ? Un nain, un elfe, un roi, un homme, un magicien et quatre hobbits. Où les trouver ? Comme il est dit pendant le générique du film de Peter Jackson (2002) : « The world is changed. I feel it in the water. I feel it in the earth. I smell it in the air. Much that once was is lost. For none now live who remember it. » Qui sera, parmi nous, le hobbit qui ira détruire l'iPhone dans le feu de Mount Doom, où il a été forgé ? Quels déserts médiatiques, quels gouffres polémiques, quelles forêts calomnieuses, quelles mers insultantes devra-t-il traverser avant de débarrasser l'humanité de l'iPhone ? Je préfère y penser.

## Une vie de deux mille ans

Pourquoi, au lieu de vivre quelques décennies, ne reste-t-on pas sur terre pendant, mettons, mille, deux mille ans ? Ça n'aurait pas fait une grosse différence de travail pour notre créateur de fabriquer un homme ou une femme capable de vivre dix ou vingt siècles et non, dans le meilleur des cas, une centaine d'années. A-t-il choisi d'une façon arbitraire la durée de vie d'un être humain ou bien l'a-t-il fait à dessein ? *On purpose*, comme disent les Anglo-Saxons. Je viens de trouver sur Amazon les six saisons du *Larry Sanders Show* (1992-1998) de l'irrésistible Garry Shandling, coffret DVD anglais de 2011. La culture du XXI^e siècle : l'assassinat d'une vierge par une Amazone. C'est la version originale et il n'y a pas de sous-titres ; du coup, mes prochaines chroniques risquent de contenir un certain nombre d'anglicismes. Linda Doucett (née en 1954) dans la rôle de Darlene, l'assistante de Hank : encore une femme de notre vie dont, faute de temps, nous n'avons pas partagé le destin.

Si nous vivions deux mille ans, nous aurions du temps devant nous. Jusqu'à cent ans : les études. On pourrait explorer un tas de domaines sur lesquels aujourd'hui, à cause de la brièveté de notre existence, nous sommes obligés de faire l'impasse, comme à un examen où il y a trop de sujets possibles. Le cursus idéal : une agrég de philo, un diplôme des Beaux-Arts, une maîtrise d'économie, un doctorat de mathématiques, plusieurs licences de langues (anglais, russe, chinois, allemand, espagnol, grec, serbe, munukutuba, thaï), ainsi que des formations approfondies en bricolage, cuisine, mécanique auto, le tout entrecoupé de stages en entreprise et de passages dans des universités étrangères. Et tous les permis : auto, moto, poids lourd, bateau, avion. C'est aux alentours de la centième année que nous terminerions nos études. Suivrait un siècle sabbatique au cours duquel l'être humain explorerait, sac au dos, la planète (157 pays). À deux cents ans, il entrerait dans la vie active et en profiterait pour épouser une personne aussi jeune que lui avec laquelle il fonderait sa première famille. Il divorcerait bientôt, car, pour reprendre le titre d'un célèbre auteur de best-sellers, l'amour dure trois cents ans.

En deux mille ans, l'homme ou la femme aurait la possibilité d'avoir une cinquantaine de métiers dans une centaine d'entreprises. Eh bien voilà, je viens de comprendre le dessein (*the purpose*) de notre créateur : il ne nous a pas donné deux mille ans afin que nous ne soyons pas obligés de travailler aussi longtemps. Elle arriverait à quel âge, la retraite, si on vivait deux mille ans ? À mille neuf cents ans ? Les débats à l'Assemblée nationale : faut-il repousser l'âge du départ à la retraite à mille neuf cent dix ans pour sauver la Sécurité sociale ? Il y a le problème des enfants. En deux mille ans, on aurait le temps d'en faire plusieurs centaines. Le bordel aux réveillons et aux anniversaires. Il faudrait garder tous les prénoms sur une clé USB. Et les guerres : en vingt siècles, on en verrait combien ? Plusieurs centaines : une par enfant. Il y aussi le divorce. L'amour durant trois cents ans, l'homme ou la femme de deux mille ans serait amené à divorcer six ou sept fois. Déjà qu'une fois, c'est dur. Deux fois, je ne sais même pas comment les gens font. On devrait les décorer.

## J'aurai donc vu la fin

Des encyclopédies, de la Yougoslavie, du *Quid*, du guide Lebègue des films, des Virgin Megastore, des billets d'avion, de l'URSS, des VHS, du steak de cheval, du Vittel-Délices, du jerk, des fumeurs de pipe, des lunettes à double foyer, du paquebot *France*, du Concorde, de la carte InterRail, de *France-Soir*, de *Salut les copains*, des *Nouvelles littéraires*, de *L'Événement du jeudi*, du drugstore Saint-Germain, du Café de Cluny, du Kinopanorama, du Grand Écran, des Wienerwald, du Stübli, des Churrasco, de l'aéroglisseur, du résiné, du *Livre de Poche* relié en rouge, de Berlin-Est, des chocos BN, du service militaire, du franc, d'UTA, d'Air Inter, de Radio 7, du FSA, de la RDA, du Walkman, de la K7, des opérettes, de la Samaritaine, des autobus à plate-forme, du bonhomme Antar, d'Elf Aquitaine, des chaussures de ski à lacets, du cadeau Bonux, des 45-tours, du Planet Hollywood, de la drachme, des poils sous les bras des filles, du *Quotidien de Paris*, du *Matin de Paris*, de la carte Orange, des éditions Messidor, de Champ Libre, de Match TV, de *Révolution*, de la brasserie Le Rozes, des premières classes dans le métro, des baptêmes de l'air, de la terrasse de l'aéroport d'Orly, de la Ligue communiste révolutionnaire, du bar du Pont-Royal, de la Tchécoslovaquie, du trou des Halles, des cinémas pornographiques, des Gauloises vertes, du Vélosolex, du martinet, du tandem, des cordages en boyaux de chat, des seins nus sur la plage de La Baule, du rez-de-chaussée du *Monde*, de l'eau de Seltz, du café filtre, du Minitel rose, de la TAT, de la Cibi, du maillot de corps, des machines à écrire, des cendriers pleins au bureau, de la banlieue rouge, de la collection Rouge et Or, de la cinémathèque du Trocadéro, de la gare routière sur le Paillon à Nice, du papier carbone, des jetons de téléphone, des ronds de serviette, des projectionnistes, des souffleurs, des Gitanes maïs, de la boîte à cigares du Dôme, de la beriochka des livres place Kropotkine à Moscou, du restaurant italien Gradska kafana de la place de la République à Belgrade, des tee-shirts Fruit of the Loom, des transistors, des speakerines, des bonbons Kréma, des pantalons fuseaux, de *Pilote*, des Wimpy, des places fumeur dans les avions et de la vignette automobile.

## Mao sait tout

Jacques Brenner (1922-2001) avait un chien nommé Falco. Ce dernier a publié, en 2007, un livre : *100 villes du monde*, par Falko Brenner. C'est ça, les chiens d'écrivain : ils finissent par se prendre pour leur maître. Heureusement que les chiens d'aveugle ne font pas la même chose. Dans *100 villes du monde*, je cherche Shanghai : sublime mégalopole postcapitaliste. 9,26 millions d'habitants intra-muros, le plus haut bâtiment de la Chine (la tour Jin Mao, au bord du Huangpu). Cela rend ma lecture de *De la Chine* de Maria-Antonietta Macciocchi – paru en 1972 aux éditions du Seuil et non réédité depuis – d'autant plus troublante. La communiste italienne Macciocchi, en compagnie de son époux journaliste à *L'Unità*, se balade dans la Chine d'après la Révolution culturelle. Elle rencontre des universitaires, des intellectuels, des artistes, des cadres du Parti ravis d'être retournés aux champs ou à l'usine afin de parfaire leur éducation paysanne ou prolétaire. Il y en a aussi qui sont allés aux champs et à l'usine : les chouchous. Macciocchi note leurs propos calibrés, tous tenus sous le regard vigilant de divers commissaires politiques, avec un enthousiasme touchant. Ces millions d'hommes et de femmes passés, en quelques décennies, de la ferveur communiste à la passion capitaliste. De l'idéologie rouge à la caisse noire.

Et au fond, me dis-je, le communisme tel qu'il s'est développé en Chine au XXe siècle et le capitalisme tel qu'il se présente dans le monde du XXIe sont-ils si différents ? La Révolution culturelle aura été un énorme bizutage des futurs PDG chinois ainsi qu'on le pratique chez nous à HEC, Sup de Co, l'Essec, etc. Le passage à l'usine : stage en entreprise. Le retour aux champs ne pouvait pas être pire que les randonnées en montagne presque obligatoires pour les jeunes voulant chez nous se faire une place dans la hiérarchie capitaliste. Mao réduit les études universitaires de sept ans à trois. En France, c'est pareil : après l'entrée dans une grande école, de l'avis général, c'est la bulle. Mao insiste sur l'éducation politique des jeunes : ils doivent tous penser la même chose sur tous les sujets. Idem avec nos étudiants : une pensée unique délivrée par les professeurs, diffusée dans les médias et relayée par les réseaux sociaux. Avec presque les mêmes thèmes : sens du collectif, rester positif, être offensif, dévouement à la production, religion du rendement, méfiance envers l'individu, culte des rites sociaux, solidarité entre actifs, pratique du sport pour être en forme au travail, respect de la culture qui élève l'homme, refus de l'élitisme qui sépare les hommes. Le président

Mao, qui ne se lavait jamais les dents (« Les tigres ne se lavent pas les dents », disait-il), aura en fait préparé des centaines de millions de Chinois à avoir un comportement parfait dans le Far West du CAC 40, du Nikkei et du Nasdaq, parmi les autres chasseurs de primes de fin d'année.

## Maréchal Ney, nous voilà !

L'éditeur Jean-Christophe Delpierre me donne, à La Closerie des lilas, *Chronique de lady Diana*. Un film sur le même sujet – *Diana* d'Oliver Hirschbiegel – sort en France le 2 octobre. Bizarre de penser que la princesse Diana serait aujourd'hui grand-mère. Elle ferait un tabac à Portofino sur le yacht des Al-Fayed avec le petit George dans les bras. Le vieux Dodi les prendrait en photo avec son iPhone. Elle serait encore pas mal en maillot de bain. Elle penchait trop la tête pour ne pas sentir que quelque chose allait finir par tomber dessus. Elle n'avait lu qu'un auteur : Barbara Cartland. Machiavel lui en aurait appris davantage sur la nature des princes. Elle a sauté sur une mine antipersonnel : Henri Paul, son chauffeur. Vivante, elle aurait empoisonné l'existence de tellement de gens que c'est quand même bizarre qu'elle soit morte.

Ça fait longtemps que je n'ai rien écrit sur La Closerie des lilas, ce petit café du VI^e^ arrondissement où le jeune Ernest Hemingway aimait manger des huîtres et boire du vin blanc après avoir rédigé une nouvelle invendable dans son galetas de la rue du Cardinal-Lemoine. Il détestait tout le monde : Fitzgerald parce qu'il était riche et Joyce parce qu'il était bien entretenu. Pendant notre déjeuner – deux haddocks pochés à l'anglaise, deux salades de fruits, une bouteille de San Pellegrino et deux cafés –, Jean-Christophe avait vue sur la statue du maréchal Ney et moi sur la stature de la nouvelle employée tutsi de Miroslav Siljegovic. Ça énervait trop Miroslav que je passe ma vie à La Rotonde. Du coup, il a eu recours à une arme atomique qui porte un nom de cyclone : Louise. C'est une bombe et elle irradie. Même Richard Ducousset, qui n'est pas un tendre, lui fait la bise. Je comprends que les journalistes du monde entier aient pris parti pour les Tutsi dans leur conflit ancestral avec les Hutu : j'aurais fait pareil si j'avais rencontré Louise à Kigali en 1810, en 1910 ou en 2010.

Qui se souvient que le maréchal Ney s'appelait Michel ? Jean-Christophe et moi, après le déjeuner, on a fait le tour de sa statue pour compter ses titres et ses victoires. Prince de la Moskowa, il ne le sera pas resté longtemps. Duc de la Berezina lui serait bien allé aussi. Jean-Christophe m'a déposé chez Gibert Joseph, où je n'ai pas trouvé ce que je cherchais : les 28 *Parker* de Richard Stark (alias Donald Westlake) en Carré noir. Jean-Christophe les a chez lui mais il m'a déjà filé tous ses Ellery Queen en J'ai lu. J'aime exagérer, pas abuser.

Les armes de destruction massive en Irak : on avait des preuves aussi. La limitation de vitesse à 30 kilomètres/heure dans Paris, bientôt élue ville la plus lente du monde.

## L'avis littéraire

Claude Durand n'a pas été que l'agent d'Alexandre Soljenitsyne, il est aussi l'éditeur d'Angelo Rinaldi. À l'instar du Corse académicien qui avait la dent dure quand il mordait les auteurs dans *L'Express*, Durand est expert en décorticage de situations troubles comme une anisette bue sur la place Grimaldi pendant la lecture de *Nice-Matin* et tricotage de phrases longues comme des pull-overs de sports d'hiver. Je me relis et constate que je me mets à écrire comme Claude et Angelo, atteint à mon tour, après avoir dévoré *Le Pavillon des écrivains*, de proustite, la maladie qui touche les gens, homosexuels et hétérosexuels confondus mais pas dans la même chambre, ayant trop lu *À la recherche du temps perdu* pendant des vacances familiales sur la baie de La Baule ou dans les dunes du Pilat.

C'est un jeune qui parle : Lucas. Il a fait des études d'histoire. Claude également a étudié l'histoire : dans tous les livres des historiens qu'il a édités au Seuil, chez Grasset et surtout chez Fayard, dont c'est la spécialité maison, depuis les années 60 du siècle dernier. Il les a aussi corrigés. Son principal ennemi sur terre : les virgules. Il me les enlève presque toutes, et maintenant je comprends pourquoi : c'est pour les mettre dans ses livres à lui. « J'étais en tout cas encore dans l'ignorance de son assassinat [virgule] et l'idée ne me serait donc pas venue de me demander s'il serait inhumé là [virgule] au cimetière Nord [virgule] derrière le mur [virgule] ou dans quelque village de Haute-Corse [virgule]... » *Le Pavillon des écrivains* n'est pas un roman historique, mais l'histoire y joue un rôle majeur. Il y a aussi la géographie. Celle de la banlieue, donc sentimentale. Claude est l'une des rares personnes à savoir que les habitants de Saint-Denis, fief du célèbre Jacques Doriot dont le ventre tint une place considérable sur les photos de l'Occupation, s'appellent les Dionysiens, alors qu'ils n'ont aucun rapport avec Dionysos, dieu du Théâtre, du Vin et de l'Extase. Il y a de belles pages sèches et documentées sur la banlieue dans *Le Pavillon des écrivains*. Durand garde la nostalgie de l'arrêt de bus, du marché où maman achetait des provisions et de box où papa allait chercher sa voiture pour emmener la famille en week-end à Bray-sur-Seine ou au cinéma à Gambetta. J'arrête là car je sens monter en moi une nouvelle attaque de proustite.

Après la banlieue, la Corse. Via Cesar Calvi, l'énigme du roman sous la forme d'un maire qui aime les vieux quand ils votent pour lui et les journalistes quand ils oublient son passé. C'est le colonel Kurtz de ce livre conradien sous ses airs franciliens. Devenu pigiste petitement rentier après la mort de ses parents et son départ de l'Éducation nationale, Lucas prend pension dans ce pavillon des écrivains, en échange d'un travail qui l'envahira peu à peu : une bio de Calvi, fondateur de l'établissement. Impossible à écrire, comme celle de tous les salauds décorés. Durand nous donne le livre que son personnage ne parvient pas à faire, splendide fresque sur le XX$^{e}$ siècle intellectuel et politique. La trahison est le thème préféré des gens fidèles, car elle les bouleverse. *Le Pavillon des écrivains* est un thriller modianesque et anthropologique, l'un des livres les plus joyeusement lisibles de cette rentrée des classes littéraires où ça chahute peu.

## Diderot, homme communiste ?

Au retour d'Iran – merci au petit chat qui, probablement dans son sommeil, a détourné la mort de moi sur la route de l'aéroport –, je trouve, dans mon courrier, *Diderot, la vie sans Dieu*, de Jean-Paul Jouary. D'abord l'histoire du chat. Un chat n'a jamais mordu le Prophète, n'empêche qu'ils ne sont pas plus aimés que les chiens dans les pays musulmans. La veille de mon départ de Téhéran, l'un d'eux miaulait de faim, non loin de notre table sur la terrasse du restaurant-buffet de l'hôtel Parsian Azadi. Ma guide lui a dit de partir et j'ai su alors que je ne l'épouserais pas. Elle était pourtant mignonne avec son hidjab un peu déchiré, ses lunettes de Nana Mouskouri, sa blouse d'écolière de vingt-sept ans et ses Nike d'importation clandestine. J'ai donné la moitié de mon poulet au chat et suis retourné au buffet pour lui en rapporter une assiette. Les buffets, c'est pratique, surtout quand on a un animal à nourrir. D'habitude, c'est moi, l'animal que j'ai à nourrir. Ce soir-là, c'était lui. Le lendemain, quand notre auto, à 130 kilomètres/heure, est passée à 5 centimètres d'une voiture arrêtée que le chauffeur n'avait pas vue, j'ai su que Dieu existait et que c'était un chat. Il m'avait protégé parce qu'il avait bien mangé. C'est une nouvelle religion, elle s'appelle le chatisme. Et c'est la bonne. Une chatte n'est-elle pas à l'origine du monde ? Dieu est un chat et, pour lui plaire, souris.

Jouary a eu la bonne idée de ne pas laisser Diderot aux gros sabots d'Éric-Emmanuel Schmitt, de le chausser de fins escarpins de la dialectique non défiscalisée. Dans ce livre destiné aux élèves de terminale et aux étudiants de premier cycle, il expose la vie et les idées de l'homme qui nous a appris à être nous-mêmes, donc à être heureux. Nous ne sommes plus en terminale ni dans le premier cycle. Ce livre est une excellente occasion d'y retourner. Je vais le proposer pour le prix Renaudot poche. L'année dernière, nous avons couronné Pascale Gautier, pour *Les Vieilles*. Elle vient de dépasser les 150 000 exemplaires. Pourtant, au restaurant, on continue de partager. Ces vieilles.

Francis Combes présente, au Temps des Cerises, *L'Homme communiste*, de Louis Aragon. Avec *Les Communistes* et *Littératures soviétiques*, c'est l'ouvrage le plus militant, donc le plus décrié, du fou d'Elsa. Un de ceux qui justifient, aux yeux des enseignants, sa mise à l'écart des programmes scolaires et des études universitaires. C'est un fort volume d'une tendresse et d'une liberté incomparables, où défilent des héros modestes. Guy Môquet qui « a été fusillé évanoui ». Ou « Péri, Politzer, Cadras, Solomon, Decour, morts sur ce chemin qui conduit à la France forte, libre et heureuse »... Qu'il est long, le chemin. Ces textes, nous explique Combes, ont été écrits de 1937 à 1953 et sont, pour la plupart, des réponses à des attaques anticommunistes, les plus féroces datant du régime de Vichy. C'est le problème des génies du style : quand ils répondent à des attaques, le temps ne retient que leur réponse. Du coup, ils ont l'air agressifs, alors qu'ils étaient agressés. Diderot aurait-il rejoint le Parti communiste ? C'est probable, puisqu'il l'a fondé.

On est toujours tenté d'écrire Téhéran « Théhéran », sans doute parce que le thé est la seule boisson forte autorisée en Iran.

## Nabe exposé

J'ai pris un jour de vacances. J'en avais besoin. Je suis allé à Aix-en-Provence. La gare TGV ressemble au nouvel aéroport de Brazzaville construit par les Chinois. La différence, c'est que Maya-Maya est au centre de Brazza, comme une gare, et que la gare TGV d'Aix-en-Provence est à plusieurs kilomètres du centre, comme un aéroport.

C'était l'un des derniers jours de l'exposition Nabe à la galerie de la place Fortin, en haut du cours Mirabeau. Marc-Édouard s'est installé à Aix l'an dernier, avec sa nouvelle amie, Leïla. Maintenant qu'il ne tient plus son journal intime, je suis obligé d'être indiscret à sa place. Leïla, vingt-deux ans, est l'auteur du mémoire de Sciences po *Dostoïevski, le grand déçu du socialisme*, que j'ai lu d'une traite dans le train de retour presque vide, car personne ne rentre de vacances le jour même de son arrivée. Un révolutionnaire athée devient, après le bagne où il a été envoyé à cause de ses idées, un réactionnaire croyant. Un peu comme si Jean Moulin était entré dans la Gestapo après son interrogatoire musclé par Klaus Barbie. Dostoïevski est l'inventeur du syndrome de Stockholm. Ne finira-t-il pas par épouser une demi-suédoise ? J'ai demandé à Leïla si elle avait lu *Apollinaria, une passion russe*, de Capucine Motte (prix Roger-Nimier). Non, mais elle en avait envie, Apollinaria étant, parmi les femmes aimées par Dostoïevski, sa préférée, car la plus libre, la plus passionnée, la plus dangereuse. Leïla n'a rien bu au Grillon, où on avait déjà déjeuné sans elle (entrecôte grillée pour Marc-Édouard, filet de bœuf au poivre pour moi). Je me suis dit qu'elle faisait peut-être le ramadan mais quand, devant les terrasses bondées du cours Mirabeau, elle a pris Marc-Édouard dans ses bras – elle est un peu plus grande que lui – et l'a embrassé sur la bouche, j'ai compris qu'elle n'avait simplement eu ni faim ni soif, sauf de lui.

Au musée Granet, *De Cézanne à Matisse*. Ce qui était agréable, c'était de ne pas être menacé de devoir acheter une toile à plusieurs dizaines de millions d'euros. La fraîcheur des Matisse, la tendresse des Picasso, l'agitation du Picabia, le raffinement des Dali : tous les bons professeurs de peinture de Marc-Édouard se trouvaient réunis dans la gaieté reposante de l'air climatisé. En me ramenant à mon taxi, Marc-Édouard m'a expliqué qu'il avait vendu 65 tableaux pour un peu plus de 70 000 euros, ce qui lui permettra de financer l'impression de son prochain livre de mille pages. La vente continue sur Internet (marcedouardnabe.com). Leïla nous a pris en photo devant la statue de Cézanne et je les ai regardés s'éloigner dans l'orangeade du soir, le poète et sa longue muse à panama. Ils remontaient, hanche contre hanche, vers leur joli appartement lumineux près de la cathédrale. Je suis encore sous le charme du roman qu'ils étaient en train de rire.

## D'un film détesté

Sortie en DVD, Blu-ray, VOD et pirate (2€ sur les trottoirs de l'avenue d'Ivry, 1€ si on marchande ou si on en prend plusieurs au vendeur pakistanais) du film détesté de Danièle Thompson *Des gens qui s'embrassent*. Pourquoi Danièle, qui n'a jamais fait de mal à personne, a-t-elle été, lors de la sortie en salles de sa dernière œuvre, autant maltraitée par la critique, unanimité haineuse et parfois insultante qui découragea le public ? J'ai revu *Des gens qui s'embrassent* et ai trouvé pourquoi la cinéaste ainsi que son producteur et compagnon, Albert Koski, ont été attaqués avec une telle violence. Le film se moque de tout ce dont il ne faut pas se moquer : la religion, la mort, l'argent, la foi, les Italiennes, la famille, l'homosexualité féminine, la charité, la Croatie, l'Alzheimer, la carpe farcie, le shabbat, les douaniers, l'Éternel, le karaoké, l'inculture, le mariage, la musique, etc. L'ironie de Danièle n'a jamais été aussi légère, ce qui a outré les esprits lourds dont notre pays regorge au point qu'il pourrait en faire un produit d'exportation comme le champagne, les sacs de luxe et les bêtises de Cambrai. Christian Clavier a connu la même mésaventure il y a deux ans avec *On ne choisit pas sa famille*. La liberté de penser a un prix : l'exécution dans la capitale.

Danièle est une classique. On croit qu'elle passe ses étés à Saint-Tropez au bord de sa piscine, mais elle reste plongée dans une Pléiade qui la transporte en Russie quand c'est le théâtre de Tchekhov et partout quand c'est celui de Shakespeare. Dans *Des gens qui s'embrassent*, elle applique les règles que lui ont enseignées les maîtres de tous les siècles et de tous les pays qu'elle a lus au soleil, d'où son bronzage permanent. Quiproquos, mensonges, surprises, retournements et conflits s'enchaînent dans ce joyeux ballet de sentiments modernes. Danièle a retenu la leçon d'Homère : tous les personnages doivent être positifs et ne s'opposer que lorsque leurs intérêts ou leurs sentiments divergent, comme Hector et Achille ou Ulysse et Calypso.

On va au cinéma pour voir des acteurs et des actrices, c'est même pour ça qu'ils sont payés plus cher que tous les autres participants au film. La distribution de *Des gens qui s'embrassent* est un orchestre qui joue à la perfection, bien qu'il soit composé de solistes. Kad Merad suprême en bijoutier qui doit marier sa fille dans la maison où repose le corps de sa belle-sœur, Monica Bellucci tordante en épouse goy écervelée, Éric Elmosnino qui rend attachant un violoniste psychorigide, Max Boublil tout en séduction désinvolte et déjà un peu fatiguée, et Lou de Laâge, dont la scène inouïe du baiser dans l'Eurostar vaut celle d'Anouk Aimée et de Jean-Louis Trintignant sur les planches de Deauville dans *Un homme et une femme* (Claude Lelouch, 1966). Lou de Laâge : une Léa Seydoux en vrai.

# Où zordir à Bariz ?

C'est le livre qu'il faut offrir à Patrick Modiano pour Noël : il y a toutes les adresses dont il a besoin pour continuer sa quête du Paris nazi, commencée en 1968 avec *Place de l'Étoile.* Mais l'écrivain doit déjà les connaître. *Wohin in Paris* est une anthologie du bimensuel que la Wehrmacht fit paraître entre 1940 et 1944 et qui était un *Pariscope* à l'usage des soldats d'occupation, un *Barizkob* : *Der Deutsche Wegleiter für Paris.* Laurent Lemire a rassemblé les articles les plus représentatifs de cette publication, dont on peut consulter les originaux à la BNF. Ah, je viens de perdre un lecteur : Patrick a déjà quitté son domicile pour se précipiter avenue de France, anciennement rue du Chevaleret, où se trouve la Bibliothèque François-Mitterrand, dont mon fils cadet me dit le nom plusieurs fois par semaine : « Papa, je vais à François-Mitterrand. » Vengeance d'outre-tombe d'un monsieur à qui nous fîmes tant de misères à *L'Idiot international* de 1989 à 1991 ? Je me souviens de la une *Mitterrand va mourir.* Et on reprochait à Jean-Edern Hallier d'être mythomane.

Lemire nous apprend que, sous l'Occupation, 40 000 logements et 400 hôtels parisiens furent réquisitionnés par la Wehrmacht. Ça faisait beaucoup de touristes et donc beaucoup d'acheteurs potentiels du *Wegleiter*, dont le tirage était de plusieurs dizaines de milliers d'exemplaires. Le premier numéro paraît le 15 juillet 1940. Le *Wegleiter* propose d'emblée un choix des meilleurs restaurants de Paris. On a bien compris que les Allemands étaient venus en France pour manger. La Lorraine, place des Ternes, et Drouant, place Gaillon, sont recommandés avec chaleur. Il y a aussi le Fouquet's et le Café de la paix. Et bien sûr Maxim's, que Göring songeait à réserver à l'armée allemande et aux jolies filles qui y allaient avec. Le maréchal renonça à ce projet, du coup les collabos et les résistants français purent y festoyer à loisir avec l'argent de Berlin ou celui de Londres.

Jolie description, par Johannes Binkowski, le littéraire de la publication – c'est lui qui appelle Nerval « le célèbre traducteur de Goethe » –, du « flâneur des quais » : « … l'œil à l'affût, le geste nonchalant et l'esprit libre. Il marche, et autour de lui l'air semble devenir plus respirable ». Le guide sait toutefois se faire menaçant : « Nous avons été avisés que certains restaurants n'ont pas donné satisfaction à la clientèle allemande. Nous prions nos lecteurs, si un pareil cas se produisait avec un des restaurants indiqués par nous, de nous en aviser de suite soit par lettre, soit par téléphone. »

Ce qu'on regarde en premier : les publicités, comme dans *Le Point*. Beaux visages du Tabarin : « Die bezauberndste Pariser Revue ». La librairie Rive gauche, dynamitée le 21 novembre 1941 par la Résistance : « Die Heimstätte des deutschen Buches in Paris ». Suzy Solidor chante à La Vie parisienne, 12, rue Sainte-Anne, « mit ihren Marineliedern ». Tino Rossi se produit deux fois par jour (« Täglich um 15 Uhr and 20 Uhr ») à l'ABC (« U-Bahn Montmartre »).

En juillet 1944, le critique théâtral du *Wegleiter* sort de la représentation du *Huis clos* de Jean-Paul Sartre, au Théâtre du Vieux-Colombier, « avec un goût amer dans la bouche qui n'est pas près de disparaître ». Un goût de carottes cuites, peut-être.

## Les souffrances du jeune vertueux

Dès la première phrase – l'incipit, qu'il faut prononcer *inkipit* puisque c'est du latin, mais je préfère dire *insipit*, comme instinctif, inspiré, insolent –, le ton excellent est donné : « J'ai voulu tout vivre. » Le bon début de roman dans la vie. Faisant suite à un beau titre : *J'ai perdu tout ce que j'aimais*. Sacha Sperling a vingt-trois ans, il a été le bizut de la rentrée littéraire 2013, alors que c'est déjà son troisième roman. Comme si un élève de HEC se faisait passer la bite au cirage juste avant son diplôme. Ça lui apprendra, aussi, à être le fils de Diane Kurys et d'Alexandre Arcady. Chaque année, on a un bizut et un chouchou. Le chouchou, en septembre, aura été Romain Puértolas, trente-huit ans (*L'extraordinaire voyage du fakir qui était resté coincé dans une armoire Ikea*). Pour une fois, c'est bien tombé, sur cette épopée allègre, désinvolte et poétique d'un Indien à la recherche d'un lit à clous suédois. Quel rare moment de bonheur, celui où on est d'accord avec les critiques, les libraires et les lecteurs. Ça m'arrive tous les cinq ans environ. En 2007, c'était pour Pierre Michon (*Le roi vient quand il veut*).

Nicolas Rey et David Foenkinos ont bientôt quarante ans, Beigbeder presque cinquante. Ils ont l'âge d'avoir des fils et des filles qui se mettront à écrire des livres. Dans lesquels ils seront hachés menu. Sperling est l'enfant littéraire qu'auraient fait ensemble Virginie Despentes et Jean-Marc Roberts, Katherine Pancol et Éric Neuhoff, Marie Desplechin et Emmanuel Carrère, Stéphanie Janicot et Bernard Werber. Ou qu'auraient adopté François-Marie Banier et Guillaume Dustan, Philippe Besson et Mathieu Lindon. Il fait du neuf avec ses vieux parents. Il joue à l'ego avec les livres qui l'ont précédé et se permet en outre d'inventer un genre dont Maurice Pons avait jeté les bases, au milieu des années 70, avec *Mademoiselle B.* : l'autofiction policière. Se présentant dans le livre sous sa propre identité – Sacha Sperling – et avec son propre passé – jeune auteur français d'un best-seller international –, il se projette dans une intrigue imaginaire, puisqu'il meurt à la fin alors qu'il n'est pas mort, bien que la critique ait tenté de le tuer, mais c'était après la parution de l'ouvrage. Sacha a passé un an en Californie, d'où il revient bronzé pour retrouver ses parents dans le cinéma et la jeunesse dorée de son premier roman. Drogues plus ou moins douces et minirobes noires Saint Laurent. Les bourgeois de vingt ans jettent leur gourme. Les souvenirs d'enfance sont enfermés dans le jardin du Luxembourg. Sacha erre, ombrageux, parmi ces débris juvéniles qui font une pause people avant d'entrer dans le caca 40. Ce sont les souffrances du jeune vertueux. Son meilleur ami, Quentin, est devenu proxénète et Sacha tombe amoureux, sans le savoir, d'une de ses putes. Elle le fera marcher, c'est-à-dire payer. 10 000 euros. Et puis chanter, mais il ne chantera pas. Les vrais durs ne chantent pas. Il préférera mourir symboliquement, on comprendra alors que tout le livre est symbole.

L'ayant commencé à 11 heures du soir, j'ai fini le roman à 3 h 30 du matin. Si on m'avait dit qu'un jour j'écrirais une phrase aussi bête. Le problème, c'est qu'elle est vraie.

## Trotski aux Cent Kilos

Quarante ans que j'attendais d'ouvrir *Histoire de la Révolution russe* de Léon Trotski. Les grands livres sont comme les pays lointains : pour les comprendre, il faut y aller. J'avais acheté l'ouvrage à dix-sept ans, quand j'étais trotskiste (février-juin 1973), puis l'ai perdu quand je suis devenu monarchiste (tout l'été 1973). Peut-être l'ai-je jeté. Je jette souvent les livres, sachant que les meilleurs d'entre eux remonteront à la surface pour se faire lire. Ces deux forts volumes réédités par Jacques Julliard au Seuil en 1964, je les ai retrouvés récemment au parc Brassens, où chaque week-end, il y a le meilleur de la littérature mondiale à moins de 10 euros. Et, rue Brancion, un restaurant tamoul au nom bien français : Les Cent Kilos. Un bon pavé de bœuf, une délicate Tatin. Mais oui, j'oubliais mon pastiche annuel de Gilles Pudlowski. Gilles m'invite à déjeuner l'autre jour chez Olympe, où il n'y a plus d'Olympe. Elle a vendu son établissement de la rue Saint-Georges à un Japonais qui est aux cuisines. Gilles l'a pris en photo avec la serveuse camerounaise. Pour son blog. Il y avait mon avocat dans la salle repeinte en jaune. J'ai laissé Gilles devant le Consistoire, où il allait divorcer religieusement. Je brûlais d'envie de l'accompagner, n'ayant jamais vu un divorce religieux. Ça a l'air compliqué. Le problème de la ketouba, entre autres.

Aux Cent Kilos se retrouvent la jeunesse internationale qui habite le Arty Paris, les couples gays phares du 15e arrondissement, les amoureux de Brassens qui en ont marre des bancs publics, les meilleures amies parisiennes châtain clair à lunettes, les libraires qui ne voient pas le temps passer dans les livres anciens, Christian Giudicelli et moi. Et Trotski, donc. Il a habité Paris, Trotski. Avant et après octobre 1917. On devrait dire novembre, car pour nous la révolution d'Octobre a eu lieu en novembre, les Russes ayant toujours du retard sur le reste du monde depuis la séparation de l'Église orthodoxe du reste du monde. Quel merveilleux écrivain que Trotski. Grand organisateur de mots aussi. Jean-Jacques Marie avait bien raison d'écrire, en 1950, dans sa préface à la première édition française de l'œuvre par Alfred Rosmer, qu'*Histoire de la Révolution russe* était une « "Iliade" marxiste ». Il y a aussi du *Guerre et Paix* et bien sûr des *Possédés*. Lénine est un personnage de Tolstoï, et Staline de Dostoïevski. Trotski ? Le manteau de Gogol sur les épaules de Tarass Boulba. L'héroïne du livre est la révolution que tout le monde veut se faire. L'auteur réussit ce qui est le plus difficile pour un romancier : la description des foules. Lui, il les appelle des masses. Cent cinquante millions de Russes, dont 1,5 million de prolétaires vont devenir les dictateurs. Le style est tout élégance. On dirait celui d'un grand écrivain bourgeois qui n'aurait pas gâté sa sauce dans les dîners en ville. « Les grandes défaites sont décourageantes pour longtemps. Les éléments révolutionnaires perdent leur pouvoir sur la masse. Dans la conscience de celle-ci remontent en surface des préjugés et des superstitions mal cuvés. » Sur les profits réalisés par les industriels grâce à la guerre : « Dans ce secteur, la vertu patriotique était recompensée généreusement et, notons-le, sans délai. » La littérature sera toujours d'actualité.

## Taubira, femme du siècle

Le 31 décembre 2099, à la veille du passage au XXIIe siècle, une commission internationale se réunit à New York, sous l'égide des Nations unies, afin d'élire celle que la communauté mondiale considérait comme la femme du XXIe siècle. Le délégué sud-africain, sans attendre son tour de parole qui venait au 23e rang car l'ordre des interventions était alphabétique, personne n'étant parvenu à se décider pour un autre au cours des nombreuses réunions préparatoires qui s'étaient succédé pendant une demi-douzaine d'années, se leva et cita tout de suite le nom du docteur Angella Maputo, qui avait découvert en 2074 le vaccin contre le sida. Il y eut quelques applaudissements, cette invention ayant sauvé depuis lors la vie de dizaines de millions de personnes, notamment sur le continent africain, mais le président de la séance rappela, à la satisfaction de nombreux délégués, le Sud-Africain à l'ordre. Celui-ci se tut et se rassit.

Le délégué albanais parla en premier. Il soutenait la candidature de Martina Parmük, la présidente albanaise morte assassinée à Tirana en 2083 après avoir éradiqué la prostitution et le trafic de drogue de ce qui était désormais, grâce à elle, le plus ravissant et le plus calme petit pays de la péninsule balkanique. La déléguée belge évoqua le rôle du docteur Marguerite Van der Plaetsen, qui, en 2051, avait dirigé l'équipe internationale ayant mis un terme à la maladie d'Alzheimer. Grâce à la molécule dite désormais la molécule Van der Plaetsen, la plupart des alzheimeriens, dans tous les pays du monde, avaient retrouvé la mémoire, ce qui fut un choc pour beaucoup d'entre eux. Ils se rendirent compte qu'il y avait des choses et surtout des gens qu'ils préféraient avoir oubliés. Le délégué canadien souligna, de son côté, le rôle du professeur Nicole Bois-Forêt, Québécoise qui avait conçu et popularisé le concept de paix mondiale permanente grâce auquel la guerre entre nations comme à l'intérieur de chacune d'elles était désormais interdite : adopté non sans mal par le

Conseil de sécurité en 2072, l'article dit Bois-Forêt avait assuré, depuis presque trente ans, la tranquillité de tous. La déléguée danoise présenta les travaux du docteur Genevra Christiansen, à qui l'humanité doit la fameuse pilule Gravia : donnée à tous les délinquants sexuels répertoriés, elle leur ôte à 99 % toute volonté de récidiver. Du coup, la planète avait été délivrée, dès l'année 69, de ce fléau, le viol, qui avait empoisonné les relations hommes-femmes depuis le début de l'humanité. L'Espagnole eut beau mettre en avant le rôle d'Aline Santa-Anna dans la découverte de l'antivirus informatique parfait grâce auquel, depuis 2027, plus aucun ordinateur ne buguait, il suffit au délégué français, Gilles Hollande, lointain descendant de l'ancien président de la République française, de prononcer le nom de Christiane Taubira pour qu'un silence dévot s'installât dans la grande salle aux murs de porphyre et que, par acclamations et sans qu'on prît la peine d'écouter les autres délégués, y compris le Sud-Africain qui rongeait son frein, la Française fût élue femme du XXIe siècle.

## Galattitude

J'étais hors de mon pays quand on a élu Miss France. Ça m'a mis hors de moi. En plus, une moitié d'Africaine : mon continent d'adoption. De retour à Paris, j'ai aussitôt acheté le numéro 1070 de *Gala* dont Flora Coquerel faisait la couverture où il n'y avait même pas son nom de famille. En revanche, il y avait le nom du palace où elle posait en blanc et de dos : le Shangri-La. Mon hôtel à Bangkok. Le même que celui de Maurice Szafran, récemment débarqué de *Marianne*. Je le dis souvent : il y a un jour où nous cesserons tous d'écrire dans les journaux. Trop de signes positifs entre Flora et moi. Elle mesure 1,82 mètre. Mais tous les basketteurs sont maqués, j'ai vérifié sur Internet. Un nageur ? Elle n'en trouvera jamais un aussi grand. Après avoir lu son interview, j'ai quand même un doute sur l'avenir de notre relation. À la question (d'Amélie de Menou – c'est où, Menou ?) : « Vous êtes plutôt une littéraire ? », le cri du cœur de Flora : « Pas du tout. » Elle s'explique, vexée qu'on l'ait confondue avec une looseuse de fac de lettres : « J'ai un bac économique. » Elle est actuellement en deuxième de BTS économique à Chartres. Elle songe à une carrière dans le marketing des produits de luxe. Va encore falloir que je fasse une croix sur mes idéaux.

Du coup, à une table isolée de mon cher Lotus, comble comme chaque midi, au point qu'il a dû ouvrir une terrasse couverte sur l'avenue de Choisy et une autre sur l'avenue d'Ivry, j'ai lu *Gala* en attendant Jean-Paul Jouary. Encore une pub Bulgari pour l'ex-première dame de France Carla Bruni (p. 10-11). Enfin, la vérité sur Nelson Mandela : un super-dragueur. Il s'est tapé toute la planète, qui était à son enterrement sous la pluie. Stéphanie de Monaco fait ce qu'elle peut, c'est-à-dire la charité. Pour Fight Aids Monaco. Sa fille Pauline, dix-neuf ans, sortira-t-elle, pour embêter Charlotte, avec Gaspard Proust, plus drôle que Gad Elmaleh ?

Shy'm, la récente agressée sur les Champs-Élysées, présente sa griffe As I Am. Chaque Blanc devrait avoir l'obligation de faire au moins un enfant métis, vu la beauté que c'est. Il n'y a plus de service militaire, ce serait le service métissaire. Page 66 : Mike Tyson. Son rap à la fin de *Hangover 2* était magique comme le roi de Thaïlande. Mike a peur, nous dit le journal, d'être un mauvais père. Pas d'inquiétude : quand on a un papa ancien champion du monde de boxe, on file doux. La culture est à la page 84 : première fois, depuis mon voyage de noces au musée du Louvre en janvier 1994, que je revois *Hermaphrodite endormi*, l'ancêtre des *katoys*. L'horoscope (Sara Sand est le sosie d'Agathe de Lastic Saint-Jal). Gémeaux : « Il se peut que vous ayez abusé de la conjugalité. » Ça tombe mal, ma femme Lion redoute « l'expatriation, les voyages qui entraînent au loin… »

# Listing

Dans le classement des personnalités préférées (*JDD* du 29 décembre 2013), rien que des truffes ; dans celui des personnalités détestées des Français (*VSD* du 26 décembre 2013), un tas de gens bien. Commençons par la liste de *VSD*. En numéro un : l'exquise Nabilla. On l'a prise pour une gourde, c'est un gourdin qui a tapé sur la tête de millions de téléspectateurs. Elle s'est approprié un mot, il faut le faire. Et pas n'importe lequel : allô. Elle a renouvelé l'exploit de Cambronne à Waterloo. Waterallô. En deux : Jean-François Copé. Il m'a expliqué, un jour, au siège de l'UMP, qu'il avait renoncé au jeu d'échecs pour la politique. Ce n'est pas le deuxième chouchou des Français – Omar Sy – qui pourrait en dire autant. La troisième personnalité que les Français détestent le plus est François Hollande. HEC + ENA. Nos concitoyens n'aiment pas les diplômes, ça doit être parce que la plupart d'entre eux ont raté leurs études. Le plus grand orateur trotskiste et le meilleur footballeur musulman sont respectivement quatrième et cinquième dans la liste des Français les plus détestés : Jean-Luc Mélenchon et Franck Ribéry. La superbe et subtile énarque Ségolène Royal est sixième. Suit Cécile Duflot, la Staline des Verts : elle a éliminé tous ses concurrents écologistes (Mamère, Joly, Voynet, Batho, Cohn-Bendit). Marine Le Pen a en gros réalisé le même exploit au FN. Qu'est-ce que j'y peux si j'aime les femmes qui savent se battre, qu'elles soient de gauche ou de droite ? Valérie Trierweiler – neuvième personnalité la plus détestée des Français – a néanmoins manifesté une grande intelligence dans le choix de son petit ami. Karim Benzema arrive dixième, les Français ne lui pardonnant pas les buts magnifiques qu'il marque en Espagne.

Voyons maintenant les lamentables chouchous des Français : Jean-Jacques Goldman, retraité marseillais de la musique de chambre à air ; Omar Sy, sympathique humoriste de Canal+ qui ne cassait pas trois pattes à un connard ; Mimie Mathy, Joséphine pas impératrice ; Florence Foresti, qui fait plus braire que rire ; Gad Elmaleh, acteur immobilier ; Dany Boon, toujours coincé dans la baraque à frites ; Simone Veil, dont la carrière politique a avorté en 1974 ; Florent Pagny, que j'aurais préféré voir dans la liste des maudits de *VSD*, ça aurait mieux convenu à sa liberté de penser ; Jean Reno, Lino Ventura à lunettes ; Sophie Marceau, qui ne devrait pas sortir sans son texte de Danièle Thompson. Dans cette liste de cinquante noms, pas un écrivain, ni un metteur en scène de théâtre ou de cinéma, ni un peintre, ni un philosophe. Je ne vois que Nicolas Sarkozy (15e), Christiane Taubira (47e), Alain Juppé (48e) et François Hollande (49e) pour avoir fait des études supérieures. Quatre sur cinquante. Ces grosses têtes se retrouvent d'ailleurs en queue de peloton. Les premiers de la classe seront les derniers dans le *JDD*.

## Message thaïlandais

Les Shinawatra étaient onze : le père, la mère et les neuf enfants. Onze, ce n'est plus une famille, c'est une société. Une bonne société, car les Shinawatra, Chinois de Chiang Mai, ont du bien. La plupart des enfants feront d'excellentes études. Après l'université de sa ville natale, charmante cité du nord du pays où elle obtient un diplôme de sciences politiques, Yingluck (née le 21 juin 1967) passe son master d'administration publique à l'université d'État du Kentucky, aux États-Unis. Elle fera ensuite des stages chez ses parents, qui ont de nombreuses entreprises, puis son frère Thaksin la place à la tête de la branche téléphonie de Shin Corp. Yingluck sera soupçonnée de délit d'initié après avoir vendu ses parts de la Shin Corp juste avant la cession de celle-ci à Temasek Holdings.

Yingluck, contrairement à son frère, ne veut pas faire de politique. Elle a bâti sa propre fortune dans l'immobilier et ne souhaite pas la gaspiller en affiches électorales. Son grand frère Thaksin va l'y obliger. En Thaïlande, il y a deux choses sacrées : la famille et les repas. Bouddha ne vient qu'en troisième position, juste devant l'automobile. Quant au sexe, contrairement aux idées reçues, comme elles le sont presque toutes depuis que les chanteurs pensent à la place des penseurs – Patrick Bruel, le joueur Descartes – il arrive avant-dernier dans le palmarès des passions thaïlandaises, loin derrière les après-midi sur la plage, la bière Tchang, la boxe, le karakoé, les DVD pirates et toutes les contrefaçons. La lanterne rouge du peloton, c'est le voyage : les Thaïs ne sont bien que chez eux et, quand on va chez eux, on comprend pourquoi.

Victime d'un putsch de droite en 2006, Thaksin Shinawatra, Premier ministre, est obligé de quitter le pays. Les jaunes prennent le pouvoir. Ils sont citadins, monarchistes, bourgeois, cultivés, occidentalisés. En face d'eux, il y a les rouges : ruraux, gauchistes, républicains (du moins 1 % d'entre eux, tant le roi est aimé de tous, y compris de moi). Thaksin, quoique milliardaire, est un rouge. C'est le milliardaire rouge. Les jaunes lui reprochent d'avoir détourné des fonds et des voix. Peut-être a-t-il fait l'un et l'autre, n'empêche que le peuple l'aime au point de manifester pour lui pendant trois mois, au printemps 2010. Je sais. J'y étais. Je n'ai rien vu, comme d'habitude. Sauf que les beer bars étaient presque vides et que les filles – les Thaïlandaises ne sont jamais des prostituées, ce sont des filles, comme chez Maupassant ou Louÿs – râlaient : « Politic no good for business. »

La répression des manifs sera violente : 90 morts, 1 900 blessés. Du coup, en avril 2011, les rouges remportent les élections législatives. À leur tête, sur le conseil ou plutôt la demande ou encore l'ordre de son frère Thaksin en exil : Yingluck. Elle commence par surpayer le riz des agriculteurs et distribuer des fonds aux ménages modestes pour qu'ils puissent acheter une voiture et une maison. Elle instaure le salaire minimum de 7 euros par jour et un salaire mensuel garanti de 350 euros pour tous les titulaires d'un diplôme universitaire. Elle invite, pour la première fois depuis vingt ans, le chef du gouvernement vietnamien à Bangkok. Elle noue des liens avec les pays d'Afrique et du Moyen-Orient.

Chaque fois que la gauche prend des mesures populaires, la droite dit qu'elles sont démagogiques. Chaque fois que la droite prend des mesures impopulaires, la gauche dit qu'elles sont inutiles. On reprochera surtout à Yingluck d'être en contact téléphonique presque permanent avec son frère Thaksin, installé à Dubaï avec ses milliards et quelques professeures de russe à longues jambes. On accuse la Première ministre d'être sa marionnette. Et si c'était l'inverse ?

## Qui est subversif ?

La banlieue, c'est comme la province ou les petites capitales de l'Est (Minsk, Prague, Belgrade) : impossible de faire un pas sans tomber sur quelqu'un qu'on connaît. De passage à Montreuil (Seine-Saint-Denis), je croise Grégory Protche, le directeur du Gri-Gri, au catalogue duquel il y a déjà quatre titres, dont le sien sur la Côte d'Ivoire : *On a gagné les élections mais on a perdu la guerre*. Nous sommes rejoints par Jérôme Reijasse, auteur au Gri-Gri (*7 jours loin du monde*, 2013). Ces deux bons écrivains, qui sont aussi des pamphlétaires, s'expriment beaucoup sur le Net. Les questions qui me tarabustaient, à cette terrasse de la Croix-de-Chavaux, aujourd'hui place Jacques-Duclos, étaient : Internet est-il, pour les subversifs, une estrade ou une niche ? La liberté d'expression de tout est-elle la liberté d'expression ? Tout le monde s'occupant de s'exprimer, qui restera pour imprimer ? Le système a ouvert, à l'intention des citoyens, une benne gigantesque dans laquelle sont déversées chaque jour des millions d'humeurs parmi lesquelles il est bien difficile de distinguer les bonnes. Il y a désormais un inframonde, celui des réseaux sociaux. À quel moment les choses se renverseront-elles, l'inframonde devenant le monde et, le monde, l'inframonde ? Est-ce déjà fait ? La beauté visionnaire de *Matrix* (2000), le film des frères Wachovski où les machines font croire aux humains qu'ils vivent alors qu'ils sont aspirés, 24 heures sur 24, par ces instruments dont ils sont la nourriture et le jouet.

De 2008 à 2013, le critique de rap (dans *Get Busy*, puis *Authentik*) Sear (prononcez Sir) a dispersé sur Facebook et Twitter un certain nombre de pensées abruptes que Grégory a rassemblées pour les présenter aujourd'hui dans le livre le plus drôle du printemps 2014 : *Interdit aux bâtards*. Sear est un Gémeaux montreuillois de mère serbe et père kabyle : tout un programme de non-télévision. Et voici ce qu'il écrit : « À Roland-Garros, Édith elle croit que Nadal il a battu la terre » (11 juin 2009) ; « Hier, pour le 11 septembre, j'ai été manger un couscous » (12 septembre 2009) ; « Si tu ne sais pas quelle heure il est… ben demande à Julien Dray ! » ; « Hier pour fêter la Journée de la femme… je me suis branlé ! » (9 mars 2010) ; « J'ai encore chialé en regardant *Rocky 2* ! » (20 août 2010) ; « J'ai une idée, si on organisait un génocide de bobos à Montreuil ? » (12 février 2011) ; « J'ai que 3 592 amis. À mon âge, Jean-Pierre Hutin en avait déjà 30 millions ! » (10 août 2011) ; « Je n'aime pas les décisions météo prises par François Hollande ! » (12 juillet 2012) ; « Amel Bent prouve que la danse ça fait pas maigrir ! » (10 novembre 2012) : « Le rap ricain est né aux USA, le rap français est né en Mongolie ! » (10 décembre 2012) ; « Quel est le vrai coupable, le dealer ou le toxico ? » (19 janvier 2013) ; « Vu tout à l'heure vers Belleville une meuf portant le hidjab… avec un piercing diamant à la lèvre ! » (29 juillet 2013) ; « Le ramadan est fini, alors j'arrête YouPorn ! » (12 août 2013) ; « Entre l'amour et la haine, la frontière est mince… et chez nous elle a un nom : le périphérique ! » (30 septembre 2013). Moi, j'adore. La subversion, c'est comme l'amour : encore mieux dans un livre.

## Projet de discours de réception à l'Académie française pour Alain Finkielkraut

Dans l'insensibilité globale à l'orthographe où s'incruste une grande partie de nos populations contemporaines, je perçois un rejet de tout ce que la civilisation occidentale est capable d'apporter à l'être humain responsable et respectueux d'autrui. En m'accueillant au sein de votre auguste assemblée intellectuelle, vous avez manifesté, Mesdames et Messieurs les Académiciens français, le souci fort légitime de donner une forme particulière à votre combat, à la fois ancien, présent et futur, pour une langue française exacte et je dirais même cohérente. L'orthographe, en effet, n'est pas tout : il y a aussi la grammaire, cette grammaire française qui fut la première passion du petit écolier qui se trouve aujourd'hui devant vous, en train de recevoir son plus beau prix : l'honneur de siéger en votre compagnie. La grammaire, ce sont des règles. Ces règles, je me suis appliqué toute ma vie à les respecter, et non seulement à les respecter, mais aussi et peut-être surtout à les célébrer, à les fêter. Non, Mesdames et Messieurs les Académiciens français, jamais je n'ai eu honte de la grammaire, je l'ai au contraire brandie comme un étendard, celui de l'identité française dont certains esprits paradoxaux, voire nihilistes, tentent aujourd'hui de nous priver dans des discours orthographiquement douteux et grammaticalement désastreux. C'est en combattant que j'entre aujourd'hui sous cette Coupole qui vit tant de ses élus porter l'épée, un combattant de la grammaire, ainsi que de l'orthographe, évoquée déjà au début de ma modeste intervention orale.

Je ne quitterai évidemment pas ce pupitre, où se sont succédé avant moi tant d'esprits que je n'hésiterai pas de qualifier de supérieurs, au risque de déplaire aux ennemis inconscients et grossiers de cet élitisme qui a pourtant conduit la civilisation occidentale au point lumineux où elle se trouve aujourd'hui, je ne quitterai donc pas ce pupitre sans aborder un sujet crucial, essentiel, douloureux parfois, troublant toujours : la ponctuation. La virgule, le point-virgule, le point, le deux-points, le point d'exclamation, le point d'interrogation : autant d'éléments qui ont longtemps structuré la pensée de l'homme occidental et qui de nos jours, du fait de ces nouvelles technologies sur lesquelles il y aurait beaucoup à dire, sont menacés de disparaître au profit d'une logorrhée informe qui engloutira également un autre élément de la grandeur française : la majuscule. Oui, Mesdames et Messieurs les Académiciens français, la majuscule, cette amie du penseur et de l'auteur, cet outil fabuleux qui nous permit si longtemps de commencer nos phrases, et que mon maître Vladimir Jankélévitch appelait le « sursaut du sens », cette majuscule chère à Péguy et à Milan Kundera, cette majuscule, Mesdames et Messieurs les Académiciens français, j'entends bien, avec vous, la sauver du désastre général de notre culture.

## On a retrouvé la 7e brigade

Le temps peut être considéré comme une grosse machine à supprimer les nuances historiques. Les années passent sur la vérité des événements comme une tondeuse à gazon. Plus on s'éloigne d'un fait, moins on distingue sa composition : il devient un bloc d'une couleur unique, une espèce de marron. On en a un exemple avec la célébration du vingtième anniversaire du génocide rwandais. Tout sur le massacre des Tutsi par les Hutu, rien sur l'invasion du Rwanda par le FPR de Kagame en 1990 et son occupation, pendant quatre ans, d'un tiers du territoire national. Dans *Soldat d'Allah*, Christian Authier tente l'impossible : raconter les dix ans (1992-2002) qui changèrent le monde, l'islam et les Balkans sans tomber dans l'approximation, la désinformation, l'inexactitude. Il y a hélas fort à parier qu'il s'agit de l'une des dernières tentatives d'explication non passionnée, et donc non erronée, du conflit bosno-serbe, du 11-Septembre et des guerres en Afghanistan et en Irak.

Olivier Berthet est un petit gars du Nord qui s'ennuie, alors il part pour le Sud : la Bosnie. Il intègre, dans la IIIe armée bosniaque, la 7e brigade, celle qui donnera naissance, en août 1993, au bataillon El Moujahid, « composé uniquement de combattants étrangers, car les tensions avec les Bosniaques, même les plus religieux, s'aigrissaient, notamment du fait des pratiques soufistes du cru heurtant nombre de salafistes ». On est en 1992, année où j'ai rencontré ma deuxième femme. Berthet, converti à l'islam, se mariera lui aussi, avec une jeune musulmane bosniaque dont il sera le seul à voir les cheveux. Ces visages qui, rentrés à la maison, se déshabillent. Authier suit le parcours fatidique de Berthet. Après la mobilisation et la démobilisation, la liquidation. Les héros finissent par sentir mauvais, surtout les étrangers. Échappant de justesse aux services secrets bosniaques repris en main par la CIA, Berthet intègre une multinationale terroriste, ce qui n'arrangera pas son cas devant la justice lilloise : trente ans de prison.

Dans ce thriller polyphonique, sans doute son meilleur livre depuis *Enterrement de vie de garçon* (2004), Christian Authier suit également les destins du Français Jacques Faubert et de l'Américain William Burnett, tout deux haut placés dans la hiérarchie des services secrets de leur pays. Jacques et William auront chacun une mort violente, surtout William : percuté, dans l'aile ouest du Pentagone, par un Boeing 757, à 9 h 37, le 11 septembre 2001. Les guerres de Bosnie, d'Afghanistan, d'Irak, de Libye et de Syrie auront été, pour quelques jeunes musulmans du monde entier, à la fois des scènes de tragédie et des terrains de jeu. Leur épopée sanglante et bizarre est racontée par Authier avec l'ironie atterrée qu'ont souvent les grands écrivains quand ils assombrissent leur époque.

# Good evening, Vietnam !

Deux mille Vietnamiens et Vietnamiennes au pavillon Baltard de Nogent-sur-Marne pour une soirée de chants et de danses célébrant, selon mes voisins de la table E3, l'année du Cheval. Mes voisins : Minh Ha Ngo, kiné à Villeneuve-le-Roi, et Julie Nguyen, dentiste à Brunoy. Ils sont fiancés et ont un enfant qu'ils n'avaient pas amené, mais ils auraient pu, car il y avait pas mal de bébés à Nogent, le 19 avril 2014 (19 thang, 2014). Minh Ha et Julie m'ont expliqué que les chanteurs et les chanteuses présents étaient tous installés aux États-Unis où la communauté vietnamienne est plus importante qu'en France. C'est là que les artistes produisent leurs disques et donnent la plupart de leurs concerts. Et, pour les femmes, ont recours à la chirurgie esthétique. J'étais venu spécialement pour Ngoc Anh, Y Lan et Nguyen Hong Nhung – au Vietnam, comme en Afrique et à l'école, on met le nom avant le prénom –, mais je les ai à peine reconnues, par rapport à leurs photos sur l'affiche. Cette soirée de gala était organisée – comme les quatre qui suivront en Allemagne, en Norvège et aux États-Unis – par Mme Nguyen, la propriétaire du Lotus. Trois Nguyen en un seul paragraphe : nom aussi répandu, au Vietnam, que Ndiaye au Sénégal, Milosevic en Serbie, Lévy en France et Besson à Saint-Germain-des-Prés.

Le spectacle était, comme souvent, dans la salle. Les Français étaient mieux inspirés quand ils allaient à l'Opéra pour se montrer. Chez Balzac, les loges effacent la scène. Un millier de femmes enfants, je veux dire de femmes aussi jolies et menues que des enfants, accompagnées de leur famillle et de leur smartphone. Dans leur tenue de combat : minirobes noires ou rouges, brushing parfait et bijoux de prix. En les regardant, pendant l'entracte, monter à l'assaut des vedettes qui dédicaçaient leurs CD, j'ai pensé : voilà le premier et le dernier peuple qui a vaincu les États-Unis. À voir la grâce avec laquelle ces dames se faufilaient entre les tables bondées, leur façon de se regrouper sans se bousculer, la rapidité de leurs apparitions et de leurs disparitions, j'ai compris le malheur des grands et gros Américains dans les rizières du Sud-Vietnam, à la recherche de cet ennemi furtif, agile, indifférent et impitoyable. Bien sûr, la plupart des Vietnamiens présents, et peut-être même la totalité, n'avaient pas combattu les GI – Julie a quitté la péninsule indochinoise à quatre ans, peu après la chute de Saigon –, et certains ont peut-être combattu avec eux, mais c'est le même peuple délicat, brutal et volontaire qui, dans le camp opposé, l'a fait. Je l'ai bien vu quand, lasses de faire la queue devant les WC des femmes, quelques Vietnamiennes sont venues pisser chez les hommes, comme des soldats. Et aussi ces visages qui, sous une apparente placidité, sont sculptés par une colère ancestrale, si différente de la douceur amusée thaïe.

Il y a peu de choses plus longues sur la terre qu'un sketch comique dans une langue étrangère, mais celui de Danh Hai Thuy Nga, la Florence Foresti vietnamienne, était précédé d'un court-métrage muet très drôle. Le comique devrait toujours être muet, du coup Gad Elmaleh pourrait se produire dans le monde entier et pas seulement à Monaco. Il y a un moment où j'ai compris que je devais laisser ces Asiatiques entre eux : j'étais, avec un type de la sécurité, le seul Européen. Et je suis rentré chez moi, à Chinatown.

## Jean-Michel Gravier, l'esprit des années 80

Vingt ans que j'attends ce volume : le recueil des articles, entre 1978 et 1981, de Jean-Michel Gravier dans le défunt quotidien socialiste *Le Matin de Paris*. Aériens, musicaux, imprévus, décontractés, teigneux. Le grand style est celui qui se fait remarquer en ne se faisant pas remarquer, du coup on ne voit que lui. Avant d'être un mondain, Gravier était une écriture. Il se vantait de ses relations, il aurait dû célébrer sa prose. Celle-ci se voit mieux dans un livre que dans un journal, car un livre on le lit, alors qu'on regarde un journal. Comme une gravure. Ou un film. J'adore les recueils d'articles, de Gérard de Nerval (*Voyage en Orient*) à Bernard Frank (*Mon siècle*). On gambade dans une époque et un cerveau, sans se perdre dans les marais de la fiction. L'auteur cherche à plaire, c'est souvent ce qu'il fait de mieux. Jamais fatigué : trop courte distance à franchir.

Né en 1949 à Grenoble, Jean-Michel est mort en 1994 à Paris. La dernière fois que je l'ai vu, dans un couloir verdâtre de l'ancien *Paris Match*, qui se trouvait sur les Champs-Élysées, on ne s'était pas vus depuis longtemps. J'avais été son premier éditeur chez Fixot en 1987 pour le très beau *Les héros du peuple sont immortels*, c'était peut-être pour ça. Jean-Michel m'a demandé ce que je devenais et je lui ai dit que je m'étais remarié. Il m'a tourné le dos et est parti sans me dire au revoir. Ce n'était pourtant pas de moi qu'il était amoureux, mais d'Éric Neuhoff. Ils allaient de fête en fête, Éric avec sa canne et son rire, Jean-Michel avec son blue-jean et son esprit. Il y a même une fois où ils étaient ensemble au Festival de Cannes, ça m'avait du reste pas mal énervé.

Quel charme dans *Elle court, elle court la nuit*. Ce n'est pas seulement celui de la nostalgie. Gravier écrit comme il parle, c'est depuis Homère la meilleure façon de chanter juste. On est emporté dans sa conversation comme dans un taxi de nuit, vers divers lieux de plaisir. Jean-Michel n'était pas méchant, juste un peu gardien de vacheries. Il se traitait de chroniqueur parisien pour être bien traité mais il était bien autre chose : un écrivain en goguette dans sa vie. Je ne comprenais pas pourquoi il tenait tant à ses deux livres publiés et souffrait de leur échec public : c'est parce qu'il prenait la littérature au sérieux, alors que pour Éric et moi elle n'était pas tragique.

Dans l'ordre de leur apparition à l'écran de Gravier, rajeunis d'une quarantaine d'années : Pierre Barouh, Anicée Alvina, Yves Simon, Zouzou, Caroline Loeb, Judith Magre, Armande

Altaï, José Artur, Denise Fabre, Fabrice Emaer, Jean-Pierre Coffe, etc. Elles sont là et bien lasses, les années 80, quand Paris la nuit n'était pas Bombay-sur-Seine et que les banlieues étaient mises au pas par le PCF et le service militaire. Dans ce livre délicieux souffle un vent de liberté et d'espoir. C'était l'époque où les gens faisaient du vélo dans leur tête et pas sur les voies sur berge, réservées aux départs en vacances des automobilistes pour la Côte d'Azur ou en week-end à Deauville. Gravier – grâce à son éditeur posthume, Arnaud Le Guern – fait revivre le continent disparu de notre jeunesse insouciante sur lequel allaient bientôt s'abattre l'euro, le téléphone portable, Internet, la guerre dans les Balkans, les hamburgers dans les camions, la fermeture des Virgin, les crises financières, Al Qaeda et mille autres misères auxquelles, en s'éclipsant avec grâce sur ses tennis sales, Jean-Michel a échappé.

## Lettre ouverte à Catherine Pégard

J'ai eu la mauvaise idée, Catherine, d'emmener une amie chinoise de Hongkong au château de Versailles. D'abord, l'établissement dont vous avez la charge souffre d'un manque de notoriété. Quand j'ai dit au chauffeur de taxi : « Château de Versailles », il m'a demandé, après un instant de réflexion : « À Versailles ? » Je passe sur le coût, un dimanche, d'une course 7ᵉ arrondissement-château de Versailles : c'était la même chose du temps de votre prédécesseur. On se souvient de toutes les fois où on est allé à Versailles, notamment la première, en famille. À l'entrée du jardin, surprise : il faut payer 9 euros. Neuf euros pour se promener dans un jardin. Dix-huit à deux. C'est peut-être votre conception du luxe, Catherine, mais ce n'est pas la mienne du service public. Un grand et gros Américain a donné à Amber, la Chinoise, un ticket qu'il avait en trop. Ça lui paraissait sans doute plus simple que de se le faire rembourser par un caissier français. Sur le ticket – au verso duquel Nathalie Dessay et Michel Legrand annoncent qu'ils donnent un spectacle en plein air dans les jardins de l'Orangerie le 11 juin 2014, soit dix jours plus tôt –, je peux lire : *Les grandes eaux musicales*. Il y avait de la musique, mais aucun jet d'eau.

En descendant vers le Grand Canal, j'aperçois un vendeur d'oranges pressées et j'ai l'idée d'en offrir une à Amber. Quatre euros. De plus, la Chinoise a trébuché sur votre allée mal ratissée et a sali sa jolie robe blanche. Elle a mouillé son mouchoir dans l'eau du bassin juste au moment où un haut-parleur annonçait que celle-ci était pleine de bactéries et qu'il ne fallait surtout pas tremper quoi que ce soit dedans. Heureusement qu'Amber ne comprend pas le français. Elle m'a demandé en anglais ce que l'homme disait dans le haut-parleur, et j'ai dit que c'était un enfant qui ne retrouvait pas ses parents. « Don't worry, not a Chinese child. » Elle a ri, car les Chinoises ont le sens de l'humour, même quand elles ont taché leur robe. N'empêche, quand nous sommes arrivés à La Flottille, unique brasserie du jardin, j'ai conseillé à Amber de finir aux toilettes le nettoyage de sa tenue. Je dois féliciter les patrons de La Flottille pour leur savon : une heure plus tard, il n'y avait plus aucune trace orange sur la robe d'Amber, elle était de nouveau de cette blancheur qui s'accorde si bien au teint mat des Chinoises. Je serai moins enthousiaste pour la saucisse d'Auvergne qui nous a été servie.

Après le déjeuner, j'ai voulu emmener Amber dans les jardins du Grand Trianon, l'ancienne résidence des présidents étrangers en visite officielle à Paris. C'est comme ça que De Gaulle les amadouait. Je pensais l'amadouer elle aussi. Peine perdue : l'entrée n'était pas libre, il fallait acheter un ticket pour le musée, même si on n'avait aucune envie de le visiter. C'était un truc sur Napoléon : dommage pour Amber, je ne suis pas Jean-Marie Rouart. Catherine, de toute évidence, vous avez des problèmes, à Versailles, pour boucler vos fins de mois. Venez nous en parler : vous avez encore beaucoup d'amis au *Point*. Le bon moment a été le retour à Paris dans un RER plein de Chinois avec lesquels Amber a pu échanger ses impressions de voyage en Europe. *Maps of the Stars* au MK2-Odéon, qu'elle a compris, car c'était en version originale, et le merveilleux pouilly-fuissé de Lipp, avec Pascal Thomas sur notre droite et Marc Dachy dans mon dos, deux grands artistes qui participèrent à l'heureuse conclusion d'une journée dans votre château où il y a, Catherine, beaucoup de choses à changer.

## Le CD de l'été

Dans le volume 4 des Radioscopie de Jacques Chancel, vingt heures d'entretiens avec – je cite tous les invités car je ne veux vexer personne, et surtout pas les morts – Roland Barthes (1975), Jean Cau (1976), Frédéric Dard (1988), Maurice Druon (1973), Marguerite Duras (1969), Lucie Faure (1970), Romain Gary (1975), Maurice Genevoix (1969), Claude Lévi-Strauss (1971), Robert Merle (1989), Patrick Modiano (1972), Henry de Montherlant (1970), François Nourissier (1977), Hubert Nyssen (1980), Jean d'Ormesson (1978), Erik Orsenna (1988), Georges Perec (1978), Jean-Paul Sartre (1978), Jorge Semprun (1980), Georges Simenon (1982), Michel Tournier (1989), Elie Wiesel (1970) et Marguerite Yourcenar (1980). La date indiquée est celle de l'émission. Trois femmes pour vingt hommes : attention aux Femen et aux Chiennes de garde. En 2014, la proportion serait différente. Vingt femmes pour trois hommes ?

Quelle bonne idée d'avoir rassemblé en deux CD tout ce qui a compté dans la littérature française d'après la Seconde Guerre mondiale. Certains auteurs sont devenus cultes (Perec, Dard, Barthes), d'autres sont entrés dans la légende (Duras, Gary, Sartre). Il y en a qui sont peu lus (Montherlant, Merle, Genevoix), d'autres qui le sont mal (Cau, Druon, Faure). Mais tous sont bien présents dans leur voix qui se fait toute petite devant le micro de Chancel. Qu'y a-t-il de plus émouvant qu'un géant intimidé ? C'est King Kong attendri devant une auditrice blonde de France Inter. D'Ormesson déjà poseur mais pas complètement posé. Perec plein de malice adolescente – il en faut pour écrire un roman sans « e », puis un roman rien qu'avec des « e » – derrière son bouc et son cancer. La gouaille de Montherlant chipée à ses petits amis des cinémas de Ménilmontant. Sartre très beau parleur. Nourissier de la banlieue est tout content d'être passé à Passy.

Chacun d'eux s'applique à faire, mine de rien, son propre éloge. Ils veulent montrer qu'ils sont bons et bons écrivains. Cau proteste qu'il n'est pas fasciste, d'Ormesson qu'il n'est pas réactionnaire, Nourissier qu'il n'est pas de droite. Henry de Montherlant, sans vouloir passer pour un résistant, se montre presque gaulliste. Il se trompe d'époque : en 1970, ce n'est pas aussi bien vu qu'en 1945. Ils sont tous un peu fébriles car ils défendent leur œuvre, c'est-à-dire leur enfant, c'est-à-dire leur bifteck. Ces bons comédiens jouent leur propre texte à la radio, certains avec gourmandise (d'Ormesson, Duras), d'autres avec componction (Wiesel, Nourissier). La plupart sont de grands bourgeois ou le sont devenus. Les aristocrates se moquent de leur titre, c'est une habitude qu'ils ont prise en 1789 (Montherlant, Yourcenar). Ils font bien la différence entre ce qui est convenable et ce qui ne l'est pas. Néanmoins, on sent peser sur chacun d'eux la patte du marxistement correct. C'est ce qui date le plus ces interviews : les auteurs se soucient de ne pas trop déplaire aux intellectuels de gauche qui font alors la pluie et le beau temps dans les médias et les librairies. On sort de Mai 68, on entre dans l'Union de la gauche. Il ne s'agirait pas que Boulogne désespère Billancourt.

Chancel harcèle les auteurs de son admiration vipérine. Il leur sert un sirop qui finit par les faire tousser. Du coup, ils se déboutonnent, et même se déballonnent. Ces documents irremplaçables sont passionnants. On se rend compte que la littérature est un travail manuel. Jacques interviewe un peloton de menuisiers qui ont leur petite idée, ou une bande d'enfants qui jouent avec les mots. L'émotion littéraire est constante, d'autant que la plupart des intervenants sont morts, sauf dans ma bibliothèque ou dans la vôtre.

## Vacances solaires

D'abord, je rends visite à ma tante au Mont-Saint-Michel. Je reste deux jours, et puis je loue une voiture pour aller chez mes amis Durand à Locquirec. De là, je file en Corse chez les parents du mari de ma sœur cadette, qui ont une propriété près de Bonifacio. Malheureusement, je devrai les quitter, car je serai attendue à Ramatuelle, chez mes amis Dupond. Là, je vais me poser un peu pendant deux-trois jours, dormir, lire, parce que ce qui m'attend après, ce n'est pas de la tarte. Il faudra d'abord que je rejoigne mon amie Jacqueline Dubois à Ibiza. Elle vient de divorcer et donc cette année elle n'ira pas à Bali, dans la maison de sa belle-sœur. De là, son mari et elle avaient l'habitude de sillonner l'océan Indien à bord d'un voilier avec les enfants, mais ça aussi c'est fichu, ça va lui manquer. Elle ira peut-être à Saint-Pétersbourg où une de ses vieilles copines de lycée ou de fac, je ne sais plus, travaille à l'Alliance française. C'est une ville amusante en été, il n'y a pas de nuit. Je ne m'attarderai pas à Ibiza, j'ai trop peur de déprimer, et puis je suis invitée à Bournemouth, chez des clients anglais de mon mari. Ils ne parlent pas une broque de français et mon anglais n'est pas bon, malgré tous les débuts d'été que j'ai passés en Australie chez mes amis Duroc. Après, j'avais l'habitude de remonter à Singapour, chez les Ducreux. Je ne peux pas vraiment les appeler des amis mais quand même, ils sont proches, et quand j'étais en Asie, ils ne m'ont jamais fait défaut. Néanmoins, je préférais quand ils habitaient en Nouvelle-Zélande car ils avaient une plus jolie maison, et il y avait une piscine. Il y a encore trois jours, j'aurais dit : après Bournemouth, repos, j'allais presque employer le mot retraite, à Saint-Malo, dans la villa de ma sœur aînée. J'adore ma grande sœur, mais je ne comprends pas pourquoi elle a choisi Saint-Malo comme résidence d'été. Dinard est mieux, surtout pour les enfants. Mais voilà, nos amis Dupré font une croisière en Méditerranée pour leur cinquantième anniversaire de mariage et ils ont offert à leurs meilleurs amis de monter sur le paquebot avec eux. Au lieu de prendre un repos mérité à Saint-Malo, nous voilà embarqués pour Malte, Athènes, Héraklion, je ne sais où encore.

Heureusement, en août, on ne bouge plus : on reste dans notre maison de Saint-Paul-de-Vence, dont nous avons refait le toit au printemps. On aura les Durand du 4 au 9. On espérait les avoir plus longtemps, mais ils sont invités à Cape Cod par leurs amis américains, je crois que le mari est sénateur. Ou gouverneur. L'un des deux. Les Dupond viendront de Ramatuelle se baigner chez nous, ils préfèrent notre piscine à la leur. Je sais que Jacqueline Dubois doit passer à Nice pour les modalités de son divorce, on devrait l'avoir quelques jours chez nous, pas trop longtemps, j'espère. Les Duroc, eux, vont rester plusieurs semaines à Saint-Paul, car ils ne quittent pas souvent l'Australie, du coup ils veulent profiter de l'Europe. Les Ducreux, à ma connaissance, vont passer quelques semaines à Rome, car leur fille étudie les beaux-arts et il n'y a pas beaucoup de musées à Singapour. Mais Rome n'est pas loin de la Provence et sans doute les Ducreux passeront-ils quelques jours chez nous, ne serait-ce que pour visiter la fondation Maeght. Mes deux sœurs, traditionnellement, passeront à Saint-Paul la dernière semaine d'août : c'est à ce moment-là que nous organisons nos vacances de l'été prochain. Nous pensons rentrer à Paris début septembre mais les Dupré, après notre croisière, auront sans doute envie de goûter chez nous un peu de tranquillité. N'est-ce pas pour cela que les vacances sont faites ?

## Autocritique

Vu le contenu de mon dernier roman (*La Mémoire de Clara*), on n'a trouvé, pour en parler dans *Le Point*, qu'une personne : moi. Les autres critiques ont décliné l'invitation, ayant reconnu, parmi mes personnages les plus maltraités, d'éminentes personnalités du monde politique et culturel, dont certains collaborateurs de notre journal. Dans un sens, ça tombe bien : *La Mémoire de Clara* est l'un des rares livres de la rentrée littéraire 14 que j'ai réussi à lire jusqu'au bout. En fait, je l'ai lu bien avant : quand je l'ai écrit, à l'été 13. J'aime bien rester à Paris en juillet et août. Les magasins sont fermés, mais les amis sont ouverts. Qu'est-ce que j'ai ri, l'année dernière. Mais, chez l'éditeur qui avait commandé l'ouvrage et l'avait annoncé dans son programme, ils n'ont pas ri autant que moi. Ils n'ont même pas ri du tout. Alors, je suis allé chez un autre éditeur et, lui, il a ri. Du coup, l'ouvrage a paru le 28 août 14.

Comment dire du bien d'un livre qu'on a écrit soi-même, sans que ça paraisse de la complaisance, voire de la basse flatterie ? Il serait judicieux, me semble-t-il, de commencer par de menues réserves afin d'indiquer que le critique, partie prenante de l'œuvre dont il traite puisqu'il en est l'auteur, a un vrai souci d'objectivité, une certaine distance envers lui-même. Que reprocher à *La Mémoire de Clara* ? Quand on demande à une fille quel est son plus grand défaut, elle dit souvent : « Je suis trop gentille. » Avec la variante : « Je suis trop généreuse. » Je serais tenté de donner le même type de réponse : *La Mémoire de Clara* est un livre trop drôle, trop vif, trop pétillant, trop percutant. On s'épuise à suivre l'auteur dans ce galop de bons mots, de scènes hilarantes, de personnages tordants. On a envie de lui dire : « Stop, ça suffit, arrête, laisse-nous respirer. » Mais lui, n'écoutant que son ivresse de créer, n'en fait qu'à sa tête bien faite de mule.

Afin de résumer le roman, j'ai d'autant moins de scrupules à recopier la quatrième de couverture que j'en suis l'auteur :

« En 2060, Clara Bruti, veuve du président Brancusi (1955-2035), a décidé d'écrire ses Mémoires. Âgée de quatre-vingt-treize ans, elle est malheureusement atteinte de la maladie d'Alzheimer et a recours aux services d'un nègre : Aimé Boucicaut, jeune écrivain à succès pourchassé par le fisc. Ensemble, très ensemble même, ils revisitent le XX^e^ et le XX^e^ siècle, au cours desquels tant de choses ont changé dans notre petit monde terrestre. » Outre une anecdote ébouriffante et menée de main de maître par un moi au mieux de sa forme, il y a, dans *La Mémoire de Clara*, des pages sur le temps, le vieillissement, l'amour, la nostalgie, la mort, qui feront battre plus fort ce qu'il reste, dans notre société féroce, de cœurs sensibles.

## Les jurés du Nobel sont-ils homophobes ?

Outre leur pingrerie notoire (1 million d'euros chaque année pour un écrivain quand le gagnant portugais de l'Euro Millions vient d'empocher 190 millions d'euros sans avoir écrit une ligne), les jurés du prix Nobel de littérature semblent être atteints d'homophobie. Alors qu'une magnifique théorie d'écrivains homosexuels a illuminé la littérature française du XX^e^ siècle – Marcel Proust, Jean Genet, Marcel Jouhandeau, Marguerite Yourcenar, Violette Leduc, Henry de Montherlant, Hervé Guibert, Françoise Sagan, Pierre Guyotat, Tony Duvert, Michel Tournier, Bernard-Marie Koltès –, les Français célébrés à Stockholm furent tous hétérosexuels : Modiano, Le Clézio, Simon, Sartre, Camus, Mauriac, Martin du Gard. Gide serait l'exception, mais je rappelle qu'il était marié et père d'un enfant, ce qui, dans les contrées scandinaves où l'ambiguïté est une notion inconnue, suffit à vous classer parmi la grande famille internationale des hétérosexuels.

L'homophobie des jurés Nobel ne s'est pas exercée qu'en France. Prenons les lauréats américains. Ernest Hemingway, en dépit de son penchant pour les femmes plates à cheveux courts, reste un des grands symboles de l'hétérosexualité au bord du lac Michigan. Idem pour Faulkner, qui, malgré son inclination pour le whisky, n'a jamais dévié sexuellement au bord du Mississippi. Ses fréquents séjours à Hollywood ne l'ont pas détourné des femmes, ainsi qu'en témoigne Meta Carpenter Wilde dans son beau livre de souvenirs sur le Nobel 1950 (*Un amour de Faulkner*). Gore Vidal, Truman Capote, Patricia Highsmith, Tennessee Williams, Hubert Selby Jr et d'autres écrivains gays américains n'ont, pas plus que leurs homologues français, réussi à décrocher la timbale suédoise.

La littérature russe n'est pas connue pour avoir été à la pointe du combat homosexuel, surtout pendant la période soviétique. Il n'est donc pas étonnant que les quatre Nobel russes – Bounine, Cholokhov, Pasternak et Soljenitsyne – aient été des hétérosexuels sans tache. Édouard Limonov – auteur du roman *Le poète russe préfère les grands nègres* – n'a aucune chance d'obtenir le million d'euros dont il aurait pourtant bien besoin pour rembourser les innombrables amendes que lui réclame le régime de M. Poutine.

C'est Thomas Mann, père de famille nombreuse, qui a obtenu le prix Nobel (en 1929), et non son fils gay Klaus, pourtant auteur de plusieurs chefs-d'œuvre antinazis, dont *Mephisto*. Les Britanniques John Galsworthy (lauréat en 1932) et Rudyard Kipling (lauréat en 1907) ont été préférés à leur compatriote homosexuel Somerset Maugham. Je terminerai cette démonstration, bien sûr, avec le Serbe Ivo Andric (lauréat 1961), qui était un peu croate, mais pas du tout gay.

# D'Henri Thomas
(1912-1993)

« … jamais les chats ne l'avaient griffé ; ils piquent un petit peu, quand ils sont contents. »

« … l'amour d'une femme lui paraissait une forme de réussite réservée à ceux qui passaient avec succès les examens de fin d'année. »

« Aucun délinquant juvénile ne sort des salles de khâgne, dit Lucien. On en sort amorphe, vous auriez dû lui dire. »

« Lucien souhaitait sincèrement que Marcellin poursuivît ses études, il n'avait pourtant pas envie, lui, de reprendre les siennes. »

« Ce n'était pas la première fois qu'il tardait un peu à lire une lettre de sa mère. »

« … il leur restait de leurs longs réveils de la nuit une sorte d'étonnement, de faiblesse, qui les faisait se sourire pour rien et ralentissait indéfiniment leur marche. »

« Un jour, Paul Souvrault leur avait dit : "Je suis quelqu'un qui a besoin de marcher, de s'éreinter en plein air, je suis un cheval"… »

« … John connaît le regard, cette expression des gens qui observent un fou, avec prudence et curiosité, surtout avec prudence. »

« Se souvenir qu'on a été un jour le maître – voilà à quoi le reste de sa vie va se passer. »

« Les immeubles blêmes de lune sont si doux à regarder. »

« Qui a vécu aux États-Unis se souvient du timbre des sonnettes là-bas, quelques notes très douces, musicales, tranquillisantes : elles ne réveillent pas les enfants. »

« C'était une petite valise en cuir souple qu'il avait depuis plus de vingt ans, et qui n'était pas à lui. »

« Elle avait la laideur énergique d'une quinquagénaire éprouvée par tous les coups d'un sort vulgaire. »

« … jamais l'été ne produirait une sécheresse approchant de celle qu'il sentait s'établir en lui. »

« Au fond, personne ne croit que la journée qu'il vit puisse être vraiment différente des précédentes. »

Extraits de *La Dernière Année* (1960), *Les Déserteurs* (1951), *John Perkins* (1960), *Le Croc des chiffonniers* (1985) et *La Vie ensemble* (1945).

## Pierre Péan à l'œuvre

Quand *Jeune Afrique* dit du mal d'un livre sur l'Afrique, il y a beaucoup de chances pour que ce livre contienne des vérités sur l'Afrique qu'on ne trouve pas dans *Jeune Afrique*, hebdomadaire qui semble désormais s'intéresser davantage aux taux de croissance du continent noir qu'aux conditions de vie de ses habitants. Aurais-je lu *Nouvelles Affaires africaines* de Pierre Péan si je n'avais pas trouvé, dans ce magazine qui fut longtemps ma lecture préférée du mercredi (avec *Pariscope*, où j'ai commencé ma carrière journalistique en 1975 par un éloge de la chanteuse France Gall), une attaque contre Péan et son trente-quatrième ouvrage ? Je me souviens d'un metteur en scène de théâtre me disant à Moscou, en 1986 : « Quand on a un mauvais article dans *La Pravda*, on est pleins pour trois mois. » En revanche, le moindre éloge imprimé dans le quotidien soviétique pouvait vider une salle.

Pierre m'a offert *Nouvelles Affaires africaines* au Salon du livre de Creil, où j'étais venu décorer Sylviane Léonetti de l'ordre des Arts et des Lettres. C'était la première fois que je décorais quelqu'un et j'ai bien fait : Sylviane m'a envoyé le livre de Péan que, à la suite de diverses libations en compagnie de Christian Authier (Prix Renaudot essai 2014) et Philippe Lacoche, j'avais oublié dans le salon. J'ai lu avec avidité ce merveilleux, ironique, sensible, brutal et sincère feuilleton africain. Le Gabon, ce n'est pas qu'une valise de billets, c'est aussi une malle d'images. Pierre remonte le temps à la recherche du Bongo perdu. Magnifique portrait de la pétaradante Joséphine Bongo, la première épouse du président défunt, dont tous les amants furent tués ou gravement blessés. Coucher avec une femme dont on sait que le mari va, le lendemain matin, tenter de vous liquider : le moment d'essayer toutes les positions. Pierre, par un subtil jeu de miroirs, apparaît dans cette chronique, d'abord sous la forme amincie du jeune africaniste enthousiaste, puis sous celle de best-seller enquêteur ronchon dont Bongo a tous les livres dans sa bibliothèque, ce qui laisse échapper un soupir d'aise à l'auteur. Celui-ci raconte comment, en 1993, il a joué les messieurs bons à l'office pour l'élection présidentielle. Son récit est tordant. La démocratie africaine, imposée par Mitterrand à La Baule en 1990, tourne à la farce avant, pour quelques pays (Rwanda, RDC, Congo-Brazza), de se transformer en des tragédies telles que ces populations n'en avaient pas connu sous la colonisation européenne comme sous les dictateurs locaux. Après avoir bourré les crânes et les urnes, on a fracassé les deux.

L'Afrique est liquide : le cash, les larmes, la sueur, le sang, le sperme. Il y a aussi la fuite des cerveaux. Comment nos hommes politiques ont-ils manqué de cœur au point d'accepter des valises dans lesquelles il y avait de l'argent pour des écoles et des hôpitaux qui ne seront jamais construits puisqu'il fallait payer les affiches du RPR, du FN, du PS ? Difficile, après avoir lu Péan, de reprendre le chemin d'un bureau de vote, sauf peut-être en voiture officielle.

## Colonisées

Tout en regardant *India Song* de Marguerite Duras (1974) sur Ciné+ Classic, je feuillette le livre *Small Miracles*. Il rassemble des cartes postales représentant des jeunes filles africaines et asiatiques ayant vécu nues au temps de la colonisation. C'est le plus joli cadeau de Noël qu'on puisse faire à un pédophile, surtout s'il est en prison depuis plusieurs années. Ces créatures, probablement toutes des prostituées sauf peut-être la fillette peule de la page 81, ont entre onze et dix-sept ans.

Djan Seylan, le collectionneur, explique : « Souvent œuvres d'opérateurs inconnus ou de photographes amateurs, militaires ou colons, ces cartes postales publiées essentiellement entre 1895 et 1920 ont le charme imprévu des chefs-d'œuvre anonymes. » Le voyage commence en Afrique du Nord. Femmes offertes ou interdites. La jeune Bédouine déshabillée a le même regard sombre que la Mauresque voilée. La nudité, ce masque. Une autre Bédouine, celle de la page 46, sans doute la photo la plus érotique de ce livre cochon, cache son visage et ses cheveux tout en exhibant, mains jointes au-dessus de la tête, ses petits seins. Ça m'a donné envie de relire *La Rose de sable*. Il y a eu deux événements en 68 : *La Rose de sable* et *Belle du Seigneur*. L'héroïne de Montherlant s'appelle Ram comme peut-être cette Bédouine. À côté d'elle, une aïeule de Leila Bekhti : Algérienne qui a son beau visage coupant au-dessus d'un collier de perles pas rares. J'aime aussi la Tunisienne de la page 50. Visage de guerrière et seins en poire, elle est bien campée sur ses longues jambes comme pour faire face à un commando d'islamistes voulant la couvrir de honte.

Une Égyptienne porte la mention « Esclave ». Elle a le sourire vague de qui n'est pas responsable de sa vie, le seul bon côté de cette condition. Elle croise les bras sur son ventre rond : bien nourrie par ses maîtres. A. Castelli (Albert ? Alain ? Antoine ?) écrit, sur une carte postale qui porte la légende « Jeune négresse : Type superbe ». Ces colons tombés amoureux après avoir trébuché sur ces beautés. Le livre ne nous montre pas que des femmes noires, mais aussi les fantômes blancs qui les ont adorées en vain, le trait le plus frappant de ces visages étant l'indifférence.

Femmes d'Afrique centrale et équatoriale : puissance, grâce, stupeur. On imagine les séances de pose, le grand con européen avec son casque sur la tête et son appareil compliqué : « On ne bouge plus. » L'Indochine pleine de petites filles de trente ans, comme aujourd'hui. Il y a une fumeuse d'opium aux gros seins inattendus sous une étoffe noire. Ce superbe album qui explique en quelques pages sans texte tant de choses sur la colonisation se termine au Japon, qui ne fut jamais colonisé, ce qui a permis aux femmes japonaises de garder leurs vêtements.

Duras : la cinéaste qui a filmé le plus longtemps un salon (1 h 55).

## De l'égoïsme

Le mot égoïste était une insulte, ou du moins une critique, contrairement à monde, parisien, observateur, humanité, libération, point. Nicole Wisniak, en trente-sept ans de travail avec les photographes les plus exigeants (Newton, Avedon, Rheims, von Unverth, Roversi) et les écrivains les plus fainéants (Sagan, Frank, Bramly, Neuhoff, moi), l'a transformé en compliment. On n'est plus égoïste, on est dans *Égoïste.* Elle a privatisé le mot, comme Cambronne avec merde et Nabilla avec allô. Du reste, qui dit encore merde ? Et on ne dit plus allô, en tout cas par téléphone.

Tandis que j'écris ces lignes, couché sur mon canapé – l'un des rares conseils que Nicole donne aux écrivains d'*Égoïste* : ne pas se lever avant d'avoir terminé leur article –, les derniers exemplaires du numéro 17 sont en train d'être vendus. Il n'y aura pas de réimpression comme pour les albums de la Pléiade. Déjeunant l'autre jour au Bistro de Paris avec Antoine Gallimard, l'héritier et PDG de la maison d'édition, j'ai oublié de lui dire deux choses importantes : passer en Folio tous les albums de la Pléiade, biographies parfaites car courtes comme la vie, et inscrire Sony Labou Tansi (1947-1995) au catalogue de la Pléiade. Où il n'y a aucun écrivain noir. Comme dans *Égoïste.*

Or les photos sont pourtant en noir et blanc. Il y avait, derrière le bar du Bistro de Paris, une longue dame peule, ou tutsie, ou peut-être fang. Antoine avait pris place bien en face d'elle et, comme j'étais assis à côté de lui, on a profité ensemble du spectacle. J'aime ces grandes Africaines qui illuminent de leur grâce et de leur placidité nos déjeuners ou dîners d'affaires littéraires : Louise à La Closerie des Lilas, Aminata à La Gazelle.

Dans le dernier *Égoïste*, il y a pas mal d'auteurs Gallimard bien : Foenkinos, Ono-dit-Biot. Et quelques écrivains de chez Grasset, beaux poissons ramenés dans les filets de Jean-Paul Enthoven, conseiller de la rédaction : Dantzig, Moix, Beigbeder. Le texte de Frédéric raconte en douceur et en détail sa rencontre avec une Suissesse pas névrosée, contrairement à la Nicole de *Tendre est la nuit*. J'ai une demi-sœur qui s'appelle Nicole, mais Nicole est ma sœur et demie. Les publicités qu'elle a imaginées et réalisées sont, du premier *Égoïste* en 1977 jusqu'à celui de 2015, des prodiges de sensibilité, de poésie, de drôlerie. Beaucoup de gens aspirent au luxe. Il inspire Nicole Wisniak. Ma préférence va à la caryatide quittant Athènes avec sa valise Vuitton. On se demande ce qu'elle a bien pu mettre dedans.

La couverture du volume 2 de ce numéro 17 (35 euros) est désormais célèbre sur tous les réseaux sociaux de Téhéran : Golshifteh Farahani nue, photographiée par Paolo Roversi à la manière d'Édouard Manet, sauf que l'actrice iranienne déjeune toute seule sur l'herbe. C'est le principal article politique de la revue et il dit bien ce qu'il veut montrer : le corps est une voile.

## Les guerres de 14

Vivre, c'est comme tomber d'un immeuble : plus on se rapproche du sol, plus ça va vite. Déjà en 2015. Que s'est-il passé en 2014 ? Il y a une guerre mondiale, mais on l'a déplacée hors d'Europe : en Syrie, en Irak et en Afghanistan. On en a mis aussi un peu en Ukraine, pour les grands reporters qui ne supportent pas la chaleur. Sur la couverture de *Chronique de l'année 2014*, George Clooney et son épouse druze Amal Alamuddin nous regardent derrière leurs lunettes noires. Les femmes druzes sont rares. J'en ai pourtant connu une. Née à Beyrouth, elle habitait Neuilly. Quand je lui ai demandé de me présenter à son père, elle m'a dit : «Je ne préfère pas : il te tuerait.» Elle m'a menti, car George est toujours vivant.

Je feuillette notre proche passé commun dans ce qui est toujours pour moi le meilleur livre de l'année car tout le monde est dedans, même Didier Daeninckx (page 82). Il faudra qu'un jour on donne à *Chronique* le prix Renaudot essai.

Ariel Sharon est mort un shabbat (11 janvier). Après huit ans de coma, il ne pesait plus qu'une quarantaine de kilos, lui qui avait été en surpoids toute sa vie, sauf lors de la guerre des Six-Jours. Pendant celle du Kippour, il avait déjà du ventre et un gros derrière qui ne l'ont pourtant pas empêché de franchir avec ses troupes le canal de Suez et de prendre ainsi l'armée égyptienne à revers, contrevenant aux ordres de l'état-major, qui a été bien content quand même.

Vingtième anniversaire du génocide rwandais (7 avril). Paul Kagame toujours fâché contre la France. Il est maigre comme l'était Sharon à sa mort, mais il n'est pas dans le coma. Il n'arrête pas de vouloir mettre nos ministres et nos militaires en prison à La Haye ou à Arusha. Ce qu'il ne pardonne pas aux Français, c'est de l'avoir empêché, en 1990, de chasser le président hutu Habyarimana du pouvoir avec son armée tutsie formée et entraînée au Burundi. Depuis, il ne décolère pas. Le poste administratif le plus pénible de la République : ambassadeur de France à Kigali. Idéal, néanmoins, pour les gens qui détestent sortir, car on n'est invité nulle part. Nicolas Sarkozy, malgré les mamours qu'il fit en son temps au président rwandais, n'a pas réussi à l'adoucir. À mon avis, c'est foutu, mieux vaut abandonner le truc.

Coup d'État en Thaïlande (20 mai). L'armée décrète la loi martiale. Fermeture de dix chaînes de télévision, contrôle renforcé des réseaux sociaux. Le général Prayuth Chan-ocha suspend la Constitution. Qu'est devenue Yingluck Shinawatra ? Il y avait une Première ministre mignonne sur terre et ces cons de militaires thaïs ont trouvé le moyen de la virer. Ça m'énerve autant que lorsque les Estoniens n'ont pas élu le top-modèle Carmen Kaas députée en 2004. Tous mes espoirs reposent désormais sur Marion Maréchal-Le Pen : ministre dans un gouvernement antieuropéen Mélenchon-Villiers ?

## Opportunément

Je retrouve Victor Loupan, l'éditeur de *La Mémoire de Clara* en septembre 2014, à L'Opportun, le restaurant de Serge Alzérat, sur le boulevard Edgar-Quinet (Paris XIV^e^). Ça fait trop longtemps que je n'ai pas rédigé un pastiche de Gilles Pudlowski. Quand on déjeune avec Gilles, il prend chaque plat en photo pour son blog. C'est un défilé de bœufs mode.

J'ai découvert L'Opportun avec Alain Paucard, Thierry Séchan et Frédéric Dutourd, au milieu des années 1990. La guerre civile yougoslave s'était déplacée à Saint-Germain-des-Prés sur les épaules de mon voisin de chronique[1] et les amis des Serbes n'avaient pas la vie de garnison facile. Heureusement, on avait les plats de Serge – que j'ai longtemps, d'une façon inexplicable, appelé Gérard – pour nous consoler. Ils figurent dans son ouvrage *Le Meilleur du terroir*, paru en 2012 : le pavé de sandre au vin, le civet de joues de porc, le parmentier de boudin noir, le râble de lapin à la forestière, l'agneau sauté aux haricots tarbais,

1. BHL. (*N.d.A.*)

le rognon de veau entier au sel de Guérande, etc. On va au restaurant, on ressort avec un livre du patron : c'est la France.

Aujourd'hui, nous avons un problème : c'est le carême orthodoxe. Victor n'a droit ni à la viande ni à la charcuterie. Seul le poisson lui est autorisé : ce n'est pas la spécialité maison. Serge fait préparer du cabillaud exprès pour lui. De quoi parler avec un Russe, sinon de la Russie ? Une guerre intellectuelle et politique oppose, en Russie, mais surtout à Moscou, les slavophiles et les libéraux, les partisans du tsar et ses opposants, les patriotes et les internationalistes, depuis en gros Pierre le Grand, qui poussa le libéralisme jusqu'à faire assassiner son fils de peur que celui-ci ne détruisît ses merveilleuses réformes. C'est de là que date le divorce France-Russie. Les Français n'ont pas cessé, depuis, de prendre les Russes pour des sauvages. Il y a eu l'incendie vexant de Moscou, la déplaisante retraite de Russie, la maltraitance ignoble de Chopin et enfin, plus grave que le reste, le non-remboursement de l'emprunt russe qui a ruiné plus d'une famille française démocrate. Jusqu'à la récente invasion de la Côte d'Azur par des oligarques impolis dont on espère, dans les cafés de la Croisette et de la Promenade des Anglais, que la chute du rouble va rabattre le caquet[1].

Le sujet du jour était l'assassinat, sur le Grand Pont de pierre de Moscou, de Boris Nemtsov. Le quinquagénaire rentrait à pied chez lui en compagnie d'une Ukrainienne de vingt-trois ans : Anna Douritskaïa. Ils devaient avoir froid tous les deux, être pressés de retrouver leur lit. Je pense à la fraction de seconde où Nemstov a compris qu'il ne se coucherait pas cette nuit avec une ravissante jeune femme mais tout seul dans la mort. Il a dû avoir un gros chagrin d'enfant, sur lequel il a été obligé de fermer les yeux.

1. Fait. (*N.d.A.*)

## Revue de *La Presse*

Dans *La Presse*, quotidien tunisien (président-directeur général : Belgacem Tayaa) qu'un ami me rapporte à Paris, je trouve plusieurs articles passionnants. Dois-je m'installer à Tunis ? J'aime tellement lire les journaux. C'est peut-être parce que j'ai lu tous les livres que j'avais envie de lire. Il me reste tous ceux que je n'ai pas envie de lire : pas facile de s'y mettre.

Au large de Zarzis, une embarcation d'infortune ayant des migrants à son bord (54 Nigériens, 6 Maliens, 3 Ivoiriens, 2 Libériens, 2 Ghanéens et 1 Togolais) est restée trois jours en panne. L'âge des passagers : entre quatorze et trente ans. Il y avait un cadavre parmi eux. Selon les rescapés, le capitaine du bateau était également mort et avait été jeté à la mer : de Libye, il emmenait les malheureux en Italie. Ceux-ci ont été ramenés à terre sur trois bateaux de pêche. Sont-ils passés devant la plage du Club Sangho ? Seize d'entre eux ont été admis aux urgences de l'hôpital régional de Zarzis. Deux sont dans un état critique. L'article, écrit avec l'économie émue de grands moyens chère à tous les journalistes ayant appris leur métier dans Saint-Simon et Samuel Pepys, est de Dhaou Maatoug.

Encore plus bouleversant : ce texte signé de l'AFP, donc non signé, et dont les premières lignes, dans leur calme presque sardonique, méritent d'être citées entièrement : « Des dizaines de Nigérianes mariées de force à des combattants islamiques de Boko Haram ont été exécutées par leurs "époux" avant la reprise par l'armée de la ville de Bama, dans le Nord-Est, pour "éviter" qu'elles n'épousent des "infidèles", ont rapporté hier des témoins. » Les habituelles victimes de ma *Lecture assistée* peuvent en prendre de la graine. Sujet de roman à prix de fin d'année, puis de film à césar du meilleur scénario : « Certains membres de Boko Haram avaient refusé de tuer leurs femmes et s'étaient enfuis avec elles vers l'État voisin de Yobe. » Raconter l'histoire d'un de ces couples, de son mariage forcé à sa fuite forcée aussi.

Il faut que j'ouvre un journal tunisien pour avoir enfin des nouvelles de l'ex-Premier ministre de Thaïlande Yingluck Shinawatra, depuis le coup d'État militaire qui, en mai 2014, l'a chassée du pouvoir, sans que ça émeuve les habituels indignés et autres démocrates-nés. C'est une brève, mais c'est la première que je trouve dans une publication de langue française. Yingluck ne va pas bien. La Cour suprême de Thaïlande a fixé le début de son procès au 19 mai 2015. J'y assisterais volontiers pour *Le Point*, ayant fait mes preuves de chroniqueur judiciaire avec DSK, mais ce sera une méchante série thaïe sans sous-titres. Mme Shinawatra, à qui je conserve mon respect et mon affection, sera jugée pour négligence. Pas vestimentaire, en tout cas. Pour avoir acheté trop cher le riz aux paysans, elle risque dix ans de prison. Elle n'a pas le droit de sortir de Thaïlande, ce qui est tout de même moins grave que ne pas avoir celui d'y entrer.

## Se faire voir chez le grec

Il est plaisant de lire dans *Paris Match*, sous la plume du cancre Jean-Marie Rouart (voir ses nombreux ouvrages d'autosatisfiction, où il narre par le menu ses innombrables échecs scolaires), une défense virulente de l'enseignement du grec ancien au collège. Précisons à la décharge de l'académicien qu'il est loin d'être le seul à se révolter contre une réforme aussi révolutionnaire, si j'en crois les réactions indignées qu'elle suscite ici et là, de nos programmes scolaires. Je dînais récemment avec deux dames ayant étudié le grec en classe : la romancière Pascale Gautier (*La Clé sous la porte*) et Ambre Rouvière (éditions Prisma). Je leur ai demandé tout en me régalant d'une brandade de morue avec Pascale chez Lipp et d'un gigot d'agneau avec Ambre au Basilic, ce que le grec – le grec ancien, car ni l'une ni l'autre ne parlent le grec moderne, au contraire de moi, qui suis capable de réclamer une deuxième bouteille de résiné ou une chambre avec douche dans n'importe quel village perdu d'Attique ou du Péloponnèse – leur avait apporté dans leur travail et, d'une façon plus générale, leur vie. Pascale a dit « tout » et Ambre « beaucoup ». Ou est-ce l'inverse ? Intrigué, j'ai poursuivi mon interrogatoire. Le grec aidait-il Pascale dans la rédaction de ses livres et, si oui, comment ? Je crois les avoir tous lus – j'ai même été l'éditeur de son premier texte, *Moribondes*, au début des années 80 du siècle dernier, où on étudiait le grec ancien au collège – et n'y ai jamais vu la moindre trace de cette vieille et noble langue. Ambre a édité chez Prisma, à l'automne 14, une biographie de Jean-Jacques Goldman et prépare pour l'automne 15 un recueil de textes littéraires (signés Maurice Druon †, Jean Dutourd †, Marc Lambron, Gonzague Saint Bris et quelques autres écrivains parmi lesquels l'helléniste inattendu Jean-Marie Rouart et votre serviteur, qui n'a fait que du latin). En quoi Sophocle et Euripide ont-ils influencé son choix ? Les réponses ont été vagues. En aurai-je eu de plus précises si j'avais abordé le sujet de la vie amoureuse de mes deux amies ? J'ai préféré, avec cette pudeur romaine qui me caractérise et qui est bien éloignée du sans-gêne grec, ne pas le faire.

Les hommes et les femmes qui ont étudié, enfants et adolescents, le grec ancien étaient de bons élèves et il est normal de les retrouver aujourd'hui à la tête de l'État, des universités, des médias et des grandes entreprises où ils songent à leur enfance et à leur adolescence avec mélancolie, car leur tâche est loin d'être facile, même si elle est bien rémunérée. Leur passé, c'est le grec. En le défendant avec une énergie qu'ils seraient mieux avisés de mettre au service de leur job actuel, ils ont l'impression non pas de protéger les fondations menacées de la culture européenne, comme ces baratineurs professionnels le clament à longueur d'interviews ou d'articles, mais de retrouver leurs cahiers d'écolier et tout ce qui allait avec : les baisers de maman, les félicitations de papa et l'admiration des voisins. Ils rappellent aussi, aux odieux barbares se demandant à quoi peut servir en 2015 de savoir dire dans un grec parfait : « Quand me donnerez-vous mes indemnités de licenciement ? » à un patron qui ne comprend même pas la question en français, qu'ils ont eu de meilleure notes qu'eux à l'école, une école qui était en outre meilleure que la leur.

## Cinquante nuances de DSK

C'est le procès d'un homme et de son sexe. Ce vieux faisait trop d'envieux. Il fallait que le petit Strauss-Kahn tombe de tout son haut. L'affaire du Carlton, qui n'a plus grand-chose à voir avec le Carlton, s'explique par le banc des accusés. À côté de Dominique, trois provinciaux, bien payés mais pas trop bourgeois, qui avaient décroché la timbale : l'amitié avec un grand de ce monde. C'est le patron du FMI, futur président de la République française. Sarko est mort et Hollande dans les choux : en 2012, ce sera Dominique Strauss-Kahn. Les partouzards ont moins de préjugés sociaux parce qu'ils sont souvent nus. Strauss-Kahn s'attache à ces gamins aux cheveux gris qui lui apportent ses bonbons préférés : jolies filles se prétendant libertines alors qu'elles sont des prisonnières, pas comme l'Albertine de Proust, plutôt comme la Fantine de Hugo. Les Lillois veulent que DSK les prenne pour des séducteurs dévergondés alors qu'ils sont des michetons timorés. Des jeunes femmes mignonnes et sexuellement libres, ils n'en connaissent pas. Ils ne sont pas Beigbeder. Il n'y a pas de bombe suisse de vingt-cinq ans dans leur milieu très moyen de foireux entre deux âges. Les top-modèles de Fashion TV ne sont ni libres ni libertines. Elles ont des fiancés banquiers ou footballeurs et le sommet du vice est pour elles un pain au chocolat ou, pour les plus perverses, un sandwich à la mortadelle. Elles ne vont pas dans le Nord, sauf les Scandinaves, qui vont beaucoup plus au nord. Retrouver leur famille et leurs copines pour les vacances. Restent les nanas plus ou moins belges des bars plus ou moins à putes. Il faut les payer. Les Lillois paieront. L'argent est plus facile à trouver que l'amour. C'est un investissement non dit. Quand Dominique Strauss-Kahn sera président, il ne les oubliera pas. Ce qui s'inscrit le mieux dans la mémoire, c'est le plaisir. La douleur disparaît dès qu'elle cesse : bien fait pour elle. La vie est pleine de baisers inoubliables et de rages de dents oubliées. Il faut rêver, disait Lénine. Roquet et Paszkowski rêvent en vidant leur portefeuille pour DSK. Aujourd'hui, rincés par la justice, ils sont vraiment pauvres. Le président Bernard Lemaire faisant l'inventaire de leurs biens : on se serait cru chez le notaire. Lagarde ne paie pas, mais il surveille : c'est un policier. Imagine-t-il un bureau Place Beauvau ? Ils ont un copain gros bonnet qui aime baiser. Ce qu'ils préfèrent, eux, c'est l'embrasser. Pendant ce que DSK appelle devant la cour des séances – déformation langagière qu'il doit sans doute à ses innombrables « séances » de travail au PS et au FMI, il aurait plutôt dû choisir « réunion » –, c'est à peine s'ils touchent aux filles. Roquet est le spécialiste des rapports « incomplets », selon son propre terme. Le président Lemaire : « Monsieur Roquet, avez-vous eu un rapport avec Mademoiselle X ? – Oui, incomplet. – Et avec Mademoiselle Y ? – Oui, incomplet aussi. » Roquet, c'est celui qui pleure. C'est peut-être à cause de tous ces rapports incomplets. Paszkowski consomme sans enthousiasme, presque mécaniquement. Par principe d'économie : premier retour sur investissement. En attendant un poste au ministère de la Santé après les élections de 2012 ? Ce qu'ils aiment surtout, les trois Lillois, c'est de se retrouver ensemble dans les trains – où ils boivent le champagne qu'ils ont apporté –, les avions – où on leur sert le champagne qu'ils n'ont pas eu le droit d'apporter –, les bars – où les filles qui leur apportent du champagne ont souvent les seins nus mais ne sont pas des prostituées. Ce n'est pas *La Fête* de Vailland, mais la foire de Lille. Et de Paris. Et de Washington.

Je reviens de Lille, le Nice du Nord où le beurre remplace l'huile d'olive et où les grandes blondes de la place des Oignons correspondent aux petites brunes du cours Saleya. J'ai un drôle de goût dans la bouche, alors que je n'ai rien avalé. À part un steak-frites à l'Hippopotamus qui se trouve au rez-de-chaussée de l'hôtel Carlton, à 6 heures et demie du soir, comme un touriste chinois. Le matin, je n'ai jamais faim, et le soir, je manquais d'appétit. Je cherche à faire la liste de tout ce qui m'a écœuré pendant ces trois jours. Presque tout et tout le monde, sauf DSK, grosse tête d'empereur tombé dans la fosse à putains. À chacune de ses interventions carrées, implacables, subtiles, l'air du procès s'allégeait : on avait l'impression qu'un greffier avait ouvert une fenêtre alors que la salle du tribunal de Lille est en sous-sol. La logique lumineuse, presque mathématique, des propos de l'accusé formait une sorte de mur en face des cafouillages et bredouillements de ses accusateurs et de ses accusatrices. Les journalistes fauchés et le public frustré venus voir pendre un riche juif libidineux retenaient leur souffle quand Dominique se défendait avec l'intelligence solaire, diverse et prenante qui a fait de lui un homme de plaisir et non d'État, car l'État, ce n'est pas le moi.

Procès de la liberté sexuelle, où deux prostituées plus ou moins repenties obtiennent, des juges comme des médias, davantage de considération, d'attention et de compréhension qu'un homme ayant fait l'amour pour son plaisir et non pour l'argent. Dans notre société marchande si morale que même les homosexuels ont milité pendant des années pour avoir le droit de régulariser leur situation, il est plus estimable de baiser par intérêt que pour jouir. Mounia et Jade nourrissaient leurs enfants avec le sexe affamé de DSK, qui se foutait pas mal des siens pendant la partouze. Les enfants : la cause sacrée. Mais les adultes sont des enfants. Des enfants qu'on traîne en justice quand ils se sont un peu trop amusés.

Pendant ces quelques heures passées sur les bancs des journalistes dans le palais de justice de Lille, je ne cessais de penser aux crises d'hilarité qui devaient secouer les proxénètes albanais, tchétchènes, bosniaques, kosovars, turcs et même français, au fond des bars de Pantin ou de la Goutte-d'Or, devant leur écran plasma de télévision. Ils n'en revenaient pas, ces gros mecs qui passent leurs journées à tabasser, violer, insulter, saigner et rançonner des gamines de Roumanie, de Bulgarie et d'autres contrées fertiles en jolies filles sans travail : faire le même boulot que l'ex-directeur du FMI. DSK et eux dans le même bateau. Peut-être même se sont-ils fendus d'un petit mail maladroit d'encouragement à l'ancien ministre : « Tiens bon, Dominick, les proxos de pari te lesseron pa tombé. » J'ai vu cinq jeunes prostituées étrangères sur l'avenue du Peuple-Belge, le soir de mon arrivée à Lille. Je me suis demandé qui étaient leurs proxénètes et s'ils avaient des points communs avec DSK. Bons en calcul mental ?

Au Relay de la gare de Lille, avant de monter dans le train pour Paris (une heure de trajet, c'est trop court, Lille est dans une région bien plus lointaine), je trouve une dizaine de romans coquins pour dames, la nouvelle tendance dominante en librairie. Une lycéenne feuillette *La Soumise*, une Martiniquaise quadragénaire parcourt des yeux le résumé de *La Chienne*, une vieille dame se penche sur *L'Attachée*. Je me félicite de cette explosion d'érotisme féminin fortement teinté de masochisme. Les femmes en auraient-elles assez des louanges que les médias leur distribuent depuis plusieurs décennies, la principale étant qu'elles sont supérieures aux hommes ? Et de loin : plus intelligentes, plus équilibrées, plus courageuses, plus travailleuses, plus sérieuses, plus responsables, plus généreuses, etc. Au début, ça leur a plu, mais maintenant, ça les soûle. Pour prendre leur pied, elles ont besoin qu'on change de disque. L'explication de leur fascination pour DSK et son procès ? Comment reprocher à Dominique sa sexualité débridée, brutale, insatiable, alors que des millions de lectrices, et aujourd'hui spectatrices, fantasment sur le fameux Grey et ses cinquante nuances ? Il est comique d'entendre des prostituées se plaindre de pratiques dont semblent rêver les grandes, moyennes et petites bourgeoises d'Europe et d'Amérique. Ce qui me conforte dans ma vieille idée, partagée du reste par DSK et ses compagnons libertins, que pour faire la pute, il vaut mieux ne pas en être une. Le problème des prostituées, c'est qu'on ne couche pas avec elles : pendant l'acte, elles s'absentent. Une femme honnête, en revanche, est doublement présente au moment du coït : avec son plaisir et avec sa honte (ou son remords, s'il s'agit d'une femme mariée).

DSK risquerait dix ans de prison et une amende de 1,5 million d'euros. Il paraît que c'est la loi. Je ne suis pas de ces heureux mortels qui placent la loi au-dessus de tout, comme par exemple mon cher Georges Fenech, ex-juge et nouvel avocat qui regarde ses clients comme si c'étaient des suspects et qu'il résistait de toutes ses forces à les mettre en examen. La loi change selon les pays et les époques : ce n'est pas sérieux. Et ces robes noires, celle des avocats comme celle des juges, ça ressemble à quoi ?

## L'air de l'hôtesse

Les deux premières hôtesses de l'air européennes – la Suissesse Nelly Diener et la Belge Jeanne Bruyland – sont mortes dans un accident d'avion : Nelly en 1934 à bord d'un Curtiss T-32 C Condor II, et Jeanne en 1946 dans un DC4. Ce métier à risque et non sans charme, auquel Olivier Magnan rend hommage dans l'album *La Vraie Histoire des hôtesses de l'air*, a été inventé par l'infirmière américaine Ellen Church, qui, dans les années 20 du XX$^{e}$ siècle, convainquit le patron d'United Airlines que pour rassurer, réconforter et soigner les passagers une femme valait mieux qu'un homme, surtout si elle avait des connaissances médicales. Elle fut chargée par la compagnie aérienne de recruter plusieurs jeunes filles qui ne devaient pas mesurer plus de 1,58 mètre, ne pas peser plus de cinquante-deux kilos, ne pas avoir plus de vingt-cinq ans, ne pas être mariées. Et être blanches. Magnan ne nous donne pas la date où les hôtesses de l'air américaines eurent l'autorisation d'être noires. Ça manque.

Sur un sujet qui pourrait passer pour frivole, voire léger, et peut-être même grivois, l'auteur nous donne un livre grave sur les conditions de travail du personnel navigant. Dans des avions de plus en plus grands, où il y a de plus en plus de passagers qui sont de plus en plus casse-pieds, les hôtesses de l'air et leurs homologues masculins, les stewards, ont de plus en plus de travail et des salaires de plus en plus bas. Un pilote gagne dix fois plus qu'une hôtesse (18 000 euros contre 1 800 euros en moyenne). En plus, c'est elle qui lui apporte son plateau-repas et il râle quand ce n'est pas le menu de la première classe. Les hôtesses de l'air ont deux fois plus de cancers du sein que les autres femmes, quinze fois plus de cancers des os, cinq fois plus de leucémies aiguës lymphoïdes. C'est à cause de la radioactivité, qui, à 10 000 mètres, augmente.

Dans le langage des hôtesses, les passagers sont les pax, l'avion, le tube, et le coin-cuisine, le galley. Les stars restent des stars. En 2007, dans le vol Qantas Sydney-Delhi, l'hôtesse Lisa Robertson, trente-huit ans, succombe au charme de l'acteur Ralph Fiennes (le nazi de *La Liste de Schindler*). Ils s'enferment dans les toilettes. Dénoncée par un steward jaloux sans qu'on ait su de qui et désavouée par le Britannique, Lisa perdra sa place. Je n'ai jamais entraîné une hôtesse de l'air dans les toilettes, mais j'ai atterri un jour dans les toilettes, où l'abus de slivovica m'avait conduit. Je me souviens de mon front tapant contre la carlingue. C'était sur le vol JAT Paris-Belgrade. La JAT n'existe plus, elle a été remplacée par Air Serbia, propriété du Qatar.

Les hôtesses de l'air d'Aeroflot sont les dernières femmes sur Terre à avoir la faucille et le marteau sur leur belle poitrine. J'aime beaucoup dire « sawadi krap » et « sabaïdi ru » aux hôtesses de la Thai Airways à chacun de mes départs pour Bangkok et les entendre me répondre, de leur voix céleste descendue sur Terre par magie, « sawadi kha » et « sabaï ». Je me souviens aussi de la boîte de chocolats que m'offrit une hôtesse suédoise, en été 1998, après que j'eus fait, sur le vol SAS Stockholm-Paris, la sécurité auprès d'un déséquilibré franco-algérien. Il insultait deux petits couples parisiens et personne, dans l'équipage, ne parlait assez le français pour raisonner ce jeune homme en colère, à qui je fis pour finir cadeau de mes chocolats, car il en avait plus besoin que moi. Dans le vol Paris-Téhéran, les hôtesses se couvrent la tête en entrant en Iran. Dans le vol Téhéran-Paris, elles la découvrent en en sortant. Ai ajouté ces deux dernières phrases pour le plaisir d'écrire « en en ».

## Mon roman de l'été

Ann avait vingt-trois ans. Elle mesurait 1,52 m. Pour une Thaïe, ce n'est pas petit. Elle ne pesait pas lourd : 42 kilos. Pour une petite, c'est gros. Elle avait été menacée de mort à sept ans par son père et violée par son beau-père à onze. Elle travaillait sur Sukhumvit Soï 6. Si on peut appeler ça un travail. Lire les journaux people en buvant du Coca ni zéro ni light dans les bars à filles minces et à gros Européens de Nana Plaza. En thaï, « nana » ne veut pas dire nana mais épais, c'est un Thaï qui me l'a dit. Ou une Thaïe. Parfois, c'est difficile de faire la différence. Envoyer des photos par Internet et recevoir de l'argent par Western Union. Danser nue sur les tables et habillée dans les salles de bains. Les Thaïs ont un mot pour qualifier cette vie de patachon : le « sanouk ». Beaucoup de choses sont « sanouk » du point de vue thaï, y compris la mort qui supprime ce qui n'est pas « sanouk ». Quant au sexe, il ne fait pas bien mal, même s'il fait mal le bien. En trois ans de relations non exclusives avec le narrateur d'*Ann*, Ann aura été enceinte, aura perdu l'enfant et aura succombé au sida, bien que le mot ne soit jamais prononcé dans ce livre où l'auteur déshabille son personnage féminin avec une pudeur extrême. Une ladybar n'a, il est vrai, jamais grand-chose sur elle.

Quelqu'un qui aime la Thaïlande lira tous les livres qui se passent en Thaïlande, ne serait-ce que pour entendre de nouveau ce « khaa » qui est comme un sexe de jeune femme s'ouvrant à la place de la bouche. La Thaïlande n'est pas un pays, c'est une maladie mentale et sentimentale. De ce labyrinthe amoureux il est impossible de sortir, même quand on n'y a pas mis les pieds depuis quatre ans, comme c'est mon cas. Le roman de Fabrice Guénier restitue, avec un lyrisme crispé, ce climat de désordre tendre, d'amical foutoir.

La première partie d'*Ann*, c'est le paradis, puisque c'est l'amour, et la seconde, l'enfer, car c'est la mort. Guénier pouvait-il imaginer qu'une fille de trente ans de moins que lui mourrait trente ans avant lui ? Il la décrit un peu quand elle est amoureuse et beaucoup quand elle est morte. Il nous indique que, si l'existence est métaphysique, le décès est matériel. Il le fait avec une précision et un acharnement hors normes. Peinture sociopsychologique d'un village de l'Isan où sont nées presque toutes les danseuses de Bangkok. Le mot français « prostituée » est trop lourd pour elles : il ne restitue pas leur espièglerie, leur finesse, leur dureté, leur intelligence, et on pourrait même dire leur liberté, traits de caractère inattendus pour les lecteurs français, raison pour laquelle *Ann* n'est pas leur roman de l'été. Mais ce sera le mien, parce qu'il est doux à lire et à avaler, parce qu'on rit au début et qu'on pleure à la fin, parce qu'on voyage sur la terre comme au ciel.

## Claude Durand, la nuit

Nos amis ne meurent pas, ils nous précèdent dans l'obscurité. Ce sont les éclaireurs du néant, sauf qu'à un moment ils se retournent et nous font un petit signe de la main, pour signifier qu'ils accompliront seuls le reste du trajet. Claude Durand n'est pas mort : il m'attend. Nous attend, ses nombreux auteurs, les Albanais comme les Russes, les romanciers et les polémistes, les biographes et les anciens Premiers ministres. Les hommes de papier dont on a versé le sang ou qui l'ont fait couler. Claude a eu trois obsessions : l'édition, l'écriture et la politique. Une seule d'entre elles suffit à occuper une vie, voire à la gâcher. Lui qui a édité tant de biographies aura un jour la sienne. En trois volumes, puisqu'il a eu trois desseins.

Au commencement était le Verbe de Jean Cayrol. Il faut rappeler ce qu'était le Seuil dans les années 60 : une boule de feu sacré, celle du savoir. Y étaient tous ceux qui n'étaient pas chez Gallimard. Le monde littéraire entier est gauchiste, ce catholicisme sans le KGB. Les révolutionnaires de salon font leur nid rue Jacob, où on publie la première vraie bible de l'anticommunisme : *Le Petit Monde de Don Camillo*. Grasset a les bourgeois dépensiers, le Seuil les bourgeois penseurs. Claude arrive de sa banlieue, dandy plein d'orthographe. Jean Cayrol, écrivain qui a résisté aux nazis mais pas à l'édition, lui apprendra ce métier divin, puisqu'il consiste à aimer ce qu'on a lu. Ils écrivent ensemble le scénario de *Nuit et brouillard* d'Alain Resnais, quand le cinéma était un art et un combat. Claude, éditeur de nombreux auteurs de gauche non communistes : Macciocchi, Lacouture et surtout Debray, qui a compris dans une prison bolivienne ce qu'était l'écriture : être dans une prison bolivienne. Dans la bibliothèque de mon épouse, je trouve le *Journal d'un petit bourgeois entre deux feux et quatre murs* (1976), avec cette dédicace tapée à la machine, bizarrement : « Pour ma Corona Smith. Pour le 21 mai. Pour Elia Kazan pour Steinbeck pour Brando pour le cinéma. Pour ce soir pour le thé pour Alain pour Alain encore, pour AM + RD = D ARM. Pour ma superbe Corona Smith. Pour la Suède. Pour Gisèle ses vingt-cinq ans et ses yeux bleus. » Il faudra que Debray m'explique ce petit poème bukovskien, la prochaine fois qu'on se croisera dans le ventre de Drouant, où naissent chaque année, dans le gibier et le champagne, un prix Goncourt et un prix Renaudot.

Je passerai vite sur Grasset, où Claude ne s'est pas attardé, se contentant d'y faire trois choses : recevoir le prix Médicis en tant qu'auteur (pour *La Nuit zoologique*), amener – en langage éditorial, on dit « apporter », ce qui est une faute de français doublée de ce néologisme barbare : l'« apporteur » – Gabriel García Márquez (dont il avait traduit et édité au Seuil *Cent Ans de solitude*, sur lequel il touchait encore chaque année plusieurs milliers d'euros, tant la vente de ce chef-d'œuvre en langue française est abondante et régulière), et se fâcher avec Jean-Claude Fasquelle. Sur cette fâcherie, voir le *Journal* de Jacques Brenner, tome 3. Édité in extenso par Claude à la fin des années 90, au grand scandale du petit monde littéraire haché menu par Brenner, qui met souvent lui-même la tête sous le hachoir.

J'ai connu Claude Durand chez Fayard, dont ce féodal avait fait son comté, son duché, sa principauté. Cet ancien instituteur aimait être le maître. Le commandeur dans sa commanderie. Il avait la douceur réfléchie des grandes brutes intellectuelles. Il disait oui ou non tout de suite, à l'instar de ses collègues qui lui ressemblaient trop pour qu'il puisse faire autre chose avec eux que de ne pas les sentir : Jérôme Lindon et Jean-Marc Roberts. S'il y a un paradis des éditeurs – ce qui serait justice, tant ils sont en enfer, surtout au moment des prix de fin d'année –, ces trois-là n'ont pas fini de parler boutique. Cela me rappelle que Claude m'avait engagé comme éditeur au début des années 90. Je pensais que ce travail consistait à ne rien faire, jusqu'à ce que je comprenne que c'était l'inverse, raison pour laquelle j'ai donné ma démission, mais cela est une autre histoire littéraire.

Claude chez Fayard : énigmatique, souriant, silencieux, aux aguets, baby-sitter, paternel, maternant. Adoré de ses collaborateurs comme de ses auteurs. Il aimait voyager d'un biographe à un ambassadeur, faire une pause chez un romancier, s'attarder avec un historien. Vous aviez l'impression d'être son écrivain préféré alors qu'il en avait cent autres, auxquels il ne mentait pas plus qu'à vous : nous étions tous ses écrivains préférés. Les méchants garçons au cœur d'or comme les gentilles dames pestes. Les Péan comme les Arnothy, les Deforges comme les Kahn. Son grand homme était Soljenitsyne, l'un des rares sujets sur lesquels on ne tombait pas d'accord au restaurant La Luna, rue du Rocher, notre principal lieu de travail sur les textes. Et puis il y avait Kadaré, l'auteur de l'un des plus beaux romans du monde balkanique : *Qui a ramené Doruntine ?*

Claude aimait manger et manger les manuscrits. Il les regardait comme on regarde un gâteau. Je le revois quitter La Luna avec mes 200 ou 300 pages sous le bras : pour lui, le vrai déjeuner commençait. Il m'appelait le soir ou le lendemain matin, ayant à peine eu le temps de me digérer. Mais il avait avalé tous mes mots. Et recraché ce qu'il aimait le moins : les virgules. Ce qu'on a pu se bagarrer pour les virgules. Le jour où il me les a laissées, je me suis dit qu'il n'allait plus bien.

Il ne connaîtra pas le résultat des élections anglaises. Il ne saura pas si Sarkozy finira en prison ou à l'Élysée. Il ne verra pas la fin de la guerre en Syrie. Il ne lira pas nos nouveaux livres, mais seront-ils si différents des anciens ? Quand on a vécu plusieurs vies, meurt-on plusieurs fois ? J'ai perdu un ami et un lecteur : c'est beaucoup. Heureusement qu'il a pris soin, ces dernières années, d'écrire quelques romans – chez Albin Michel, De Fallois et Fayard – où on peut le retrouver en entier : tendre, fâché, brutal, bougon, érudit, mélancolique. Vivant.

## Baudelaire m'a envoyé ses épreuves

J'ai reçu les épreuves des *Fleurs du mal* de Charles Baudelaire (Éditions des Saints-Pères). Corrigées. Elles sont imprimées et reliées, mais les corrections manuscrites ont été conservées : c'est l'intérêt de la chose. Aux amateurs de littérature qui n'ont pas les moyens de faire les malins en salle des ventes, l'éditeur a déjà proposé avec succès les fac-similés des manuscrits de *Candide*, *Vingt mille lieues sous les mers*, *Voyage au bout de la nuit*, *Le Mépris* (celui de Godard pour celui de Moravia), *La Belle et la Bête* et *L'Écume des jours*. Lourds volumes où j'ai retrouvé les jaillissements, les hésitations, les remords des écrivains que j'aime.

Cette entreprise mi-éditoriale mi-bibliophile est codirigée par une ancienne de Sciences Po : Jessica Nelson. Elle est aussi écrivain. Il y a un roman d'elle en septembre. Ou plutôt en août, puisque la rentrée de septembre a été transformée en rentrée d'août par les éditeurs impatients. Ça ne nous avait pas suffi de gâcher la vie des écrivains avec les prix littéraires, les sélections tous azimuts, les fêtes et Salons du livre : il fallait aussi pourrir leurs vacances. Ainsi que celles des critiques. Qui se vengeront. Avant, ils se vengeaient d'être critiques. À présent, ils se vengeront d'être critiques et d'avoir eu des vacances pourries. Jessica est l'une des rares blondes que le peuple cherokee, dont elle est issue, ait léguées à la planète. Dans ce perpétuel pétillement d'humour et de camaraderie qui caractérise ses regards et ses sourires, on reconnaît les Américains qu'on aime : sans uniforme. Mi-Henry James, mi-Mark-Twain. Aussi à l'aise dans les salons qu'en forêt ; bien que je ne me sois jamais retrouvé en forêt avec elle. Cette scène du début de *Pour qui sonne le glas* : le rêve de tous les randonneurs. Quand Robert Jordan appelle Maria « chevreau ». L'Espagnole ne se méfie pas, ignorant que l'Américain est un chasseur. J'imagine bien Jessica, cheveux d'or au vent, descendre le Mississippi à demi nue dans une pirogue tout en communiquant par Internet sa sélection d'ouvrages féminins pour le prix de La Closerie des lilas, dont elle est une des jurées. Son grand sens de l'orientation professionnelle lui a permis de ne pas perdre le nord, même quand elle travaillait à TF1 avec PPDA, puis Michel Field.

Baudelaire écrivit *Les Fleurs du mal* en dix ans, inspiré par trois femmes : une prostituée, une actrice et une bourgeoise. Il envoya son recueil dédicacé à vingt-neuf personnes. Il a aujourd'hui beaucoup plus d'amis sur Facebook. Sur ces épreuves, document d'un intérêt constant, il reprend le typographe qui a composé « condeur » à la place de « candeur ». Une voix qui « parle » est évidemment une voix qui « perle ». « Je veux te raconter pour que tu les connaisses... » devient « Je veux te raconter, ô molle enchanteresse ». C'est mieux.

Ces *Fleurs du mal* corrigées sont un beau cadeau, sauf que ce n'est pas Noël. Et que la Fête des pères, comme celle des mères, est passée. Il va falloir attendre la Fête des grands-pères : le 5 octobre, depuis 2008.

## Bienvenue chez les Shtisel

Après mon roman de l'été (*Ann,* de Fabrice Guénier), mon DVD de l'été : *Les Shtisel, une famille à Jérusalem.* Il y a 12 épisodes de 45 minutes, soit 9 heures de film qu'il est difficile de ne pas regarder en une seule fois, tant on est charmé, voire envoûté par cette série où on ne tire ni coup de feu ni coup, où les poursuites se font à pied entre un homme timide et une femme pudique, où le seul policier qu'on croise est un rabbin accommodant et où le strip-tease le plus audacieux est une veuve montrant ses premiers cheveux gris à un jeune homme détournant le regard. La Torah et le Talmud remplacent l'iPhone et le PC : quel repos pour les yeux du téléspectateur. L'action se passe chez les Haredim, appelés aussi juifs ultra orthodoxes. Ils sont 200 000 à Jérusalem et 170 000 à Tel-Aviv. Dans la rue, on ne voit que leurs longs manteaux, leurs grands chapeaux et leurs papillotes, mais dans le film on voit leurs cœurs et leurs cerveaux, toujours en grande activité.

Les familles sont un bon sujet, car tout le monde ou presque en a une. Et ceux qui n'en ont pas s'en fabriquent une avec des gens qui n'en ont pas non plus. Les Buddenbrook, les Pasquier, les Thibault, les Boussardel, les Eygletière et les Forsyte, après avoir été des best-sellers mondiaux, sont devenus des feuilletons télé. Les Shtisel n'ont pas été un roman, bien qu'ils nous rappellent les héros hassidiques d'Isaac Bashevis Singer. D'abord, il y a le père : Shulom. Il a une longue barbe et de grandes lunettes. Il est un peu odieux, un peu charmeur, un peu gros. Il a soixante ans et en paraît quatre-vingts : il devrait se raser, mais il ne peut pas. Il fait toutes ses prières, comme tout le monde dans *Les Shtisel*.

Veuf, il songe à se remarier : après avoir mangé de bonnes soupes kasher chez quelques veuves haredim, il fait sa demande à une Israélienne de trente-huit ans qui lui rit au nez, après quoi il se consacrera au chagrin de rester célibataire. Shulom vit avec son fils cadet Akiva, qui hésite entre la peinture à l'huile et l'enseignement de la Torah aux bambins d'une école rabbinique. Akiva tombe amoureux d'Elishera (étonnante Ayelet Zurer, découverte naguère par Alexandre Arcady dans *Pour Sacha*), qui a perdu ses deux premiers maris. Comment appelle-t-on une veuve qui l'a été deux fois ? Une double veuve ? Elle repousse Akiva, qui insiste. Cette insistance va durer neuf heures au cours desquelles on suivra ce jeune homme ambigu, spirituel et néanmoins vertueux lors de ses déambulations dans le quartier Geula de Jérusalem.

Shulom a plusieurs autres enfants devenus adultes, qui se débattent tous dans les difficultés financières et psychologiques dont, chacun à sa manière, ils tentent de sortir par le haut. La foi est-elle un problème ou une solution ? Les créateurs de la série – Ori Elon et Yehonatan Indursky, qui ont triomphé avec *Les Shtisel* sur la chaîne israélienne Yes –, au travers de leur habileté narrative, n'oublient pas leur foi et, dans une certaine mesure, c'est elle qui finira par sauver tous les personnages. Cette œuvre sur les religieux se révèle une œuvre religieuse. Elle débute comme une comédie américaine, avec copains vanneurs et jolie fiancée pleureuse, et se termine en tragédie grecque avec le Talmud au milieu, donc juive. De tout écart résulte une mise à l'écart, autre expression pour la mort. Cette vérité effroyable est assénée méthodiquement par les auteurs. On se demande comment, dans la saison 2, ils retomberont sur leurs pieds pas fourchus.

## La chanson de rentrée 2015

Le terrorisme sera combattu sans relâche. Le Front national se déchirera. Le chômage sera le grand souci des partis politiques français au pouvoir comme de ceux de l'opposition. La lutte contre le sexisme sera d'actualité. Michel Houellebecq donnera une interview contre l'islamisme. L'Union européenne restera vigilante vis-à-vis de la situation économique grecque. Elle sera inflexible face à Vladimir Poutine et sa politique expansionniste en Ukraine. Les sanctions contre la Russie ne seront pas supprimées tant que celle-ci occupera la Crimée. L'UE proposera de nouvelles solutions au problème israélo-palestinien. Le président français ne se mariera pas et son Premier ministre Valls twittera reproches, indignations et félicitations. Tous deux chercheront, avec nombre d'associations humanitaires, un remède au problème des migrants. Le drame syrien sera au centre des préoccupations des capitales européennes. Les exactions de l'organisation État islamique se succéderont sous les yeux effarés de la population mondiale. La croissance de la Chine sera remise en question par les économistes européens. Michel Onfray en finira avec Hegel et Marx, ainsi qu'avec Platon.

Il y aura trop de livres pour la rentrée littéraire et trop de films pour la rentrée cinématographique. On se demandera qui aura le prix Goncourt. Le roman français s'essoufflera, au contraire du roman anglais ou américain. Il y aura néanmoins quelques révélations qui mettront au placard des talents confirmés mais trop éloignés des véritables préoccupations des Français. Jean d'Ormesson fera une fois de plus la preuve de sa jeunesse d'esprit et de son acuité politique. Les romancières – dites aussi les écrivaines – ne mâcheront pas leurs mots. Elles auront sorti leurs tripes. Le cinéma proposera d'âpres visions du monde, dont beaucoup pécheront par la faiblesse de la mise en scène. Gérard Depardieu se distinguera une fois de plus par son poids et son extravagance. Il achètera une villa de dix-sept pièces, ancienne propriété d'un mafieux russe de son entourage, à Sébastopol. Renaud sera déprimé. Renaud sera très déprimé. Renaud sera extrêmement déprimé.

Les nouvelles technologies changeront le monde. Les robots familiaux se multiplieront. On choisira le sexe de son enfant. La planète sera en grand danger. La banquise fondra de plus en plus. De nombreuses espèces seront menacées. L'ours blanc se cassera la figure en essayant de passer d'une plaque de glace à une autre.

Le rhinocéros et l'éléphant seront bientôt des souvenirs. Les déchets en plastique envahiront les océans, notamment l'océan Pacifique. La plupart des aliments non bio seront cancérigènes, mais on se posera également beaucoup de questions sur le bio : est-il vraiment bio ?

Dans ce paysage désolé brillera néanmoins une lueur d'espoir, celle d'une humanité réconciliée avec elle-même, dans la compréhension et l'entraide, dont chaque année le concert des Enfoirés nous donne l'exemple, cette manifestation artistique dont le principal organisateur est l'auteur-compositeur-interprète Jean-Jacques Goldman, la personnalité préférée des Français. Comme quoi il y aura une justice.

## Fragments tunisiens

On connaît la fortune d'un propriétaire d'oliviers : il suffit de les compter.

Fermer les fenêtres pour être au frais, alors que depuis l'enfance je fais l'inverse.

Il y a toujours, autour d'une piscine, sur un bateau de croisière ou dans un amphithéâtre, une fille obsédante : au club Sangho, à la mi-août 2015, une jolie brune mince et lente en maillot vert clair, draguée par tous les animateurs.

Deux millions d'Algériens venus passer cet été leurs vacances en Tunisie pour faire honte aux Français.

Dans le supplément offres d'emploi du quotidien *La Presse*, cette annonce : huit jours dans un hôtel de Djerba, tout compris, pour 115 dinars tunisiens (environ 60 euros).

*Le Dinosaure de Tataouine* (nouvelle).

Sur la plage de Zarzis, la première kalachnikov que je vois de ma vie, sur les genoux d'un jeune garde morose ne semblant prêt ni à tuer ni à mourir.

Autre agrément de la vieillesse : passer inaperçu.

Une grande et belle Noire aux cheveux blancs déplace Monique Pantel.

Pas vu, en quatre jours, quelqu'un lire.

Le journal d'aujourd'hui dont je tourne les pages sous le soleil a l'air d'un document ancien étudié par un chercheur en histoire.

L'expression que je déteste : « faire le job ».

L'animateur puni : celui qu'on a collé à la petite bibliothèque du club, où personne n'entre.

Défi pour les dons Juans parisiens (Le Guern, Gaignault, Saint Bris, Beigbeder, etc.) : séduire une islamiste.

Ces petites filles tunisiennes aux cheveux libres pour quelques années encore.

Sur mon vol Tunisair, rien que des Tunisiens et des Tunisiennes ; ça va être chaud, le contrôle des passeports, à Orly-Sud.

Dans la file d'attente du check-in, refais un peu d'allemand avec une jeune mère voilée qui rentre à Cologne via Paris : « Sie haben fünf Kinder ? »

Saleté des plages publiques et propreté des plages privées : l'argent fait le bon air.

## Le moment de la putain

On dit de moins en moins merde comme Cambronne et de plus en plus putain comme Jean Dujardin recevant un oscar à Los Angeles. De la même façon qu'on ne commande plus un scotch comme le faisaient nos parents mais un « gibi » comme le font nos enfants. Qu'est-il arrivé à la merde pour qu'elle soit remplacée par une putain ? La merde est du Nord – d'où l'expression « un temps de merde » – et la putain est du Sud : « Putain, ce soleil ! ». Putain est un mot de joueur de pétanque en plein cagnard, alors que merde est un mot de marcheur sous la pluie. L'expression qui vient tout de suite après un carreau sur la place des Lices est « Putain ! », alors que celle qui suit une crevaison de Mobylette dans la banlieue d'Amiens est « Merde ! » et même « Merde, merde, merde ! » Putain évoque une demoiselle en robe légère traversant d'une démarche chaloupée une petite ville provençale, alors que merde suggère à la fois un chien s'étant oublié sur le trottoir d'une ville polluée, par exemple Paris, et un engrais naturel pour agriculteur bio. De juron régional, putain est devenu une acclamation nationale. Elle a envahi tous les milieux et tous les âges. Le banquier, qui a beaucoup dit « Merde ! » pendant le krach de 1929, a multiplié les « Putain ! » pendant celui de 2008. L'éboueur comme l'égoutier négligent la merde pour la putain dont ils crient la profession quand ils font une chute malheureuse sur leur lieu de travail. On pourrait en conclure que le passage de merde à putain représente une espèce de progrès, une éclaircie, voire une embellie dans l'état d'esprit souvent ombrageux de nos compatriotes. Cette expression voluptueuse, enthousiaste, et pour tout dire féminine, est devenue en quelque sorte le cri de ralliement de la nation française. Notre pays, célèbre pour ses vins et ses fromages, ne l'a-t-il pas été aussi pour ses putains dont le nom a envahi aujourd'hui toutes les bouches de France ? Il signale la victoire du Sud sur le Nord, j'allais presque dire son envahissement, et celle de la femme sur l'homme, avec ce commentaire : « Je suis peut-être une putain, mais toi tu es une merde. »

Il n'en reste pas moins que, contrairement à la merde, putain est une profession exercée dans le monde entier par des millions de femmes et pas mal d'hommes. Il s'agit, comme on le dit souvent, du plus vieux gagne-pain du monde, avec soldat et prêtre. En Grèce antique, c'était une profession sacrée. Les putains avaient leur temple et leur déesse, Aphrodite. J'ai toujours trouvé Athéna plus sexy, c'est pour ça que je l'ai épousée. Une fille qui fait la guerre est plus excitante qu'une fille qui fait l'amour, car elle ne fait pas semblant de jouir.

Qu'une activité aussi noble, aussi généreuse, aussi prestigieuse, aussi mythique soit devenue une injure nationale pose néanmoins une question : et si c'était tombé sur nous ? Je veux dire : sur la nôtre, d'activité. Mettons-nous à la place des putains. Chaque fois que quelqu'un renverserait quelque chose sur quelqu'un d'autre, on les entendrait tous deux crier, voire gueuler, car le Français ne crie pas, il gueule, « Écrivain ! » ou « Journaliste ! ». Ou, ce qui est plus probable : « Politicien ! »

## Leroy, poète souverain

Le roman est-il tellement infecté par la morale et le marché qu'il ne nous reste plus de sain à lire que la poésie ? Jérôme Leroy, homme du nord de la France, aligne ses nostalgies comme un enfant ses soldats de plomb. Il fait la seule guerre juste : celle contre soi-même C'est un homme de cinquante ans qui se plaint. De ne plus en avoir 30. Qui se plante, bien qu'il ne soit guère écolo. Il chantonne, sec, sous les nuages de Lille, le soleil de Grèce. C'est un enseignant : longs congés. Après le Capes, l'errance. Les fonctionnaires font de beaux voyages qui font de bons vers. Jérôme aime les rochers blancs, les maillots de rien, les brochettes de filles. Pour ce souverainiste, le verbe est souverain. Pour ce communiste, c'est la lutte des garces. Jérôme Leroy est confus car il est complet. J'aime son inspiration variée comme une salade.

*Sauf dans les chansons* est un livre de poèmes autobiographiques. L'auteur a lu Verlaine, Bukowski, et Delvaille : il sait que ce qui nous intéresse chez lui, c'est nous. Il quitte Nice. Nous avons tous quitté Nice. Il dort à l'hôtel : c'est une constante chez les poètes dépressifs qui trompent leur flemme. « Si un garçon d'étage m'apprenait soudain que je suis mort, que je vais passer l'éternité ici et que les petits déjeuners sont servis jusqu'à 10 h 30, tout cela me comblerait d'aise, je crois. » Le poète est un paresseux humoristique : il prend le temps de rire. L'humanité, mise à mal par le travail, se survit chez les sans-emploi du subjonctif, manœuvre tactique décrite par Leroy dans son recueil vivant. La littérature est simple : elle a peu de thèmes, qui se répètent à travers les siècles grotesques. L'homme grandit, aime, vieillit. Il a ses morts, ou plutôt ses mortes. Par exemple Natalia Medvedeva, cette grande Russe qui avait épousé Limonov, pour faire bien et se faire mal. Je me souviens de Natalia, un dimanche après-midi d'automne, dans une fête du livre. C'était dans un stade. Il y avait des courants d'air. Nous avons marché en parlant. D'Édouard : de quoi aurions-nous pu parler d'autre ?

Le problème de tout le monde, y compris les poètes, c'est la mort. Jérôme règle la question à la page 72 : « Les morts ne sont pas morts. » Il explique : « Ils louent des chambres d'hôtel à la semaine/Dans les sous-préfectures hivernales. » Cette référence à nos manies de vieux lecteurs : « Ils lisent un livre unique/Celui choisi pour le voyage. » L'art n'est peut-être que la passion intelligente du plaisir, car la souffrance est trop bête. Songerie de loueur de chambres d'hôtes : « On devrait quitter la vie/Comme on quitte une villa/De villégiature. »

Critique à *Valeurs actuelles* et polémiste dans *Causeur*, Jérôme Leroy se veut le défenseur de l'identité française, espace trop limité pour le poète ému et rare qu'il entend être. Un écrivain est toujours plus vaste que ses idées, même s'il est étroit et que ses idées ne sont pas mauvaises. J'aime, chez Jérôme, les ruptures, les absences, les silences, les folies. Il est bien au-delà de ce qu'il pense de son époque dépassée.

## Portrait de femme

Marianne Van D. arrive au Comptoir de Tunisie, rue de Richelieu, toute mouillée de pluie. C'est une grande fille blonde (1,76 m) de trente-trois ans qui ressemble au titre de son livre (*Invincible !*). Quand Mehdi, le patron du restaurant, lui demande si elle veut se sécher, elle dit qu'elle aime bien être mouillée. Et se mouiller, comme le montre son livre. Elle est née en Bretagne, de parents néerlandais. Élevée à Plestin-les-Grèves, ravissante agglomération des Côtes-d'Armor où j'allais en vacances avec mes parents quand Marianne était encore loin d'être un fœtus. À quatorze ans, renversée par une voiture à la sortie d'une boîte de nuit, elle fait une EMI (expérience de mort imminente). Tous les gens qui ont eu la même donnent un témoignage semblable : la mort, c'est le pied. On est enfin débarrassé de cet objet encombrant, incohérent, douloureux, capricieux : notre corps. Sortie du coma, Marianne fait connaissance avec la douleur. Et, après sa rééducation, avec l'amour. C'est une belle adolescente prête à tout et c'est ce qui va lui arriver : tout. Le sexe, la drogue, le deal, la prison, le bar à hôtesses, l'escort, le cinéma porno. Quand elle s'assoit en face de moi au Comptoir, je cherche en vain, sur son visage et dans sa silhouette, les stigmates de son court passé mouvementé, mi-Albertine Sarrazin, mi-Virginie Despentes. Elle a l'air d'une jeune femme de bonne famille française, mariée à un énarque ou énarque elle-même. Visage clair et lisse dans lequel de grands yeux bleus brillent de leur innocence. Élégante comme une DRH avant la révolte des syndiqués. Elle prend soin que la soupe de lentilles, l'entrée d'aujourd'hui au Comptoir, ne touche pas ses magnifiques dents blanches quand elle avale une cuillerée. Elle ne consultera pas une fois son iPhone pendant le déjeuner, ce qui est devenu une haute marque de politesse sur la plupart des continents.

Je lui dis qu'elle est néerlandaise comme Sylvia Kristel. Elle sourit : « Emmanuelle ! » Pourtant pas née à la sortie du film (1974). Avant son accident, était 15/4 au tennis. A repris l'entraînement en prison, mais pas les tournois. Lors de sa première permission de sortie, a fait l'amour avec sept hommes. « Presque aussi bien que DSK à l'hôtel Murano en 2009 », dis-je. Lui, il ne sortait pas de prison : il allait y entrer. Pour quelques jours, alors que Marianne y est restée vingt mois. Selon elle, l'endroit idéal pour le sexe en extérieur : les toilettes pour handicapés. Dans *Invincible !*, les hommes se présentent comme des objets de désir et de plaisir, ça change des films ou des séries télé où ils sont une bande de gros cons. Le livre est un tableau de chasseuse. Elle aime surtout les grands blonds minces aux yeux verts. Je lui demande de me dire les titres des trois films pornos dans lesquels elle a tourné pour, dit-elle, « savoir ce que c'était de faire l'amour avec des professionnels ». Bien sûr, elle ne me répondra pas. Sur sa brève carrière d'escort girl, elle dira simplement : « Tu ne peux pas savoir comme c'est facile. »

Il y a eu la femme des années 80 : celle qui avait fait un bébé toute seule. La femme des années 90 a changé de profil et de tour de poitrine. Voici la femme des années 2000 : ni refaite ni surfaite. Franche du collier de perles.

# Beatlemaniaque

Ce que les Beatles ont fait pour nous, c'est nous inoculer l'amour de l'anglais et de l'Angleterre. Ça a été le drame des professeurs d'allemand, qu'il n'y eût pas quatre « Skarabaüs » pour nous encourager à nous précipiter sur les dictionnaires pour traduire leurs chansons cultes. Sans John Lennon, notre anglais serait moins acide. Et sans Paul McCartney, il serait moins charmant. Les Beatles ont été une énorme publicité mondiale pour leur langue et leur pays. Avant eux, il n'y avait que le gros Churchill et son cigare encore plus gros. On est passé du « Blitz » au « sunshine » en l'espace vert de quelques chansons.

L'enfance est un camp de travail à régime doux ou sévère selon les parents qu'on a. On bosse pour l'État sans être payé, si l'on excepte un petit pécule connu sous le nom d'argent de poche. Devoirs et leçons : les deux mots de notre servitude. On ne choisit pas l'heure à laquelle on sort en promenade ni celle à laquelle on réintègre notre cellule, dite aussi chambre. On est libéré au bout d'une quinzaine ou d'une vingtaine d'années, ayant purgé la peine que nous valut le crime de naître. Les Beatles ont surgi, tels des gardiens fantasques et chevelus, au milieu de cette incarcération. Dans nos transistors autorisés par la direction parentale des maisons d'arrêt, ils ont crié – nasillé ? – leur amour de l'amour. Et de la liberté. Ils ont annoncé notre levée d'écrou. Nous ont indiqué quoi faire de notre vie, le jour où nous en aurions une. Il faudrait donc rigoler avec ses copains et faire crier les filles. La musique n'existerait pas sans les ados car les adultes n'ont plus le temps d'en écouter, ils ont trop d'emmerdeurs à qui prêter l'oreille. Aurions-nous autant parlé du nez s'il n'y avait pas eu les interviews de John Lennon. Il a lancé la mode du sushi en épousant Yoko Ono. Il a été le dernier idéologue de la chanson, avec Jean Ferrat. Le monde se divisait alors entre fans de Lennon et de McCartney. Les lennonistes et les maccarthistes. Le lennoniste était scabreux, sarcastique, marxiste, libertin, solitaire, cultivé, secret. Le maccarthiste : souriant, fidèle, libéral, sportif, ouvert, compatissant. Il a fini par gagner les élections et les listes des meilleures ventes. Le lennoniste s'est fait tuer, comme son modèle. C'est comme ça qu'on devient un exemple. Et une légende. Il y avait aussi les deux seconds rôles : George et Ringo. Le bon pote et le gars marrant. Et le manager gay : Brian Epstein. Sur ce modèle ont été fondées toutes les bandes d'adolescents pendant plusieurs décennies, et comme les Beatles, elles ont été détruites par le temps qui passe et les épouses qui poussent.

John Lennon aurait soixante-dix ans. La preuve que Dieu aime les artistes, c'est qu'il leur interdit de vieillir. Les Beatles sont notre jeunesse éternelle de quelques secondes.

## Les fils à Caca's

Chez Castel pour le lancement du livre *Le Caca's Club*. Textes de Frédéric Beigbeder, Guillaume Rapeneau et Christophe Tison. Photos de tout le monde. Dans un ouvrage illustré, difficile de regarder autre chose que les illustrations. L'ai encore vérifié dimanche dernier à Mézinville avec la bio de Shakespeare par Anthony Burgess (1972). Ai abandonné les mots pour les images : Christopher Marlowe les bras croisés (le sosie de Florian Zeller), le comte de Southampton, mécène du dramaturge (Olivier Nora avec moustaches), et surtout Élisabeth I^re^, la plus grande reine rousse de tous les temps (Nicole Wisniak habillée par Christian Lacroix). Dans *Le Caca's Club*, je trouve les clichés de jeunes que j'ai connus vieux, de vieilles que j'ai connues jeunes.

On est au début des années Mitterrand, mais Beigbeder et ses sujets font caca's dessus. Ils ont décidé de ne pas être de jeunes bourgeois comme les autres, donc de ne pas être de gauche. Leur philosophie : Cioran expliqué aux enfants et Schopenhauer aux infantes. C'est un nihilisme festif qui refuse les lois de l'argent, les boissons étant gratuites. Au milieu de ces bras et jambes, une énorme tendresse. Sortir n'est pas méchant : il suffit de s'embrasser. Ça, c'est Caca's.

Ces fils à papa sont devenus des papas de fils en épousant des filles à maman devenues mamans. Ils ont pris de la bouteille qu'ils avaient vidée. Je les regarde se regrouper par affinités de souvenirs. On comprend que, s'ils ont réussi dans la vie, c'est parce qu'ils ont fait la fête, les deux choses demandant la même discipline. Et la même résistance. Les mous vont se coucher, les durs restent danser. Après Castel, il a fallu monter dans un des quatre discobus frêtés par Frédéric. Dans le mien, il y avait le chroniqueur mondain anonyme de *Lui* que tous les mondains connaissent, car il raconte dans son mensuel ce que les autres ont fait et dit devant lui. Aurais dû lui demander le nom de la blonde en minijupe bleue avec un mot marqué dessus, je veux dire derrière. On nous a déposés devant Raspoutine et je me suis dit : chouette, du caviar et des chachliks. Mais Raspoutine a beaucoup changé depuis le temps où le Serbe de Bosnie Miroslav Siljegovic, l'actuel patron du Flore et de La Closerie des lilas, en était le maître d'hôtel. Comme ça qu'il a acheté sa première Porsche. Chez Raspoutine, on ne mange plus, on danse. Il y a néanmoins toujours des Serbes. J'en ai compté trois : le fiancé monténégrin de Géraldine Beigbeder, ma chère Ivana de l'ambassade et sa copine dont j'ai oublié le prénom, sans doute aussi un truc en a. Du coup, me suis senti moins seul. Alix Girod de l'Ain est stable comme tous ces déjantés du Caca's : à *Elle* depuis vingt ans et mariée à Laurent Laffont depuis vingt-cinq. Elle explique : « J'étais la nana du boss. » Bruce Springsteen ? « Non : Beigbeder. » Laurent et moi, on a ensuite parlé de Delphine de Vigan et du prix Renaudot. Secret.

## Le choix de nazis

Lucien Rebatet devant Jacques Attali sur la liste des best-sellers de *L'Express*, à la fin du mois d'octobre 2015. La réédition d'auteurs nazis serait-elle un nouveau moyen de lutter contre la crise du livre ? En 1971, Fayard publie *Au cœur du III^e Reich, les Mémoires d'Albert Speer*, écrits à la prison de Spandau. Speer était le chouchou de Hitler, qui aurait voulu être architecte comme lui. Albert est l'auteur du plan de Germania, la mégalopole qui devait remplacer Berlin après la destruction de la ville, dont ni le Führer ni Speer n'imaginaient qu'elle arriverait si vite. Albert confie : « À l'Obersalzberg, l'occupation favorite de Hitler consistait à étudier avec moi nos projets de constructions. » Vers 1935, le Führer offre à Speer un petit dessin représentant un arc de triomphe pour Berlin : « Il l'avait exécuté en 1925, alors qu'il n'était encore que l'orateur de son parti bavarois. Ce dessin rappelle le style néobaroque qu'il avait cultivé dans son carnet d'esquisses, égaré depuis. » Passage capable, parmi d'autres, d'attendrir, voire d'émouvoir, le public français déjà séduit par Rebatet.

Chez Gallimard, en 1978, dans la collection Témoins, apparaît un nouvel auteur allemand : Heinrich Himmler. Le titre français de l'ouvrage, *Discours secrets*, est plus alléchant, on pourrait même dire plus commercial, que le titre allemand : *Geheimreden, 1933 bis 1945, und andere Ansprachen*. Les discours réunis dans ce volume, nous explique l'éditeur, « ont tous été prononcés devant un auditoire réduit de dignitaires du régime. Ils ont un caractère secret et ceux qui les entendaient avaient le strict devoir de ne rien ébruiter. [...] Ils contiennent l'idéologie nationale-socialiste à l'état pur ». Nul doute que, réédités trente-sept ans après leur première publication en France, ces « discours secrets » rencontreront chez nous les mêmes faveurs du public que connaissent aujourd'hui les pamphlets de Lucien Rebatet.

Les éditions Flammarion, au cas où elles n'obtiendraient aucun prix littéraire dans les jours qui viennent, pourront compter, pour combler le manque à gagner, sur leur fonds, où figure en bonne place l'ouvrage de Martin Bormann préfacé par l'académicien français Robert d'Harcourt : *Libres propos d'Adolf Hitler*. Deux volumes parus en 1952. Tirage indiqué : 10 000 exemplaires. Rebatet a vendu 5 000 bouquins en une semaine. On peut prédire un succès au moins équivalent à Martin Bormann. Page 148 du tome 1, le Führer donne une leçon de végétarisme qui sera appréciée dans certains milieux médiatiques : « Si je propose à un enfant de choisir entre une poire et un morceau de viande, il se précipite sur la poire. C'est son atavisme qui parle. » À rééditer également, dans le catalogue de Flammarion, *La France juive*, d'Édouard Drumont, deux volumes tirés chacun, en 1885, à 56 500 exemplaires.

France-Empire, maison qui vient de perdre son fondateur, Jean Castarède, a édité en 1974 les mémoires de Veit Harlan, le metteur en scène du *Juif Süss* (1940). *Le Cinéma allemand selon Goebbels* pourrait avoir aujourd'hui le même succès que le cinéphile Rebatet. Il y a enfin *Mein Kampf*, dont m'a toujours amusé, dans l'édition française de 1934 aux Nouvelles Éditions latines, l'avis prémonitoire : « Il a été tiré de ce volume 25 exemplaires sur pur fil, numérotés de I à XXV, réservés aux collaborateurs. »

## La maman et l'écrivain

Les seules personnes qui méritent un prix sont les enfants et les adolescents allant à l'école et au lycée : apprendre des choses nouvelles tous les jours, manger mal à la cantine ou au kebab, faire ses devoirs après le dîner alors que les parents fument tranquillement du cannabis dans le salon en regardant des matches de foot ou des séries américaines à la télévision et, pour toute cette peine, ne recevoir aucun salaire mais des notes souvent faibles accompagnées de commentaires acrimonieux la plupart du temps. Or tout le monde (cuisiniers, journalistes, photographes, chanteurs, acteurs, plasticiens, joueurs de foot, écrivains et même PDG) reçoit des prix, sauf les enfants et les adolescents scolarisés dont on a jugé bon naguère de les priver. Je me souviens de la fête de fin d'année à l'école D'Estienne-d'Orves de Montreuil-sous-Bois. J'avais toujours le prix d'excellence derrière mon meilleur copain surdoué Philippe Rochette, qui parlait déjà d'écologie en 1967, prix d'honneur. Ces beaux livres illustrés qu'on recevait sur une estrade, sous le regard énamouré de nos parents, ont donné à plus d'un, j'en suis sûr, le goût de la lecture. Et, pour quelques-uns, celui de l'écriture.

Il n'a pas eu de prix en 2015, Claude Durand, non parce qu'il est un enfant, mais parce qu'il est mort en mai. Il a laissé un roman derrière lui, son plus beau : *M'man*. Il avait cessé d'écrire pendant trente et un ans avant de faire, sous le pseudonyme de François Thuret, une confession en forme d'aveu : *J'aurais voulu être éditeur*. C'était aussi qu'il avait voulu être PDG de Fayard. Qui publie aujourd'hui, sous la houlette de sa nouvelle PDG Sophie de Closets, ce texte superbe comme le sont souvent les livres sur les mères, quand les fils ont un bon style : Cohen, Pagnol, Proust et, plus récemment, Vigan, Queffélec, Ernaux. Claude ne se contente pas de faire un portrait, son goût de la fresque est trop fort : il installe autour de sa maman une histoire politique et une géographie sociale. La France petite-bourgeoise de 1940 à nos jours défile avec mélancolie comme les anciens arbres de la nationale 7. En cent courts chapitres qui sont autant de poèmes en prose – le spleen de Livry-Gargan –, Durand raconte la vie et la mort d'une femme qui a été heureuse, puisqu'elle n'a pas été malheureuse. Le bonheur, c'est quand on n'a pas trop d'emmerdes : ce credo banlieusard n'a jamais été, dans un siècle où la moitié de l'humanité a un maximum d'emmerdes, plus d'actualité. Quand le père et la mère sont morts, le fils et la fille vendent la maison, croyant s'en délivrer. Mais on ne sort jamais de la maison de ses parents, sauf pour mourir.

Une dizaine d'écrivains sont donc, cet automne, retournés en enfance pour recevoir, sur l'estrade des médias, leur prix littéraire. J'ai beaucoup aimé les bottes rouges de Delphine de Vigan, lauréate du Renaudot. C'était au Vaudeville, où son éditeur, Laurent Laffont, avait convié le Tout-VIe arrondissement de Paris pour fêter l'événement. Il y avait là Anne-Sophie Stefanini[1]. Je sais qu'elle vient de terminer un beau roman. C'est Christian Giudicelli qui me l'a dit. Il a dîné en face de Jean Birnbaum, du *Monde des livres*. Très sympa, paraît-il. Ariane Chemin m'avait dit la même chose.

## Suspendu

Le jugement de la SGDL (Société des gens de lettres) est tombé : à la suite de jongleries contractuelles et d'à-valoir non remboursés, je suis suspendu pour huit ans, comme Michel Platini. Je n'ai plus le droit de jouer le moindre rôle dans le monde des lettres, à l'instar de Michel dans celui du football. Ça va être dur, car les livres, c'est ma vie, ainsi que l'est le ballon rond pour Platini.

Le matin, je me présente au kiosque à journaux pour acheter *Lire*, *Le Magazine littéraire* et *La Quinzaine*. Le kiosquier – le dernier de mon quartier, celui qui se trouve à l'angle du boulevard Saint-Germain et de la rue de Lille – fait non de la tête et me rappelle que je suis suspendu, ce qui inclut l'interdiction de consulter les publications confidentielles de mon ancien milieu. J'allume, sans trop d'espoir, ma tablette. Comme je le craignais : accès à la presse refusé pour huit ans. Où vais-je prendre mon

1. Épousée le 6 septembre 2019. (*N.d.A.*)

petit déjeuner habituel (grand crème et deux tartines beurrées) ? J'évite Le Flore et Les Deux Magots, où je risque de me retrouver à moins de 15 mètres de divers journalistes, éditeurs et romanciers, distance de sécurité que, de par l'un des attendus du jugement de la SGDL, je suis dans l'obligation de respecter. J'opte pour un petit rade du XIVe arrondissement, ce qui ne me met pas à l'abri d'une rencontre inopinée avec un homme ou une femme de lettres (Alain Paucard, Arnaud Le Guern et Bénédicte Martin habitent dans le coin), mais en diminue la probabilité.

Je me dirige ensuite – grâce à Dieu, la SGDL n'a pas supprimé mon pass Navigo comme elle l'a fait naguère pour Renaud Camus, Richard Millet et Marc-Édouard Nabe, indulgence que je dois sans doute à mes accointances avec la CGT-RATP – vers la BnF. À l'accueil, même scénario : « Suspendu », me dit l'employée de François-Mitterrand. Avec qui vais-je déjeuner ? Seul, d'un hamburger au Camion qui fume. Au moment de prendre la commande, j'ai soin de changer mon prénom en Patrice. On ne sait jamais jusqu'où va une suspension. Le hamburger, c'est un peu littéraire : la Californienne Kristin Frederick, qui a créé Le Camion qui fume, n'a-t-elle pas écrit un livre (*Burgers, les recettes du Camion qui fume*) ? Que j'ai lu, quand j'avais l'autorisation d'acheter des livres.

Retour chez moi. Sur l'écran de mon ordinateur, en majuscules rouges, sans doute un hommage ironique à mes idées de gauche, apparaît le mot fatal : suspendu. Huit ans sans écrire, ça va être long. Comme pour Platini, huit ans sans s'occuper de football. Je sais que je n'ai plus le droit d'entrer dans une librairie, mais je peux relire les livres de ma bibliothèque. Ce qu'il y a de bien quand on vieillit, c'est qu'on sait quels livres sont bons, car on les a lus, mais comme on a oublié ce qu'il y avait dedans, on peut les relire. Que faire de ma soirée ? Inutile de me présenter aux différents cocktails et prix littéraires qui ont lieu presque quotidiennement à Paris : les agents SGDL m'en interdiront l'entrée. Et si j'appelais Michel ? C'est à ce moment-là que je me suis réveillé, mais pas lui.

## Perversion et narcissisme

Une nouvelle maladie apparut chez l'homme au début du XXI$^{e}$ siècle : la perversion narcissique. Elle se répandit à une vitesse fulgurante dans la gent masculine, tels le virus Ebola en Afrique ou la grippe aviaire chez les bovins. Chaque fois qu'une femme était sur le point de se mettre en couple avec un homme, voire de se marier avec lui, elle découvrait que, comme la plupart de ses ex-fiancés, ce n'était rien de moins qu'un pervers narcissique. Elle était du coup amenée à rompre et à se mettre en quête d'un nouveau partenaire en priant le ciel qu'il ne souffrît pas, lui aussi, du même syndrome : celui de la perversion narcissique. Dans les salons, au bureau, dans les bars, dans les restaurants, on ne parlait plus que de ce qu'il fallait bien appeler une épidémie.

L'homme non pervers et non narcissique était devenu une denrée rare, comme la truffe ou le caviar, deux aliments du reste fort appréciés des dames. Tout le monde, surtout les femmes, avait eu affaire, dans le travail ou en amour, à ce personnage abominable – le pervers narcissique – dont il était grand temps de débarrasser la société, quel que fût le coût humain d'une opération de cette ampleur. Il s'agirait d'une véritable épuration de la perversion, d'un réel génocide du narcissisme. Divers moyens étaient envisagés : une géante psychothérapie de groupe sur Internet, la déchéance de nationalité pour les pervers narcissiques ayant un second passeport, voire l'élimination physique pure et simple que réclamaient certaines femmes particulièrement blessées dans leur psyché par un pervers narcissique les ayant quittées par texto.

Quel est donc ce mystérieux pervers narcissique qui, à l'aube du III$^{e}$ millénaire, porta un coup sévère aux relations humaines ? Qu'a-t-il dit ou fait pour occuper le devant de la scène mondiale, au point que délinquants sexuels, tueurs en série et autres cas sociaux semblent avoir disparu au profit de ce monstre de perversion, cet obsédé de narcissisme ? D'abord, le pervers narcissique est un homme, sinon ce serait une perverse narcissique. Il est plutôt jeune, car, s'il était plutôt vieux, il ferait moins de dégâts. Les vieux, tout le monde s'en fiche. Et s'ils ont droit à la perversion, le narcissisme ne leur est pas conseillé. Le pervers narcissique a le sens de l'humour, sinon il ne ferait pas rire ses futures victimes, ce qui est, dit-on, le meilleur moyen de désarmer les femmes. Tous les pervers narcissiques vous le diront. Il les traite bien, ça fait partie de sa méthode : cafés branchés, grands restaurants, week-ends sur la Côte d'Azur, boîtes de nuit, palaces. La fille croit à l'amour alors qu'elle subit une entreprise perverse et narcissique de séduction. Le pervers narcissique parvient évidemment à la mettre dans son lit, où elle restera entre trois et six mois, après quoi une autre femme prendra sa place. Il y eut une époque et même plusieurs époques où on appelait ces épisodes une vie amoureuse. On n'avait pas encore découvert le virus de la perversion narcissique, avancée psychologique grâce à laquelle il est désormais possible aux femmes de repérer ces garçons qui n'en font qu'à leur tête avec elles et de les dénoncer dans les médias et sur les réseaux sociaux. Grâce à cette mobilisation exceptionnelle, on en aura peut-être un jour fini avec le pervers narcissique, ce grand enfant qu'on appelait autrefois l'homme.

## Cagouillard

Dans l'héritage politique de François Mitterrand, je ne conserve que La Cagouille, restaurant du XIVe arrondissement de Paris où ce Charentais amateur de bon poisson avait sa table. L'établissement se trouve place Brancusi, à l'entrée de la rue de l'Ouest. J'ai vécu assez longtemps pour avoir vu le quartier, dans les années 70, devenir un supermarché de la drogue aujourd'hui fermé. Chaque fois que, sortant du métro Gaîté, je me dirige, par l'avenue du Maine, vers La Cagouille, je frôle les fantômes de ces longs jeunes hommes chevelus aux airs mystérieux se penchant sur des voitures arrêtées où d'élégantes dames blondes souriaient gênées, à côté d'un conducteur qui faisait ses courses de haschisch ou d'héroïne pour la soirée ou la semaine.

À La Cagouille, on ne mange pas : on cagouille, du verbe cagouiller. Qu'aurai-je fait dans ma vie, à part cagouiller ? Quand je me présenterai devant le Créateur, ma seule défense sera de dire que, faute d'avoir été un bon chrétien, j'aurai été un bon cagouillard. L'écrivain Bernard Frank est décédé dans un restaurant, le nez dans ce qu'il avait préféré sur terre : son assiette. Je voudrais mourir à La Cagouille, vers 15 h 20, quand la jolie salle s'est vidée et qu'on se ressert du cognac de la bouteille restée sur la table.

En pénétrant à La Cagouille, le cagouillard a le sourire : quoi qu'il lui soit arrivé dans la journée avant La Cagouille et quoi qu'il puisse lui arriver après, il sait que, pendant une heure et demie ou deux, plutôt deux, il va pouvoir cagouiller. Comment donner la définition de ce verbe qu'on ne trouve dans aucun dictionnaire, alors que j'ai déjà vu de nombreux académiciens français à La Cagouille ? S'installer dans ce rectangle lumineux où, sans que personne ne soit caché, chacun est tranquille. Par une mystérieuse disposition des tables, on n'entend pas ses voisins alors qu'ils sont proches, La Cagouille étant pleine.

Le pain, le beurre et les coques se retrouvent sur la table avant que le cagouillard ait demandé quoi que ce soit. Un bon restaurant, c'est quand on n'a besoin de rien demander. Il n'y a pas de carte, mais un tableau que le personnel déplace de table en table. Après avoir passé sa commande – la mienne : salade de haddock et saumon bio cuit à l'unilatérale, le tout arrosé de chapoutier rouge en période de goutte et blanc en période d'ivrognerie –, le cagouillard, accompagné d'un ou deux autres cagouillards, entame le cagouillage : bavardage à l'iode, friture de rires, secrets gourmands. À La Cagouille, on ne refait pas le monde, on fait *Le Point*. Avant que notre journal ne déménage à Balard, le restaurant était à cinq cents mètres. Il est maintenant à treize stations de métro (lignes 8 et 13) ou à dix-huit arrêts de bus (ligne 88). Rien qui puisse empêcher un vrai cagouillard d'aller cagouiller à son aise quand son besoin de cagouillage devient impérieux.

## Éloge de Kim Philby

En 1987, John le Carré se trouve en URSS. À une réception donnée par l'Union des écrivains, Genrikh Borovik, collaborateur occasionnel du KGB, propose au romancier une rencontre avec Kim Philby, exilé à Moscou depuis vingt-cinq ans. Le Carré refuse un rendez-vous que Graham Greene avait accepté. Dans sa postface au livre de Ben Macintyre sur Philby (*L'Espion qui trahissait ses amis*), où il a raconté l'anecdote, l'auteur de *La Taupe* ne donne pas d'explication à son refus. Comme s'il allait de soi, alors qu'il est incompréhensible. Et rageant : moi aussi, en 1987, j'étais à Moscou. Où je n'ai rencontré ni l'écrivain qui avait été espion, ni l'espion qui aurait aimé être un écrivain. Je pense à ces deux hommes en imperméable dans les rues mouillées de la capitale soviétique. On est en pleine perestroïka : John devait être pour et Kim contre. Ou l'inverse ? Avec ces deux menteurs, truqueurs et affabulateurs, peut-on savoir ?

La grande question du XX^e^ siècle aura donc été le communisme : l'homme pouvait-il installer le paradis sur terre ? Au bout de cent ans, on a eu la réponse : non. La terre resterait un enfer, car, quand elle était un paradis, c'était pire. De 1917 à 1991, il y a eu une guerre, celle que le capitalisme a faite au socialisme. Ce n'était pas gagné, il l'a gagnée quand même. Philby a été un soldat dans ce conflit de centaines de millions de morts. Par un idéalisme politique presque impossible à imaginer aujourd'hui, il a choisi de se battre sous l'uniforme de son ennemi : son propre pays. Qu'il adorait. Il était un fanatique de l'Angleterre, surtout après deux décennies de vie quotidienne russe. Dans son exil moscovite, il buvait du thé anglais et il écoutait chaque soir le BBC World

Service. Sur ses toasts, de la confiture Oxford. Son principal ami soviétique était britannique. Pas Donald Maclean : Johnnie Walker. Red Label, évidemment. Cet ivrogne de Le Carré aurait passé une bonne soirée chez Kim et sa femme russo-polonaise Rufina Ivanovna. Il doit le regretter, aujourd'hui. Où il ne boit plus, surveillé par son agent, qui est aussi son épouse. Un écrivain ne doit pas épouser son agent, s'il veut continuer de boire.

Sa classe sociale et sa bonne éducation ont protégé Philby pendant toute sa carrière de traître. Dans la haute société anglaise, dont le MI6 (au contraire du MI5) était presque uniquement composé, on ne pouvait pas imaginer qu'un gentleman tournât le dos au prestige et aux avantages de sa condition pour se mettre au service des moujiks. Ce qui est le moins compris sur terre ? Le désintéressement. À égalité avec le sacrifice. Philby a sacrifié sa vie à son désintéressement. Faire le mal pour le bien : quel alcool plus puissant pour un esprit raffiné, de ceux qu'aujourd'hui on appelle pervers ? Chef d'un service censé combattre la cause qu'il adorait, Kim envoya à la mort les ennemis de ses amis : anticommunistes lituaniens, monarchistes albanais, fascistes hongrois, chrétiens allemands, popes roumains, tous infiltrés dans les pays communistes avertis par Philby.

La meilleure biographie de Kim Philby est un roman, et il est français : *Mémoires secrets pour servir à l'histoire de ce siècle*, de Pierre-Jean Rémy (1974).

## La disparition[1]

Un etre acariatre s'arreta, à l'affut. Il était apre comme une arete. Il demanda l'aumone à un aumonier pour ne plus jeuner. Il dit une betise et l'aumonier lui reprocha de betifier.

1. Texte inspiré par la possible suppression de l'accent circonflexe en 2016. (*N.d.A.*)

– Tu te meles de me baillonner ? demanda le jeuneur sans se gener.

– Bientot, peut-être, dit l'aumonier.

Le ciel blanchatre brulait les yeux. Cette brulure n'envoutait pas. Elle était comme une poelée de chataignes. Elle calinait la tete. Le jeuneur feta la fin de son careme avec des huitres et des capres, puis il ota ses guetres et partit en khagne.

À la meme époque, le cout de la cotelette, qu'elle fut de porc ou de mouton, fut une débacle. On s'encroutait sur la cote. Certains s'entetaient, d'autres s'entremelaient. On réclama des entre-pots. Les idolatres firent des épitres. Il y avait des guepes, qu'on avait hate de ne pas cotoyer, vu leurs piqures. Bien sur, à l'heure du gouter, on se relachait. Dans l'alcove, les etres ne prechaient pas. Ils fetaient Paques avec des flutes d'un macon supreme. Le maitre était un male mulatre. Les pimbeches jaunatres le trouvaient opiniatre. L'une eut préféré qu'il se détendit. L'autre eut aimé qu'il se felat. Il y avait une grace dans ses machoires. Il ne craignait pas la grele. Il avait fait hypokhagne. Eut-il aimé etre pretre ? Il avait taté de la pretrise mais, par honneteté, choisit l'hotel, puis l'hopital. Il s'empatait, à force de machonner. Qu'il fut un soulard et qu'il se laissat aller provoqua une enquete. Il était pret. Bientot, il aurait un calin d'une trainarde. Il n'était pas lache, il voulait rever.

– J'ai hate, dit-il.

– On vous fetera, dit l'enqueteuse.

– Je peux tater ?

– Bientot.

– Je vous dégoute ?

– Vous etes un mome.

– Je prends une tole.

L'enqueteuse se mit en quete d'un roti. Elle était rablée. Elle eut préféré un paté en croute. On de la mache. Ou des gateaux. Le ciel brunatre annonçait les vepres. Jusqu'à ce qu'il devint violatre : l'ouverture des théatres. Ils ne faisaient pas relache. La brulure de l'honneteté ne baillonne pas les em-platres sous le dome du chale. Le hale des encroutés hate les maitresses. Les mats trainent sur le trone.

## L'Authier

La littérature contemporaine, pour y comprendre quelque chose, il faut avoir le nez dessus, comme Christian Authier. Il habite Toulouse, ça aide. Les bons critiques littéraires ont souvent vécu loin de Paris : Kléber Haedens, du *JDD*, en Haute-Garonne, Michèle Bernstein, de *Libération*, à Salisbury, Alexandre Fillon, de *Livres Hebdo*, à Vannes, Pierre Maury, du *Soir*, en Afrique noire, Gérard Guégan, de *Sud-Ouest*, dans le Sud-Ouest. De Toulouse, Christian a une vue plongeante sur le monde des livres, généreux décolleté dont il traite chaque semaine dans *L'Opinion indépendante*, hebdomadaire local où j'ai moi-même donné, au début du siècle, quelques haïkus (« Mourir seul/dans une gare, sur un banc/la nuit/comme Léon Tolstoï et Inès Armand »). Christian collabore en outre au *Figaro littéraire*, où quelques notices de ce *Dictionnaire chic de littérature française* ont paru pour la première fois. Il les a mises en bonne forme, car l'auteur est un perfectionniste qui a non seulement le temps de lire mais aussi celui de récrire.

Le meilleur historien de la littérature a un nom mais pas de visage : c'est le temps. Année après année, dans un silence menaçant qui fout les jetons à tous les écrivains, il trie le bon grain de l'ivresse. Christian Authier a choisi de le prendre aux mots. Ce cathare est un casse-cou de bibliothèque ou plutôt de service de presse. Sans attendre que les siècles décident si Charles Dantzig a plus de talent que la comtesse Gyp, il va faire ses choix et les expliquer. Plutôt bien traité, du reste, Dantzig, dans l'Authier : « Dantzig joue avec les masques, s'invente des doubles, pratique l'ellipse et la fantaisie, maquille la tragédie d'un éclat de rire, d'une image sauvée de l'oubli ou d'une note de musique qui résonne dans les mémoires. »

Authier s'est limité à cent auteurs. Hommage aux Cent Jours de Napoléon, aux Cent-Noirs de Nicolas II ou Aux cent kilos, restaurant tamoul de la rue Brancion (Paris XV$^{e}$) où je déjeune, chaque samedi midi, avec Christian Giudicelli ? Parmi eux, plusieurs morts : Nourissier, Nucera, Fajardie, Blondin, Laurent, Marceau, Cabanis. Voisinage intellectuel, œnologique ou géographique. Il y a quelques grands vivants : Castillo, Déon, Ernaux. D'Ormesson n'a pas sa notice : juste une citation dans celle de François Sureau. Ça ne va pas trop plaire à notre icône nationale. Authier rend aussi hommage aux bons vivants : Cérésa, Leroy, Lapaque, Denis. Il y a des absences qu'on regrette et d'autres dont on se réjouit, comme dans un dîner.

L'Authier est un bon outil pour les professeurs de lettres et les lettrés professionnels. De plus, il est tout neuf, alors que le Boisdeffre et le Brenner, salués par Authier dans sa préface, commencent à dater. La littérature contemporaine est une jungle où peu de gens osent pénétrer, comme dans celle de Calais. Guide impavide, Authier nous accompagne entre les tentes de guingois des nouveaux hussards, les épiceries improvisées des anciens Prix Nobel et les chiottes collectives des best-sellers sentimentaux.

Dans la même collection, dirigée par Arnaud Le Guern, on trouve un *Dictionnaire chic du cinéma* par Neuhoff et de la philosophie par Schiffter (préface de Frédéric Beigbeder, absent de l'Authier).

## Le jour du foot

Le monde est rond, il n'est pas ovale : c'est pourquoi le football attire plus de spectateurs que le rugby. La Terre est un ballon.

Du reste, on joue avec. Les bombardements ? Des coups de pied arrêtés. L'effet de serre ? Faute de demain. On shoote dans la planète presque en permanence. Le problème, c'est qu'il n'y en a qu'une et qu'en plus on habite dessus. On n'est pas à Roland-Garros ou à Flushing Meadows : il n'y a pas de balles neuves, elles sont toutes vieilles et le resteront. Les arbitres de l'ONU ne sifflent pas tous les hors-jeu. Souvent ils laissent jouer, craignant les coups français dans le ballon.

Le président de la FIFA est le président du monde, et donc, jusqu'à preuve du contraire, de l'Univers. Les chefs d'État ont l'air, à côté de lui, de simples juges qui se touchent. Le salaire, déjà. Et la célébrité. Tout le monde connaît le président de la FIFA, même les Tanzaniens – mais qui connaît le nom du président de la Tanzanie à part les Tanzaniens ? La Coupe du monde revient tous les quatre ans, comme les élections américaines. Mais les élections américaines ne concernent que les Américains, alors que la Coupe du monde concerne tout le monde. Trump ne fera pas trépigner les Mexicains, sauf de rage. Et Mme Clinton ne bouleversera pas les Anglais, sauf lors de sa révérence devant la reine Elizabeth II.

Dans ses conseils à un jeune écrivain, Dickens disait : « Faites-les rire, faites-les pleurer, mais surtout faites-les attendre. » Au football – contrairement au basket, où les paniers sont fréquents, au volley, où les smashs sont permanents, et au tennis, où chaque point est gagnant –, on attend. C'est ce qui rapproche le foot davantage encore de la vie et explique son succès. On attend le but comme on attend la mort. Ou la guérison. La fortune. L'amour. Ou les indemnités de licenciement. Qui seront de plus en plus maigres, si la loi de Mme El Khomri est votée. Par des députés bientôt sans travail.

Je feuillette le magnifique album *Jours de foot*. C'est l'objet de luxe que tout amateur de foot doit avoir sur sa table de nuit, si elle est assez solide : 2,4 kilos. Jean-Christophe Delpierre, l'éditeur, me l'a donné l'autre jour à L'Opportun. « 11 euros le café gourmand », a remarqué Jean-Chri au moment de l'addition. On a partagé, parce qu'on est gourmands tous les deux. *Jours de foot* raconte l'histoire du foot depuis la première partie disputée au Japon mille ans avant Jésus-Christ – un terrain de 14 mètres, huit joueurs, un ballon de 22 centimètres de diamètre – jusqu'à aujourd'hui : un club parisien champion sans un seul Parisien dedans, ceci expliquant peut-être cela. Préface de Dominique Rocheteau. Textes de Françoise et Serge Laget, Philippe Cazaban, Gilles Montgermont.

On s'assoit devant un match de foot comme devant une scène de théâtre où aucun des douze acteurs ne connaîtrait son texte, pour la bonne raison qu'on ne lui en a donné aucun à apprendre. Chaque partie de football est inédite et imprévisible. Elle peut aborder tous les genres, de l'opéra-bouffe au drame antique (le but de Bâle contre Saint-Étienne à trente secondes de la fin en 16e de finale de l'Europa League). Elle est, dans la plupart des cœurs, inoubliable. Heureusement que Marcel Proust n'était pas un footeux : on aurait eu sept tomes de plus de sa *Recherche*. À la réflexion, ç'aurait été pas mal.

## Vivre mal et pas longtemps

Dans le bureau du P-DG de Stock, Manuel Carcassonne, effervescence due au succès (200 000 exemplaires vendus en quelques semaines) du dernier ouvrage de Michel Cymes, *Vivez mieux et plus longtemps*. Manuel auquel un cigare dans la bouche irait à merveille – si fumer n'était pas désormais interdit dans les lieux professionnels, interdiction dont se moquait son prédécesseur, Jean-Marc Roberts – quand il dit : « 100 000 exemplaires de plus et j'ai fait mon année, je peux partir en vacances. » Ça me rappelle que Staline, dans l'entre-deux-guerres et après la capitulation allemande du 8 mai 1945, prenait un congé annuel de cinq mois : il partait pour sa maison de campagne au début de l'été et ne rentrait au Kremlin que lors du réveillon de la Saint-Sylvestre.

J'ai d'abord pensé à propos de Cymes : avec un titre pareil, normal de faire un best-seller. Tout le monde veut vivre mieux et plus longtemps. 200 000 ou 300 000 exemplaires vendus, c'est même un score médiocre par rapport au nombre de gens qui veulent vivre mieux et plus longtemps. Un tel manuel – c'est le cas de le dire – devrait pouvoir être écoulé à plusieurs millions, voire à plusieurs centaines de millions, voire à plusieurs milliards d'exemplaires. Il n'y a pas que les Français qui veulent vivre mieux et plus longtemps. Veulent aussi vivre mieux et plus longtemps les Allemands, les Anglais, les Italiens. Les Basques et les Catalans. Les Chinois de Taïwan comme ceux de Hong Kong. Les Israéliens comme les Palestiniens. Les Kurdes et les Turcs. Et, en ce moment, les habitants de la jungle de Calais comme ceux de Calais en dehors de la jungle. Vivre mieux et plus longtemps : un rêve universel.

Pourtant, quand on y réfléchit, est-ce une si bonne idée de vivre mieux et plus longtemps ? Quand on vit mieux et plus longtemps, on est heureux plus longtemps. Quelle tristesse, du coup, de devoir mourir. D'autant que, comme on a vécu longtemps, on est vieux et donc affaibli. On arrive devant la mort sans défenses physiques ni psychologiques. Alors, cette vie qu'on a vécue mieux et plus longtemps nous apparaît comme un paradis à jamais perdu que remplace soudain l'enfer de la vieillesse, de la solitude, de la maladie et de la mort. Une énorme masse de chagrin tombera, à ce moment, sur les gens qui auront vécu mieux et plus longtemps. Cette tristesse incommensurable sera la dernière chose qu'ils emporteront dans leur tombe, réduisant à rien ces merveilleuses années où ils auront vécu mieux et plus longtemps.

En revanche, l'être humain qui a vécu mal et pas longtemps accueillera la mort comme un remède à toutes ses souffrances et, du fait qu'il est encore jeune et donc plein d'énergie et de résistance, ne tremblera pas devant l'issue finale, au contraire de la personne faible et vulnérable qu'est devenu, au fil des années, l'homme ou la femme qui a vécu mieux et plus longtemps. Mal logée, nourrie médiocrement, habillée sans élégance, son corps peu entretenu et son esprit en sommeil, la personne qui vit mal et ne vivra pas longtemps a le regard droit et la souple démarche de qui n'a rien de bon à perdre et pour qui la mort est une chance presque inespérée. N'ayant guéri d'aucune de ses angoisses enfantines, n'ayant pas résolu son Œdipe et se refusant avec une hauteur marmoréenne à régler son problème de couple, elle se dirige, armée d'un sourire résolu, vers la porte de sortie qui s'ouvre à tous ceux qui ont eu la finesse de vivre mal et pas longtemps, s'évitant ainsi la plus lourde peine terrestre : mourir sans joie.

## What's new, Pussy Riot ?

Nadejda Tolokonnikova, la Pussy Riot, au Tournon. Frédéric Beigbeder, qui a passé la nuit d'avant avec elle chez Castel et au Montana pour réaliser une grande interview de la jeune femme dans *Lui*, ne m'a pas menti : elle a de beaux seins. Elle les a agités le 12 février 2012 dans la cathédrale du Christ-Sauveur, l'ancienne piscine Kropotkine, où j'allais nager en plein air au mois de décembre 1987, cinq ans avant la naissance de Nadejda. Sa courte performance valut à celle-ci deux ans de camp en Mordovie, domicile fiscal de Gérard Depardieu. Elle est venue à Paris, invitée par son éditeur, pour présenter son premier – et dernier, d'après ce que j'ai cru comprendre, Nadejda n'ayant pas cessé de me dire qu'elle n'était pas un auteur – livre : *Désirs de révolution*. La première question que je lui pose est par conséquent : « Êtes-vous une révolutionnaire de droite ou de gauche ? » Réponse : « Je ne suis pas une révolutionnaire, je suis une artiste. » Une artiste révolutionnaire, comme Yoko Ono ?

« J'adore Yoko Ono, c'est mon modèle. » Nadejda consent à dire qu'elle est de gauche. Précise : « Sociale-démocrate. » Comme Lénine ou comme Olof Palme ? « Comme Bernie Sanders. » Ça prouve qu'elle n'a rien contre les vieux, ce qui est encourageant pour Beigbeder et surtout pour moi. Hélas, à ma question idiote (« Quel serait pour vous le mari idéal ? »), Nadejda – soudain, sa ressemblance avec Scarlett Johansson me saute aux yeux – répondra : « Une femme. »

Tolokonnikova s'inquiète du fromage qu'elle doit rapporter à Moscou. Les Russes sont privés de fromage français depuis les contre-sanctions mises en place par Vladimir Poutine en réponse aux sanctions des États-Unis et de l'Union européenne. En Russie, plus une seule côte de bœuf limousin. Les huîtres d'Oléron sont proscrites, seuls les vins et les alcools français passent la douane. Le brie, le camembert et tous leurs cousins crémeux restent en France. Je dis à Nadejda qu'elle n'a pas besoin de prendre du fromage à Paris : elle en trouvera au duty-free de Charles-de-Gaulle. C'est là que j'en ai acheté, lors de mon dernier départ pour la Russie. Elle préfère, c'est évident, envoyer son éditeur dans les fromageries bobos du quartier.

L'assassinat de Nemtsov ? « Je ne m'intéresse pas aux rumeurs. » La popularité de Poutine ? « Les sondages sont truqués. » 50 % des Russes considérant que Staline a joué un rôle positif dans l'Histoire ? « Si Staline n'était pas mort, je le tuerais. » Le prénom de sa fille – Héra – qui est celui de l'épouse de Zeus ? « J'aimais bien le son. » Dans quel type de société aimerait-elle vivre ? « Une société où je pourrais être punk sans être battue et mise en prison. » Est-elle plus proche de Pouchkine ou de Maïakovski ? « Maïakovski. Pouchkine, tout le monde le lit en Russie, c'est soûlant. » Elle aurait pourtant plu au poète : une hyperbrune, comme Natalia Gontcharova. A-t-elle lu Édouard Limonov et quelles sont les relations entre les nationaux-bolcheviques et les Pussy Riot ? « J'admire les romans de Limonov, mais je déteste l'homme politique, surtout depuis qu'il s'est rapproché de Poutine. Édouard aussi me déteste. » Son endroit préféré à Moscou ? « Vorobyovi gory. » Ce sont les collines où se trouve l'université Lomonossov, en surplomb de la Moskva. Le bâtiment est l'une des Sept Sœurs, ces buildings staliniens construits dans les années 30. Dans son livre, Nadejda cite la féministe bolchevique Alexandra Kollontaï, mais ignore l'autre féministe bolchevique Inès Armand. « Je ne lui pardonne pas d'avoir couché avec Lénine. » Sourire : « Ça m'aurait plu qu'elle quitte Lénine pour moi. »

## Pourquoi je me présente

C'est décidé : je me présente à la primaire. Problème : celle de droite ou celle de gauche ? Pourquoi pas les deux ? Ça multiplierait mes chances d'en remporter une. Le but de l'opération ? Évident : devenir président de la République. Ça me paraît une excellente fonction pour quelqu'un qui a écrit des livres. N'est-ce pas au palais de l'Élysée que se sont réfugiés, depuis la fin de la Seconde Guerre mondiale, beaucoup de nos prosateurs ? Le mémorialiste De Gaulle, l'anthologiste de la poésie Pompidou, le romancier Giscard d'Estaing, le chroniqueur Mitterrand, l'essayiste Chirac, le biographe Sarkozy. Seul François Hollande semble aussi réfractaire à la plume qu'il l'est, sans doute avec raison, au mariage : son union officielle avec la France ne tourne-t-elle pas à la catastrophe ? On comprend mieux pourquoi il n'a jamais voulu passer devant le maire : il prévoyait que le mariage ne serait pas son kif. Même pour cinq ans. On en est à la quatrième année et tout le monde en a déjà marre, lui peut-être plus que nous. Je me souviens d'être passé au *Grand Journal* de Canal+ le lendemain de l'élection du candidat socialiste : tout le monde sur le plateau se félicitait de l'événement. Je leur ai dit : « Si on attendait la fin du quinquennat pour se réjouir ? » Ils ne m'ont pas écouté et, maintenant, c'est trop tard : ils ont l'air con.

Pourquoi ne deviendrais-je pas président de la République ? Je mesure plus de 1,80 m, comme Rama Yade. J'aime le bordeaux, comme Alain Juppé. Je joue aux échecs, comme Jean-François Copé. Je mets mon pull sur les épaules, comme François Fillon. J'ai publié un ouvrage chez Gallimard, comme Bruno Le Maire. J'habite à Paris, comme Nathalie Kosciusko-Morizet. Mon point commun avec Nicolas Sarkozy – opposant à la primaire qui sera bien obligé de s'y résoudre vu le nombre de candidats, que je viens du reste d'augmenter – est évident : ma mère croate et son père hongrois. Du côté des socialistes, c'est encore plus simple : je suis de gauche, comme eux.

Mon programme ? Une priorité : le chômage. Les hommes politiques préfèrent dire l'emploi, c'est moins triste. Il est hors de question que continue de se développer, dans notre pays, un tel fléau social. Bien sûr, la baisse du chômage dépend du taux de croissance. Là-dessus, je serai intraitable : il faudra qu'il augmente. Sur la sécurité nationale, il n'y aura pas plus inflexible que moi. Tous les services de police seront mobilisés pour lutter contre le terrorisme. Question laïcité, aucun doute : je me ferai son champion. Je défendrai les valeurs de la République. Les réformes, j'y tiens : pas un jour sans, car ce qui mine la France, c'est l'immobilisme. Ma politique culturelle sera sans défaut : le monde de l'art pourra compter sur mon aide. Les migrants ? La solution devra être européenne. Je traiterai chaque cas avec humanité, sans perdre de vue l'intérêt national. J'ai fait le tour ? Zut, oublié le climat.

## Courir

Au Lotus, (121, avenue d'Ivry, Paris XIII^e^) – un des cinq restaurants vietnamiens de Paris figurant dans le guide Michelin 2016, à l'instar de Pierre Gagnaire (6, rue Balzac, Paris VIII^e^), qui n'est pas vietnamien mais compte trois étoiles alors que Mme Nguyen du

Lotus attend encore son premier macaron, que méritent son poulet au curry et son riz cantonais, mes deux principaux plats régressifs avec l'oignon cru (qu'on ne sert, hélas, dans aucun établissement parisien mais dans chaque auberge belgradoise, d'où mon attachement à la gastronomie serbe) –, Jean-Christophe Delpierre, le seul sexagénaire de ma connaissance se déplaçant en Harley-Davidson, même sous la pluie, me donne *L'Histoire de l'athlétisme*, de Jean-Christophe Collin. En 1968, il y a eu un événement : la médaille d'or de Colette Besson aux JO de Mexico. Ce n'était pas en mai, mais en octobre. Le 16. Un mercredi : le jour de Mercure, autre champion de course à pied. Colette a le couloir 5, mon chiffre fétiche qui va, 52 secondes plus tard, devenir le sien. À la mi-course, la Française est en cinquième position. Tous ces 5. Colette revient sur Helga Henning, puis sur la Cubaine Aurelia Penton. Elle dépasse une première Anglaise : Janet Simpson. Colette effectue les 100 derniers mètres en 13 secondes et 6 dixièmes. Lillian Board, l'autre Anglaise favorite de la course, sera battue d'un cheveu. Négligence féminine : elle n'avait qu'à les couper. Colette ne sait pas si elle est médaille d'or ou médaille de bronze car elle regardait devant elle, pas à côté. Pierre Salviac, de France Inter, lui apprend qu'elle a gagné cette finale historique – y en a-t-il eu une autre depuis ? – du 400 mètres. Le premier mot prononcé alors par Colette : « Maman ». À la remise des médailles, elle pleure comme une petite fille. Sur Terre, il n'y a que des petites filles. Et des petits garçons. Colette Besson est morte d'un cancer le 9 août 2005. J'ai moi-même fait son éloge funèbre dans *Le Point*. Il y a une station de tramway à son nom dans le nord parisien. Peut-être irai-je y faire une petite marche pendant les prochains JO, s'ils ont lieu.

L'autre idole de ma jeunesse sportive – pardonnerai-je un jour à mon père (1908-1989) de m'avoir obligé à jouer au tennis pendant huit ans alors que j'avais une passion pour la course à pied ? – est Michel Jazy, fils d'émigrés polonais qui eut le plus grand mal, au moment de la retraite, à faire renouveler son passeport français : alors qu'il avait battu plusieurs records du monde, l'employée de mairie lui réclamait des preuves de sa nationalité française. J'ai eu la même expérience en 2010, quand il m'a fallu prouver que j'étais français à une policière du VII$^{e}$ arrondissement qui me reprochait de ne pas posséder les actes de naissance de ma mère, née dans un pays qui n'existe plus, et de mon père, venu au monde je ne sais où. C'est Alain Carignon, ancien ministre, qui m'a sorti de là. Pour être français, ce n'est pas compliqué : il faut avoir des relations. Jazy est surtout célèbre pour sa défaite sur 5 000 mètres aux JO de Tokyo (1964), comme Céline pour avoir raté le prix Goncourt (1932). Et le prix Goncourt pour avoir raté Céline. Il courait à Montreuil, sur la piste que je guignais amoureusement pendant que je m'embêtais sur les courts de tennis voisins.

## Tu viens quand ?

Les gens qui ont une jolie maison au bord de la mer ou avec une piscine nous proposent en permanence d'aller les voir. Leur question récurrente : « Tu viens quand ? » Leur chambre d'amis est prête, elle n'attend que nous. Il suffit alors de décliner l'invitation pour que, dans l'enthousiasme de leur soulagement, nos amis réitèrent aussitôt leur demande, sachant qu'il y a une chance sur deux pour que celle-ci soit de nouveau repoussée. Une chance sur deux, ça se tente. S'il y avait une chance sur deux de gagner au Loto, tout le monde y jouerait, même moi. Notre second refus enthousiasme les propriétaires de la villa. Non seulement ils sont désormais certains que nous ne viendrons pas les déranger de sitôt dans leur petit paradis terrestre, mais ils ont acquis la conviction que nous refuserons toutes leurs invitations futures. Ils savent que, dans leur carnet d'adresses, nous faisons partie, avec quelques autres – trop rares – réfractaires à la fonction de pique-assiette estival, de la catégorie des gens auprès de qui ils pourront passer à peu de frais pour des personnes accueillantes puisqu'ils nous proposeront sans cesse de nous accueillir et qu'ils ne le feront jamais. Du coup, ils se prennent de sympathie pour nous. Ils nous téléphonent plus souvent qu'aux êtres sans gêne qui ont eu la grossièreté de répondre favorablement à leur invitation et les ont encombrés pendant plusieurs jours, voire plusieurs semaines. Nous devenons leurs chouchous. Nous sommes leurs hôtes imaginaires et rêvés. Ils nous imaginent dans leur piscine, nous rêvent dans leur cuisine. C'est agréable et ça ne leur coûte pas un centime d'euro.

Depuis qu'elle existe, c'est-à-dire depuis l'Antiquité, la fameuse théorie de l'accueil a empoisonné la vie de millions de propriétaires qui, au lieu de couler des jours parfaits dans leur résidence secondaire devenue à leur retraite résidence principale, se sont crus obligés d'y faire venir amis, enfants, cousins, collègues, parents et grands-parents. L'hiver au coin du feu, l'été au bord de la piscine : ils n'ont pas eu un moment à eux. Toutes ces courses qu'ils ont dû faire au Carrefour local. Car les invités mangent comme quatre. Deux invités : huit bouches à nourrir. Trois invités : douze estomacs à remplir. Et ainsi de suite.

L'invité n'a pas la vie plus facile que son hôte. Il doit entretenir les conversations de table et faire mille grâces à l'hôtesse qui a la migraine à cause de lui. S'habiller pour le petit-déj et ne pas contredire les opinions réacs de la cuisinière. L'invité devient, sans s'en rendre compte, l'esclave de la maison, mais un esclave qui n'a rien à faire, donc que tout le monde méprise et a hâte de voir partir pour le remplacer par un autre esclave qui décevra comme lui.

## Bulletin de santé

Un point sur la situation médicale en France à la rentrée 2016. Selon les indications fournies par le ministère de la Santé, la sarkozite, qu'on avait crue éradiquée en 2012, a refait son apparition, en particulier dans le sud de la France frappé, en juillet, par une poussée d'halalzheimer. La sarkozite et l'halalzheimer, selon les observations de la plupart des épidémiologistes européens, ont une croissance et une décroissance liées, comme si elles étaient dépendantes l'une de l'autre. Jusqu'où ira cette nouvelle poussée de sarkozite dans notre pays ? De nombreux médecins se posent la question. Ils sont en effet confrontés les premiers à la sarkozite, maladie dont les symptômes, déjà observés par le corps médical de 2007 à 2012, sont une pratique presque quotidienne du vélo de course et la répétition inlassable des mots sécurité, surveillance, détention, expulsion.

Avant la récente recrudescence de sarkozite, on craignait surtout, pour la santé des Français, la juppétomanie, infection partie de Bordeaux au début du siècle et qui s'est répandue, avec une aisance déconcertante, dans tout le pays, notamment au sein des familles bourgeoises de province protégées, vu leur bonne hygiène, des excès de fièvre de la sarkozite, voire de la lepenisse. La juppétomanie a pour caractéristiques, au contraire de ce que son nom pourrait laisser croire à quelques lacaniens déviants, une certaine tenue dans la diffusion, une élégance feutrée dans la progression. Est-ce la raison pour laquelle elle marque le pas ? Dans le même camp infectieux, on note les légers progrès, en Île-de-France, du cancer du pécresse. En revanche, quasi-disparition, sur le plan national, de la bayroute. La ramalaria elle-même, après de beaux débuts dans le sillage de la sarkozite, se fait discrète. La lepenisse est une sorte de sarkozite aggravée : les symptômes sont identiques, mais plus prononcés. L'halalzheimer joue là aussi un rôle décisif dans la montée de la lepenisse. Celle-ci est devenue, en quelques années, la première maladie française. De nombreux traitements – le sirop CRIF, les suppositoires Licra, la pommade SOS Racisme – ont été essayés pour mettre un frein à sa progression, jusqu'ici sans succès. L'estrosida semble cantonné à la Côte d'Azur et ne présente aucun risque majeur pour la santé de nos compatriotes tant que la sarkozite et la lepenisse tiendront le haut du pavé national. La fillonellose est une maladie des épaules, qui peut être soignée par un pull-over posé dessus, traitement simple qui permet aux citoyens d'y échapper sans difficulté.

Dans le tableau de gauche, une surprise de taille : la quasi-disparition de la hollandépression, dont le déferlement avait étonné le monde médical en 2012. La dufloxion de poitrine a été vaincue elle aussi après avoir inquiété les médecins au milieu de la décennie, car elle accompagnait presque toujours la hollandépression. On a assisté, au début de 2016, à une inquiétante montée de l'amacronisme, variation plus jeune et plus vigoureuse de la hollandépression. Mais l'amacronisme, sorte de libération anarchique de toutes les cellules du corps humain avec un risque évident de burn-out, n'a pas résisté à la poussée de sarkozite et de lepenisse due à l'halalzheimer. La montebourgeotte, dont on a beaucoup parlé au début du siècle, ne fait plus guère de dégâts, pouvant malgré tout atteindre quelques hollandépressifs en fin de traitement.

La royalite – ne pas confondre avec le royalisme, désordre mental qui intéresse désormais surtout les historiens de la médecine spécialisée dans les années 20 et 30 du XXe siècle – n'a guère reparu depuis l'épidémie de 2007. Les patients les plus atteints furent rassemblés au stade Charléty en mai de la même année, dans une tentative de guérison générale qui réussit, puisque la royalite fut par la suite réduite au profit de la sarkozite, ce que d'aucuns, dans la presse et les médias, n'hésitèrent pas à qualifier d'aggravation de notre situation sanitaire. Les accès de mélenchonasthme sont, chez certaines personnes ayant guéri de la hollandépression, fréquents, mais ne présentent pas une menace pour la santé : il s'agit de courtes fièvres de communisme, qu'un gant de toilette mouillé sur le front syndical suffit à calmer.

## Le concours de burkas mouillées

À Saint-Tropez, après une saison touristique en demi-teinte, eut lieu, fin août, un événement qui remonta le moral des commerçants locaux : un concours de burkas mouillées, animé conjointement par l'ex-rappeuse Diam's et le chanteur Dave. Les familles des concurrentes, installées dans le carré VIP de la plage de Pampelonne, suivaient l'élection en dégustant des macarons halal accompagnés de cidre sans alcool. Les candidates, avant d'entrer tout habillées dans la mer comme le prescrit le règlement écrit du concours, disposaient du temps nécessaire pour éteindre leur smartphone et le remettre à un représentant de Samsung, sponsor principal de la manifestation.

Le jury était composé de deux imams de la Côte d'Azur, de David Hamilton[1], de la créatrice musulmane de lingerie Yasmine Eslami, dont le magasin de la rue de Richelieu (Paris Ier) est une étape obligée pour les jeunes femmes du Golfe et des Émirats lors de leurs séjours en Europe, de Tariq Ramadan, de Mélissa Theuriau (épouse du célèbre comique musulman et républicain Jamel Debbouze), de Béchir Ben Yahmed (*Jeune Afrique*) et d'Ophélie Winter. Ce prestigieux aréopage jugeait d'abord la bonne tenue des candidates lors de leur entrée dans la mer. Il s'agissait, pour celles-ci, de ne pas se précipiter à l'eau comme le font trop souvent les Européennes, mais au contraire de s'y introduire avec une grâce tout islamique. La deuxième appréciation du jury portait sur le comportement des candidates lors de leur immersion : certaines esquissaient avec difficulté quelques brasses, d'autres faisaient non sans mal la planche, les dernières – les plus avisées – se contentaient de méditer en regardant l'horizon vers la côte algérienne. L'épreuve finale, la plus importante pour la note globale de chaque candidate (coefficient 5), était le défilé en burka mouillée devant les membres du jury. On remarqua beaucoup, enveloppée dans une magnifique tenue jaune et vert scintillante du fait de son humidité, la candidate marocaine qui marchait avec une élégante langueur. La Malienne éblouit Tariq Ramadan et Ophélie Winter par son visage modeste, comme dirigé vers tout un monde intérieur de vertu, que contredisait, avec une légèreté saharienne, la splendeur de sa

1. † (*N.d.A.*)

jeune poitrine. La Yéménite n'avait pas beaucoup marché dans la mer, elle était du coup à peine mouillée : elle aurait été davantage à sa place dans un concours de burkas sèches, mais celui-ci n'existe pas encore. La Sénégalaise, en revanche, avait tellement pris l'eau qu'elle fut incapable de se hisser jusqu'au podium et, assise dans le sable, assista avec mélancolie au défilé de ses consœurs.

La victoire revint à la Syrienne, eu égard sans doute aux malheurs traversés par son pays, car sa burka, pour être mouillée, n'en était pas moins peu suggestive. Répondant aux questions du reporter de *Nice-Matin*, la jeune femme déclara que c'était son troisième concours de burkas mouillées et qu'elle se demandait si elle n'allait pas en faire un vrai métier. Elle avait eu l'idée de ce nouveau job – elle était auparavant laborantine à Damas – lors de sa traversée de la Méditerranée dans une embarcation de fortune, où elle était tombée à l'eau plusieurs fois. Heureusement, elle portait un jean et un tee-shirt, sinon, bien que bonne nageuse, elle aurait coulé à pic avec sa burka mouillée.

## Tous les garçons s'appellent Patrick Chirac

La sortie d'un film est un marathon. Ou un Tour de France, l'épreuve sportive préférée de Fabien Onteniente. Enfant, à Champigny-sur-Marne, il l'écoutait à la radio. Ça faisait travailler son imagination, comme aurait dit Céline, autre banlieusard. Je rencontre le réalisateur de *People* et de tant d'autres chefs-d'œuvre, parmi lesquels *Camping* et *Camping 2*, au Café Mode, rue François-Ier. À la table voisine, six jeunes filles accompagnées de leurs fiancés : six iPhone. Fabien souffle entre deux étapes. Ou deux stations, puisqu'il passe, en fin d'après-midi, sur Europe 1 dans l'émission de Daniel Cohn-Bendit. Cohn-Bendit interviewant Onteniente sur Europe 1 : on est bien en 2016. Mai 68 aura bientôt cinquante ans, comme Patrick Chirac. Daniel et Fabien sont tous deux fous de foot. « Les bourgeois se sont approprié le foot depuis que le salaire des joueurs a augmenté le prix des billets. On sent qu'ils se forcent à lever les bras quand il y a un but. Quand ils crient "enculés", ça ne vient pas du cœur. » Le foot sert à quelque chose : parler. Ce n'est pas une psychose, c'est une psychanalyse. Les hooligans n'ont pas trouvé de divan, alors ils font de l'analyse sauvage. Comme le camping du même nom.

Le nouvel Onteniente se présente comme un grand ciel bleu mais moins bleu que celui de *Camping* et de *Camping 2*, sans doute parce qu'il est entouré du gris des cheveux de Patrick (Franck Dubosc), de Jacky (Claude Brasseur) et de Paulo (Antoine Duléry). Patrick n'a pas retrouvé de travail, Jacky perd la boule jusqu'à ce qu'on se rende compte (assez vite) qu'il joue au con et Paulo s'est fait jeter par sa femme. Au camping comme partout, c'est la crise. C'est la crise en France depuis que je suis né. Je me demande si ce n'est pas moi, la crise de la France. Et je ne dois pas être le seul à me poser la question. Patrick vit du chômage en attendant de ne plus en avoir le droit. Pour payer son essence, ce siphonné utilise le covoiturage. À l'instar de bien des Français. L'économie, ça consiste à faire des économies. Patrick croit aller aux Flots bleus avec une jolie fille trouvée sur Internet : il se retrouve avec trois ados qui ne lui pompent que l'air, car il n'est pas gay, et eux non plus. Encore que. Les grandes passions de Patrick ont toujours été masculines : Lanvin dans *Camping* et Anconina dans *Camping 2*. Les filles passent, les hommes restent. Au camping. Patrick Chirac a donc un demi-siècle. C'est le sujet subliminal du film, les baignades ne servant que de paravent, ou plutôt de parasol. La vie ne concerne plus Chirac : il ne lui reste que les emmerdes. C'est l'étranger de Camus jouant au volley-ball avec la femme gauchère de Peter Handke sur une plage de gros ventres. Le rire d'Onteniente – si frais dans *People*, si clair dans *3 zéros*, si supérieur dans *Turf* – a pris de l'âge. Il n'est plus solaire, il est sous terre. Même la blague sur la SNCF ne réussit pas à lui faire prendre l'air. C'est pour ça que le film, si plaisant à regarder qu'on sait bien qu'on le verra une centaine de fois en DVD, comme toutes les œuvres précédentes de Fabien, ne décolle pas et donc ne peut pas planer. « J'ai envie de creuser », dit le cinéaste devant son vrai Coca. Je reconnais les gens intelligents à ce qu'ils boivent du Coca, les nuls à ce qu'ils boivent du Coca Zéro et les filles à ce qu'elles boivent du Coca Light.

Dans *Camping 3*, le sexe n'est pas à la fête de la musique des sentiments. Les bronzés font du whisky. Dubosc ne chope personne, même pas sa fille : elle annonce son arrivée à la dernière image par un SMS que Patrick ne lira pas, étant allé nager. Paulo, depuis son divorce qui n'est pas expliqué et qu'on regrette car il nous prive de Mathilde Seigner (demandait-elle un trop gros cachet ?), croit qu'il est devenu homosexuel. Il guérira de cette obsession – ouf – en démontant une unijambiste jouée avec une bonhomie toute brésilienne par Cristiana Reali. Le vieux Jacky ne trouve plus sa tente et Carello, le nouveau directeur des Flots bleus, n'a plus d'assistante sexy : elle a été remplacée par un écran d'ordinateur. Avec son épouse pincée mais pas aux fesses (Michèle Laroque), l'animateur télé au Cap-Ferret Charmillard (Gérard Jugnot) se dispute gentiment avant de tomber dans les pommes d'une tarte au haschisch. Les jeunes covoiturés n'ont pas plus de chance au lit : le Black est trop soûl pour conduire une fille au septième ciel, le Portugais José se contentera d'une cougar hystéro et on ne sait même pas si le blond aux yeux bleus a conclu avec la belle Morgane, mix de Marine Vacth et de Lola Le Lann : Leslie Medina. Il y a vraiment un problème avec les noms des jeunes actrices françaises. Ça a commencé avec Géraldine Pailhas.

Onteniente rue François-Ier avec le maillot de l'équipe de France qu'il portera le soir même sur iTélé, après l'égalisation miracle des Russes contre les Anglais à la quatre-vingt-dixième minute de leur premier match du groupe B. Il me montre son emploi du temps digne de Manuel Valls. Les réalisateurs, c'est comme les écrivains : ils voyagent pour leur commerce. Fabien sillonne la France avec ses comédiens, allant d'une avant-première enthousiaste à l'autre. Dès qu'ils voient Franck Dubosc en vrai, les spectateurs hurlent : « Patrick ! » Est-ce que j'en veux à Fabien d'avoir niqué un prénom : le mien ? Oui. « En même temps, plaide-t-il, c'est devenu hyperpopulaire ! » Je pense plutôt que plus un seul garçon ne s'appellera Patrick avant cent ans, sauf en Irlande, où c'est un saint, et à New York, où c'est une cathédrale. Fabien insiste pour payer l'addition, mais il ne sait pas ce que j'ai pris avant son arrivée. Obligé de sortir un autre billet de 10 euros. Je serre la main de ce grand artiste dont on regardera encore les films quand toutes les palmes d'or se seront fanées sur les cheminées de leurs récipiendaires. Au rond-point des Champs-Élysées, dont personne ne sait qu'il s'appelle Marcel-Dassault, une jeune femme me demande de lui faire la bise. C'est un gage. A-t-elle perdu un pari ou enterre-t-elle sa vie de jeune fille ? Je ne pose pas la question : n'ai fait que ça pendant deux heures. Elle a un voile rose transparent sur la tête. Si musulmane, pas intégriste. Je l'embrasse et ses copines l'applaudissent. Sympa, ce samedi après-midi au camping.

## La sclérose en plaques, tu y tiens ?

J'ai fini de lire ton manuscrit hier soir dans le train qui me ramenait de la foire de Brive. J'ai du mérite, parce que j'étais sans arrêt interrompue par les auteurs. Ils sont chiants, dans l'ensemble. Toujours à se plaindre, surtout à l'époque des prix littéraires. Tu ne sais pas ce que j'endure. Passons. Revenons à ton bouquin. J'ai aimé. J'ai quand même quelques remarques à faire. Tu as un moment ? D'abord le personnage principal. Il s'appelle comment, déjà ? Jean. Oui, Jean. Tu es sûr que ce n'est pas Claude ? Dans mon esprit, j'avais Claude, je ne sais pas pourquoi. Pourtant, je ne connais aucun Claude. Jean, donc : sa sclérose en plaques. Il a bien une sclérose en plaques ? Ah, tu vois, quand même : ton éditrice n'a pas perdu toute sa tête. La sclérose en plaques, tu y tiens ? Parce que moi, je voyais plutôt pour lui un gros rhume. Attention : un rhume carabiné. Le mec se mouche tout le temps. Un truc handicapant. Pas autant que la sclérose en plaques, mais ça lui pourrit quand même la vie. Parce que, tu vois, la sclérose en plaques, les gens en ont marre, je crois. Ils n'ont déjà pas la vie facile avec le Brexit et le terrorisme, toi en plus tu leur colles la sclérose en plaques de ton personnage dans les dents. Ce n'est pas sympa, tu es bien d'accord ? Bon, tu m'arranges ça ? Il suffira de couper deux ou trois scènes, de modifier quelques dialogues.

Autre chose : le titre. Je n'ai rien contre *Sclérose en plaques* mais dans la mesure où ton personnage a un gros rhume, ça ne se justifie plus. Il n'y a rien de personnel là-dedans, juste de la logique. Je compte sur toi pour trouver un truc accrocheur. Trendy mais fédérateur.

Le texte lui-même. Je veux dire : la façon dont il est écrit. L'écriture, quoi. Avant on disait le style, mais on ne le dit plus, je ne sais pas pourquoi. Dans l'ensemble, ça va, mais il y a besoin d'une réécriture, tu es d'accord ? Il faut aller à l'os. Tu vois ce que je veux dire. Non ? Bon, je vais le dire autrement : l'essentiel. Aller à l'essentiel dans le corps du texte. L'os. Oui, l'os. C'est bon ?

Une dernière chose, parce que j'ai encore pas mal de manuscrits à lire : tu es attaché à ce que ton personnage principal soit un homme ? Il est bien, cela dit. On s'y attache. En même temps, si c'était une femme, ça changerait la perspective du bouquin. Tu aurais de meilleures possibilités, sur le plan de la fiction. Par exemple, elle peut accoucher : ça donne un surplus dramatique. En plus, accoucher avec un gros rhume, ce n'est pas de la tarte. C'est arrivé à ma sœur, pour sa deuxième fille. Elle a dégusté.

Quand tu auras fait tout ça – la sclérose en plaques mute en gros rhume et l'homme devient une femme, il faudra aussi que tu penses à modifier son prénom –, on mettra le texte revu et corrigé en fabrication. Après, il faudra que tu viennes défendre le livre devant les représentants. La dernière fois, tu as refusé. Tu m'as dit que tu étais écrivain, pas avocat, et que ton livre n'avait pas besoin d'être défendu, car il n'avait rien fait de mal. Mais tu as vu tes chiffres.

## Le triomphe modeste

Après le jugement du TPIY (Tribunal pénal international pour l'ex-Yougoslavie) innocentant Slobodan Milošević – décédé le 11 mars 2006 à la grande colère des intellectuels et politiciens antiserbes, qui lui reprochèrent alors, avec une élégance d'esprit un peu outrée, de « filouter la justice » – de tous les crimes dont l'accusait l'opinion publique, j'aurai le triomphe modeste et me contenterai, une fois de plus, de vanter les charmes de Belgrade en été, si bien filmée par Roger Donaldsen dans son dernier film, *November Man* : la rue Knez Mihailova, le vieux quartier Kalemegdan construit par le Suisse Doxat de Morée, qui y fut par la suite exécuté, les terrasses de Skadarlija, la cathédrale Saint-Sava, la place du Konj (« cheval », en serbe), qu'on appelait la place du Con avec mes amis serbes francophones pendant les bombardements du printemps 1999. Tous les jeunes sont en guerre. Quand, de surcroît, ils sont dans une guerre, leurs souvenirs de jeunesse deviennent indestructibles.

Selon *La Dépêche du Midi* datée du 17 août 2016, le tribunal, à la page 2590 du verdict rendu en mars contre Radovan Karadžić, déclare l'ancien président de la Serbie innocent de crimes de guerre. Je revois les affiches dans Paris, représentant Slobodan avec les moustaches de Hitler. Le leader socialiste yougoslave était devenu, dans l'inconscient collectif français, un mélange de Staline et de Gengis Khan, du docteur Mabuse et de Jack l'Éventreur. Il était le Charles Manson des Balkans, le docteur Petiot du Danube. Le résultat de l'accouplement barbare et intemporel d'Attila et du comte Dracula. Milošević était l'incarnation du Mal sur terre. Selon une rumeur non confirmée mais néanmoins probable, Satan aurait déclaré à l'Agence France Presse : « J'interdis à quiconque de mêler mon nom aux agissements de Slobodan Milošević. » Et le Centre culturel yougoslave, courageusement défendu par trois vieilles dames à lunettes, pris d'assaut par quelques nervis et intellos probosniaques parmi lesquels Romain Goupil, auteur de *Lundi, c'est sodomie*. Bah non, en fait, c'est jeudi (jour de sortie du *Point*).

Je comprends que pas un seul de ces désinformateurs, diffamateurs et autres manipulateurs de la pensée ne se dépêche pour présenter des excuses à la famille de Slobodan Milošević ainsi qu'à son peuple. Ces événements remontent au siècle dernier, c'est-à-dire au Moyen Âge. Le smartphone n'existait même pas. À quoi bon remuer de pénibles souvenirs ? Rouvrir des plaies ? Finkielkraut est à l'Académie, Bruckner s'est lancé dans une audacieuse défense de l'argent. Il en avait besoin, ce pauvre argent : tout le monde le critique. Il fallait bien que quelqu'un vienne à sa rescousse. Voilà qui est fait.

En revanche, je comprends moins le silence des médias : Slobodan Milošević reconnu innocent par le TPIY dix ans après sa mort, c'est un scoop. Merci quand même de me l'avoir réservé.

## Pour Aude Lancelin

Ce n'est pas une blonde, c'est un soldat. Son arme : le mot juste, qui n'est jamais cruel, au contraire de ce que croient les gens ne sachant pas lire. Ce qui est cruel : le mot injuste. Aude Lancelin, agrégée de philosophie ayant naguère choisi le journalisme au lieu de l'enseignement, vient de faire paraître *Le Monde libre*, livre aussi brutal, dérangeant et iconoclaste que le furent *La Société du spectacle* de Guy Debord ou *Lettre ouverte à ceux qui sont passés du col Mao au Rotary* de Guy Hocquenghem. C'est un réquisitoire foudroyant, écrit avec une grâce et une élégance de marquise de Sévigné, contre la presse française, notamment celle de gauche. Les critiques de la presse de gauche viennent souvent de la droite. C'est de bonne guerre idéologique. Aude innove : c'est de la gauche qu'elle met en pièces *L'Obsolète*, amusant pseudo trouvé par elle pour *L'Obs*, ancien *Nouvel Observateur*. Elle ne s'attarde pas, dans ce texte brûlant et scintillant que doivent acquérir d'urgence tous les gens ayant ou ayant eu la passion du journalisme, sur son licenciement de *L'Obs* en 2016.

Il a pourtant provoqué des réactions d'intellectuels insoumis. Il y en a encore quelques-uns. Punie pour avoir développé des idées, des sujets et des thèmes en accord avec son engagement et son tempérament de gauche – et non gauchiste, accusation dont l'ont accablée ses bourreaux et dont elle se défend, dans *Le Monde libre*, avec une ironie qui fait une grande partie de son charme littéraire –, Aude Lancelin s'interroge sur la nature de *L'Obsolète* : est-il toujours de gauche, après son rachat par trois milliardaires ? On aura beau jeu de lui répondre que *L'Obs* était déjà, quand il s'appelait *Le Nouvel Observateur*, la propriété d'un milliardaire : Claude Perdriel. Et que son appartenance à la gauche faisait rire plus d'un de ses lecteurs de droite.

Dans *Le Monde libre*, Lancelin brosse un tableau balzacien – c'est la deuxième partie d'*Illusions perdues* écrite par l'ombrageux d'Arthez – de notre petit monde parisien qui se croit grand. Les portraits sont au vitriol : on reconnaît tous les gens de lettres même quand l'auteur a changé les noms. Intrigues, calomnies, manœuvres, complots forment le fond de sauce de cet infâme brouet que le lecteur dévorera avec délices. Le livre se lit comme un roman policier dont on connaît la fin, puisqu'elle est au début : le licenciement d'une jeune femme libre et spirituelle qui croyait pouvoir écrire ce qu'elle pensait, comme elle le pensait, quand elle le pensait, et garder sa place à la direction d'un important hebdomadaire de gauche. Aurait-elle été mieux protégée dans un important hebdomadaire de droite ? Un beau livre est la réponse à toutes les questions que se posent l'auteur et le lecteur : Aude en a écrit un.

*Le Monde libre* n'est pas un manuel d'indignation, cette manie de vieillard. C'est, pour reprendre l'expression de Marx, « la critique implacable de tout ce qui existe ». Et un appel à la révolte intellectuelle telle que la définirent et la proposèrent les philosophes français du XVIIIe siècle chers à Aude Lancelin. Au contraire du Sauron de Tolkien, l'obscurantisme ne sera jamais détruit, et c'est sans fin que nous devrons parcourir les terres du Mordor pour nous débarrasser d'un anneau qui, par une magie débilitante, reviendra aussitôt au creux de notre main.

## Mon premier mariage gay

La veille de la Manif pour tous, je suis allé à un mariage gay. Je n'avais pas assisté à un mariage depuis le mien (le 4 janvier 1994, à la mairie du VIIe arrondissement de Paris). J'ai déjà écrit que j'étais contre cette formalité, car trop sensible pour ne pas être opposé au divorce : l'un ne va pas sans l'autre. Ça m'a surpris que les homosexuels réclament la suppression d'un de leurs rares privilèges : l'interdiction de se marier. Si le mariage était interdit aux hétérosexuels, leur vie serait plus heureuse : ils feraient l'amour sans scrupule avec tout le monde, comme les homosexuels. Comme les homosexuels avant. Maintenant, ils sont pareils aux hétéros : pour baiser, ils se cachent. Le divorce – drame qui fut épargné à Marcel Proust comme à Michel-Ange, à Patricia Highsmith comme à Gertrude Stein, à Jean Cocteau comme à Jean Marais, à Nathalie Barney comme à Jeanne Galzy – leur pend au nez. Et ne sera pas facilité par l'adoption ou la GPA. L'enfer préconjugal (« Tu m'épouses, oui ou non ? »), conjugal (« Je t'avais dit d'acheter des penne, pas des linguine ») et post-conjugal (« Deux mois que tu n'as pas payé la pension du petit »), les gays y sont entrés d'un pas vainqueur et insouciant, avec leur bravoure habituelle, celle de Monsieur sur les champs de bataille tandis que son frère « straight », l'infâme Louis XIV, petit gros à talonnettes, faisait dans sa culotte de soie.

Je retournais ces pensées dans mon esprit en écoutant, dans une salle de la mairie du IX$^{e}$ arrondissement, Laurent et Sébastien prêter ce serment aberrant : s'aimer toujours. Donc, jusqu'à la mort. Qui, d'un point de vue mathématique, est passée pour tout le monde, les gens qui s'aiment comme ceux qui ne s'aiment pas. Car le temps, au contraire de nous, ne s'arrêtera pas. Notre mort a déjà eu lieu, étant inscrite dans le temps qui passera. Aimer quelqu'un jusqu'à la mort, c'est ne plus l'aimer puisque nous sommes morts. Ce qu'il faut, c'est aimer quelqu'un dans l'instant, car les instants ne passent pas, au contraire du temps : ils se répètent.

Mes gaffes : d'abord, ai confondu les maris, prenant Laurent pour Sébastien et Sébastien pour Laurent. Ensuite, dire à ma voisine blonde avec piercing dans le nez et à l'oreille : « L'année dernière, c'était votre tour. » Alors qu'elle était gay et avait été inséminée artificiellement. Je me suis renseigné, mais trop tard. Ça m'intriguait qu'elle ne réagisse pas par un rire poli à ma fine remarque. Après la cérémonie, n'ai pas lancé du riz sur les mariés. Pourtant, il était bio. « Je ne jette pas de nourriture », a dit l'un des invités anti-gaspi. Moi, j'en jette, mais pas sur les gens.

Je m'étais dit que j'irais, le lendemain, à la Manif pour tous, mais j'ai eu la flemme. J'ai préféré rejoindre Christian Giudicelli au marché du livre ancien du square Georges-Brassens (Paris XV$^{e}$) et j'ai bien fait : trouvé *Ada* dans l'édition Fayard de 1975 à 2 euros et les trois recueils d'Ellery Queen parus chez Stock en 1969 pour 2 euros chacun. Le square Brassens, c'est Amazon plus la promenade. Après, nous avons déjeuné au Cent Kilos, plein à craquer de jolies filles célibataires, comme chaque dimanche.

## Pour François Hollande

Mon nouveau combat : la lutte contre l'illettrisme chez les journalistes et les hommes politiques. J'ai lu *Un président ne devrait pas dire ça…*, de Gérard Davet et Fabrice Lhomme, grands reporters au journal *Le Monde*. C'est un portrait vivace, coloré et ample de l'actuel chef de l'État, dont les auteurs ont recueilli les confidences pendant plusieurs années, confidences qui ont fait la une des grands médias à la sortie du livre en librairie. Presque tout le monde des journaux et des partis y a vu des déclarations scandaleuses du président sur sa vie privée, alors qu'elles sont on ne peut plus pudiques, et la divulgation de secrets d'État dont je n'ai pas trouvé trace. Ces bévues ont du reste assuré le succès du livre, ce dont je me réjouis pour son éditeur, Manuel Carcassonne, que j'ai rencontré au milieu des années 1980, chez Albin Michel, où j'officiais comme conseiller littéraire. C'était un jeune normalien qui hésitait entre deux vocations : l'édition et l'écriture. Il n'y avait aucun manuscrit sur mes étagères et j'avais les pieds sur le bureau : c'est sans doute ce qui a décidé Manuel à choisir l'édition. Il s'est vite rendu compte que le métier d'éditeur était plus absorbant que ce qu'il avait imaginé en me regardant ne pas le faire, mais ça ne l'a pas découragé, comme on voit.

Le livre de Davet et Lhomme empêcherait François Hollande de se présenter à l'élection présidentielle pour accomplir un second mandat de cinq ans. Cette intox signée LR – « la vieille droite aux yeux crevés », disait Mauriac –, avec dans les coins quelques paraphes des frondeurs du PS, nous a beaucoup occupés au cours des dernières semaines et m'a amené à me plonger dans ces 662 pages, moi qui m'étais juré, après les lectures éprouvantes de l'automne pour la remise du prix Renaudot, le 3 novembre – ou plutôt des prix Renaudot, car il y en a trois : le roman, l'essai et le poche –, de ne plus sortir de ma méthode thaïe (*Introduction au thaï*, de Noonpackdee Watana Butori et

Bernard G. Butori, Assimil). C'est à cause de l'écrivain Henri Lopes, ancien ambassadeur du Congo en France : l'autre soir, il m'a invité à L'Éléphant bleu, le célèbre restaurant thaï de la rue de la Roquette. J'ai parlé thaï (« pasathaï ») avec une des serveuses, ça m'a donné envie de revivre Bangkok.

A-t-on eu un président de la République plus intelligent que François Hollande depuis le général De Gaulle ? Dans le livre, chaque fois qu'il parle, c'est pour dire quelque chose d'intéressant. Ça doit être parce qu'il ne parle pas dans un micro. Sur la politique intérieure, la fonction présidentielle, les partis, les relations internationales, la vie privée, la sécurité, il est passionnant. Les autres hommes politiques se répètent et se la pètent ; il fait l'inverse.

J'adore son sourire de fausse modestie. Dans fausse modestie il y a modestie. Ce gros volume est une magistrale leçon de politique que doivent acheter tous ceux qui veulent en faire, en font ou en ont fait. Ils n'ont du reste pas attendu cette chronique : près de 200 000 exemplaires vendus. Il y a une justice, et elle est populaire.

## Un migrant choisit sa région

« Bon, alors, vous voulez aller où ? On se dépêche.

– En Grande-Bretagne.

– Le problème avec la Grande-Bretagne, c'est que ce n'est pas une région française. Nous, on a la Bretagne.

– C'est où ?

– En face de la Grande-Bretagne.

– C'est petit ?

– C'est moins grand que la Grande-Bretagne, mais ce n'est pas petit.

– Ils parlent anglais en Bretagne ?

– Non, parce que c'est une région française. Il y a aussi le Nord. En haut de la feuille, vous voyez.
– C'est quoi, le Nord ?
– C'est là où on est.
– Je préférerais ailleurs.
– Le Sud, c'est bien : il y a du soleil.
– Qu'est-ce qu'il y a dans le Sud ?
– La même chose qu'ici, mais avec du soleil. Vous aimez la campagne ?
– C'est comment ?
– Vert.
– C'est loin ?
– Il y en a un peu partout. On peut vous proposer la Bourgogne. On a cinquante places dans le Limousin. L'Auvergne, c'est bien : il n'y a pas beaucoup de monde, vous ne serez pas dérangé. Vous aurez de la place.
– De la place pour quoi ?
– Pour vous installer.
– Je ne veux pas m'installer.
– L'Aquitaine.
– Il y a la mer ?
– Oui, mais en cette saison elle est froide. Je ne vous conseille pas de vous baigner.
– Je ne sais pas nager.
– Il y a beaucoup de gens qui attendent, alors décidez-vous.
– Le truc au milieu de votre carte, c'est quoi ?
– C'est Paris.
– C'est bien, Paris ?
– C'est une ville. Il faut aimer.
– J'aime bien les villes.
– La Savoie, ça ne vous dit rien ?
– Je ne sais pas ce que c'est.
– À droite de la feuille. Il y a de jolies montagnes.
– Ce n'est pas indiqué.
– Forcément, ce n'est qu'un dessin. Vous faites votre choix ?

Allez, au hasard. Fermez les yeux et posez votre doigt sur la feuille : on vous enverra là. Fiez-vous à votre chance. C'est trop bête, vous avez choisi le golfe de Gascogne. Vous êtes dans l'eau. »

## La bombe différente

En Syrie, il y a deux catégories de bombes : la bonne et la mauvaise. La bonne bombe est celle de la coalition américano-européenne et la mauvaise, celle de la Russie. La bombe américano-européenne, c'est la délicatesse. Elle tombe pile sur les combattants de l'État islamique sans faire de dégâts alentour. Elle épargne les femmes et les enfants présents dans l'immeuble où se cachent les djihadistes. Idem dans les rues. Prenez une voiture. À son bord, un djihadiste et plusieurs dames voilées, ainsi qu'une demi-dizaine de Syriens en bas âge. La bombe américano-européenne, au lieu d'exploser avec grossièreté en faisant des victimes civiles innocentes, concentrera sa violence sur le djihadiste seul, les autres occupants du véhicule sortant de celui-ci avec au pire quelques égratignures. D'une précision chirurgicale, la bombe américano-européenne est un exemple de civisme et de respect des droits de l'homme. Voyez comme, sur les marchés, elle évite les étals de nourriture où se rassemblent les mères et leur progéniture pour ne toucher que les rassemblements d'hommes barbus hostiles marchandant des kalachnikovs. La bombe américano-européenne est le résultat magique de vingt siècles de culture occidentale. La place me manque pour détailler les différents aspects écologiques de la bombe américano-européenne, respectueuse de l'environnement.

Fille de soixante-dix années de terreur communiste aveugle, la bombe russe tombe n'importe où et sur n'importe qui. Tirée d'un bateau de guerre ivre ou lancée d'un avion militaire hors d'âge par un pilote psychotique, elle raye de la carte villes pacifiques et villages innocents. La bombe russe se moque ouvertement du peuple syrien. Sous prétexte de sauver celui-ci du terrorisme, elle détruit écoles et hôpitaux, crèches et maisons de retraite. Entre un troupeau de chèvres et une maison de vacances, fait-elle la différence ? Là où la bombe américano-européenne épargne les animaux comme les vacanciers, ne visant que les tireurs islamistes isolés qu'elle anéantit un par un avec une patience et une précision de dentellière, la bombe russe s'écrase avec une violence meurtrière, éparpillant bêtes et vacanciers aux quatre coins du périmètre. N'est-ce pas un indice révélateur que les Syriens supplient que les bombardements américano-européens ne cessent pas et même se prolongent longtemps après la signature d'accords de paix, afin que restent présentes à l'esprit du peuple syrien leur finesse, leur douceur et leur intelligence ?

## Camping 4

Le camping des Flots bleus est fermé en novembre. Ses seuls occupants : quelques chats qui semblent bien s'entendre. En tout cas, ils se déplacent en bande. Il n'y en a pas un de la même couleur : belle leçon d'antiracisme félin. Je n'avais rien à leur donner à manger, mais ils n'avaient pas l'air d'avoir faim. Nourris à vie par Pathé ? Dans les trois films de Fabien Onteniente, le camping donne sur l'océan alors que dans la réalité il est adossé à la dune du Pilat, plus haute que ne l'était le mur de Berlin. Ou que ne l'est celui de Jérusalem. Aucune vue sur la mer. L'emplacement 17, convoité par Jacky (Claude Brasseur) dans le premier épisode de la série, se trouve sans doute sur la plage Le Petit Nice, à quelques kilomètres de là. J'ai reconnu les arbres.

La plupart des plages de Gironde sont cachées, comme les maisons. Ou les sentiments dans les romans de Mauriac. La ressemblance de l'écrivain gaulliste avec les pins des Landes : immense, fin et penché. Sur la Côte d'Azur, la mer se montre nue avec impudeur. On la voit de la route comme du train. Ici, l'océan porte le soutien-gorge des dunes. Pour le découvrir, il faut les grimper. Le baigneur girondin commence sa journée par un peu d'escalade.

Bordeaux, un mercredi matin, se préparant à la visite de son maire, annoncée par *Sud-Ouest* et France 3 Aquitaine. Le Bordelais Alain Juppé, comme a dit le présentateur télé. La ville la plus instable de France sur le plan météorologique : il pleut sur la rue Sainte-Catherine tandis qu'il fait soleil sur la place de Tourny. On ouvre son parapluie sur l'esplanade des Quinconces, après quoi on enlève son pull place Gambetta. À Bordeaux, l'argent ne se montre pas : il s'expose comme une œuvre d'art. La plus belle place n'est-elle pas celle de la Bourse ?

Arcachon se divise en saisons, quand la plupart des villes sont vieilles et nouvelles, hautes et basses. L'hôtel de M. et Mme Arnoux se trouve dans la ville d'Hiver dont il porte le nom, quartier où l'on traitait autrefois les riches tuberculeux. Les frères Pereire leur avaient construit de belles villas (Teresa, Toledo, Carmen, etc.) où ces malades chics attendaient la mort au bon air et dans un luxe délicat. C'étaient de gros lecteurs maigres. La littérature a beaucoup perdu avec l'invention de la pénicilline. La ville d'Hiver garde quelque chose de ce climat littéraire. C'est ainsi que Nathalène et Olivier Arnoux ont décidé d'accueillir des écrivains parmi lesquels Colombe Schneck, Simonetta Greggio, Arnaud Cathrine, Franck Maubert. Et moi.

Promenade, dans la ville d'Été, sur la plage d'Eyrac. Comme à Nice ou à La Baule, quelques vieilles demeures rabougries résistent aux immeubles résidentiels insolents. Les bains de mer auront fait bien des dégâts architecturaux. Acheter un appartement dans l'immeuble Maupassant Plage ? À condition de rejoindre Arcachon en Citroën Picasso.

## L'homme qui aimait l'échec

Nicolas Sarkozy serait, selon les commentateurs politiques, grand devant l'échec. Il aurait été, lors de la catastrophe du dimanche 20 novembre 2016[1], un exemple de dignité, de gravité, de grandeur. Dans les médias, on était surpris : après sa déroute devant son ancien Premier ministre Fillon et son ancien ministre Juppé, l'ex-président de la République ne faisait plus le clown comme lors de ses derniers meetings calculés au centime d'euro près. Terminés ses digressions sur les frites de la cantine, les noms d'oiseaux balancés sur la tête de ses adversaires, ses menaces au monde politique entier. Dans la défaite, Nicolas s'était repris. Redressé. Ses adieux sans Fontainebleau avaient l'étoffe et le rayonnement du dernier discours de Napoléon Ier à ses grognards groggys après la retraite anticipée de Russie que les Français n'ont toujours pas pardonnée à Vladimir Poutine.

Est-ce si difficile d'être grand devant l'échec ? On dirait au contraire qu'il a été conçu exprès pour qu'on soit grand devant lui. Perdre est aussi un plaisir. On est d'abord délivré de la peur de perdre, si obsédante en sport comme en politique. Délivrance prolongée par de petites satisfactions physiques comparables à celles qu'on réserve aux grands malades : on vous bisouille, on vous dorlote, on vous gâte. Ça va être quelque chose, les petits déjs de Sarko à la villa Montmorency et au cap Nègre. Dans les catastrophes naturelles, la plupart des victimes sourient. Ou même rient. L'échec offre en outre un grand choix de sentiments nobles, au premier rang desquels il y a le renoncement, suivi de près par le fair-play.

Le perdant a tort. Il s'agit pour lui de plaider sa cause, passion de tous les égocentriques, si nombreux au service de l'État. Dans la victoire, les mots nous manquent car ils sont inutiles : notre bon résultat parle pour nous. Le gagnant n'a rien à prou-

1. Échec à la primaire de la droite. (*N.d.A.*)

ver : c'est fait. Le perdant en revanche a tout le loisir de se plaindre, de s'expliquer, de s'analyser, de se condamner et de se gracier – plaisirs refusés à son adversaire plus heureux. Les raisons d'un échec sont innombrables alors que le succès n'a qu'une cause : on a été le meilleur. Un bavard comme Sarkozy ne pourra que tirer profit de cette merveilleuse palette de sentiments partagés et de pensées obliques offerte à toute personne ayant échoué à une compétition, quelle que soit l'importance de celle-ci.

Souvenons-nous de Nicolas, le soir du scrutin. Il a parlé tout de suite après Bruno Le Maire. Il était pressé d'encaisser sa défaite comme on encaisse un chèque, de la reconnaître comme on reconnaît une dette, de la revendiquer comme on revendique une augmentation, voire de la célébrer comme si c'était une messe. Il ne voulait plus quitter les micros, heureux d'exhiber son absence de chagrin. Il enveloppait les journalistes d'un regard tendre et comblé, comme un enfant qui, après une chute à vélo, montre son genou blessé à ses copains. Même pas mal.

## Le révolté et le révolutionnaire

Nous nous apprêtons à vivre des temps troublés, les deux principales figures politiques de la gauche française en lice pour la prochaine élection présidentielle étant un révolté, Manuel Valls, et un révolutionnaire, Emmanuel Macron. À première vue, difficile de les distinguer. C'est normal, car révolte et révolution ont le même préfixe et le même but : renverser l'ordre établi. Il y en a un brun et un châtain, mais ils ont tous deux les cheveux courts. Et portent des costumes identiques. Ceux de Macron sont peut-être, ainsi que l'ancien ministre de l'Économie l'a expliqué avec agacement à quelques jeunes Montreuillois venus naguère lui porter la contradiction devant une poste, mieux coupés. Car plus chers. S'il n'est pas devenu riche à millions lors de son passage remarqué à la banque Rothschild, Emmanuel a pu mettre un peu d'argent de côté, ce qui n'est sans doute pas le cas de Manuel, mal payé au PS et pas bien à la mairie d'Évry. D'où son côté révolté ? Les deux adversaires sont de taille moyenne, voire très moyenne, et c'est bon signe pour eux : les grands, dans la République française, ont perdu la main. Copé, Le Maire, Védrine, Villepin : hommes de talent desservis par leur haute taille. Les Français se sont mis à détester tout le monde, surtout les gens qui ont une tête de plus qu'eux. Le ministre de François Hollande le plus populaire ? Le plus petit : Cazeneuve. Fallait-il qu'il l'ait fatigué pour que notre peuple n'ait pas choisi Nicolas Sarkozy à la primaire de la droite, mais c'est quand même un petit qui a décroché la timbale : François Fillon.

Le titre choisi par Emmanuel Macron pour son livre : *Révolution*. L'ancien hebdo du PCF avait le même. J'écrivais dedans en 1991, mais pas les mêmes choses que Macron. *Révolution* est aussi le titre d'une chanson de John Lennon et Paul McCartney. Et celui d'une chanson de la chanteuse Jenifer : *Ma révolution*. Mais c'est surtout un objectif ambitieux. Attention : cette révolution est une révolution démocratique, donc sans goulag. Sinon, Emmanuel ne passerait pas si souvent à la télévision. Il ne la qualifie pas pour autant d'industrielle, vu le peu d'industries restant dans notre pays. C'est une révolution tout court, sans définition particulière. Une révolution dans un fauteuil, sur un écran d'ordinateur. On ne se gèlera pas les fesses comme ces pauvres Russes de novembre (calendrier grégorien, 1917).

Ce qui révolte Manuel Valls, c'est la possibilité que Marine Le Pen accède au second tour de la prochaine présidentielle. Pour empêcher cette révoltante perspective, il a montré qu'il était prêt à tout : quitter le VIIe arrondissement de Paris, prendre le train en seconde classe, se promener sur les marchés, défendre le bilan de François Hollande devant des assemblées de retraités de gauche ahuris. Une tête brûlée.

# L'honneur d'un colonel

Ce que les militaires écrivent bien. Jules César, pour commencer. Sa *Guerre des Gaules*. Publiée en 51 avant Jésus-Christ, lorsqu'il avait quarante-neuf ans. Avait été très occupé avant. Marc Aurèle n'était pas soldat mais il a fait beaucoup de guerres. Il a écrit douze livres, tous parus après sa mort. C'est mieux que d'être édité de son vivant : on ne peut pas lire les mauvaises critiques. Quoique des articles hostiles à Marc Aurèle, au IIe siècle après Jésus-Christ, il n'y en aurait pas eu beaucoup dans le monde romain. Devant un empereur, les critiques littéraires se calment. Il n'y a qu'à les voir devant un président. Le sous-lieutenant d'artillerie Laclos – inventeur du boulet creux – a écrit le plus beau roman du XVIIIe siècle, qu'on n'eut le droit de lire qu'au XIXe : *Les Liaisons dangereuses*. On peut compter Marcel Proust parmi les militaires écrivains : n'a-t-il pas devancé l'appel en 1889 pour être incorporé au 76e régiment d'infanterie à Orléans ? Et enfin le général De Gaulle, qui fit fortune avec ses *Mémoires de guerre* et ses *Mémoires d'espoir*, ce qui lui permit de refuser et son traitement et sa retraite de président de la République. Il a vécu de sa plume, comme Dickens et Balzac. Il était même désigné, dans sa feuille d'impôt, comme travailleur indépendant.

Le colonel Jacques Hogard avait écrit, en 2005, *Les Larmes de l'honneur. 60 jours dans la tourmente du Rwanda*, aujourd'hui réédité, avec nombre d'ajouts et de développements. Le 22 juin 1994, Jacques Hogard est désigné pour prendre le commandement d'un des trois groupements militaires de l'opération Turquoise. Les écrivains font des plans et les militaires des plans d'état-major : plus précis, Hogard, avec la force et la rigueur d'un officier doué pour les lettres, raconte ces deux mois passés dans le sud-ouest du Rwanda, entre réfugiés hutus et réfugiés tutsis, militaires tutsis et militaires hutus. Le moins qu'on puisse dire est que l'auteur ne porte pas Paul Kagame, qu'il appelle toujours le

« général-président » pour souligner ses manières de dictateur africain, dans son cœur. Indigné du procès fait, dans les médias, à la France et à ses militaires par le gouvernement rwandais et ses alliés – Hogard dirait ses complices – anglo-saxons, le colonel met beaucoup de soin à décrire toutes les opérations effectuées avec ses hommes pendant deux mois et qui ne sont en rien comparables à ce qui aurait pu être une quelconque participation au génocide.

*Les Larmes de l'honneur* est un beau livre de colère froide d'un homme blessé, au sang chaud, qui a aujourd'hui quitté l'armée pour diriger un groupe de sociétés de conseil et d'assistance au développement international spécialisé en intelligence stratégique et en sûreté. Je conseille l'ouvrage aux gens qui n'ont rien compris à la guerre FPR-FDLR et à ceux qui l'ont comprise. Je laisse les autres à leur mauvaise foi malade.

## Je ne veux jamais oublier Michel Déon

*Un taxi mauve* offert, en juin 1973, par Sonia Ferry à Montreuil pendant mon hépatite virale. La position du lecteur de Déon : couché. Cette belle et grande Normande blonde de vingt ans aurait pu être un de ses personnages, mais je suis tombé amoureux de lui, pas d'elle. Dans ma bibliothèque de la rue de Bourgogne, l'exemplaire dédicacé, le 9 décembre 2001, par Michel : « Pour Patrick, en attendant qu'il hèle un Taxi, mauve ou pas, et dise : Taxi, Tynagh, Irlande. » Le même jour, sur l'édition Plon, (8$^{e}$ mille) de *Je ne veux jamais l'oublier* (1950) : « On dit ça… et puis… on oublie un peu, beaucoup, heureusement. » Je ne veux jamais oublier Michel Déon. Il est l'écrivain français que, dans ma jeunesse, j'ai le plus aimé. Y a-t-il quelqu'un, aujourd'hui, que j'aime davantage ? Je me rends compte que non. Michel aura été l'écrivain français vivant que j'ai le plus aimé de toute ma vie et qu'il soit mort n'y changera rien.

On entrait dans ses livres comme dans un bon hôtel ou un grand restaurant : certain d'y avoir tout le plaisir possible. C'étaient des œuvres ensoleillées et tendres, au romantisme réfléchi. Le narrateur était souvent grognon, comme tous les adolescents. En colère contre la société, jamais assez bonne pour lui. Du coup, il la fuyait. En Italie, en Grèce, au Portugal. À bord d'une voiture décapotable. C'était l'époque où les gens avaient une auto, parce qu'ils pouvaient la garer.

Le charme de ce célibataire pauvre à bonnes fortunes. Le monde selon Déon : une aire de jeu amoureux. La femme qu'il aime est trop chère pour lui ? Qu'à cela ne tienne : il se soûle dans un bar et finit la nuit avec la barmaid. C'est Stendhal avec une carte routière. Le personnage déonien vit à découvert sur les plages de la Méditerranée. Il est libre, élégant, brutal. Désintéressé, comme Vailland après sa rupture avec le PCF. Le fameux désengagement des Hussards (Nimier, Blondin, Laurent et Déon), qui ont tous milité pour l'Algérie française. Les trois premiers ont eu bien de la chance d'être morts avant La Manif pour tous : ils y auraient défilé en zigzags, surtout Blondin. Michel, lui, était en Irlande. Dans *Les Poneys sauvages* – « qui rentrent à l'écurie, plutôt fourbus et résignés » (dédicace du 9 décembre 2001) – je trouve quelques lettres de Déon. Tant d'indulgence et d'amitié dans ses jugements sur mes ouvrages. Michel a mis beaucoup de talent à s'occuper du talent des autres. Ces déjeuners qu'il passait à vanter Carrère, Houellebecq, Kis, Littell (le fils), Rolin (Jean). À vingt ans, il militait pour le roi ; à quatre-vingt, pour les autres. C'était un irréductible colleur d'affiches. Un scout lettré toujours prêt pour un voyage ou un colloque, un dîner ou un ciné. Il est même venu à Belgrade sur l'invitation de Madeleine Zepter, qui l'éditait en Serbie. Il avait un énorme plaisir à vivre son admirable vie : sa mort n'en paraît que plus abominable.

Dans *Un parfum de jasmin* – « relu dans la nuit de mercredi 9 et jeudi 10 juin 2004, après ma rencontre, chez Laurent, avec Adélaïde de Clermont-Tonnerre, journaliste à *Point de vue* », ainsi qu'il est indiqué par moi sur la page de garde, et dédicacé par Michel le 12 février 2013 : « Cher Patrick, en souvenir d'un "parfum de" boudin noir [jasmin rayé] au Bistrot de l'Université » –, il y a cette nouvelle merveilleuse qui donne son titre au livre et débute ainsi : « C'était la mort d'un été, au bord d'une plage italienne, à Positano exactement. » Je me souviens d'un dîner sur la terrasse parisienne de Laurence Tacou, où, sous le regard amusé d'Éric Neuhoff, Adélaïde, avec cet aplomb merveilleux qui en a fait une des reines de Paris, avait soutenu que Jeanne d'Arc n'était pas pucelle. La tête de Michel, qui avait épousé Chantal, une descendante de la famille d'Arc, le 15 mars 1963.

Son chef-d'œuvre reste pour moi *Le Jeune Homme vert* (1975) et *Les Vingt Ans du jeune homme vert* (1977), roman unique que, sur les conseils de son éditeur Claude Gallimard, l'auteur avait divisé en deux, ce qui lui a permis de faire deux best-sellers au lieu d'un. Ce serait bien, un gros Folio rassemblant les deux titres : on aurait une idée juste de l'ampleur de l'œuvre. Le talent, a dit un jour Peter Handke, c'est la confiance. Et de la confiance, dans ces années-là, Déon en avait à revendre. Après son Interallié de 1970 pour *Les Poneys*, Michel a reçu le Grand Prix de l'Académie française pour son *Taxi*. Il s'est installé en Irlande, où écrire des romans est l'une des rares distractions, avec regarder tomber la pluie et rire au nez du fisc français. *Le Jeune Homme vert* et sa suite sont une cavalcade à travers le XX^e^ siècle, moins alourdie que *Les Poneys* par les obsessions politiques de l'auteur. Michel n'a plus besoin de se venger de 1945, de 1954, de 1962 et de 1968 : son succès en librairie l'a fait à sa place. Divers, varié, multiple : le roman – écrit après la lecture de *Histoire de Tom Jones, enfant trouvé*, de Henri Fielding (le plus grand livre de la littérature de langue anglaise aux yeux de Hemingway) – est un enchantement. Le hussard est sur le toit et ne redescendra pas avant la dernière page. Dédicace du 10 février 2004 : « ... l'auteur se réserve le droit absolu de ne jamais raconter ce qui est arrivé après »...

Ma première rencontre avec Déon, en 1975, au club Interallié, pour l'éphémère prix Réalités. Je siège dans le jury avec celui qui est pour moi, à dix-neuf ans, un dieu vivant : j'ai, depuis juin 1973, lu tous ses romans. *Les Gens de la nuit* en Folio acheté dans une librairie du boulevard Saint-Germain sous les klaxons de protestation des automobilistes, pas contre mes goûts littéraires mais à cause de deux jeunes garçons qui s'embrassent sur la bouche à un feu rouge. Au club Interallié, on nous sert des côtes d'agneau. Je réclame de la moutarde. Soupir désapprobateur de Michel : « De la moutarde avec de l'agneau… » Puis nous sommes devenus amis et je n'ai plus jamais mangé de l'agneau avec de la moutarde.

## Notes de lecture

La passion de Proust pour la stratégie militaire (*Le Côté de Guermantes*) lui sera bien utile à la sortie de son premier roman, chez Grasset, le 14 octobre 1913.

L'inventeur du *page turner*.

Mode amoureux unique : un homme intelligent aime sans retour une idiote (Swann et Odette ; le narrateur et Gilberte, Oriane, Alix, Albertine ; Saint-Loup et Rachel ; Charlus et Morel, dans ce cas un idiot.).

Une bande-son pour *À l'ombre des jeunes filles en fleurs* : « Sea, Sex & Sun ».

Lire Proust et arrêter d'écrire ou écrire Proust et arrêter de lire ?

Son côté raseur.

Les seules personnes dont il pense et dit du bien, en dehors de sa famille : les jeunes officiers de Doncières, tous antidreyfusards.

Impossible de lire la *Recherche* au soleil : il faut être enfermé, comme Proust quand il l'a écrite.

Sa description du téléphone, devenue inepte comme le sera dans un siècle celle du smartphone.

L'âge de Marcel n'est jamais indiqué, car il n'en a pas.

Disparition de la maman du narrateur après le baiser de Combray.

Exclu du roman, Robert, son frère médecin, punira Proust en lui faisant une piqûre douloureuse et inutile juste avant sa mort.

Et si l'œuvre de Marcel Proust était, comme celles d'Albert Cohen et de Patrick Modiano, une vengeance contre les antisémites : ceux de l'affaire Dreyfus pour le premier, ceux des années 1930 pour le deuxième et ceux de l'Occupation pour le dernier ?

La *Recherche* n'est pas une saga, mais un seul roman divisé arbitrairement en plusieurs parties : le lire donc en Quarto, son édition la plus fidèle, bien que la plus tardive.

Bréviaire de la haine de classe.

Le martyr de la délicatesse.

Un seul amour réciproque, celui qu'il y a entre une mère et son fils.

Page 962 : « Robert ignorait presque toutes les infidélités de sa maîtresse… » Trois lignes plus bas : « Il ignorait presque toutes ces infidélités. » La répétition qui empêche Proust de dormir dans sa tombe depuis le 18 novembre 1922 ? Comme le « nous fîmes quelques pas à pied » (page 1047) ?

Misogynie à part : « Dans la vie de la plupart des femmes, tout, même le plus grand chagrin, aboutit à une question d'essayage » (page 1006).

Forte envie, après la *Recherche*, de lire ou relire Mme de Sévigné et Saint-Simon.

## Pour Louise Colet

La Normandie, c'est la pomme. Je fais refroidir, sur le rebord de ma fenêtre dans la chambre 105 de l'Hôtel Flaubert (33, rue du Vieux-Palais, Rouen), une bouteille de cidre terroir de Madame Bovary, Bertrand Asselin producteur. Le cidre : seul alcool qu'on a le droit de boire quand on est petit, en mangeant des crêpes avec ses parents après la baignade sur une plage de Bretagne ou de Normandie. Il y a longtemps que j'ai renoncé au calva, mais je suis toujours accro au jus de pomme. Ai vidé à moi tout seul la bouteille du buffet au petit-déjeuner. Il y a aussi la tarte aux pommes. Et les joues des filles de Rouen qui sont des pommes et luisent sous la pluie.

L'Hôtel Flaubert est dédié à Flaubert. Dans l'entrée, une gravure de Louise Colet grandeur nature. On a l'impression que Louise était bête et moche, c'est le contraire : elle était belle et intelligente. Ce qui nous trompe, c'est qu'elle a été repoussée, pendant plusieurs volumes de *Correspondance* en Pléiade, par Gustave Flaubert, qui ne voulait jamais la voir, sauf quand il faisait un saut à Paris, pour la sauter. Née à Aix-en-Provence le 15 septembre 1810 – soit onze ans avant Gustave, ce qui explique bien des choses –, Louise publie son premier recueil de poèmes à vingt-six ans : *Fleurs du Midi*, chez Dumont. Ses autres éditeurs, jusqu'à sa mort en 1876, seront Delloye, René, Pinotin, Berquet et Pétion, Coquebert, Royer, Dentu, Legros, Dondey, Barba et Lavigne. Tous disparus. Les éditeurs disparaissent, comme les journaux. De la presse si abondante du XIXe siècle il ne nous reste que *Le Figaro*, qui était alors un journal satirique – d'où son titre –, et la *Revue des Deux Mondes*. Pour ses poésies, tout au long de son existence, Louise recevra quatre prix de l'Académie française. Alors que Flaubert n'en a eu aucun.

Libérale – au XIXe siècle, c'est le contraire de François Fillon – et féministe, elle contribue à financer le journal de Flora Tristan, *L'Union ouvrière*. Elle participera à la révolution de

1848 et soutiendra la IIe République. Elle a tenu, rue de Sèvres, puis rue Vaneau, un salon de gauche fréquenté par la crème des républicains que Napoléon III expédiera bientôt en exil à Bruxelles ou à Londres. Louise a écrit dans les journaux pour gagner sa vie et la changer, sans rencontrer le succès dans ces deux entreprises. Elle a fait son premier best-seller à cinquante ans avec un bouquin vengeur sur son ex, Flaubert : *Lui*. J'ai volé son titre en 2001 pour un court roman sur Hitler qui n'a d'ailleurs pas marché. Pardon, Louise.

Italianisante, elle suit de près la révolution italienne. En 1860, elle voit Garibaldi à la séance d'ouverture du Parlement à Turin. À Naples, elle suivra les soldats dans leurs campagnes. C'était la cantinière de l'esprit de gauche. De cette expérience elle tirera son deuxième best-seller : *L'Italie des Italiens*, en quatre volumes.

En 1871, Louise prend le parti de la Commune. Elle sera blessée dans l'explosion de la poudrière du Luxembourg. Sur la question, elle écrira *La Vérité sur l'anarchie des esprits en France*, qui ne paraîtra qu'en 1879, après sa mort. Son dernier ami sera le républicain Edgar Quinet, qui a son boulevard à Paris, alors que Louise attend toujours le sien, comme Aragon.

## École primaire

Naguère, les hommes politiques français étaient mis en examen ; à présent, ils en passent. On croyait qu'ils avaient terminé leurs études, c'est l'inverse : ils retournent en primaire. À l'école primaire. Il y a une école de droite et une de gauche. Dans celle de droite comme dans celle de gauche, les élèves ont d'abord une épreuve écrite : un livre. La forme est laissée à l'appréciation de chacun – l'analyse délicate NRF de Le Maire, la mise en garde sarthoise signée Fillon, la harangue électoraliste chez Sarkozy, l'admonestation modérée pour Juppé, etc. –, mais l'objectif est le même pour tous : passer dans la classe supérieure, qu'on appelle le second tour de la primaire. Vient ensuite l'épreuve orale. Les élèves ont deux handicaps : ils n'ont pas le droit de s'asseoir et doivent porter un costume et une cravate. La primaire est mixte, ce qui est normal au XXI^e^ siècle, mais, dans l'école de droite comme dans celle de gauche, une seule femme est admise : Kosciusko-Morizet à droite, Pinel à gauche. Le principe des quotas ne semble pas encore avoir été accepté dans les couloirs du ministère de l'Éducation. Pour ces dames, jupe ou pantalon, peu importe : l'épreuve orale est filmée, certes, mais rarement au-dessous de la ceinture.

L'école primaire de gauche ressemble beaucoup à l'école primaire de droite : énorme majorité d'élèves masculins de race blanche. Mais, à gauche – conséquence prévisible de certains manquements à la discipline scolaire ? –, il y a deux fugueurs : Emmanuel Macron et Jean-Luc Mélenchon. Ils ne se sont pas présentés à l'épreuve orale, bien qu'ils aient brillé à l'écrit : Macron avec son manifeste tonitruant *Révolution* et Mélenchon avec sa sévère leçon de choses politiques *L'Avenir en commun*. Fortes têtes, ils ont choisi d'affronter en candidats libres l'épreuve finale : l'élection présidentielle de 2017. Du coup, les autres élèves de la primaire de gauche ont l'air de candidats pas libres. Est-ce la raison pour laquelle leur épreuve orale publique est loin d'avoir fait salle comble ? Il y avait pourtant, parmi eux, de brillants orateurs : le vibrionnant Montebourg, l'intense Valls, le rusé Bennahmias, le pédagogue Peillon, etc. Ils se sont escrimés en vain les uns contre les autres à fleurets mouchetés. C'est peut-être là que le bât a blessé. Ou plutôt n'a pas blessé. Le climat convivial de l'école primaire de gauche l'a emporté sur le désir d'obtenir une première place à l'épreuve orale. Les participants se sont retrouvés entre camarades de classe comme dans la cour de récré de Solferino. Est-ce à cause des primaires que nous allons élire à l'Élysée, comme en 2012, un candidat que nous aurons fait retomber en enfance en le traitant comme un enfant ?

# Les TOC d'Édouard

Vingt ans de Russie postcommuniste n'ont pas guéri Édouard Moradpour (soixante-neuf ans) de ses TOC. Au contraire, il a pris ceux des Russes en supplément. Ne pas serrer la main d'un ami entre deux portes, car ça coupe l'amitié. Ne pas revenir chez soi tout de suite après en être sorti : la journée serait gâchée. La superstition touche surtout les gens qui ont eu des malheurs. Et Moradpour en a eu un : quand il était bébé, sa mère lui a refusé ses seins, ne pouvant pas allaiter. Depuis, il achète tout en paire : yaourts, pantalons, ampoules, slips. Il a quitté la Russie avant de devenir fou ou mort. À Moscou, il était dans le marketing politique, métier à hauts risques physiques, surtout pour un Occidental. Revenu en France fortune faite, défaite et refaite plusieurs fois, il s'est lancé dans l'écriture. Peut-être parce que c'est le milieu où il y a le plus de TOC. Et de toqués. Le dramaturge américain Neil Simon a raconté, dans une récente master class, qu'il ne pouvait rédiger ses pièces que sur un papier bleu ciel d'une qualité particulière ; quand il n'en a plus trouvé, il a arrêté le théâtre. Hemingway n'écrivait que debout et Pouchkine que couché. À l'époque où il faisait des romans, Simenon mangeait la même chose chaque midi : steak dans le filet et haricots verts. Quand il a renoncé à la littérature et s'est mis à dicter ses pensées en Suisse (22 volumes aux Presses de la Cité), il a modifié son régime et n'a plus avalé que de la semoule. La même que celle préparée par sa mère quand il était enfant. Il suffit de regarder vivre une femme et son fils de trois ans pendant une soirée pour comprendre tout Sigmund Freud.

On devrait faire des soirées TOC comme il y a des soirées foot. Chacun commenterait ses matchs avec les siens. J'ai trois TOC : ne pas pouvoir m'installer près des WC dans un restaurant, faire pipi avant de sortir de ma maison et toquer du doigt contre ma porte quand elle est refermée. Les TOC sont de petites folies cachées qui peuvent devenir énormes, voire monstrueuses, et nous empêcher de vivre. Donc, nous tuer. L'ouvrage d'Édouard – *Moi, Édouard, vieux garçon, maniaque et fier de l'être* – est salutaire en ce qu'il indique qu'on peut s'amuser de ses TOC. Sur son balcon du quatrième étage, l'auteur garde une corde à nœuds, pour le cas où un incendie l'empêcherait de quitter l'immeuble par l'escalier ou l'ascenseur. Le problème, c'est qu'il ne l'a jamais essayée. Il voudrait le faire une fois, mais il craint d'effrayer son voisin du dessous. Il ne peut pas s'endormir s'il n'y a pas une hache sous son lit : meilleure arme, pense-t-il, en cas d'agression nocturne. Mais, comme la corde, il ne l'a pas encore testée. À midi, il lui faut une canette de Coca-Cola sur la table avec de la glace à part et sans citron : c'est pourquoi il ne déjeune jamais chez Lipp, où on n'en sert pas. Il garde 300 sacs en plastique chez lui avec tous ses tickets de carte bleue depuis 1971. Pas la peine de l'enfermer : il l'a fait lui-même, avec un grand sourire de toqué.

## Gastronomie aérienne

Déjeuner astronomique au Jules Verne, sur la tour Eiffel. On doit prendre un ascenseur, car on ne saurait monter à pied dans un restaurant étoilé au Michelin. Tant pis pour les gastronomes sportifs. Accueilli par le directeur, Jean-Philippe Guériaux. Jean-Philippe est un ancien de Tante Marguerite, établissement de la rue de Bourgogne dont il appréciait la clientèle : un tiers de députés (Assemblée nationale voisine), un tiers de militaires (le ministère de la Défense n'avait pas encore déménagé à Balard) et un tiers d'écrivains du VII^e^ arrondissement (Éric Neuhoff, François Céresa, Stéphane Denis, Anthony Palou, moi). À chaque table s'échangeaient des informations, ce qu'on appelait autrefois des secrets. Jean-Philippe n'avait que des amis, tous plus ou moins bavards. Il en savait, des choses, qu'il a enfouies au fond de son regard bleu et qui ne sont jamais ressorties. Au Jules Verne, le public est plus public : fiancés russes de trente ans, vieux mariés chinois, couples turcs enchantés. C'est la tour Eiffel de Babel. Il y a des familles françaises invitées par le grand-père pour fêter l'ouverture du testament de l'arrière-grand-père. Tous mangent avec lenteur, savourant les secondes. Intimidés, comme s'ils déjeunaient à l'intérieur du Louvre ou du château de Versailles. Ou au sommet de l'Arc de triomphe. Ces silences au moment de l'addition, épais comme les sandwichs vendus au bas de la tour. La machine à carte bleue fait, du coup, un bruit d'enfer.

Il y a un menu, comme sur les bateaux de croisière. Il est signé Ducasse, c'est tout dire. Entrée : pressé de volaille et de foie gras de canard. Suivi, pour Anne-Sophie, d'une canette de Challans. Je choisis un lieu jaune, plat adéquat pour un voyage en mer. Sous nos pieds tangue l'océan de Paris. Toute ma vie étalée entre les plats : dérives adolescentes des bords de Seine et escalades pensives du Sacré-Cœur. Ai pu enfin voir la nouvelle cathédrale russe du quai Branly de haut. Jean-Philippe me raconte qu'un repas de mariage a commencé avec le départ de la mariée, sujette au vertige. Son mari avait voulu lui faire une bonne surprise en lui dissimulant le lieu de leurs agapes.

Il a fallu redescendre sur terre, non sans un séjour angoissé aux WC : la porte se referme seule et je n'ai pas tout de suite repéré la cellule photoélectrique qui déclenche sa réouverture. On reconnaît un grand restaurant à ce que la dame des vestiaires est un top-modèle. Les militaires armés sur les lieux touristiques ne sont pas rassurants : et s'il prenait à l'un d'eux l'envie de nous tirer dessus, parce qu'il n'a pas eu de permission depuis six mois ?

J'oubliais : avant notre départ, Jean-Philippe nous a offert un sachet de petites madeleines, pour que nous nous souvenions de ce déjeuner. Je lui ai appris – un peu de cuistrerie ne faisant pas de mal à la fin d'un bon repas – que ce n'était pas une madeleine que Proust a émiettée dans son thé et qui a ramené à sa conscience des souvenirs du temps perdu qui n'avaient d'intérêt que pour lui et ont fini par fasciner les lecteurs du monde entier, mais une biscotte. « Pas de biscotte au Jules Verne », a conclu le directeur Guériaux.

# La cuisine de Kaboul

Une série doit se manger en une fois, comme un kebab. Ces feuilletons télé de notre enfance dont les épisodes se terminaient trop tôt : il fallait attendre une semaine pour connaître la suite de l'histoire. Thierry et sa fronde, Vidocq avec ses bagnards, Rocambole sous son haut-de-forme ; on ne les retrouvait qu'après sept jours d'impatience. Le DVD a été inventé par quelqu'un de ma génération ayant trop souffert devant le poste de ses parents avec les mots : à suivre. J'ai regardé les 12 épisodes de *Kaboul Kitchen 3* de 17 à 23 heures, le jour même où j'ai trouvé, chez Gibert Joseph, le coffret. Je ne me suis pas arrêté, sauf pour manger quelques dattes offertes par Hosni lors de mon dernier déjeuner au Comptoir de Tunisie. Pas de dîner, il y a un plateau télé, mais il n'y a pas de plateau série. La série ne se regarde pas à plusieurs, car il y aura toujours quelqu'un qui ne voudra pas regarder l'épisode suivant, prétendant qu'il en a déjà vu quatre ou cinq et qu'il est temps pour lui ou bien de faire autre chose, ou bien de se coucher. Seul, affamé et infatigable, l'amateur de séries n'a qu'un but : aller au bout de l'histoire afin d'effacer les chagrins de son enfance où il était obligé d'attendre la suite au prochain numéro.

La saison 3 de *Kaboul Kitchen* – créateurs : Jean-Patrick Benes, Allan Mauduit et Marc Victor – commence par une mauvaise nouvelle : Jacky (Gilbert Melki), l'ancien patron du resto, est mort. Tué par la mafia russe, une balle dans chaque œil. Les Russes ont remplacé, dans l'imaginaire occidental, les nazis, qu'ils ont vaincus en 1945 ; ça doit leur faire tout drôle. Dans la plupart des films, téléfilms et feuilletons tournés dans l'Union européenne et aux États-Unis, ils sont brutaux, sadiques, insensibles, abominables. Est-ce Melki qui n'a plus voulu du rôle ou le rôle qui n'a plus voulu de lui ? On ne le saura pas, car l'éditeur ne propose pas de making-of et donc ne donne aucune explication. Melki – l'irrésistible Patrick des trois *Vérité si je mens* – a été remplacé par Stéphane De Groodt, qui brille dans un rôle d'escroc poétique de charme à la petite semaine comme les aimait Françoise Sagan dans la vie ainsi que dans ses livres (*La Femme fardée*). Il finira, après de nombreux et astucieux rebondissements, par diriger le Kaboul Kitchen, Sophie (Stéphanie Pasterkamp) quittant l'établissement, l'Afghanistan et son mec (Alexis Michalik) pour rentrer en France avec son bébé.

*Kaboul Kitchen*, c'est la guerre dans ce qu'elle a de mieux : l'argent liquide de l'Union européenne coulant à flots pour des missions pseudo-humanitaires, tout le monde toujours prêt à coucher avec tout le monde par peur de la mort du lendemain, copains de bar ultra sympas de la DGSE (l'action se passe en 2006), fêtes infinies. Si la guerre n'avait pas des côtés charmants, on ferait moins de films sur elle et on n'écrirait pas autant dessus. Quel repos pour le guerrier en temps de paix ? S'il n'avait pas autant fait jouir les Français avec ses batailles à répétition, Napoléon ne serait sans doute pas enterré tout seul comme un pharaon dans la majesté de l'hôtel des Invalides alors que Chateaubriand, qui n'a jamais tué personne, doit se contenter d'un rocher en Bretagne. On a tout le temps envie de rejoindre en Afghanistan les personnages de *Kaboul Kitchen* pour vivre avec eux une série télé de plusieurs années. Il paraît que le vrai Kaboul Kitchen est toujours ouvert. C'est tentant.

## Chez les *1*

Au numéro 24 de la rue Saint-Lazare, Éric Fottorino et Laurent Greilsamer, les fondateurs de l'hebdomadaire plié en huit *Le 1*, pendent la crémaillère dans leurs nouveaux locaux. Leur prospérité fait plaisir à voir alors que la presse papier souffre à cause d'Internet. Les kiosques à journaux ferment les uns après les autres. Celui qui faisait l'angle de l'avenue d'Italie et de la rue Vandrezanne (Paris XIIIe) a même disparu. La librairie de la rue Damrémont (Paris XVIIIe) où j'achète *L'Équipe* chaque matin pour avoir des nouvelles de mes clubs de foot préférés (PSG, ASM, Red Star) est en vente. Quand j'ouvre un journal dans un wagon de métro ou à une terrasse de café, j'ai l'impression de faire une chose incongrue et même déplacée comme marcher dans une église la braguette ouverte. Dans les films contemporains, personne ne lit un quotidien, alors que, dans ceux de Godard, Truffaut et Rohmer, les protagonistes ne font que ça. *Le New York Herald Tribune* de Jean Seberg dans *À bout de souffle*, a l'air d'une pièce de musée, comme le maillot blanc de l'actrice.

Plusieurs Besson dans la liste des invités. Ça m'aurait étonné. Années 2000 : la multiplication des Besson. Il y en a même un chez Macron : Philippe. Bientôt ministre de la Culture comme Maurice Druon ou ambassadeur de France en Autriche comme François-Régis Bastide[1] ? Qu'est devenu Éric, le Besson qu'il y avait chez Sarko ? Le Louis qui a fait la loi sur le logement, je crois me souvenir que c'était un socialiste. Dans la liste du *1*, il y avait un Henri Besson dont je me demande dans quoi on va le retrouver. J'espère que ce n'est pas dans les arts : on est déjà beaucoup. Labro, derrière moi dans la file, a plus de chance : il n'y a qu'un Labro. Je me souviens de la première phrase de son premier roman : « Une salope n'est pas forcément une putain. » Ou était-ce : « Une putain n'est pas forcément une salope » ? Les deux phrases me paraissent justes.

J'aime arriver au commencement d'un cocktail, c'est plus facile pour accéder au buffet. Et aux hôtes. Après avoir salué Éric et Laurent, direction champagne. Mais beaucoup d'autres invités ont eu la même idée que moi : être les premiers au *1*. Il m'a fallu, du coup, patienter pour obtenir ma première coupe. J'en ai profité pour croiser plusieurs personnes de qualité : l'éditrice Karina Hocine, l'historienne Dominique Missika, la

1. Ni l'un ni l'autre. (*N.d.A.*)

productrice Fabienne Servan-Schreiber, le journaliste littéraire Mohammed Aïssaoui, l'éditeur Olivier Nora, accompagné de la romancière Anne Akrich (*Il faut se méfier des hommes nus*). Morgan Sportès parle encore plus fort qu'avant son prix Interallié (*Tout, tout de suite*). Retrouvailles avec Aude Lancelin depuis son prix Renaudot essai. Cet air étrange qu'ont les terroristes dans les soirées mondaines : semblent toujours se demander où ils ont laissé leur bombe. Vestiaire ou WC ? Je retrouve Anne-Sophie Stefanini (*Nos années rouges*) en conversation avec Olivier Weber, dont je déniche au marché du square Brassens (Paris XVe), quelques jours plus tard, la biographie de Lucien Bodard (1997). Lucien avait un million de lecteurs à *France-Soir*. Alors que les Français étaient deux fois moins nombreux.

## Pour John Burdett

Trois auteurs dont je lis les livres dès que je les reçois ou les trouve en librairie : Éric Neuhoff, Patrick Modiano et John Burdett. Le nouveau roman de Burdett, le huitième – chiffre porte-bonheur pour les Chinois dont il est beaucoup question dans *Le Joker* – est, comme les sept précédents, un chef-d'œuvre de malice, de finesse, de verve. John a appris à écrire dans Shakespeare et dans D.H. Lawrence, ce qui le différencie de la plupart des auteurs de romans policiers qui ont appris à écrire devant leur écran de télévision, en regardant des séries policières et des téléfilms noirs. « Les auteurs de romans policiers, m'a dit un jour Peter Handke, il y en a trop : il faudrait les tuer. » J'ai ri, pas lui. Peter ne rit pas à ses propres blagues, et quand il rit aux vôtres, c'est avec une méfiance enfantine, comme si on était en train de lui voler un jouet. Du reste, plus les années passent, plus Burdett s'écarte du polar pour se rapprocher des fondations de sa culture littéraire : du fantastique anglais fortement mêlé de romantisme et d'exotisme.

L'inspecteur Sonchai Jitpleecheep – nom presque aussi difficile à prononcer que celui du comté où Faulkner, un autre maître de John, situe presque tous ses romans – a, depuis le début de ses aventures dans le 8ᵉ district de Bangkok, un problème : son père américain. Nous avons tous un problème avec notre père, c'est le même que celui que nous avons avec notre fils : la ressemblance. Le problème s'aggrave quand on n'a pas connu son père : on ne sait pas à qui on ressemble. *Le Joker* lèvera pour Sonchai le voile sur cette énigme abominable. Hamlet aux champignons hallucinogènes. Il est beaucoup question de drogue dans les romans de John, car l'auteur a eu vingt ans dans les psychédéliques années 1970 et vit en Asie depuis la fin de ses études chaotiques de droit britannique. Après s'être penché, dans *Le Pic du vautour*, son précédent thriller, sur le trafic d'organes, l'écrivain anglais explore, via de longues et patientes recherches sur Internet, son arme préférée après le clavier de l'ordinateur, le mystère des êtres génétiquement modifiés, dits aussi augmentés, pour les besoins de l'armée américaine, qui sont, comme on le constate chaque jour sur les deux hémisphères, de plus en plus gros.

Burdett est l'écrivain de Bangkok comme Utrillo fut le peintre de Montmartre ou Canaletto, celui de Venise. La ville est à toutes les pages dans son humidité atroce et sa beauté glauque. À l'entrée du texte, l'auteur prévient : « Ce roman était presque terminé avant le coup d'État militaire du 22 mai 2014 : il n'a donc pas été possible de tenir compte des nombreux changements intervenus en Thaïlande depuis cette date. » Trois ans que le pays des hommes libres vit sous la dictature des généraux sans que ça émeuve outre-mesure, en Europe, les fanatiques des droits de l'homme ukrainien, tibétain ou syrien. Ni que ça empêche aucun homme de gauche européen ou américain d'aller en vacances sexuelles à Phuket ou à Pattaya. Le bon moyen, pour un dictateur, d'éviter les ennuis dans les médias et à l'ONU : ouvrir des go-go bars.

# Mon dixième président

De zéro à deux ans, j'ai eu un premier président : René Coty. René avait succédé à Vincent Auriol, qui était gros. C'était l'époque où les hommes étaient gros, même les présidents. D'ailleurs, c'est un gros qui a succédé à Coty : De Gaulle. À la Libération, Charles était mince en remontant les Champs-Élysées. Il a grossi pendant sa traversée du désert au restaurant. Il était en noir et blanc à la télé. Il a quitté le pouvoir quand j'ai eu treize ans, et mon père m'a dit que les Français étaient des ingrats et qu'on regretterait le Général[1].

Georges Pompidou a été mon troisième et dernier gros président. Il était même très gros, à la fin. Ses supporteurs disaient qu'il avait la grippe et ses adversaires répliquaient que la grippe n'a jamais fait grossir quiconque, même les Auvergnats de droite. On ne se souvient pas trop de ce que Pompidou a fait, sauf son centre culturel, à Paris, mais c'était après sa mort.

Je n'ai pas voté pour Valéry Giscard d'Estaing en 1974, car, avant la réforme sur l'âge de la majorité, on n'avait pas le droit de vote à dix-huit ans. Giscard chassait en Afrique et a pris un petit déjeuner à l'Élysée avec des éboueurs. Il a subi le premier choc pétrolier, mais ce n'est pas ce qui l'a rendu chauve : il avait perdu ses cheveux avant. Il gardera toujours une place à part dans mon cœur à cause de son amitié avec Marlène Jobert, la femme rousse idéale de ma jeunesse (*L'Astragale*, *Les Cavaliers de l'orage*, *La Poudre d'escampette*).

Il y eut ensuite, pendant quatorze ans, un Charentais qui s'était fait limer les canines pour plaire aux Français à la télévision : François Mitterrand. Il a fait bien des misères au PCF, ce qui me l'a rendu antipathique (voir *La Vie quotidienne de Patrick Besson sous le règne de François Mitterrand*).

Jacques Chirac a été mon sixième président. Il avait axé sa

1. En effet. (*N.d.A.*)

campagne électorale sur la pomme : le plus bizarre est que ça ait marché. Mon septième président : Nicolas Sarkozy. C'était, comme avant lui Giscard d'Estaing, un Emmanuel Macron de droite : bien sapé, ultra médiatique, bosseur. Un faible pour la soupe au lait et les crocs de boucher. Lui a succédé François Hollande, un socialiste amaigri qui a repris du poids pendant son quinquennat, comme pour nous rappeler notre enfance, quand les présidents étaient gros. Emmanuel Macron n'est pas mon neuvième mais mon dixième président, car j'ai oublié, comme tout le monde, Alain Poher, président par intérim après la mort de Georges Pompidou.

Combien de présidents aurai-je encore et quels souvenirs me laisseront-ils jusqu'à mon décès, le 1er juin 2037 ? En 2022 : les cheveux blonds et le profil romantique de Marion Maréchal-Le Pen ? En 2027 : l'opulente chevelure grise et la voix grave de François Baroin ? En 2032 : Jean-Jacques Bourdin ? Après, pour moi, ce sera la surprise.

## Jean-Michel Gravier, deuxième essai

Retenu au Corcoran's, boulevard de Clichy, par la demi-finale de la Ligue des champions, je ne me suis pas rendu à la remise du prix Blù-Jean-Marc-Roberts (10 000 euros) sur le bateau « Maxim's » à la tour Eiffel – lauréat Pierric Bailly pour *L'Homme des bois* –, mais j'ai trouvé le lendemain matin, après trois quarts d'heure de recherche tant sa modestie se fond dans la foule des morts, la tombe de Roberts au cimetière Montmartre. J'avais le *So foot* de mai avec moi, je le lui ai laissé quelques minutes. C'était un spécial Monaco, imprimé avant la défaite raisonnable contre la Juve (0-2). Avenue Rachel, il y a une liste à part : celle des célébrités. Ça m'a fait plaisir de voir que mon ancien éditeur y figure à côté d'Ernest Renan, d'Henri

Rochefort, de Stendhal, de Truffaut, de Labiche. Les tombes de ces vedettes sont indiquées par des numéros. Jean-Marc, c'est le 85. Un point noir : il est à la 12e division. La 12e division, c'est CFA combien ?

Découragé, après un mois de soleil à Nice, par la pluie, je ne suis pas davantage allé à la signature de Lisa Vignoli dans la librairie L'Écume des pages, boulevard Saint-Germain. Le sujet du livre de Lisa – *Parlez-moi encore de lui* – me tient pourtant à cœur : Jean-Michel Gravier. En 2014, Arnaud Le Guern, écrivain ayant la passion de l'édition et du football comme naguère Roberts, avait rassemblé les chroniques du *Matin de Paris* de Jean-Michel sous le titre *Elle court, elle court, la nuit*. La vente modeste de l'ouvrage – quelques centaines d'exemplaires – n'a pas découragé Manuel Carcassonne, qui a remplacé Jean-Marc à la tête de Stock, d'éditer le texte de Vignoli sur ce personnage emblématique des folles années 1980, dites aussi la décennie Mitterrand. Jean-Michel émargeait dans un journal de gauche avec des chroniques apolitiques et impolies. Il aimait les grandes stars et les beaux inconnus. Il écrivait vite et bien sur des coins de table de nuit. C'était un Pacadis sans *Libé* ni lunettes noires. Il avait beaucoup d'esprit d'escalier. Lisa le suit dans ses foucades radiophoniques et ses bousculades au Festival de Cannes. Il a publié deux livres – *Les héros du peuple sont immortels* et *Les Clés de la plage* – que je relis souvent, car on entend l'auteur respirer alors qu'il a cessé de le faire en 1994.

Le livre de Lisa Vignoli s'annonce, à l'instar des chroniques de Jean-Michel il y a trois ans, comme une nouvelle tentative de remettre Gravier dans cette lumière des projecteurs qu'il adorait et détestait à la fois. Le nombre de choses qu'il adorait et détestait à la fois. Lui-même pour commencer. Et pour finir. Une de ses chansons fétiches était de François Valéry : « Aimons-nous vivants/Avant que la mort nous trouve du talent. » Nous n'avons pas assez aimé Jean-Michel Gravier quand il était vivant, aimons-le maintenant que la mort lui a trouvé du talent.

# La campagne dessinée

Le présent, je le préfère un peu passé : il bouge moins. Du coup, on le voit mieux. Il est temps que je m'intéresse à la campagne présidentielle. Il faudrait plutôt dire aux campagnes présidentielles, tant il y en a eu, et des plus guerrières : l'avant-primaire de la gauche, l'avant-primaire de la droite, les deux primaires, la guerre de l'Élysée contre Fillon, la guerre de Valls contre l'Élysée, la guerre de Mélenchon contre Hamon et ainsi de suite jusqu'au blitzkrieg victorieux d'Emmanuel Macron, qu'on a toujours envie d'appeler Manuel comme un manuel pour réussir dans la vie.

À la librairie du complexe cinématographique MK2 Bibliothèque (XIIIe arrondissement), j'ai trouvé la bande dessinée de James, Gerschel et Saint-Cricq : *Le Journal du off*. Puis je suis allé voir, dans la salle 9, *I Am Not Your Negro*, le film de Raoul Peck adapté du texte superbe de James Baldwin. La caissière n'a pas voulu me faire une réduction senior, mais j'ai eu droit à un ticket étudiant (7,90 euros). Étudier, il n'y a que ça à faire, même après soixante ans.

*Le Journal du off* est un bon résumé en images des dix derniers mois. Il commence par une figure connue, celle de Nicolas Sarkozy face à Gilles Bouleau (de dos) au JT de TF1, le 24 août 2016. Je n'avais pas pu le voir, car je me trouvais ce jour-là à Monaco dans un appartement – le seul de la Principauté ? – où il n'y avait pas de poste de télévision. Sans caricature, mais avec une ironie constante, qui repose des indignations téléphonées et des protestations en cascade que nous avons subies matin et soir, pendant près d'une année, dans tous les médias et ce qu'on appelle les réseaux sociaux – expression déjà démodée – *Le Journal du off* nous promène d'un bout à l'autre du champ de bataille électoral aujourd'hui désert, en attendant la reprise du combat pour les législatives. Comme, à peine quelques jours après le cessez-le-feu, ces empoignades, montées en lignes et replis plus ou moins stratégiques nous semblent enfantins. Un sujet idéal, en somme, pour une bande dessinée. Les hommes politiques, comme les enfants, veulent le pouvoir. La différence, c'est qu'ils prétendent que c'est pour le bien général, alors que les enfants ne prétendent rien : ils veulent le pouvoir, un point c'est tout. De Gaulle, au début de ses *Mémoires de guerre*, compare la France à une femme. Il voulait évidemment dire une mère. Gouverner sa mère : le but secret de tous les bébés. Il y a aussi l'ivresse de n'avoir aucun moment libre. Les politiciens ont résolu le problème, insoluble pour tant d'âmes sensibles, des week-ends et des vacances : ils n'en ont pas. Ceux-ci sont remplacés par l'un des mots les plus utilisés de la langue française : la réunion.

À la fin du livre, un florilège de tout ce que les acteurs de la campagne ont dit de mal les uns sur les autres. Seule Ségolène Royal positive : « Un président de trente-neuf ans ! Vous vous rendez compte de l'image qu'on renvoie dans le monde ! » Macron : le bon fils que Hollande et Royal ont fini par avoir après leur séparation.

## Ramadan au Club Sangho

L'ours russe se régale du miel tunisien que les Français ne sont pas encore assez nombreux à revenir goûter. Au Club Sangho de Zarzis, je trouve cent familles de l'Est – il y a aussi des Tchèques et des Polonais – qui n'ont pas eu peur du terrorisme : elles ont, comme nous, le même chez eux. Quand on n'a pas peur, on est récompensé par le ciel bleu. Il est vrai que, dès le matin, les femmes sont à la bière et les hommes au whisky. C'est le charme slave de la formule all inclusive. D'où la frénésie des uns et des autres pendant le cours d'aquagym, juste avant le déjeuner bien arrosé. Une passion russe : éliminer. Le parachute ascensionnel est la suite logique de l'ivresse des parents. Ils y entraînent leurs enfants en bas âge, que j'entends hurler de frayeur de la terrasse de ma chambre.

Le samedi 27 mai 2017 est le début du ramadan. L'arabophobie régnant dans toute l'Europe et aux États-Unis m'a convaincu d'y participer. J'ai indiqué à l'excellent chef cuisinier du Sangho que je prendrais mon petit déjeuner avant le lever du jour et mon dîner après le coucher du soleil, sans avaler quoi que ce soit à l'heure du déjeuner. Il ne m'a demandé aucune explication, mais j'ai senti qu'il craignait d'avoir affaire à un de ces Occidentaux récemment convertis à l'islam dont on sait que ce sont souvent les plus radicalisés. J'aurais pris plaisir à lui expliquer que faire le ramadan, pour un non-musulman, était pour moi l'expression même de la liberté de pensée. C'est, par surcroît, une façon d'exprimer mon affection pour les millions d'Arabes que le terrorisme islamiste révulse d'autant plus qu'ils en sont les victimes principales.

Premier problème : début du ramadan vers 4 heures et quart du matin. J'ignorais que le jour se levait si tôt. Or la salle du petit déjeuner, au Sangho comme dans la plupart des hôtels du monde entier, sauf peut-être ceux de Las Vegas, n'ouvre qu'à 6 heures. J'annonce donc à Mohamed, notre serveur, que je ne prendrai pas de petit déjeuner le lendemain. Je ne veux pas être tenté, dès le premier jour du ramadan, de briser mon jeûne. J'invente l'excuse la plus nulle : j'ai un travail à finir. Quel travail finir – ou même commencer – dans un club de vacances ? Il est vrai que dans la bibliothèque du Sangho j'ai pris l'édition en un volume des *Eygletière* (1972), la trilogie d'Henri Troyat. Pas relue depuis cinquante ans. J'ai l'intention de la finir avant mon retour en France sur Tunisair, ma compagnie préférée depuis la disparition de la JAT, de la TAT et d'Air Afrique.

Coup de chance (ou de malchance ?) : pendant la nuit du vendredi au samedi, toux, éternuements, maux de tête. Un rhume. Mes amis laïques tunisiens m'ont averti : en cas de maladie ou de grossesse, les obligations du ramadan sont suspendues.

Je vais donc pouvoir avaler mon sirop tunisien Goldix Jour et prendre mes cachets de Dolirhume avec l'eau minérale locale Marwa. Je me demande si les touristes russes vont, pendant le ramadan, ralentir ou accélérer leur consommation d'alcool. Leurs enfants, autour et dans la piscine, sont gras, gais et bronzés comme eux. Jeûne ou pas jeûne, les palmiers du Sangho continueront de se balancer sous le grand ciel bleu de ce pays magnifique dont se privent beaucoup de mes compatriotes qui y avaient leurs habitudes et, pour des milliers d'entre eux, leurs racines.

## Pour Lorraine Questiaux

Pourquoi, le dimanche 11 juin 2017, suis-je entré dans l'isoloir alors que j'avais pris, sur la table, un seul bulletin de vote (Lorraine Questiaux et Ada Souchu, PCF) ? Mes contradictions. L'unique moyen de déambuler dans une école primaire quand on n'est ni parent d'élève, ni enseignant, ni enfant de moins de onze ans : voter. La cour de récréation m'a rappelé les jumelles brunes dont j'étais amoureux en CE1 et avec lesquelles je me promenais, main dans la main, une de chaque côté de mon petit corps rêveur. Les autres votants avaient, comme moi, un air d'enfance inspiré sans doute par le lieu. Il y en avait même qui étaient en short. Un citoyen grisonnant est arrivé avec une patinette, mais ce n'était pas la sienne : il avait son fils avec lui. C'était un jour de grande chaleur et ça a beaucoup énervé les assesseurs quand j'ai commencé à m'éventer avec l'enveloppe bleue de la République avant de la glisser dans l'urne. Non sans mal, par manque d'habitude. Depuis quand n'avais-je pas voté ? La présidentielle de mai 1981 ? Les législatives de mars 1978 ?

Lorraine Questiaux est-elle la plus belle communiste de France ? C'est impossible à savoir, le PCF n'organisant pas de concours de Miss. À Fabien, sous Hue, il y a eu un défilé de mode, mais aucun des top-modèles n'avait sa carte du parti. Avocate des droits de l'homme et militante féministe, Lorraine est une jeune femme de trente ans aux grands yeux bleus. De beaux cheveux châtain mi-longs encadrent son visage qui semble en harmonie avec sa pensée telle qu'elle l'exprime dans ses documents de campagne : honnête, sérieuse et tendre. Je tiens à dire que j'étais décidé à voter pour le candidat ou la candidate du PCF bien avant d'avoir vu la bombe que mes camarades communistes avaient investie dans la 2^e^ circonscription de Paris (V^e^, VI^e^ et une partie du VII^e^ arrondissement). Lorraine lutte contre la prostitution dans l'association Le Mouvement du nid avec laquelle, en compagnie de l'académicien Jean-Marie Rouart, j'avais manifesté devant l'Hôtel Matignon quand Lorraine n'était qu'une fillette de treize ans. Mlle Questiaux est, comme sa suppléante Ada, une militante LGBT. Mais elle ne l'indique pas dans son flyer PCF-Front de gauche. Pourquoi, puisque c'est sur Internet ? Dans le VII^e^ on a les idées larges. Et tous nos vieux ont Internet.

Lorraine se félicite que, dans notre arrondissement, il y ait 1 000 habitants de plus, « après des années de perte continue ». Ce n'est pas dû à la politique de Mme Dati : nous avons 1,3 % de logements sociaux, alors que nous devrions en avoir, selon la loi, 25 %. Certes, le Brexit va ramener quelques grands bourgeois sur l'esplanade des Invalides, mais la mixité sociale, et surtout raciale, n'en sera pas augmentée. Je n'ai pas regardé les résultats du duo Questiaux-Souchu. Ce n'était pas la peine.

## Petits candidats

En ces jours de sublimation du macronisme, qu'on me permette d'avoir une pensée attendrie pour les candidats du premier tour des élections législatives qui ont obtenu entre zéro et trois voix. Ils sont regroupés, bizarrement, dans Paris intra-muros. Je veux d'abord saluer, dans la 1re circonscription (Ier, IIe, VIIIe et une partie du IXe arrondissement), Éric Levavasseur (Alliance royale). C'est en quelque sorte le champion de cette malheureuse petite troupe : trois voix. Dans la 3e circonscription (parties du XVIIe et du XVIIIe arrondissement), Blandine Crépy (extrême droite) a été moins chanceuse : une seule voix. La sienne, sans doute. Il faut bien admettre qu'elle évoluait sur un terrain électoral plus difficile que celui de Levavasseur : le XVIIe n'est guère sensible aux arguments de l'extrême droite, étant peu confronté aux problèmes de l'immigration. Quant au XVIIIe, il les a résolus en créant des dortoirs en plein air. Le royaliste couvrait un espace plus large, et donc une population plus variée, ce qui lui a permis d'atteindre un score trois fois supérieur à celui de la pauvre Crépy.

Alexandre Hayek (Divers), dans la 5e circonscription (IIIe et Xe arrondissements), a obtenu zéro voix. Il n'a même pas voté pour lui. Élégance suprême ou empêchement de dernière minute ? Si aucune de ces deux explications n'était avérée, on se trouverait alors devant un cas unique dans l'histoire de la République française : le candidat abstentionniste. Iman El Gohary (Divers droite), 7e circonscription, IVe et parties du XIe et du XIIe arrondissement) n'a pas eu cette pudeur mal placée : comme Blandine Crépy, elle s'est exprimée en sa propre faveur, ce qui lui a valu, au final, une voix, et donc une voix de plus que l'énigmatique Hayek. Cela montre, mais on s'en doutait un peu avant même les élections, que les extrémistes de droite et les Divers droite sont plus solidaires avec eux-mêmes que les simples Divers. Un autre Divers s'est distingué, dans la 16e circonscription (partie du XIXe arrondissement), par son inconséquence : Emmanuel Debanne. Il n'a pas, à l'instar d'Alexandre Hayek, voté pour lui, ce qui a naturellement porté son score à zéro voix (0,00 % des suffrages exprimés).

Léontine Chard, écologiste, n'a pas eu peur, en digne représentante de la défense de la nature, de voter pour elle-même dans la 13e circonscription (partie du XVe arrondissement), exemple que n'a pas suivi, malheureusement, une autre écologiste moins radicale de la 18e circonscription (parties du IXe et du XVIIIe arrondissement). Carla Arenas se retrouve, du coup, avec zéro voix. Je tiens à saluer, pour finir, dans cette même 18e circonscription, le bon score de l'écrivain et critique littéraire Arnaud Viviant (extrême gauche) : 197 voix, soit 0,54 % des suffrages exprimés. Pas sûr que j'aurais fait mieux.

## Un volontaire

Quand l'écrivain néohussard, communiste, rouge-brun, propalestinien et proserbe Patrick Besson fit, en ce sombre automne 2002, son entrée comme chroniqueur à l'hebdomadaire *Le Point*, une question se posa à la direction du journal lors d'une longue et mouvementée réunion de crise : qui allait se charger de contrôler, conseiller, voire materner Besson, auteur incontrôlable, sourd à tout conseil et qui n'avait, disait-on dans les milieux bien informés, guère aimé sa mère croate ? Au terme d'un silence angoissé, Michel Richard, l'un des directeurs du *Point*, dit : « Moi ». Des regards stupéfaits se tournèrent alors vers celui qui apparaissait à tous comme un volontaire pour une mission-suicide. De sa voix duveteuse et un peu pointue propre à calmer les inquiets et à rassurer les peureux, Michel expliqua que le cas Patrick Besson lui semblait, d'un point de vue psychanalytique, on ne peut pus intéressant.

La première rencontre entre les deux hommes eut lieu, quelques semaines plus tard, au restaurant La Cagouille (Paris XIVe). Ce qu'ils se dirent ce jour-là reste un mystère qu'aucun des deux ne consentira jamais à élucider, tant le goût du secret et de l'esquive est fort chez ce duo énigmatique. On peut néanmoins conclure que leur conversation inaugurale ne fut pas sans profit ni pour l'un ni pour l'autre, car, lors des quinze années suivantes, Patrick et Michel renouvelèrent ce processus, on peut même dire cette cérémonie : chercher – et trouver – à table des sujets de chronique. Le détail des menus ne sera pas communiqué aux lecteurs pour une raison de simple décence.

Quand, toujours à La Cagouille, Michel Richard lui annonça qu'il avait résolu de quitter *Le Point* afin de prendre une retraite méritée après une vie professionnelle bien remplie, Patrick Besson le regarda avec effroi et passa le déjeuner à essayer de convaincre son ami de revenir sur sa décision. Il dut se rendre à l'évidence : personne, jamais, n'avait réussi à convaincre Richard de quoi que ce soit. Bien sûr, concéda Besson avec ce fatalisme slave saturé de sarcasmes qui serait sa marque de fabrique, un jour ou l'autre tout le monde cessera de travailler au *Point*, y compris les gens qui viennent, en 2017, d'y être engagés. N'empêche, en traversant la rue de l'Ouest auprès de celui qui fut longtemps à la fois son mentor et son amphitryon, le romancier perçut une profonde mélancolie dans le bruit du vent et celui des voitures.

Patrick avait-il été le seul à noter que Michel est le sosie de Sigmund Freud ? Cela expliquait peut-être la file d'attente devant la porte de son bureau : c'étaient ses patients. Le même nombre d'hommes embarrassés que de femmes énigmatiques. La névrose respecte la parité. Michel était la seule personne de l'hebdo qui avait, à Balard, un divan : le même que celui de l'avenue du Maine. C'est un meuble historique, dont on espère que Richard l'emportera chez lui. Il lui sera bien utile le jour où le nouveau retraité ouvrira son cabinet de conseil psychologique pour journalistes en crise de la presse agonisante.

## Pour Alma

La France ne gagnera plus jamais l'Eurovision de la chanson pour une raison évidente : les Européens nous détestent. Cela a sans doute un rapport avec la façon dont nous les accueillons quand ils visitent notre pays. Ils sont découragés par notre air hautain, revêche ou absent. Ils rentrent chez eux avec un chagrin d'amour inguérissable, ayant compris que nous sommes le contraire de ce qu'ils rêvaient que nous étions. Ils croyaient que nous étions à la hauteur de nos beaux paysages et de nos grands monuments, alors que nous sommes bien au-dessous. L'amabilité de Chenonceau, la douceur du Mont-Saint-Michel, la tendresse de la baie des Anges n'ont pas déteint sur nos compatriotes, qui ne sont ni aimables, ni doux, ni tendres avec les touristes étrangers. Ce n'est par conséquent plus la peine d'envoyer chaque année à l'Eurovision une pauvre chanteuse française innocente qui sera dévorée, en quelques heures d'humiliation (« France : two points »), par le Minotaure européen dans une ambiance abominable de foire à la saucisse ou de finale de Ligue des champions. Je me souviens de Patricia Kaas et d'Anggun, merveilleuses divas bafouées par d'invisibles jurés ayant été naguère mal reçus au McDo de Neuilly-sur-Seine ou à la terrasse de Sénéquier. Sans parler de leur colère à leur entrée à Paris dans une chambre d'hôtel minuscule et sans lumière qu'on leur facturera 500 euros la nuit.

De nationalité belge, britannique ou espagnole, la Française Alma – toute en finesse, énergie, émotion, poésie – aurait, en 2017, remporté le concours avec une large avance sur ses concurrents, la victoire du ridicule interprète portugais ne pouvant être considérée que comme une plaisanterie, celle-ci ayant toutefois une explication logique : la bonhomie, la chaleur, la générosité avec lesquelles le Portugal accueille les étrangers, même quand ce sont des retraités. Les Français comprendront-ils un jour que, pour être aimé, c'est-à-dire heureux, il faut être gentil tout le temps avec tout le monde ?

Cette gymnaste diplômée de l'Ieseg de Lille en 2011 a déjà eu un gros chagrin (le décès de son premier amour de 21 ans), ce qui s'entend dans sa voix, où il y a toujours un fond de mélancolie. Elle a vécu avec ses parents en Italie, au Brésil et aux États-Unis, ce qui explique son sourire cosmopolite. Elle a cosigné la plupart des textes et des musiques de *Ma peau aime* avec Nazim Khaled. L'avant-dernier titre – *J'ai* –, intense interrogation sur ce qu'on devient avec le beau temps qui passe. Sur les photos, Alma a l'air de s'amuser davantage que dans la vie. Elle a un faux air de la dentiste française Miss Univers au nom imprononçable qui vit à New York. La semaine dernière, j'ai fait un dîner libanais chez une dentiste syrienne (née à Dubai). Elles sont canon, les dentistes, maintenant : on a enfin compris que c'était le seul moyen pour que les hommes douillets aillent se faire soigner les dents.

## Ça commence mal

Je sais pourquoi certains députés ne sont pas allés écouter l'intervention d'Emmanuel Macron au château de Versailles : ils s'étaient procuré le texte avant. Parmi eux, les communistes, qui ont pourtant, comité central après comité central, acquis une certaine résistance à l'ennui. Là, c'était trop pour eux, ils ont craqué. Tout comme les élus de la France insoumise. Les uns et les autres ont organisé ensuite deux manifestations de rue, histoire de prendre un air qui, à leur goût, manquait dans l'aile des Princes, où le président avait choisi de faire, le 3 juillet, son discours du trône d'une heure et demie. Quand je pense que c'est l'auteur de *Révolution* (dont l'éditeur est le célèbre révolutionnaire Bernard Fixot) qui se dandine à Versailles sous les ors du

Roi-Soleil, où il avait du reste déjà conté fleurette, en mai, au tsar Poutine.

J'ai l'exposé du président sous les yeux et m'interroge : comment nos élus ont-ils pu résister au sommeil en écoutant Macron, d'autant qu'ils sortaient de table ? Nos députés et nos sénateurs ont – c'est de notoriété publique – un bon coup de fourchette. Et ne crachent pas sur le litron. Qui a écrit : « La politique, c'est bouffer et picoler » ? Moi, peut-être. Et, là-dessus, on inflige à ces bons vivants un pensum de 47 000 signes. Presque un sixième de mon prochain roman. Dont je ne me risquerais pas à lire ne serait-ce qu'un chapitre à un député ou à un sénateur, surtout à la fin d'un déjeuner. On doit le faire très fort, le café, dans l'ancien fief de Louis XIV.

Encore un président avec lequel je ne vais pas m'entendre, puisque je n'arrive même pas à le lire. Ça devient lassant. J'aimerais tellement, comme la photographe Bettina Rheims, avoir été successivement charmé par Chirac, séduit par Sarkozy, ébloui par Hollande et, enfin, fasciné par Macron au point de me jeter à son cou dans les salons de l'Élysée le 14 mai, jour de son investiture. Quel bonheur ce doit être de toujours se trouver à la fois proche du pouvoir politique et en accord avec lui, qu'il soit de droite ou de gauche. Quels jolis dîners cela doit faire. D'ailleurs, la droite et la gauche, on sait où le président se les met. Au même endroit que ses soutiens, qu'ils soient milliardaires des médias ou non.

Je cherche, dans le verbiage présidentiel, une idée neuve, une expression originale, un angle inédit. Rien de tel dans cette bouillie de 11 600 mots – je les ai comptés, ça m'a fait une occupation – où les bonnes intentions le disputent aux sages résolutions, le tout exprimé dans un langage fleuri qui ne veut rien dire. « Pour être au rendez-vous que le Peuple nous a donné, il ne nous est pas permis d'attendre. » Mettre une majuscule à peuple, est-ce pour faire peuple ? Raté : ça fait bourgeois. Et quel peuple ? Celui des abstentionnistes ? *Ne plus attendre* : c'est aussi le titre d'un essai que Pierre Drieu La Rochelle publia chez

Grasset en 1941. Macron souhaite par ailleurs « en finir avec cette recherche incessante du scandale, avec ce viol permanent de la présomption d'innocence, avec cette chasse à l'homme où parfois les réputations sont détruites... » Un passage rédigé à Las Vegas ?

## Espion, lave-toi !

L'espion est un personnage récurrent dans la littérature et au cinéma. Ça doit être agréable d'exercer une profession surreprésentée dans les livres et dans les films. Il suffit à un espion de pousser la porte d'une librairie ou d'un cinéma pour pouvoir s'admirer tout à loisir. Il a la possibilité, chaque jour, de se regarder dans des dizaines de miroirs, presque tous flatteurs. La discrétion qu'il est tenu de respecter sur son travail lui est payée par une notoriété mondiale. Les acteurs les plus sexy et les actrices les plus glamour jouent les espions sous les yeux de millions de spectateurs fascinés. L'espion a, par surcroît, le petit plaisir de ricaner quand le ou les auteurs du film le placent dans une situation invraisemblable avant de l'en sortir par un moyen absurde.

Je pense aux fonctionnaires des impôts, aux pharmaciens, aux chirurgiens plastiques, aux bibliothécaires, aux blanchisseurs, aux électriciens, aux chauffeurs de bus, aux coiffeurs pour messieurs et à tous les autres corps de métier peu ou pas du tout présents dans les œuvres littéraires ou cinématographiques. En ces temps du tout-médiatique, c'est comme s'ils n'existaient pas. N'étaient pas nés. Tandis que l'espion plastronne à la vitrine des librairies et sur les affiches des cinémas dans quelques-unes de ses innombrables incarnations sorties de l'imagination fertile des écrivains et des scénaristes fascinés par l'espionnage.

Il en bave, Mathieu Kassovitz, alias Malotru, dans la saison 3 du *Bureau des légendes*, la série signée Éric Rochant. Il est un officier du SA (service action), du SC (service clandestin) ou du COS (commandement des opérations spéciales). Il n'y a pas de « bureau des légendes » à la DGSE (métro Porte-des-Lilas). C'est une invention – excellente – des scénaristes. Malotru a été enlevé par Daech. On ne lui a pas coupé la tête pour une raison évidente : c'est l'acteur vedette du feuilleton. Mais on l'a obligé à enfiler cette affreuse tenue orange qui est un hommage ironique, grinçant et funèbre, que Daech rend aux prisonniers musulmans de Guantanamo, dont certains sont en orange depuis plus de quinze ans. Les conditions de logement du Français sont déplorables : au début, un cercueil. Pour faire boire l'agent kidnappé, on verse de l'eau sur un couvercle où il y a des trous. Après quelques semaines, petite amélioration : une cellule sans fenêtre ni WC. Toujours pas d'eau pour se laver. Malotru pue, d'autant que ses geôliers, une petite frappe de Syrien radicalisé et un gros Russe qui a une sale tronche mais un bon fond, s'amusent à lui renverser sur la tête les plats immondes qu'il refuse d'avaler. *Le Bureau des légendes* n'est pas une publicité pour la DGSE, qui n'en a du reste pas besoin : de nombreuses candidatures et peu d'élus, comme le raconte Jean-Christophe Notin dans son livre *Les Guerriers de l'ombre*. Naguère, les écrivains étaient des espions : Kipling, Le Carré, Greene, Durrell, Maugham. C'était quand ils étaient anglais. Et bons.

## Le ballon des ronds

L'été, le championnat de France de football s'arrête. Les footballeurs, comme les enseignants, partent en vacances. La différence entre eux, ce sont les occupations. Au contraire des profs, les joueurs ne visitent aucun site archéologique ni aucun musée. En revanche, ils sont plus souvent au téléphone. La raison : le mercato. Le mercato, comme son nom italien l'indique, est un marché où on achète, vend, emprunte ou prête des joueurs. Ceux-ci sont le capital d'un club. Acquis à tel prix, ils doivent être revendus plus cher afin de réaliser une plus-value qui permettra au club d'acheter d'autres joueurs. C'est ce qu'on appelle, par une bizarrerie sémantique anglo-saxonne, le fair-play financier. Une équipe de foot ne peut dépenser plus qu'elle ne gagne, c'est pourtant le cas de bien des Français. Celui de la France, du reste. Les sommes en jeu sont énormes. Les acteurs, chanteurs et patrons du monde entier font pitié avec leurs gains annuels de centaines de milliers d'euros : c'est ce que peut encaisser, par mois, un footballeur pour un travail moins harassant. Il y a même des joueurs qui les obtiennent à ne rien faire : ceux qui restent sur le banc de touche, lequel, en Ligue 1, n'est plus un banc mais de confortables fauteuils clubs d'où les non-titularisés guettent la moindre blessure d'un de leurs coéquipiers qui leur permettra d'aller à leur tour s'amuser sur le terrain et mériter un tant soit peu leur salaire. Exemple : Hatem Ben Arfa au PSG pendant la saison 2016-2017. Je ne pardonne pas au Qatar, malgré la sympathie que l'émirat m'inspire après les sanctions ineptes imposées par ses voisins du Golfe pour une complicité avec Daech qui reste à prouver, le sort réservé au bijou niçois par l'entraîneur Emery. C'est comme la non-sélection de Karim Benzema par Didier Deschamps : elle a fait de moi un ardent supporteur de la Suède lors du dernier match de qualification pour la Coupe du monde.

Des agents et des présidents de club en majorité blancs vendent et achètent, à chaque mercato, des joueurs en majorité noirs : ça nous rappelle de drôles de souvenirs. X vit avec son épouse et ses enfants dans le sud de la France. Il joue à Marseille, Nice ou Martigues. Un mail de son agent lui arrive au milieu de la nuit : il a été vendu à un petit – ou à un gros – club allemand. On lui avait plutôt parlé des Pays-Bas, mais bon. Y est en fin de carrière (trente-quatre ans). Il a été cédé à la Chine. Il est content car, si près de la retraite, il touchera un gros salaire. La Chine, c'est l'avenir du football : un milliard et demi de téléspectateurs potentiels. Y avait déjà acheté sur les conseils de son agent, au début des négociations, *Le Chinois sans peine* d'Assimil. Les footballeurs sont des esclaves cosmopolites et millionnaires qui adorent leur métier, trois facteurs qui adoucissent leur condition. Leur chaîne est en or et ils la portent autour du cou. Que dire des supporteurs qui, d'une année sur l'autre, vont chanter et hurler en faveur d'une équipe qui sera pour moitié ou aux trois quarts différente de celle qu'ils soutenaient l'an dernier et dont aucun des joueurs n'est originaire de la ville pour laquelle il joue ? Le football est le monde de l'absurdité concentrée et organisée où tout est fou, notamment les prix. Le monde tient en entier dans un ballon rond qu'on ne peut toucher que du pied, comme s'il brûlait.

## Notremartre

Un Parisien est un touriste privé de Paris quand la ville, en été, est à son point de perfection. Il faudrait habiter Paris en juillet-août et le reste de l'année, ailleurs. On est trop bons avec les étrangers et les provinciaux, leur abandonnant notre capitale quand elle se montre sous son meilleur jour : lente, vide, alanguie, festive, sensuelle, souriante, désoccupée. Les deux monuments qui symbolisent Paris dans le monde ont été les deux monuments les plus critiqués par les Parisiens, surtout les artistes et les intellectuels, lors de leur construction et de leur inauguration : la tour Eiffel et le Sacré-Cœur. Les touristes, qui sont plus intelligents que nous puisqu'ils viennent à Paris en été et pas nous, ne s'y sont pas trompés, se précipitant en masse sur le Champ-de-Mars et à Montmartre depuis plus d'un siècle. Pourquoi se moquer d'eux, ainsi que le font les voyageurs imbus de leur singularité ombrageuse et de leurs destinations excentriques ? Les touristes sont de braves soldats qui trottinent sans se plaindre derrière un guide marchant au pas de l'oie et leur donnant des ordres souvent contradictoires : regarder à gauche, à droite, avancer, reculer. Il faut avoir vu cinquante Chinois et Chinoises entrer dans un kebab de la rue de la Huchette sur le conseil de leur accompagnateur soudoyé par le propriétaire du lieu pour comprendre que, même au niveau des rations, les touristes font une guerre qu'ils perdront à coup sûr, devant bientôt s'enfuir, avec quel soulagement, vers leur paisible terre natale.

Montmartre, où je réside à présent, est un livre d'histoire de la peinture. Van Gogh a monté les marches de l'escalier de notre immeuble. Ça me fait bizarre, quand je descends les poubelles. Au cimetière Saint-Vincent, un seul écrivain : Marcel Aymé. Céline, de la rue Girardon, est enterré à Meudon. Et Nucéra, de la rue Caulaincourt, à Nice. Sur la jolie tombe d'Aymé, aucune fleur. Ce n'est pas le cas de la dernière demeure d'Utrillo, le martyr de l'amour filial. Sa mère, Suzanne Valadon, l'avait soûlé bien avant qu'il ne se mette à boire. Elle ne lui pardonnait pas d'avoir compris la peinture sans l'avoir étudiée alors qu'elle l'avait étudiée sans la comprendre. Sa punition : être enterrée à Saint-Ouen. À Montmartre, la sépulture de Maurice – Maumau, pour ses nombreux potes de comptoir – est fleurie comme pour un mariage d'argent. Par la mairie de Paris ? Une héritière Pétridès ? Le cimetière Saint-Vincent est le seul endroit sur terre où j'aimerais passer ce qui me reste d'éternité, mais ça doit être hors de prix, comme les appartements de l'avenue Junot.

Comment ne pas se perdre dans Montmartre ? Aucune rue n'est droite, c'est le contraire de New York. On dirait que toutes se faufilent, comme le chat perché de Marcel, sur les flancs de la Butte, dans l'espoir de n'être jamais rattrapées.

## Air sot ni sauce

Quelques jours à Hersonissos, île de Crète. La pire destination grecque, selon le *Guide du routard*. L'unique moyen de retenir le nom de la ville est mnémotechnique : air sot ni sauce. Le bord de mer est celui de toutes les stations balnéaires de Méditerranée : restos menteurs et bars fourbes. La vraie Crète survit dans les 50 mètres carrés d'un caféneion sur Elefthérios Venizélos. Le serveur est un vieux monsieur sourd. Il sert encore l'ouzo et l'eau dans deux verres séparés.

Retrouver le bleu grec : clair dans le ciel et foncé dans la mer. J'ai lu *De sang-froid* (Truman Capote, 1966) en deux jours au bord de la piscine, dans cette merveilleuse lumière oubliée après seize ans loin de la Grèce. Le roman des misérables américains. À quoi reconnaît-on un grand livre ? À ce qu'il a l'air d'avoir été écrit à son époque et à la nôtre. Les reproches récurrents que l'on fait à Capote, y compris ses aficionados : la mondanité, l'alcoolisme, la méchanceté. On ne peut s'empêcher, devant un chef-d'œuvre, de critiquer ou de plaindre son auteur, alors qu'il suffirait de lui dire merci.

Le Cretan Village de Hersonissos est un camp de concentration à l'envers : les prisonniers sont au paradis et les gardiens en enfer. Les serveuses sont jolies et font la tête parce qu'elles sont jolies et parce qu'elles sont serveuses. Ont-elles été choisies pour leur physique, comme les infirmières de l'Hôpital américain ? Beaucoup de migrants russes, arrivés par charters à l'aéroport d'Héraklion. C'est fini, la légende des gros Russes. À l'instar de Vladimir Poutine, ils ont tous maigri, signe d'enrichissement personnel. Leurs femmes sont minces et leurs filles, longilignes. Ils ont néanmoins conservé de l'époque soviétique l'habitude de ne pas regarder autour d'eux, par crainte d'une mauvaise surprise.

La formule tout compris (all inclusive), exigée des hôtels par la plupart des agences de voyages, est le retour du touriste en enfance, où tout était gratuit puisque c'étaient les parents qui payaient. Le barman ne nous fait pas plaisir, mais la charité. Il nous donne l'impression de nous payer un verre que nous avons en fait réglé quelques semaines plus tôt. Il semble agacé, comme si nous étions en train de boire une partie de son salaire. Impossible de l'amadouer avec un gros pourboire : 10 % de 0 centime, ça ne fait pas lourd.

L'été à l'étranger est le seul moment où on regarde les émissions canadiennes sur TV5 Monde, parce que c'est la seule chaîne française qu'on reçoit. Hélas, elle ne met pas les sous-titres. Ai compris néanmoins, grâce à la série *Grands Gourmands*, que les Canadiens font désormais du caviar, qu'ils mangent en buvant de la vodka canadienne.

Les grands canapés verts de la réception du Cretan Village ont l'air, après plusieurs jours de plage et de piscine, d'un grand paquebot de fraîcheur et de tranquillité. L'éternel ballet des partants. Des perdants. Ils ont été battus par un adversaire tout-puissant : le temps. Des enfants blonds russes jouent à cache-cache. Eux aussi, ils en ont marre du soleil. Une seule femme voilée et un seul homme noir. Du reste, ils sont ensemble.

## Venezuela compris

L'Amérique s'appelle l'Amérique, car elle a été découverte par Amerigo Vespucci (1454-1512). Si elle avait été découverte par Christophe Colomb, le continent se serait appelé la Christophique, ce qui aurait été moins bien. Il faudrait du reste dire, comme le professeur Andrés Bansart (*Comprendre le Venezuela*), les Amériques. Car il y en a plusieurs. Au moins deux : une riche et une pauvre. L'Amérique riche est au nord et la pauvre au sud, mais ça n'a pas toujours été le cas. C'était même, à l'ère précolombienne, le contraire : le Sud était plus riche que le Nord. Les Espagnols en savent quelque chose : ils l'ont pillé. Les perles qui brillaient aux oreilles des petites femmes de Madrid et le chocolat chaud qu'elles avalaient entre deux soirées mondaines venaient d'Amérique du Sud. Le premier monarque européen à profiter du pétrole vénézuélien a été Charles Quint (1500-1558) : ses médecins en faisaient des cataplasmes qui calmaient sa goutte. Jamais essayé. À ma prochaine crise, je n'irai pas dans une pharmacie mais dans une station-service.

Le bolivarisme est devenu presque aussi répulsif que le bovarysme : il aurait trompé le peuple comme l'héroïne de Flaubert a trompé Charles Bovary. On lui devrait tous les maux dont souffre aujourd'hui le Venezuela, comme si le pays avait été créé le jour de l'arrivée au pouvoir du lieutenant-colonel Hugo Chávez, détenteur d'un diplôme de troisième cycle en sciences politiques : 2 février 1999. Auparavant, le Venezuela avait été une sorte d'Eldorado, ou plutôt d'Elpetrolado. L'abominable misère dans laquelle croupissait une large partie de la population, notamment la paysannerie chassée de ses terres pétrolifères pour venir s'entasser sans travail dans les bidonvilles de Caracas, serait une invention de la gauche mondiale altermondialiste. La bourgeoisie vénézuélienne n'aurait pas accumulé les richesses du pays pour se hâter de les transférer à l'étranger. Le CAP et le COPEI, les deux partis de droite qui se sont partagé le pouvoir, on devrait d'ailleurs dire le gâteau, de 1948 à 1999, n'auraient pas laissé les infrastructures du pays pourrir au soleil. Il aura fallu que Hugo Chávez entame une large campagne d'alphabétisation pour que le peuple vénézuélien puisse enfin lire les critiques que lui adressaient les journaux hostiles à Chávez, puisqu'ils appartenaient à 95 % aux grands industriels transnationaux. Le peuple, cet éternel gêneur. Quand en aura-t-on fini avec lui ?

Le livre d'Andrés Bansart, qui dirige la chaire d'études Frantz-Fanon au Centre d'études latino-américaines Romulo-Gallegos, à Caracas, est d'une précision et d'une limpidité peu communes dans ce genre d'ouvrages. Il nous aide, tenant la promesse de son titre, à comprendre le Venezuela déchiré d'aujourd'hui. Venezuela : petite Venise, en espagnol. Tous les noms de pays et de villes d'Amérique du Sud ont été choisis par les colonisateurs. Avant, ils en avaient d'autres. C'est un continent sous pseudo.

## Le président de la haine publique

À chaque élection présidentielle, c'est la même chose : on s'emballe pour un candidat (Nicolas Sarkozy en 2007, François Hollande en 2012, Emmanuel Macron en 2017) et, quelques semaines plus tard, alors que la seule chose que le nouveau président a faite, c'est partir en vacances et en revenir, il dégringole dans les sondages. Les applaudissements se transforment en grincements de dents. La Belle devient la Bête. On ne supporte plus ses rictus, ses gloussements, ses clins d'œil. On recherche en vain les qualités qu'on lui trouvait : il n'a que des défauts. Les Français n'ont plus pour lui les yeux de Chimène mais ceux de Don Gomez. Si au moins ça s'arrangeait après, mais non. Sarkozy a passé son quinquennat à subir les avanies du peuple et des médias. Hollande vécut un martyre à peine adouci par quelques week-ends avec une actrice blonde dans les Yvelines, non loin du château du Roi-Soleil, qui n'eut pas, au XVII^e^ et au XVIII^e^ siècle, le même problème. Normal, Louis XIV s'était élu tout seul. Du coup, les Français ne lui en voulaient pas. Ils avaient un maître mais ne l'avaient pas choisi. Ça leur portait moins sur les nerfs. Je n'ose pas imaginer ce qui attend Emmanuel, petit gars d'Amiens qui n'a rien voulu dans la vie à part tout bien faire : grèves, manifs, procès dans les journaux et à la télévision[1]. Il a en outre un nom de famille qui se prête à d'abominables déformations. Les mots d'ordre les plus insul-

1. De fait. (*N.d.A.*)

tants garniront nos avenues interdites à la circulation. Les éditorialistes de gauche comme de droite rivaliseront d'analyses fielleuses, de portraits assassins. Ça ne rigolera pas tous les jours à l'Élysée. On va se jeter sur l'armoire à pharmacie bien remplie laissée par les deux derniers locataires persécutés de l'établissement. Tranxène, Valium, voire Lamaline, seront à la fête.

Il est désormais évident que les Français ne supportent pas d'avoir un président, quelle que soit sa couleur politique. On a en effet tout essayé pour les satisfaire : un gaulliste, un socialiste et aujourd'hui un centriste. Ça n'a frappé personne que Macron est un centriste. Et pourtant. C'est le fantôme de Lecanuet dans l'Opéra Bastide. Il est vrai que ni l'extrême gauche ni l'extrême droite n'ont eu, jusqu'à ce jour, de représentant à l'Élysée, mais, à mon avis, ça ne changerait pas grand-chose. Ça serait même pire. Mélenchon finirait expulsé de France et Marine Le Pen, pendue par les pieds à Hénin-Beaumont. Les Français ne veulent plus être présidés. Ça les agace. Ce petit bonhomme rondouillard à la calvitie naissante qui, tous les cinq ans, leur parle avec une lenteur d'instituteur et de gros yeux de curé de campagne, ils en ont ras le bol. Le problème, c'est qui mettre à sa place. J'ai une idée : personne. S'il n'y a plus de président, impossible pour lui de perdre des points dans les enquêtes d'opinion. Les participants ombrageux et sarcastiques des talk-shows sur les chaînes d'info seront bien embêtés pour dire du mal de lui, puisqu'il n'existera pas.

## Vernissages et audiences

La galerie Antoine-Villeneuve (25, rue de Beaune, Paris VII$^{e}$) expose, jusqu'au 7 octobre, les œuvres de Claude Verdier (1932-1997). Une trentaine de peintures et de dessins nous ouvrent ou plutôt nous ferment le monde rural. C'est une nature sans ciel et sans espoir qu'à vingt-sept ans le peintre, né à Goudargues, où il a désormais sa plaque, s'est empressé de quitter en 2 CV pour s'installer sous les toits de la capitale avec son jeune ami Christian Giudicelli, aujourd'hui commissaire de l'exposition. C'est pourtant vers ces herbes sombres, ces arbres tordus, ces buissons malades que Verdier reviendra sans cesse jusqu'à sa mort, comme s'il restait prisonnier des paysages de son enfance. Ce jour pareil à une nuit qui n'arrive pas à tomber. L'autre versant de l'œuvre – voyages en Italie et en Afrique du Nord – est absent de la galerie Antoine-Villeneuve, où l'on a choisi d'explorer le côté sombre de Verdier. Mais il avait aussi sa lumière, découverte peu à peu au fil des années de bonheur amoureux et artistique.

Au vernissage, le jeudi 14 septembre, il y avait Sami, ancien boxeur et ancien chauffeur fantasque de Jacques Brenner (voir le tome 5 du *Journal* de ce dernier), aujourd'hui champion de poker, d'où son petit sourire ironique au milieu de gens obligés de travailler parce qu'ils ne savent pas gagner leur vie aux cartes. J'ai salué le bouddhisto-gaulliste Olivier Germain-Thomas et Jacques Nerson, le critique de *L'Obs*. Philippe Demanet, de Gallimard, est allé prendre sa leçon d'escrime. En prévision du prochain comité de lecture ? Le jeune Thibault Lefeuvre, dont on lira en février le beau livre sur la Somalie dans la collection de Christian, Le sentiment géographique, promenait son présent dans tous ces passés. Il a échangé quelques mots avec Anne-Sophie Stefanini, dont le roman *Nos années rouges* figure dans la première liste Renaudot. On ne pouvait pas ne pas la voir : c'était la seule grande blonde. J'ai parlé football avec une économiste turque. Elle m'a appris que le président Erdogan, dans sa jeunesse, était un excellent footballeur et avait failli passer professionnel. C'était le jour de la rencontre OM-Konyaspor (1-0), que, plus tard dans la soirée, j'ai regardée dans un kebab de la place de Clichy en compagnie de supporteurs turcs exilés à qui ce n'était pas le moment de demander l'heure.

Après une station à la librairie Albin Michel du boulevard Saint-Germain pour saluer Arnaud de La Grange, qui présentait son roman *Les Vents noirs* à ses fidèles lecteurs du *Figaro*, direction l'avenue Matignon, où, devant un parterre de stars – Valérie Lemercier, Gabrielle Lazure, Aure Atika… –, Oleg Tselkov présentait ses dernières toiles, cauchemars plus ronds et plus rouges que ceux de Verdier. Oleg n'a pas été élevé à la campagne mais dans une grosse bulle : l'URSS. Un Chinois avec un nom chinois – M. Lin – m'a demandé si l'artiste était mort et je lui ai dit que tous les artistes sont morts de leur vivant et vivants après leur mort. Il a aussitôt quitté l'expo avec son jeune accompagnateur, dans un silence compact. Aurais-je fait rater une vente à Olga Schmitt, l'organisatrice de l'événement ?

## Nabokov sous la pluie

Quand il ne voyait pas Véra Slonim, sa fiancée russe de 1923, épousée à Berlin le 15 avril 1925, Vladimir Nabokov lui écrivait tous les jours. Hélas pour nous, il la voyait souvent et, à partir de leur installation aux États-Unis, en mai 1940, presque tous les jours. Ça fait que, au lieu d'avoir un volume de correspondance de 2 000 ou 3 000 pages, on n'en a qu'un de 786 pages, abondant appareil critique compris. Dans *Lettres à Véra*, il n'y a aucune lettre de Véra : elle les a détruites, par souci de préserver sa vie privée et sans doute aussi pour ne pas paraître trop petite à côté d'un auteur si grand. Cette correspondance à sens unique n'est pas seulement le meilleur livre de la rentrée littéraire de l'automne 2017 – quarantième anniversaire de la mort de l'écrivain –, c'est aussi l'un des plus beaux romans d'amour du monde, à ranger dans votre bibliothèque sensible avec *Belle du Seigneur*, *Tendre est la nuit*, *Les Deux Étendards*, *L'Amour aux temps du choléra*, *Une femme à sa fenêtre* et quelques autres. Nabokov n'est plus le critique incisif et moqueur buvant du whisky dans une théière dans l'émission de Pivot : il déploie devant nous, avec un lyrisme que personne n'attendait de lui, et peut-être pas lui-même, une âme de troubadour. Ces lettres sont une suite ininterrompue d'explosions de désir et de tendresse. Ne pas les offrir à la personne qu'on aime, elle se sentira aussitôt moins aimée que ne le fut Véra Nabokov jusqu'au 2 juillet 1977, date à laquelle l'auteur fut tué par un papillon, ce qui est bien raconté dans sa biographie par Brian Boyd, l'un des deux artisans – avec Olga Voronina – de cette édition. Il faut aussi saluer la traduction de Laure Troubetzkoy, qui retranscrit à merveille le style inouï de Vladimir Nabokov.

Dans ce fort volume, aucune allusion à la guerre de 1914-1918, à la révolution d'Octobre et, ce qui est plus étonnant, à la Seconde Guerre mondiale. La montée du nazisme n'a droit à aucun commentaire, au contraire de la pluie abondante tombée sur Berlin entre 1923 et 1938. Le 6 juin 1944, Nabokov ne signale, à l'intention de Véra, qu'une intoxication alimentaire : « À 2 h 30 pile, j'ai eu envie de vomir, ai tout juste eu le temps de courir dehors – et cela a commencé : vomissements absolument homériques, diarrhées sanglantes, spasmes, faiblesse. » Les guerres de Corée et du Vietnam ne sont, elles non plus, pas mentionnées. L'auteur ne sera partagé, pendant toute son existence, qu'entre son amour et sa création, bien qu'il refuse la mention « écrivain » sur ses cartes de visite. On trouvera aussi, dans *Lettres à Véra*, le récit de ses succès littéraires de l'entre-deux-guerres, peu connus d'un public non russophone qui situe toujours les débuts de Nabokov en littérature à la parution de son best-seller mondial *Lolita* (1955 en France et 1958 aux États-Unis et dans le monde) : lectures publiques triomphales à Berlin, Paris et Londres. Vladimir professeur débutant de littérature comparée à Wellesley College, en mars 1941 : « Quand je sens que je n'arriverai pas à remplir les cinquante minutes de cours, je gagne du temps en écrivant à la craie les noms des écrivains russes au tableau noir. »

# Quand tu vas chez les Russes

Le 6 octobre, Irina Rekchan inaugurait la 3e édition du Salon du livre russe Russkaya Literatura au Centre spirituel et culturel orthodoxe russe, 1 quai Branly (Paris, VIIe), en présence de Mikhaïl Seslavinsky, chef de l'Agence fédérale de presse et de communication de masse, et Son Excellence Alexandre Orlov, ambassadeur de la Fédération de Russie en France. Ça faisait longtemps que le mot communication n'avait pas été associé à celui de masse. Pas si longtemps : la chute du communisme. Je n'ai pas de chance avec Orlov. Chaque fois que je vais à un truc où je pense le trouver, je repars avant son arrivée ou j'arrive après son départ. Je ne connaissais aucun auteur, car tous les écrivains russes que je connais sont morts, sauf Édouard Limonov, mais il ne peut pas sortir de Russie, car on lui a confisqué son passeport. Alexandre Pouchkine (1799-1836) a eu le même problème. Édouard est en quelque sorte mort à la France. J'ai quitté le Salon et suis entré pour la première fois dans la cathédrale de la Sainte-Trinité voisine, ouverte le 31 janvier 2017. De l'extérieur, on dirait un bloc de glace à la vanille, mais il fait plus chaud à l'intérieur. Il y avait une jolie dame blonde aux longues jambes nues en compagnie d'un homme aux cheveux blancs qui avait l'air d'être son père et ne l'était peut-être pas. Je les ai retrouvés sur l'avenue Rapp. Ils rangeaient des livres dans le coffre d'une Smart noire.

De retour à Montmartre, j'ouvre *Le Mystérieux Monsieur Rybolovlev*, de Renaud Revel. L'homme d'affaires se fait rançonner par son ex-femme au point que leur divorce est considéré comme l'un des plus chers du monde, on lui surfacture des œuvres d'art pour un montant de 1 milliard de dollars, et c'est encore lui qui est considéré, par Revel et par la plupart des journalistes français et de leurs lecteurs, comme le coupable. Quel mal Dmitri Rybolovlev a-t-il fait à Monaco et à son prince, sinon sortir l'ASM d'une situation financière désastreuse et d'un classement déplorable pour l'amener, avec l'aide du fin Vassiliev et du méticuleux Jardin, en tête du championnat, sans oublier les prodigieuses plus-values réalisées par le club lors des derniers mercatos ? Sur une dénonciation plus que douteuse d'un mafieux russe, Dmitri a naguère passé plusieurs mois dans l'une des pires prisons de son pays, d'où il est par miracle sorti vivant. Ce sera encore mis à son débit. Nos médias ne portent pas la justice russe dans leur cœur, sauf quand elle expédie l'industriel en cellule, même si l'affaire s'est conclue par un non-lieu. Quand on punit les gens, ils aggravent leur cas, surtout les innocents. Rybolovlev concentre sur sa personne la haine que les Français ont pour les riches et pour les Russes. Quand tu vas chez les femmes, disait Nietzsche, n'oublie pas ton fouet. Ou prends ton fouet, selon les traductions. Mais l'idée est la même. Il semblerait que nos compatriotes aient gardé leur fouet pour les Russes. Ça y est : j'ai fait ma première défense d'un milliardaire. Un tournant dans la vie d'un homme de gauche.

## Gaspard Proust des montagnes

C'est un Suisse qui vient de Slovénie, donc un montagnard. Il a le profil serbe – joues creuses, long nez et courte barbe noire – de la nation des Balkans d'où est originaire la famille de sa mère. Bac scientifique et un diplôme d'HEC en poche, Gaspard Proust a mis ses connaissances à son profit. Quoi de mieux, financièrement, qu'un one-man-show ? On ne partage la recette ni avec un acteur ni avec un auteur. Tant de comédiens au chômage et tant d'écrivains seuls sur scène. Hugo et Shakespeare devenus injouables au XXIe siècle par la faute d'abus de personnages : entre quinze et trente pour chaque pièce. À table, c'est la même chose : on est mécontent quand un autre que nous met les rieurs de son côté. Comme si on nous privait de vin. Ou de dessert. Le comique est un dictateur, c'est-à-dire un égoïste. Il ne lui suffit pas de nous soumettre par le rire, il veut être le seul à le faire.

Sur la scène du théâtre Antoine (14, boulevard de Strasbourg, Paris X$^{e}$), où il expose depuis le 27 septembre sa finesse, sa brutalité, son imagination et son style, Gaspard régnera jusqu'à fin décembre sur un public excédé par la langue de bois des médias et des ministres. Sa parole est crue, elle est par conséquent crédible. L'artiste se met tout le monde à dos en réussissant l'exploit que personne ne le lui tourne. D'un spectacle où on se moque de la plupart des vaches sacrées de la bien-pensance (Taubira, le sida, la Shoah, les femmes, les patinettes, Mme Macron, etc.), *Le Monde*, bréviaire de la vigilance démocratique, a écrit : « Gaspard Proust est dérangeant sans concession, à l'aise plus que jamais dans son rôle de punk en habit de bourgeois. » *Télérama*, phare de l'humanisme postchrétien, renchérit : « Un spectacle particulièrement cinglant et surtout méchamment drôle. » Quand d'autres journalistes, polémistes ou comiques vont, pour des propos à peine plus scandaleux, de procès en mises au pilori médiatique, Proust glisse avec élégance et légèreté de plateaux télé en studios de radio. Charme slave ? Séduction suisse ? Ou les gendarmes de la pensée croient-ils qu'il s'appelle Marcel et qu'il est en Pléiade ? C'est comme si les aristocrates et les bourgeois russes avaient applaudi aux exploits du petit Lénine en octobre 1917. Il est vrai que l'islam et ses récentes dérives constituent la cible principale du one-man-show, ce qui ouvre désormais bien des portes et en referme fort peu. Proust n'a pas le projet de changer la société, car ce n'est pas elle qui le gêne, c'est l'existence. Sa gourmandise n'a d'égale que sa neurasthénie. Il voudrait jouir de tout, mais tout l'ennuie. Son texte, dans ses plus beaux passages, est une protestation sourde, à la Camus ou à la Cioran, contre l'absurdité et le déclin. Gaspard a déjà dépassé les joies multiples de l'amuseur, il lui reste à trouver le chemin littéraire de la consolation.

## Des agressions sexuelles

J'ai été agressé sexuellement une fois dans ma vie : par un préfet. Ce fut lors d'un dîner dans un joli appartement des Halles. Debout devant une fenêtre, on regardait Paris, qui était encore illuminé la nuit. J'ai senti une main délicate et potelée se poser sur mes fesses juvéniles. « Bah alors, Monsieur le Préfet ! » me suis-je exclamé, ayant la certitude qu'un jour j'utiliserais cette scène dans un de mes textes. C'est fait. Le préfet était petit, gros, chenu. Tous les gens de son époque le reconnaîtront, mais y a-t-il encore des gens de son époque ? Il avait été à l'initiative, sous Georges Pompidou, de la création des voies sur berge, ce qui lui valait la gratitude des Parisiens. J'avais vingt-trois ans et revenais du service militaire où je n'avais pas été agressé sexuellement.

J'ai sifflé une fois une femme dans la rue, c'était un peu parce que je venais de voir son film (*Cyrano de Bergerac*, Jean-Paul Rappeneau, 1990) : Anne Brochet. On longeait, avec Éric Neuhoff et Frédéric Berthet, les grilles du jardin du Luxembourg. L'actrice marchait devant nous, lumineuse dans un imperméable blanc. J'entends encore le bruit de ses pas sur le trottoir. Je me souviens d'elle parlant dans un téléphone portable, mais y en avait-il déjà à l'époque ? Elle ne s'est pas retournée. Pourquoi n'ai-je pas plutôt dit : « Hep, Roxane ! » ? Neuhoff était dans ses petits souliers, c'est sa marque préférée de chaussures. Il a protesté : « Bah alors, Besson… » Berthet se marrait. Il se marrait beaucoup, Frédéric Berthet. Se méfier des gens qui se marrent beaucoup. Souvent, ce sont les premiers à ne plus rire, c'est-à-dire à mourir. Autre exemple : Pierre Bérégovoy.

De toute ma vie, je n'ai abordé que deux filles : Sonia Ferry sur le remblai de Villers-sur-Mer à Pâques 1973 et, la même année, une lycéenne blonde de Montreuil dont je me rappelle seulement la taille : 1,48 m. J'ai embrassé les deux mais n'ai couché avec aucune. Elles sont donc restées vierges et moi aussi. La dépression de tout homme à qui on refuse un baiser. C'est comme si on le tuait. Ou qu'il tombait de cheval. Pas question, bien sûr, d'insister. Combien de fois ai-je tenté de réembrasser – verbe qui n'existe pas, comme retravailler, ce qui mériterait deux longs développements – une femme qui m'avait refusé un baiser ? Zéro fois. Ou alors j'en ai perdu le souvenir. Mais la fille, peut-être pas. Qu'elle me dénonce, ça nous donnera l'occasion de nous revoir. Comment peut-on avoir envie de quelqu'un qui n'a pas envie de vous ? Il est plus naturel de ne pas avoir envie de quelqu'un qui a envie de vous. C'est même le sujet du plus beau roman du monde : *À la recherche du temps perdu.*

Le sexe devrait toujours rester un sujet d'amusement ; le problème, c'est le travail. À force de rester enfermé huit heures par jour, cinq jours par semaine, onze mois sur douze, avec les mêmes personnes, on finit par vouloir abuser d'elles. Dans la vie on peut dire non, dans le travail on ne peut pas dire non à son patron. Si on tient à son travail. « L'esclavage du salariat », disait Lénine. Il avait oublié un mot : sexuel.

## Catalogne libre !

Je me souviens combien les Européens – médias, intellectuels et gouvernements confondus – ont été contents lorsque, à la fin du siècle dernier, les Slovènes, puis les Croates, suivis des Bosniaques et, enfin, les Kosovars décidèrent, chacun leur tour, de quitter la Yougoslavie. Les indépendantistes reçurent presque aussitôt renforts médiatiques et aide militaire. On en eut plein la bouche, du droit des petites nations à disposer d'elles-mêmes. Belgrade, qui tentait de conserver l'unité yougoslave comme le font ces jours-ci le roi d'Espagne et son Premier ministre pour l'unité espagnole, fut abreuvée d'insultes et de menaces avant d'être bombardée par une coalition internationale. Bombarderait-on aujourd'hui Madrid ? On mit, sur les murs de Paris, la moustache de Hitler à Slobodan Milošević, décédé depuis à La Haye après un vigoureux traitement de la médecine néerlandaise. Dans la plupart des capitales de l'Union européenne, les défenseurs de la démocratie et des droits de l'homme descendirent dans la rue aux cris de « Vive la Slovénie libre ! », « Vive la Croatie libre ! », « Vive la Bosnie libre ! », « Vive le Kosovo libre ! ». La sécession était alors considérée comme un droit inaliénable, voire un devoir sacré, pour les peuples disposant d'une langue, d'une culture et d'une économie. Le développement de l'idée européenne ne signifiait-il pas la disparition des vieilles frontières et la création d'une large fédération faisant la part belle aux régions, étouffées par le jacobinisme des anciennes capitales ?

Pourquoi refuser aux Catalans ce qu'on a fini par accorder aux Slovènes, aux Croates, aux Bosniaques et aux Kosovars ? En quoi l'indépendance de la Catalogne est-elle un risque plus grand pour la stabilité de l'Europe que ne le fut celle des peuples de l'ancienne Yougoslavie ? À part Manuel Valls, je ne connais aucun Catalan. Et dire que je connais Manuel Valls est exagéré : je lui ai juste serré la main après un concert de Florent Pagny où l'épouse de l'ancien Premier ministre jouait du violon. Je crois n'être jamais sorti avec une Catalane. Bien que gourmand, je ne suis pas un aficionado de la cuisine catalane. Je n'ai donc aucune raison de soutenir la Catalogne dans son désir d'indépendance, sinon évidemment que je ne vois personne d'autre pour le faire. Barcelone est isolée du monde. C'est une bonne position pour un artiste et une mauvaise pour un État.

Je m'étonne en outre que les Français, attachés avec passion à ce qu'ils appellent les valeurs de la République, restent insensibles au fait que les Catalans veuillent quitter la monarchie espagnole pour vivre dans la République de Catalogne. Des républicains français soutenant une monarchie contre des républicains catalans, c'est triste. Cela faisait longtemps qu'un roi n'avait pas été contesté et je m'étonne que ça ne nous fasse pas davantage plaisir, à nous qui en avons décapité un, acte politique inouï célébré par *La Marseillaise* au début de chaque match de foot de l'équipe de France.

## Solveig chez Tonton

Pour les gens qui ont peur de l'avion et qui aiment l'Afrique, il y a le quartier de Château-Rouge. Pour les gens qui sont malades en autocar et qui adorent la Serbie, il y a le restaurant Kod Tece, en français Chez Tonton (32, rue du Simplon, Paris XVIII$^{e}$, 01 42 57 44 76). Ouvert tous les jours de 8 à 22 heures, sauf le dimanche, où le service s'arrête à 16 heures. En face du 32, il y a l'église orthodoxe Saint-Sava. Le saint optimiste : ça va. La serveuse de Chez Tonton s'appelle Nina et ne parle pas le français, ce qui est bien pratique pour les clients ne parlant que le serbe. C'est une grande dame blonde à lunettes qui me serre virilement la main chaque fois que j'entre dans l'établissement. Si je ne lui avais pas dit que ma mère était croate, peut-être m'embrasserait-elle trois fois sur les joues. En Serbie, la bise, c'est trois fois. Tandis que je déplie *L'Équipe* sur une table pour huit que j'occupe seul en attendant mon invité ou mon invitée, Nina m'apporte mon premier verre de slivovica (prononcer chlivovitsa). Quand je lui demande ce qu'il y a au menu, elle me fait toujours la même réponse : « sarma et cevap ». Du chou farci et des boulettes de viande de porc en forme de doigts d'enfant. Je choisis le chou. C'était le plat yougoslave préféré de ma mère, quand elle et la Yougoslavie étaient encore vivantes.

Aujourd'hui, Solveig de Plunkett, l'attachée de presse des éditions Stock, où je publie mon prochain roman en janvier, me rejoint Chez Tonton. De Saint-Germain-des-Prés, c'est direct par la ligne 4. Solveig est, elle aussi, une grande dame blonde, mais sans lunettes. Elle est entrée dans le restaurant, bien droite dans son long manteau. On aurait dit un officier de l'armée austro-hongroise qui aurait oublié d'aller se faire couper les cheveux. Elle m'a un peu énervé quand elle a dit que la slivovica avait un goût de pomme de terre. Je lui ai dit qu'elle confondait avec la vodka. Dans la slivovica, il n'y a que de la prune. « De la prune serbe », a ironisé Solveig.

Bien sûr, on a parlé des prix littéraires. Mengele prix Renaudot soixante-douze ans après la capitulation du IIIe Reich[1]. Ces vieux nazis sont increvables. Et Auschwitz prix Goncourt[2]. Les éditeurs qui n'avaient pas de romans hitlériens dans leur rentrée littéraire de septembre, comme Stock, s'en sont mordu les doigts. Avec Kaouther Adimi et David Lopez, le Seuil avait joué l'Algérie et la banlieue : mauvaise pioche. Véronique Olmi sur l'esclavage chez Albin Michel : bien essayé, mais ça manquait quand même trop de Wehrmacht. La ministre de la Culture, l'éditrice Françoise Nyssen, décroche deux grands prix littéraires : le Goncourt et le Renaudot essai. Ça n'a choqué personne. À toutes les époques et sur tous les continents, les écrivains ont voulu plaire au nouveau pouvoir, mais peut-être pas aussi vite.

## London Diary

L'Eurostar est un avion qui vole sous la mer. On n'y monte pas, on y embarque. Mesures de sécurité identiques à celles de l'aviation civile. Le contrôle des billets se fait par les hôtesses, avant le départ, comme dans un aéroport. Une collation légère sera servie à la place, on se croirait sur Air France. Les voyageurs ont des têtes de gens qui vont à Londres. Ils sont sérieux, car on ne se rend pas en Grande-Bretagne pour s'amuser mais

1. *La Disparition de Josef Mengele*, Olivier Guez. (*N.d.A.*)
2. *L'Ordre du jour*, Éric Vuillard. (*N.d.A.*)

pour faire du profit ou des économies. Ils ont laissé libres les deux baby-foots de la salle d'attente. J'ai gagné six parties sur les six que j'ai jouées, sévère atteinte au prestige du football féminin.

Ma première impression de la capitale anglaise, où je n'étais plus retourné depuis le printemps 1991 : on dirait Amiens, en moins vaste. C'est parce que la ville cache sa majesté derrière de petits immeubles en brique identiques. Plus tard, la Tamise et ses monuments énormes auront à cœur de nous rappeler que nous sommes au centre d'un empire, celui de l'argent. Christine Afflelou, qui nous accueille à Saint-Pancras, m'indique, en conduisant son 4×4 Hyundai dans le centre-ville, que rouler dans ce périmètre coûte 10 livres par jour. Qu'elle ne compte pas sur moi pour les lui rembourser. Elle n'avait qu'à rester vivre à Paris, où toutes les rues sont gratuites.

Avant mon intervention (« Les prix littéraires sont-ils littéraires ? ») au B&C Club animé par Christine et son associée Bénédicte de Nonneville, dîner au China Tang, le restaurant asiatique du Dorchester. Stupeur : le pâté impérial a le même goût et la même texture (abondance de choux) que celui servi naguère au Peking de Belgrade, sur Knez Mihailova. Le cuisinier serbe du Peking a-t-il fini par émigrer dans cette Angleterre qui l'avait bombardé en 1999 ?

Le lendemain matin à Highgate. L'entrée du cimetière coûte 4 livres (gratuite pour les enfants). Est-ce parce qu'on y trouve la tombe de Karl Marx ? Le capital, toujours le capital. Je me fais photographier par Anne-Sophie devant la statue du philosophe, bien que ce soit interdit. Le ciel est devenu d'un bleu égéen, ça doit être parce que le concierge du Dorchester m'a prêté un parapluie. Les chiens les plus heureux du monde sont ceux que l'on promène sans laisse à Hampstead Heath. Ils ont l'air d'avoir inventé le verbe gambader. Nous essayons de monter dans un bus, mais la conductrice ne vend pas de tickets et est incapable de nous dire où en acheter. Londres : la ville où on ne peut pas prendre l'autobus. Le ticket de métro est à 5,20 livres, soit près de 7 euros. Il suffit d'être deux pour payer un taxi au même prix. À trois, on commence à faire des bénéfices.

Le temps d'être pris en photo devant le siège du MI6, sur Albert Embankment, ainsi que de me recueillir devant la façade jaune du Sidney Hotel, 68 Belgrave Road, et me voici chez Alain et Christine Afflelou pour regarder, dans leur cuisine, le match amical France-Pays de Galles (2-0). Alain a été président des Girondins pendant six ans et m'explique, en me servant un magnifique bordeaux, qu'aucun match n'est amical. Ce qui est amical, c'est pas de match.

## Marches à Londres

L'après-midi de notre arrivée, devant Wellington Arch, je demande à un passant si c'est bien Hyde Park dont on aperçoit les arbres de l'autre côté de Brompton Road. Il me dit que non. Pour Hyde Park, ajoute-t-il, il faut prendre le métro. Nous longeons Rotten Row jusqu'à la Serpentine. On est donc bien dans Hyde Park. Londres : la ville où des gens qui parlent mal l'anglais s'adressent à des gens qui ne le comprennent pas. Pensées pour Pierre-Jean Remy et Michel Déon, mes deux auteurs londoniens d'expression française préférés. Voir *La Vie d'Adrian Putney, poète* (1979) et *Adieux à Sheila* (1944). Le soleil flamboie. Aurait dit Remy ? Les feuilles mortes rousses s'envolent dans le vent. Aurait écrit Déon ? Londres : la nouvelle Mecque des migrants musulmans. J'imagine le regard qu'ils portent sur le ciel douillet et les immeubles bien rangés après leur journée de travail dans les cuisines de la ville. Avant, il y avait des usines. Maintenant, ce sont des cuisines. Du coup, il faut manger.

Le Dorchester a plus de cent chaînes de télévision, dont Arte. Avant de dormir, on regarde *Un train pour Petrograd* (Damiano Damiani, 1988). La tristesse d'Inessa Armand dans les yeux de

Dominique Sanda. C'était culotté de faire jouer Lénine par Gandhi : Ben Kingsley. Kroupskaïa n'a jamais été aussi jolie que Leslie Caron, sauf peut-être à douze ans. Le film s'arrête à Petrograd, comme le train.

Nos marches du lendemain : d'abord de Park Lane à Fitzroy Square, où nous saluons l'ombre de Virginia Woolf. Christine Afflelou est en train de lire, non sans mal, *Mrs Dalloway*. « Je m'accroche », m'a-t-elle dit. Aurait dû plutôt choisir *La Chambre de Jacob*, l'un des plus beaux romans anglais avec *Les Ailes de la colombe*, de l'Américain Henry James, qui prit la nationalité britannique en 1916, par solidarité avec un pays qu'à ses yeux les Américains tardaient trop à rejoindre dans sa guerre contre l'Allemagne. Dans les parcs londoniens, davantage de pigeons que de SDF. C'est la différence avec les rues de Paris.

Deuxième marche : du cimetière de Highgate – dont la gardienne, après nous avoir entendus prononcer le nom de Karl Marx, nous a aussitôt opposé celui de George Michael, enterré dans la partie du cimetière se trouvant de l'autre côté de la rue, aussi loin de Marx que possible – à la station de métro Kentish Town. Notre troisième marche, après qu'un taxi fantasque nous a déposés, en slalomant avec une grâce de champion de ski entre les automobiles, à Westminster, consistera à longer la Tamise marron jusqu'au pont de Vauxhall, puis à nous engager dans l'interminable ligne droite Belgrave Road – Eccleston Street – Belgrave Place afin de retrouver Park Lane et notre hôtel. Londres : les marchands, les marchés, la marche. Après un tel effort, grande douleur aux adducteurs. Pas étonnant que les joueurs de foot se fassent masser après un match. Il n'y a pas de masseuse en chambre à Londres. Pour cela, il faudrait aller à Bangkok, mais pas à pied.

# Le grand moqué

Nous voilà tous en train d'écrire sur Johnny Hallyday. Je me rends compte que je n'ai jamais pu orthographier son nom. Un « i » ou un « y » après un ou deux « l » ? Plus les gens sont mauvais coucheurs, plus ils aiment les lits d'agonie. Les Français, tiens. L'insulte à la bouche pour les vivants, le baiser prêt pour les mourants. Comme il est doux de communier dans le chagrin d'avoir perdu quelqu'un et que ce quelqu'un ne soit pas nous. Dans tomber d'accord, il y a tombe. Et dans funérailles : « fun ».

Nous nous sommes tant moqués. De Johnny Hallyday. Il a été la risée des parents des yéyés, puis la risée des enfants des yéyés, aussi appelés hippies. Il a inventé la jeunesse française, car il en a été la première idole. Avant Johnny, les jeunes se regardaient vieillir ; après lui ils se sont crus éternels. D'où leur stupeur présente devant la mort de leur chef de file : c'est la leur. L'émotion autour de Johnny est celle d'une génération qui a cru qu'il y avait des jeunes et des vieux, alors qu'il n'y a que des mortels. Pour rester l'idole des jeunes qui ne vieilliraient pas, Hallyday a souvent changé de costume et de parolier. Il a suivi toutes les modes avec cette finesse dans la balourdise qui est la marque des grands artistes populaires. Il a humé l'air du temps sur sa Harley-Davidson. Ses jeunes épouses successives l'ont aidé à ne pas devenir un vieux con. Il a organisé sa survie de star avec une méticulosité du Nord. C'est un Belge, comme presque toutes les icônes françaises : Simenon, Hergé, Brel, Nothomb, Geluck. Si la Belgique disparaît, qu'est-ce qu'on va devenir ? Pas étonnant qu'il ait fini par faire de la pub pour des lunettes – *Écoutez-voir* – comme disait Elsa Triolet.

Cette virilité sombre et complexe des hommes du peuple, c'est l'air unique que Johnny a fini par chanter. Il a ramassé dans toutes les villes de France ces gars, entre trente et soixante ans, persécutés par leur patron et leur famille et que ça n'empêche pas de rouler des mécaniques au café ou au bowling.

Chansons aux odeurs de vaisselle pas terminée et de bière éventée. Comme on ne fait pas son lit, on ne se couche pas. Ces amants de la télé au frigo et du frigo au garage. Mystérieux et sensibles sous le tatouage. Ce que les femmes aiment chez Johnny, c'est ce qu'elles aiment chez ses fans qu'elles ont épousés : la dignité rogue dans la débine flamboyante.

Hallyday père de la nation. On se demande si on n'est pas en train de perdre Clemenceau. Ou Hugo ? C'est ainsi que les médias aiment l'émotion : à son comble. La population se plie, penaude, à leur chagrin affiché. Une affliction générale a quelque chose de militaire. L'ordre serré des larmes. Johnny partira comme tout le monde par la petite porte qui se trouve à l'intérieur de notre poitrine et qu'ont aperçue tous ceux qui ont, volontairement ou involontairement, frôlé la mort. On regrettera ce grand comédien placide qui fixait sur le monde un regard absent à nous. Il était capable d'exprimer toutes les passions, même les fausses. Un gourou sans foi. Il dominait les foules pour leur raconter ce qu'elles savaient déjà d'elles-mêmes et elles l'écoutaient, enivrées de leur néant. Il aurait fallu ne jamais rien dire ou écrire sur lui, car il était entièrement secret.

J'ai acheté, dans ma vie, un seul album de Johnny Hallyday. À huit ans. C'était longtemps avant les CD et le téléchargement. Et quelques mois avant que la littérature ne m'attrape pour ne plus me lâcher. Je garde de Johnny l'image d'un grand frère idéal. Le mien était bien aussi mais jamais là : toujours sur des Mobylettes volées, à sécher le lycée. Je le revois dans notre chambre, ouvrir son cahier de textes et déclarer d'un air officiel qu'il n'avait pas de devoirs pour le lendemain. Johnny était le garçon que les petits garçons voulaient être quand ils auraient grandi : ce beau blond, la guitare en bandoulière, à qui n'arrivaient que des bonheurs. Même quand les portes du pénitencier sur lui se refermaient, il trouvait encore le moyen de chanter pour faire craquer les filles. Il est parti aujourd'hui vers un public encore plus important : celui des morts qui nous attendent. La vie des cinq mariages et un millier d'enterrements. Personne ne nous apprend à mourir, c'est pourtant l'unique chose à laquelle nul ne peut échapper. On devrait avoir des cours à ce sujet, dès l'école primaire. Comme il y a des cours d'instruction civique. Ça nous aiderait, le moment venu.

## Berlins

Après la Grande-Bretagne, l'Allemagne. Le trajet inverse de Rudolf Hess en 1941. Je me demande qui a dormi dans la chambre 322 de l'hôtel Kempinski, à Berlin (construit en 1897), entre 1940 et 1945. La chance de la capitale allemande : ne pas avoir Anne Hidalgo pour maire. La ville a par conséquent un marché de Noël et, le soir, on peut voir en face de qui et à côté de qui on marche dans les rues, car elles sont éclairées. Aux informations télévisées allemandes – ou cubaines, irakiennes, turques, italiennes, etc. –, pas un mot sur la disparition d'Hallyday ni sur celle de d'Ormesson. Ces deux idoles nationales étaient peu connues à l'étranger, sauf en Belgique pour Johnny et en Suisse pour Jean.

Nous sommes installés à Charlottensburg, comme les 600 000 Russes réfugiés à Berlin après la révolution d'Octobre. Perpendiculaires au Kudam, élégantes petites rues où ils ont crevé de faim. Au n° 65 de la Sächsische Straße, l'immeuble jaune où Vladimir Nabokov vécut avec sa mère dans les années 1920. Parmi les noms sur l'interphone, un Nabokov. J'appelle. C'est Vladimir. Il me dit de monter au 2e étage à pied. Il persifle : « L'ascenseur n'est pas sûr, il est de fabrication française. » Il m'ouvre, cigarette au bec. Il est long et mince. Ne prendra de l'embonpoint qu'après son installation en Suisse, quand il aura remplacé le tabac par les bonbons. Il est en train d'écrire la fin de son premier roman : *Machenka*. Il m'en lit des passages dans sa petite chambre enfumée. Pas le temps de lui dire qu'il deviendra célèbre, à cinquante-sept ans, avec *Lolita* : je me réveille d'une longue sieste dans ma suite junior. Toutes ces suites juniors occupées par des seniors.

Ce matin, sommes passés à l'Est par la porte de Brandebourg, après une marche commando de 4,5 kilomètres dans le Tiergarten. Alexanderplatz n'a guère changé depuis la fin du communisme. La RDA a disparu, pas ses immeubles. Ni Karl-Marx-Allee ni Karl-Liebknecht-Straße n'ont été débaptisées. Oubli ? Au contraire de Londres, on peut acheter des tickets dans l'autobus, ce qui permet de le prendre. Le nº 100 s'arrête devant le château Bellevue, banale bâtisse blanche de 1785 qui aurait fait ricaner Louis XIV et son architecte Mansart. C'est pourtant là que réside le président de la République. Le nôtre est mieux logé. Normal, c'est un roi.

Parmi nos projets pour les prochains jours : repasser au Checkpoint Charlie où Jacques-Pierre Amette subit, sous mes yeux amusés, une fouille au corps par une jolie Vopo blonde en 1983 ; boire un café au café où Joseph Roth écrivait ; retourner au Quartier Napoléon, où j'ai passé une permission merveilleuse au printemps 1979 et enfin continuer mes recherches du bunker d'Adolf Hitler.

Paul Morand avait raison, qui écrivait *Venises*. Toutes les villes sont multiples et devraient s'écrire avec un s au bout : Moscous, New Yorks, Brazzavilles. Pour Paris, c'est déjà fait.

## Wilhelmstraße 77

Les copropriétaires et locataires du nº 77 de la Wilhelmstraße, en face de la nouvelle chancellerie à la laideur joyeuse et poétique propre à l'architecture berlinoise, savent-ils qu'ils habitent au-dessus du bunker où, à 8,20 m sous terre, Adolf Hitler s'est marié et a mis fin à ses jours dans la nuit du 29 au 30 avril 1945 ?

Aucune trace, dans ce lieu historique, de l'un des événements les plus dramatiques de la Seconde Guerre mondiale. Un seul rappel, sans doute involontaire, de l'existence du Führer, qui ne mangeait jamais de viande : abondance, autour de sa dernière demeure, de restaurants végétariens.

La Friedrichstraße n'est plus le sombre corridor aux immeubles abandonnés qui menait, avant la chute du Mur, à Unter den Linden, qui était alors la plus belle avenue socialiste d'Europe. La rue est devenue un Kudamm bis, avec ses magasins de luxe, ses cafés chics et ses boutiques de souvenirs. KFC et McDonalds se partagent l'horizon à l'ancien check-point Charlie, où on vend des morceaux du Mur et des Lada miniatures. Des lycéens du monde entier viennent, en procession, y prendre une sévère leçon d'anticommunisme.

Retour à l'hôtel pour assister, sur TV5 Monde, aux funérailles de Johnny Hallyday, qui furent le contraire de celles de Mozart. Dans le minibar, une bouteille d'Apollinaris, l'eau gazeuse préférée de Hitler. Nous nous rendons à la braderie de livres organisée par la Maison de France, qui vide sa bibliothèque dans le noble but de faire de la place pour des ouvrages récents dont le contenu ne sera guère différent, je le crains, des œuvres anciennes. Je retrouve, sur les tables, mes amis écrivains restés à Paris : Gérard de Cortanze, Jean-Maurice de Montrémy, Bénédicte Martin. Tous à 1 euro, comme moi. Il y a, m'explique Dominique Treilhou, directrice de l'institut qui vient d'Arte et de France Culture, 20 000 Français à Berlin. La Maison de France et son restaurant, La Brasserie de Paris, bien situés à Charlottenbourg, sont leurs principaux lieux de rencontre. J'ai vu un homme acheter 27 livres, mais je ne sais pas si c'était un Français ou un Allemand. L'institut accueille en outre 2 000 élèves qui viennent apprendre, pour des raisons incompréhensibles, notre langue démodée.

Le meilleur restaurant chinois de Berlin est l'un des moins chers : Ho Lin Wah (Kurfürstendamm 218, tél. : 030 502/62900). Le café Brel, Flore de la Savignyplatz, propose, dans une ambiance francophile, un excellent brunch (tél. : 030 318 00020). À l'angle de Karl-Liebknecht-Straße et de Spandauer Straße, non loin d'Alexanderplatz, un Nordsee (tél. : 030 242 6881) pour les amateurs de poissons de la mer du Nord. Je conseille le sandwich au hareng Bismarck. Pour les gens qui aiment manger du saucisson et boire du vin en regardant un film dans un fauteuil club, il y a le cinéma Astor (Kurfürstendamm 225, tél. : 030 883 8551).

Les portes des autobus de Berlin s'ouvrent seules et celles des métros à la demande, c'est le contraire de Paris.

## Et rothisme

Le café Roth (Potsdamerstraße, 75) n'est pas un café, mais une église. Sur les murs, une centaine de dessins et de photographies représentant Jospeh Roth à tous les âges. Du jeune officier austro-hongrois au vieil écrivain alcoolique. Il y a même une photo de lui au Café Tournon, où il a rincé, avec ses droits d'auteur et les mandats de Stefan Zweig, les pique-assiettes allemands antinazis de Paris. Au café berlinois qui porte son nom, ses romans en piles ont l'air de livres de messe qu'un bedeau – le serveur ? – distribuera aux fidèles avant le début de la messe. Les murs sont d'époque, comme ceux de Notre-Dame, les sièges aussi, ce qui n'est pas le cas à la cathédrale de Paris. À notre entrée dans ce lieu saint, une minute après son ouverture au public (10 heures du matin), Serge Reggiani nous accueille avec du Jean-Loup Dabadie : « La femme qui est dans mon lit… n'a plus vingt ans… » Ne peux m'empêcher, pour amuser ma compagne, de subvertir la fin du vers : « … depuis peu de temps ».

Le café Roth n'a pas été bombardé pendant la Seconde Guerre mondiale, ce qui aurait réjoui l'écrivain s'il avait eu la chance de survivre (mort à Paris le 27 mai 1939). Berlin n'est pas un lieu, c'est une histoire. Il ne suffit pas de le regarder, on doit l'imaginer. Tous les immeubles sont faux. Sur leurs façades plates se dessine, tel un fantôme enchaîné, le Berlin disparu qui enchanta Christopher Isherwood, émerveilla Roger Martin du Gard, inspira Vladimir Nabokov. La ville entière est un souvenir, c'est-à-dire une illusion. Ce que les jeunes du monde entier cherchent – longues silhouettes nerveuses cachées sous des bonnets et des écharpes –, c'est un vide dans lequel ils peuvent déverser pour pas cher, à Kreuzberg ou Mitte, leur trop-plein de vie. Dans les boîtes techno, ils tapent du pied pendant plusieurs heures afin que la terre s'ouvre pour eux. Ils ne sont pas plus tendres avec leur ordinateur, qui enregistrera leur colère sans pouvoir la calmer, car il n'est pas un médicament.

Nous nous rendons, au bout de la ligne 6, au Quartier Napoléon, aujourd'hui caserne Julius-Leber, socialiste allemand antinazi exécuté en 1945. L'ancien QG des forces armées françaises est, comme le checkpoint Charlie, encadré par un KFC et un McDo. Les casernements ont l'air aussi vides que ceux de la DGSE à la porte des Lilas. Ai demandé, sans succès, à les visiter. Aurais aimé retrouver la chambre où je lisais au lit, en février 1979, *Daisy Miller*, de Henry James, dans la collection Champ libre (1974) pendant que, sous ma fenêtre, les GI étaient à l'exercice.

La veille de notre retour en France, neige sur le Kurfürstendamm. Un linceul manquait à ce pays des morts. J'ai compris : Berlin n'est pas une ville du Nord, c'est une station balnéaire. Les rues et les parcs se recroquevillent en attendant l'été tandis que la Prusse souffle son vent froid sur les passants des grandes avenues de l'Ouest comme de l'Est. Elle les oblige à rentrer chez eux et ils n'ont qu'une hâte : en ressortir sous le soleil boréal.

# Des éditeurs

Quelques semaines avant la mort de Paul Otchatovsky-Laurens, j'étais allé voir son film *Éditeur* dans un petit cinéma de la rue Champollion, Paris Ve. Les quelques spectateurs présents regardaient l'écran dans un silence recueilli, comme s'ils assistaient déjà – cela me frappe aujourd'hui – à l'enterrement de l'auteur du film. *Éditeur* revient sur le procès ayant opposé Mathieu Lindon et la maison POL à Marine Le Pen et que cette dernière remporta. Tant d'années et de best-sellers plus tard, Paul ne semblait toujours pas avoir accepté cette défaite. Dans une parodie de film comique muet où figurent – muets, donc – beaucoup d'auteurs POL dont Marie Darrieussecq, inoubliable en mégère basque, Otchatovsky-Laurens s'appliquait à ridiculiser la 17e chambre. Nous avons tous au moins une raison d'aimer POL. J'en ai quatre : Marc Cholodenko, Alain Demouzon, Georges Perec et Christopher Isherwood. *Les États du désert* restent, malgré une rude concurrence, l'un des plus beaux romans français du XXe siècle. Les polars Flammarion de Demouzon sont indépassables. *La Vie mode d'emploi* a enchanté mon service militaire et je ne suis toujours pas sorti du Berlin d'Isherwood, ainsi que l'ont montré mes trois précédentes chroniques.

Bernard de Fallois, décédé presque cinq ans après son portraitiste Jean-Marc Roberts (*Affaires étrangères*, 1979). La dernière fois que j'ai vu Fallois, c'était au pot de Claire-Cécile Avril, son attachée de presse, qui abandonnait l'édition pour un poste d'enseignante en Thaïlande. Il partait quand je suis arrivé, c'est ce qui s'appelle un rendez-vous manqué. Fallois était un homme droit de droite. Il avait rapatrié Vladimir Nabokov chez Julliard (*L'Extermination des tyrans*, 1977) et Marcel Pagnol chez lui. Il avait fait fortune plusieurs fois en librairie (Merle, Chandernagor, Volkoff, Dicker, etc.), condition nécessaire mais non suffisante pour maintenir l'équilibre financier d'une maison d'édition : il faut aussi être économe. Il était proche de Vladimir Dimitrijevic, décédé récemment. Il n'y a pas que les écrivains qui meurent : les éditeurs y ont droit, eux aussi.

Il ne suffit pas d'aimer lire et de ne pas aimer écrire pour être éditeur, il faut aussi aimer ouvrir les grosses enveloppes qui arrivent chaque matin au courrier. Pour partir en voyage, ces explorateurs n'ont pas besoin de boussole : une paire de lunettes leur suffit. Ils coupent dans les mots avec leur machette mentale pour se faire un chemin jusqu'au bout des manuscrits. Ces marcheurs assis escaladent les restaurants, montagne préférée des journalistes littéraires et des jurés. Ce sont eux qu'on récompense à juste titre pendant la saison des prix, bien davantage que les auteurs, ces personnages falots et interchangeables que le temps avalera avant de les recracher dans les bacs des soldeurs. J'ai des souvenirs d'éditeur comme on a des souvenirs d'amour car ce sont des amours. Les lecteurs lisent de trop loin et les universitaires de trop près : seuls les éditeurs sont à la bonne distance, celle de leur goût et de leur intérêt. Polygames passionnés, ils ont beaucoup d'auteurs, mais ne supportent pas qu'on ait deux éditeurs. C'est leur petit défaut.

## Le culte des anciens

Dans leurs vieux habits d'époque et sous leurs rares cheveux blancs mal peignés, les survivants de Mai 68, déjà massés à l'entrée des studios de radio et des plateaux de télévision, guettent le début de la grande célébration qui les mettra, une fois de plus, dans la lumière : le 50$^{e}$ anniversaire des événements du Quartier latin. Beaucoup de ces individus sont morts et on évoquera leur souvenir avec une émotion compréhensible. Ne serait-ce pas bientôt le tour de tous les soixante-huitards de passer d'une vie bien-pensante à un trépas citoyen ? En attendant, on les verra trottiner avec difficulté d'Europe 1 à France Inter, de C8 à LCI, pour raconter de nouveau leurs barricades du boulevard Saint-Michel et leur occupation de la Sorbonne. Ils seront accompagnés d'une jeune attachée de presse respectueuse de leurs luttes anciennes ou, mieux, d'un fils ou d'un petit-fils confit d'admiration pour leur révolution du siècle dernier. Nous assisterons à un déferlement de septuagénaires et d'octogénaires n'ayant rien perdu de leur faconde. Ils reviendront sur chaque journée du printemps 68, ressassant avec une malice gourmande les paroles audacieuses et les actions subversives d'eux-mêmes et de leurs camarades.

On aurait, en Mai 68, libéré la parole. Tous les documents montrent au contraire que la moindre phrase allant à l'encontre des dogmes politiques de l'époque était aussitôt interdite. Jamais les étudiants ne se sont fait autant engueuler dans l'enceinte de la Sorbonne. Par d'autres étudiants. On clouait le bec aux poètes, parmi lesquels Louis Aragon. Sagan ne faisait pas la maligne dans son Aston Martin. Sartre et Genet, malgré leur marxisme flamboyant, n'en menaient pas large. Gary ne montrait pas le bout de son long nez gaulliste. Les discours des soixante-huitards n'étaient que mises en garde, mises à l'épreuve ou mises à l'écart. En Mai, le politiquement correct a poussé, telle la mandragore des pendus, sur les pavés des Ve et VIe arrondissements de Paris. Les révoltés de 68 n'ont pas détruit un système politique, mais construit une prison idéologique où ils ont tenté d'enfermer les générations suivantes pour les empêcher d'être jeunes, car ils voulaient que ce soient eux, les jeunes, à jamais. À jamais 68.

Ils seront venus, ils seront tous là, pour la saluer une dernière fois, la mamma révolution restée couchée depuis cinquante ans et qui n'en finit pas de mourir. Le chroniqueur d'Europe 1 Cohn-Bendit, le cinéaste improbable Goupil, le mao sait-tout Miller, le retraité July, l'allumeur Weber. Les sanglots seront longs. Apprendrons-nous enfin qui a inventé « CRS-SS » et « La chienlit, c'est lui », les deux principales trouvailles verbales de Mai ? Où serons-nous en 2028, pour le soixantième anniversaire des événements ? Toujours sur terre, j'espère. Je ne veux pas rater l'apparition, sur toutes les chaînes d'infos, du premier centenaire de Mai 68. Un jour, il y aura le dernier soixante-huitard, comme il y a eu le dernier poilu. Ou le dernier survivant du *Titanic*.

## Pour Lætitia Hallyday

La France des médias, du showbiz et des réseaux sociaux se dresse pour défendre les intérêts patrimoniaux de David Hallyday (cinquante-deux ans) et de Laura Smet (trente-quatre ans), au détriment de ceux des fillettes vietnamiennes (Jade, treize ans, et Joy, neuf ans) adoptées naguère par Johnny et Lætitia. Un testament, qu'il soit ou non olographe, exprime les derniers désirs du signataire. Celui de Johnny ne laisse aucun doute sur la pensée du chanteur : il a considéré que Jade et Joy avaient davantage besoin de sa fortune car elles étaient des enfants, alors que David et Laura sont des adultes fortunés, surtout David, figure emblématique du Monte-Carlo Country Club. On a rendu à Johnny un hommage national : était-ce pour mieux mépriser aujourd'hui les dernières phrases de sa main ? On traite ce document comme s'il s'agissait d'un chiffon sans valeur. Voire un faux. D'aucuns, parmi lesquels beaucoup d'héritières et d'héritiers, affirment qu'il n'est pas normal de déshériter ses enfants, même quand ils ne sont plus des enfants. Mais quand Johnny a-t-il été quelqu'un de normal ? Ni au début de sa carrière ni à la fin de sa vie. Je renvoie mon lecteur à toutes ses biographies, qu'elles soient ou non autorisées. De la chaîne de vélo autour du cou aux fleurs dans les cheveux décolorés, de liaisons tapageuses en mariages insolites, le Belge s'est toujours montré on ne peut plus excentrique. Est-ce une raison pour ne pas respecter ses derniers mots écrits, d'autant qu'il écrivait fort peu ?

Johnny et Lætitia se sont aimés dans une explosion de joie

sensuelle dont nous avons été les témoins. Pendant deux décennies, le mannequin blond a supporté, dans les deux sens du terme, l'être humain le plus échevelé, le plus fantasque, le plus déroutant, le plus inouï qui ait jamais vécu à Marnes-la-Coquette. On reproche souvent aux dernières épouses, plus jeunes que leur mari, d'éloigner celui-ci de sa famille et de ses amis, alors que la plupart du temps, les hommes âgés prennent une dernière femme pour qu'elle les débarrasse de leur famille et de leurs amis, lassés par l'une et déçus par les autres. Ils l'envoient accomplir à leur place ce travail dont ils n'ont plus la force. Mes pensées vont à cette veuve et à ces orphelines que Johnny Hallyday, en voulant protéger, a au contraire exposées à la haine publique. Les Français semblent s'être trouvé une noble cause : protéger les finances des rejetons français du chanteur défunt. Ils n'hésitent pas, dans ce but, à calomnier et à insulter la mère de Jade et de Joy. A-t-on une idée du traumatisme que provoquera, chez les deux petites Asiatiques, cette abominable polémique ? Traitées de voleuses dans la cour de l'école, elles que le rockeur et son épouse avaient amenées dans notre pays pour faire leur bonheur. Il est temps que nos compatriotes rangent la guillotine qu'ils ont dans la tête et qu'ils ressortent à la première occasion douteuse. Ce qu'on appelle les valeurs de la République ?

## Que sont mes amis proserbes devenus

Fête nationale à la résidence de l'ambassadeur de Serbie en France. Son Excellence Rajko Ristic reçoit le Tout-Paris en compagnie de son épouse Maya, qui vient de lui donner un deuxième enfant. Je me souviens des années où on n'avait pas besoin de faire la queue pour entrer au 1, boulevard Delessert (Paris XVI^e^). Personne n'aurait parlé à un diplomate serbe ni ne l'aurait écouté. Dans les salons, on avait toute la place pour se promener. Nul besoin de bousculer un attaché militaire turc ou un conseiller culturel suisse pour atteindre les plateaux garnis de spécialités culinaires balkaniques. Les nouveaux Serbes – ceux qui n'ont pas fait la guerre et ceux qui l'ont oubliée – sont arrivés. Et, avec eux, les Parisiens importants et les Parisiennes essentielles. Il y a foule, ce soir, boulevard Delessert. La vieille amitié franco-serbe renaît des cendres de la cigarette qu'on ne fume plus. La délicatesse des Serbes : servir du blanc de blancs au lieu de champagne, cette région où tant de jeunes Français sont morts au combat en 14-18.

Quelques spectres minces dans la grosse assistance. Ils ne se dirigent pas vers le buffet, n'ayant plus ni faim ni soif, sauf de justice. Je les revois assis sur les élégants canapés et s'attardant avec mélancolie dans le jardin de la résidence. J'imagine le bonheur qu'ils auraient aujourd'hui à évoluer entre un trio de grands patrons et un duo de journalistes, tous parlant le français et aucun de l'OTAN ni de Slobodan Milošević. Suis-je le seul à les voir au milieu de militaires européens décorés et de hauts fonctionnaires internationaux : Milena Nokovic, Maritza Mattei, Vladimir Dimitrijevic, Vladimir Volkoff, Louis Dalmas ? Qui, s'ils étaient encore vivants, verraient enfin le résultat de leurs efforts des années 1990 : une Serbie réconciliée avec elle-même et avec le monde. Le pays a même une Première ministre LGBT d'origine croate. Je regarde ces fantômes glisser sur les beaux tapis de la résidence : Milena dans son tailleur Chanel fétiche, Maritza ayant garé non loin de là sa petite automobile pleine de vêtements et de jouets pour les enfants du Kosovo, les deux Vladimir discutant de désinformation avec Louis (le fondateur du périodique *Balkans Infos*, disparu lui aussi). Mes chers amis, mes bons camarades. Qui reposent chacun dans son coin du monde mais aiment à se retrouver, j'en suis sûr, ici ou là, et plutôt ici que là.

Après avoir salué l'éditeur breton Jean Picollec et la nièce du regretté général de Bressy de Guast, qui était mon chef de corps au 1er régiment de spahis en 1978, nous avons quitté la résidence et marché dans l'avenue des Nations-Unies jusqu'au joli manège en bois de la place de Varsovie. Il ne tournait pas. « Les manèges, ai-je dit à ma compagne, il faut que ça tourne. »

## La voiture d'Antoine

Le corps est une machine, comme une voiture. Il vieillit et a des accidents. On l'a acheté neuf, mais il devient vite une occasion qu'on ne peut pas revendre, donc il faut le réparer. On le conduit alors à l'hôpital, où les médecins et les infirmières connaissent la mécanique. Avec un peu de chance, il en sortira avec diverses améliorations techniques. N'empêche, le moteur – cet engin extraordinaire que les ingénieurs de l'automobile appellent un cerveau – ne peut pas être changé. La voiture restera avec lui jusqu'à la fin de ses jours à la casse. Dans son nouveau livre – *Partie gratuite* –, Antoine Audouard raconte l'histoire d'un véhicule dont il a perdu, le 28 juin 2012, le contrôle : lui-même. AVC massif. Mésaventure d'autant plus surprenante que le contrôle est ce qui m'a toujours semblé caractériser le fils d'Yvan Audouard, qui déplorait en douceur que ce dernier fût incontrôlable : paresseux romancier du soleil, scénariste décontracté (*D'où viens-tu Johnny ?*, Noël Howard, 1963), chroniqueur de la sieste. Antoine était au contraire un exemple de discipline et de régularité, dans son métier d'éditeur de best-sellers chez Fixot comme dans celui de romancier rare chez Gallimard (dix romans depuis 1977) ou L'Olivier.

*Partie gratuite*, c'est *Le Scaphandre et le Papillon*, de Jean-Dominique Bauby (1997), avec une fin heureuse. Moins abîmé lors de la collision de son cerveau avec la réalité de son corps, Antoine réussira, après une longue convalescence bien racontée, à rouler de nouveau parmi nous. Si son livre est plus long que celui de Jean-Dominique, c'est parce qu'il ne l'a pas écrit avec une paupière mais « de l'index droit (sauf les trois dernières lettres – index gauche) ». *Partie gratuite* a une souplesse et un allant qui rappellent les écrits brinquebalants d'Yvan. Quand on frôle la mort, on retrouve son père qu'elle a déjà mangé. Il nous fait un signe amical à travers le plafond trop blanc de la chambre d'hôpital.

Retour sur Jean-Marc Roberts, un ami d'Antoine victime lui aussi d'un accident. Avait trop fumé dans sa voiture. On n'a pas pu le remettre en circulation. Antoine lit son nouveau et ultime livre – *Deux vies valent mieux qu'une* –, dont il doit interviewer l'auteur à la demande de celui-ci. Alors qu'il est en train de préparer ses questions, il apprend la mort de Jean-Marc. Il n'ira pas à son enterrement au cimetière de Montmartre, craignant de gêner le milieu littéraire avec un fauteuil roulant.

La chevauchée pas fantastique qu'est tout travail de guérison et de rééducation. Le temps sur lequel on surfait tombe sur nos épaules comme un parpaing. Antoine a la chance d'être écrivain : c'est la meilleure leçon de patience, les mots ne se présentant presque jamais à la bonne heure. À la fin du livre, la liste des remerciements fait trois pages où on trouvera en premier, évidemment, l'épouse d'Antoine, l'agent Susanna Lea, qui lui a voulu du bien.

## Pour *VSD*

*VSD* a quarante ans. Je me souviens d'avoir acheté le premier numéro du magazine de Maurice Siegel le 9 septembre 1977 à Savigny-sur-Orge, où habitait ma fiancée Frédérique, chez qui elle et moi allions passer le vendredi, le samedi et le dimanche. Il y avait Isabelle Adjani en une, dans une chemise rouge à lèvres. Parmi les journalistes annoncés, beaucoup d'écrivains :

Antoine Blondin, Bernard Pivot, Max-Pol Fouchet, Claude Mauriac, Didier Decoin, Jacques Lanzmann. Le premier tirage de 350 000 exemplaires fut épuisé en quelques heures. Des phrases pareilles font mal au cœur, surtout quand c'est celui d'un journaliste de 2018. Le groupe Prisma, qui avait acquis le titre il y a plusieurs années, vient de le revendre à Georges Ghosn. Les journaux, comme les êtres humains que les Grecs anciens appelaient les mortels, sont faits pour paraître mais aussi pour disparaître.

Les Éditions du Chêne ont fêté le quarantième – et dernier ? – anniversaire de l'hebdomadaire avec la sortie d'un album superbe. Les journaux s'envolent, les albums restent : c'est à cause de leur poids. *VSD, 40 ans d'aventure humaine*, nous raconte notre vie de loisirs. En 1985, des têtes ont changé à la rédaction. Il y a toujours Lanzmann, mais il n'y a plus Blondin. Au dernier rang de la photo de classe en noir et blanc, deux écrivains : Jean-Pierre Enard et Patrick Grainville, l'un avec sa barbe et l'autre avec son pull. Dans l'équipe de 2017, je reconnais Patrick Talhouarn et Marc Dolisi. Ce dernier m'a fait entrer au journal en 2000, mais je ne vois pas Philippe Labi, qui m'en a fait sortir en 2009, c'est parce qu'il en est sorti peu après lui aussi. Je l'ai retrouvé le mois dernier à la porte de Versailles, au Salon de la gastronomie d'outre-mer. Il est le nouveau PDG de *France-Antilles*.

*VSD*, c'était la presse pour le plaisir, celui du journaliste comme celui du lecteur. Les photos claquaient, les textes pétaient. Il est tombé pile au seuil des années 1980, où tout marchait : les disques, les journaux, les livres. Fête du corps sportif et de l'esprit agile, célébrée chaque semaine par les collaborateurs de Siegel. Voile et Paris-Dakar. Le 26 juin 2003, deux hommes nus enlacés. Pas sous une couverture : en couverture. Commentaire de Marc Dolisi, ancien rédacteur en chef récemment rapatrié chez lui, à Senlis : « Depuis sa naissance, *VSD* a toujours été en première ligne sur les bouleversements de notre société, dans une gamme allant du grave au léger. »

L'hebdo n'a jamais été sexiste, mais il a toujours été sexe, ainsi que le montre dans l'album le chapitre *Fashion, luxe et volupté*. Fatou Joe Ndiaye dans une robe blanche de Martial Tapolo au bord du fleuve Niger : toute la beauté du monde féminin noir. La romancière nue Bénédicte Martin, page 224, ferait une bonne illustration à cette chronique. Mélissa Theuriau, femme de l'année 2006. Et Johnny, bien sûr. Le méchant Belge qui a déshérité ses enfants.

## Le grand livre de 2017

J'ai trouvé le grand livre de 2017 en mars 2018, à la librairie Delamain, rue Saint-Honoré : *Chronologie de la vie et des œuvres de Gérard de Nerval*, de Michel Brix. C'est un fort volume de 476 larges pages imprimées en petits caractères où on suit pas à pas, article après article, soirée au théâtre après soirée au théâtre, promenade après promenade et publication après publication l'auteur de *Sylvie*. J'ai ouvert, avec un recueillement de dévot, cette nouvelle bible des nervaliens. Quel dommage que Kléber Haedens (1913-1976) soit mort avant d'avoir pu la tenir dans ses mains. Ce livre ne me quittera jamais et peut-être ne lirai-je plus que lui, ce qui me facilitera la tâche au jury Renaudot et à celui de la Petite Maison de Nice : je m'abstiendrai. Curieux qu'on ait la possibilité de ne pas voter aux grandes élections républicaines et que ce ne soit encore venu à l'esprit de personne dans les prix littéraires.

Le livre commence en 1749, par la naissance de Joseph Labrunie, le grand-père paternel de Gérard, et se termine en 1860, cinq ans après la mort de l'écrivain. Nerval naît au numéro 96 de la rue Saint-Martin, le 22 mai 1808. C'était un Gémeaux qui était le premier à ficher le camp. Né un dimanche, le jour du Seigneur, à 8 heures du soir, pendant le repas. Il aura, en mai, deux cent dix ans. Puisqu'il n'a pas disparu, malgré ses inlassables efforts d'effacement. Au contraire de sa mère, Marie-Antoinette, décédée à vingt-cinq ans dans une ville polonaise qui a le plus vilain nom du monde : Glogow. Médecin militaire, Étienne Labrunie, le papa de Gérard, a fait la retraite de Russie. Il boitait, comme la plupart des rescapés de la Grande Armée. À six ans, Gérard fait la connaissance de son père militaire, lui qui vit depuis sa naissance dans les bras de ses tantes, de ses cousines, de ses nounous. Les petits garçons préfèrent les femmes qui ont la peau douce comme eux. Le père Labrunie pique. Et crie. Brusque passage, pour Gérard, de la nursery au régiment. Il vivra avec Étienne jusqu'à sa majorité, se réfugiant dans la lecture, puis dans l'écriture. C'est la version optimiste du *Fils*, la pièce de Florian Zeller : un ado à problèmes qui les résout avec une plume et du papier. Gérard finira quand même par se tuer mais, avant, il aura vu des pays, voyages racontés avec minutie par Brix. L'élégiaque Nerval a commencé dans les lettres, adolescent, par des pamphlets (*Napoléon et la France guerrière*) et une traduction (*Faust*). Il était célèbre à dix-huit ans et son suicide a fait du bruit. Avec Brix, on a non seulement l'impression de vivre auprès de Gérard, mais aussi celle, plus troublante, d'être mort avec lui.

## Ma nuit chez Marcel

À Montmartre, Marcel Aymé avait sa tombe ; il a désormais, rue Tholozé, son hôtel. C'est le quatrième hôtel littéraire créé par Jaques Letertre, après le Flaubert de Rouen, le Vialatte de Clermont-Ferrand (où est remis chaque année le prix Alexandre-Vialatte) et le Proust de Paris. Le concept : omniprésence du littérateur à l'aide de livres, de photos, d'affiches, de manuscrits. Les chambres n'ont pas de numéro mais un nom : celui d'un ami de l'auteur. Les grands écrivains ont peu d'amis mais les hôtels de Jacques ne sont pas grands, bien que tous aient quatre étoiles. Au Marcel-Aymé, j'ai dormi dans la chambre Antoine-Blondin. Une seule faute de goût dans cette jolie pièce : pas de minibar. Avons dû aller acheter des boissons alcoolisées au Sitis Market de la rue Durantin, qui reste ouvert tard le soir comme beaucoup de commerces à Montmartre. La chambre Blondin se trouve au cinquième étage. Elle a trois fenêtres et un balcon duquel Anglais, Américains et lecteurs des *Contes du chat perché* contempleront Paris pendant plusieurs décennies. Le 16 est en pointe, comme une commanderie. C'est la meilleure situation géographique possible. Les Templiers s'y connaissaient aussi bien en architecture qu'en finance, mais Philippe le Bel avait une meilleure police. Un homme vapotait devant sa fenêtre ouverte dans l'immeuble d'en face et j'ai pensé que si j'avais un appartement à cet endroit je ne vapoterais pas dedans.

Hôtel : un des plus beaux mots de la langue française, si beau que dans la plupart des pays on le laisse tel quel au fronton des hôtels. On a toujours l'impression d'être le premier et le dernier occupant d'une chambre d'hôtel, même si l'établissement a ouvert il y a un siècle et le restera pendant un siècle. Longtemps, les hommes et les femmes seuls n'ont pas eu d'appartement. Ils vivaient à l'hôtel, où ils n'étaient pas seuls. Il y avait aussi des couples plus ou moins légitimes. On commençait à chercher un logement quand la dame attendait un bébé. Mes parents non mariés habitaient au 153 de la rue Legendre (Paris XVII^e^) quand ils m'ont ramené de la maternité, en juin 1956. C'était un hôtel et ça l'est encore. C'est donc dans un hôtel que j'ai poussé mes premiers soupirs d'aise. Raison pour laquelle je ne me suis jamais autant senti chez moi qu'à l'Aston de Nice, au Palace de Belgrade, au Metropol de Moscou, au Shangri-La de Bangkok ou, récemment, au Novotel de Djedda ? Sirotant en alternance le Jack Daniel's et la Heineken de la supérette sur le lit de Blondin, j'avais le sentiment d'être à ma place, qui ne serait pourtant plus la mienne dès le lendemain.

Montmartre le matin, plein d'enfants qui vont à l'école, leur vie secrète. Ils ont un sac à dos, comme des soldats. Rempli de pierres : leurs livres de classe. Le ciel bleu contredit France Info, qui annonçait de la pluie. Le problème des journalistes météo des chaînes info : le manque de fenêtres dans les bureaux.

## Espionne, lève-toi !

Le fort de Noisy, à Romainville, est invisible, à moins d'entrer dans l'espionnage : c'est le siège du service Action de la DGSE. On ne voit que de hauts murs blancs surmontés de barbelés et quelques longues portes bleues. Impossible de négocier une visite auprès d'un soldat en faction : il n'y en a pas. Il y a des caméras, qui m'ont sans doute filmé. Le début du XXI$^{e}$ siècle : on passe tous à la télévision de surveillance. J'imagine la fouille au corps avant d'entrer dans le fort : déshabillage complet et toucher rectal. En mars 1985, Dominique Prieur est convoquée à Noisy pour une nouvelle mission. Elle est la première femme officier de la DGSE. Elle a trente-six ans, un mari pompier et pas d'enfant. C'est une blonde à lunettes, qui se tient bien droite. Elle aime le parachutisme, l'équitation et la lecture. Elle a une maîtrise de lettres modernes. Elle a quitté l'enseignement, où il n'y avait pas assez de séances de tir à son goût. Comme la plupart des femmes, elle tire bien : c'est une activité qui demande calme et concentration, et il en faut pour être une femme.

En 1985, l'un des problèmes de la gauche socialiste française au pouvoir porte un nom anglais : Greenpeace. L'organisation, dirigée par le Canadien David McTaggart, compte 100 000 membres. Elle a l'intention d'empêcher la France de cueillir des champignons nucléaires dans le Pacifique. Son arme : le *Rainbow Warrior*, qui s'apprête à voguer vers le lieu du lancement de la bombe. Le ministre de la Défense, Charles Hernu, bientôt démissionnaire, est formel : il faut le couler. Le service Action enverra trois équipes à Auckland, en Nouvelle-Zélande, où le bateau de Greenpeace doit faire escale. La première équipe transportera les bombes sur le voilier *Ouvéa*, la deuxième les réceptionnera et les remettra à la troisième, qui les posera. *Paris Match*, le 25 mai 1985, révélera l'identité des membres de la première équipe : l'adjudant Gérald Andries, l'adjudant Jean-Michel Bartelo et l'adjudant-chef Roland Verge. Ainsi que Xavier Maniguet, officier de réserve de la marine, qui a navigué sur l'*Ouvéa* en tant que médecin. La deuxième équipe, Prieur et Mafart, est connue : elle a fait les gros titres de la presse mondiale.

Le chef de la troisième équipe a le surnom de Peter le Marin. Ni les Néo-Zélandais ni les médias ne mettront la main dessus, pas plus qu'on ne saura quoi que ce soit des deux agents qui ont posé les bombes sur la coque du *Rainbow Warrior*, responsables directs de la mort du photographe Fernando Pereira. Déserteur de l'armée portugaise sous Salazar, Fernando avait obtenu la nationalité néerlandaise en 1975 et travaillait pour le journal communiste *De Waarheid*. Mort d'avoir voulu, après la première explosion, récupérer ses appareils dans sa cabine. C'est cher, un appareil photo, surtout quand on travaille dans un journal communiste.

Prieur et Mafart, au lieu de prendre le premier avion dès qu'ils apprennent la mort de Pereira, suivent la procédure : jouer les touristes et rendre le camping-car de location. Il ne faut pas suivre la procédure quand ça pète : mieux vaut se barrer à toutes jambes.

Leur respect des règles coûtera à Prieur et Mafart, bientôt arrêtés par la police néo-zélandaise, plusieurs mois de prison en Nouvelle-Zélande et deux ans de relégation sur l'atoll d'Hao, l'une des îles françaises les plus laides du Pacifique. Les deux agents seront évacués en France : Mafart, pour maladie, et Prieur, sous prétexte de grossesse. La presse anglo-saxonne, hystérique, tirera à boulets rouges. Extrait : « … mais on sait bien que la moralité n'a jamais eu la moindre part dans la diplomatie française» (*Daily Telegraph*). Le *Times* : «Il ne s'agit pas de patriotisme mais de vulgaire opportunisme indigne d'une grande nation.»

L'enfance de Dominique : hantée, alourdie, occupée par l'exécution, le dimanche 27 août 1944, de ses grands-parents maternels, Francis et Angèle Rouge. Les coupables sont des membres de la Milice et des supplétifs ukrainiens d'un bataillon d'infanterie SS. Née en 1949, Dominique recevra à neuf ans la médaille militaire pour sa grand-mère, lors d'une cérémonie officielle à Valdahon, dans le Doubs, où le drame a eu lieu. Elle commente dans son livre (*L'Agent secrète*, 1995) : «Cérémonie trop austère pour une enfant. Je me souviens encore que je portais une robe de velours bleu-vert et que le vieux monsieur qui me remit la médaille me piqua en l'épinglant ! Plus je grandirai, plus je trouverai ce culte oppressant.» C'est son propre culte qu'on célèbre désormais : n'est-elle pas l'espionne française la plus célèbre de ces cinquante dernières années ?

Aujourd'hui, le commandant Prieur, soixante-sept ans, est à la retraite. Je l'imagine dans la rue, au supermarché. Continuant de faire son footing. Mon rêve : voir un film d'espionnage avec elle.

## Nils C. Ahl, remplaçant

*Le Monde des livres*, indifférent au préjudice que cela porterait à la gaîté de mes jeudis après-midi, m'a privé naguère de la lecture réjouissante des chroniques de Jean Birnbaum dont j'avais fait état dans *Le Point*, textes repris dans mon recueil d'articles (*Abîmes, fredaines et soucis*). Déçu et un peu en colère, je n'avais plus ouvert le supplément littéraire depuis plusieurs mois. Je m'y suis résolu il y a quelques semaines et ne l'ai pas regretté. L'absence de Birnbaum est compensée, dans le domaine du divertissement, par Nils C. Ahl. Dans *Le Monde des livres* daté du 5 avril 2018, ce journaliste, dont le nom à l'agréable consonance scandinave m'était jusque-là inconnu, traite du dernier roman de Mathieu Lindon au titre bucolique *Rages de chêne, rages de roseau*. Jusqu'à ce jour, la rage était réservée aux chiens ou aux renards. Elle aurait gagné nos forêts mais il semble évident, avant la lecture du livre de Mathieu ou du texte de Nils, qu'il s'agit ici d'une rage symbolique, au contenu métaphysique imprévu.

Nils C. Ahl nous conseille, dès la première ligne de son article, de « plonger » dans l'ouvrage de Lindon. Continuant la métaphore aquatique, le journaliste enchaîne : « … en quelques pages, c'est un dérèglement qui submerge le lecteur (…) au rythme du mouvement inextinguible et liquide des phrases ». Après un plongeon, on est submergé, c'est le principe de la chose, mais on a rarement vu des phrases avoir un mouvement liquide et je crois, du reste, qu'il n'y a jamais eu de mouvement liquide, même sans phrase. Il est non seulement liquide, ce mouvement, mais aussi inextinguible. Écrivant cela dans une maison amie, je n'ai pas mon vieux Littré – qui me fut tant de fois utile avec Birnbaum – sous la main, mais il me semble que le mot « inextinguible » signifie : qu'on ne peut pas éteindre. Même avec le liquide des phrases ?

Nils nous donne ensuite un résumé de tout ce que le gros livre (656 pages) de Mathieu n'est pas. On aurait préféré qu'il nous dise ce qu'il est, fonction première de la critique. « *Rages de chêne, rages de roseau* n'est pas une autobiographie ni un roman, il n'a pas de genre ni vraiment de narrateur. » Le lecteur perplexe sera aussitôt sermonné par l'ombrageux C. Ahl : « … cela n'a aucune importance, il faut se livrer à la vague, s'abîmer et céder. Lire, enfin ». De la lecture considérée comme la conclusion d'un drame maritime.

Nils C. Ahl cite, pour finir, la première phrase du livre : « Un chêne, un jour, quitte la chênaie. » Le chêne qui marche n'est pas une nouveauté en littérature : dans *Le Seigneur des anneaux*, Tolkien avait déjà utilisé ces grands arbres pour transporter deux de ses attachants Hobbits. Là encore, il ne s'agit pas d'un vrai chêne, mais, comprend-on en déchiffrant ce texte abscons quoique rigolo, d'un homme quittant le troupeau humain dont « la bêtise » l'afflige. « Et qu'importe, conclut notre critique solennel, si l'on dit que les chênes ne "marchent" pas. » Mais oui : qu'importe.

## Un ami pour la vue

L'autre samedi, brocante rue Caulaincourt (Paris XVIII^e^). Habits usés. Machines à écrire portatives arborant avec fierté un ruban bicolore (noir et rouge) flambant neuf. Je me souviens qu'on ne se servait jamais du rouge. Best-sellers anciens. Et nouveaux. Jouets perdus sans collier. DVD de kung-fu. Une collection de vieux *Égoïste* (40 euros le numéro, soit 1 euro de plus que celui qui vient de paraître). Les planches de papillons nous font moins aimer Nabokov. Services de table dans lesquels ont mangé des squelettes. 33 et 45-tours battant des records d'affluence. Tous ces gens ont donc conservé leur tourne-disque ou en ont racheté un. Dans une brocante ? À moins que ce ne soient les élèves sexagénaires d'une école de DJ. Une brocante est un cimetière où les tombes ont été ouvertes pour le week-end, me dis-je en passant rue Saint-Vincent, où sont enterrés Maurice Utrillo et Claude Pinoteau. Il ne le savait pas, Dabadie, que le réalisateur de *La Gifle* (1974), dont Jean-Loup a écrit le scénario et les dialogues, était enterré à Montmartre. Le lui ai appris lors de mon déjeuner annuel avec l'académicien chez Lipp. Avant de l'envoyer chez le Dr Faure, rue de la Grande-Chaumière (Paris VI^e^) : un ami pour la vue. Rue Caulaincourt, je me penche sur la vie des vendeurs et le décès de leurs parents.

Pendant combien d'années est restée, au-dessus d'un buffet aujourd'hui en vente aux puces de Saint-Ouen – enfant, je pensais qu'on vendait vraiment des puces dans ce marché aux puces –, cette huile tremblée représentant Sainte-Maxime ? Le vieux rêve de trouver un Renoir ou un Van Gogh à 10 euros sur le trottoir. Et qui peut acheter des chaussures déjà portées ?

Direction Montparnasse pour mon déjeuner mensuel avec Anthony Palou à La Rotonde. À la sortie du métro Vavin, une deuxième brocante. La distraction préférée des Français semble être désormais d'acheter pour rien des choses sans valeur. À La Rotonde, Eva Joly mange seule et Guy Konopnicki avec le fils d'un résistant. La juge ne me dit pas bonjour, mais l'écrivain me dit au revoir. Entre gars de la ligne 9 (Mairie-de-Montreuil-Pont-de-Sèvres), on se comprend. Achèterai ensuite, à la librairie Gallimard du boulevard Raspail, la biographie de Bernard-Marie Koltès par Arnaud Maïsetti. Texte tendre et limpide, moins passionné que le livre de Brigitte Salino sur le même mauvais sujet (2009) mais ultraprécis dans l'analyse de l'œuvre du communiste lorrain. Ce natif de Metz a en effet été au PCF dans les années 1970. Encarté : le mot préféré des anticommunistes quand ils parlent d'un communiste, sans doute parce qu'il en rappelle un autre, moins élégant. Page 194 (sur 346) : première allusion à l'homosexualité de l'auteur dramatique. Le sexe a si peu d'importance, surtout après la mort.

Le cimetière de Montmartre se visite comme la tour Eiffel ou le Louvre. En cherchant le lendemain matin la tombe de Bernard-Marie, je suis incapable d'aider une touriste française qui veut voir celle de Louis Jouvet. Mais elle est aussi, dit-elle, intéressée par celle de Koltès. Qui est une belle pierre blanche dans le jardin à la française de notre littérature, quatorzième division.

# Friche de lecture

*Ulysse* : pour ceux qui ont tout lu avant, comme James Joyce.

•

Le secret de l'œuvre se trouve à la page 500 (Folio Classique) : « déconadologie ».

•

Rien d'expliqué.

•

Autre titre possible : *Laide du Seigneur.*

•

Les jeunes vivent dans le futur, les vieux dans le présent et les imbéciles dans le souvenir.

•

La cérémonie funèbre du déménagement, où toute notre vie passera par la fenêtre.

•

*Brièveté* (roman).

•

Avant le téléphone portable, on pouvait lire dans les parcs et dans les bus.

•

Ian Fleming, lecteur d'*Ulysse* (p. 784 : *Goldfinger*) ?

•

Joyce : le « dripping » de mots.

•

La leçon d'*Ulysse* : où qu'on aille, on erre.

•

L'abominable Citoyen (chapitre XII, Le Cyclope).

•

L'inventeur de l'humour pas souvent drôle.

•

Le livre est triste, hélas, et j'ai lu toutes les chairs.

•

Les grands écrivains racontent l'échec de l'amour et les petits, son succès.

•

Prendre *L'Odyssée*, d'Homère, et en faire un rognon grillé pour l'estomac de Leopold Bloom.

•

Quatre-vingts ans avant le SMS : « Cette poch ou l'aut. Il est absol imposs » (page 462).

•

Balance ton Joyce : « Le meilleur emplacement pour qu'une annonce accroche l'œil d'une femme, le miroir » (p. 605).

•

Page 141 : le premier caca de la littérature irlandaise (« J'espère qu'il n'y aura pas un emmerdeur qui viendra cogner à la porte juste pendant que je suis en train de »).

•

Ma phrase préférée : « Un bon casse-tête : traverser Dublin sans passer devant un pub » (p. 127).

## *Emmanuel et Donald*, un roman de Philippe Besson

Ils se sont regardés, d'abord. Avec méfiance. Mais curiosité, aussi. Le Français et l'Américain. Émus l'un par l'autre sans encore le savoir. Chacun plongé dans la curiosité de son vis-à-vis. Ils se sont serré la main. Et puis, sans le décider, leurs corps se sont rapprochés. Les épouses observaient. Attentives. Se demandant quand et pourquoi. Rêvant. L'accolade a eu lieu. Emmanuel a disparu un instant – mais quel instant ! – dans les bras de Donald. L'embrassade attendue, espérée. Par deux peuples amis. Depuis deux siècles. La Fayette.

L'heure du dîner a sonné. Au milieu de plusieurs centaines

d'invités, Emmanuel et Donald continuaient de se voir, de se surprendre, de se soupeser. On a servi des côtes d'agneau. Donald a fini son assiette le premier. C'est un gros mangeur. Emmanuel murmura à son oreille : « Tous ces agneaux innocents… » Donald s'est essuyé les lèvres. Elles étaient grasses. Il a murmuré : « Pardon, Emmanuel. La CIA ne m'a pas averti que vous étiez végétarien. Je vais virer son directeur. » Le Français a pris la main de l'Américain, sans le vouloir, peut-être même sans le savoir. « Je ne suis pas végétarien, Donald, mais j'ai conscience de la souffrance animale. » Puis il a mangé ses côtelettes, en président responsable, soucieux de l'image de la France dans le monde.

Les voici face à face, dans leur fascination réciproque. Les sujets de discussion ne manquent pas : l'Iran, le réchauffement de la planète, la Syrie, le terrorisme, Poutine. Tout va se décider là, entre eux, aujourd'hui. Ils s'apprêtent à s'affronter dans une sorte de tendresse mal comprise. Inédite. Le Français fait tomber son stylo, l'Américain le ramasse sans que la sécurité ait le temps de le faire avant lui. Il grommelle : « Ces cons du FBI. Je vais virer le directeur. » La main d'Emmanuel se pose sur le bras de Donald. Légère. Un oiseau. Mais le ton du Français est ferme : « Non, Donald. » Il prend le stylo dans sa main, troublé. Quelque chose se dessine. Une entente. Presque une communion. Les mots cassent le silence. Les deux hommes parlent. Le combat a commencé.

Pendant la conférence de presse, les journalistes comprennent, sentent, devinent que quelque chose, dans le Bureau ovale, est arrivé. Les yeux d'Emmanuel et de Donald brillent comme des couteaux au soleil, mais des couteaux sans lame, des couteaux pour rire ou plutôt pour sourire. Le Français explique, tout en finesse amiénoise : « J'ai cédé sur tout, mais je n'ai cédé sur rien. » L'Américain soupire, déjà nostalgique : « J'aime Emmanuel. C'est un bon gars. » Il a offert au président français la clochette de la vache préférée de George Washington et un mouchoir de

Thomas Jefferson brodé par Tracy, son esclave préférée, avec laquelle il eut plusieurs enfants métis, messagers de l'avenir.

Les au revoir devant l'avion. Une larme a coulé sur une épaule. Une larme de qui ? L'épaule de qui ? Les deux femmes immobiles, respectueuses du chagrin des hommes. Le ciel. Les mains qui se séparent. La passerelle trop courte, déjà franchie. Les dos.

## Pour la Palestine

José Pablo García, né à Malaga en 1982 et diplômé de l'École supérieure de San Telmo, est un scénariste, illustrateur, graphiste et dessinateur espagnol. Un jour de 2015 qu'il s'ennuyait devant sa table à dessin, il reçut un coup de téléphone du chargé de communication de l'ONG Action contre la faim. On propose au dessinateur de passer quelques jours en Cisjordanie et à Gaza, les deux anciens noms poétiques du territoire palestinien occupé. José n'est pas un baroudeur, mais il est tenté par un peu d'aventure humanitaire, comme beaucoup de garçons et de filles de sa génération au grand cœur. À Madrid, il rencontrera les responsables de l'ONG lors d'innombrables réunions. « Mais qu'est-ce qu'ils ont, ces gens, avec leurs maudites réunions ? » Les artistes n'ont pas l'habitude de se réunir, ils préfèrent se désunir.

*Vivre en terre occupée* raconte ce petit séjour en Palestine que nous devrions tous faire pour nous rendre compte des conditions d'absence de vie et de non-travail auxquelles sont réduits beaucoup de Palestiniens. Les pages sur les Gazaouis sont les plus choquantes : 1 800 000 personnes vivent sur un territoire de 365 kilomètres carrés. Un blocus, depuis près de dix ans, isole Gaza du reste du monde. La limite de navigation est de 6 milles marins des côtes (environ 11 kilomètres), alors que la plupart des bancs de poissons se trouvent au-delà des 12 milles. La moitié des habitants sont des enfants et 80 % de la population survit grâce à l'aide humanitaire. Pendant la guerre de 2014, 153 000 maisons ont été partiellement détruites et seuls 31 % des 17 000 maisons démolies ont été reconstruites. Au cours des cinquante-quatre jours du conflit, 2 251 Palestiniens sont morts, dont 1 460 civils. Parmi les personnes tuées, on dénombre 566 enfants et 299 femmes. Le taux de chômage atteint 60 % chez les jeunes, c'est l'un des plus élevés au monde. La situation n'est pas meilleure en Cisjordanie : vexations, spoliations et guerres de l'eau toujours perdues. José Pablo García vagabonde d'une tente surpeuplée aux ruines d'une bergerie, rencontrant des familles sans électricité, sauf celle de leur colère. Il se dessine dans ce qu'il voit, voyageur européen ahuri devant tant de misère et de désespoir cachés au monde par les brillantes réussites économiques, culturelles et scientifiques du voisin israélien.

Il n'est pas facile d'entrer en Israël, mais il est encore plus difficile d'en sortir. Avec son ironie qui palpite sous une fausse naïveté, García raconte les formalités à l'aéroport Ben-Gourion : une heure à dépiauter les beignets de Gaza, le savon de Naplouse, le miel de Susya et la céramique de Hébron que le voyageur rapporte en Espagne. Tous produits de la Palestine, ce qui ne plaît guère aux douaniers. Qui s'intéresseront aussi beaucoup à son carnet de notes et de dessins. José aura son avion de justesse, songeant à tous les Palestiniens qui, à cause des contrôles de ce genre, ratent leur bus tous les jours. Il pâlit : « Comment mettre tout ça dans une bédé ? » Il y parvient, avec beaucoup de finesse et de générosité, dans une œuvre aussi poétique que polémique.

## Le tigre de Monsieur Hulot

À la suite d'un accord avec le gouvernement indien, le ministre Nicolas Hulot a décidé, non sans en avoir référé au président de la République et au chef du gouvernement, d'introduire un deuxième tigre dans les régions montagneuses du sud de la Loire et, pour être plus précis, le Var et l'arrière-pays niçois. « Le tigre, a-t-il déclaré lors d'une interview sur France Info, est une espèce en voie de disparition. Si les défenseurs de la planète se laissent intimider par les ennemis des animaux et ne mettent rien en place pour aider les tigres à vivre et à se reproduire, on ne saura bientôt plus ce qu'était un tigre, perte irréparable pour le patrimoine mondial. » Devant la levée de boucliers provoquée par cette décision et surtout par les dégâts qu'a causés le premier tigre – Sinbad, deux ans – mis en liberté dans les environs de Grasse et la banlieue d'Aix-en-Provence (104 brebis égorgées et 14 retraités – 7 femmes et 7 hommes – déchiquetés), le ministre n'a pas mâché ses mots : « Le tigre n'est pas un chat, bien qu'il appartienne comme lui à la catégorie des félins. Il a des besoins à combler et ne peut réprimer sa déception de chasseur quand il découvre – dans le cas des quatorze seniors décédés – que la proie qu'il convoitait n'était pas de première fraîcheur et la laisse étendue sur le bord du chemin, en l'occurrence le parking d'un Super U. Il faut avoir la curiosité et la générosité d'abandonner notre point de vue d'homme pour adopter celui du tigre. Il est notre ami, mais il n'est pas notre prochain. Nous devons essayer de le comprendre au lieu de l'accuser de tous les maux, dont le principal serait qu'il n'est pas nous. » Le ministre a conclu, avec une émotion palpable dans sa voix chevrotante et sous sa chevelure juvénile : « Il y a nous et il y a le tigre, mais il n'y aura pas nous sans le tigre et il n'y aura pas le tigre sans nous. »

Lors d'un récent déplacement au Kenya, Nicolas Hulot a en outre pris langue avec le président kényan afin d'examiner avec lui la possibilité d'installer des lions dans certaines parties de

France et dans les territoires d'outre-mer. Devant expatriés et coopérants français rassemblés à Nairobi dans la résidence de notre ambassadeur, le ministre a tenu les propos suivants : « Qu'est-ce qui empêcherait le lion – animal en voie, comme tant d'autres, de disparition – de s'adapter à nos forêts, à nos collines, à nos montagnes ? Entre chênes et oliviers, entre forêts et champs de blé, entre palmeraies et vignes, le lion, le lion superbe et généreux, comme l'écrivit un jour le grand Victor Hugo, gambadera en liberté, bientôt accompagné de sa lionne et de ses lionceaux, formant une famille heureuse et protégée. Que nous importera alors la perte de quelques poules et de quelques moutons qui sont du reste en surnombre dans nos régions, je vous le demande, mes chers amis ? » Au fond de la salle, une voix enfantine s'éleva, fragile, pour se plaindre de l'absence de crocodiles sur les plages françaises. Le ministre remercia l'enfant et, hochant la tête, rétorqua que, dès son retour à son ministère, il étudierait la question.

## Friche de lecture, 2

Les mousquetaires passent leur temps à aller et venir à pied dans les IVe, Ve et VIe arrondissements de Paris, comme moi depuis 1970.

•

Dans le roman de Dumas, davantage de politique que de chevauchées.

•

Se comporter avec honneur ne demande qu'un petit effort d'imagination.

•

Les policiers, mousquetaires d'aujourd'hui, font leur footing en groupe dans le jardin du Luxembourg d'Athos, de Porthos et d'Aramis.

•

Me font pleurer le désintéressement et le sacrifice dans l'amour paternel.

•

Dumas, dans sa tombe de la Pléiade, fait se retourner Baudelaire dans la sienne.

•

Les migrants ont lu *Les Trois Mousquetaires* : « À Calais, dit d'Artagnan ; c'est la ligne la plus directe pour arriver à Londres » (p. 219).

•

Au XVII$^{e}$ siècle, une seule raison pour se baigner dans la mer : soigner une maladie mentale.

•

Dumas : le matérialisme dialogué.

•

Aramis, premier végan du roman français (chapitre XXVI : La thèse d'Aramis).

•

Aristocrates : voyous armés rançonnant et persécutant le petit peuple désarmé.

•

Les femmes (Anne d'Autriche, Constance Bonacieux, Milady de Winter) font pâle figuration.

•

Les mousquetaires toujours fauchés, comme leur auteur.

•

Les valets mangent les restes de leurs maîtres, tels des animaux domestiques.

•

C'est sa gaieté qui rend d'Artagnan invulnérable.

•

La légèreté et la rapidité d'un texte sans description, avant que Flaubert ne chausse la prose française de ses gros adjectifs.

•

Le seul juif du roman : un usurier (p. 426).

•

Milady, première héroïne tatouée.

•

Porthos, le mousquetaire gigolo.

•

« C'était donc un homme fort extraordinaire qu'Athos » (p. 312).

•

L'auteur ne donne aucun détail sur la première et unique nuit d'amour entre d'Artagnan et Milady, ç'a dû pourtant être quelque chose.

## Arabe, l'humour

Lotfi Ben Sassi dirige le quotidien francophone tunisien *La Presse*, dont il est le dessinateur vedette. Il publie un choix de ses dessins : *Je suis arabe mais je me soigne !*. C'est de l'humour, ce que n'a peut-être pas compris le caissier arabe du Franprix de la rue Caulaincourt, car il m'a rendu ma monnaie avec une mine contrite après avoir lu le titre du livre que j'avais sous le bras. N'ai pas eu le temps de lui expliquer que l'auteur lui-même est arabe : derrière moi, quatre jeunes hommes grecs attendaient de payer les bières qu'ils iraient ensuite boire sur les marches du Sacré-Cœur en regardant le soleil se coucher sur les étrangères rieuses en minirobe qui abondent, l'été, dans ce coin de Paris. Le charme des quartiers touristiques sillonnés jour et nuit par des gens heureux : les touristes. Leur gaieté imprègne les rues et même le ciel.

Le 12 octobre 1983, Reiser écrit à Lotfi, qui lui a envoyé des dessins. Le gros dégueulasse n'est pas emballé : « Si tu veux gagner ta vie avec le dessin, franchement, tu dois encore beaucoup, beaucoup travailler. » L'écriture de Reiser, reproduite en fac-similé, est fragile, fatiguée. Le dessinateur n'arrive plus à former les caractères. Il mourra quelques jours plus tard. La dernière chose que les gens lisent ou écrivent juste avant leur mort. L'ultime film qu'ils regardent. Pour moi, ce sera Nerval et *Elvira Madigan* (Bo Widerberg, 1967). J'aurai, je l'espère, cessé d'écrire depuis longtemps.

Le problème des Arabes, c'est qu'ils aiment se moquer des gens et ne supportent pas qu'on se moque d'eux. Les juifs ont le même. Et le reste de l'humanité. Le moqueur déteste la moquerie, le non-moqueur aussi. Dans la boîte où nous sommes mis, nous avons du mal à respirer. À l'aide d'un dessin très reisérien, Lotfi commente l'actualité de ses pays. Les Arabes ont un empire, comme naguère les Français, les Anglais et les communistes. L'auteur rédige en outre un petit manuel de désobéissance : traverser toutes les rues en dehors des clous ou jeter un papier par terre malgré les innombrables poubelles parisiennes. Aigre remarque sur les fichés S : « J'admire les Arabes, ils sont très recherchés. » Les Arabes d'Europe ? « Une majorité de héros anonymes et une minorité de délinquants célèbres. » Colère à la moue tremblée pour illustrer « la position arabe commune sur la cause palestinienne » : six ou sept dirigeants arabes couchés côte à côte. Page suivante, comme pour se faire pardonner par le lecteur occidental son accès de violence barbaresque, l'auteur susurre : « Israël, ennemi des Arabes, après le sous-développement ». Le Tunisien n'est pas souvent drôle, mais il est toujours grave. Les comiques européens ont des idées, mais les comiques arabes ont une idéologie, c'est à cause de leurs conditions de vie et de travail plus difficiles. Dessiner le monde, c'est le refaire. Lotfi Ben Sassi surfe sur la vague dominante de la laïcité et de la tolérance, les deux tartes à la crème dont bien des peuples sur terre voudraient manger une portion. Son livre vaut par ses sourires. Il nous donne du monde arabe une image nouvelle que nous cachent les médias et leurs publicistes essoufflés. Il apparaît ici divers, ironique, contrasté. À l'instar de cet intellectuel en lutte à la main légère, surtout quand elle tient un crayon

## Idées de nouveaux défis pour Mike Horn

Traverser le détroit de Béring à la nage et sans palmes en plein hiver.

•

Faire un rodéo sur une vache sacrée dans un quartier populaire de Bombay.

•

Tourner, à La Mecque, autour de la Kaaba dans le sens des aiguilles d'une montre et en mangeant un sandwich au saucisson sec.

•

Escalader la tour Eiffel après avoir chaussé une paire de Louboutin.

•

Danser à demi nu dans une gay pride à Téhéran.

•

Sauter en parachute d'un Airbus A380 et se rétablir sur une aile du B-2 Spirit Stealth Bomber, le dernier-né des bombardiers américains.

•

Moscou-Vladivostok à pied et en tongs, se nourrissant d'insectes attrapés sur le bord du chemin.

•

Passer le cap Horn, qui prendra alors le nom de cap Mike-Horn, sur une vieille planche à voile ayant appartenu à Arnaud de Rosnay.

•

Explorer les mille et une collines du Rwanda sur une trottinette non électrique.

•

Atteindre, mains et pieds nus, en pantacourt kaki, le sommet de l'Everest.

•

Agiter le drapeau kurde en chantant l'hymne arménien devant la résidence privée du président de la Turquie, Recep Tayyip Erdoğan.

•

Exploration du Yémen en skate-board.

•

Se rendre à une adresse privée dans Tokyo.

•

Ho Chi Minh-Ville-Hanoi à patins à roulettes défectueux fabriqués en Chine.

•

Dans le kop de l'équipe de Manchester City, soutenir Manchester United.

•

Sous l'Arc de triomphe, éteindre la flamme du Soldat inconnu en faisant pipi dessus un 11-Novembre.

•

Trekking en Irak.

•

Randonnée en Syrie.

•

Course de chars dans la bande de Gaza.

# Patrick-Besson, lycée poubelle

Le rêve de tous les prétentieux : laisser un nom dans une rue. Les militaires ont eu leur chance sous Napoléon Ier et Napoléon III, ainsi qu'à la Libération. Les écrivains qui ont vécu dans le XVIe arrondissement de Paris ont leur avenue dans le XVIe : Barthou, Janin, Sandeau. Quartier où Corneille n'a qu'une impasse. Avoir écrit *Rodogune* et se contenter d'une impasse dans un arrondissement où Émile Augier (*Lions et renards*, 1869) a son boulevard. Et le roi des Belges colonialiste Léopold II (1835-1909), une avenue. Cette dernière longe les Orphelins d'Auteuil, dont la moindre des choses serait de les rebaptiser les Orphelins du Congo. L'autre jour, après un agréable dîner debout chez l'écrivain éditeur Jean-Luc Barré dans l'île Saint-Louis, n'ai pas pu m'empêcher de faire quelques pas sur la place Louis-Aragon. C'est un endroit pour promeneurs paresseux : 10 mètres sur 10. Consolation : c'est l'un des plus jolis coins de Paris, recouvert jour et nuit par les baisers que se donnent les amoureux de notre ville. À la fin des années 1920, Pierre Drieu La Rochelle, qui habitait à côté, y amenait sa jeune épouse polonaise Alexandra Sienkiewicz, dite Olesia. Drieu avait été un ami intime d'Aragon. Il paraît même qu'ils ont couché ensemble. C'était avant que l'un devienne fasciste et l'autre communiste, deux régimes où la sodomie est déconseillée, surtout entre personnes du même sexe.

N'ai pas osé, lors d'un déjeuner au Jardin de Montreuil avec le jeune maire communiste Patrice Bessac, lui demander si je pouvais avoir, au mieux avant ma mort et au pire après, une rue dans la ville de mon enfance. Même petite. Toute petite. J'ai déjà choisi la rue Patrick-Besson : elle remplacera la rue de la Convention, qui joint la place Jean-Jaurès à la rue de l'Église. Église – Saint-Pierre-Saint-Paul – où j'ai fait ma communion solennelle en juin 1967. L'actuelle rue de la Convention est courte comme mes articles et mince comme mes romans. J'avais prévu d'indiquer à Patrice qu'aucun écrivain communiste du XXe siècle n'a sa rue à Montreuil, fief coco récemment repris par Bessac aux écolos. Même pas Aragon. Ni Elsa Triolet. Pas plus Guillevic que Ristat. Ni Koltès, ni Stil. Les écrivains non communistes sont logés, ou plutôt délogés, à la même enseigne.

Certes, avoir une rue à son nom n'est pas sans risque. On ne sait pas comment elle va tourner. Je pense souvent, dans l'autobus 67, qui part de Pigalle, au sculpteur qui n'aurait jamais mis les pieds dans un sex-shop. Et Barbès était un révolutionnaire, pas un de ces marchands de sommeil qui officient à sa station. Christian Giudicelli m'annonce à intervalles réguliers qu'il aura un jour son lycée ou son CES dans sa ville natale de Nîmes. Et si l'établissement, mal dirigé et oublié des pouvoirs publics, devient la honte du département, de la région, du pays ? Je me mets à la place de Christian. Dialogue entre deux ménagères dans le Picard de la rue Paul-Signac : « Tu as inscrit ton fils à Patrick-Besson ? Ma pauvre, c'est un lycée poubelle ! »

## Friche de lecture, 3

William Faulkner : Stéphane Mallarmé aux champs de coton.

•

Première fois qu'un héros de roman (Ike Snopes) a des rapports amoureux complets avec une vache.

•

Encore un livre lu dans la chambre 203 de l'hôtel Palace de Belgrade, à la fenêtre de laquelle pend, sur la rue Toplicin Venac, le drapeau serbe trempé de pluie.

•

Il décrit l'excitation sexuelle de la nature.

•

Eula Varner : Emmanuelle R.

•

Grâce à l'édition Quarto, ai enfin réussi à placer la trilogie des *Snopes* dans le bon ordre : *Le Hameau*, *La Ville*, *Le Domaine*.

•

Toutes ces jeunes femmes serbes qui étaient des bébés dans des poussettes quand je suis venu en Serbie pour la première fois (octobre 1990).

•

Sa passion pour les problèmes de propriété foncière : aurait pu être notaire, agent immobilier ou employé du cadastre.

•

Hemingway : le moins de mots possible. Faulkner : le plus de mots possible. Fitzgerald : le compte juste de mots.

•

Depuis combien de temps n'ai-je vu une poule ou un mulet en vrai ?

•

Faulkner, comme Hemingway et Fitzgerald, n'a jamais fait d'études ni donné de leçons.

•

Dieu : la *dérision originelle*.

•

Pour lire la trilogie des *Snopes*, être aussi concentré qu'un pilote de course ou de chasse.

•

Faulkner : le premier agent d'influence ouvertement alcoolique du Département d'État.

•

La complication extrême des âmes simples.

•

Comment des livres aussi difficiles à lire que *Un portrait de femme*, *Au-dessous du volcan*, *Ulysse* ou *Les Snopes* ont-ils pu être, dès leur parution, des best-sellers ?

•

Belgrade se recroqueville et disparaît sous le bombardement du temps.

## Vu du Kalemegdan

À Belgrade, la fan zone se trouvait dans les jardins et le grand salon de l'ambassade de France, bâtiment blanc qui domine la Save, en face d'un des plus beaux parcs du monde : le Kalemegdan. Ce dernier est une ancienne forteresse turque construite par un Suisse, mélange d'esprit de conquête et de douceur de vivre. De nombreux Serbes des deux – des trois ? – sexes y ont perdu leur pucelage, car le Kalemegdan ne ferme pas la nuit, au contraire du jardin du Luxembourg : il n'a pas de porte. C'est toute l'originalité de cette forteresse : elle est ouverte.

L'ambassadeur, Frédéric Mondoloni, et son épouse, Anne, avaient bien fait les choses : bière et vin à volonté, proposés en permanence par un personnel aimable, car les Serbes croient encore que les serveurs doivent sourire. Le champagne a été débouché dès le coup de sifflet final de l'arbitre argentin. Il y a, en dehors d'Anne-Sophie et de moi, une seule personne qui n'a pas hurlé de joie quand les Bleus ont remporté le match contre la Croatie, mais je ne dirai pas qui c'est. Vu l'état d'esprit actuel de nos compatriotes, elle risquerait de perdre son job et peut-être la garde de ses enfants.

En été 1998, j'étais déjà à Belgrade, mais pas à l'ambassade : elle était fermée, du moins aux proserbes. Je me souviens d'avoir marché avec le philosophe marxiste et passionné de football Mladen Kozomara dans les rues désertes et silencieuses après le match France-Brésil. Les Serbes ne soutenaient pas les Bleus, car la France venait de bombarder la République serbe de Bosnie et s'apprêtait à faire subir le même sort à la Serbie.

Tout en sirotant le champagne de l'ambassadeur qui coulait à flots dans ce petit bout de France, je me disais : comme il serait bon, tendre, agréable, ironique et même jouissif de vivre dans un monde où, en aucune circonstance, les gens ne fêteraient une victoire, quelle qu'elle soit. Faut-il que notre vie quotidienne soit remplie de déceptions, de chagrins, d'angoisses, de remords, de hontes, en un mot de défaites pour qu'un score positif au football contre un petit pays d'Europe centrale plonge des millions de personnes dans une telle extase.

Rencontre à la mi-temps avec Vladimir Veljovic. Il fait partie de ces jeunes Serbes nés à l'étranger qui, après avoir réussi en Europe, viennent réussir leur vie en Serbie. Ils sont dans la pub, la banque, la technologie, la restauration : playboys nonchalants qui traitent leurs affaires sur un smartphone en promenant leurs enfants dans les jardins belgradois. Ils trouvent ici ce qu'on ne trouve dans aucune capitale européenne : la paix. Belgrade, me dit Vladimir, c'est Berlin en plus petit, en plus chaud et en encore moins cher. L'école n'est pas loin, le cinéma est à côté. Les boutiques, comme les églises, sont ouvertes le dimanche. Vladimir est à la tête de cinq restaurants de sushis à Belgrade, rassemblés sous l'enseigne Go. Faire manger du poisson cru aux Serbes qui ne mangent que de la viande, archicuite de surcroît. Grand succès inexplicable, comme tant de choses ici

## L'État, premier servi

On avait une source, à laquelle on buvait nos salaires. Selon notre place dans la société et l'importance de notre travail, elle était abondante ou petite. Après avoir absorbé la quantité d'eau nécessaire à notre survie, on en abandonnait une partie à l'État. De 5 à 75 %. Il y avait des gens dont l'eau était si rare que l'État n'y touchait pas, se rattrapant sur les cotisations sociales, les taxes locales et les impôts indirects. Les autres contribuables, une fois désaltérés, laissaient l'État se planter devant leur source et boire ce qu'il jugeait bon de boire. Puis sa large bouche humide et son gros ventre bien rempli, il se redressait, satisfait, et allait dormir, dans ce petit coin tranquille qu'on appelle l'administration, jusqu'au prochain tiers provisionnel.

Cette créature assoiffée – l'État – tente de faire oublier sa nature brutale par des propos où il est sans cesse question d'une liberté qui n'existe pas, d'une égalité qui est un songe et d'une fraternité qui est un souvenir. *La Marseillaise*, que nos pauvres joueurs internationaux de football sont obligés de chanter avant chaque match sous peine de déplaire à Didier Deschamps et de se faire virer de la sélection, n'est-elle pas un appel au meurtre de masse ? « Qu'un sang impur abreuve nos sillons… » Il y en a qui se sont retrouvés à La Haye pour moins que ça. La dernière invention de l'État pour tourmenter les Français : la retenue à la source. Les contribuables étaient naguère les premiers à boire leur eau. L'État leur laissait ce mince privilège. On sentait bien que cet ordre des choses le mécontentait. Il y avait comme une mauvaise humeur lente et une colère atone dans la façon abrupte qu'il avait de boire notre eau après nous. Il a fini par juger que la première place à la source lui revenait de droit. Désormais, c'est lui qui boira en premier. Quelle que soit notre soif, la sienne primera. Et ce n'est pas trois fois par an que nous verrons l'État encombrer l'entrée de notre source, mais douze fois. Il se plantera, tous les trente ou trente et un jours, devant nos lèvres sèches, nous menaçant du doigt tandis qu'il absorbera, avec de grossiers borborygmes, la quantité d'eau dont il aura besoin pour ses dépenses somptuaires de sécurité personnelle et ses coûteux voyages de prestige présidentiel.

Payer ses impôts était un acte, c'est devenu un viol. On avait le choix de ne pas le faire et on en subissait les conséquences, souvent dramatiques. L'État, alors, n'hésitait pas à tuer, avec une prédilection pour les écrivains : Vian, Sagan. On pouvait préférer nourrir ses enfants plutôt que les fonctionnaires de l'Union européenne. À l'arrivée, ça coûtait bonbon, mais, au moins, les petits avaient mangé. Acheter pour notre mère les médicaments non remboursés contre l'Alzheimer au lieu d'engraisser les députés oublieux de leurs promesses électorales, ce sera désormais impossible. La retenue à la source est une mesure pour infantiliser le peuple : ce n'est plus lui qui décide s'il veut payer ou pas, c'est son père qui ampute d'emblée l'argent de poche du mois pour pouvoir payer les traites de sa nouvelle voiture de fonction. Le président Macron devrait quand même se méfier des buveurs d'eau français : *La Marseillaise*, ils ne se contentent pas toujours de la chanter

## De quelques avantages de la canicule

Se promener, quand on est un homme de soixante-deux ans, en short bleu marine, place de Clichy et rue Caulaincourt.

•

Dormir nu sur les draps.

•

Écouter les conversations des voisins qui ont laissé leurs fenêtres ouvertes.

•

Se féliciter que le chauffeur de taxi pile aux feux orange, car il a la clim.

•

Ne plus déjeuner en terrasse, c'est-à-dire sur le trottoir.

•

Lire à l'ombre.

•

Le petit filet d'air frais qui nous réveille à 5 heures du matin et la volupté avec laquelle on se rendort aussitôt.

•

La diminution des cyclistes et des joggeurs.

•

Les épaules nues et les robes courtes des passantes.

•

Le silence des oiseaux.

•

La fin des guerres aux journaux télévisés, ceux-ci ne traitant plus que d'un seul sujet : la canicule.

•

La joie des propriétaires de piscine privée et de leurs invités reconnaissants.

•

Pour les claustrophobes : éliminer les toxines par la transpiration sans avoir besoin de s'enfermer dans un sauna ou un hammam.

•

Songer à Bangkok.

•

Le souvenir d'Athènes.

•

Avoir toujours quelque chose à dire aux gens à qui on n'a jamais rien à dire : « Quelle chaleur ! »

•

Passer nos vacances sur notre plage préférée : un cinéma.

•

Se délivrer de l'alcool, qui titre moins de degrés que la rue.

•

Avoir de l'eau minérale gratuite dans le métro.

•

Les éventails des femmes non japonaises.

•

Ne plus porter de chaussettes et donc ne plus avoir à en laver.

•

Le rire des enfants mouillés autour des fontaines de la coulée verte, à Nice.

## Si je t'oublie, Tel-Aviv

L'éditeur a un nom de fantaisie (Galligrasud), ça doit être Marco Koskas lui-même, qui est un farceur. Ou tient à passer pour tel. C'est un écrivain français devenu détective privé avant d'émigrer en Israël, sous le soleil de Tel-Aviv exactement. La ville qui ne dort jamais, même le jour. Quatorze kilomètres de plage. Les rendre aux Arabes, que Koskas appelle bizarrement les Bédouins ? Plutôt s'arracher un œil. Si je t'oublie, Tel-Aviv. La station balnéaire, ex-capitale de l'État sioniste, est le personnage central de *Bande de Français*, le quinzième ouvrage de l'auteur. Les autres créatures de Koskas – Elias, Juliette, Olga, Manu – font de la figuration intelligente ou du moins bavarde. En Israël, on cause. C'est un juif (Freud) qui a inventé la psychanalyse et un autre juif (Marx) la réunion de cellule. Le pays de Golda Meir et de Rika Zaraï donne, dans le livre de Koskas, à la fois une impression de liberté et d'emprisonnement. De la peau lisse à la police. *Bande de Français* est un témoignage sur la vie quotidienne de rêve en Israël, sauf quand elle tourne au cauchemar. Presque tout, chez Koskas, tourne toujours au cauchemar, y compris sa carrière littéraire. Après des débuts en fanfare (prix du Premier Roman pour *Balace Bounel* en 1979, pensionnaire à la Villa Médicis de 1980 à 1982), il a publié une quinzaine de livres qui n'ont pas trouvé leur grand public alcrs que la plupart d'entre eux sont un régal pour l'esprit. Pour qu'un tel auteur en soit réduit à s'éditer lui-même, faut-il que le sort se soit acharné sur son style. À moins qu'il ne s'agisse encore d'un de ses merveilleux caprices souvent relatés dans ses autofictions.

À l'instar des précédents textes de l'écrivain (*La Position tango*, *Love and stress*, *Avoue d'abord*, *Mon cœur de père*), *Bande de Français* est un récit alerte, violent, désordonné, où on entend cette musique de plus en plus rare dans la littérature contemporaine étouffée : la respiration de l'auteur. Les Français d'Israël ont quitté la France pour s'amuser. Voir aussi Michaël Sebban et sa planche de surf. Manu est un ancien hardeur de soixante ans qui cherche encore l'amour, se contentant d'une colocation avec la blonde de ses rêves, qui lui fera en tout et pour tout une fellation non filmée. Elias, deux fois plus jeune, est un écrivain séducteur qui bosse pour une chaîne de télé privée un peu de gauche. Il n'arrive pas à finir son premier roman. C'est normal, vu la vie amoureuse qu'il a. Juliette est une galeriste blonde qui parle hébreu et Olga une journaliste encore plus blonde qui parle fort : elles finiront dans les bas l'une de l'autre. Autour de ce quatuor de Tel-Aviv dont on suit avec passion les trajectoires brisées s'agite tout le Tel-Aviv des expats français non religieux qui ont fait leur alya sur le dance floor. Le texte fourmille de trouvailles verbales bourrues, d'accélérations enchantées et de coquilles. S'il y avait une justice, *Bande de Français* serait le roman de l'été avant d'être un des favoris pour les prix littéraires de l'automne. Mais il n'y a pas de justice, seulement un palais de justice de Renzo Piano qu'on aperçoit de n'importe quel coin de Paris. La mer serait mieux.

## Friche de lecture, 4

« Au commencement, Elohim créa les cieux et la terre. » Le parfait début de roman, à la fois énigmatique et fluide. Quel genre de créature, ou plutôt de créateur, a eu la force de faire les cieux et la terre ? Le lecteur intrigué se dit qu'il fera bientôt la connaissance du surprenant Elohim.

•

Le cinquième jour, méforme ou étourderie du superhéros : création des pigeons.

•

Plus tard, dans l'après-midi, Elohim crée l'homme et invente les abattoirs : « [...] autorité [de l'homme] sur [...] les bestiaux ».

•

Au chapitre II, risquant de désorienter le lecteur, l'auteur adjoint un deuxième nom à Elohim : Iahvé.

•

La meilleure définition de l'homme : « poussière provenant du sol », que les Grecs ont en vain tenté d'égaler avec leur « mortel ».

•

Interrogation, au milieu du chapitre, sur l'orientation politique de l'auteur : « (...) et l'or de ce pays était bon ». On ne se trouve pas, de toute évidence, en présence d'un homme de gauche.

•

L'origine du sexisme : la femme fabriquée avec une côte d'Adam. Ça aurait pu être pire : une côte de mouton. Ou de porc.

•

Ni psychologie ni description : de l'action comme dans Alexandre Dumas.

•

Le châtiment suprême pour une femme : enfanter. « Je vais multiplier tes souffrances et tes grossesses », dit Elohim à Ève en larmes après sa faute.

•

Chapitre IV, naissance du polar : « [...] Caïn se leva contre son frère, Abel, et le tua. »

•

À la fin du chapitre, un effort de mémoire est demandé au lecteur : apparition de dix-sept nouveaux personnages (de la première femme d'Abel non nommée jusqu'à Enosh, le fils de

Seth). Ce sera pire avec la descendance d'Adam : une centaine de personnes aux noms imprononçables.

•

Les gens qui se vantent d'avoir lu la Bible alors que c'est un page turner.

•

Pourquoi, tandis qu'ils disposent des mêmes soins médicaux, c'est-à-dire aucun, certains personnages de la Genèse meurent à soixante-cinq ans (Caïn et Mahalalel) et d'autres à neuf cent cinq ans (Enosh) ou à neuf cent soixante-deux ans (Yered) ?

•

L'arche de Noé : 150 mètres de longueur, 25 mètres de largeur et 15 mètres de hauteur sous plafond. Un petit Titanic.

•

Elohim n'est pas décrit, pourtant on ne voit que lui.

•

À suivre.

## Ministre d'un jour

On dit qu'ils sont des membres de la société civile car la politique, c'est l'armée. Quand ils arrivent à l'Élysée en tenue de ville, les autres ministres, y compris le premier d'entre eux ainsi que le président de la République, sont déjà en uniforme. Les promus n'ont ni la tête ni les épaules pour tenir le coup en face de ces soldats professionnels. Ils n'ont pas été préparés à la guerre par des années d'entraînement à Sciences Po et à l'ENA. Où l'on acquiert les automatismes nécessaires à la survie en milieu hostile : se camoufler, ramper, se taire. Montage et démontage d'armes idéologiques. Les nouveaux venus n'ont livré aucune des batailles rangées que sont les élections municipales, départementales, régionales, législatives et présidentielles.

Ils n'ont pas été endurcis par les stages commandos des congrès ni n'ont appris à sauter en parachute sur des circonscriptions inconnues. Je me souviens d'une émission de télévision où une animatrice blonde[1] passait vingt-quatre heures dans un peloton de cavalerie. Il me semble qu'à un moment elle a même demandé où étaient les chevaux. On lui a fait tirer un obus d'un char. Ce ne furent, pendant un jour et une nuit, que couinements de surprise et cris d'effroi. Les civils embauchés au gouvernement ou missionnés par les militaires d'En Marche ! – le nom martial du parti de M. Macron en dit beaucoup sur la nature de la politique –, comme l'animatrice, couinent de surprise et crient d'effroi. Avant de retourner à toute vitesse dans la douceur de leur célébrité, le charme de leur argent, l'amour de leur épouse ou époux, l'admiration de leurs enfants. Ils se promettent qu'on ne les y reprendra plus. L'armée n'est pas pour eux. Habitués à donner des ordres, ils ne supportent pas d'en recevoir. Ils veulent qu'on les respecte et non qu'on les humilie : c'est à eux, d'habitude, que revient cette fonction auprès de téléspectateurs soumis, d'auditeurs captifs ou de lecteurs ensommeillés.

Je me rappelle Jean-Jacques Servan-Schreiber, le play-boy milliardaire de la presse française. Il a fondé l'hebdomadaire *L'Express*, ça aurait dû lui mettre la puce à l'oreille sur le nombre de jours qu'il passerait au gouvernement : treize. Sa collaboratrice Françoise Giroud n'a tenu que quelques mois au ministère de la Culture, position trop exposée pour une novice en politique. Le romancier Maurice Druon, pourtant résistant, y avait enduré les pires maux sous Pompidou. On a désormais l'exemple de Nicolas Hulot. L'ami des guêpes a fait le buzz. Nicolas en avait assez de se mentir à lui-même. Comment se mentir à soi-même ? Tiens, aujourd'hui, je vais me dire un truc dont je saurai qu'il n'est pas vrai. Difficile, du coup, de se croire. Engagé dans l'armée Macron au rang inférieur de chargé de mission, Stéphane Bern menace lui aussi de déserter. Il se plaint du

1. Flavie Flament. (*N.d.A.*)

manque de moyens et de considération. On le traite mieux à TF1, tour du bonheur qu'il regarde avec de plus en plus de mélancolie du fond de sa tranchée patrimoniale. Le contre-exemple, c'est Malraux : resté onze ans ministre du général De Gaulle, qui lui a fait nettoyer toutes les façades de Paris.

## Friche de lecture, 5

Le Lévitique commence par un barbecue : « Puis on écorchera l'holocauste et on le découpera en ses morceaux. Les fils d'Aaron le prêtre mettront du feu sur l'autel et du bois sur le feu. »

•

Iahvé : son goût bizarre pour les odeurs de viande grillée.

•

Difficulté, pour un chrétien végétarien, de lire la Bible ?

•

Iahvé mange très salé, comme mon père, mes fils et moi.

•

Au contraire de *L'Iliade* et de *L'Odyssée*, des chapitres courts.

•

L'âme serait dans le sang, raison pour laquelle il ne faut pas le donner et encore moins le vendre : on la perdrait.

•

Quand on saute une ou plusieurs pages de la Bible, le sentiment de commettre un péché peut-être mortel.

•

Le Lévitique : massacres incessants d'animaux (bœufs, taureaux, brebis, chèvres, moutons).

•

Nadab et Abihou, les fils d'Aaron, se trompent de cassolette : aussitôt exécutés par Iahvé, intraitable sur la qualité du service.

•

Le zébu sud-africain que j'ai mangé pendant tout mon service militaire en Allemagne (1978-1979) : pur ou impur ?

•

« Et avec un mâle tu ne coucheras pas comme on couche avec une femme : c'est une abomination. » *L'Abomination*, roman.

•

« Et vous ne mettrez pas sur vous une écriture de tatouage. » Là, j'applaudis.

•

Iahvé, sa haine des malades et des handicapés (bossus, aveugles, galeux, dartreux, lépreux) : leur interdit de s'approcher de lui, même pour lui faire un cadeau.

•

Dans « œil pour œil, dent pour dent », on oublie toujours ce qui vient avant : « Fracture pour fracture ». Parce que c'est un moins joli mot ?

•

*Nombres* : nouvel exercice de mémoire, fréquents dans la Bible.

•

À leur arrivée en Israël, les juifs sont 603 550, comme aujourd'hui les Monténégrins au Monténégro.

•

Répète tout le temps « Je suis Iahvé », comme s'il avait du mal à y croire.

•

Vu le contenu et les dimensions de la Bible, ses auteurs méconnus trouveraient-ils, en 2018, un éditeur ou bien seraient-ils obligés de s'autoéditer et de se faire distribuer par Amazon ?

## Pour Frédéric Taddeï

Acheté 9,50 euros, au Disc'King du boulevard du Montparnasse, le double DVD de *D'art d'art !* qui rassemble 119 numéros de la célèbre émission de Frédéric Taddeï sur l'art. Frédéric fut longtemps l'anticonformiste du paysage audiovisuel français, position excitante mais dangereuse. Les anticonformistes sont, un jour ou l'autre, amenés à se conformer. Quand ils s'y refusent, on leur indique la porte sous un prétexte fallacieux alors que la raison de leur renvoi est leur nature inchangeable. Il n'y a pas moyen de rester longtemps dans une niche, à moins d'être un chien ou une urne funéraire. Lénine avait compris, après la pendaison de son frère aîné Alexandre, que, sans l'appui des masses, il n'y a pas d'action révolutionnaire possible. Isolés les uns des autres par leur poste de télévision, même s'ils regardent un programme identique, les téléspectateurs ne formeront jamais une masse. Du coup, le journaliste rétif ou l'animateur incorrigible se retrouvera seul devant la direction de la chaîne. Au moindre écart de conduite, il sera sanctionné sans que son public, même important, soit en mesure d'émettre des protestations. Le jour de son licenciement, la liberté de pensée et la passion de l'indépendance ne pouvant cohabiter longtemps avec la fermeture d'esprit et la manie de la soumission des potentats de l'audiovisuel, l'employé indocile se retrouve seul pour faire ses cartons. Renvoyé de France 2 pour conduite originale, propos décalés et invités indésirables, Frédéric vient d'être embauché par la chaîne russe Russia Today, qualifiée en France de « télé Poutine ». Les dissidents de l'Ouest ont désormais un refuge : l'Est. N'est-ce pas, Snowden ?

Je suis beaucoup allé au musée dans mon enfance et mon adolescence. J'ai même tenté, à onze ans, de copier *Le Sacre de Napoléon*, de David, sur une feuille de papier Canson 21×29,7, vite découragé par un attroupement de touristes autour de mon crayon maladroit. Plus tard, j'ai bien aimé les filles blondes dans les tableaux de Renoir. Et les brunes dans ceux de Gauguin. Mais, un jour, j'ai compris que le spectacle d'une belle peinture ne me ferait jamais autant plaisir que la lecture d'un beau livre. Quand je traverse aujourd'hui, dans les bus 68 ou 95, à bord desquels je monterai jusqu'à Montmartre, les guichets du Louvre, j'ai une sorte de compassion interloquée pour les gens qui s'apprêtent à faire une ou deux heures de queue avant d'entrer sous la pyramide de Pei. En trois heures et vingt minutes, *D'art d'art !* est une succession de clips qui content l'histoire mondiale de l'art, de l'Antiquité jusqu'à nos jours. À chaque fois, Frédéric se tient debout devant la reproduction d'une œuvre, vêtu d'un de ces élégants costumes sombres qu'il affectionne, et qui plairont sans doute beaucoup à RT. Il m'a réconcilié avec la peinture dans la mesure où elle narre toujours une histoire qu'il sait raconter en vitesse. Au bout d'une demi-heure d'émission, on commence à se sentir doux, rêveur et oisif. Ça doit être à force de voir, minute après minute, de la beauté, c'est-à-dire de l'éternité

## Un début d'explication

La France : établissement mi-hospitalier, mi-pénitentiaire. Il y a les Français qui se soignent de leurs addictions et ceux qui en paient le prix. Le fumeur essaie d'arrêter de fumer et l'automobiliste doit oublier sa voiture. Les deux sont pourchassés par la police de la pensée, qui circule dans la société grâce au pin-pon des médias. Le fumeur a commencé par ne plus pouvoir fumer au restaurant ni au café. On lui a interdit ensuite les chambres d'hôtel. Il fut bientôt exclu des plages et le voici désormais tabou dans certains parcs et devant les établissements scolaires. Quand le privera-t-on de la rue ? Je ne vois pour lui qu'une solution, naguère utilisée par son papa né dans les années 1950 : les cabinets. La cigarette semble désormais réservée aux interprètes des films où on fume goulûment, comme pour consoler – ou narguer ? – le spectateur qui n'a plus le droit depuis belle lurette d'allumer sa clope au cinoche.

L'automobiliste est considéré comme le principal coupable de l'effet de serre et du changement climatique alors qu'on n'accuse jamais des mêmes maux les millions d'individus qui prennent l'avion pollueur plusieurs fois par an pour découvrir des pays lointains. Le grand martyr de l'auto est le Parisien. On fait tout pour le décourager de conduire et ça marche : il rentre chez lui à pied. Ce que ne peut pas faire le banlieusard, qui habite trop loin. En gênant ou même en interdisant la circulation automobile dans Paris, Mme Hidalgo punit surtout les gens qui n'y habitent pas. N'est-ce pas, du reste, son but secret : réserver Paris aux Parisiens qui marchent et l'interdire aux banlieusards qui polluent ? L'objectif avoué des politiciens de l'Union européenne est de faire du vélo le principal moyen de locomotion en ville. L'avenir du citadin occidental : pédaler. Le rêve de l'écologiste de 2018 : des armées de vélos à tous les croisements, comme dans le Pékin de Mao. À l'instar du fumeur accablé de films où chaque acteur et chaque actrice tirent avec volupté sur la cigarette interdite, l'automobiliste subit, sur les écrans, des véhicules surpuissants qui roulent à tombeau ouvert. Dans *Fast & Furious* comme dans *Mission : impossible* et des dizaines d'autres films de Hollywood ou de Luc Besson (les merveilleux *Transporteur*), les conducteurs explosent le Code de la route et les limitations de vitesse. Le tabac et l'auto sont devenus des héros de fiction dont le fumeur contrarié et l'automobiliste puni suivent, reclus dans les salles obscures sans briquet ni volant, les aventures de plus en plus imaginaires pour lui.

Outre le tabac et l'automobile, il y a plusieurs autres choses dont le Français, chapitré par les hebdos et les émissions médicales de l'après-midi sur la TNT, essaie de stopper sa consommation : la viande, l'huile de palme, les antidouleurs, le beurre, le sexe, le vin. L'homme qui ne fume plus et se déplace à vélo a tort de se croire tiré d'affaire : il faut encore qu'il se mette au steak de tofu, renonce au Nutella, arrête la Lamaline, jette son beurre, ne couche plus qu'avec son épouse ou lui-même et, bien sûr, oublie l'alcool. L'État de droit devenu État policier à cause du terrorisme et la prohibition maître mot d'une société moderne. Y a-t-il un rapport entre tous ces interdits et la montée en Europe du populisme, le mot pour fascisme ? Qui trop embrase le peuple mal l'éteint.

## Friche de lecture, 6

Relire les nouvelles d'Aymé au cinquième étage de l'Hôtel littéraire Marcel-Aymé (16, rue Tholozé, XVIIIe), dans la chambre Antoine-Blondin, auteur dont Anne-Sophie lit en même temps la biographie par Alain Cresciucci (2004), les deux livres ayant été empruntés à la réception, qui est aussi une bibliothèque réservée aux clients.

•

Aymé, ayant pris sa retraite de la vie à soixante-cinq ans, a cotisé pour ses lecteurs.

•

À l'eau depuis cinq mois, je me jette sur le recueil *Le Vin de Paris* (1947).

•

Longueurs de comptoir.

•

Appeler *L'Indifférent* une nouvelle se passant sous l'Occupation !

•

Les clochards : migrants avant les migrants.

•

Dans les 4 hôtels littéraires de Jacques Letertre, lampes de chevet spécialement étudiées pour la lecture.

•

*La Traversée de Paris*, je l'ai faite en décembre 2016, de la rue Poliveau à la rue Caulaincourt, quittant le XIII^e arrondissement pour Montmartre. Comme Martin et Grandgil, je portais un porc : moi.

•

Dans la nouvelle, Gabin est assassiné chez lui par Bourvil, ce qui aurait été inacceptable pour le spectateur du film de Claude Autant-Lara (1956).

•

« Il [Martin] arrivait au carrefour de la rue des Abbesses et de la rue Ravignan. La solidité glacée de ce carrefour lui donna un vertige de peur. » L'emplacement de notre nouvel appartement.

•

« Le groupe se mit en marche dans le noir et descendit la rue Pigalle. Une boîte de nuit, tous feux éteints, laissait passer un filet de musique à peine perceptible. » L'établissement – au n° 62 – de Lulu de Montmartre, lesbienne, maquerelle et collabo qui avait obtenu des Allemands, sous l'Occupation, de fermer à 4 heures du matin ? Aujourd'hui c'est un théâtre, La Cible, où, chaque dimanche après-midi, la jeune dramaturge et comédienne Lou Lefèvre raconte avec émotion et finesse son enfance guinéenne (mise en scène d'Élise Maître).

## Pour Yves Navarre

Au cocktail agité et surpeuplé du vingt-quatrième prix de Flore, quelques personnes m'ont posé la même question : pourquoi avais-je, une fois de plus, déconné au Renaudot ? Elles gardaient à l'esprit l'affaire Marco Koskas, mon ami franco-israélien qui, après la polémique liée à la parution de son roman *Bande de Français* chez Amazon et à la sélection de celui-ci sur la première liste du Renaudot, a vendu plusieurs milliers d'exemplaires par Internet et sera bientôt publié aux États-Unis. J'ai rappelé à ces gens, avant qu'ils n'aillent s'agiter avec rigueur sous le regard ému de la vodka de Frédéric Beigbeder, que je n'étais qu'un des dix jurés Renaudot. Imaginaient-ils qu'à moi seul j'aurais eu le pouvoir de faire couronner un roman peu médiatisé (*Le Sillon*) d'une inconnue (Valérie Manteau) paru chez un éditeur confidentiel (Le Tripode) ?

Le déconneur, dans cette histoire, c'était Jérôme. Jérôme Garcin[1]. Et il ne déconnait pas. Il avait repéré le roman dès le mois de septembre et en avait rendu compte dans sa chronique de *L'Obs*. Avec sa faconde normande et sa douceur chevaline, il a convaincu six membres du jury de voter pour Manteau. Surnommée peu après, par un esprit malveillant et sans doute russophone, la Manteau des gogols.

Avant le Flore et ses jolies people littéraires à hauts talons (Rachel Bourlier, Sylvie Le Bihan, Stéphanie Janicot, Michèle Fitoussi, Diane Mazloum, etc.), Anne-Sophie et moi nous étions rendus dans la salle des mariages de la mairie du IVe arrondissement. Pas pour nous marier, il était trop tard.

Dans la journée. Pour rendre hommage au travail des éditions H&O, qui ont entrepris de faire paraître, en une dizaine de volumes, l'œuvre complète romanesque et théâtrale d'Yves Navarre (1940-1994). Il y a eu des discours, une lecture et des petits-fours. On est partis aux petits-fours, émus par cette assemblée d'amis perdus. A-t-on oublié Yves Navarre ? Il a fait beaucoup de bruit et puis beaucoup de silence. Paris aime les écorchés vifs, ils souffrent mieux. Et meurent plus vite. Un homosexuel qui écrit est un écrivain homosexuel alors qu'un écrivain hétérosexuel est simplement un écrivain. Ça énervait

1. Démissionnera du prix en 2020. (*N.d.A.*)

Yves, et moi aussi. On n'est homosexuel ou hétérosexuel que lorsqu'on fait l'amour. Le reste du temps, on n'est rien du tout.

Le tome I est un volume de 1352 pages et couvre les années 1971-1974. Il y a une chronologie, comme dans la Pléiade, et un cahier photo, comme dans Quarto. Le début des *Loukoums* (1973) : « Dans sept heures il serait à New York. » Phrase d'avant et d'après le Concorde. Le père d'Yves était dans le pétrole, son fils a mis le feu. C'était un rocœur.

## Friche de lecture, 7

À quel moment, en librairie, Dostoïevsky est-il devenu Dostoïevski ?

•

Pourquoi plutôt Romain Gary que Joseph Kessel en Pléiade ?

•

*Le Tour du malheur* (Gallimard, 1950), un roman russe du XIXe siècle aux noms français plus faciles à retenir.

•

Une analyse brutale de la pédophilie féminine. Page 134 du tome I : « Quatorze ans, dit Étienne entre ses dents effroyablement serrées, il a quatorze ans. » Page 135 : « Et que, enfin, seul un adolescent à la limite de l'enfance, seul un adolescent pouvait satisfaire la chasse de toute une vie. » Puis : « Tu comprends... Il est vraiment tout neuf. »

•

La tétralogie ferait un beau Quarto.

•

Dédié à ses parents et à sa première femme, morte de la tuberculose : les seules personnes que Kessel ait jamais aimées ?

•

Un auteur s'acharne à tomber dans l'oubli pour ne pas avoir de biographie avant que tous les gens ayant partagé sa vie soient morts comme lui et donc ne puissent donner de témoignage à son sujet.

•

*Le Tour du malheur*, le roman du jardin du Luxembourg, comme *Les Trois Mousquetaires* et *Les Faux-Monnayeurs*.

•

Quand je pense qu'au début des années 2000 le producteur Manuel Munz (*La Vérité si je mens* 1, 2 et 3) m'avait proposé d'adapter *Le Tour du malheur* pour le cinéma et que j'ai refusé sans avoir lu une ligne de ce chef-d'œuvre.

•

Kessel ne décrit pas Nice, connue de ses lecteurs.

•

Un passant barbu à Saint-Germain-des-Prés, à la fille qui l'accompagne : « Mon Tranxène ne fait pas encore son effet. »

•

Comment sortir du métro à la station Bastille ?

•

Pierre de La Tersée, premier héros héroïnomane de la littérature française.

•

Ma prochaine saga en 27 volumes : *Les Hommes de mauvaise volonté*.

•

Un éloge du triolisme.

•

Frères indispensables à tout grand roman (*La Petite Fadette*, *Les Thibault*, *Chronique des Pasquier*, *Les Frères Karamazov*, etc.).

•

Un SDF hurlant : « Je ne vais pas bosser, je ne suis pas bossu. »

•

Concours de mauvaise conduite scolaire entre un lycéen black et une lycéenne black elle aussi : « Je ne reste jamais dans ma chambre à faire mes devoirs pendant plus d'une heure. » Elle : « Moi, pendant plus de quarante minutes. »

## La défaite du livre

La livre est une bonne monnaie, le livre aussi. La preuve : la plupart des hommes politiques en font un. Surtout quand ils ont perdu leur travail à la suite d'un désastre électoral. Avant, ils n'avaient pas le temps : leur nègre – qu'on appelle désormais « plume », par correction – devait rédiger leurs discours. Il faut davantage d'électeurs pour être élu que de lecteurs pour être lu. On devient plus facilement best-seller que président de la République. La preuve : il y a vingt best-sellers par semaine alors qu'il y a un président tous les cinq ans. Si les écrivains confidentiels étaient aussi souvent invités à la radio et à la télévision qu'un président de la République, ou même qu'un ministre ou un chef de parti, les tirages de leurs ouvrages s'envoleraient. Mettez Jacques Réda à la place de Nicolas Sarkozy et Pierre Michon à celle de François Hollande : vous ajouterez aussitôt un ou deux zéros au montant de leurs droits d'auteur. Et connaîtrez leur nom et leur talent.

Nombre d'anciens présidents ou candidats à la présidence occupent ou ont occupé les tables des librairies avec un ouvrage résumant leur magnifique action sur le terrain et leurs profondes réflexions sur le pouvoir. De Vincent Auriol à Jean-Luc Mélenchon, ils s'y sont tous mis. Même le général De Gaulle. Il y a plus d'hommes politiques qui ont fait un livre que d'écrivains qui ont fait de la politique. Ils vont ensuite dédicacer leur pavé dans toute la France. Où ils attirent beaucoup d'acheteurs. Des centaines de lecteurs font nombre alors que des centaines d'électeurs ne peuvent faire grand-chose. C'est ce qui a trompé Nicolas Sarkozy en 2016 et risque d'égarer François Hollande en 2021. L'un et l'autre ont charmé le petit peuple qui lit après avoir été rejetés par le grand peuple qui élit. À leur propre surprise et enchantement, ils se sont retrouvés devant des Français enthousiastes alors qu'ils avaient été chassés du palais de l'Élysée, quelques mois plus tôt, par des compatriotes furieux. Ils ont cru qu'ils retrouvaient l'amour des foules, mais les foules de lecteurs ne sont pas des foules, si grosses soient-elles. Elles peuvent encombrer une librairie, une Fnac ou un centre Leclerc ; pas remplir la place de la Concorde.

Regardez-les – roses, béats, dodus –, ces écrivains qui n'en sont pas et ces politiciens qui n'en sont plus, retraités réjouis de la plus haute fonction publique, assis à une table où trône, pimpant, leur best-seller vengeur. Chaque citoyen se présente devant eux avec un léger ou lourd tremblement, ému d'être si près de qui l'a gouverné, dominé, obsédé pendant tant d'années et qui se trouve maintenant à sa portée, dans la même pièce, avec, pour unique vestige de sa splendeur révolue, un ou deux agents de sécurité. L'icône est descendue du poste de télévision ; du coup, le lecteur a l'impression d'y monter. On lui donne audience, comme s'il était un ambassadeur. L'auteur prend pour de l'amour ce qui est de la fascination. La sempiternelle question des fêtes du livre – « C'est pour qui ? » –, il la pose avec gourmandise, comme s'il découvrait, dans une urne électorale, un bulletin de vote à son nom. Sourires, clignements d'yeux, touches d'humour. Le président se croit en campagne alors qu'il est à la campagne. À force de s'entendre demander quand il reviendra en politique pour tout arranger, il commence par dire « jamais » puis « peut-être » et enfin « bientôt ». Le piège du livre s'est refermé sur l'écrivain amateur, à qui il ne reste plus qu'à souffrir.

## Éloge de la queue

Écrire, c'est attendre. Attendre les mots. Mais quand on écrit on ne fait pas la queue, parce qu'on est seul. Ce qu'il y a de bien au Bouillon Pigalle (22, boulevard de Clichy, XVIII^e^), c'est qu'on attend avec les autres. Et des choses plus comestibles que des mots. Je cite au hasard : œuf mayonnaise (1,90 euro), blanquette de veau (10,50 euros), fourme d'Ambert (2,60 euros), tarte au citron (3,60 euros). Dans une queue, les fumeurs peuvent fumer et les amants s'embrasser sans gêner leurs voisins, car ils n'ont personne à côté d'eux, seulement des gens devant ou derrière. Les uns ne les voient pas et ils ne voient pas les autres. Dans une queue, le solitaire, entouré de couples et de groupes, ne se sent plus seul. Son smartphone le relie au reste du monde à qui il n'a pas besoin de parler. La queue est l'endroit idéal pour lire les informations sportives ou culturelles qui intéressent surtout les personnes isolées. Mais le plus agréable, ça reste de faire la queue avec un vieux copain. Comme on ne vit pas avec lui, on a beaucoup de choses à lui dire et on peut le faire sans être dérangé par le menu qu'il faudrait lire, le vin qu'on devrait choisir, la commande dont s'inquiéterait le serveur. Il n'y a rien d'autre, entre lui et nous, que la queue. La conversation s'en trouve à la fois allégée et enrichie. On s'amuse des passants et aussi des passantes. On en vient à regretter que la queue du Bouillon Pigalle avance si vite. On appréhende le moment où, à l'invitation du maître d'hôtel bien rodé, il faudra la quitter pour s'installer à une table. Le charme du restaurant et la qualité des plats servis ne suffisent pas toujours à faire oublier le plaisir de la queue.

Pour les fans de grosses queues, le mieux est de se présenter au Bouillon Pigalle le samedi et le dimanche entre midi et demi et 14 heures. Ce sont les jours et les heures de pointe. Tandis que les sex-shops et les boîtes de strip-tease alentour montrent une mine désolée en forme d'entrée déserte, le Bouillon Pigalle affiche complet. Les clients s'agglutinent sur le trottoir du boulevard de Clichy dans une bonne humeur et une décontraction qui font plaisir à voir. Nul signe, chez eux, d'impatience. On sent même que c'est un peu pour la queue qu'ils sont venus ici, sinon ils auraient choisi un autre moment dans la semaine, voire un autre restaurant. Ils retrouvent des habitués de la même queue. Ensemble, ils comparent celle qu'ils font aujourd'hui à celle qu'ils ont faite le week-end précédent. Leurs remarques et commentaires sont si nombreux et si variés qu'ils oublieraient presque d'entrer dans l'établissement pour déjeuner.

Les amateurs de petites queues, ou même – mais ils sont rares – les phobiques de la queue, qu'elle soit grosse ou petite, ont la possibilité de se présenter au Bouillon Pigalle au milieu de l'après-midi, en semaine. Le personnel laisse alors se former une queue minuscule, symbolique, dont il extrait presque immédiatement le client, sachant que s'il est venu ce jour-ci et à cette heure-là, c'est qu'il ne s'est pas déplacé pour la queue mais pour la bonne cuisine pas chère – mes conseils : agneau de sept heures-haricots blancs (11,50 euros), boudin basque-pommes de terre (10,80 euros), foie gras-confiture d'oignon (8,80 euros) – qui fait du Bouillon Pigalle, avec Kod Tece, la Rughetta et le Wepler, le charme gastronomique de mon nouveau quartier.

## Pour la Crimée

Dans *Naissance du monde moderne*, d'Albert Malet et Jules Isaac (1961), quatre pages sur la guerre de Crimée (1854-1856). Pas une fois les mots Ukraine ou Ukrainien n'apparaissent. Le sultan ne déclare pas la guerre, en 1853, à l'Ukraine mais à la Russie, dont le tsar n'est pas ukrainien mais russe : Nicolas Ier. L'Angleterre et la France ne rompront avec la Russie qu'en 1854, mais nulle part n'est annoncée une rupture de ces deux grandes puissances occidentales avec l'Ukraine. Bismarck refusa de s'engager aux côtés des Russes sans jamais citer l'Ukraine dans ses explications. Victor-Emmanuel II et son ministre Cavour rangeront le royaume de Sardaigne aux côtés des Alliés contre la Russie, non contre l'Ukraine. Anglais, Français et Sardes ont « décidé de détruire Sébastopol, base de la puissance maritime russe en mer Noire ». Aucune allusion à une hypothétique flotte ukrainienne stationnée en Crimée. C'est un colonel russe – Todleben –, non ukrainien, qui organise la défense de la ville. Le 8 septembre 1855, le général Mac Mahon enlève le bastion Malakoff aux soldats russes, non à l'armée ukrainienne, qui n'existe pas. L'Ukraine, qui revendique pourtant aujourd'hui son autorité sur la presqu'île de Crimée, ne participera pas à la signature du traité de Paris (30 mars 1856), qui mettra un terme au conflit. Celui-ci ne restera pas dans l'histoire comme la guerre d'Ukraine, mais comme celle de Crimée.

*Les Récits de Sébastopol*, du jeune comte Tolstoï (il a vingt-sept ans), paraissent dans *Le Contemporain* – revue fondée par Alexandre Pouchkine au début du XIXe siècle – en juin et août 1855 et en janvier 1856. J'y cherche en vain une allusion quelconque à un rapport politique ou militaire entre la Crimée et l'Ukraine. Tous les soldats qui défendent la ville sont russes. Même saoul, aucun d'eux ne lève son verre de vodka en l'honneur de l'Ukraine. Je trouve quand même une fois le mot « tartare » : « … des pans de murs de pierre en ruine des maisons tartares de Douvanka… » (page 522, édition de la Pléiade de 1960).

En 1899, Anton Tchekhov publie dans *La Pensée russe* sa nouvelle *La Dame au petit chien*, dont l'action se déroule à Yalta, principal spot du tourisme criméen. Première constatation : ni la dame ni le petit chien ne sont ukrainiens. Le café Vernet, où Gourov rencontre Anna, n'est pas ukrainien mais, comme son nom l'indique, français. De ce texte magnifique (« Pas une feuille ne bougeait, on entendait le chant des cigales, et le bruit sourd et monotone qui montait de la mer parlait du repos, du sommeil éternel qui nous attend ») l'Ukraine est absente. Quand Anna, consciente de sa faute, s'écrie : « Je n'ai jamais été heureuse, maintenant je suis malheureuse », elle ne songe pas à maudire ce voyage en Ukraine au cours duquel elle a perdu son honneur, car la Crimée, pour elle comme pour tous les Russes depuis des siècles et pour pas mal d'années encore, se trouve en Russie.

## Friche de lecture, 8

Une biographie d'Homère : boulot pour gros paresseux.

•

*L'Iliade*, suite de bagarres ; *L'Odyssée*, succession de repas.

•

C'est donc Athéna qui, chaque soir, me fait dormir, comme Pénélope : « [...] elle pleurait encore Ulysse, son époux, à l'heure où la déesse aux yeux pers, Athéna, lui jeta sur les yeux le plus doux des sommeils. »

•

La solitude de l'Achéen végan.

•

Athéna, amoureuse sans espoir de Télémaque comme elle l'a été d'Ulysse.

•

Pénélope, femme voilée de nombreux siècles avant l'islam : « [...] ramenant sur ses joues ses voiles éclatants. »

•

Pourquoi la religion antique a-t-elle disparu ? Elle était bien : cratères de vin et brochettes de bœuf, avec danses et chants, « ces atours du festin ».

•

Télémaque se rêve président de la République : « Régner n'est pas un mal, crois-moi ; tout aussitôt, c'est la maison fournie et l'homme mieux prisé. »

•

L'importance de qui on est le fils, même à soixante-dix ans.

•

Le plaisir et la fréquence avec lesquels Athéna change de sexe.

•

Zeus au bord d'inventer le libre arbitre : « C'est de nous, disent-ils, que leur viennent les maux quand eux en vérité, par leur propre sottise, aggravent les malheurs assignés par le sort. »

•

Heureux qui comme Homère a fait un beau roman.

•

Selon Littré, « pers » : « De couleur bleue dans toutes ses nuances. » Les yeux d'Athéna auraient alors plusieurs bleus.

•

Nous sommes tous les fils d'un Ulysse qui voyageait dans sa tête.

•

Le matin sera à jamais pour les hommes l'« aurore aux doigts de rose », surtout l'été.

•

Les fesses d'Hélène de Troie à cinquante ans, ramenée à Sparte une décennie plus tôt par Ménélas ?

•

La leçon d'Homère, bien retenue par Joyce : entrer tout de suite dans l'action sans présenter un seul de ses protagonistes, qui le feront eux-mêmes par la suite avec leurs actes.

•

N'importe qui peut être un dieu déguisé, même moi.

•

À cinquante ans, Tolstoï apprend le grec ancien en huit semaines pour lire *L'Iliade* et *L'Odyssée* dans le texte.

•

Le violent pessimisme d'Homère, pourtant auteur de deux best-sellers : « De tout ce qui sur terre a force et mouvement aucun être n'est plus misérable que l'homme. »

# Procédures

Une plainte a été déposée au Tribunal pénal international, plus connu sous l'acronyme TPI, par M. Vercingétorix, homme politique gaulois, contre M. César, général romain, au motif que celui-ci a vaincu celui-là en lui infligeant de nombreux dommages physiques. On peut en outre qualifier de cruauté mentale l'épreuve imposée au Gaulois par le Romain : défiler enchaîné dans les rues de Rome pleines de femmes, d'enfants et de personnes âgées. Le tribunal s'est donné trois mois pour statuer sur la validité de l'action de M. Vercingétorix, mais les avocats de ce dernier – Mes Temime et Kiejman – ont bon espoir d'obtenir gain de cause.

D'innombrables actions en justice ont été engagées par des personnalités égyptiennes, carthaginoises, espagnoles, syriennes et palestiniennes contre M. Mahomet, de nationalité saoudienne, au prétexte que des soldats se réclamant de lui – on les appelle, peut-être par dérision, les mahométans – ont envahi une grande partie de leurs territoires. Vérification faite, le tribunal s'est déclaré incompétent, attendu que ledit Mahomet est décédé en 632, soit un demi-siècle avant les faits lui étant reprochés. Me Gibault, qui représentait les plaignants, a refermé avec un gros soupir un dossier s'annonçant juteux. Me Pierrat, qui défendait les intérêts des onze veuves du défunt, s'est au contraire félicité de la décision des juges.

Le cas célèbre des croisades passionne le monde judiciaire depuis près de deux siècles. La prise de Jérusalem (15 juillet 1099) s'est déroulée dans les pires conditions humanitaires, faisant des milliers de victimes innocentes, dont M. Godefroi de Bouillon, aristocrate belge défendu par Me Dupond-Moretti, devra répondre devant le TPI. L'avocat des Hiérosolymitains, Me Badinter, a de son côté interrompu une retraite studieuse pour voler au secours de ces citadins désorientés.

Venons-en à une affaire de moindre importance mais

néanmoins révélatrice d'un certain nombre de débordements des forces de sécurité françaises : le recours déposé par M. Camille Desmoulins, journaliste, contre M. Louis Capet, roi de France, Me Arno Klarsfeld représentant le publiciste et Me Versini-Campinchi le souverain. Les faits remontent au 14 juillet 1789, jour au cours duquel le peuple de Paris a envahi l'hôtel des Invalides pour y chercher des armes. Lors de cette action on ne peut plus légitime, ainsi que l'a déclaré Me Klarsfeld à la presse, M. Desmoulins, lui-même ancien avocat, fut molesté par un membre de la garde royale, probablement d'origine suisse. Le révolutionnaire fit aussitôt constater auprès d'un huissier son poignet gauche luxé et une écorchure à la joue droite. M. Capet invoquera en vain la légitime défense, les armes saisies aux Invalides n'ayant pas encore été utilisées. Son talent oratoire et sa connaissance du dossier suffiront-ils à Me Versini-Campinchi pour éviter à son client des sanctions qui s'imposent ?

## L'arrêt

Le Premier ministre, en annonçant le nombre de morts sur la route pendant la période allant de décembre 2017 à novembre 2018, avait un air de triomphe qui a choqué plus d'un Français. Y a-t-il lieu de se réjouir que 3 248 de nos compatriotes aient, en douze mois, perdu la vie dans leur véhicule ? On aura beau nous expliquer que, l'année précédente, il y en avait 245 de plus, cela n'enlèvera rien à notre chagrin d'en avoir perdu trois milliers. Il est désormais évident que la limitation de vitesse à 80 km/h ne suffira pas à stopper l'holocauste des automobilistes français. En limitant la vitesse à 70 km/h, on aurait 245 morts de moins, soit 3 003. C'est mieux, mais c'est encore trop. Passer à 60 km/h semble, dans ces conditions, une meilleure option. En conservant notre base de 245 rescapés à chaque limitation, cela mettrait notre bilan de 2020/2021 à 2 758 décès, soit 21 % de moins qu'entre décembre 2016 et novembre 2017. Pourquoi s'arrêter là ? Ces 2 758 victimes ne seraient-elles pas plus heureuses si elles avaient échappé à la mort ? Certes, une limitation de vitesse à 50 km/h créerait du mécontentement chez les professionnels de la route, tels les routiers, les représentants de commerce ou les médecins urgentistes. Il suffira de leur rappeler qu'en ville tout le monde roule à 50 km/h depuis belle lurette, sauf peut-être certains fous de la trottinette électrique qu'on ne tardera pas à mettre au pas, c'est le cas de le dire. Mais 2 513 de nos compatriotes roulant à cette vitesse raisonnable perdraient encore la vie, ne tirant aucun avantage de leur prudence. Ils feraient penser avec tristesse à ces soldats morts le jour de l'armistice de 1918 ou de la libération de 1944. À 40 km/h, il y en aurait 245 de moins, soit 2 268. Nous pourrions bien sûr nous arrêter là, car 40 km/h est une vitesse raisonnable, qui satisferait aussi bien les natures contemplatives que les admirateurs de beaux paysages. Mais laisserons-nous à la machine de mort qu'est la route un tribut de 2 268 automobilistes, plus abondant que les sept jeunes hommes et les sept jeunes femmes que, chaque année, les Athéniens expédiaient à Cnossos pour servir de nourriture à l'abominable Minotaure ? Une circulation à 30 km/h, tous réseaux confondus, serait-elle inenvisageable ? Elle réduirait la mortalité annuelle des conducteurs et de leurs passagers à 2 023. Un dernier pari : descendre, avec une limitation à 20 km/h – qui est la vitesse minimale d'un cheval au galop monté par un cavalier amateur –, au-dessous de la barre des 2 000 victimes (1 778), soit 49 % de moins que le bilan de 2018 salué triomphalement par un Premier ministre se contentant de peu. Avec un ultime effort – limitation à 10 km/h –, seulement 1 533 personnes perdraient la vie sur les routes françaises. Mais le véritable triomphe de la sécurité routière serait de compter 0 victime grâce à une limitation à 0 km/h. Est-il au moins permis d'en rêver ?

# Devinette

Quel écrivain français du XXe siècle, engagé en politique,
se cache derrière ces déclarations proeuropéennes ?

« Il faut faire l'Europe, à moins qu'on ne soit bolchevique, d'extrême droite ou d'extrême gauche, à moins qu'on ne veuille laisser un grand bûcher s'amonceler sur lequel flambera avant vingt ans toute la civilisation, tout l'espoir, tout l'honneur humain. »

« Nous n'avons jamais pu vivre les uns sans les autres, mais nous le pouvons moins que jamais. Nous avons besoin de la plus étroite promiscuité. »

« Le nationalisme n'est beau nulle part. Ses manifestations les plus hautes sont devenues aussi stériles, aussi ridicules, aussi sinistres, aussi haïssables que les plus basses. »

« Mais aujourd'hui, c'est une nouvelle Europe. Cette autre Europe arrive à son point de conscience, selon les lumières occidentales : elle commence de s'épanouir et sans doute demain va-t-elle rayonner. »

« Est-ce que l'histoire de l'Europe va recommencer l'histoire de la Grèce, qui s'est épuisée dans des guerres sans fin parce que l'apparition successive de nouvelles formes rompait sans cesse l'équilibre et provoquait de nouveaux groupements ? »

« L'Europe de l'Ouest accédant à une économie plus large que celle qui a servi de base au système des patries a besoin d'éliminer le nationalisme comme une vieillerie pervertie et dangereuse. »

« L'Europe viendra à bout des patries qui la déchirent. »

« C'est ainsi qu'on en revient toujours à la nécessité immédiate et essentielle : faire les États-Unis d'Europe. »

« Douter de la force de la liberté, c'est le propre des hommes fatigués : vouloir refaire les fondements de la cité sur ce doute, c'est accepter sa fatigue, c'est délibérément reconnaître qu'on marche vers la mort. »

« Pour appeler les choses par leur nom : le capitalisme ne peut subsister que s'il fait les États-Unis, et les États-Unis ne peuvent être faits que par le capitalisme conscient et organisé. »

Pierre Drieu La Rochelle (1893-1945)
dans *Genève ou Moscou* (1928)
et *L'Europe contre les patries* (1931)

## Pour Dorothy Stratten

Parution en France, trente-quatre ans après les États-Unis – pourquoi ce retard ? –, du texte de Peter Bogdanovitch racontant la brève existence et le meurtre abominable de la playmate et actrice Dorothy Stratten (*La Mise à mort de la licorne*). J'ai trouvé l'ouvrage dans la nouvelle librairie-salon de thé du MK2 Bibliothèque, où il est inutile de payer un livre à la caisse où on règle son repas : j'ai essayé, on ne peut pas. Jeune Canadienne sexy repérée dans un fast-food de Vancouver par Paul Snider, petit voyou local moitié dealer, moitié proxénète, Dorothy finira en une de *Playboy* après moult séances de photo où on la déshabillera un peu plus chaque fois. Invitée permanente de la Playboy Mansion West (Holmby Hills), qui a été le bordel américain le plus chic entre son achat par Hugh Hefner pour 1 050 000 dollars en 1971 et le décès de celui-ci (27 septembre 2017), Dorothy subira un certain nombre de harcèlements qui relèveraient aujourd'hui des tribunaux. Jacuzzi Hugh Hefner. Et James Caan. Bogdanovich, autre invité du manoir Playboy, aura tout de suite, sur Mlle Stratten, un regard différent. Il devine en elle de la poésie. D'ailleurs, elle en écrit, fait assez inhabituel chez une *playmate*. Il cite, dans *La Mise à mort de la licorne*, quelques-uns de ses vers, dont ceux-ci, prémonitoires : « La vie est un mystérieux chemin/Où chacun s'aventure en solitaire./Une fois le chemin pris,/Il n'y a pas de marche arrière. »

Dorothy Stratten – incarnée par Mariel Hemingway dans le film de Bob Fosse *Star 80*, massacré au passage par le réalisateur de *Saint Jack* – a été la grande passion amoureuse de Bogdanovich. D'ailleurs, après la mort de la jeune femme, il a épousé sa petite sœur, Louise, comme s'il voulait continuer son histoire avec le fantôme de Dorothy. Le mariage ne durera pas, la vie avec un fantôme étant encore plus difficile qu'avec une playmate. Peter rencontre Dorothy en 1978, mais attendra le printemps 1980 pour en faire sa maîtresse. Elle a vingt ans, il va en avoir quarante-trois. Elle a une petite voiture. Il a une grande piscine. Elle est mariée à Snider, son futur assassin. Peter vient d'être quitté par Sheperd, sa muse. Il engage la Canadienne dans un film au titre absurde qu'il tourne à New York : *Et tout le monde riait*. Introuvable aujourd'hui : j'ai cherché partout. Ils font l'amour au Plaza puis à Londres. Snider, qui vit mal aux crochets de Dorothy depuis leur rencontre, ne supporte pas d'être quitté. On lui vole son jouet sexuel et ses cartes de crédit. Quand les amoureux reviendront à Los Angeles, car dans le monde du cinéma américain on revient toujours à Los Angeles, il les punira à sa façon et signera son crime satanique par son suicide. Le seul compliment qu'on puisse lui faire : il s'est bien jugé. Question : pourquoi Bogdanovich, sur aucune page du livre et nulle part sur Internet, ne fait allusion à ses origines serbes ?

## Orientales

Les femmes arabes ne se résument pas à un voile, elles ont aussi une voix. La preuve : ces cinquante-six poétesses, venant de vingt pays, rassemblées par Maram al-Masri dans une *Anthologie des femmes poètes du monde arabe*. L'auteure – ou l'éditeur, à moins que ce ne soit une décision commune – a préféré les mots « femme » et « poète » à celui de « poétesse ». Ça n'a jamais trop marché, poétesse, au contraire d'auteure et d'écrivaine. Le mot poète convient aux hommes comme aux femmes. Parce que les poètes ne sont d'aucun sexe, n'étant pas de ce monde ? Dans le livre d'Al-Masri, on trouve une journaliste de Syrie (Ghada Fouad al-Samman), une présentatrice de télévision du Liban (Lorca Sebdi), une professeure iranienne de langue (Wooroud al-Moussaoui), une chroniqueuse du Koweït (Saadiah Mufarek), une photographe saoudienne (Hilda Ismaï Ibrahim Sajini), la présidente d'un festival de films à Bahreïn (Leïla al-Sayed), une cinéaste des Émirats (Nujoom al-Ghanem), une journaliste culturelle d'Abou Dhabi (Zabya Khamis al-Muslimani), etc. Saluons aussi les cinq Palestiniennes poètes présentes dans ce recueil : Hyam Moustapha Koublan, l'une des rares auteures à donner sa date de naissance (1956) ; Samar Abdel Jaber, qui a reçu en 2016 le prix du Jeune Écrivain palestinien de l'année remis par la Fondation A.M. Qattan ; Fatira Gooura, installée aujourd'hui en Belgique ; Nathalie Hardal, née en Haïti dans une famille palestinienne ; Rana Zeid, vivant à Rouen. Cette dernière écrit, dans un poème au titre attirant (*J'étais un monstre*) : « Je me souviens à qui j'ai donné la cerise dans la forêt/Mais voilà qu'il m'a laissé/Le reste de ses baisers sur mes doigts. » Le grand sujet de la poésie arabe, comme de la poésie du monde entier : le chagrin. Les larmes sont l'encre des poètes. Il y a aussi l'amour, quand il est malheureux. Ou perdu. Il y a en outre les bonnes petites soirées conjugales auxquelles il est, sous les bombes, si agréable de songer. Fatima al-Shidi (Oman) : « Il est revenu à moi/Il ne s'est même pas excusé/Seulement il a appuyé sa tête sur moi et s'est endormi. » Sur les vingt pays arabes du livre, six sont en guerre (Syrie, Irak, Yémen, Palestine, Soudan, Libye). D'où la colère des femmes : « L'avion qui vient de Bagdad porte des soldats américains/Il vole haut, très haut/ (...) Sur des poitrines martelées/Sur des gens kidnappés/Sur des ruines qui grandissent avec les enfants » (Dunya Mikhail, Irak).

Maram al-Masri, Syrienne installée à Paris et auteure d'une vingtaine de recueils qu'elle va présenter souvent en France et à l'étranger, a traduit tous les textes. Elle est aussi l'auteure d'une préface où elle résume l'histoire de la littérature féminine au Moyen et Proche-Orient ainsi qu'au Maghreb. Elle explique que, grâce à Internet, aux réseaux sociaux, la poésie féminine arabe peut éclore et être diffusée sans avoir besoin de la publication. L'édition et la poésie : un couple à problèmes, y compris sous une dictature, notamment celle de l'argent. Pouchkine avait appris son œuvre par cœur afin de pouvoir réciter ses livres censurés par le tsar. Prenons garde que les nouvelles technologies ne deviennent pas la poubelle de la création littéraire. L'anthologie de Maram paraît au Temps des cerises, dans la collection Vivre en poésie, où on trouve poètes nouveaux et anciens, hommes et femmes, dans leurs plus beaux habits de papier.

## Le prix de Franck

L'air chagrin des jurés du prix Jean-Freustié – trente-quatrième édition – en remettant 25 000 euros à Franck Maubert pour son roman *L'eau qui passe*. Quand il y a une grosse dotation, on sent que le jury regrette de ne pas la toucher lui-même. J'ai demandé à Franck de me montrer le chèque. « Il n'y a plus de chèque, Patrick : c'est un virement. » J'ai pensé : où est la poésie ?

Le cocktail avait lieu au bar de l'hôtel Montalembert, à une centaine de mètres des éditions Gallimard, où c'est la révolution de palais. Antoine Gallimard, gilet jaune de ses couvertures. Arrivée de Karina Hocine, départs de Michel Braudeau et de Philippe Demanet, tous deux présents à la remise du Freustié. Le Paris littéraire retient son souffle. Qu'est-ce que le PDG de Madrigall va encore nous inventer ?

Nous serons tous morts que le prix Freustié existera encore. Christiane Freustié, la veuve de l'écrivain, aujourd'hui décédée, a déposé à la Fondation de France une somme si considérable que les intérêts seuls suffisent au financement des déjeuners préparatoires à La Cagouille, aux frais du cocktail et à la somme remise au lauréat. Qui obtiendra le prix Freustié en 3019 ? Il y a cinq livres de Jean dans ma bibliothèque des Abbesses : *Ne délivrer que sur ordonnance* (1952), *Marthe ou les amants tristes* (1958), *Isabelle ou l'arrière-saison* (1970), *Harmonie ou les horreurs de la guerre* (1973), *Loin du paradis* (1975). Ce sont d'exquis récits écrits avec une subtilité oubliée et une grâce surprise. Freustié, romancier de l'intimité et du sarcasme, autobiographe s'en prenant à lui-même avec une férocité titubante.

Un cocktail littéraire est un rendez-vous de vieux messieurs et de dames un peu âgées. Le champagne gratuit se charge de réduire la mélancolie à sa plus simple expression : le sourire involontaire. J'ai compté quarante ans de ma vie dans les visages alentour : éditeurs quittés en 1980, femmes aimées en 1990, amis couronnés en 2000, avocats écoutés en 2010. Et le beau présent retrouvé dans l'autobus 68 avec Anne-Sophie après cette courte station dans le temps perdu. Le lauréat glissait d'un groupe à l'autre tel un monarque rieur. Il vit beaucoup à la campagne, ce qui lui laisse le temps de bien planter ses phrases et de les regarder pousser. Je me souviens qu'après sa dissection de carotide, au début du siècle, on était allés lui rendre visite à Tours, Yann Moix et moi. Franck nous avait engagés à *VSD* avant d'en être licencié. Je revois Yann, dans le train, corrigeant le manuscrit de son roman *Podium*. Qui deviendra le film que l'on sait. Franck a aussi travaillé avec Ardisson. Et animé une émission culturelle quotidienne sur Paris Première. A été l'ami de Gainsbourg et de Francis Bacon. Avec un CV pareil, il ne lui restait plus qu'à pêcher 25 000 euros à la ligne.

## Tacles

Devant le nouveau kiosque à journaux de la place des Abbesses (Paris, XVIIIe), j'hésite entre *Voici* et *Closer*. Les deux hebdomadaires ont la même qualité : ils donnent des informations vraies. Ma préférence irait d'emblée à *Voici*, où j'ai écrit pendant toute l'année 2000. Qu'est-ce qui m'a décidé à choisir *Closer* ? La jolie photo de Læticia Hallyday en bleu de travail sur une plage californienne, tenant la main d'une boat-people : l'une de ses filles ? La mine lisse et apaisée d'Alessandra Sublet, qui a enfin trouvé le secret du bonheur : vivre avec quelqu'un de treize ans plus jeune que soi ? La tête bien embêtée du ministre de l'Intérieur, surpris à enlever le gilet pas jaune d'une femme qui n'était pas la sienne ? Ou simplement le prix (1,80 euro) ?

Parmi les nouvelles exactes annoncées par *Closer* (directrice de la rédaction, Laurence Pieau) : un nouveau film de Tarantino avec Brad Pitt et Leonardo di Caprio, en juillet (*Once Upon a Time in… Hollywood*), une amende de 880 euros infligée à un retraité britannique ayant tué un goéland qui lui avait pris une frite, la tricherie des actrices américaines Felicity Huffman et Lori Loughlin afin de faire entrer leurs enfants dans les meilleures universités américaines. Pour avoir tenté de corrompre le personnel administratif de ces prestigieux établissements, elles risquent jusqu'à cinq ans de prison et une amende de 250 000 dollars. Les séries télévisées dans lesquelles elles jouent ont été, du coup, déprogrammées. Je conseille aussi la lecture du témoignage de Rainer Schimpf, plongeur avalé puis recraché par une baleine. Ça, même Mike Horn, le casse-cou de la téléréalité, ne l'a pas fait.

Le point commun entre un match de football et la vie des people ? Les tacles. Ces gens, à l'instar des défenseurs et des attaquants de tous les championnats de foot du monde, passent leur temps à tacler et à être taclés. Meghan Markle taclée par la reine d'Angleterre, Yann Barthès taclant Lara Fabian, Léa Salamé taclée par Yann Moix, Ségolène Royal taclant François Hollande, Loana taclée par Steevy, etc. Le buzz tant désiré par les programmateurs des chaînes de télévision ne saurait se passer d'un tacle. L'expression « tête à claques » devra désormais être remplacée par « tête à tacles ». Le tacle est l'équivalent du croche-pied, sauf qu'on ne doit pas toucher le pied, juste le ballon, sinon on prend un carton. Jaune si c'est la première fois, rouge s'il y a récidive. Le problème des people, c'est qu'ils n'ont pas de ballon, alors ils se marchent sur les pieds. Ces petites querelles médiatiques viennent d'une autre planète, surtout pour les gens qui ne regardent pas la télévision. C'est de la science-friction.

## Football et racisme

Footballeur : un des rares métiers, avec éboueur, où l'employeur se soucie peu de la couleur de votre peau. Et c'est beaucoup mieux payé. Salaires mensuels brut des joueurs d'origine africaine ou arabe évoluant en Ligue 1 : 1 730 000 euros (Mbappé), 670 000 euros (Kimpembe), 500 000 euros (Balotelli),

400 000 euros (Ben Arfa), 360 000 euros (Mandanda), 300 000 euros (Dembélé), 300 000 euros (Fekir), 30 000 euros (Rami), 290 000 (Traoré). Un supporteur raciste ne tolérerait pas d'acheter un billet pour aller regarder des Noirs et des Arabes qui gagneront en un mois ce qu'il lui faudra entre un et dix ans pour toucher. Le Toulousain raciste se précipiterait-il au Stadium pour voir jouer l'Ivoirien Max-Alain Gradel (190 000 euros) quand un Cahuzac, dans le même club, plafonne à 60 000 euros ? Yannick, né en Corse le 18 janvier 1985, fait du coup pauvre figure blanche. Aux Girondins de Bordeaux, un Karamoh (210 000 euros) empoche presque deux fois ce que perçoit le Normand Costil (125 000 euros) et laisse également loin derrière lui, penaud et stupéfait, le banquier de Nicolas de Préville (115 000 euros). L'inégalité des salaires dans le foot, on s'en rend compte, n'a rien à voir avec la race des joueurs.

Comment un raciste pourrait-il, sans souffrir, assister à un match de la Ligue 1 où les joueurs d'origine africaine ou arabe (on a même un bon défenseur immigré japonais : Hiroki Sakai) sont en si grand nombre ? Je prends la composition de l'Olympique lyonnais lors du match contre Guingamp au Roudourou le 7 février 2019. En pointe, Dembélé. Derrière lui, Fekir et Ndombele. En défense, Mendy, Marcelo, Tete. Le supporteur raciste ne pourrait pas davantage trouver dans la Ligue 2 de quoi assouvir son besoin de joueurs blancs. Au stade de la Source, la même semaine, l'Union sportive d'Orléans aligne, contre Le Havre, Benkaid, Avounou, Lopy, Ziani et Mutombo. Le Havre ne sera pas en reste avec Kadewere, Gory, Assifuah, Lekhal, Coulibaly, Mayembo, Yago et Thuram. Je n'ai pas assisté au match sur beIN Sports Max 8, mais j'imagine que les supporteurs d'Orléans et du Havre ont encouragé leurs joueurs respectifs.

Il faut être allé beaucoup au zoo pour savoir quel genre de bruit font les chimpanzés quand ils regardent du football. L'Amiens Sporting Club, que présida naguère mon cher Pascal Pouillot et qui se bat avec courage et talent pour le maintien, a subi récemment, à Dijon, des cris de singe destinés à son capitaine, Prince-Désir Gouano. Ceux-ci ne font honneur ni à la Bourgogne ni au bourgogne. Mais ils ne sauraient entacher l'honneur d'un sport magnifique où, au contraire des médias et de la haute fonction publique, les minorités ethniques sont non seulement respectées, mais aussi désirées et aimées. Et n'a jamais mis les pieds dans un club de foot amateur pendant l'entraînement des juniors celui ou celle qui ne sait pas à quel point le racisme en est absent.

## Friche de lecture, 9

Troisième lecture en avril 2019 – après celles de septembre 2003 et de juin 2015 – de *Cahiers 1957-1972*, de Cioran.

•

Pourquoi les textes les plus désespérés sont-ils les plus réconfortants ?

•

Cioran insomniaque, à l'instar de tous les dictateurs.

•

Le 1er juin 1968, jour de mes douze ans, il déambule, indifférent, dans le Théâtre de l'Odéon occupé.

•

La peur est bonne conseillère.

•

Breivik, dans sa prison norvégienne, se dit écrivain.

•

Ces années où il n'était lu que par quelques centaines de névrosés, dont moi.

•

Notre Monaco : autobus 6 et 100, plages publiques du Larvotto, McDonald's de l'avenue Albert-II, Fnac de l'avenue de la Madone (seule librairie de la principauté).

•

« Aller à l'enterrement d'un ami est un signe d'insensibilité » (p. 621).

•

Les grands auteurs étrangers qui ont écrit dans une langue qui n'était pas la leur : Cioran, Conrad, Ionesco, Kundera, Nabokov, Triolet et presque tous les écrivains africains (Labou Tansi, Kourouma, Lopes, Monénembo, etc.).

•

À mesure que l'auteur approche de la soixantaine, sa prose vieillit.

•

Randonneur, tel Nietzsche.

•

Juana Acosta !

•

Je me demande avec angoisse ce qu'il aurait pensé de mes livres.

•

Marchait, la nuit, autour du jardin du Luxembourg, fermé.

•

Se reconnaître, adolescent, dans Cioran : mauvais départ dans l'existence.

•

Rappelle que Mallarmé voulait supprimer le mot « comme » du dictionnaire.

•

« Tous ces professeurs, Heidegger en tête, qui vivent en parasites de Nietzsche et qui s'imaginent que philosopher, c'est parler de philosophie » (p. 400).

•

Cesse de tenir son journal quand il a du succès, ne voulant plus se voir.

## Pour les animaux

Le grand gagnant de l'élection européenne de 2019 n'est ni Marine Le Pen (RN), ni Yannick Jadot (EELV), qui voguent chacun à leur manière sur les clichés idéologiques contemporains – sauvegarde des frontières et protection de la planète –, mais Hélène Thouy, tête de liste du Parti animaliste pour lequel j'aurais voté si je n'avais pas eu la flemme de traverser Paris du nord au sud en métro. Je me suis contenté d'accompagner Anne-Sophie jusqu'à son bureau de la place Suzanne-Valadon où, m'apprit-elle par texto car j'étais resté dehors pour contempler les grappes de touristes japonaises montant dans le funiculaire, il n'y avait aucun bulletin du Parti animaliste. Il me semble que cela devrait suffire à invalider le scrutin du bureau en question. Outre que c'est Yannis, cinq ans et demi, qui a glissé le bulletin de sa mère dans l'urne. Ce qui est illégal, les moins de dix-huit ans n'ayant pas le droit de vote. Alors que les plus de quatre-vingts ans l'ont encore, sauf à l'académie Goncourt. Je me suis demandé, pendant le long détour que nous avons fait sous le soleil de Montmartre pour rejoindre notre domicile, si, dans le bureau de la rue Las-Cases (Paris VII$^{e}$) où je suis encore inscrit, il y avait des bulletins P. anim. Sans doute que non, ai-je pensé pour m'éviter des remords, l'une de mes principales activités intellectuelles depuis qu'un dieu inconscient m'a déposé sur terre il y a soixante-trois ans.

Louis-Ferdinand Céline, en 1952, dédie son meilleur roman – *Féerie pour une autre fois* – « aux animaux », ainsi qu'« aux malades, aux prisonniers ». Il soigne son retour dans la librairie française comme, un siècle plus tôt, Fiodor Dostoïevski, après le bagne, fignola le sien sur la scène littéraire russe avec *Crime et Châtiment* (1866). Quand les auteurs ont eu peur, ils écrivent mieux. C'est l'un des rares avantages de la dictature. Les animaux sont, en effet, nos prisonniers. Les chats sont enchaînés au foyer et les chiens ne sortent qu'en laisse. Quand les uns et les autres sont trop malades, on les tue. Vincent Lambert, s'il était un chat ou un chien, n'aurait aucune chance chez le véto. Le Parti animaliste entend réparer les innombrables injustices et mauvais traitements que la plupart des animaux subissent lors de leur existence moins longue que la nôtre, ce qui n'est pas une consolation. Il y en a même qui sont mangés à la fin.

Qui est cette Hélène Thouy qui, avec ses 490 000 voix, a nargué les trotskistes de Nathalie Arthaud, titillé les communistes de Ian Brossat, moqué les royalistes de Robert de Prévoisin, ridiculisé les gilets jaunes de Francis Lalanne, enfoncé les nationalistes de Florian Philippot ? Ne regardant la télévision qu'au Corcoran's du boulevard de Clichy les soirs où il y a un bon match de football, je n'avais jamais vu le visage d'Hélène, c'est celui d'une brune intense aux grands yeux obsédés de justice. Normal : une avocate. Une figure carrée de croisée, prête à prendre toutes les places fortes médiatiques jusqu'à la victoire finale de nos seuls amis intelligents : les bêtes.

## Ô Toulouse

Lautrec a privatisé Montmartre.

•

« Après des mois d'effort, j'en suis à la page 2 de mon roman. » Julien Green, 3 novembre 1936.

•

La leçon de Toulouse : n'être aimable qu'avec les prostituées.

•

Écrire et peindre de l'enfer.

•

Mangeait épicé, comme il peignait.

•

Quand je pense qu'Anne-Sophie et moi avons vécu pendant deux ans dans l'appartement où il faisait l'amour avec Valadon (premier étage du 7, rue Tourlaque) !

•

Le monde méchant.

•

Aucun animal ne tue sans faim, sauf si on l'emmerde trop. Exemple : le taureau.

•

Il nous montre que sortir, c'est rentrer.

•

Meurt après une cure de désintoxication, comme tout le monde, sauf Elton John.

•

Rêve du Congo, à la fin de sa vie, en écoutant Brazza au café Weber.

•

Suivre une passagère.

•

Soirée Toulouse-Lautrec au Moulin-Rouge en juin 2019 : qui a eu une postérité aussi comique ?

•

Deux Niçois méconnus : Martin du Gard et Lautrec.

•

« Je me limite aujourd'hui à environ 7 litres de bière par jour. » Charles Bukowski, lettre à William Corrington, 17 janvier 1961.

•

À vécu en contre-plongée (1,52 mètre).

•

Aristide Bruant nous ferait-il encore rire ?

•

Toulouse-Lautrec nous claque la porte du XIX^e siècle au nez.

•

Les hommes, c'est l'ennui.

•

Après l'adolescence, n'a plus jamais couru.

•

Chaque nuit, il allait au spectacle de la vie.

•

Le premier artiste ayant peint un camembert (1886). Introuvable sur Internet.

•

*Pour mémoire* (roman).

## Le sourire de Marco

Le 3 septembre 2019 paraîtra le nouveau roman de Koskas : *Toutes les femmes ou presque*. On se souvient que, l'année dernière, Marco avait figuré dans la première sélection du prix Renaudot avec *Bande de Français*, publié chez le même éditeur : son portefeuille. Disponible seulement sur Amazon – détail qui n'était indiqué ni dans le texte, ni sur la couverture, ni au dos du livre –, l'ouvrage provoqua la colère de plusieurs libraires. Ils menacèrent les jurés du Renaudot, ainsi que les écrivains sélectionnés avec Koskas, de ne plus vendre leurs œuvres. Ils oubliaient, dans leur indignation, que le refus de vente est un délit. Peu leur importait. La librairie française était en danger. Aux armes, citoyens lecteurs. Allons enfants de l'imprimerie. Un roman, sur les six cents de la rentrée littéraire de septembre 2018, menaçait de faire s'écrouler notre marché culturel. On réclamait l'arbitrage du Premier ministre. On en appelait à Macron, à l'Union européenne. Émus de cette panique générale, les jurés du Renaudot eurent la délicatesse de retirer Koskas de leur deuxième liste, ce qui n'était guère délicat envers Marco, j'en conviens.

Un an plus tard, je retrouve l'écrivain franco-israélien au Sourire de Saigon. C'est, au numéro 54 de la rue du Mont-Cenis, le spot asiatique de Montmartre où se rassemblent chaque soir les célébrités de l'arrondissement qui sont en photo dans le menu. Là, j'ai appris avant *Voici* la relation amoureuse entre Line Papin et Marc Lavoine, qui y dînaient presque en tête-à-tête, beaux comme un poème de Verlaine écrit dans le Sacré-Cœur. L'homme qui nous enchante, la femme qui lui écrit. Marco n'a plus faim, il a déjeuné. Je lui fais remarquer que c'est le dîner. « Après soixante ans, il faut manger une fois par jour, comme les moines bouddhistes, sauf les gros. » Il parcourt la carte des yeux comme si c'était un roman dont il ne serait pas l'auteur. Je lui conseille le canard laqué. Il préfère les raviolis aux crevettes. Il me donne son nouveau livre. « Rassure tes amis libraires : celui-là sera en vente sur Amazon et en librairie, comme n'importe quel autre roman de la rentrée. » Alors, dis-je, aucun obstacle à ce qu'il figure sur une liste de prix. Il sourit. Il nous raconte sa vie en Israël : « C'est simple : il ne se passe rien. » De son appartement à Tel-Aviv il voit la mer, mais il préfère nager dans les piscines : moins de sel. Il ne se rend pas souvent à Jérusalem. Il n'y a plus d'attentats, mais il y a encore des couteaux. Où les militaires israéliennes posent-elles leur arme avant de faire l'amour ? « Où elles peuvent. » Quel est le pourcentage de Français qui reviennent vivre en France après avoir émigré en Israël ? « 50 %, peut-être plus. » Détective privé de profession, Marco se prend un peu pour Marlowe : même dégaine élégante et défraîchie. Nous l'entraînons au café qui fait l'angle avec la rue Custine pour regarder la Coupe du monde, puis il s'évapore vers Château-Rouge pour prendre son métro, tandis qu'Anne-Sophie et moi disputons une partie de baby-foot en attendant le passage de l'ancien Montmartrobus, aujourd'hui autobus 40, qui nous ramènera aux Abbesses.

## Friche de lecture, 10

Page 57 de *Voyage au bout de la nuit*, édition Denoël et Steele de 1932, description du premier collabo : le maire de Noirceur.

•

Rebaptiser la place de Clichy place Céline ?

•

Le patriotisme ridiculisé : idéologie que l'auteur mettra en pratique sous l'Occupation.

•

Lu les pages sur l'Afrique pendant la canicule.

•

Comparé à Céline, Bukowski ne sait pas du tout écrire.

•

« Ça ne servait à rien d'être gentil avec moi » (p. 289).

•

À Détroit, Bardamu prend les tramways par hasard jusqu'au bout de la ligne, comme Anne-Sophie et moi à Belgrade durant l'été 2018.

•

J'avais offert les quatre pamphlets de Céline à Frédéric H. Fajardie (1947-2008) pour son anniversaire, je me demande ce qu'ils sont devenus.

•

Aveu d'un couche-tôt : « … dormir le jour, c'est pas dormir » (p. 292).

•

On ne dit plus « faire les commissions ».

•

Pourquoi n'a-t-on jamais pu faire un film du *Voyage* ? Parce que, comme la *Recherche*, l'histoire ne tient pas debout sans le style.

•

Ce livre irrésistible comme une femme.

•

Jamais faite, l'enquête sur les patients de Céline.

•

Une vie à l'eau devrait pouvoir être recommencée.

•

Le football féminin nordique : duels de petites queues de cheval blondes.

•

L'obsession de la misère et de la méchanceté.

•

Marc Aurèle et Diogène dans un rade de Saint-Ouen.

•

Défense d'un pédophile (Parapine).

•

Sentimental comme Bigard.

•

Quel titre prétentieux comparé à *Finnegans Wake*.

•

Céline n'aurait raté aucun match de la Coupe du monde ; comme tous les fascistes, il aimait les femmes sportives.

•

Les footballeuses prennent-elles leurs douches toutes nues ?

•

Il était obligé de vivre pour avoir quelque chose à écrire.

•

La guerre, l'Afrique, la banlieue, la province, l'asile.

## Contre l'antibessonisme

À l'occasion de la sortie en salles du dernier film de Luc Besson – *Anna*, avec en interprète principale l'ultrabessonienne Sasha

Luss –, on assiste à une nouvelle flambée d'antibessonisme en France et dans le monde, notamment aux États-Unis. Les critiques cinématographiques et autres plumitifs antibessonites s'en donnent à cœur joie avec les récents déboires financiers, artistiques et privés du réalisateur. Les médias sont remplis du mauvais démarrage d'*Anna* dans notre pays et aux États-Unis, de l'endettement pharaonique d'EuropaCorp et des accusations de viol portées à l'encontre du cinéaste.

L'antibessonisme ne date, hélas, pas d'hier. L'une de ses premières victimes fut la coureuse Colette Besson. Médaillée d'or aux JO de Tokyo, en 1968, elle fut ensuite sans cesse critiquée par les pionniers de l'antibessonisme. On lui reprocha de courir trop, dans trop de catégories (100-mètres, 200-mètres, 400-mètres, 800-mètres, cross-country). Un journaliste, lors d'une interview aux relents nauséabonds d'antibessonisme, lui demanda même pour le quotidien *France-Soir* du 25 septembre 1971 : « N'avez-vous pas l'impression d'être une athlète usée, en fin de parcours ? » La championne olympique avait alors vingt-cinq ans.

Une autre cible, plus récente, de l'antibessonisme : l'homme politique, aujourd'hui à la tête d'une florissante entreprise de conseil, Éric Besson. Ce jeune espoir de la gauche socialiste, puis de la droite libérale, a subi, lors de son changement de cap idéologique, des attaques d'une bassesse antibessonite presque inimaginable. Comme s'il était le premier politicien à retourner sa veste. Toute une bande de trublions gauchistes (Kouchner, Cohn-Bendit, Goupil, July, Cambadélis, etc.) ont, à la fin du siècle dernier, glissé vers la gauche centriste ou la droite humaniste sans que ça leur vaille un millième des avanies infligées à mon homonyme. Ils avaient une seule excuse, mais elle était de taille : ils ne s'appelaient pas Besson.

Plus récemment, une poussée d'antibessonisme a privé l'écrivain Philippe Besson d'un poste de consul à Los Angeles pour lequel il avait toutes les qualités requises, ces qualités propres aux Besson et que jalousent les antibessonites : entregent, esprit, ponctualité, dévouement, rigueur. L'annonce de la nomination de Philippe en Californie a provoqué une levée de boucliers telle que le romancier dut renoncer à son installation outre-Atlantique. Ainsi font les antibessonites : au mépris de toute morale, ils n'hésitent pas à priver un Besson d'un emploi où il aurait trop brillé à leur goût.

Je glisse sur mon cas, où toutes les monstruosités de l'antibessonisme semblent s'être rassemblées, pour adresser un message à la jeune Florence Besson, qui eut naguère la sagesse de fuir un Paris de plus en plus antibessonite pour s'installer dans une campagne moins contaminée par cette idéologie mortifère, échappée salutaire qu'elle raconte avec cet insoutenable brio propre aux Besson dans son livre *Toucher terre* : changez de nom.

## Gémeaux pour le dire

Boris Johnson né le 19 juin 1964, Viktor Orban le 31 mai 1963, Donald Trump le 14 juin 1946 : trois Gémeaux au pouvoir[1]. Ce signe astrologique connu pour son habileté à charmer les foules – n'était-ce pas celui de Johnny Hallyday, Jean d'Ormesson et Charles Aznavour, grands amuseurs français récemment disparus ? – se retrouve, à travers ces dirigeants, à la tête de trois pays de premier plan : la Grande-Bretagne, la Hongrie et les États-Unis d'Amérique. Boris, Viktor et Donald ont vaincu leurs concurrents non Gémeaux par jeu, hasard, inadvertance. Ce qui est bien dans la manière des Gémeaux. Johnson a débuté dans le journalisme politique à scandale fabriqué, usant d'un style imagé que savourent encore chaque semaine ses lecteurs du *Daily Telegraph*. Le réac Gémeaux n'est jamais aussi réac qu'on croit : on trouve un sourire amusé et parfois un peu

1. En août 2019. (*N.d.A.*)

triste – la tristesse amusée est une spécialité des Gémeaux (Sagan, 21 juin) – derrière chacune de ses prises de position rétrogrades, de ses points de vue conservateurs, de ses décisions antisociales.

Latiniste comme Gérard de Nerval (22 mai), helléniste comme Edmond de Goncourt (26 mai), Boris – parents lecteurs du *Docteur Jivago* ? – fait d'autant mieux le clown dans les médias qu'il s'appuie sur une abondante culture dont peu d'hommes et de femmes d'État gris et raisonnables, parmi lesquels la banquière Theresa May, peuvent se targuer. Tant de proeuropéens voudraient arrêter l'Histoire, ce qui consiste presque toujours à bâillonner le peuple. Si on laissait les bourgeois et leurs employés gouverner le monde sans venir les embêter avec des manifestations déplacées et des élections aberrantes, la vie ne serait-elle pas plus agréable ? Le coût du Brexit sera élevé. La liberté n'est pas bon marché européen. Parfois, on la paie avec tout ce qu'on a : sa vie. Le Gémeaux hésite pour tout sauf pour une chose : la rupture. C'est un sentimental cassant, sauvé par son invincible froideur.

Outre leur signe astrologique, Boris Johnson et Donald Trump ont en commun d'avoir divorcé deux fois et d'avoir le même problème de cheveux. Ce sont deux blonds douteux. Ils ont, chacun à sa manière, inventé un nouveau langage politique. Spontanéité calculée, brutalité rigolarde, humour corrosif. Leur plat préféré est celui dans lequel ils peuvent mettre les pieds. Ils ont compris depuis longtemps qu'il n'y a plus ni gauche ni droite, seulement la droite. Rassurer les riches et amuser les pauvres, c'est la formule magique qu'ils ont trouvée chez les empereurs romains, l'un à Oxford, l'autre sur Internet.

Sous le communisme, Viktor Orban était un contestataire aux cheveux longs qu'appréciaient les intellectuels français aux longs cheveux. L'anticommunisme était fédérateur, puis le mur de Berlin est tombé et le nationalisme est monté sur la scène de crime. Héros du libéralisme hongrois depuis son discours de 1989, Viktor devient Premier ministre à trente-cinq ans : la précocité des Gémeaux – souvent sanctionnée par l'exil (Pouchkine,

26 mai) ou la mort (Kennedy, 29 mai). Orban est aujourd'hui la bête noire du monde démocratique entier. Il ne veut pas de migrants chez lui, l'Empire austro-hongrois présentait pourtant un fort mélange de races et d'ethnies. Quelles que soient les difficultés traversées, Orban pourra compter sur le soutien de ses collègues Gémeaux. Un Gémeaux ne laisse jamais tomber un autre Gémeaux, c'est ce qui fait la force de ce groupe astrologique.

## Menus officiels au goût de Mediapart

*Dîner d'État à l'Élysée en l'honneur du président des États-Unis d'Amérique, Donald Trump*

Hamburger frites
Boisson : Coca Zéro

*Déjeuner informel à la mairie du XIIIe arrondissement de Paris avec le président chinois, Xi Jinping*

Riz blanc
Gâteau de riz
Boisson : alcool de riz

*Dîner amical à l'Assemblée nationale en compagnie du roi du Maroc, Mohammed VI*

Couscous boulettes
Boisson : eau du robinet

*Déjeuner confidentiel au ministère de la Justice pour le président congolais, Denis Sassou-Nguesso*

Spaghettis à l'encre
Tête de nègre
Boisson : pinot noir

*Goûter au Sénat avec la chancelière allemande, Angela Merkel*
Marrons chauds
Tartines de margarine
Aspégic 1000
Boisson : café au lait avec sucrettes

*Souper au ministère de la Culture à l'occasion du voyage privé en France du président tchèque, Milos Zeman*
Pommes de terre au lard
Reblochon
Boisson : vin du pays de l'Hérault

*Petit déjeuner au musée des Arts premiers avec le président équatorien, Lenin Moreno, à l'initiative du ministre de la Culture*
Pain perdu
Boisson : Benco Energie

*Dîner d'État à l'Élysée en l'honneur du président russe, Vladimir Poutine*
Soupe de légumes
Légumes
Boisson : jus de légumes

## Car ceci est ma Corse

Au sujet du Campo dell'Oro (plage du Ricanto, Ajaccio), nos amis férus de Corse nous ont tous dit, avec un petit air pincé : « L'hôtel à côté de l'aéroport ? » Pas entendu, depuis notre arrivée il y a trois jours, un seul avion. Ça me rappelle qu'à l'angle de la rue Soufflot et du boulevard Saint-Michel l'académicien français Pierre-Jean Rémy (1937-2010) occupait un appartement de l'Académie, moqué par tous les autres académiciens, surtout Michel Déon, parce qu'il était « au-dessus du Quick ».

Le clos Colonna, vin rouge sang du soir.

Tombé comme naguère Marc Lambron dans l'eau du port de Sagone, en essayant de monter sur le Zodiac de Gérald de Roquemaurel, avec un petit avantage sur Marc : j'ai entraîné l'ancien président de Hachette Filipacchi Médias dans ma chute. Réponse tardive aux missiles Matra qui me bombardèrent à Belgrade en 1999 ?

Les Corses antifrites ? N'en ai trouvé dans aucun menu d'Ajaccio ni au Campo dell'Oro. Il y en avait en revanche tout un plat chez Gérald et Brigitte, qui ont un cuisinier belge.

Nulle trottinette sur les trottoirs ni la chaussée : les Corses ne trottinent pas.

Assassinat du centre-ville par les centres commerciaux qui obligent les commerçants d'Ajaccio à s'exiler en périphérie.

Le Campo dell'Oro abonné à toutes les chaînes de foot, ce qui m'a permis d'assister à la désolante défaite de Liverpool contre City et à celle, joyeuse, du Bayern devant Dortmund sur les deux grands écrans plats du bar, seul.

Le cardinal Fesch avait-il acheté tous les tableaux de son musée avec son seul salaire d'ecclésiastique ?

N'arrive plus à me souvenir quand, où et avec qui j'ai appris à jouer au ping-pong.

Dîner au restaurant du Maquis, le palace de Grosseto-Prugna, avec Jacques Letertre, l'homme des hôtels littéraires parisiens (Proust, Aymé, Rimbaud). Impossible, ici aussi, de se faire servir des frites, réclamées par Yannis (cinq ans et demi). « Ça chamboulerait la cuisine », explique le maître d'hôtel. Cinq anniversaires fêtés au cours de la soirée : tous ces Lion venus boire à la tombée de la nuit. Au contraire du Campo dell'Oro, on entend les avions aussi bien que sur la Promenade des Anglais.

Lecture à la piscine du Campo dell'Oro de *Parrains corses, la guerre continue*, de Jacques Follorou. Tous ces bandits dont le nom se termine en *i*. On s'y perd, d'autant qu'ils sont tués plus vite qu'on n'a le temps de les mémoriser. Salaire mensuel d'un boss de la Brise de mer au début des années 2000 : entre 50 000 et 100 000 euros. Sans impôts ni cotisations. Mais les veuves de la Brise ne touchaient, pour toute pension, qu'une mensualité de 2 000 euros.

Dans une station balnéaire corse, un homme retrouve le patron qui, dix ans plus tôt, l'a viré avant d'être viré lui-même. Il commence par vouloir se venger de lui puis y renonce par pitié, l'ancien patron n'ayant pas retrouvé de travail alors qu'il est devenu le prospère comptable d'un groupe mafieux. Un matin, l'ancien patron est retrouvé mort dans sa chambre, assassiné. Le comptable comprend que c'est sa propre épouse corse, dont il a deux enfants en bas âge, qui l'a fait tuer pour venger l'honneur de son mari. Il décide de la quitter, mais ne le fait pas par peur de connaître le même sort (roman)

## Revue bastiaise

La parfaite adolescente corse.

•

Le moment où on découvre, sur les photos, notre tête de vieux que le miroir, mystérieusement, nous cachait.

•

Après plusieurs jours de soleil, le bonheur, au lieu d'aller au bord de la piscine, de lire dans le lobby climatisé de l'hôtel.

•

Écrire un roman : que va-t-il se passer ? Que s'est-il passé ? Comment cela s'est-il passé ?

•

Dans le train Ajaccio-Bastia, les jeunes randonneurs de 2019 ont les mêmes énormes sacs à dos que leurs grands-parents hippies en 1969.

•

À la terrasse de l'ancienne Brise de mer, sur le vieux port de Bastia, les enfants des touristes mangent des glaces.

•

Devenu intolérant à la chaleur, même humaine.

•

Anne-Sophie : son air de bébé dans le berceau des Stefanini.

•

Le Saïgon, sur le quai du Sud : spot asiatique des Bastiais depuis vingt-cinq ans.

•

En nous déposant au boulevard Benoîte-Danesi, le chauffeur de taxi, dont le compteur indique 11,10 €, nous dit : « Ça fera dix euros. » Le mépris corse pour la petite monnaie.

•

À quel moment découvre-t-on qu'on est doué pour le triple saut ?

•

Ici, tout le monde joue à être voyou ou flic, sauf ceux qui le sont.

•

La douloureuse disparition de l'aurore.

•

La coiffeuse de la rue du Docteur-Versini, à Ajaccio, nous apprend que beaucoup d'hommes de mon âge refusent qu'on leur montre l'arrière de leur crâne dans un miroir, ne voulant pas voir les progrès de leur calvitie.

•

Il y a eu deux bons romans policiers : *Crime et Châtiment* (Fiodor Dostoïevski, 1866) et, un siècle plus tard, *La Proie des flammes* (William Styron).

•

Visite de la citadelle de Bastia avec Antoine Albertini : Venise en hauteur et donc sans canaux.

•

Ce que Jean d'Ormesson aimait en Corse : le soleil et la mer, qui ne sont pas corses.

•

Dans une ville de province, les gens ne disparaissent pas ; du coup, il faut leur dire bonjour jusqu'à leur mort ou la nôtre.

## Injures autorisées envers Alain Finkielkraut[1]

Académicien.
Parisien.
Agrégé.
Blanc.

1. Écrit après la condamnation de Benjamin Weller pour insultes envers le philosophe. (*N.d.A.*)

Officier de la Légion d'honneur.
Chevelu.
Conférencier.
Intervieweur.
Retraité.
Procroate.
Conservateur.
Philosophe.
Vacancier.
Nationaliste.
Presbyte.
Macroniste.
Lecteur.
Auteur Stock.
Procédurier.
Premier de la classe.
Banlieuephobe.
Antiféministe.
Polonais.
Français.
Zemmouriste.
Insulté.
Insulteur.
Kundérien.
Ancien mao.
Pédant.
Brucknérien.
Bourgeois.
Diffamateur.
Intellectuel.
Ratiocineur.
Docteur honoris causa.
Bavard.
Défaitiste.
Péguyphile.

Voûté.
Chouchou.
Chochotte.
Susceptible.
Supporteur.
Gilet doré.
Piéton.
Best-seller.
Vieux.
Frivole.
Réformé.

## Les cons sont-ils des gens ?

C'est un des bons livres de la rentrée. Le meilleur ? Cette manie des listes, des classements. Ce qu'il y a de bien en art, au contraire du sport ou de la finance, c'est que les mauvais prennent sans effort la place des bons. Un peintre médiocre, avec de la chance et de l'entregent, obtient souvent une cote plus élevée qu'un peintre de génie. Même chose pour les musiciens, les cinéastes, les écrivains. Au foot, on vire un entraîneur incompétent au bout d'une saison alors qu'un auteur minable peut rester sur la pelouse pendant un demi-siècle. Un peu d'injustice, dans cette société de juges et de justiciers, c'est reposant. Je prends les sélections de livres parues depuis la fin du mois d'août (*Inrocks, Le Monde,* Fnac, Furet du Nord, France-Inter-JDD, *Le Magazine littéraire*, Goncourt, Renaudot, etc.). Le meilleur texte de l'automne 2019 ne s'y trouve peut-être pas, alors que bien des ouvrages calamiteux y figurent pour le grand bonheur immérité de leurs auteurs fanfarons. Il n'y a pas, par exemple, l'ouvrage d'Emmanuel Reuzé et Nicolas Rouhaud : *Faut pas prendre les cons pour des gens*. Certes, c'est une BD. Et alors ? Une histoire, c'est mieux avec des images. Tous les romans devraient être illustrés. Ils seraient plus faciles à lire, surtout les mauvais. On comprendrait ce que l'auteur n'a pas su dire.

L'éditeur de Reuzé et Rouhaud, Jean-Christophe Delpierre, m'a donné *Faut pas prendre les cons pour des gens* au Bouillon Pigalle (XVIII^e^), ce qui m'a permis de commencer mon repas – œuf mayo et rosbif froid – par un éclat de rire. Les dessins de Reuzé sont impassibles et les dialogues de Rouhaud explosifs. Tous deux nous décrivent un monde impossible : le nôtre. La dose d'humour nécessaire pour y survivre est chaque année plus élevée. Attention à l'overdose. L'abus d'humour est mauvais pour la santé des larmes.

Ce qui reste des *Misérables*, de Victor Hugo, après les coupes exigées par d'innombrables associations de défense (enfants, policiers, prostituées, etc.) ? Interrogé par son professeur de lettres, un élève obtient la meilleure note avec le résumé : « Donc… mais… et… alors. »

La fumeuse qui collectionne pour son fils les images de cancer qu'on trouve sur les nouveaux paquets de cigarettes, les diplômes universitaires fournis par des distributeurs automatiques, la maison intelligente qui pourrit l'existence des imbéciles qui y vivent, les braqueurs en grève pour que les banques cessent de braquer leurs victimes avant eux, les SDF que les citadins déplacent de porte en porte pour ne plus les avoir devant chez eux : chefs-d'œuvre d'acidité et de compassion. Certaines de ces planches ont paru dans *Fluide glacial*, d'autres dans *L'Écho des savanes*, en 2008, sans oublier l'accueil de Reuzé et Rouhaud dans *Psikopat*, au début des années 2000. L'album se termine par un hommage à Gotlib et Binet, vendus au poids par un boucher libraire : inépuisables sources d'inspiration pour qui veut croquer son époque.

## De la retraite

Les répliquants, robots ultrahumains du film *Blade Runner* (Ridley Scott, 1982), ne meurent pas : ils sont retirés. Entre le retrait et la retraite, il n'y a qu'un *e* de différence. Pourquoi dit-on plutôt la retraite que la pension ou même la rente ? Il n'y avait que cette pauvre Ghislaine Marchal pour appeler sa maison de Mougins La Chamade, sans savoir que ce n'était pas seulement le titre d'un roman de Françoise Sagan (l'un des plus beaux), mais aussi le signal, pendant la bataille, de la retraite. La retraite, dans l'esprit de tout un chacun qui en a une, va en avoir une ou espère en avoir une, est synonyme de défaite, voire de mort, alors qu'il s'agit au contraire du moment le plus jouissif dans la vie d'un travailleur : celui où il sera payé à ne rien faire. Je revois mon père, embauché dans une imprimerie à l'âge de quatorze ans, calculer, une fois qu'il en eut soixante-cinq, le capital qu'il aurait eu besoin d'accumuler pour se verser chaque mois l'équivalent de ce qu'il touchait de la caisse de retraite des cadres. Il jubilait en recevant ce salaire qui n'en était plus un. Il avait alors davantage l'air d'un seigneur que d'un retraité, un seigneur oisif et débonnaire vivant du labeur de ses paysans. On pouvait aussi percevoir dans son sourire carnassier le sentiment d'être un voleur de grands chemins venant de réussir le plus beau braquage de sa carrière.

Appeler le non-travailleur rentier un retraité ne participe-t-il pas d'une volonté de le réduire et peut-être de l'humilier ? On lui signifie, par ce mot, qu'il ne fait plus partie de l'existence, cette existence que seul, aux yeux des idéologues bourgeois triomphants, justifie le travail salarié. On tente par divers moyens, dont la calomnie inscrite dans le mot retraite, de le priver du bon temps qui lui reste. On l'oblige, par surcroît, à faire des voyages organisés et du baby-sitting. Ses grands enfants ne perdent pas une occasion de déposer chez lui, avec une imposante cargaison de couches jetables et de hideux jouets en plastique, ses petits-enfants. Je passe sur les voyagistes sans scrupules qui expédient nos retraités aux quatre coins de la planète surchauffée dans l'espoir secret d'épuiser leur résistance physique et morale avant de les renvoyer chez eux dans un « body bag ».

Une bonne réforme des retraites – je m'adresse au président de la République et à son Premier ministre – commencerait par le remplacement du mot retraite par un autre. La retraite n'est pas la retraite de Russie, c'est une victoire : sur le temps, le monde, la maladie. Ce n'est pas la Berezina, c'est Austerlitz. Pourquoi ne pas l'appeler le triomphe ? Les retraités deviendraient les triomphants. Que fait un vainqueur ? Il touche un tribut. On pourrait aussi considérer que le triomphant est indemnisé d'avoir été privé de liberté et de loisir pendant la plus large partie de son existence. Il taxe le capital après que celui-ci l'a taxé. De payeur il devient encaisseur. Triomphant, indemnisé, encaisseur : trois propositions auxquelles on pourrait en ajouter bien d'autres lors d'un de ces grands débats nationaux tant appréciés par la macronie. Toutes seraient mieux adaptées à ce statut auquel chacun de nous, à l'instar de mon papa (1908-1989), a rêvé toute sa vie : le repos salarié.

## Je me souviens du PCF

Les libraires seront encore fâchés contre moi, car je vais conseiller un livre qu'on se procure uniquement chez un éditeur qui n'est pas un éditeur : Fédération PCF93 (14, rue Victor-Hugo, 93500 Pantin). Adresse mail : fede@93.pcf.fr. Téléphone : 01.48.39.93.93. L'ouvrage – *Communiste ! avec Marx*, de Bernard Vasseur – coûte 6 euros. Vasseur – sous les pseudonymes saugrenus de Georges Marchais, de Robert Hue, de Jean-Claude Gayssot – a écrit plusieurs best-sellers militants : *Démocratie* (1990), *Communisme. La mutation* (1995),

*Sur ma route* (2000). C'est un marxiste, dernière des élégances philosophiques. Comment ne pas être marxiste ? Tout le reste est cochon. Il est plus facile d'être marxiste dans un pays antimarxiste que d'être antimarxiste dans un pays marxiste, mais ça n'a pas toujours été le cas. Voir l'Espagne de Franco, la Grèce des colonels, l'Argentine de Videla, etc.

La plupart des livres politiques qui paraissent se résument en un mot : bla-bla-bla. Est-il entré dans le dictionnaire de l'Académie française ? On ne le trouve pas dans mon vieux Littré, peut-être blablablatait-on moins à l'époque d'Émile (1801-1881). On retrouve, avec Vasseur, la fraîcheur d'une rébellion ni télévisuelle ni radiophonique. Pas plus iconoclaste qu'anticonformiste, les deux cases dans lesquelles le système empile ses opposants médiatiques avec une gourmandise haineuse, Bernard se pose en révolutionnaire personnel après avoir été un révolutionnaire professionnel : permanent du PCF de 1980 à 2002. Le philosophe rejette l'idée de la chute du communisme. Selon lui, le communisme n'est pas tombé, car il ne s'est jamais mis debout. Il est resté un bébé mort-né dans la grosse tête de Karl Marx tandis que l'infâme socialisme – celui de Blum comme celui de Staline – prenait sa place, accumulant erreurs et crimes. « Le mot communisme, révèle Vasseur, ne figure pas dans la table des matières du livre de Georges Marchais *Le Défi démocratique*. » Le communisme, c'est-à-dire la société sans classes, reste un rêve, alors que le socialisme, par bien des aspects, a été un cauchemar. Le bébé coco, selon Vasseur, ne doit pas être jeté avec l'eau du bain socialo. Le communisme n'a pas échoué : il n'a pas existé.

À quoi servent les classes sociales, sinon à embêter le monde, c'est-à-dire à le diviser ? L'individualisme est morbide, c'est pour ça que les gens se regroupent lors de pique-niques en blanc, de fêtes du livre et de rave-parties. Il y avait onze personnes à l'enterrement de Marx (15 mars 1883), c'est encore moins qu'à celui de Drieu la Rochelle (16 mars 1945). Après, ils ont été plus nombreux à enterrer le marxisme : presque toute la planète. Vasseur sort Marx de sa tombe et nous le montre pas du tout décomposé, prêt à faire le coup de poing levé. Dans le film d'horreur de l'Histoire, revoilà le monstre à figure d'ange, n'était sa grosse barbe. Il nous indique nos plaies avec toute la froideur nécessaire, celle qu'il faut pour résister au désespoir social.

## Mon livre, ma bataille

Pourquoi le livre a-t-il résisté à toutes les nouveautés technologiques (radio, cinéma, télévision, Internet) ? Parce qu'à son service il y a des gens passionnés et, dans leur grande majorité, désintéressés : écrivains, éditeurs, critiques, libraires. Il y a quand même une chose qui les intéresse : les cocktails. Ils s'y rendent en masse non pour manger ni boire (buffet introuvable ou inatteignable), mais pour se retrouver, se reconnaître, se soutenir. Une soirée littéraire n'est pas une soirée, c'est un rassemblement. Comme il y en avait chaque matin au 1er régiment de spahis en 1978. Je me revois, entre les autres compagnies compactes, annoncer : « *Foyer rassemblé, présent 1, en service 8.* » Ricanements. Service de la grasse matinée, me glissaient à l'oreille les taches de l'ECS ou du casernement.

Les littéraires de tous bords sont en guerre pour leur survie et celle du livre. Ils ne ménagent pas leurs efforts : éditeurs bardés de manuscrits, critiques croulant sous les bouquins, libraires enfermés dans leurs cartons. De lectures publiques en forums Fnac, de fêtes en Salons du livre, ils sont au front sept jours sur sept ou presque. L'autre semaine, trois événements autour de deux écrivains (Gilles Legardinier, Jean-Christophe Buisson) et d'une librairie (la Librairie de Paris). Les éditions Flammarion réunissaient une centaine de libraires et quelques amis dans un restaurant de Montmartre, La Bohème du Tertre, où j'ai mangé en été 2016 les meilleurs et les pires spaghettis bolognaise de ma vie. Je me comprends. Une bonne surprise au buffet : du crémant, le vin préféré de James Joyce. Il en buvait plusieurs bouteilles chaque soir au Fouquet's. Il y a plusieurs crémants mais James ne buvait que celui des Grisons. N'est-il pas mort en Suisse ?

Après un fort agréable moment au Il Vicolo (34, rue Mazarine), où les éditions Perrin célébraient la sortie du *Siècle rouge*, résumé chronologique des méfaits du marxisme au XXe siècle rédigé avec soin et alacrité par le directeur adjoint du *Figaro Magazine*, retour vers le XVIIIe arrondissement, où Antoine Gallimard et Philippe Touron fêtaient la rénovation de la Librairie de Paris, place de Clichy. Croisé Héloïse d'Ormesson, qui m'a appris que mon fils cadet s'était ébouillanté avec une théière à Buenos Aires. Grâce à WhatsApp, il m'a appris aussitôt qu'il avait cicatrisé. Véronique Cardi portait une jolie robe longue, j'en ai conclu qu'elle avait laissé son vélo dans son bureau de la rue Jacob. Elle m'a présenté Mahir Guven, qui crée chez Lattès une nouvelle collection, La Grenade. On attend le lancement. Anne Hidalgo a fait l'éloge du roman, faute de pouvoir faire celui de la circulation. Karina Hocine m'a parlé de sa rentrée littéraire chez Gallimard. C'était de bonne guerre.

## Le film que vous n'aimerez pas ne pas voir

*Balkan Line* dure deux heures trente. C'est peu pour compenser les dizaines de fictions et de documentaires antiserbes et antirusses infligés depuis la fin du siècle dernier aux spectateurs et téléspectateurs européens. D'autant que le film – produit par les Russes Vadim Byrkin et Tatyana Kuranova, réalisé par Andrey Volgin et joué notamment par Milena Radulovič, l'Alice Taglioni serbe – ne sera, en Europe, ni distribué au cinéma ni diffusé à la télévision. J'ai acheté le DVD chez Gibert Joseph, boulevard Saint-Michel, à une vendeuse qui m'a fait ce commentaire : « Le film que tout le monde me demande et que je ne trouve jamais. »

Elle m'en a quand même dégoté un, j'espère que ce n'était pas le dernier. Je me suis précipité vers l'une des trois caisses du magasin, craignant d'être arrêté en chemin par un policier de la pensée, ces esprits forts devenus lourds avec les années.

Il y avait assez de salles et de chaînes dans l'UE et aux États-Unis pour accueillir *Balkan Line*, superproduction haletante, digne des meilleurs Sylvester Stallone ou, pour utiliser une comparaison moins énervante, des Michael Bay les plus trépidants. Mais le film de Volgin a le tort d'échapper aux clichés et aux mensonges sur lesquels s'est fondée la légende des guerres en ex-Yougoslavie. La chanson antiserbe, fredonnée sans souci depuis vingt-cinq ans par l'immense majorité des commentateurs occidentaux, reçoit, dans cette œuvre tirée d'une histoire vraie, un démenti.

Je me souviens des chars russes traversant Belgrade un matin de printemps 1999 pour se rendre au Kosovo afin de protéger les populations serbes des exactions de l'UCK. *Balkan Line* raconte cette rapide progression, qui me rappelle la ruée soviétique vers Berlin en mai 1945, sur les bonnes routes yougoslaves laissées en héritage par le maréchal Tito (1892-1980). En parallèle, on suit un peloton des forces spéciales russes dont la mission consiste à conquérir et à occuper l'aéroport de Pristina, transformé par les mafieux locaux en dépôt d'armes et en cache de drogue. Les Russes sont à un contre dix, c'est la proportion des meilleurs films de guerre, des *Sept Mercenaires* (John Sturges, 1960) aux *Douze Salopards* (Robert Aldrich, 1967). Volgin, né avec Tarantino et ayant grandi avec Leterrier, connaît sur le bout des doigts son cinéma d'action, qu'il soit américain ou américanisé. La cerise sur le gâteau serbe (mon préféré : sampita) est l'apparition, à la dernière image d'un happy end bien mérité, d'Emir Kusturica en chauffeur de taxi qui comprend l'amour et donc la vie. On se souviendra aussi des images de Belgrade en feu, vieille habitude : la ville a été rasée, selon les différents historiens, entre dix-sept et vingt-quatre fois.

## Contre Éric Neuhoff

Après la lecture de *(Très) cher cinéma français*, le pamphlet d'Éric Neuhoff – je lis tous les livres d'Éric, c'est un principe de vie –, j'ai la curiosité de rouvrir un *Officiel des spectacles* daté du mercredi 16 octobre 2019 pour vérifier que, comme l'assure mon vieux camarade du *Quotidien de Paris* et de tant d'autres journaux où nous avons paressé ensemble, le cinéma français serait moribond et ne mériterait pas les injections de capitaux qu'on lui administre et qui, selon l'écrivain, ne feraient que prolonger son agonie. Comme le savent les derniers lecteurs de cette bible du cinéphile parisien non professionnel, les films joués à Paris et en banlieue y apparaissent dans l'ordre alphabétique, c'est celui que nous allons suivre.

*Alice et le maire* de Nicolas Pariser : ravissante épure rohmérienne sur le pouvoir politique, jouée tout en finesse agressive par Fabrice Luchini et Anaïs Demoustier. *Camille*, de Boris Lojkine : évocation brutale et bouleversante de Camille Lepage (réincarnée par Nina Meurisse, presque son sosie), photographe de presse française tuée en Centrafrique au mois de mai 2014. *Deux moi*, de Cédric Klapisch : la vie à Paris des jeunes célibataires hommes et femmes, entre pétards et transports en commun, décrite avec un réalisme très poétique par le réalisateur de l'inoubliable *Peut-être* (1999). *Fahim* : fable émouvante signée Pierre-François Martin-Laval sur un champion d'échecs bengalais mineur, sans papiers, sauvé de l'expulsion par François Fillon, alors Premier ministre, qu'on entend sur France Inter mais dont on ne cite pas le nom, rapport sans doute à ses godasses et à ses costards sur mesure. *Fourmi*, de Julien Rappeneau : délicate variation sur ce que signifie avoir un papa fana déviant de football quand on veut devenir un joueur pro. *Les Hirondelles de Kaboul* : joli film d'animation signé Zabou Breitman sur le drame vécu par la population afghane sous le règne des talibans. *Inséparables*, de Varante Soudjian : farce hilarante sur l'amitié en prison et la réinsertion des détenus sans risque, jouée à la perfection tranquille par Ahmed Sylla et Alban Ivanov. *Portrait de la jeune fille en feu* : huis clos en plein air breton entre une peintre amoureuse et une aristocrate troublée, réalisée par Céline Sciamma. *Roubaix, une lumière* : faux polar TFI mais vraie tragédie sociale filmée avec nostalgie – Roubaix est sa ville natale – par Arnaud Desplechin, qui dirige un Roschdy Zem percutant en flic solitaire et une Léa Seydoux crédible en pauvre fille. *Thalasso*, de Guillaume Nicloux : où l'acteur comique Michel Houellebecq tient la dragée haute à un Gérard Depardieu qui n'est jamais loin de ses pompes. *La Vérité si je mens ! Les débuts*, de Gérard Bitton et Michel Munz : scénaristes des trois premiers épisodes de la série et surtout auteurs et réalisateurs de deux chefs-d'œuvre du cinéma comique français, *Ah ! si j'étais riche* (2002) et *Erreur de la banque en votre faveur* (2009).

Pour en finir avec cette semaine d'automne 2019 où on pouvait voir, n'en déplaise au critique grincheux du *Figaro* et du *Masque et la plume*, douze bons films français, voici *La Vie scolaire*, de Grand Corps malade et Mehdi Idir : où les auteurs enlèvent un par un les stigmates d'un collège de banlieue.

## Pour Iris Mittenaere

On va trop au théâtre, au cinéma, à l'opéra et pas assez au cabaret. Au théâtre, des gens debout sur une scène essaient de nous faire croire qu'une chose normale leur arrive, alors que ce n'est pas normal d'être debout sur une scène de théâtre. Au cinéma, enfermé dans le noir avec des gens dont on ne voit pas le visage, on n'a pas l'impression de sortir, plutôt celle d'être rentré. L'amateur d'opéra boude trop souvent son déplaisir. Au cabaret, personne ne tente de nous persuader que nous ne sommes pas au spectacle puisque tout le monde, du contrôleur aux serveurs, en passant par les danseurs et bien sûr la meneuse de revue, est en train de nous le donner. On connaît la tête des autres spectateurs, car elle est éclairée. La musique est de notre siècle. Le cabaret est un présent frénétique qui s'amuse et se nourrit du passé.

Partisans des 20 % de risques acceptables chers au regretté Nicki Lauda, Anne-Sophie et moi n'avons pas dîné au Paradis latin mais à L'Atlas, 12, boulevard Saint-Germain (Paris V^e^). Le couscous est-il toujours, malgré la progression de l'islamisme, le plat préféré des Français ? Celui de L'Atlas est d'une finesse et d'une légèreté qui nous feraient oublier les philippiques islamophobes de certains commentateurs politiques. Avons ensuite rejoint le Paradis latin (28, rue du Cardinal-Lemoine), où un demi-millier de personnes étrangères et françaises (mon voisin s'est même levé quand on a joué *La Marseillaise*, mais il a été le seul) finissaient de dîner dans une lumière rouge un peu angoissante, même pour qui n'avait pas mangé là. Miss Univers est descendue du ciel, c'est-à-dire du plafond, avec toutes ses plumes. J'ai un reproche à faire à l'architecte du cabaret, Gustave Eiffel : trop de pylônes. Ils obligent le spectateur du fond de la salle à une gymnastique fatigante afin de ne rien perdre des poitrines nues qui filent trop vite sur la scène comme pour indiquer que le bonheur est fugace et peut-être imaginaire.

La douce majesté d'Iris Mittenaere. La Miss domine le spectacle de son 1,82 mètre (1,92 mètre avec les talons) et de sa lenteur royale. Autour d'elle courent, sautent, s'étirent, se balancent, se tordent et trépignent de formidables danseuses à qui, dans son immobilité et sa langueur de reine interrompues par quelques jolies danses faciles imaginées par Kamel Ouali, Iris semble donner des ordres alors qu'elles n'en font qu'à leur tête ou plutôt qu'à leur corps. Mittenaere chante avec une voix de petite fille dépassée par sa chance comme une trottinette électrique par un SUV sur les Champs-Élysées. Elle laisse le cancan à ses partenaires plus souples et plus goulues pour arriver, au final, dans une robe blanche qui n'est pas, ainsi que nous l'a appris la presse people, de mariée.

*L'Oiseau paradis*, qui a débuté le 2 mai, durera, selon un maître d'hôtel énigmatique interrogé par mon épouse et moi après le spectacle, aussi longtemps qu'il y aura des gens pour venir rire en groupe de leur époque et contempler la beauté dans son plus simple appareil dentaire.

## Friche de lecture, 11

En 2019, les deux handicaps de François Coppée (1842-1908) : avoir été antidreyfusard et Jean-François Copé.

•

Au contraire de son ami Verlaine, il avait réussi dans la vie (académicien à quarante-deux ans).

•

De son œuvre restent une école maternelle, un arrêt de bus, une rue et un café : pas si mal.

•

Un Robert Sabatier (1923-2012) antisémite.

•

Parnassien enterré à Montparnasse.

•

Resté célibataire pour ne pas se dépenser.

•

*Une idylle pendant le siège* (1874) : Paris au mois d'août 1870.

•

Contemporain, à un an près, de Henry James, qui lui préférait Paul Bourget.

•

Quand le quai de Grenelle était une zone industrielle.

•

L'époque où, dans la rue ou dans un train, des inconnus s'appelaient « mon ami ».

•

Dans le *Dictionnaire des littératures* de Philippe van Tieghem et Pierre Josserand (1968), Coppée voisine avec le célèbre romancier serbe Branko Čopič, mort en 1984.

•

Troupeaux de bœufs et de moutons rassemblés, pendant le siège de Paris, dans les jardins publics.

•

La joie des Parisiens quand le désastre de Sedan les débarrasse de Napoléon III.

•

Tel un personnage détaché de Fraigneau ou de Déon, Gabriel Fontaine, indifférent à la guerre contre la Prusse, parce qu'il est amoureux d'Eugénie Clément.

•

Profitent des bombardements prussiens pour commencer à coucher ensemble. Page 45 (du volume *Prose* des *Œuvres complètes*, chez Lemerre) : « Ils continuèrent à s'aimer sous les obus. »

•

Dans mon édition, dessins de Félicien de Myrbach, officier autrichien qui participa, en 1878, à la campagne de Bosnie-Herzégovine. Démobilisé, passa seize ans à Paris entre sa vingt-huitième et sa quarante-quatrième année.

•

La Commune haïe (« la plus monstrueuse et la plus criminelle insurrection que la France eût encore vue », p. 48) et des Versaillais réhabilités (« … une Assemblée souveraine (…) siégea au milieu des tumultes et fit converger vers elle toutes les forces du pays », p. 47).

•

Les ultranationalistes toujours en colère contre leur pays et pressés de se jeter dans les bras de l'occupant.

•

Les contes de Coppée (*De la rue on entend sa plaintive chanson*, *Maman Nunu*, *Bonnes fortunes*, *Un sujet de pièce*, etc.) ne sont pas mauvais.

•

Un Maupassant pas guidé par Flaubert.

•

Les grands auteurs dramatiques du moment (Scribe, Sardou, Feuillet), aujourd'hui aussi introuvables en librairie que Coppée.

•

L'ancien nom de la rue Rousselet : la rue des Vaches.

## Gros QI

Les Miss régionales n'auront aucune difficulté, le 14 décembre 2019, à répondre aux questions obliques de Jean-Pierre Foucault, le M. Loyal en smoking de TF1. Sylvie Tellier, présidente du Comité Miss France, a mis la barre haut. Pas celle de la danse, celle des QI. J'ai étudié la liste des trente prétendantes au trône de la Tahitienne Vaimalama Chavez. Rares sont celles qui n'ont pas un bac+2 ou bac+3. Miss Aquitaine, Justine Delmas, prépare une licence de droit. Familial ou des affaires ? Idem pour Miss Auvergne, Meïssa Ameur. Sophie Diry, Miss Bourgogne : master de biologie. Romane Edern, Miss Bretagne : master de neuropsychologie. Jade Simon-Abadie, Miss Centre-Val de Loire, est en master de communication. En 2019, les Miss sont très master. Lucille Moine, Miss Champagne-Ardenne, étudie l'événementiel et le tourisme dans une école internationale. Miss Corse, Alixia Cauro, prépare une licence de chimie, tandis que Manelle Souahlia, Miss Côte d'Azur, est en école de commerce. Encore un master, ce coup-ci pour Solène Bernardin, Miss Franche-Comté : management. Miss Guadeloupe, Clémence Botino, étudie l'histoire de l'art. On trouve ensuite une ingénieure dans le bâtiment (Évelyne de Larichaudy, Miss Île-de-France), une étudiante en médecine (Lucie Caussanel, Miss Languedoc-Roussillon), deux étudiantes en biologie (Andréa Magalhaes, Miss Midi-Pyrénées, et Anaïs Toven, Miss Nouvelle-Calédonie), une lycéenne en terminale L (Yvana Cartaud, Miss Pays de la Loire). Il y a même une Miss, la Poitevine, qui prépare un concours d'entrée dans une école militaire pour devenir sous-officier : Andréa Galland. Je me demande quelle stratégie elle adoptera pour être élue. Koutouzov ou Napoléon ? Miss Réunion, Morgane Lebon, est déjà en troisième année d'administration économique et sociale. Tout ce dont sa belle île a besoin.

À toutes ces Miss diplômées, Sylvie Tellier, sévère jeune femme au nom de chef-d'œuvre de la littérature, a posé seize questions faciles (cinéma, télévision, devise, job de rêve, etc.), alors que les Miss auraient pu répondre à des questions plus difficiles : calculer un azimut, réciter le début du Code civil, expliquer le futurisme, faire un business plan. Je suis quand même allé sur Internet pour savoir combien de ces intellectuelles portaient des lunettes : aucune. C'est pourtant ultra-sexy, une jolie fille à lunettes, surtout quand elle mesure plus de 1,80 mètre (Miss Auvergne et Miss Tahiti). Je voulais aussi voir quelles têtes avaient ces futures avocates, cheffes d'entreprise et biologistes, ainsi que choisir celle à qui, le soir de l'élection, j'accorderais mon suffrage. J'hésite entre l'aristo parisienne, la Bretonne boudeuse, la fatale Normande ou la Lyonnaise torride. La Nordiste blonde est bien aussi. Les filles du Nord ont dans les yeux le bleu qui manque à leur décor et dans le cœur le soleil qu'elles n'ont pas dehors, non ?

## Friche de lecture, 12

*Madame Bovary* : la bible des femmes déçues par leur mari et grugées par leur amant.

•

La maigreur passionnée d'Emma.

•

Brigitte Macron : une Bovary ayant sauté sur le bon cheval.

•

Ai bien fait de quitter le VII$^{e}$ arrondissement : le curé de Sainte-Clotilde condamne Flaubert en avril 1863.

•

« Ils avaient le teint de la richesse » (p. 54, Éditions de Cluny, 1938).

•

Pourquoi a-t-il laissé, page 77 : « … au haut » ?

•

Emma fille pas facile : ne cède qu'à la page 169.

•

L'écrivain avait pour principe de n'acheter aucun journal.

•

Le roman raconte l'histoire de deux obsessions : celle d'Emma pour l'amour et celle de Flaubert pour l'écriture.

•

Le premier discours pétainiste prononcé par le conseiller Lieuvain lors des comices agricoles de Yonville.

•

« Vous n'êtes pas gentil, vous êtes BEAU !!! » (lettre à Michel Lévy, octobre 1862).

•

On a tant de fois répété que Gustave Flaubert faisait, défaisait et refaisait ses phrases qu'on ne peut plus les lire sans se demander quels mots il a enlevés et lesquels il a rajoutés afin d'arriver à une forme satisfaisante pour lui et pour nous.

•

Éviter l'épisode de l'opération du pied bot d'Hippolyte.

•

« Elle se hâta de presser le départ » (p. 96). Stendhal aurait écrit : « Elle pressa le départ. »

•

Y a-t-il, à part Sartre, une personne ayant lu en entier les trois volumes de *L'Idiot de la famille* (1971) ?

•

Comme chez Simenon, les personnages ne font qu'une chose : s'enfoncer.

•

Cette époque où les femmes offraient des cadeaux.

•

« … le charme de la nouveauté, peu à peu tombant comme un vêtement… » (p. 200).

•

Emma Bovary : drame d'une fille chaude dans un monde froid, d'une sensible dans une société insensible, d'une intelligente dans un couple bête

## Un Noël à Berlin

Noël a vidé les larges trottoirs d'Unter den Linden. Les tilleuls illuminés de l'avenue brillent, solitaires, dans la nuit froide et mouillée de décembre. Chaque famille berlinoise est restée chez elle pour réveillonner. Nous sautons dans le bus 100, dont nous serons les seuls passagers jusqu'à l'Alexanderplatz, le terminus de la ligne. La place devenue un titre de roman *(Berlin Alexanderplatz,* d'Alfred Döblin, 1929), comme celle l'Étoile (de Patrick Modiano, 1968). Le marché de Noël est fermé, le Nordsee, sur la rue Karl-Liebknecht, aussi. Les burgers au saumon du Nordsee de Heidelberg en hiver 1981, avalés debout dans la rue piétonne. À l'époque, il n'y en avait qu'une. Il doit y en avoir plusieurs aujourd'hui, les piétons ayant la cote car ils ne produisent pas de dioxyde de carbone.

Le lendemain, visite du zoo. Yannis (six ans le 24 décembre dernier) entame une relation passionnée avec une otarie charmeuse. Le panda, en pleine dépression, se cache des visiteurs qui se replient, pour le selfie, sur sa statue. Marché de Noël derrière l'église du Souvenir. Les Berlinois sont désagréables dès que je m'adresse à eux dans mon mauvais allemand. Ils me prennent peut-être pour un Russe, dont le peuple les a fait beaucoup souffrir au XXe siècle. Quand je m'exprime en anglais, sourires. Je n'ai pas essayé le français. Mais il y a un Serbe qui travaille pour Stern und Kreisschiffahrt, la compagnie des mini-croisières sur la Spree, quand j'ai quitté l'embarcation, il m'a dit : « Dovidenja. » En serbe : « Au revoir. »

Dîner au Lutter und Wegner, sur recommandation du Cartoville *Berlin*. S'y restaurent les parents des jeunes qu'on a croisés au marché de Noël du Gendarmenplatz. C'est la brasserie historique de Mitte. Après le risotto aux champignons d'Anne-Sophie, les *fettucine* de Yannis et mon tartare de harengs (je suis devenu très hareng depuis notre arrivée dans la capitale allemande, j'en prends même lors de nos petits déjeuners à l'hôtel Adlon), le serveur, avec la grâce fatiguée et un peu méprisante des employés des grandes maisons, nous demande si nous voulons ajouter un pourboire à la note. Je fais non de la tête et laisserai en liquide 10 % du montant de l'addition. Moins qu'un Américain avare, mais plus qu'un Parisien généreux.

Le temps de la colère anticommuniste est passé, place à la nostalgie du plein-emploi. À la sortie de l'île aux Musées, le musée de la RDA ne désemplit pas. C'est le contraire du musée du Mur de Checkpoint Charlie. Objets, photos et films de l'époque socialiste. On a même reconstitué un appartement de Berlin-Est avec son ameublement qui ne ressemblait pas à grand-chose. La Trabant est la vedette de l'établissement : tous les enfants veulent la conduire. Elle est à leur taille. À croire que tous les Est-Allemands étaient menus. Depuis, ils ont grossi et ont été obligés d'acheter des Mercedes-Benz pour pouvoir s'asseoir au volant.

## Un problème de taille

Trois fois de suite, les Français ont élu un président de petite taille : Sarkozy, Hollande, Macron. On s'étonne ensuite que le pays aille mal. Je me souviens de la France sous le règne de trois grands types, je veux dire de trois types grands : De Gaulle, Giscard, Chirac. Quant à Pompidou, il était gros mais il n'était pas petit. À l'époque, les trains partaient et arrivaient à l'heure. Si on met de côté les événements de Mai 68, gros monôme d'étudiants attardés bientôt en dépression nerveuse, la paix sociale régnait, notamment à la SNCF et à la RATP. Pour aller travailler, les Français n'étaient pas obligés de faire deux heures de marche ou trois heures de voiture. Pourquoi ? Parce que, quand un type de 1,85 m parle, on l'écoute, surtout s'il pèse 100 kilos. Le problème du petit, c'est qu'on ne l'écoute pas. Parce qu'on ne le voit pas. Du coup, il s'énerve et, en s'énervant, il énerve. Qu'ont fait les Français, toutes classes confondues, avec Nicolas, François et Emmanuel ? Ils les ont pris de haut, et être pris de haut exaspère un petit. Ça lui rappelle sa taille, c'est-à-dire sa souffrance. Avant de faire un tabac en librairie, le mari de Carla Bruni a été passé à tabac par la presse et l'opinion. Pourquoi ? Parce qu'il avait élevé la voix, faute de pouvoir se grandir. Le fiancé de Julie Gayet n'a pas été mieux traité que son prédécesseur. Je note que Sarkozy et Hollande ont choisi des compagnes plus grandes qu'eux. Pour compenser leur petite taille ? Mmes De Gaulle et Chirac s'en tenaient à une taille modeste pour ne pas faire d'ombre à leur mari grand. Mme Giscard d'Estaing compensait une silhouette élancée par une discrétion de bon aloi. J'admets que Mme Pompidou dépassait son mari d'une tête, mais elle ne la montrait pas souvent, elle non plus. Ce goût pour les femmes grandes, belles, riches et célèbres, c'est louche. Comme si diriger la France n'avait pas assez rassuré les deux présidents sur leur charme, leur pouvoir, leur majesté.

Pour sauver le pays, un choix s'impose : celui d'un grand président, donc d'un président grand. Du reste, c'est pour des personnes de plus de 1,80 m que les Français semblent pencher, ayant enfin pris conscience qu'ils ne veulent plus être gouvernés par quelqu'un de plus petit qu'eux. François Baroin doit être grand, car il a toujours l'air de se pencher vers son interlocuteur. Marine Le Pen n'est pas une petite femme. Elle a, en tout cas, une grosse voix. Bruno Le Maire ferait, d'un point de vue morphologique, un bon président. Difficile de trouver un homme politique français plus grand qu'Édouard Philippe, mais sa gestion abrupte des récentes grèves semble hélas celle d'un homme petit. Jean-François Copé, Alain Juppé ou Pierre Moscovici auraient la bonne taille présidentielle, mais chacun d'eux, à sa manière, s'est mis hors jeu. Que faire ? se demandait Lénine, qui était petit. Comme Staline (1,62 m).

## Extraits de Matzneff

*Carnets noirs, 2007-2008* (Éditions Léo Scheer, 2009). Acheté 10 euros le 11 janvier 2020 au Marché du livre ancien et d'occasion du parc Georges-Brassens.

« Hier, à France Inter, l'émission de Frédéric Bonnaud s'est très bien déroulée, tout le monde a été charmant avec moi. J'ai senti chez ces jeunes journalistes une certaine curiosité à mon égard. "Ah ! le voici, le fameux Matzneff". » *(page 79).*

•

« Jacques Henris, hospitalisé à Saint-Jean-de-Dieu. Appeler Catherine Millet. » *(page 103)*.

•

« … l'anniversaire de Christian Giudicelli (avec les Jacques Nerson, toujours si amicaux et chaleureux), diverses rencontres italiennes… » *(page 108)*.

•

« Ce matin, un émile [e-mail] de Léo Scheer me parlant de mon "sublime" texte sur Nathalie m'a fait plaisir, car Léo n'a pas le compliment facile. » *(page 127)*.

•

« Belle messe pour Christian Bourgois à Sainte-Clotilde. Toute la profession était là. J'ai échangé quelques mots avec Antoine Gallimard, Jean-Claude Fasquelle, Emmanuel Pierrat, Philippe de Saint-Robert, Jack Lang… » *(page 171)*.

•

« Mardi soir, rue Vieille-du-Temple, à une réunion électorale avec Bertrand Delanoë. C'est Christophe Girard qui m'y a invité. » *(page 189)*.

•

« Dimanche 22 juin. Dîner chez Philippe de Saint-Robert. Régis Debray me complimente sur mon excellente forme. » *(page 307)*.

•

« Mercredi 2 juillet. Hier, au Bouledogue, avec Philippe Besson, nous avons parlé du film qu'il est en train d'écrire, de Venise, du nouveau roman de Nathalie Rheims, de la mort de Pascal Sevran… » *(page 319)*.

•

« J'achève d'écrire une chronique (pour mon site) où je fais un signe amical aux […] originaux qui, en cette rentrée littéraire, ont songé à m'envoyer leurs livres : des amis (Nathalie Rheims, Emmanuel Pierrat, Benoît Duteurtre), des relations amicales (Angie David, Christine Angot)… » *(page 376)*.

•

« J'ai deux autres traits en commun avec Tapie : l'amitié qui nous liait à François Mitterrand et le fait que nous sommes, lui et moi, des hommes qui ne laissent personne indifférent… » *(page 391).*

•

« Lettre de Jean d'Ormesson qui m'écrit : "J'espère que tu vas bien, que le passage des années t'est supportable." » *(page 443).*

•

« Appel d'Angelo Rinaldi, amical, attentif. Déjà, en 1987, lorsque je sortis, très affaibli, de l'Hôtel-Dieu et m'installai au Taranne ce fut lui qui alerta Yves Saint Laurent et Pierre Bergé qui allaient m'aider puissamment. » *(page 450).*

•

« À l'Imec [L'Institut Mémoires de l'édition contemporaine], l'accueil chaleureux, amical, de tous et de toutes. » *(page 465).*

## Polyhommie

Pourquoi les femmes se plaignent-elles ? Parce qu'elles ont un seul homme. Celles qui n'en ont aucun se plaignent moins, car aucun homme dans la vie d'une femme, c'est moins lourd qu'un seul. On n'a, par exemple, pas à s'en occuper : autant de temps gagné pour la lecture, les sorties, les enfants. Les petits-enfants. Presque toutes les femmes seraient plus heureuses avec plusieurs hommes alors que la plupart des hommes se contentent d'une femme. C'est parce que les femmes ont le souci de la perfection, tandis que les hommes ont celui de la tranquillité. La perfection ne s'atteint qu'à plusieurs. Pour le plafond de la chapelle Sixtine, Michel-Ange n'avait-il pas de nombreux aides ? Mille personnes ont construit Notre-Dame de Paris, alors qu'il a suffi d'un fumeur pour la détruire. Je pense depuis longtemps que les livres, à l'instar des films et des journaux, devraient avoir cinq ou six auteurs : un pour l'intrigue, un autre pour les dialogues, un troisième pour les descriptions et un ou deux pour parler du livre à la radio et à la télévision. Les ouvrages seraient meilleurs et donc se vendraient mieux.

De quoi les femmes ont-elles besoin ? De tout. Pourquoi sont-elles malheureuses ? Parce qu'elles n'ont pas tout. Ce sont des fanatiques du bonheur, quand les hommes sirotent leur malheur à petites lampées, comme des chats. Faisons le compte des hommes dont une femme a besoin : un sportif pour l'amour, un intellectuel pour le rire, un banquier pour les vacances, un papa pour les enfants, un bricoleur pour la maison, un cuisinier pour tous les jours. On va en rester là, bien que je sente ma lectrice tentée d'allonger la liste : un top-modèle pour les sorties, un karatéka pour la sécurité, un acteur pour la célébrité, un chanteur pour la romance.

La polygamie perd du terrain à cause de la misère qui sévit dans les pays où les hommes ont de la peine à nourrir plusieurs femmes, alors que c'est pour eux une obligation. Il est temps que, dans nos contrées plus riches qu'elles ne veulent l'admettre, on installe la polyhommie. Les femmes, qui ont acquis récemment le droit de se marier entre elles, devraient désormais lutter pour avoir celui d'épouser plusieurs hommes en même temps. Elles retrouveraient ce sourire qu'une vie quotidienne terne et bousculée avec un homme unique efface trop souvent de leur visage. On les verrait, élégantes et reposées, satisfaites et amusées, aller d'un de leurs hommes à un autre, leurs rêves de perfection enfin accomplis. Malheureuses, elles cesseraient de l'être à cause d'un homme seul mais d'un groupe déficient, ce qui limiterait les dégâts que crée toujours le désir de vengeance, surtout s'il passe par un livre. La multiplicité des coupables atténuerait les coups de gueule de la victime. On n'a pas attendu les philippiques des féministes pour savoir que la femme est supérieure à l'homme : les petites filles premières de leur classe jusqu'à ce qu'on leur mette dans la tête de trouver l'amour, alors que ce dont elles ont besoin, c'est une bande d'hommes à leur service.

## Friche de lecture, 13

Dolorès Haze mesure 1,48 m.

•

Pour Humbert Humbert, présenté par l'auteur comme un dérangé mental, une femme n'est désirable qu'entre neuf et quatorze ans.

•

*Lolita* : le seul livre qu'il y avait chez mes parents, à Montreuil, avec *Tolstoï*, d'Henri Troyat et *La Demoiselle d'Opéra*, de Guy des Cars.

•

Illustres devanciers cités par Humbert Humbert comme témoins de normalité : Dante et sa Béatrice de 9 ans, Pétrarque et sa Laure de douze ans.

•

« … J'étais candide comme seul un pervers peut l'être. » (*page 32*)

•

HH n'a jamais que vingt-cinq ans de plus que Lolita.

•

Les fortes images de Stanley Kubrick sautent par-dessus les phrases.

•

Le 21 janvier, sur France Info, Didier Decoin, élu à la présidence du jury Goncourt : « Je ne crois pas qu'on aurait couronné Nabokov. » Suit une chanson de Michael Jackson !

•

Retirer *Lolita* de la vente pour incitation à la pédocriminalité ?

•

Comme dans tous les grands livres (*Madame Bovary*, *Anna Karénine*, *Les Communistes*), l'histoire d'amour a moins d'importance que la peinture – et la condamnation – d'une société.

•

Éloge de la monogamie : HH ne trompera jamais Lolita.

•

Sa déclaration d'amour aux paysages américains.

•

Le narrateur, comme Gabriel Matzneff, fut interné dans sa jeunesse.

•

Le roman d'un écrivain qui ne savait pas conduire, marié à une femme de son âge aux cheveux blancs.

•

À vingt-huit ans, en 1871, Henry James publie, dans *The Atlantic Monthly*, la première version de *Lolita* : *Le Regard aux aguets*. La deuxième version sera signée Zola : *Le Docteur Pascal* (1893).

•

C'est dans la satire qu'il faiblit, comme tout le monde.

•

Roman écrit en plein maccarthysme (1950-1954), mais Nabokov n'était pas communiste.

•

Il s'est beaucoup documenté en bibliothèque pour écrire *Lolita*, cet érudit ne connaissant rien aux petites filles.

•

Son héroïne a aujourd'hui quatre-vingt-cinq ans.

# Friche de lecture, 14

*Drôle de jeu* paraît en septembre 1945, quand le communisme était le fin du fin.

•

Le livre commence dans ma ligne de métro (la 12 : Porte-de-la-Chapelle – Porte-de-Versailles).

•

« Nous avons tous en commun de ne pouvoir prendre au sérieux les valeurs bourgeoises... » (page 16 de la première édition, chez Corrêa).

•

Roger Vailland ne propose son manuscrit ni à Gallimard ni à Grasset – jugés par lui trop compromis sous l'Occupation, mais où il finira par faire paraître, dans les années 1950 et 1960, ses romans, essais et pièces de théâtre.

•

Favori des jurés littéraires au début de l'automne, il rate le Goncourt et le Renaudot ; vexé, il n'ira pas chercher son prix Interallié de consolation.

•

Le meilleur roman sur la Résistance, introuvable aujourd'hui dans les librairies, où il y a pourtant les livres de la plupart des écrivains collaborateurs (Chardonne, Céline, Drieu la Rochelle, Rebatet, Morand).

•

Au printemps 1944, 500 morts à Montmartre après un bombardement anglais. Celui raconté dans *Normance* (1954) ?

•

Dans *Drôle de jeu*, une résistante habite au 4, rue Girardon, au-dessous de chez Céline, qui parle d'elle dans ses chroniques.

•

Le côté bricolé, incongru, bordélique, enfantin, farfelu et pourtant tragique de la Résistance – souligné plus tard par

Robert Lamoureux dans son film *La Septième Compagnie au clair de lune* (1977).

•

Station de métro Abbesses : jugée, du fait de sa profondeur, comme l'un des meilleurs abris antiaériens de Paris.

•

Dîner, dans un restaurant du marché noir, du conspirateur Marat avec son jeune supérieur Caracalla (vingt-trois ans) : une bouteille de Veuve-Clicquot chacun.

•

Si on n'entre pas dans la Résistance par plaisir, mieux vaut ne pas le faire.

•

La longue attente du Débarquement.

•

Sa manie de fouetter les prostituées n'a pas facilité la carrière posthume de Roger Vailland.

•

Roman de guerre constitué, pour la plus grande partie, de conversations sur l'amour et la littérature.

•

L'éloge de la frivolité que fait Annie annonce celui que Vailland fera après son départ du PCF et l'achat de sa Jaguar.

•

L'ortédrine : l'EPO des résistants.

•

Dans la Milice, il n'y avait pas de miliciennes.

•

Persuadé d'ouvrir *Drôle de jeu* pour la première fois, je me rends compte, par une note à l'intérieur de mon exemplaire, que je l'avais déjà lu en 1999 sans que cela m'ait laissé de souvenir, d'où l'utilité de ces friches de lecture.

# Régime pénitentiaire

La prison de la Santé porte bien son nom. Sa spécialité médicale : le traitement des personnes en surpoids. Le dernier patient connu, l'ancien député maire de Levallois-Perret, Patrick Balkany, n'est-il pas passé, en quelques semaines, de 105 kilos à 70 ? Les diététiciens les plus réputés n'ignorent pas qu'à l'âge de M. Balkany (soixante et onze ans) les tentatives d'amaigrissement sont le plus souvent vouées à l'échec, ce qui est presque aussi douloureux pour le praticien que pour le patient. Aucun autre établissement, en France comme à l'étranger, ne pourrait se vanter d'un résultat aussi extraordinaire que celui obtenu sur Patrick par les spécialistes de la Santé. Quel est le secret de ce personnel pénitentiaire qui officie dans ce qu'il faudra désormais appeler un temple du régime amaigrissant ? L'enfermement dans un espace réduit semble une condition préalable au traitement, ainsi qu'une nourriture médiocre. L'acharnement judiciaire ne doit pas être négligé, à l'instar du harcèlement médiatique.

On a pu croire que la direction de la prison, n'ayant pas compté ses efforts pour rendre à M. Balkany une silhouette de jeune homme, celle qu'il exhiba en 1967 dans le film de Robert Hossein – auquel un petit séjour à la Santé, niveau poids, ne serait pas de trop non plus –, *J'ai tué Raspoutine*, relâcherait sa pression et même autoriserait le patient à retrouver, dans leur appartement de Levallois, son épouse Isabelle, ainsi que ses enfants Alexandre et Vanessa. Il n'en a rien été. On a gardé Patrick Balkany en prison, sans doute dans un but expérimental. Avec un malade aussi réceptif, il était tentant de vouloir repousser les limites de la science. Je soupçonne la direction de la Santé, encouragée par le ministère de la Justice, d'avoir cherché le moyen de faire descendre le détenu à 65 kilos, peut-être même 60. Qui sait même si, à l'approche de l'été, notre Balkany n'aurait pas atteint les 55 kilos. La prison de la Santé, et avec elle tout le parc pénitentiaire français, serait alors entrée dans la légende où s'illustrèrent avant elle les geôles chinoises, chiliennes, argentines et, bien sûr, l'indépassable goulag des Russes de l'époque soviétique. Je situe le poids idéal du cofondateur du RPR (1976) à 52,50 kilos, soit la moitié de ce qu'il pesait lors de son emprisonnement (15 septembre 2019). Une remise en liberté était-elle alors, du point de vue de l'administration pénitentiaire, envisageable ? Il y avait toujours un risque de fuite à l'étranger. Méconnaissable du fait de son poids ou plutôt de son absence de poids, le prévenu pouvait passer les frontières avec de faux papiers et, dès qu'il se serait trouvé en sécurité dans un coin tranquille et isolé du globe, se remettre à bâfrer comme il le faisait depuis son entrée en politique (vice-président du conseil général des Hauts-de-Seine à trente-quatre ans), réduisant à néant les efforts faits pour lui, pendant de longues semaines, par la direction de la Santé. Fallait-il prendre le risque, après avoir découvert un Balkany allégé et rajeuni, de se retrouver avec le Balkany en surcharge pondérale ? La cour d'appel a décidé que oui. La médecine lui laisse toute la responsabilité de ce choix dangereux.

## Moix, Matzneff, Griveaux, Handke et Polanski sont dans un bateau

**Moix**
Avez-vous vu cette passagère de type sémite ?
**Matzneff**
Vous plaisantez, Yann : elle a au moins dix-huit ans.
**Griveaux**
Excusez-moi, je fais autre chose.
**Handke**
Est-elle serbe ?
**Polanski**
Elle ne me résistera pas longtemps.

**Moix**
Je me demande si elle a lu Péguy.
**Matzneff**
L'important, c'est qu'elle m'ait lu, moi.
**Griveaux**
Zut, j'ai fait tomber mon iPhone 10.
**Handke**
Qu'est-ce que c'est ?
**Polanski**
Je prends mes gants de boxe et je fonce à sa rencontre.
**Moix**
Avant de la frapper, Roman, assure-toi qu'elle n'est pas d'accord.
**Matzneff**
Ce qui me plaît chez les petits garçons, c'est qu'ils sont toujours d'accord, mais les jeunes filles non formées sont plus affectueuses.
**Griveaux**
J'ai résolu ces problèmes.
**Handke**
Est-ce bien un bateau pour le Monténégro ?
**Polanski**
J'accuse les Césars !
**Moix**
T'inquiète, Roman, tu seras sur le podium.
**Matzneff**
Pourquoi n'ai-je pas eu de grand prix littéraire pour mes romans géniaux ?
**Griveaux**
On dit que De Gaulle ne l'a jamais fait, mais qu'est-ce qu'on en sait ?
**Handke**
Pour Milošević, c'est sûr.
**Polanski**
Pourquoi faire soi-même quelque chose qu'une jeune fille peut faire à notre place ?

**Moix**
Les filles asiatiques sont, de ce point de vue, irremplaçables.
**Matzneff**
J'en ai connu 256.
**Griveaux**
Eh bien, voilà : la caméra de mon iPhone 10 est cassée.
**Handke**
Il faut filmer quand il n'y a rien, pas quand il y a quelque chose.
**Polanski**
Il y a des choses qu'il vaut mieux ne pas filmer.

## La grande boucherie

Mon père, Gabriel Besson – orphelin à douze ans et ouvrier à quatorze –, avait une exigence à la maison : manger de la viande à tous les repas, preuve que, s'il était toujours orphelin, il n'était plus ouvrier. Pendant très longtemps, les légumes n'ont pas été considérés comme de la nourriture mais comme des restes de nourriture. On laissait aux pauvres ce qui est aujourd'hui le plat préféré des riches, du moins dans les pays riches. Dans un grand restaurant du VII^e^ arrondissement de Paris, on ne sert même que ça. Il suffit pourtant de regarder pendant cinq minutes un documentaire animalier pour se rendre compte que les animaux les plus beaux sont ceux qui mangent de la viande. Majesté du lion, splendeur du tigre, grâce du guépard, originalité du crocodile, humour de la hyène. Un contre-exemple : la girafe. D'un autre côté, ce long cou est ridicule. On se demande ce qui est passé par la tête de notre créateur le jour où il a dessiné un cou de girafe. Ça devait être le samedi soir. Il était crevé, il avait envie de déconner. Il y a aussi les antilopes. Qu'est-ce qui leur a pris d'être végétariennes ? Vu leur élégance, elles méritaient d'être carnivores. Elles se laisseraient moins faire par les félins, qui se servent dans la savane comme si c'était une boucherie. Celle, par exemple, de Jacky Gaudin, rue des Abbesses. Il y a souvent la queue devant. On se croirait en Roumanie sous les Ceausescu. Les bobos de Montmartre ne sont pas tous végans. Il y a toujours eu une boucherie au numéro 50, Jacky l'a reprise en 1996. Et en a fait le spot carné du XVIIIe.

Les Bissonnet sont des bouchers de légende : à la découpe depuis trois générations. Ils ont fait un livre qui relate leur ascension dans le bœuf et le cochon de France : *Bissonnet, une dynastie*. Photos de Grégoire Kalt. Il n'y a pas de nom d'auteur, normal pour une bible du steak. L'éditeur n'est pas indiqué non plus, à moins que ce ne soit l'entrecôte dessinée sur la page de garde. Pas davantage de prix, l'ouvrage est peut-être gratuit. Il retrace le parcours des fondateurs et manageurs des Boucheries nivernaises. Du terroir à la caisse. Parmi les Bissonnet qui apparaissent sur les photos de Kalt – ils ont un peu des têtes de cochon, c'est pour donner une idée de leur caractère –, aucun végan. Toutes les familles bourgeoises ont pourtant leur anarchiste, adepte des drogues plus ou moins douces. Pas de ça chez les Bissonnet, qui présentent un front commun contre le végétarisme en vogue. *Bissonnet, une dynastie* est un éloge poétique et politique de la viande, qu'elle soit crue, cuite, grillée ou en sauce. Cet ouvrage propose quelques recettes familiales qui mettent le vin à la bouche : la côte de bœuf de Jean-Baptiste, l'échine de porc de Charles, la tête de veau de Michel, etc. Pourquoi faut-il manger les animaux ? Parce que nous en sommes, la parole nous ayant été tardivement donnée, bien après les perroquets. Et que, nous aussi, nous serons mangés. Il n'y a pas de raison de se priver. Le livre se termine par une citation de Jean Bissonnet : « L'avenir est devant nous. » Où pourrait-il être, sinon ? C'est mieux quand les bouchers ne font pas de phrases. Le livre sort des presses de Stipa, l'imprimeur de Montreuil qui imprime aussi le luxueux *Égoïste* de Nicole Wisniak.

## Friche de lecture, 15

Le jeune Camus joue au football pour avoir moins l'air Belcourt et le jeune Montherlant pour avoir l'air moins Neuilly, tous les deux dans les buts, comme Nabokov à Cambridge et Giudicelli à Nîmes. Les écrivains, ces gardiens qui n'aiment pas courir.

•

Le documentaire de Georges-Marc Benamou sur Albert Camus (Arte) : une iconographie d'enfer pour un oiseau de paradis.

•

Moi aussi, à la place de Sartre, j'aurais détesté ce playboy qui ne louchait pas.

•

Son épouse Francine était plus belle que Maria Casarès et faisait une chose plus poétique que du théâtre : des maths.

•

*L'Étranger*, premier roman raciste de gauche, paru sous l'Occupation, et donc avec l'accord des Allemands (1942) : je tue un Arabe car la vie est absurde.

•

Sans l'argent du Nobel, n'achète pas de maison à Lourmarin, d'où il ne revient pas en voiture le 4 janvier 1960.

•

À été obligé de faire du bruit pour être entendu de sa mère sourde.

•

Contre l'indulgence envers les collabos, dont Camus soupçonnait Mauriac, lire aussi *La Non-Épuration en France,* d'Annie Lacroix-Riz.

•

Ce petit frimeur algérois s'arrange toujours pour épouser des nanas friquées.

•

L'époque où il y avait Raymond Queneau, Brice Parain, André Malraux et Albert Camus au comité de lecture de Gallimard.

•

Le polygame vertueux.

•

On n'a jamais vu un tuberculeux fumer autant.

•

Le Covid-19, ancien coronavirus, va faire vendre encore plus de *Peste* en Folio.

•

Ai laissé le Pléiade de ses essais dans le TGV Paris-Nice au début des années 2000, Camus m'ayant exaspéré avec son interdiction répétée de ne pas penser comme lui.

•

Y a-t-il une traduction chinoise de *La Peste* ?

•

Le premier homme qui essaie de fuir l'épidémie : le journaliste (Rambert).

•

« La mort n'est rien pour les hommes comme moi. C'est un événement qui leur donne raison. » Les deux plus belles phrases de Camus ?

## Thriller

L'auteur du livre fait naître le *serial killer* en Chine. Son apparence physique, examinée au microscope par les policiers scientifiques du monde entier, est écœurante : bouille ronde rouge aux rebords jaunâtres. On devine la personne inadaptée à la vie en société du fait de son physique repoussant. Le terrorisé terrorise, comme on le disait autrefois du héros de la Révolution française, Maximilien de Robespierre. Corona, prénom Virus – il utilise parfois une autre identité afin de perdre les enquêteurs : Covid-19 – est un tueur voyageur, catégorie d'assassin difficile à arrêter du fait qu'il se déplace sans cesse d'un pays à l'autre. Sa réserve de faux papiers semble inépuisable. Certains pays tentent de bloquer Virus Corona à leur frontière. Les Israéliens ont même fermé leur territoire aux étrangers, ravis, pour la première fois de l'histoire d'Israël, d'occuper sur la terre un périmètre aussi modeste, d'autant plus facile à contrôler.

Virus est rapide, incontrôlable, impitoyable. Il a besoin de tuer comme on a besoin de faire pipi. Ses victimes se comptent par milliers mais certaines d'entre elles ont réussi, après avoir trouvé refuge dans un hôpital où le meurtrier les pourchassait, à lui échapper. Pour une raison obscure non expliquée par l'écrivain, sans doute afin de maintenir le lecteur sous pression, la parole n'est jamais donnée, dans le livre, aux personnages ayant survécu aux méfaits de Virus.

Tueur d'une énergie ahurissante et doué d'une ubiquité qui relève presque de la science-fiction, Virus parviendra-t-il encore longtemps à supprimer nos contemporains ? Épargnera-t-il au moins certaines parties du globe comme les îles Tonga, Andorre ou Brunei ? Même Dieu a pris du repos, le septième jour de la Création. L'auteur, en dépit de la gravité du sujet traité dans *Virus tue*, ne se prive pas d'une touche d'humour, dans la grande tradition du thriller anglo-saxon. À Monaco, par exemple, une seule personne blessée, atteinte en vitesse par Virus avant qu'il ne file vers l'Italie où se déchaînera sa fureur. Sans doute l'auteur a-t-il naguère passé de bons moments à Milan et à Venise, car c'est là que s'attarde le ténébreux Virus, deux villes où ses victimes se compteront par centaines. Je me risque à faire un petit reproche : la surabondance de morts. Cela nuit à la fluidité du récit. L'auteur semble pris dans une spirale homicide : à chaque chapitre, il rajoute des décès, comme s'il craignait que notre attention ne soit distraite par d'autres polars (migrants à Lesbos, bombardés en Syrie, insurgés au Cameroun). Les dernières pages nous donnent la clé de l'énigme : Virus Corona, alias Covid-19, est le fils du diable, dont on apercevait le berceau dans *Rosemary's Baby* (1968), film d'un autre enfant diabolique : Roman Polanski. La boucle est bouclée à la satisfaction de tous, mais l'assassin ne sera arrêté que dans un prochain volume. Peut-être.

## Pensées confinées

En 1939, le président Macron aurait ordonné l'exode avant la déclaration de guerre.

•

Les lecteurs et les amoureux, grands profiteurs du confinement.

•

Publier un livre pendant une épidémie : ne plus chercher d'excuses à son insuccès.

•

Le rêve vert d'Anne Hidalgo : à déplacement zéro, pollution nulle.

•

On ne choisit pas ses conditions hystériques.

•

Seuls les grands malades imaginaient la mort ; maintenant, c'est tout le monde.

•

L'écrivain confiné de naissance.

•

Ces gouvernants toujours pressés de supprimer la liberté, ces gouvernés toujours impatients d'y renoncer.

•

Le bonheur provisoire des familles habitant au-dessus d'un bar.

•

Personne pour se soucier de la santé de Gabriel Matzneff (quatre-vingt-trois ans), coincé en Italie du Nord.

•

Internet gâche le plaisir des enfants de ne plus aller en classe.

•

Revoir en une seule fois les trois parties de *Welcome in Vienna* (Axel Corti, 1986).

•

Comment confiner un SDF ?

•

Les journalistes toujours plus obéissants que le peuple, auquel ils reprochent son insouciance.

•

On n'a jamais mieux respiré à Paris, sauf peut-être sous l'Occupation.

•

Le confinement, en nous privant de l'espace, nous restitue le temps.

## Une nouvelle retrouvée de Marcel Aymé

Quand Martin sortit enfin de son petit logement, rue Lepic, il ne reconnut plus son boucher de la rue des Abbesses.

– Normal, lui dit l'artisan. Mon père a pris sa retraite à la septième année du confinement. Qu'est-ce que je vous sers ?

– Une entrecôte.

– Au soja ou au tofu ?

Martin, ne comprenant pas la question – pourquoi le fils de

son vieux boucher le traitait-il de fou ? –, se contenta de hocher la tête et sortit de la boutique sans faire d'achat. Dans la rue Tholozé, il faillit être renversé à trois reprises : par un vélo, une trottinette et une voiture électrique. En vingt ans de confinement, les gens avaient perdu l'habitude de freiner. Martin entra chez un coiffeur et demanda qu'on lui coupe les cheveux.

– Vous n'en avez plus, dit le merlan.

Martin se regarda dans les glaces – il y a autant de miroirs dans un salon de coiffure du XXIe siècle que dans un bordel du XIXe, pensa-t-il – et constata qu'en effet, après vingt ans de confinement, il était devenu chauve, ce qui ne le chagrina point : il ne perdrait plus de temps à se peigner et ferait des économies.

Se posa alors pour Martin la question de sa vie amoureuse, qui s'était arrêtée vingt ans plus tôt. Notre héros n'avait jamais résolu le problème suivant : comment faire l'amour avec une femme en demeurant à un mètre d'elle, aucun pénis ne mesurant 100 centimètres, même sous l'effet du Covid-19 ? Ce que Martin espérait trouver sur sa chère place Pigalle qu'il n'avait pas vue depuis le printemps 2020, c'était un peu de la tendresse féminine dont il était privé, comme des millions d'autres mâles célibataires sur toute la planète, depuis vingt ans. Hélas, les boîtes de strip-tease avaient fermé, remplacées par des pharmacies, et les sex-shops ne vendaient plus que des masques chirurgicaux.

Dans la rue Houdon, s'étant résigné à rentrer chez lui, où ses provisions de plats surgelés et de DVD étaient en quelque sorte devenues ses seules amies, Martin croisa une jeune femme qui lui sourit. Il comprit pourquoi : on voyait son visage. Elle avait vingt ans. C'était la première fois de sa vie qu'elle se risquait hors de l'appartement de ses parents, rue Lamarck, décédés tous deux pendant le confinement, le père, architecte, en 2027, et la mère, graphiste, en 2029. Elle demanda à Martin de la guider dans Montmartre où elle n'avait jamais mis les pieds, car elle n'était jamais allée nulle part. Quand elle dit qu'elle s'appelait Martine, Martin comprit qu'il rêvait.

## Une autre nouvelle retrouvée de Marcel Aymé

Après plusieurs mois d'inactivité due au confinement, Martin, coiffeur pour dames de la rue Lepic, décida d'ouvrir un salon clandestin. Ou plutôt des salons clandestins, puisqu'il irait coiffer les clientes chez elles, donc dans leur salon. Il en avait assez de voir, dans les rues de Montmartre, passer des femmes mal coiffées et mal teintes. Elles marchaient à petits pas fâchés et honteux, elles qui naguère avançaient avec une lenteur appliquée, fières d'arborer leur blondeur vénitienne ou leurs élégants brushings. L'inventeur du brushing ne s'appelait pas Brushing mais Alès. Patrick Alès. Un Français d'origine espagnole. Mort avant l'épidémie du coronavirus : le 21 mai 2019. À Miami, âgé de quatre-vingt-huit ans.

– À ma place, dit Martin à Lucienne, son épouse, lors du dîner où il lui confia sa décision, Patrick aurait fait la même chose.

– Reprends des pâtes, dit Lucienne. J'en ai acheté cent paquets à l'épicerie de la rue Durantin.

– J'espère qu'on ne manquera pas d'eau.

La première cliente de Martin habitait rue Tourlaque, dans l'ancien atelier de Toulouse-Lautrec. C'était une fidèle de la rue Lepic, mais Martin ne la reconnut pas sous ses longs cheveux gris et bouclés, elle qu'il avait toujours vue avec de courts cheveux noirs et lisses.

– Bonjour, dit-il. Je viens coiffer votre fille.

– Martin, c'est moi ma fille.

– Pardon, madame Bourbeillon.

– Ne vous inquiétez pas, Martin : hier, à la boulangerie de la rue Caulaincourt, on m'a prise pour une migrante.

Après la rue Tourlaque, Martin se rendit rue Labat pour lisser la chevelure rebelle d'une ancienne candidate macronienne à la mairie du XVIII^e^ arrondissement. Elle lui demanda pourquoi il ne portait pas de masque. Il dit que ça l'empêcherait de faire la conversation avec ses clientes.

– Mais moi je borde un mac, dit la macronienne.

– Alors taisez-vous.

À la fin de sa journée de travail, Martin fut contrôlé par un policier aux cheveux longs à qui il proposa une petite coupe.

– Ce n'est pas de refus, dit le brigadier Savarin. Quand je me regarde le matin dans la glace, j'ai l'impression de voir mon père. C'était un hippie. Il avait rencontré ma mère à Woodstock. Ça leur aurait pas plu, le confinement. Leur mot préféré, c'était voyage.

Lucienne servit l'apéritif aux deux hommes tandis que son mari officiait sur le sous-officier avant que tous trois ne se mettent à table devant un rôti de bœuf.

## Dernière nouvelle retrouvée de Marcel Aymé

Après avoir garé sa Dacia hybride devant le bâtiment de la SPA, Martin se tourna vers ses deux filles assises sur la banquette arrière : Delphine (huit ans) et Stéphanie (six ans).

« Vous avez bien compris ? leur demanda-t-il.

– Oui, papa, dit Delphine. »

Elle était la plus vive des deux, celle qui répondait la première aux questions de son père. Elle voulait devenir chanteuse d'opéra. Ou acrobate. Ça dépendait des jours.

« On fait une petite répétition ? insista Martin.

– Inutile, papa.

– Pour ta sœur ? »

Stéphanie était une enfant blonde aux cheveux bouclés et au nez qu'on disait autrefois en trompette ou retroussé alors qu'il convient aujourd'hui, eu égard au politiquement correct, de ne le qualifier de rien, le physique des femmes étant devenu un sujet tabou, surtout celles de moins de dix ans.

« As-tu compris, Stéphanie ? fit Martin en se penchant vers la plus jeune de ses filles.

– Compris quoi ?

– Ce qu'on allait faire.

– Oui, papa : adopter un animal.

– Pourquoi ?

– Pour que tu puisses sortir pendant le confinement et ainsi rejoindre ton amoureuse chez elle après son travail.

– Ça, c'est la vérité, mais il ne faudra pas la dire.

– Ma maîtresse dit qu'on ne doit pas mentir. »

Martin poussa un gros soupir. Comment avoir des enfants stables et en bonne santé si l'Éducation nationale leur inculquait des principes aussi absurdes, qui les handicaperaient pour le reste de leurs jours ?

« Ce qu'il faudra dire, expliqua notre héros à sa cadette, c'est que depuis le décès de maman, papa a besoin de chaleur humaine, ce qu'on trouve surtout chez les animaux.

– Maman n'est pas morte, s'indigna la petite Stéphanie. Elle est partie avec le carreleur.

– L'électricienne, rectifia l'aînée.

– Si les gens de la SPA apprennent que votre mère m'a quitté pour une autre femme, expliqua Martin, ils imagineront que je la traitais si mal que je l'ai dégoûtée des hommes, et craindront que je ne traite l'animal aussi mal. »

Martin savoura in petto l'allitération animal-mal et regretta de ne pouvoir partager ce plaisir avec un intellectuel de son âge (quarante-sept ans).

« Tu ne le traiteras pas mal, dis, papa ? s'inquiéta Stéphanie.

– Mais non. Et puis, c'est l'affaire de quelques jours. Dès la fin du confinement, on ramènera la bête à la SPA. Ou on l'abandonnera dans une forêt.

– En attendant, dit Delphine, je refuse qu'il dorme dans ma chambre.

– Ça non plus, intervint Martin, il ne faudra pas le dire aux gens de la SPA.

– Moi, je veux bien qu'il dorme dans ma chambre, dit Stéphanie, surtout si c'est un chat.

– Idiote, dit sa grande sœur. Si c'est un chat, papa ne pourra pas sortir sous le prétexte de le faire pisser.

– Alors ce sera quoi ?

– Un rhinocéros.

– Il sera trop gros pour dormir dans mon lit.

– Mais non. Ce sera un chien, bien sûr. N'est-ce pas, papa ?

– Le mieux, conclut Martin qui s'était mis à transpirer en abondance, c'est que vous ne disiez rien du tout aux gens de la SPA. »

Dès que Martin, Delphine et Stéphanie rencontrèrent, derrière une grille, les yeux tendres de Svetlana, cocker femelle de deux ans et demi qu'ils rebaptisèrent aussitôt Huguette, ils comprirent qu'elle resterait auprès d'eux bien après que le confinement imposé aux Français par le président Macron aurait été supprimé, que Martin aurait épousé son infirmière, que Delphine serait devenue choriste sur TF1 et la petite Stéphanie vétérinaire dans un zoo australien, spécialisée dans les rhinocéros.

## Pensées confinées 2

Les films des années 1970 gâchés par les cheveux laqués des dames et les cigarettes fumées au lit par les messieurs.

•

Confinement : promenade autorisée mais pas de parloir.

•

Dans *Le Choix de Sophie,* de William Styron (1981), bite toujours orthographiée bitte par le traducteur, Maurice Rambaud. Pourquoi ?

•

Ces années où j'avais des idées sur la littérature.

•

Quand les gens auront le droit de sortir, le feront-ils ?

•

J'attends qu'on annonce chaque jour le nombre de morts hors Covid-19, en France et dans le monde.

•

La comédie passe, l'esprit survit, la tragédie est permanente.

•

La burqa protège-t-elle du virus ?

•

Le pire dans une maison de vacances : ouvrir les volets le matin et les refermer le soir.

•

Je n'avais pas remarqué, dans le film *La Neuvième Porte* (Roman Polanski, 1999), que le code de l'ascenseur privé de Boris Balkan (Frank Langella) est 666.

•

Tous les chefs-d'œuvre littéraires sont de gros machins sentimentaux, même *Ulysse.*

•

Un Séfarade (Yves Montand) et un Ashkénaze (Sami Frey) se disputent la fille d'une nazie (Romy Schneider) : *César et Rosalie* (Claude Sautet, 1972).

•

*La Porteuse saine* (roman).

•

Le livre qu'il fallait acheter avant la fermeture des librairies pour passer un bon confinement : *Lève-toi et tue le premier*, l'histoire secrète des assassinats ciblés commandités par Israël, de Ronen Bergman.

•

Après le confinement, les notaires crouleront sous les héritages à régler.

•

Les riches souffrent plus que les pauvres de l'interdiction de sortir car ils n'ont pas l'habitude d'obéir et ont celle de sortir.

•

« The sudden hand of death » (Shakespeare, *Peines d'amour perdues*).

•

Pourquoi aucune biographie d'Henri Troyat (1911-2007), qui en a écrit trente-cinq ?

•

Le coronavirus peut-il s'attraper par le sperme ?

## Friche de lecture, 16

*Othello* (1604) : violences conjugales infligées à une Vénitienne par un Maghrébin, suivies de féminicide.

•

Shakespeare autoplagiaire : les conseils de la comtesse de Roussillon à son fils Bertrand dans *Tout est bien qui finit bien* (1602), identiques à ceux de Polonius pour son fils Laërte dans *Hamlet* (1600).

•

Bukowski shakespearien : Falstaff ivre tapant sur une machine à écrire.

•

La scène la plus érotique de toutes ses pièces : un juge puritain courtise, sans succès, une religieuse vierge (*Mesure pour mesure*, 1603).

•

Ces héros shakespeariens qui ne se rendent pas compte que la fille dans leur lit n'est pas celle qu'ils y avaient invitée, même quand c'est un garçon.

•

Shakespeare engendra Joyce, qui engendra Nabokov, qui n'engendra personne.

•

Bon faiseur de chefs-d'œuvre.

•

Les élisabéthains comme les romantiques français, obsédés par l'argent.

•

Les frères littéraires ennemis : Shakespeare et Marlowe, Dostoïevski et Tourgueniev, Hemingway et Fitzgerald, Sartre et Camus, Sollers et Hallier.

•

Le milieu artistique, appelé par les Japonais du XVIII^e^ siècle « le monde sans attaches ».

•

Comme Joyce et Nabokov, adorant son père et adoré de lui.

•

Quiproquos meurtriers, bévues hilarantes, malentendus abyssaux.

•

Claire Bloom, ultracraquante en reine quinquagénaire salope dans *Cymbeline* (BBC, 1983), mariée dans la vie à l'écrivain obsédé sexuel Philip Roth.

•

Quand un metteur en scène fera-t-il jouer les rôles de femmes par de jeunes acteurs comme du vivant de Shakespeare ?

•

La fureur et la passion amoureuses jamais mieux exprimées depuis.

•

La jalousie : le meilleur moyen pour devenir fou (Othello, Leconte, Marcel).

•

« A sad tale is best for winter » (*Le Conte d'hiver*, 1610)

Coup de chance : Giscard d'Estaing ne siège pas au jury du Renaudot[1].

•

Les ennuis, pour tout le monde, ont commencé avec la photographie.

•

J'aurai donc vu l'an 2000.

•

Shakespeare : inventeur de la BD historique et de la série TV.

•

*Rester propre* (roman).

•

Le « horror horror » du colonel Walter E. Kurtz dans *Apocalypse Now* (Francis Coppola, 1979), copié sur le « horror horror » de Macduff dans *Macbeth* (1611) ?

•

« I am dying, Egypt » (*Antoine et Cléopâtre*, 1606).

•

Se rasseoir à une table de restaurant.

•

Dans la rue des Abbesses déserte, la nuit, des fous criaient, comme en prison.

•

Quand je porte un masque, personne n'en a un. Quand j'en ai un, personne n'en porte.

•

L'amas de souvenirs.

•

---

1. Accusé de harcèlement sexuel par une journaliste allemande et décédé peu après. (*N.d.A.*)

Rêves pendant le confinement :

1 – Jérôme Béglé me bat au Scrabble avec 753 points.

2 – Aude Lancelin m'écrit que je suis le plus grand philosophe français.

3 – Je me retrouve au lit en pyjama avec Carla Bruni dans la chambre de mes parents à Montreuil.

4 – Les longues jambes nues de Lara Beigbeder s'enroulant autour de son mari.

5 – Guillaume Durand, nommé à la tête du *Point*, se plaint que je ne l'ai pas appelé pour le féliciter.

6 – J'ai le prix Goncourt pour *La Paresseuse,* éditée au Rocher trente ans après sa parution chez Albin Michel.

7 – Je me regarde dans une glace et découvre que je louche.

8 – De Londres, Anne-Sophie et moi devons nous rendre à Birmingham mais on ne trouve ni le guichet où on achète les billets, ni le quai d'où part le train.

9 – Dans le hall d'un palace, je cherche une table en vain. Deux filles occupent cinq ou six chaises avec leurs sacs, manteaux et achats. Leur dis : « *Bonne occupation de l'espace.* »

10 – J'achète dix rouleaux de Sopalin dans un supermarché. La caissière de type asiatique tape dix fois 3,50 euros.

11 – Je déjeune avec Anthony Palou dans un restaurant familial. Entre Éric Neuhoff. Palou me dit : « Gallimard lui a proposé 8 millions d'euros pour son prochain roman mais il a refusé. » Rêve inspiré par le refus de Neymar d'accepter une prime de 100 millions d'euros pour rester au PSG ?

12 – Le roi de Hongrie me demande un wagon supplémentaire pour son excédent de bagages.

La scierie du père Sorel ouvre à 6 heures du matin, trop tôt pour ce fainéant de Julien (*Le Rouge et le Noir,* 1830).

•

Il « tressaille » à la page 51 et « tressaille » de nouveau à la page 53 (édition La Pléiade, 1932) : en 2020, une préparatrice de Gallimard n'aurait pas laissé cette répétition.

•

Croire en Dieu demande un minimum d'esprit de sérieux.

•

À la mort de Jean-Loup Dabadie, « une page se tourne » dans la vie de Michel Drucker : qu'est-ce que Jean-Loup devrait dire !

•

À Nice, Joseph Roth (1894-1939) se saoulait au Café de France, 64 rue de France.

•

Toutes les femmes en robe du soir sont ridicules, sauf dans les films.

•

Récit d'une évasion : un écrivain réussit à s'échapper de l'histoire de la littérature.

•

Stendhal, romans de mathématicien : rien que des calculs.

•

« Il n'a que soixante-trois ans et il est en pleine possession de ses facultés » (Ellery Queen, *Le Cas de l'inspecteur Queen*, 1957).

•

Disparus : le dévot et l'anticlérical.

•

Difficile, après le premier chapitre de *La Curée* (1872), de raconter un dîner en ville.

•

Roth fuit l'Allemagne hitlérienne en 1933 pour Paris où le Pernod ne lui laissera aucune chance.

•

Mort d'une crise cardiaque après avoir couru derrière un ado qui venait de lui voler sa carte de crédit devant un distributeur automatique de la rue des Abbesses.

•

*La Curée* plus érotique que *Nana* (1880), car la salope est une bourgeoise.

•

Modèle de lettre de rupture après confinement : « Être tout le temps ensemble nous a éloignés l'un de l'autre jusqu'à ce que nos silhouettes forment deux petits points de chaque côté de l'horizon avant de disparaître. »

## Poor Woody Allen

Rejouer avec Molière alors que la rumeur publique suggère qu'il a épousé sa propre fille ? Accepter un rôle dans une pièce de Shakespeare quand il a un commerce charnel, ainsi que le montrent ses *Sonnets*, avec de jeunes garçons ? En 2020, Molière ne serait plus joué, faute d'acteurs – et aucun théâtre n'accueillerait Shakespeare, pas même le sien. La morale, dont on ne dit plus qu'elle est bourgeoise alors qu'elle n'a jamais été prolétarienne, tiendrait ces deux zozos à distance du public et notamment du public ado. Le complot abominable dont Woody Allen a été victime depuis les années 1990 et dont il dénoue les fils avec patience dans son autobiographie – *Soit dit en passant* – oblige cet individu de génie sans emploi à rester dans son appartement new-yorkais pour regarder des films en DVD et jouer de la clarinette tandis que son épouse Soon-Yi, d'origine coréenne, s'occupe de tout le reste. L'artiste – l'un des plus grands que nous aient donnés les États-Unis – a, il est vrai, quatre-vingt-quatre ans. Mais ses derniers films sont encore plus beaux que les premiers alors que les derniers Zola et les ultimes Balzac sont d'affreux rossignols (*Lourdes* et *L'Envers de l'histoire contemporaine*), Zola étant pourtant mort à soixante ans et Balzac à cinquante. L'idée qu'il n'y aura plus de nouvelles œuvres cinématographiques signées Woody Allen devrait épouvanter la planète.

De son vivant, le scandale tient la plus grande place dans la vie d'un artiste. Après sa mort, c'est l'inverse : l'œuvre prend le dessus. Faisons comme si Woody Allen était mort depuis une centaine d'années et suivons sa vie telle qu'il la déroule dans ce livre superbe, tout en grâce et en intelligence, haletant comme un polar. Acheté à la librairie Masséna de Nice, alors qu'il était en rupture de stock à La Sorbonne, rue de l'Hôtel-des-Postes. Au dos de l'ouvrage, une photo de Woody prise par son ex et amie l'actrice Diane Keaton. Petit garçon octogénaire perdu dans un fauteuil trop grand pour lui, avec sa maigreur insolite et son visage boxé par le temps. Comme la plupart des surdoués, Woody était un mauvais élève, sauf aux dés et au poker. Cette icône des cinéphiles intellectuels était un cancre qui s'est mis à lire pour impressionner les lycéennes de Brooklyn et écrire des gags radiophoniques et télévisuels dans le but de bien gagner sa vie. Il a eu son bac mais rien d'autre.

Son école de cinéma ? Les cinémas. Filmer, pour lui, consiste à filmer ce qu'il a écrit. Il prend les meilleurs techniciens et les plus grands acteurs, puis il les laisse travailler. Le problème, en 2020, c'est que ceux-ci ne veulent plus travailler avec Woody Allen, craignant d'être ensuite boycottés par le milieu hollywoodien qui, après avoir été le plus dévoyé de la société américaine, s'applique à en devenir le plus vertueux. La cérémonie des Oscars ressemble de plus en plus à un gala de charité organisé par les mormons ou les évangélistes. Il n'y est jamais allé, Woody, aux Oscars. De toute façon, maintenant, on ne lui envoie plus d'invitation.

## Friche de lecture, 17

Préférée à la NRF, qui n'a que deux ans d'existence, la maison d'édition Émile-Paul Frères promet le Goncourt 1913 à l'auteur du *Grand Meaulnes*, qui le ratera au profit de Marc Elder pour *Le Peuple de la mer*. Cent sept ans plus tard, Gallimard récupère Alain-Fournier (1886-1914) en publiant son œuvre unique dans la Bibliothèque de la Pléiade (42 euros jusqu'au 31 août, 48 euros au-delà).

•

Mission pour le bibliophile Jacques Letertre : retrouver le manuscrit olographe disparu du *Grand Meaulnes*. La dactylographie du roman – à l'époque, on disait un dactylogramme – est, elle aussi, introuvable.

•

François, le narrateur, ne dit jamais « maman » à sa mère : quel repos pour les oreilles d'un beau-père.

•

Vu le film de Jean-Gabriel Albicocco en été 1971, presque seul dans le cinéma de Denfert-Rochereau, appelé aujourd'hui Chaplin-Denfert : le souvenir le plus fort de ma quinzième année.

•

La première phrase prononcée par Augustin Meaulnes et qu'aucun écolier ne dirait plus aujourd'hui, même dans le Cher ou dans l'Allier : « Viens-tu dans la cour ? »

•

Meaulnes débarquant chez les Seurel à Sainte-Agathe : Rimbaud déboulant chez les Saint-Sauveur à Montmartre.

•

Au XX^e^ siècle, Alain-Fournier a vendu 4 millions d'exemplaires de son livre en collection de poche, dont il n'a pas touché les droits.

•

L'hiver à la campagne en 1900 : tout le monde a tout le temps froid.

•

Pour plaire à Gide, il aurait fallu que le grand Meaulnes séduise le petit Seurel ; et pour plaire à Claudel, qu'ils se marient à l'église mais pas ensemble.

•

Une photo de sa maîtresse, Madame Simone, à cent huit ans m'a longtemps empêché de lire Alain-Fournier. Enceinte de l'écrivain, Simone avorta six mois avant la mort d'Alain-Fournier aux Éparges, en septembre 1914.

•

Meaulnes, en bon paysan, est ordonné.

•

Le livre de l'école républicaine.

•

Dès le chapitre VIII, il annonce sa mort au front : « Mais aujourd'hui que tout est fini, maintenant qu'il ne reste plus que poussière… »

•

Le film d'Albicocco, si fidèle au texte, qu'en lisant le roman on revoit le film (1967), du coup on abandonne le livre et on se repasse le film.

## Voituraphobie

La haine de la voiture chez Anne Hidalgo : sujet de thèse pour un doctorat en psychiatrie ? Que s'est-il passé dans la vie de la maire de Paris pour qu'elle nourrisse une aversion aussi vive envers cette invention française de la fin du XIX$^{e}$ siècle ? Anne a-t-elle été renversée dans sa petite enfance en Espagne, au début des années 1960, par un automobiliste grossier qui ne se serait pas arrêté et aurait même fait un doigt d'honneur à sa victime et aux témoins de l'accident ? A-t-elle été, jeune inspectrice du travail à Chevilly-Larue, klaxonnée par un routier harceleur sexuel tandis qu'elle regagnait à vélo son domicile du XVe arrondissement de Paris ? Collaboratrice de Martine Aubry au ministère de l'Emploi à la fin des années 1990, Anne a-t-elle été insultée par un chauffeur de taxi lui reprochant de boucher le couloir de bus avec sa trottinette électrique en panne ? Il est temps que Mme Hidalgo, réélue avec une avance confortable sur ses deux rivales automobilistes, livre au grand public la véritable cause de ce qu'il convient d'appeler d'un mot nouveau promis à un grand avenir : sa voituraphobie.

L'automobile a été considérée, pendant tout le XXe siècle, comme un instrument de liberté et d'émancipation. Relire les pages de Simone de Beauvoir sur le permis de conduire, que la philosophe s'est empressée d'obtenir à la fin de ses études universitaires, au contraire de Sartre, qui avait même du mal à marcher et qu'elle a pu, du coup, promener dans la France entière. La voiture était l'outil vous permettant d'échapper et de faire échapper les gens que vous aimiez à une vie trop quotidienne. On se lançait sur la nationale 7 comme dans un parc d'attractions. La mer de Trenet au bout de la route de Kerouac. L'auto était un objet de désir infini, dont rêvaient les piétons. Le vélo, réservé aux ados, et la trottinette – alors appelée patinette –, aux enfants, seule la voiture convenait aux adultes. En 2020, c'est l'inverse : l'automobiliste est qualifié d'enfant irresponsable, presque fou et bientôt inculpé d'écocide. Quelle femme voudrait comme mari et père un homme ne se déplaçant pas à vélo ? Le conducteur d'une automobile polluante n'aura, dans le monde idéal de Mme Hidalgo et de ses électeurs, plus droit de cité. Il est à leurs yeux un monstre obscène, ouvrier satanique démolissant le climat à grands coups d'accélérateur. On lui réservera bientôt, comme aux fumeurs dans les rues de Tokyo, quelques espaces isolés à la périphérie des villes où il pourra, avec d'autres tarés de son espèce, se livrer à cette occupation immorale, odieuse, répugnante, insensée : conduire une automobile.

Le nouvel homme aura deux roues. Quand il sera trop vieux pour tenir en équilibre dessus, on lui en rajoutera une : ça fera un tricycle. Qui lui rappellera les jours heureux de son enfance, dans laquelle il ne lui restera plus qu'à retomber.

## L'internaute

Le naute : navigateur des fleuves et des rivières dans la Gaule romaine. L'internaute : marin des réseaux sociaux dans la France d'Internet. Le naute travaillait en plein air où il y avait ses rameurs, l'internaute reste dans sa chambre où il y a son ordinateur. On a connu les cosmonautes, les astronautes, les astronomes, les astrologues. Voici l'internaute, nouveau personnage de la comédie humaine. Son portrait n'est pas facile à faire, le modèle vivant caché derrière un pseudo. Il ne signe pas ses lettres, pour la plupart de dénonciation. Le boulot qu'aurait eu la Gestapo, si Internet avait existé en 1940. L'internaute ne donne pas non plus une photo de lui, même de dos, qui pourrait l'identifier. Cet homme n'est pas entendu alors qu'il se comprend. Cette femme n'est pas vue alors qu'elle se contemple. Dès qu'il se met à naviguer, c'est-à-dire tous les jours pendant plusieurs heures, l'internaute n'a plus de sexe. C'est l'être parfait de Platon enfin réconcilié. L'Académie française songera-t-elle bientôt à féminiser le mot ? Un internaute, une internautesse. Il y a des internautes qui se font passer pour des internautesses, des internautesses qui prétendent être des hommes. Quand tout est permis, c'est le signe qu'il n'y a plus de liberté.

Comment se nourrit l'internaute ? Le fait est qu'il ne se met pas à table : impossible de manger en face d'un ordinateur, il est trop distrayant. Sur un tabouret à côté de son bureau, l'internaute a déposé un sandwich aux sardines – ou aux anchois – et un verre de lait. Il est sans alcool, déjà ivre de lui-même. Son habillement ? Un tee-shirt Apple, un short Facebook, des chaussettes Orange.

L'internaute est le gendarme non assermenté du XXIe siècle. Il veut imposer une loi : la sienne. Il ignore en quoi elle consiste, à part lui donner une contenance, étant lui-même sans contenu. Son champ de bataille : les réseaux sociaux. Il lutte sans savoir pourquoi ni contre qui, jusqu'au jour où il se rend compte que tout l'insupporte, et que son ennemi, c'est tout le monde. L'internaute exprime sa colère, mais la colère n'exprime pas l'internaute : elle l'étouffe. Ses commentaires s'en ressentent : on dirait des suffocations. L'internaute manque d'air, enfermé dans lui-même qu'il prend pour le monde entier, ce que lui prouve son ordinateur. Ses doigts s'agitent sur le clavier, victimes d'un perpétuel tremblement de rage. Les mots lui manquent, du coup il a recours aux insultes. Il ne débat pas, il se débat.

Comment soulager ce mécontent chronique qui croit faire la loi alors qu'il la défait ? Une gigantesque panne informatique mondiale nous sauvera peut-être du monde selon Bill Gates. Toutes les réactions sont réactionnaires. Ce qui est progressiste, c'est le sourire

## Le travail n'est pas une télé

On a trouvé un nouveau moyen d'enfermer les gens chez eux : le télétravail. C'est aussi une bonne manière de les empêcher de se réunir. Un salarié fait moins peur qu'un groupe de salariés. Les patrons préfèrent le tête-à-tête avec un employé à une grève sur le tas votée par une assemblée générale. Il est plus facile de négocier avec un travailleur isolé ses indemnités de départ que de concéder à mille grévistes une augmentation de salaire. Le télétravail prépare mieux au chômage que le travail : on est déjà seul. On cherchait, depuis le début de l'ère industrielle, une méthode efficace pour diviser le monde du travail. On l'a trouvée : l'informatique. Le salarié, chez lui, aura le droit de rester en pyjama, sans comprendre que c'est pour mieux l'endormir. Rien ni personne ne l'empêchera de travailler en dehors des heures de travail. Il deviendra son maître en même temps que son esclave : deux tristes perspectives.

Je me souviens de la joie qu'avait mon père en partant travailler, quand il avait un emploi, et son chagrin de rester à la maison lorsqu'il a été mis à la retraite. Il allait, chaque matin, retrouver ses collègues de la STO. Ne pas confondre avec le STO. D'ailleurs, la guerre était finie. L'entreprise se trouvait près des studios de télévision des Buttes-Chaumont où papa nous invita à déjeuner plusieurs fois, maman et moi. C'était une époque où il y avait moins de sécurité : on était plus tranquilles. Je dévorais des yeux les héros de mes feuilletons – l'ancien mot pour série – favoris installés aux tables voisines. Je revois mon père luisant de satisfaction paternelle entre Thierry la Fronde et un globe-trotteur. C'était comme s'il bossait à la télévision, ce qui était plus rigolo qu'aujourd'hui le télétravail.

Après le départ au bureau, il y avait le retour à la maison. Je guettais le coup de sonnette de papa qui, cadre dans une imprimerie, me rapportait des rames de papier blanc. J'ai fini par écrire dessus. Ce texte descend en droite ligne des moments où, ayant entendu la sonnerie de la porte d'entrée, je me précipitais dans le couloir pour ouvrir à mon père et à son papier, mon futur instrument de travail. De télétravail. Ça fait des siècles que les écrivains restent à la maison pour travailler. Je me souviens d'avoir voulu écrire dans la presse afin d'avoir une raison de sortir de chez moi, où les journaux ont fini par me renvoyer avec le télétravail. Les écrivains en ont un peu assez de bosser chez eux, d'où leur empressement à participer aux fêtes et salons du livre. On se rassemble devant un train collectif pour Brive ou Saint-Étienne tels des prolétaires à l'entrée de l'usine. D'aucuns racontent leur dernier boulot : un bouquin pour enfants, une bio de starlette sous pseudo, une enquête pour le mensuel des vieux. Il y en a qui ont obtenu une récompense, par exemple celle du meilleur ouvrier de France, appelé aussi prix Goncourt. Les mauvaises langues, comme il y en a dans toutes les usines, prétendront qu'ils ne la méritaient pas, que les vrais bons ouvriers ne sont jamais honorés comme ils le devraient. Le prolétaire littéraire fera, plus tard, des remarques sur la cantine confiée à un traiteur local. Est-elle meilleure que celle du Festival du livre de Nice ? Plus variée que celle de la Forêt des livres ? Vient ensuite la question du logement collectif dans les hôtels proches de la manifestation culturelle. L'Ibis égal à lui-même, le Mercure galant. Allées et venues suspectes au cours de la nuit : le peuple des auteurs et des éditeurs s'amuse. Le lendemain, l'échelonnement des trains, les ouvriers qui repartent, ceux qui arrivent. Le nombre de problèmes à régler, dès que le travail devient réel.

## La modification

**Square Alexandre-Ier-de Yougoslavie (XVIe arrondissement de Paris) :** jardins du Kosovo

**Rue d'Alger (Ier) :** rue du FLN.

**Boulevard d'Algérie (XIXe) :** avenue de l'Algérie-Indépendante.

**Rue Jean-Anouilh (XIIIe) :** rue Bertolt-Brecht.

**Pont de l'Archevêché (Ve) :** pont de la Mairie-de-Paris.

**Rue Raymond-Aron (XIIIe) :** rue Jean-Paul-Sartre.

**Rue de l'Aubrac (XIIe) :** rue des Aubrac.

**Boulevard Vincent-Auriol (XIIIe) :** boulevard Roger-Hanin.

**Place Marcel-Aymé (XVIIIe) :** place Albert-Camus.

**Place Jacques-Bainville (VIIe) :** place Albert-Mathiez.

**Rue de Belgrade (VIIe) :** rue de Sarajevo.
**Rue de Bellechasse (VIIe) :** rue de la SPA.
**Rue des Blancs-Manteaux (IVe) :** rue des Manteaux.
**Rue des Bons-Enfants (Ier) :** rue des Droits-de-l'Enfance.
**Rue de la Bourse (IIe) :** boulevard du Crime.
**Rue Cardinale (VIe) :** rue du Curé.
**Rue de Chablis (XIIe) :** rue du Sauvignon.
**Rue de la Chine (XXe) :** rue du Tibet.
**Parc André-Citroën (XVe) :** jardins du Vélib'.
**Avenue René-Coty (XIVe) :** boulevard Bertrand-Delanoë.
**Cité du Couvent (XIe) :** place de la Laïcité.
**Rue de Duras (VIIIe)** : rue Duras.
**Rue Gustave-Flaubert (XVIIe) :** rue Louis-Bouilhet.
**Rue des Francs-Bourgeois (IIIe et IVe) :** rue des Francs.
**Rue de la Gaîté (XIVe) :** rue LGBT.
**Place Charles-de-Gaulle (XVIe) :** place Winston-Churchill.
**Rue Lucien-et-Sacha-Guitry (XXe) :** rue Lucien-Guitry.
**Place d'Israël (XVIIe) :** carrefour de la Cisjordanie.
**Rue Jeanne-d'Arc (XIIIe) :** rue Benoîte-Groult.
**Jardin James-Joyce (XIIIe) :** square Régine-Deforges.
**Rue Auguste-Lançon (XIIIe) :** rue Philippe-Lançon.
**Rue Leriche (XVe) :** rue Le Pauvre.
**Rue Richard-Lenoir (XIe) :** rue de la Diversité.
**Rue Jules-Lemaître (XIIe) :** rue de la Maîtresse.
**Square Louis-XVI (VIIIe) :** square Louis.
**Rue Lully (IIe) :** rue Jean-Jacques-Goldman.
**Rue des Maraîchers (XXe) :** rue du Bio.
**Rue des Moines (XVIIe) :** rue des Nonnes.
**Rue de Moscou (VIIIe) :** rue de Kiev.
**Cité du Général-Négrier (VIIe) :** impasse du Pardon.
**Rue Nobel (XVIIIe) :** rue Patrick-Modiano-et-J.M.G.-Le Clézio.
**Place Pigalle (IXe) :** place Michou.
**Rue du Regard (VIe) :** rue Alain-Robbe-Grillet.
**Impasse Satan (XXe) :** voie Matzneff.

**Place des Victoires (Ier et IIe) :** place des Défaites.
**Avenue de Verdun (Xe) :** boulevard du Pacifisme.
**Rue de Tournon (VIe) :** rue de la Girouette.
**Passage du Télégraphe (XXe) :** voie de l'iPhone.

## Pensées d'été

Le cycliste n'avait pas prévu la pluie.

•

Éluard aurait-il écrit les mêmes poèmes s'il avait gardé le nom d'Eugène Grindel ?

•

Roberte roule ivre à 110 kilomètres/heure sur une route départementale (*Les Mauvais Coups*, Roger Vailland, 1948).

•

Napoléon : ne pas confondre Brienne et Bourienne.

•

Je mesure 6 pieds 1 pouce.

•

Le rire des éboueurs, le matin, rue des Abbesses.

•

On devrait donner un autre nom au jeu d'échecs.

•

La place Louis-Aragon dans l'île Saint-Louis.

•

Les mafieux respectent-ils les gestes barrières ?

•

Nerval habite au 6, rue Pigalle en 1844, et au 66 rue des Martyrs en 1852.

•

Au sanatorium, Éluard et Gala, pendant les heures de repos où ils n'ont pas le droit de parler, inventent le SMS sur papier.

•

Pluie d'été sur Montmartre.

•

Ces cafés sans Japonaises.

•

Les gens qui cherchent le paradis sur terre mourront déçus.

•

Les surréalistes étaient-ils bêtes ?

•

L'extension des terrasses où manger dans le caniveau.

•

Les matchs de foot en huis clos sont de la littérature clandestine.

•

Ma boisson préférée, pour la dernière partie de ma vie, sera le Coca-Cola avec des glaçons et une rondelle de citron.

•

Le confinement : après celle en dentelles, la guerre en pantoufles.

•

Les amants privés d'hôtel.

•

Le jour où l'on a presque fini de lire.

•

Pourquoi pas davantage de bals masqués ?

•

Paris : le piéton est dépassé par les trottinettes, mais il double les voitures.

## Nice, ville couverte

Avoir le masque ne voudra plus jamais dire faire la tête, puisque c'est la tête qu'il masque. Les jeunes filles du monde entier découvrent l'utilité du voile : les hommes restent à distance d'une femme qui cache son visage. Par respect pour la religion ou crainte de tomber sur un gros nez ? Le masque supprime les rides. Les bouches amincies par l'âge et aux commissures tombantes, les dents jaunies et les mentons fissurés se blottissent avec ravissement sous les masques en papier ou en tissu. Le masque est un antirides. Du botox sans seringue. Il laisse parler les yeux, qui ont toujours quelque chose à dire. Dans la séduction, le corps reprend la pole position. La jolie silhouette exposée a pris le pas sur le beau visage caché. Les jambes s'en donnent à cœur joie, inaccessibles au Covid-19.

Visite, dès notre arrivée à Nice, au restaurant de Nicole Rubi La Petite Maison. Yannis (six ans et demi) mange tous ses spaghettis à l'huile d'olive qui ne sont pas sur la carte. Les décolletés des clientes sont leur réponse à l'interdiction d'exposer leur visage, elles ont autre chose à montrer. Une fois assises, les dames se dévoilent et les hommes se trahissent. Je me dis qu'un bon moyen d'échapper au masque c'est de manger toute la journée, en salle comme en terrasse. Longs breakfasts, interminables déjeuners, goûters ralentis, dîners gastronomiques et soupers crapuleux : en gardant la bouche pleine, on empêchera les autorités de nous la fermer.

La remise du quatrième prix littéraire de La Petite Maison a été reportée au 17 septembre. Mieux vaut ne pas préciser l'année. On ne sait pas ce que Christian Estrosi, le maire de Nice, nous réserve à la rentrée. Sur les plages publiques, les gestes barrières sont mieux respectés que sur les plages privées, où il n'y a toujours pas plus de 10 centimètres entre deux transats. Les pauvres ont l'habitude d'obéir, outre qu'ils n'ont pas de quoi se payer une amende. Pour 35 euros, on peut s'offrir deux grandes pizzas sur une terrasse de la rue de France. Dans les années 1970, c'était le spot principal de la prostitution niçoise. Renseignement fourni naguère par l'écrivain Raoul Mille (1941-2021), qui était un bon client et a maintenant une bibliothèque à son nom (bibliothèque Raoul-Mille, 33, avenue Malaussena, 04.97.13.54.28).

Première nuit à l'hôtel Aston-La Scala, le long de la coulée verte. C'est notre domicile niçois depuis plusieurs années. Dans la chambre 315, j'ai relu toute *La Recherche* en novembre 2016. J'y étais en juin dernier, à la fin du confinement. L'hôtel était presque vide. Aujourd'hui, Éric Trolliard, le directeur, annonce qu'il est complet. Comme les rues du Vieux-Nice. Une différence avec les autres étés : la langue qu'on entend le plus, c'est le français. Dîner à L'Écurie, clin d'œil au passé de cavalière de mon épouse. Il y avait un jeune SDF dans l'escalier de la Porte-Fausse. Ses genoux étaient noirs, peut-être à force qu'il marche dessus.

## Pour Jean Grouet

Chaque été, il y a des morts, car c'est une saison comme une autre. À côté des victimes de Beyrouth et du Niger, je trouve mon ami l'éditeur Jean Grouet. Sur Internet, une seule photo de lui, en compagnie de Françoise Sagan dont il avait été, pour quelques mois, le secrétaire. Ils marchent tous les deux dans le parc d'Équemauville. Jean me rappelait qu'il avait dit un jour à la romancière : « Tu sais, Françoise, même échoué avec toi sur une île déserte, je ne te toucherais pas. » C'était pour mettre Sagan en confiance mais ça l'avait plutôt mise en rogne.

C'était un petit homme qui avait toujours un livre sur lui. Ami de Christiane Freustié, il avait fondé avec elle et d'autres disparus – Jacques Brenner, Roger Grenier, Claude Faraggi, Bernard Frank – le prix Freustié, qui fête cette année son 33e anniversaire. Freustié dont Jean était l'ami depuis les années 1950. Il avait logé chez le couple à Neuilly pendant la guerre d'Algérie, son propre appartement étant occupé par un responsable du FLN recherché par la police. Jean était ce qu'on a appelé un porteur de valises :

ces Français qui œuvraient dans la clandestinité pour l'indépendance de l'Algérie. Il avait aussi conduit quelques Algériens en Suisse. La nuit, surtout.

Il m'assurait avoir payé ses études en jouant aux échecs et m'a raconté comment il avait financé sa maison d'édition – Rupture, dont le coup d'éclat fut, en 1977, *Pays sages*, de Rafaël Pividal –, mais je n'en garde aucun souvenir. L'argent s'oublie, comme les textes, mais plus vite. Ces périodes de dèche, après la faillite de Rupture, où Jean allait voler des tranches de jambon pour sa fille Jeanne au rayon gastronomie du Bon Marché. Il a toujours échappé aux vigiles, avec sa courte silhouette élégante et son affectueux regard flou.

Je nous revois déjeuner aux Bookinistes, en face de Lapérouse, quand Jean avait des notes de frais de Julliard – puis à La Crète, rue Mouffetard, quand c'était à nos frais. Jean trouvait toujours une place pour se garer devant le restaurant. C'est ce qu'on appelle la grâce automobile. Il ne fermait jamais sa voiture, qu'on lui avait du reste donnée. Le jour où elle a cessé de rouler, il n'a trouvé personne pour lui en donner une autre. Alors on a changé de restaurant, choisissant La Cagouille, où Jean pouvait venir de chez lui à pied. Puis il n'a plus pu venir nulle part de chez lui, alors on n'a plus déjeuné, cette cérémonie littéraire qui avait rythmé sa vie de bohème.

Jean me disait parfois : « J'admets que les autres meurent mais je ne comprends pas pourquoi ça doit m'arriver. » Nous sommes allés plusieurs fois ensemble rendre visite à Maurice Pons dans sa retraite du moulin d'Andé. Jean avait édité, lors d'un bref passage à Quai Voltaire, le livre *Le Moulin d'Andé*, moulin dont il était – après Truffaut, Perec, Cavalier et quelques autres – un habitué. Je le revois plus tard dans la soirée au volant de sa vieille auto, nous ramenant de l'Imec, qui venait de rendre hommage à Maurice. Bernadette Lafont devait venir faire une lecture des *Mistons*, mais elle s'était excusée : grippée, elle était aphone. Elle devait mourir peu après. Comme Maurice. Et Jean. Et ce jour où, à La Crète, devant une famille américaine effarée, il y avait une bouteille de blanc pour Jean Grouet et une bouteille de rosé pour moi dans le même seau à glace.

## Dabadie le jeune

L'un des deux fils de Jean-Loup a écrit un livre que son père, décédé à Paris le 24 mai 2020, ne lira pas. *À revers* est un roman sur le tennis professionnel, dont Jean-Loup Dabadie était un commentateur passionné. Il aurait pu tenir un dimanche après-midi entier sur une chaîne de sport. Nous nous souvenons tous de ses cheveux blancs à la tribune VIP de Roland-Garros pendant les Internationaux de France. Florent Dabadie, avec *À revers*, choisit de descendre dans les vestiaires de cette discipline où il se passe de drôles de choses alimentaires. Jean-Loup, lors de nos déjeuners à L'Opportun, sous l'œil goguenard du patron, Serge Alzerat, parlait souvent de ce fils qui était une star au Japon, comme Alain Delon et Sophie Marceau – sauf que lui, il parle japonais, l'ayant appris à l'Inalco et sur les terrains. Vedette de la télévision nipponne, Florent a aussi publié des articles dans *L'Équipe*.

Quel dommage que Jean-Loup n'ait pas eu le temps de découvrir ce texte où il y a toutes ses qualités d'écrivain : la rapidité, la précision, l'émotion. Dabadie le Jeune mène son intrigue de main de maître de thé. Le sourire du fils est peut-être moins appuyé que ne l'était celui du père. Au Japon, on ne vit pas pour s'amuser et on ne meurt pas pour rire. Florent ne fait rien pour adoucir le destin de son héroïne Masha Antonov, jeune joueuse d'origine russo-ukrainienne, installée avec ses parents dans le XIII^e^ arrondissement de Paris. Elle entend devenir une des 50 tenniswomen qui gagnent bien leur vie sur les courts, où des centaines d'autres tirent le diable par la raquette.

Dabadie décortique, avec une colère mâtinée de sagesse orientale, toute l'organisation de ce sport qui est un enfer quand on y joue bien comme Masha ou quand on y joue mal comme moi. Le roman sportif vire au thriller. Le suspense est si intense que j'ai fait ce que je ne fais jamais : regarder la fin avant d'avoir terminé ma lecture. Après *À revers*, on ne pourra plus voir une partie de tennis de la même façon, y compris celles du jardin du Luxembourg. Le livre noue les nerfs comme un cinquième set de Nadal-Djokovic.

Les romans sur le sport sont rares, car les écrivains ne sont pas sportifs, sauf les écolos qui font de la bicyclette. Sur le tennis ont écrit la Tchèque Martina Navratilova et le Roumain Ilie Nastase : des romans où ils ne pouvaient pas tout dire, car ils ne sont pas romanciers. C'est sans regrets et sans pudeur que Florent Dabadie livre un pamphlet antidopage qui devrait émouvoir les jeunes sportifs voulant passer professionnels et leurs parents souffrant avec eux. Ce qui est censé nous mettre en forme devient ce qui nous déforme. Science sans conscience sportive n'est que ruine du corps. Les dernières pages sont d'une froide mélancolie modianesque. Le jeune Dabadie sait d'instinct ce qui va achever l'adversaire, c'est-à-dire le lecteur.

## Macron Ier, empereur des Français

Fallait-il ouvrir un troisième front ? Déjà occupé sur le Bosphore par sa lutte difficile contre le calife Erdogan ainsi qu'au Levant par la chasse aux despotes corrompus libanais, l'empereur français Macron Ier avait longuement hésité à envoyer des troupes fraîches contre le boyard biélorusse Loukachenko. Ses conseillers militaires l'avaient supplié de ne pas commettre l'erreur de Napoléon et Hitler : se risquer trop tard dans l'année vers les froides terres de l'Est. L'impératrice

Brigitte elle-même, après avoir consulté mages et astrologues, avait prédit les pires difficultés pour son époux au-delà du fleuve Niémen. Néanmoins, notre empereur belliqueux décida de marcher, avec ce qui restait de son armée engagée ailleurs, sur Minsk, capitale du boyard honni. Loukachenko, du coup, se tourna vers son allié de toujours, la Russie, alors gouvernée par le tsar Vladimir II, lointain descendant de Vladimir Ier nommé tsar de toutes les Russies en 1547, à l'âge de dix-sept ans. Vladimir II commença par protester en vain contre l'incursion des Français dans un pays souverain, action illégale justifiée par le souci d'établir la démocratie dans la malheureuse Biélorussie, qui ne l'a du reste jamais connue. Les stratèges du palais de l'Élysée, réunis à la Lanterne pour un week-end de réflexion militaire, craignaient que le tsar, volant au secours de son voisin et ami, n'obligeât l'empereur français à ouvrir un quatrième front devant Moscou, dans des conditions climatiques de plus en plus hostiles et préjudiciables pour ceux qu'on appelait volontiers, depuis la prise de la Rotonde en mai 2017, les marcheurs. Macron Ier ne serait-il pas alors obligé d'abandonner le Mali, où le terrorisme islamique était combattu par les forces spéciales de l'empire ? Certes, il ne s'agissait pas d'un cinquième front en Afrique, mais il était à craindre que, en retirant ses troupes d'élite de Bamako, l'empire français ne donnât un mauvais signal aux islamistes, les encourageant à reconquérir des positions perdues.

Sur le front libanais, Macron Ier était confiant dans la réussite de son plan audacieux : aide à la reconstruction et démission collective des membres du gouvernement, bientôt remplacés par des Libanais jugés intègres par Paris. Les îlots de résistance à la politique vigoureuse de Macron Ier, anciens caciques du régime et autres têtes brûlées nationalistes, seraient rapidement éliminés par les actions conjuguées des médias et des services secrets. Le front turc, c'était le gros morceau. Le calife Erdogan avait le cuir plus dur que le ministre Adib. L'empereur français avait beau tempêter à la télévision et haranguer ses troupes sur le terrain, la Corne d'or lui restait interdite.

Souvent, à la nuit tombée, Macron Ier s'isolait de ses collaborateurs et de sa famille pour rêver devant la mappemonde que Brigitte lui avait offerte autrefois pour fêter sa réussite au baccalauréat, invention de son illustre prédécesseur Napoléon Ier. Il avait encore tant de pays à envahir, tant de villes à prendre, tant de ports à occuper. Installer l'ordre impérial sur toute la planète avant la fin de son règne, telle était l'ambition secrète de cet homme venu de nulle part et dont on imaginait qu'il finirait ailleurs.

## Friche de lecture, 18

« Quant aux esprits les plus fins, ils n'ouvrent jamais un journal » (*Lewis et Irène*, première partie, chapitre VI).

•

La Pléiade des romans de Morand (2015) – anagramme presque parfaite –, point d'eau dans le désert littéraire.

•

Morand : le seul écrivain français du XXe siècle non méprisé par Céline.

•

Les muscles, comme les uniformes et les armes, plus jolis sur les femmes.

•

Une surprise dans chaque phrase.

•

Lewis amoureux d'une banquière, Morand d'une banque : celle du père de sa femme (Chrissoveloni).

•

En 2020, le titre serait *Irène et Lewis*.

•

Lewis reproche à sa maîtresse, Elsa Magnac, « sa poitrine d'avant-guerre ».

•

Morand découvre l'avion comme Proust le téléphone.

•

La leçon féministe de *Lewis et Irène* : on ne peut s'aimer qu'entre égaux.

•

Déclaration d'amour signée Morand : « Donnez-moi votre soutien-gorge, je le mettrai dans mon portefeuille » (deuxième partie, chapitre XII).

•

Quand, dans Londres, il y avait l'usine à thé Lipton.

•

La pluie turque.

•

Morand ne peut pas s'empêcher d'emmener les personnages dans ses voyages.

•

Belle Grecque du Seigneur.

•

« L'oisiveté est la mère de tous les vices, mais le vice est le père de tous les arts » (troisième partie, chapitre VI).

•

L'argent ne fait pas le malheur mais il y contribue.

•

L'écrivain a été censeur de films pendant un an (juillet 1942-juillet 1943) : le rêve de tous les cinéphiles.

•

L'homme pressé de collaborer.

•

Un nom typique de critique : Gonzague Truc.

•

Un roman d'amour entre deux banquiers ne pouvait pas être long.

## Vu du Meurice

La rue de Rivoli sans voitures comme sur les photos de Paris pendant l'Occupation.

•

Sainte-Clotilde fait la fière derrière l'Assemblée nationale, avec ses deux tours pointues.

•

Fêter nos noces de coton – de cocon – dans la suite d'un cinq-étoiles parisien. Il y avait aussi la rando masquée dans les Cévennes mais on n'a pas hésité longtemps.

•

Ces trop grands lits pour couples échangistes.

•

Le rond parfait de l'œuf sur le plat du petit déjeuner.

•

L'automne chanté d'une voix forte par les arbres rouges du jardin des Tuileries.

•

L'inutilité des doubles fenêtres, maintenant que la rue de Rivoli est aussi silencieuse que la cour d'un couvent où les moines et les nonnes auraient le droit de faire du vélo.

•

La suite Dalí tirée au sort par Marc-Édouard Nabe le 31 décembre 1989, lors du célèbre réveillon *Dix ans pour rire ? Les années 80*, et dans laquelle nous avons tous fini la nuit tandis qu'Anne-Sophie était endormie dans les draps de ses six ans, à La Motte-Picquet.

•

Le désordre de ses cheveux blonds dans le carré de son oreiller blanc.

•

La tour Montparnasse : le doigt d'honneur du XIVe arrondissement au reste de Paris.

•

Pendant la nuit, je reçois de l'écrivain franco-israélien Marco Koskas les images d'une manif nocturne des habitants de Tel-Aviv contre leur confinement imposé par Benyamin Netanyahou.

•

L'avant-dernière chaîne de télé est kurde, la dernière irakienne. On trouve l'Iran sur le canal 298. Quand reverra-t-on un touriste iranien dans un palace parisien ? La présentatrice du JT ne porte ni voile ni masque. C'est une jolie brune aux cheveux mi-longs, en tailleur bleu ciel. Une chaîne de sport palestinienne, mais aucune chaîne culturelle israélienne. Ni télé serbe ni télé thaïe. Du coup, avons éteint les deux postes : celui du salon et celui de la chambre.

•

Je m'ennuie autant dans une baignoire que dans une piscine.

•

La délicatesse du Meurice : au contraire des autres palaces, ne multiplie pas les miroirs où les riches constatent qu'ils sont vieux et moches.

•

Première fois qu'une femme me demande si le bruit d'un sèche-cheveux dérangera ma lecture.

•

Faisons un saut au Louvre, comme naguère Julien Green : joie d'avant la Pyramide industrielle, retrouvée avec la pandémie. Maigres attroupements de touristes devant le *Sacre de Napoléon*, *La Cène* et bien sûr *La Joconde.* Des jeunes filles en crop top se font photographier devant le tableau de Vinci. Pour montrer la photo à leur proviseur ?

## Confini ou prisonné ?

Il y a un nouveau mot pour prison, c'est confinement. Le confiné, par rapport au prisonnier, présente divers avantages pour l'État. Il s'arrête et s'enferme lui-même, d'où une sérieuse économie : ni policier ni gardien. Nul besoin de construire de nouvelles prisons pour les confinés : ils restent dans leur maison ou leur appartement jour et nuit. On n'a pas l'obligation de réparer leur plomberie défectueuse, de nettoyer leur sol, d'opérer leur dératisation, de repeindre leurs parties communes, ces tâches restant à la charge du confiné. Il faudra trouver un mot pour désigner ce prisonnier qui n'existait pas avant la Covid-19. Le prisonné ? Le confini ?

Autre qualité du personnage : on n'a pas à le nourrir, il fait sa cuisine et même sa vaisselle. L'État se contente de lui donner des conseils culinaires par le biais d'émissions de télévision, conseils imaginés et expliqués par des spécialistes de l'alimentation, le plus souvent bénévoles. Finis, les ragoûts douteux distribués avec morgue aux malheureux détenus par des fonctionnaires irascibles. Dans son chez-soi, le prisonné – ou confini – concocte avec soin, en prenant son temps, car il en a, des petits plats qui risquent, au terme d'une peine de plusieurs mois, d'augmenter sa masse corporelle dans des proportions inquiétantes. Au contraire du prisonnier qui a la possibilité de se rendre plusieurs fois par semaine à la salle de sport de son unité pénitentiaire, notre confini – ou prisonné – doit trouver lui-même, à l'intérieur de la cellule qu'est devenu son domicile, un espace et des ustensiles pour soigner sa forme physique et ainsi éviter les effets secondaires de la surcharge pondérale (diabète, hypertension, etc.).

Les nouveaux prisonniers – « the new prisoners » pour reprendre l'expression utilisée par le Premier ministre britannique après l'annonce d'un prolongement de six mois du confinement des sujets de Sa Majesté – ont une particularité intéressante : ils sont innocents. Ils n'ont volé personne, violé personne, tué personne. Ils n'ont vendu aucune drogue, n'ont pas commis d'abus de biens sociaux. Ont-ils financé une campagne électorale perdue avec de l'argent sale collecté auprès de dictateurs moyen-orientaux ? Non pas. Leur casier judiciaire est vierge. Cela donne à leur emprisonnement un caractère bizarre, incertain, fantasque, auquel les plus lunaires et les plus poétiques d'entre eux ne sauraient rester insensibles.

Alors que la condition pénitentiaire représente, pour les pays développés comme pour ceux qui ne le sont qu'en partie ou pas du tout, un souci, voire un problème, le traitement infligé au prisonné – ou confini – n'est mis en cause ni par le gouvernement, ni par l'opposition, ni par les médias. La peine d'emprisonnement que subit cet innocent n'est, dans les radios et les télévisions, qu'elles soient d'État ou privées, pas critiquée et encore moins condamnée. Au contraire, la plupart des commentateurs, à l'exception de quelques hurluberlus aussitôt déchiquetés sur les réseaux sociaux, se félicitent de ces nombreuses innovations dans le système carcéral de 2020. L'une des plus importantes est la suppression des visiteuses de prison, remplacées par la plus proche famille du détenu, qui offre la particularité d'être détenue elle aussi.

## Ce qu'il ne fallait pas faire en 2020

Ouvrir un restaurant chinois à Chinatown.

•

Avoir un grand prix littéraire.

•

Être ministre de la Santé.

•

Prendre un abonnement à l'Opéra.

•

Tomber amoureux d'une aide-soignante.

•

Se prostituer à plus d'un kilomètre de chez soi.

•

Être supporter de football.

•

Souffrir d'asthme.

•

Être libraire.

•

Racketter un bar ou une boîte de nuit.

•

Bosser dans l'événementiel.

•

Avoir un préservatif sur soi mais pas de test Covid-19.

•

Investir dans l'immobilier à Beyrouth.

•

Se faire voler sa bicyclette sur la place de l'Hôtel-de-Ville.

•

Mourir d'une maladie orpheline.

•

Créer une maison d'édition.

•

Être critique de cinéma.

•

Avoir le premier rôle dans une pièce de théâtre.

•

Être juré Renaudot.

•

Fêter son anniversaire dans une famille nombreuse.

•

Chercher une chambre d'hôtel pour l'après-midi.

•

Être dirigeant syndical.

•

Être pauvre.

•

Embrasser son épouse sur le masque.

•

Rire de tout mais pas tout seul.

## Friche de lecture, 19

Les personnages de ses romans : bourgeois, aristocrates et courtisanes ; ceux de ses nouvelles : ouvriers, paysans et prostituées.

•

Anne de Guilleroy aux *« longs gants, montant jusqu'au coude »* (*Fort comme la mort*, Guy de Maupassant, *Romans*, édition d'Albert-Marie Schmidt, Albin Michel, 1959, p. 991).

•

Mondaines froissées telles leurs robes.

•

Comme on fait ses livres, on se couche.

•

La comtesse prend un amant après sept ans de mariage : délai décent.

•

Proust : couvre-chef de la littérature française du XIX^e^ siècle.

•

L'époque où les femmes adultères, après s'être égarées, étaient perdues.

•

Maupassant saute dans l'âme de ses héroïnes comme dans une barque.

•

Ces maris cocus qui sortent avec leur maîtresse après avoir dîné chez eux avec leur épouse qui les a trompés pendant la journée.

•

La première fois qu'Olivier prend Anna, elle est tout habillée, ce qui, en 1880, ne devait pas être pratique.

•

Dommage que Flaubert n'ait pas lu *Fort comme la mort*, c'est tout lui sans les ratures.

•

Le début de *La Curée* (1871) réécrit presque à l'identique par Maupassant dans le deuxième chapitre de *Fort comme la mort* (1889) : le bois de Boulogne sans transgenres.

•

Chez Maupassant, comme dans le cinéma du tiers-monde, il n'y a pas de happy end.

•

Le peintre Olivier Bertin, pendant son adolescence, se baigne dans la Seine, vœu chiraquien toujours pas exaucé par Anne Hidalgo.

•

À la fin du XIXe siècle, il y a des chaises payantes au parc Monceau où il n'y a aujourd'hui que des bancs gratuits.

•

L'unique lectrice de Monceau : « Laide, humble, vêtue en fille modeste qui ne cherche point à plaire, une institutrice peut-être (...) emportée par une phrase ou par un mot qui avait ensorcelé son cœur. » (p. 1054)

•

On joue au *lawn-tennis*.

•

L'amant et le mari dînent ensemble au Café des ambassadeurs, à Paris, en août, la femme qu'ils partagent étant allée à la campagne pour fuir la chaleur. Puis le mari s'éclipse : il part tromper sa femme.

•

Ce vieux complot ourdi par les écrivains et leurs amoureuses contre les hommes qui ne savent ni écrire ni aimer.

## La kermesse de minuit

« Un enfant nous est né… un fils nous est donné. » Le monsieur près du pylône, là-bas, oui, ayez la gentillesse de vous éloigner de l'autre monsieur, voilà, respectez les distances de sécurité, merci… « … il est le Roi, l'admirable… » Prions… Ah non, madame, on n'éternue pas ainsi au milieu des fidèles, je vais vous demander de sortir, je suis désolé… On ne sera plus trente, monsieur de la sécurité, vous pouvez faire entrer un autre fidèle pour que nous ayons la jauge… « Jésus, sois notre lumière sur la terre… Jésus, sois notre joie dans le ciel… » Qui a toussé ? Je repose la question : qui a toussé ? Que celui ou celle qui a toussé se dénonce… Ah, c'est vous, Catherine, pourquoi vous ne le disiez pas ?… Vous avez toussé dans votre coude, ça ne m'étonne pas de vous, chrétienne et citoyenne… Où en étais-je ? Ah, l'épître… « d'après la lettre de saint Paul à son disciple Tite… » Monsieur de la sécurité, mon fils, je vous avais dit une personne en plus, pas deux, et du coup on est trente et un. Il faut savoir compter, même quand on travaille dans la sécurité… Je vais demander à l'un ou l'une d'entre vous de sortir afin de respecter les directives gouvernementales… Non, pas vous, Catherine… Le gros monsieur, là-bas, au fond, je vous ai vu consulter votre portable, il y a un meilleur réseau dehors. Voilà. Je reprends. « Cher disciple, écrit saint Paul. Tous les hommes peuvent voir la bonté de Dieu, en regardant notre sauveur… » J'ai oublié de vous dire tout à l'heure, j'interromps ma lecture de l'épître car c'est une priorité sanitaire, dans le bénitier, c'est bien sûr du liquide hydroalcoolique béni par moi-même, aucun risque donc de contagion. Je reprends l'épître de saint Paul : « Jésus nous apprend à ne pas oublier Dieu, à ne pas nous préoccuper de nous-même… » Attention à ne pas interpréter cette phrase comme un encouragement à ne pas respecter les gestes barrières. Saint Paul est un converti, certes, mais il se soumet comme nous à l'autorité, à l'État, et suit ses directives. « … mais à aimer Dieu et à vivre comme il le veut ». Entonnons maintenant le chant de méditation. Tout le monde a son masque ? On se couvre bien le nez et, du coup, on chante plus fort : « Dans la splendeur des cieux, avant l'aurore du monde, tu es mon Fils. » On se rassoit sur la même chaise que tout à l'heure. Heureusement, l'église est grande, aucune difficulté à respecter la règle gouvernementale des 8 mètres carrés. À croire que nos pères fondateurs avaient prévu le Covid-19. L'Académie française dit « la » Covid, mais le Vatican n'en a cure, c'est le cas de le dire… « En ce temps-là parut un édit de César Auguste, ordonnant de recenser toute la terre… Joseph aussi, venant de Galilée, de la ville de Nazareth… » Quoi encore, messieurs de la gendarmerie ? On vous a signalé un cas contact ? Avec un certain Jésus. C'est une blague ? Ah non, c'est un migrant. Jésus, êtes-vous parmi nous ?

## Pestiférés

Avoir commencé 2020 avec *La Peste* d'Albert Camus en Folio (6,90 euros) et la finir avec le fac-similé du manuscrit de la première version du roman datant des années 1942 et 1943 (éditions des Saints-Pères, 160 euros). L'impression d'être le – ou la – dactylo, cet homme ou cette femme – celle de Dostoïevski, par exemple, prit en sténo *Le Joueur* et la fin de *Crime et Châtiment* – qui lisait les chefs-d'œuvre avant tout le monde. La dame qui a tapé *Voyage au bout de la nuit* inaugurait un monument. Quel fut l'individu à se pencher le premier sur *Les Thibault* ? Je me souviens de Colette Ledannois, petite personne d'origine vietnamienne qui avait dans son ordinateur les romans de Yann Queffélec, Gilles Perrault, Amélie Nothomb, Angelo Rinaldi, et les miens, avant que les éditeurs n'aient la possibilité de les ouvrir. Léo Dilé, le principal traducteur d'Isherwood, dactylographiait les romans de Jean-Louis Curtis dont il était le premier lecteur aux remarques avisées. L'oulipien Jacques Jouet, par la suite auteur de romans chez P.O.L., a tapé ma novélisation manuscrite de *La Boum* en été 1982 à la demande de Paul Fournel, autre oulipien alors patron de Ramsay.

Albert Camus écrivait des pattes de mouche. Ce militant des droits de l'homme ne se souciait guère de ceux des dactylos. Il aurait passé ce manuscrit à Michel et Janine Gallimard en août 1944. Il eut une Libération très occupée : direction du journal *Combat*, lectures pour Gallimard, création du *Malentendu* aux Mathurins, rencontre avec Sartre. Dans mon édition Pléiade (1962), le 8 mai 1945 est la date de l'armistice (page XXXIV), alors que ce fut plutôt celle de la capitulation.

La version définitive du roman paraîtra en juin 1947. *L'Étranger*, c'était en juillet 1942. Juin et juillet. Deux mauvaises dates aujourd'hui repoussées par les auteurs avec indignation mais qui n'ont pas empêché les deux ouvrages de se vendre. Camus, dans une de ses rares manifestations publiques d'humour : «*La Peste* en est à 96 000. Elle a fait plus de victimes que je ne pensais. » Il n'était pas persuadé de la réussite de son roman oranais. Le prix Nobel de littérature, en 1957, ne l'a pas rassuré. «Je suis enterré sous les fleurs, ça me donne des doutes ou plutôt ça les renforce.» Son dernier voyage, il le fera un an avant sa mort, mais il ne le savait pas : en Grèce, dernier hommage involontaire au matérialisme égéen.

L'année 2020 se termine et nous avons toujours la peste. Cette peine de prison qui s'annonçait légère devient d'une étrange lourdeur. Nous saurons bientôt ce que c'est, la vie quotidienne dans un pays pauvre. C'est comme la guerre de 14 : les pioupious ont cru qu'ils seraient à Berlin en trois mois, il a fallu quatre ans aux poilus pour atteindre Rethondes. J'aime le nom du vaccin russe : Spoutnik. Le premier Spoutnik a été lancé en 1957. Son créateur : Sergueï Korolev. Celui du vaccin n'a, pour l'instant, pas de nom. Les deux choses à faire pour finir l'année en beauté slave : aller skier à Kopaonik, le Courchevel serbe, et se faire vacciner contre le Covid-19 dans l'une des 70 cliniques russes qui proposent Spoutnik V.

## De la parole à l'écriture

Mon avocat a écrit un livre. C'est un bon avocat : il n'a perdu aucun de mes procès. Il est vrai que je n'en ai pas eu un seul depuis qu'il est mon avocat. La première fois que j'ai vu Jean-Pierre Versini-Campinchi, c'était à la cour d'appel d'Aix-en-Provence en 2007. Avec François Saint-Pierre, il défendait Maurice Agnelet contre Hervé Temime. Mme Renée Le Roux, la mère de la jeune femme disparue, était encore vivante. Sur ses longues jambes d'ex-top-modèle, elle portait haut ses 84 ans.

Dans *Papiers d'identités*, Versini-Campinchi revient sur cet épisode douloureux d'une carrière qui en a vu d'autres. Les défenseurs souffrent, comme au football. Le récit du procès d'Aix-en-Provence se trouve du reste dans le chapitre « L'injustice ». l'auteur se plaint qu'en France la présomption d'innocence se transforme trop souvent en présomption de culpabilité. Il revient avec obstination au scandale qu'il y a à condamner un homme pour un crime où il n'y a ni corps, ni aveux, ni arme, ni témoin. Ayant accompli la moitié de sa peine, Agnelet a aujourd'hui quatre-vingt-deux ans. Il vient d'être libéré pour raisons médicales. Mais Jean-Pierre, Maurice et moi ne pourrons pas nous asseoir à une terrasse de Nice pour y faire quelques réflexions douces-amères sur l'existence après avoir enlevé nos masques : Agnelet est interdit de séjour sur la Côte d'Azur. Dans sa cellule, il étudiait la philosophie. C'est le plus vieil étudiant de France. Après lui avoir rendu la liberté, on pourrait lui donner un diplôme.

*Papiers d'identités* – titre volé à Paul Morand (Grasset, 1931), attention au procès – est un roman familial qui ressemble à un guide de voyage. De la Martinique à la Corse, en passant par l'Aisne, les Versini-Campinchi ont fait leur chemin truculent, décrit avec tendresse par l'auteur. Les deux grands-mères de Jean-Pierre, Gabrielle Attuli la Martiniquaise et Letizia Versini la Corse, sont des beautés mélancoliques sous le charme duquel on sent bien que l'avocat est resté toute sa vie. Elles sont les deux îles d'où vient leur petit-fils.

Les avocats ont souvent un problème avec l'écriture, c'est pour ça qu'ils préfèrent parler. Pour écrire, il faut s'asseoir (ou se coucher, comme Pouchkine), alors qu'on plaide debout. Mais on peut aussi écrire debout (Hemingway, Tolstoï). Je l'ai fait dans la Creuse pendant tout un week-end chez Frédéric Berthet au printemps 1994. Résultat : un court roman scandinave – *Haldred* – paru sous pseudo – Pierre Ménard – à L'Arsenal, éditeur aujourd'hui disparu vers lequel m'avait aiguillé Bruno de Cessole.

Versini s'amuse beaucoup avec son nouveau jouet. Il a tendance à multiplier les personnages. Ce n'est pas de sa faute, c'est celle de sa famille nombreuse. N'a-t-il pas eu lui-même trois filles avant d'obtenir son Capa ? Craignant de perdre ses lecteurs par un abus de noms propres, il leur livre un arbre généalogique auquel on ne comprend pas grand-chose, comme celui que Nabokov plaça au début de son roman *Ada ou l'Ardeur*. Il faut lire ces Mémoires allègres d'un casse-cou de cœur. Deux questions : pourquoi les avocats portant-ils une robe et pourquoi faut-il les appeler « maître » ?

# Macron démission !

Bon, Emmanuel, tu as compris, maintenant ? Tu ne t'en sors pas, admets-le. Ta république en marche n'avance plus. C'est la république en marche arrière. Depuis ton élection en 2017, tout foire. On dirait le quinquennat de François Hollande, en pire. Vous aviez l'air fin, les deux losers, aux cérémonies du 11-Novembre, avec vos masques en tissu qui n'auraient pas résisté dix secondes au gaz moutarde de l'armée allemande.

Ta réforme des retraites, je ne l'ai pas regardée dans les détails, mais a priori la retirer coûtait moins cher que les frais occasionnés par le Covid-19. En 2020, tout est féminin, même les virus. Ces milliers de gilets jaunes qui ont enfumé les ronds-points pendant des mois en 2019, creusant des trous dans les finances des petits commerçants empêchés de travailler presque tous les samedis, ils te regardent avec effarement distribuer à tire-larigot des milliards d'euros dont un seul aurait suffi, l'an dernier, à les calmer. Tes poches vides pour les retraités, les voilà pleines d'or pour les victimes collatérales de l'épidémie. Devenu alchimiste ?

La gestion de la crise sanitaire : ton pire cafouillage. Il n'était pas utile de porter des masques, ça tombait bien : on n'en avait pas. Puis, quand nous avons été livrés, ils sont devenus obligatoires, sans doute pour écouler la marchandise. Au déconfinement, on pouvait être assis sans masque dans les restaurants, mais on devait en avoir un pour se lever. Je n'ai jamais autant ri – assis – de ma vie. Au reconfinement, on avait la permission de déambuler dans les supermarchés pleins de gens mais pas celle de pénétrer dans les librairies jamais bondées.

Toi qui étais censé, en 2017, relever la France : elle n'a jamais été plus bas. Dans les pires moments de notre histoire récente, les gens allaient au théâtre, au cinéma, à l'opéra, au cabaret – sorties que tu leur as interdites pour complaire aux docteurs Knock qui ont fait un coup d'État médical sous ton regard ébloui. N'en avais-tu pas organisé un, de coup d'État, en 2017 ?

Les plus fortes audiences télévisuelles depuis l'invention de la télévision, c'est toi qui les as faites, et tu n'en es pas peu fier, à voir le plaisir que tu prends à ouvrir sans cesse ta bouche qu'on ne voit plus. Tu as du mal à l'écrire, cette lettre de démission ? Je te comprends. Tout ce personnel : tu n'auras plus autant de domestiques. Le logement était bien aussi. Finis les petits weekends à la Lanterne. Il te reste le Trianon Palace, mais il faudra payer. Et l'avion. Ils ne te font pas envie, tes prédécesseurs Sarkozy et Hollande ? Ils voyagent en business, mais quand on a goûté au jet, on n'a plus jamais assez de place pour les jambes.

*11 novembre 2010 – 17 décembre 2020*

DU MÊME AUTEUR

*Aux éditions Fayard*

UN ÉTAT D'ESPRIT

DIDIER DÉNONCE

LA CAUSE DU PEOPLE

DÉFISCALISÉES

SAINT-SÉPULCRE !

LA VIE QUOTIDIENNE DE PATRICK BESSON SOUS LE RÈGNE DE FRANÇOIS MITTERRAND

NOSTALGIE DE LA PRINCESSE (Prix Dumarest de l'Académie française)

BELLE-SŒUR

LE CORPS D'AGNÈS LE ROUX

1974

ROMANS * (Dara (Grand Prix du roman de l'Académie française), La Statue du commandeur, La Paresseuse, Julius et Isaac, Lui)

ROMANS ** (L'École des Absents, La Maison du jeune homme seul, Lettre à un ami perdu (Prix del Duca), Les Braban (Prix Renaudot, Prix Populiste), Accessible à certaine mélancolie)

ROMANS *** (Les Petits Maux d'amour, Je sais des histoires, Vous n'auriez pas vu ma chaîne en or ?, Les Voyageurs du Trocadéro, Ah ! Berlin, Le Dîner de filles, Haldred)

MAIS LE FLEUVE TUERA L'HOMME BLANC

LE PLATEAU TÉLÉ

AU POINT

CONTRE LES CALOMNIATEURS DE LA SERBIE

PUTA MADRE

AVONS-NOUS LU ?

PREMIERES SÉANCES

MES VIEUX PAPIERS

L'INDULGENCE DU SOLEIL ET DE L'AUTOMNE

SCIENCE POLITIQUE

*Aux éditions Mille et Une Nuits*

LE SEXE FIABLE

SOLDERIE

ENCORE QUE

LA FEMME RICHE

L'ORGIE ÉCHEVELÉE

ZODIAQUE AMOUREUX

MARILYN MONROE N'EST PAS MORTE

LA TITANIC

ET LA NUIT SEULE ENTENDIT LEURS PAROLES

LES ANNÉES ISABELLE

LE VIOL DE MYKE TYSON

COME BABY (Prix Duménil)

NOUVELLE GALERIE

PENSE-BÊTE SUIVI DE SORTIES

*Aux éditions Gallimard*

DÉPLACEMENTS

SARKOZY À SAINTE-HÉLÈNE

*Aux éditions Grasset*

LA SCIENCE DU BAISER

LES FRÈRES DE LA CONSOLATION

LE DEUXIÈME COUTEAU

LA PRÉSIDENTIELLE

CAP KALAFATIS

ABÎMES, FREDAINES ET SOUCIS

LE MILIEU DE TERRAIN (Prix Antoine-Blondin)

SCÈNES DE MA VIE PRIVÉE

*Aux éditions Bartillat*

28, BOULEVARD ARISTIDE BRIAND

TOUR JADE

LES JOURS INTIMES

*Aux éditions de l'Âge d'Homme*

SONNET POUR FLORENCE REY et autres textes

SNIPER ALLÉÉE

*Aux éditions Stock*

DIS-MOI POURQUOI

TOUT LE POUVOIR AUX SOVIETS

*Aux éditions Plon*

NE METS PAS DE GLACE SUR UN CŒUR VIDE

*Aux éditions Le Temps des Cerises*

L'ARGENT DU PARTI

LE HUSSARD ROUGE

*Aux éditions du Rocher*

LA BOUM (avec Danièle Thompson)

PAS TROP PRÈS DE L'ÉCRAN (avec Éric Neuhoff)

LA MÉMOIRE DE CLARA

*Aux éditions Cavatines*

MA RENTRÉE LITTERAIRE

*Aux éditions Fixot*

NOCES

THÉÂTRE CHOISI

*Aux éditions Favre*

LIMONOV & PARIS (photos Gérard Gastaud)

BIÉLORUSSIE (photos Nicolas Righetti)

*Aux éditions de la Renaissance*

PARIS VU DANS L'EAU (photos Waldermar Gielarek)

*Aux éditions Laffont*

LES LÂCHES ET LES AUTRES

*Aux éditions Flammarion*

NICE-VILLE

*Aux éditions Privat*

PETIT ÉLOGE AMOUREUX DE LA LIBRAIRIE

*Aux éditions Louison*

DJOKOVIC, LE REFUS

Retrouvez toute l'actualité des éditions Albin Michel
sur notre site albin-michel.fr
et suivez-nous sur les réseaux sociaux !
Instagram : editionsalbinmichel
Facebook : Éditions Albin Michel
Twitter : AlbinMichel

*Composition IGS-CP*
*Impression CPI Firmin-Didot en novembre 2022*
*Éditions Albin Michel*
*22, rue Huyghens, 75014 Paris*
*www.albin-michel.fr*
*ISBN : 978-2-226-47978-5*
*N° d'édition : 25242/01 – N° d'impression : 172326*
*Dépôt légal : janvier 2023*
*Imprimé en France*